CHRISTA V. BERNUTH

Die Frau, die ihr Gewissen verlor

Buch

Für die Journalistin Julia bricht eine Welt zusammen, als ihr Ex-Lebensgefährte Bodo plötzlich Anspruch auf den gemeinsamen Sohn Manuel erhebt. Julias Chancen stehen schlecht, denn Bodo ist ein gerissener Anwalt, der kein noch so infames Mittel scheut, um ihren Ruf zu zerstören. Schließlich steht Julia am Pranger: als Mutter, als Journalistin, als Frau. Nachdem Bodo sie an den Rand des Ruins prozessiert hat, bleibt ihr nur die Flucht mit ihrem Sohn. Doch Bodo gehört nicht zu den Männern, die verlieren können. Rücksichtslos verfolgt er Julia. Ohne zu ahnen, daß er damit sein Todesurteil besiegelt...

Aus Liebe wird Haß, aus Angst Skrupellosigkeit – der leidenschaftliche Kampf einer Frau um ihre Existenz ist nur eine Handlungsebene dieses spannenden Psychothrillers um verratene Gefühle und dunkle Geheimnisse.

Ein deutscher Frauenkrimi von brisanter Aktualität

Autorin

Christa v. Bernuth ist Journalistin in München. *Die Frau, die ihr Gewissen verlor* ist ihr erster Roman.

Christa v. Bernuth

Die Frau, die ihr Gewissen verlor

Roman

GOLDMANN

Umwelthinweis:
Alle bedruckten Materialien dieses Taschenbuches
sind chlorfrei und umweltschonend.
Das Papier enthält Recycling-Anteile.

Originalausgabe 5/99

Umschlaggestaltung: Design Team München
Umschlagfoto: TIB/Gosbee
Satz: Uhl + Massopust, Aalen
Druck: Elsnerdruck, Berlin
Titelnummer: 44374
Redaktion: Martina Klüver
BH · Herstellung: Heidrun Nawrot
Made in Germany
ISBN 3-442-44374-1

1 3 5 7 9 10 8 6 4 2

Für Wolfgang

1

Die Kinder schliefen aneinandergekuschelt, als die Maschine kaum merklich in den Sinkflug überging. Manuel schnarchte leise, ein paar Speichelbläschen zerplatzten auf seinen halboffenen Lippen. Julia preßte die feuchten Handflächen seitlich an ihre Jeans. Ihre Nervosität war nicht zu verbergen, obwohl es hier an Bord keinerlei Anlaß dafür zu geben schien. Sie sah sich um. Der Mann auf dem Gangplatz schräg hinter ihr schien rasch den Blick von ihr abzuwenden. Konzentriert starrte er in seine Zeitung, aber Julia glaubte es besser zu wissen. Sicher fragte er sich schon seit Stunden, was mit ihr los war.

Verdammt.

Julia holte tief Luft und fuhr sich durch die Haare. Sie fühlten sich strähnig und verfilzt an. Langsam normalisierte sich ihr Atem. Sie schloß die Augen, legte den Kopf an die Sitzlehne und lächelte: ein gutes Gefühl, wenn die Panik nachläßt. Sie stellte fest, daß sie zum ersten Mal seit Tagen Hunger hatte und zum ersten Mal seit Jahren Lust auf eine Zigarette. Aus heiterem Himmel überkam sie eine herrlich illusionäre Erleichterung, als ob sich ihr Leben auf magische Weise wieder eingerenkt hätte. Ihre Haut spannte von der trockenen Luft, die Zukunft war ein schwarzes Loch, und wahrscheinlich war sie dabei, jenen elementaren Fehler zu begehen, der ihre Existenz langfristig ruinieren würde. Doch in der nächsten Viertelstunde konnte ihr nichts zustoßen außer einem Flugzeugabsturz, und letzteres lag zur Zeit völlig außerhalb von Julias Vorstellungsvermögen. Normalerweise überstand sie keinen Langstreckenflug ohne Beruhigungsmittel, aber in ihrer Situation widerfuhr einem kein so spektakulärer Unglücksfall. Was sie betraf, dachte Julia, verfügte das Schicksal über zu viele andere, weitaus weniger aufwendige Möglichkeiten, um ihr Leben zu zerstören.

»Mami«, sagte Jenny. Sie war aufgewacht und betrachtete ihre Mutter mit großen, blauen Augen. Ihre leise, ernste Stimme fachte Julias Ängste wieder an. In Jennys flachsblond umrahmter Miene konnte sie nichts lesen, weder Müdigkeit, noch Ärger, noch Vorfreude. Sie mußte an die leeren Gesichter von Sonnenblumen denken, die sich in blindem Trotz nach Osten ausrichten, auch wenn die Sonne längst weitergewandert ist.

Jenny ihrerseits fürchtete sich, weil ihre Mutter sich fürchtete. Sie wußte, daß Mama sie manchmal haßte, weil sie ihr nichts vormachen konnte. Jenny durchschaute Lügen ganz instinktiv, registrierte jede Schwingung, die nicht mit dem Gesagten übereinstimmte. Dieses feine Gespür machte ihre Gesellschaft anstrengend.

Jenny entging dies nicht, und sie gab sich schon lange alle Mühe, sich eine dickere Haut zuzulegen.

»Ja, Maus, was ist denn?« fragte Mama, und Jenny verkrampfte sich erneut, weil schon wieder eine dieser unausgesprochenen Botschaften anklang, die in diesem Fall lautete: Laß mich in Ruhe, ich will mich nicht mit dir beschäftigen, du bist lästig und nicht wichtig, und trotzdem muß ich mir dauernd Sorgen um dich machen. Jenny zerbrach sich den Kopf nach einer harmlosen Frage, die ihre Mutter beruhigen würde. Gleichzeitig ärgerte sie sich, daß sie immer so vorsichtig sein mußte. Schließlich war sie das Kind, das beschützt werden sollte.

»Wenn wir gelandet sind, gehen wir dann in ein schönes Hotel?«

Julia seufzte unwillkürlich. Jenny liebte schöne, teure Hotels, genau wie sie selbst: die süße Sicherheit des Luxus. Künftig war die Sorte angesagt, deren Fenster klemmten, deren Tapeten abwaschbar waren und deren Bäder so klein, daß man nach jeder Dusche die Tür öffnen mußte, weil der Dampf einen blind machte.

»Wir schlafen in einem Hotel, aber nicht sofort. Wir mieten uns erst ein Auto, und dann fahren wir noch ein Stück.«

»Ich mag aber nicht mehr fahren!« maulte Jenny den Tränen nahe. Sie haßte jetzt schon diese ganze Unternehmung, deren Zweck sie nur ahnte. Das Ganze war jedenfalls nicht ihretwegen. Nie geschah etwas ihretwegen, immer war Manuel der Anlaß und der Nutznießer. Dabei war Manuel erst vier und sie schon neun.

»Ich will jetzt schlafen!«

»Jenny, in New York sind Hotels viel zu teuer. Und schau mal aus dem Fenster. Die Sonne scheint. Du kannst doch nicht mitten am Tag ins Bett gehen.«

»Kann ich schon.«

»Ihr könnt im Auto schlafen. Und heute abend gehen wir dann zu McDonalds.«

»Leck mich am Arsch!«

Jenny sei verhaltensgestört, sagte Julias Mutter. Jenny habe ihren sozialen Vater verloren und verkrafte das nicht, sagte die Therapeutin. Scharfsinnige Diagnosen, die keinem Menschen nützten, am allerwenigsten Jenny. Bodo war fünf Jahre lang Jennys »sozialer Vater« gewesen, und heute interessierte sie ihn einen Dreck. Bodo wollte nur Manuel. Ohne Julia und Jenny, selbstverständlich.

Es war so unglaublich leicht, einen Menschen zu vernichten – seelisch, moralisch, finanziell –, daß Julia sich wunderte, warum das nicht ständig überall geschah. Es brauchte keine körperliche Gewalt. Nur Geduld. Täglich ein bösartig formuliertes Anwaltsschreiben. Verleumdungen am laufenden Band, denn wenn man Lügen oft genug wiederholt, werden sie im Bewußtsein der anderen wahr. Schikanen, die sich summierten, bis man anfing zu zweifeln. An sich, an der Welt, an der eigenen Betrachtungsweise. Wer ist verrückt geworden? Die anderen oder ich?

Julia sah ihren Sohn an, der aufrecht wie ein kleiner Soldat auf seinem Fensterplatz saß und lieb und still wie selten durch die Doppelschichtscheibe in den diesigen Himmel sah. Hoffentlich war er nur müde. Hoffentlich wurde er nicht krank. Hoffentlich fiel ihm nicht plötzlich ein, daß er Sehnsucht nach seinem Vater hatte und zurück nach Hause wollte.

Das Flugzeug fiel in ein Luftloch. Abrupt streifte Jenny den Sicherheitsgurt ab, drängelte sich an ihrer Mutter vorbei und stolperte durch den Gang zwischen den Sitzreihen nach hinten. Julia eilte hinterher. Eine Stewardeß hielt Jenny auf.

»Is this your daughter?«

»Ja. Yes. I'm sorry.«

»Oh, that's alright. She just should sit down immediately.«

»Komm jetzt mit«, zischte Julia und zog die widerstrebende Jenny zurück zu ihren Plätzen. Die Turbulenzen wurden immer heftiger, aber Julia merkte es kaum. Das fehlte noch, jetzt allgemeine Aufmerksamkeit zu erregen. Es war ohnehin schon unvermeidlich, daß man sich an sie erinnerte. Eine Frau ohne männliche Begleitung, die mit mehr als einem Kind unterwegs war, fiel immer auf.

Die Maschine schwankte und rüttelte, so daß sie Jenny kaum festschnallen konnte. Hastig eilten die Stewardessen durch die Gänge und sammelten Plastikbecher, Dosen und Piccoloflaschen ein. Der Kapitän informierte die Passagiere per Lautsprecher, daß sie im Moment durch eine schwache Gewitterfront fliegen müßten, daß man aber bereits in zwanzig Minuten landen werde. Manuel sah immer noch aus dem Fenster und kreischte vor Vergnügen, als die Maschine wieder ins Bodenlose sackte. Auch Jenny zeigte plötzlich überhaupt keine Angst mehr, selbst als vor den Fenstern die Blitze zuckten und sie direkt in die Nacht zu fliegen schienen. Julia ergriff eine wilde, irrationale Freude über das Toben der Elemente außerhalb dieser kleinen, schwachen Aluminiumhülle.

Bis sie in das Gesicht eines Mannes sah, der kreidebleich, ein Taschentuch auf seine Lippen gedrückt, auf sie zutaumelte. Sie waren extra von Frankfurt statt von Hamburg aus geflogen, um keinem Bekannten über den Weg zu laufen. Wie dumm, daß sie nicht daran gedacht hatte, daß Reinhard in Frankfurt lebte und häufig in New York zu tun hatte. Ein erneuter Ruck ging durch die Maschine, und Reinhard stolperte an ihr vorbei. Sie traute sich nicht, ihm hinterherzuschauen. Selbst wenn er sie jetzt übersehen hatte, in der Schlange vor der Paßkontrolle würden sie ihm nicht entkommen.

Manuel hatte sich von seinem Gurt befreit und krabbelte über Jenny auf Julias Schoß. »Das war Onkel Reini«, krähte er fröhlich. In diesem Moment stießen sie durch die Wolkendecke, und das Rütteln ebbte ab. Regentropfen schlugen gegen die Scheiben.

»Kinder, Mama ist ganz furchtbar schlecht«, brachte Julia nur noch hervor.

Sie saßen in dem kleinen Sanitätsraum des John F. Kennedy Airports, wo die Stewardeß sie hingebracht hatte. Keine tolle Zuflucht vor Reinhard, aber besser als nichts. Alles kam darauf an, wie die beiden Brüder derzeit zueinander standen. Waren sie immer noch streitsüchtige Konkurrenten um die Gunst eines Vaters, der seit mindestens einem Jahrzehnt nicht mehr lebte? Oder standen die Zeichen gerade auf Versöhnung, wie Bodos Therapeut mehrmals angeregt hatte? Julia stützte den Kopf in die Hände. Außer ihr saßen noch an die zwanzig andere flugkranke Passagiere auf Klappstühlen, die an der Wand entlang aufgereiht waren. Eine knappe Stunde konnten sie hier zubringen, ohne sich verdächtig zu machen.

Als sie sich schließlich in Begleitung eines jungen Schwarzen vom Sicherheitsdienst auf den Weg zur Paßabfertigung machten, wirkten die Schalter verwaist. Von Reinhard war weit und breit nichts im bläulichen Kunstlicht zu sehen. Was, wenn er den Behörden schon einen Wink gegeben hatte? Leider war es etwas spät, sich diese Frage zu stellen. Wahrscheinlich merkte ohnehin jeder, daß mit ihr was nicht stimmte.

Nach einem selbstverschuldeten Autounfall mußte Frau Hoffmann in die psychiatrische Abteilung der Poliklinik eingeliefert werden. Wir haben hier die Aussage der beiden behandelnden Ärzte... Kurz darauf entführte Frau Hoffmann ihre beiden Kinder… eine Kurzschlußhandlung, die bedenkliche Rückschlüsse auf Frau Hoffmanns Geisteszustand erzwingt…

Julia nahm Manuel auf den Arm und legte Jennys widerstrebende Hand auf den Gepäckwagen, und so näherte sich die kleine Prozession dem Schalter. Julia beantwortete die üblichen Fragen, die Beamtin scherzte mit Manuel auf Julias Arm und winkte sie durch.

Alles ging glatt, bis sie den Zoll passierten.

»Anything to declare?«

»Nothing«, sagte Julia und strahlte den dicken Glatzkopf an, als habe er ihr das netteste Kompliment der Welt gemacht. Wahrscheinlich erweckte das sein Mißtrauen.

»Just a moment, Ma'am. Would you please open your handbag?«

Julia starrte den Beamten an, als wollte sie ihn auswendig lernen. Ihre Gedanken fuhren Achterbahn. Noch Wochen später würde sie sich an jedes Detail seines Gesichts (breiter, voller Mund, platte Nase, dunkelbraune, schwerlidrige Augen), seiner Hände (behaarte Handrücken, abgebissene Fingernägel) erinnern. Julias Beine wurden schwer. Das Blut, das sich dort sammelte, fehlte in ihrem Kopf, der sich anfühlte wie ein Heliumballon. Vielleicht kam das auch von dem schwachen Ölgeruch, der von der Tasche aufstieg. Ihre Hände zitterten, als sie alles auspackte. Flugtickets, Pässe, Lippenstift, Papiertaschentücher, Manuels Stoffhase, Make-up, Kaugummi, Streichhölzer.

Und ein gefälschter Führerschein mit Julias Photo auf den Namen Marita Klein. Und eine VisaCard mit Julias Unterschrift auf den Namen Marita Klein.

Trotz der arktisch temperierten Klimaanlage brach ihr der Schweiß aus.

»Hi, Bodo.«

»Reinhard! Bist du das?«

»Ja.«

»Woher hast du meine Handynummer?«

»Das ist doch egal, Bodo. Aus dem Internet, wenn du's genau wissen willst. Hör mal, ich wollte mich nur erkundigen, ob du Bescheid weißt.«

»Bescheid? Wovon redest du?«

»Von Julia. Daß sie mit den Kindern nach New York geflogen ist.«

»Was soll der Blödsinn! Julia ist in Hamburg.«

»Ist sie nicht. Ich hab' sie vor einer Stunde in der Maschine gesehen. Mit Manuel und Jenny.«

»...«

»Bodo! Bist du noch dran?«

»Das kann nicht wahr sein. Wo bist du jetzt?«

»Im Hilton. Ich hab' auch nicht viel Zeit. Ich wollte dir nur Bescheid sagen.«

»Hast du mit ihr geredet?«

»Nein, ich...«

»Du triffst Julia im Flugzeug nach New York und redest nicht mit ihr? Zum Teufel, wieso nicht?«

»Hey, Bodo, mir reicht's. Ich rufe dich extra an, um dir Bescheid zu geben, und du behandelst mich wie...«

»Schon gut, mach jetzt kein Theater. Weißt du, wo sie ist?«

»Natürlich nicht! Ich hab' was Besseres zu tun, als deine Ex zu observieren!«

»Reinhard. Reinhard, jetzt mal immer mit der Ruhe. Bist du sicher, daß sie's war? Mit Manuel? Kein Irrtum möglich?«

»Herrgott...«

»Okay, okay. Hör mir zu. Was immer du dort drüben zu tun hast – ich zahle besser.«

»Was meinst du damit?«

»Ich will, daß du sie findest. Ruf alle in Frage kommenden Hotels in New York an. Wenn das nichts bringt, die Autovermietungen am Flughafen. Hertz, Avis und so weiter. Wenn du sie findest, wirst du's nicht bereuen, Reini. Nimm dir Zeit. Das wird ihr das Genick brechen.«

»Was springt für mich dabei raus?«

»Das Ende deiner Schulden. Dürfte wohl reichen, wie?«

»Das will ich schriftlich, Bodo. Ich will einen Vertrag. Hieb- und stichfest. Vorher mach' ich keinen Strich.«

»Okay, du ... Gib mir die Faxnummer von deinem Hotel.«

»Was ist los, machst du schon Feierabend?« Jos Grinsen spiegelte sich verschwommen neben Maritas Gesicht im Bildschirm. Er legte seine Wange an ihre. Marita klickte die letzten beiden zueinander passenden Symbole an, und ein feuerspeiender Comicdrache tauchte auf dem Bildschirm auf.

»Ha! Hast du das gesehen?«

»Toll, Marita. Soll ich dir sagen, wie oft ich *Shanghai* schon gewonnen habe?«

»Schon gut, du Angeber.« Marita beendete das Programm und schaltete den Mac ab.

»Tausendmal. Wenn's reicht!«

»O Jo. Laß uns heiraten und kleine Nobelpreisträger zeugen.«

»Ich vermenge meine kostbaren Gene nicht mit einem minderwertigen Pool ... He, wo willst du hin? Ist dir vielleicht entgangen, daß es erst zwei Uhr ist? Ein regulärer Arbeitstag dauert ...«

»Mann, Jo, kümmer dich um deinen Scheiß«, unterbrach ihn Marita, aber sie lächelte. Sein After-shave roch gut. Schon im Mantel legte sie kurz ihre Wange an seine frisch rasierte. Sie fühlte sich plötzlich träge wie eine Katze und eine Spur sexy, obwohl sie nicht sicher war, ob sich Jo überhaupt für Frauen interessierte. Sie waren allein, die Kollegen waren beim Mittagessen. Ein leichter Windstoß ließ eines der offenen Fenster an die Wand schlagen. Draußen prasselte der Regen, wie so oft in diesem furchtbar kalten August des Jahres 1998, wo überall Hitzerekorde gebrochen wurden, nur nicht in Hamburg.

»Hey, Süße, wie wär's mit einer Wahnsinnsnummer auf Juttas geilem Leuchttisch?« murmelte Jo in ihre Haare. Marita kicherte und machte sich los. »Du spinnst«, sagte sie, nicht völlig überzeugt. Jutta war die Art-Direktorin. Ihr Büro war leer.

»Komm schon. Jutta ist heute beim *Publishers Lunch.*« Jo imitierte Juttas wichtigtuerische Stimme.

»Mit dem Verleger?«

»*O ja, Jo, denk mal an. Wir diskutieren das Dummy für* Kids Today.«

»O-Ton Jutta?«

»*O ja, Marita!*«

»Ich muß jetzt los«, sagte Marita.

»Nein, meine Schöne!«

»Doch. Ich hab' was zu erledigen.« Sie nahm ihre Tasche vom Tisch. Plötzlich war sie verlegen. Jo sah ihr zu, mit ernstem Gesicht. »Du hast irgendein Problem, stimmt's?«

Sie lächelte. »Ich hab' Jutta die Farbkopie von der Modestrecke auf den Tisch gelegt. Wenn ihr was nicht paßt, ich bin morgen wieder da.«

»Das war keine Antwort auf meine Frage.«

»Laß mich jetzt, Jo. Vielleicht erzähle ich dir mal die ganze Geschichte.«

Julias Anwalt hatte seine Kanzlei in Altona. *Das war Julias erster Fehler,* dachte Marita, während sie an verwitterten Backsteinfassaden vorbeifuhr. *Kein Anwalt, der in Hamburg was auf sich hält, macht eine Kanzlei in Altona auf.* Im Dauerregen der letzten Wochen wirkte das Viertel so schäbig und trostlos wie nie. Vielleicht waren das schon die Vorboten der Klimakatastrophe. Ewige Hitze am Mittelmeer und ständig sinkende Durchschnittstemperaturen in Nordeuropa. Kein Sommer und kein Winter mehr, statt dessen Regen, Wind und Kälte zu jeder Jahreszeit. Und ein ewig grauer Himmel. Die Vorstellung war fast am schlimmsten. Marita fuhr dreimal erfolglos um den Block und parkte ihren Fiat schließlich auf dem breiten Bürgersteig vor dem Haus, in der Hoffnung, daß sich diesmal kein Öko-Prinzipienreiter die Mühe machen würde, ihre Antenne umzubiegen.

Heiner Jenicke, Rechtsanwalt. Sprechstunden nach Vereinbarung. Sie holte tief Luft, als sie auf die Klingel drückte. Sie hatte sich nicht mal angemeldet. Gut möglich, daß er gar nicht da war. Vielleicht hatte er einen Gerichtstermin. Insgeheim hoffte sie genau das. Der Türöffner summte.

Natürlich gab es keinen Lift. Marita musterte das Treppenhaus, während sie auf den ausgetretenen Stufen in den dritten Stock stieg. Jemand hatte hier seinen kreativen Ambitionen freien Lauf gelassen. Das Geländer war honigfarben, die Wand türkis gestrichen. An der Decke rankte sich dilettantisch gemaltes Blattwerk, das wohl Weinlaub darstellen sollte. Maritas Schritte wurden langsamer, und am liebsten wäre sie umgekehrt. Mit jedem Meter wurde ihr klarer, auf was sie sich eingelassen hatte.

»Warum? Warum, Frau Lange? Warum tut sie mir das an?« *Er mag sie,* dachte Marita, während sie Jenicke beobachtete, der mit langen Schritten sein erstaunlich elegantes Büro durchmaß. Jenicke war jung, vielleicht Mitte Dreißig. Blonde Haare, langer, etwas gebeugter Körper.

Schließlich setzte er sich hin, riß sich die Krawatte vom Hals, öffnete sein Button-Down-Hemd.

»Das ist ein verdammt starkes Stück. Haut einfach nach Amerika ab, ist das zu fassen. Wissen Sie, daß ich in den letzten drei Monaten kein Geld gesehen habe? Macht nichts, macht nichts. Meine Schuld, daß ich zu gut bin für diese Gesellschaft von Schnorrern und Habenichtsen. Liebe Frau Lange, hiermit setze ich Sie davon in Kenntnis, daß der Gerichtstermin in zwei Wochen ist. Wenn Frau Hoffmann bis dahin nicht wiederauftaucht…«

»Lieber Herr Jenicke, vergessen Sie's. Julia kommt garantiert nicht wieder zurück. Nicht, bevor sie eine echte Chance hat, den Prozeß zu gewinnen.«

»Sie verliert das Sorgerecht endgültig, wenn sie hier nicht innerhalb von ein paar Tagen auf der Matte steht, so sieht's aus! Wir können von Glück sagen, daß gerade Sommerferien sind, sonst könnte man ihr noch vorwerfen, daß sie Jennys Schulpflicht vernachlässigt.«

»Schreien Sie mich nicht an, ich bin nicht Julia«, sagte Marita.

»Entschuldigung. Klar, ich sehe, daß Sie nicht Julia sind. Aber mal ganz unverschämt gefragt, was machen Sie dann hier eigentlich? Was ist Ihre Funktion in dieser ganzen Sache? Sind Sie Frau Hiob, die gesandt wurde, um mir den Tag zu verderben?«

»Ich will Ihnen helfen«, sagte Marita. Jenicke starrte sie an.

»Wobei?« fragte er schließlich. Spürbar bemüht, sich zu mäßigen. »Sind Sie auch Anwältin?«

»Nein, ich bin Julias Kollegin. Wir arbeiten in derselben Redaktion, verstehen Sie. Beziehungsweise… Wir sind befreundet. Sie hat mal… was für mich getan. Jetzt bin ich dran. Ich will etwas tun.«

»Und was bitte könnte das sein? Sie haben doch keine Ahnung von der Materie.«

»Julia hat mir eine Menge erzählt. Bodo Stein ist gefährlich. Er hat Dreck am Stecken. Wir müssen nur rausfinden, welchen. Ich werde das recherchieren.«

Jenicke seufzte. »Frauenfreundschaft, wie? Schauen Sie, das ist wirklich rührend. Aber glauben Sie's mir einfach: Wir haben alles versucht, was Herrn Stein betrifft. Da ist nichts. Der Mann ist entweder sauber oder wesentlich schlauer als wir. Er hat die besseren Karten, und Julia hat in letzter Zeit viel Mist gebaut. Sie können Julia am allerbesten helfen, wenn Sie sie wieder hierher zurückbringen. Sollten Sie das nicht schaffen, wird die Verhandlung ohne sie stattfinden, und dann wird unser wunderbarer, effizienter Staat dafür sorgen, daß man sie und die Kinder findet und zurückbringt, und dann bekommt sie noch nicht mal ein Umgangsrecht mit Manuel. Machen Sie das Julia klar. Man wird sie finden, und dann sieht alles noch schlechter für sie aus.«

»Daran«, sagte Marita, »haben wir gedacht.«

Neun Uhr abends, die Grafik war leer, bis auf Julia und Marita. Julia hatte einen Stuhl an Maritas Arbeitsplatz herangerückt und sah ihr über die Schulter. Marita hatte ihr eigenes

Führerscheinfoto in den Mac gescannt, das jetzt mitsamt dem Stempel, der das Foto mit dem rosa Schein verbindet, auf dem Bildschirm erschien. ...sestadt Hamb... Marita bewegte die Maus, und der Cursor markierte sorgfältig die Umrisse der einzelnen Buchstaben. Ein Doppelklick, und der Hintergrund war eliminiert.

»Das war's schon fast«, sagte Marita. Sie verkleinerte das Ergebnis auf Originalgröße und ließ es ausdrucken. Danach schnitt sie das Viertel mit dem Stempelteil aus und plazierte es auf Julias Paßfoto, das sie mitgebracht hatte. Mit einem Pinsel trug sie Nitroverdünnung auf dem Papierschnipsel auf. Sekundenschnell hatte sich ...sestadt Hamb... auf Julias Foto übertragen. Sie brauchten es nur noch in Maritas Führerschein einzukleben.

»Gut, daß die Dinger noch nicht fälschungssicher sind.«

»Was ist, wenn du deinen Führerschein mal vorzeigen mußt?«

»Kein Problem«, sagte Marita. »Dann melde ich ihn als gestohlen, und wir müssen uns was Neues ausdenken. Aber soweit kommt's nicht, glaub mir. Ich bin noch nie kontrolliert worden. Du bist diejenige, die sich vorsehen muß, Süße. Wenn die Highway Patrol Führerschein und Paß sehen will, hast du ein Problem.«

»Natürlich wissen Sie, daß Sie sich damit strafbar gemacht haben.« Jenicke zündete sich eine Zigarette an, ohne Marita eine anzubieten. Sie schwieg. Sie brauchte einen Verbündeten, erkannte sie plötzlich. Sie mußte Jenicke auf ihre Seite bekommen. Allein war das hier eine Nummer zu groß für sie. Es war so, als würde sie aus einem Traum erwachen. Worauf hatte sie sich da eingelassen? Bodo Stein war gefährlich, und sie glaubte, daß Julia zu Recht Angst vor ihm hatte. Aber was konnte sie dazu tun?

»Julia ist eine tolle Frau, keine Frage«, sagte Jenicke, als hätte er ihre Gedanken gelesen. »Sie ist sehr geschickt im Überzeugen. Sie hat diese Begabung, bestimmte Dinge zu dramatisieren... Ist Ihnen das nie aufgefallen?«

Marita schüttelte den Kopf. »Sie glauben, Julia hat mich manipuliert. Das stimmt nicht.«

Jenicke lächelte. Er wirkte jetzt ganz ruhig. »Machen wir doch mal einen Test. Was hat Ihnen Julia von Bodo Stein erzählt, das so gravierend war, daß Sie sich bemüßigt fühlten, Julia bei einer strafbaren Handlung zu assistieren?«

Marita machte den Mund auf und wieder zu. Ihr fiel nichts ein. Nichts wirklich Schwerwiegendes. Bodo hatte Julia geschlagen, okay. Aber es war offenbar nur ein einziges Mal passiert. Bodo verleumdete Julia bei ihrem Sohn, sooft er Gelegenheit dazu hatte. Schön, aber das machten viele Eltern im Trennungsstreß. Was hatte Julia sonst noch gesagt? Daß er sie schikanierte. Kein feiner Zug, aber bestimmt nichts Ungesetzliches. Daß sie Angst hatte. Aber dieses Gefühl war diffus, hatte sie selber zugegeben.

»Julia sagt, daß er besessen ist. Sie glaubt, daß er alles tun würde, um Manuel zu bekommen. Ich meine, wirklich alles. Er ist brutal, sobald er sich eine Idee in den Kopf gesetzt hat.«

»Ist das alles?«

Marita senkte den Kopf. »Ja. Ich finde, das reicht.«

»Sie sehen, worauf ich hinaus will. Julia ist gut darin, Leute für ihre Zwecke einzuspannen. Sie fühlen sich ihr verpflichtet und sind deshalb ein geeignetes Opfer.«

»Ich dachte, Julia bezahlt Sie dafür, daß Sie ihre Interessen vertreten.«

»Das wäre schön«, sagte Jenicke.

»Was meinen Sie damit?«

»Meine Liebe, hören Sie mir eigentlich zu? Julia hat mich seit Monaten für überhaupt nichts mehr bezahlt. Wenn hier jemand wirklich selbstlos agiert, dann bin ich das.«

»Wo doch die betuchten Klienten bei Ihnen Schlange stehen!«

»Ich glaube nicht, daß sie und ich noch was zu besprechen haben!« Jenicke sah beleidigt aus. Marita entschuldigte sich. Schlechter hätte das Gespräch nicht laufen können, und das lag allein an ihr. Vielleicht wollte sie im Grunde mit der ganzen

Sache nichts mehr zu tun haben, vielleicht führte sie sich deshalb so auf. Kein schöner Gedanke.

»Warum?« fragte sie sanft und reuevoll.

»Warum was?«

»Es tut mir leid, was ich vorhin gesagt habe. Ehrlich. Ich möchte wissen, warum Sie sich immer noch für Julia engagieren.«

Jenicke seufzte. Die Frage schien ihn etwas aus dem Konzept gebracht zu haben. Er dachte nach. Schließlich sagte er: »Ich will ganz ehrlich mit Ihnen sein. Der Fall ist ziemlich interessant. Nur ganz wenige uneheliche Väter gehen vor Gericht. Das liegt daran, daß sie das alleinige Sorgerecht in der Regel gar nicht beantragen können.«

»Verstehe ich nicht. Dann hat doch Stein überhaupt keine Chance.«

»Doch, und zwar seitdem die neuen Sorgerechtsgesetze in Kraft sind. Stein war sehr trickreich, und Julia hat sich in klassischer Manier über den Tisch ziehen lassen. Im Grunde ist alles ihre Schuld.«

»Julia hat nie ein Wort...«

»Das kann ich mir vorstellen. Es war ihr sicher peinlich.«

»Was? Was war ihr peinlich?«

Jenicke beugte sich vor und faltete die Hände. »Sie wollen ihr helfen und haben keine Ahnung, stimmt's?«

»Hören Sie auf, mich so herablassend zu behandeln!« sagte Marita zornig, aber plötzlich begann sie zu frösteln. Sie zog ihre Cardigan-Jacke enger über die Schultern. Jenicke beobachtete sie und sagte nichts. Ein unbehagliches Schweigen breitete sich aus. Schließlich stand Jenicke auf, stellte sich ans Fenster und starrte in den bleiernen Himmel. Mit dem Rücken zu ihr begann er zu reden, in mattem Tonfall, als sei Marita ein begriffsstutziges Schulkind, dem er schon tausendmal das gleiche erklärt hätte.

»Vor etwa einem Monat, also Anfang Juli, hatten Herr Stein und Frau Hoffmann eine kurze Versöhnungsphase. Sie haben sich wieder getroffen, sie haben über eine eventuelle gemeinsame Zukunft geredet, und ich schätze, sie waren auch wieder im Bett miteinander.«

»Was? Das ist völlig unmöglich!«

»Lassen Sie mich bitte ausreden. Im Zuge dieses romantischen Intermezzos hat Stein Julia Hoffmann dazu gebracht, in Anwesenheit eines Notars eine Erklärung zu unterschreiben. Fragen Sie mich nicht, wie er das gemacht hat.«

»Diese Erklärung. Wovon handelt sie?«

»Oh, sie ist ganz kurz. Eine kurze notariell beurkundete Erklärung an das Jugendamt, daß Stein und Hoffmann das gemeinsame Sorgerecht für ihren gemeinsamen Sohn Manuel beantragen.«

Marita sah ihn ungläubig an. »Sie meinen, daß Julia ...?«

»Ganz genau. Sie hat sich über den Tisch ziehen lassen, weil sie nicht ahnte, daß diese Erklärung nach Paragraph 1626a, Absatz eins des neuen Sorgerechtsgesetzes die Grundlage dafür ist, daß Bodo Stein nach einer Trennung das alleinige Sorgerecht beantragen kann.

»Warum? Was besagt dieser Paragraph?«

»Eigentlich nur, daß auch unverheiratete Paare das gemeinsame Sorgerecht beantragen können. Daraus folgt aber nun wiederum, laut Paragraph 1671, daß nach einer Trennung jeder Elternteil das alleinige Sorgerecht beantragen kann.«

»Auch ein unehelicher Vater, der nie mit der Mutter verheiratet war. Denn wenn ein unehelicher Vater das gemeinsame Sorgerecht bereits hat, kann er auch das alleinige Sorgerecht beantragen. So ist das nun mal nach der neuen Gesetzeslage.«

»Die wann in Kraft trat?«

Jenicke lächelte bitter. »Am ersten Juli 1998«, sagte er.

»Vor einem Monat.«

»Ganz genau.«

»Das kann nicht wahr sein!«

»Natürlich sind diese Umstände dem Gericht bekannt. Wir haben in einem Schriftsatz ausführlich darauf hingewiesen, daß Stein Julia Hoffmann in betrügerischer Absicht diese verdammte Unterschrift entlockt hat, was ein sittenwidriges Verhalten ist. Stein hat daraufhin argumentiert, daß er zu diesem Zeitpunkt tatsächlich an eine Versöhnung und eine gemeinsame Zukunft glaubte, Julia aber durch ihr Verhalten wieder alles kaputtgemacht habe.«

»Und der Richter glaubt diesem Schwein?«

»Warum sollte er nicht? Julia hat vor Gericht keine besonders gute Figur gemacht.«

»Aber...«

»Andererseits ist Stein natürlich mit harten Geschützen aufgefahren. Das mußte er in dieser Situation auch. Er versucht mit aller Macht, Julia schlecht dastehen zu lassen. Ihm kann es nur recht sein, wenn das Gericht zu der Auffassung gelangt, daß Julia ihrem Kind schadet.«

»Das stimmt doch nicht!«

»Nein, das glaube ich auch nicht«, sagte Jenicke und setzte sich wieder hin. »Wenn Sie's genau wissen wollen: Sobald alles vorüber ist, werde ich diesen Fall in der Fachpresse veröffentlichen, egal wie er ausgeht. Es gibt keinen besseren Beleg für die Absurdität der Gesetzeslage.«

Marita holte tief Luft. »Wissen Sie was, es ist mir egal, was Sie machen, wenn alles gelaufen ist. Vielleicht werden Sie berühmt, und wenn ja, dann um so besser. Hauptsache, Sie helfen mir jetzt dabei, Julia zu helfen. Ich habe versprochen, alles zu tun, was ich kann. Und ich werde heute anfangen.«

»Sie sind ganz schön hartnäckig.«

»Tun Sie nicht so. Sie haben selber ein Interesse an dem Fall. Lassen Sie mich Ihnen helfen.«

Jenicke fuhr sich durch die Haare. »Haben Sie zufällig einen schwarzen Fiat Punto verkehrswidrig auf dem Bürgersteig abgestellt?« fragte er plötzlich.

»Ja. Wieso, was soll das jetzt?«

»Gerade eben drückte ein Typ faule Tomaten auf Ihrer Windschutzscheibe aus. Vielleicht versuchen Sie's in Zukunft doch mal mit Gesetzestreue. Dann sehen wir weiter.«

2

Die Einsamkeit lag wie ein schweres Tuch auf ihrem Gesicht, verstopfte Ohren und Augen, alle Sinne. Die Außenwelt war von der Dunkelheit verschluckt. Es existierte nur noch das, was ihr Gehirn erschuf. Erinnerungen, Reflexionen, komplizierte Pläne. Sie biß die Zähne zusammen und atmete langsam und konzentriert durch die Nase. Wenn sie jetzt anfing zu weinen, würden die Kinder aufwachen.

Vielleicht war es auch nur die Stille. Der Highway war kaum dreihundert Meter entfernt, aber man hörte kein Geräusch, seitdem sie die lärmende Aircondition ausgeschaltet hatte. Nicht mal die Federung der beiden Doppelbetten quietschte.

Das Motel hieß Quiet Sleep. Es lag an der Brandmauer einer Gaststätte, in der sie vor zwei Stunden Chicken Wings mit Hot Salsa verzehrt hatten, und die Fenster gingen auf ein Maisfeld hinaus. YOU WON'T COUNT SHEEP – MOTEL QUIET SLEEP (2 MILES). Dieses Plakat mit einem riesigen, grinsenden Schaf stach aus irgendeinem Grund heraus aus dem übrigen Tankstellen-, McDonalds-, Wendy- und Autoreparaturwerkstätten-Schilderwald, der den New Jersey Turnpike Meile um Meile flankierte. Vielleicht weil es so verlockend beruhigend wirkte und weil sie so erschöpft war.

Sie hatte sich, weiß der Teufel warum, ein im Kolonialstil errichtetes Landhaus mit einer säulengestützten Veranda aus weißgestrichenem Holz vorgestellt. Es war aber nur ein moderner Flachbau mit einem violettgekachelten Pool davor. Ein junges, dickes Mädchen, fast noch ein Kind, hatte ihnen das Zimmer gezeigt und dabei nach einem »hubby« gefragt. Es brauchte seine Zeit, bis Julia verstand, daß sie damit »husband«, Ehemann, gemeint hatte. »No hubby«, hatte sie schließlich erwidert, und das Mädchen hatte verständnisvoll gegrinst und einen schnellen Blick auf Julias linke Hand geworfen, den kein Ehering zierte.

An Schlafen war nicht zu denken. Sobald Julia eindöste, sah sie in schauderhafter Deutlichkeit einen Mann mit kurzen dunklen Haaren mit dem Gesicht nach unten in einer Blutlache im Sand liegen. Dieses halluzinatorische Bild wirkte echt bis in die Details, selbst das Material seiner Jacke oder die Form des Blutflecks, oval wie ein Ei, hätte Julia beschreiben können. Entsetzt riß sie die Augen immer wieder auf und starrte in die heiße, stickig-feuchte Dunkelheit. Es war Einbildung, beschwor Julia ihr dunkles, irrationales Ich, das stets offen für die schlimmstmöglichen Interpretationen der Wirklichkeit war, es war ein illustriertes Konstrukt aus allen Horrorfilmen, die sie im Lauf ihres Lebens konsumiert hatte. An diese tröstlich plausible Erklärung klammerte sie sich so lange, bis ihr anderes Ich sie hämisch auslachte. *Was für eine durchsichtige Verdrängungsstrategie, Julia!*

Sie drehte sich auf die Seite und klemmte die dünne Bettdecke zwischen die Knie. Ihr Nachthemd war schweißnaß. Um die quälenden Gedanken loszuwerden, versuchte sie mit aller Kraft an etwas Schönes zu denken: an tropische Sonnenuntergänge. Thailand. Der schönste Urlaub, den sie je mit Bodo hatte. Sie schloß die Augen und entspannte sich. Von dunkelgrünen fleischigen Blättern tropfte Regen, Lianen hingen bis auf den Boden, ein Papagei flatterte krächzend davon. Und Bodo berührte sie zärtlich, ständig und überall, und er sagte mit dieser belegten Stimme, die sie so scharf machte, daß er verrückt nach ihr sei, ihrem Haar, ihrem Mund, ihrem Lachen, ihren langen Beinen, ihren Füßen mit den perfekt modellierten Zehen... Und wieder kam dieser Augenblick schrecklicher, namenloser Verzweiflung, in dem sie erkannte, daß sie immer noch nicht frei war. Sie stöhnte leise im Würgegriff eines Verlangens, das so schädlich wie vergeblich war.

Mitten in der Nacht wachte sie davon auf, daß eine kleine Hand an ihr Gesicht faßte. »Mama, muß spucken«, sagte eine zarte Stimme an ihr Ohr, und genau das passierte, glücklicherweise erst, nachdem Julia ihren Sohn hastig ins Badezimmer verfrachtet hatte und über das Klo hielt. Die Chicken Wings vertrugen sich nicht mit der Fanta, die Manuel in sich hineingeschüttet hatte. Julia nahm ihren Sohn in den Arm und setzte sich auf den Badewannenrand, harrend der bekannten Dinge, die da kommen würden. Sie wußte, daß Manuel dabei war, sich einzuheulen, und erfahrungsgemäß immer lauter und zorniger werden würde. Davon würde Jenny aufwachen und alles noch schlimmer machen. Wahrscheinlich würde ihr aus Eifersucht ebenfalls schlecht werden.

»Will heim zu Papa!« Sein Kopf war heiß, die Haare feucht. Sie ließ kaltes Wasser über ein Handtuch laufen und legte ihm einen Zipfel auf die Stirn.

»Schätzchen, wir fahren ja bald wieder heim.«

Sein Körper verspannte sich erneut.

»Nein! Jetzt!«

»Jetzt geht's noch nicht. Aber ganz bald.«

»Jetzt! Jetzt! Blöde Arschlochmama, will zu meinem Papa!« Das Geschrei schwoll an, und Manuel begann, mit seinen kleinen Händen auf seine Mutter einzuschlagen. Nichts half gegen solche Ausbrüche. Manchmal verpaßte man den richtigen Zeitpunkt (den es vielleicht gar nicht gab), und dann wurde Manuel von einer aggressiven, unberechenbaren Macht in Besitz genommen, die ihn in einen kleinen Berserker verwandelte. In diesem Zustand hatten selbst größere und kräftigere Kinder keine Chance gegen ihn. Dann ertappte sich Julia bei dem Gedanken, daß Zwangsjacken für Kinder kein schlechtes pädagogisches Hilfsmittel wären.

Sie setzte Manuel in die Badewanne und nahm sich ein Valium aus ihrer Waschtasche, obwohl sie eigentlich mit ihrem Vorrat haushalten wollte. Selbst in Amerika bekam man Tranquilizer nicht rezeptfrei im Drugstore, und deshalb würde sie ab morgen versuchen, wieder von dem Zeug herunterzukommen. Die letzten zwei Tage hatte es gut geklappt, sie war ja glücklicherweise nicht süchtig. Aber im Moment ... Es war wie damals, als Bodo Manuel das erste Mal abgeholt und abends wieder zurückgebracht hatte. Jenny war den ganzen Tag verstört und nicht ansprechbar gewesen. Abends beim Abschied hatte sich Manuel schreiend an seinen Vater geklammert, und Julia hatte seine Ärmchen mit Gewalt lösen müssen. Währenddessen war Bodo regungslos mit hängenden Armen dagestanden, als sei er das Opfer und sie die Täterin. »Papa hat dich sehr lieb«, hatte er noch hinterhergerufen, als sie ihren tobenden Sohn von der Straße in die Wohnung trug. Die Spezialität aller Heuchler: Öl ins Feuer gießen.

»Wenn du jetzt nicht sofort still bist, mußt du im Bad schlafen, du blöder Schreihals!« Jenny stand mit weinerlicher Miene an der Tür und forderte die gleiche Aufmerksamkeit, die Manuel bekam und sie viel zu selten.

All das spürte Julia mit der Klarheit der Übermüdeten: Ihre Tochter brauchte sie, und sie war nie wirklich für sie da. Wenn diese chaotische Flucht irgendeinen Sinn haben sollte, dann diesen: ihren Kindern wieder näherzukommen. Beiden Kindern.

Warum nicht gleich damit anfangen? Jetzt war die Nacht sowieso gelaufen.

Eine Frau im weißen Leinenkostüm hatte sich neben Reinhard gesetzt. Er registrierte das sehr wohl, er war ja nicht blind. Eine Latina, recht attraktiv. Aber Reinhard hatte jetzt keine Zeit. Er mußte nachdenken, und ein paar Heineken waren dabei möglicherweise hilfreich, aber erotische Verwicklungen bestimmt nicht. Er war ein hübscher Mann, eher klein, aber kräftig gebaut, und eine Menge Frauen hatten ihn bereits darauf aufmerksam gemacht, daß seine vollen Lippen sinnlich wirkten. Eine optische Täuschung. Reinhard hatte nichts gegen Sex, aber er konnte auch sehr gut ohne all das leben. Er war von etwas ganz anderem besessen.

Die Frau, von Reinhards anhaltendem Desinteresse offenbar entmutigt, fing schließlich ein Gespräch mit dem Nachbarn auf ihrer linken Seite an. Reinhard bestellte noch ein Bier. Die Bar, ausgestattet wie ein irischer Pub, war halb leer. Ein paar Geschäftsleute saßen, jeder für sich, an runden Tischchen und tranken still vor sich hin. Reinhard wartete auf den Mann, der ihm eine Beteiligung an einem ziemlich guten, fast sogar todsicheren Geschäft angeboten hatte. Es ging um »intelligente Alarmanlagen«. Sie waren mit Sensoren und hochspezialisierten Bewegungsmeldern ausgestattet, die die Bewohner eines Hauses von unberechtigten Eindringlingen unterscheiden konnten. Sowohl ihre Stimmen als auch ihre charakteristischen Bewegungen wurden gespeichert und bei Bedarf automatisch abgerufen. Eine tolle Sache nicht nur für Privathaushalte, sondern auch für Büros, in denen viel nachts gearbeitet wurde.

Der Erfolg war praktisch programmiert, das Gewinnpotential dermaßen hoch, daß Reinhard beim Gedanken daran ganz schwindlig wurde. Darüber hinaus handelte es sich um eine stockseriöse, fast risikofreie Investition. Der Prototyp war bereits gebaut (Reinhard hatte die farbigen Computerausdrucke gesehen), nun ging es um die serienmäßige Herstellung, die eine Firma in Portland übernehmen wollte. Eine Reihe von möglichen Abnehmern hatte bereits starkes Interesse angemeldet – es fehlte im Moment lediglich an Kapital.

Nicht daß Reinhard über letzteres verfügte (tatsächlich war genau das Gegenteil der Fall), aber Bodo hatte ihm diesen ansehnlichen Betrag als Vorschuß angeboten, sofern er Julia ausfindig zu machen versuchte. Das riß ihn raus. Die Summe konnte er auf jeden Fall schon mal einsetzen. Natürlich stand er dann erst recht bei Bodo vertraglich im Wort, und er wußte, daß sein Bruder Schriftliches todernst nahm. Aber darüber machte er sich jetzt erst mal keine Sorgen. Diese andere Sache mußte schnell über die Bühne gehen, und das war auch gut so, denn Reinhard vertraute blind auf die innovativen Kräfte des amerikanischen Marktes. Im bürokratisch trägen Deutschland hatten solche Geschäfte keine Zukunft, aber hier bekam jeder eine Chance, der mutig auf ein neues Produkt setzte, glaubte Reinhard. Es war einfach nur Pech, daß er bereits mit mehreren Projekten ähnlicher Natur auf die Nase gefallen war.

Reinhard dachte jetzt nicht daran. Er wollte sich seine gute Laune auf keinen Fall verderben. Die Zukunft erschien ihm wie eine Wundertüte voller herrlicher Überraschungen.

Wenn Bodo sich ein paar Tage Urlaub gönnte, plante er ihn so, daß allen Eventualitäten Rechnung getragen wurde – zum Experimentieren war ihm seine Zeit zu teuer. Wie recht er mit seiner hundertfach bewährten Maxime hatte, erwies sich jetzt, wo er sich einmal ausschließlich auf die Empfehlung eines Kollegen verlassen hatte.

Das Hotel lag mitten im Dalt Vila, dem alten Viertel Ibizas, und war innen mit gemusterten und bestickten Stoffen und viel dunklem Holz in einer Mischung aus spanischem und maurischem Stil eingerichtet – ein kultiviertes, ästhetisch ausgefeiltes Chaos. Leider hatte man Bodo und seiner Begleiterin das schlechteste Quartier gegeben, obwohl er reserviert hatte. Sein Zimmer hatte nicht wie die anderen eine Terrassentür, sondern nur ein winziges Fenster. Es war auch ohne Ventilator, so daß die Hitze nachts unerträglich geworden war. Selbst der Platzregen hatte keine Abkühlung gebracht. Zu allem Überfluß war im hauseigenen Restaurant auf der überdachten Terrasse direkt unter ihm bis spät in die Nacht getafelt, getrunken und laut gelacht worden. Und für diese Unannehmlichkeiten war der Preis entschieden zu hoch, genauso hoch nämlich, hatte Bodo zu seiner Empörung dem Prospekt entnommen, wie für die übrigen viel besser ausgestatteten Zimmer.

Er drehte sich um. Das Laken, in das er sich gewickelt hatte, war schweißnaß. Das Mädchen neben ihm, eine achtzehnjährige Tschechin mit kurzem, kohlschwarz gefärbtem Haar, wälzte sich seufzend vom Rücken auf die Seite. Bodo beugte sich über sie. Silvia atmete tief mit fest geschlossenen Augen. Er hatte sie nachts ziemlich rangenommen, und nun tat sie so, als ob sie schliefe. Eigentlich eine Zumutung. Bodo zögerte kurz, seine Hand schwebte über ihrem großen Busen, der trotz ihrer Jugend schon reichlich schlaff war. Er überlegte es sich anders und stand auf.

Unter der Dusche malte sich Bodo mit einer gewissen Vorfreude aus, wie er seine Beschwerde wegen des Zimmers formulieren würde. Glücklicherweise sprach das Personal deutsch. Bodo war ein begabter Rhetoriker, seine Fremdsprachenkenntnisse waren aber eher mau.

Er trocknete sich ab und warf einen Blick in den Spiegel. Unabsichtlich, sogar widerwillig, denn nackt und mit nassen Haaren sah er für seinen Geschmack zu schmal aus. Hemdkragen, Krawatte und Blazer erfüllten in Bodos Leben mehrere wichtige Funktionen: Schlips und Hemd verbargen seinen dünnen Hals und seine zarte Schlüsselbeinlinie und betonten gleichzeitig sein ausgeprägtes Kinn. Der Blazer verbreiterte seine eher schmächtigen Schultern, ließ seinen Oberkörper massiger und seine Erscheinung insgesamt imposanter wirken. Erst wenn er korrekt angezogen war, fühlte sich Bodo dem Alltag und dessen Anforderungen gewachsen. Daraus ergab sich heute ein Problem. Kein Mensch lief hier in Busineßdreß herum. Freizeitkleidung war ein Muß, wenn man sich nicht lächerlich machen wollte. Andererseits würde er darin an der Rezeption keine beeindruckende Figur abgeben. Bodo entschloß sich zu einem Kompromiß. Er zog sich helle Leinenhosen und ein Jeanshemd an. Um den Hals schlang er ein Seidentuch, was ungezwungen und respektabel zugleich wirkte.

Mit einem unsanften Klaps weckte er Silvia. Sie fuhr auf und sah ihn wütend an.

»Steh auf, wir müssen los«, sagte er ungerührt. Silvia verzog sich gähnend ins Bad. Bodo ging zu ihrem offenen Koffer und durchwühlte ihre Sachen nach einem netten Sommerkleid. Natürlich hatte sie nur diesen ordinären hautengen Glitzerkram dabei. Osteuropäische Frauen, ob Nutten oder nicht, hatten einen grauenhaften Geschmack, mußte Bodo immer wieder feststellen. Er öffnete den Schrank. Dort hing das geschmackvolle Kostüm, das er ihr gekauft hatte. Er legte es aufs Bett.

An der Rezeption war niemand. Er befahl Silvia, draußen zu warten, läutete verärgert, und ein älterer Mann tauchte aus dem Nichts auf.

»Die Rechnung bitte«, sagte Bodo. Nichts passierte. Der Mann sah ihn verständnislos an und schlurfte an ihm vorbei nach draußen. Bodo kam sich dumm vor, und sein Zorn wuchs. Seine Finger trommelten einen ärgerlichen Marsch auf dem polierten Holztresen. Schließlich tippte ihn jemand von hinten leicht auf die Schulter. Eine Frau, etwa Mitte Vierzig, in einem wadenlangen, fließenden Kleid ging um ihn herum.

»Sie möchten die Rechnung?« fragte sie auf deutsch, mit leichtem Akzent. Bodo war aus dem Konzept gebracht, fing sich aber schnell.

»Ehrlich gesagt, möchte ich mich beschweren«, sagte er, lächelte aber unwillkürlich. Sie sah ihn ernst und völlig unbeeindruckt aus dunkelbraunen Augen an.

»Sie waren nicht zufrieden? Das tut mir wirklich leid. Einen Moment bitte, ich mache Ihnen schnell die Rechnung fertig.« Eine gute Strategie, dachte Bodo bewundernd und beschloß rasch, sie sich zu eigen zu machen. *Auch wenn der Kunde offensichtlich unzufrieden ist, frage nie weshalb. Damit öffnest du nur die Schleusen seiner Empörung.* Bodo begann Spaß an der Herausforderung zu finden. Er war jetzt am Zug. Er mußte nun ungefragt seinem Ärger Ausdruck verleihen, was schwierig war. Schweigend wartete er auf den Ausdruck der Rechnung, betrachtete ihn schließlich eingehend, obwohl er den Betrag genau kannte. Schließlich sah er auf und fixierte einen Punkt neben ihrer Schläfe. (Leute reagierten verunsichert, wenn man sie nicht direkt ansah.)

»Ich möchte den Geschäftsführer sprechen.« Seine Stimme war trocken und kalt. Zur Schau gestellter Ärger wirkte unsouverän.

»Er steht vor Ihnen.« Sie lächelte jetzt ihrerseits, ein strahlendes Lächeln, das ihn verwirrte. Er nahm sich zusammen.

»Es tut mir leid, das sagen zu müssen, aber dieses Zimmer ist seinen Preis nicht wert.«

»Ich bedaure, daß Sie das so sehen. Kann ich sonst noch etwas für Sie tun?« Sie war unglaublich. Unter der liebenswürdigen Schale hart wie Stahl. Sie würde ihm keinen Nachlaß geben, nicht freiwillig, erkannte er. Sie war imstande, die Polizei zu rufen, wenn er nicht auf Heller und Pfennig bezahlte. Darauf mußte Bodo es ankommen lassen. Er konnte jetzt nicht mehr zurück, ohne vor sich selbst das Gesicht zu verlieren. In wesentlich schärferem Ton sagte er: »Hören Sie, das Zimmer war lausig. Es war schlechter als alle anderen Zimmer in diesem Hotel. Ich zahle Ihnen jetzt die Hälfte des Preises in bar. Mehr bekommen Sie von mir nicht freiwillig.«

Bodo legte das Geld auf den Tisch. Zum ersten Mal sah er einen Riß in ihrer selbstsicheren Fassade. Er war neugierig, was jetzt passieren würde. Er nahm seinen Koffer und ging einfach aus der Tür heraus. Nichts passierte. In einem Straßencafé unten am Hafen rief er per Handy seine Kreditkartengesellschaft an und ließ vorsorglich die Karte, deren Nummer er an der Rezeption angegeben hatte, sperren. Er fühlte sich großartig. Er war gespannt, ob das Ganze ein Nachspiel haben würde, und überlegte sich, wie er dann vorgehen würde. Aber wahrscheinlich steckte sie das Bargeld in die eigene Tasche und strich seinen Namen aus der Liste.

Nachmittags hatte sich Bodos Laune wieder verschlechtert, obwohl die äußeren Bedingungen diesmal ideal waren. Er saß auf der Terrasse seines geräumigen freistehenden Apartments, das zu einer Pension mit Blick auf bewaldete Hügel und glitzernd blaues Meer gehörte. Die Sonne schien, ein leichter Wind wehte. Die Terrasse war von Pinien und Buschwerk eingerahmt, Bodo konnte ganz für sich sein. Silvia sonnte sich am Pool der Anlage, was ihm recht war, weil sie ihn tagsüber sowieso nicht interessierte.

Er lagerte in Badehose auf dem bequemen Liegestuhl und erledigte einige Anrufe. In seinem Büro war alles in Ordnung, aber in Julias Wohnung lief seit Stunden nur der Anrufbeantworter. Manuels Kindergärtnerin wußte nicht, wo Manuel steckte, nur daß er heute nicht erschienen war, und Julias Anwalt war nicht zu sprechen.

Bodo durfte jetzt nicht die Nerven verlieren, und sein klarer, nüchterner Verstand, der immer wieder den Sieg über sein cholerisches Temperament davontrug, war ihm dabei eine große Hilfe. Im Grunde hätte ihm Julia keinen größeren Gefallen tun können, als davonzulaufen. Sie hatte keine Chance, damit durchzukommen, das mußte er sich immer wieder vor Augen halten. Man würde sie finden, und dann war sie dran. Kein Richter auf der Welt würde einer Frau wie ihr weiterhin ein kleines Kind anvertrauen, vor allem dann nicht, wenn es die perfekte Alternative gab: eine echte Familie mit Bodo als fürsorglichem Oberhaupt. Redete sich Bodo ein. In dem Wissen, daß es ein Restrisiko gab.

Zu guter Letzt tippte er die Nummer ein, die er bereits auswendig konnte. »Vater-Komplex« hieß der Verein, eine herrlich radikale Gruppierung abgeliebter und ausrangierter Väter, die mit immer größerem Erfolg um ihre Rechte kämpften und denen Bodo schon eine Reihe guter Tips verdankte. Ziemlich perfider Tips, um genau zu sein, aber es ging schließlich um die Sache. »Vater-Komplex« war mittlerweile derart gut organisiert, daß Mitglieder sogar juristische Hilfe von ausgewählten Anwälten zuteil wurde. Scharfe Hunde waren das, hatte Bodo als fachkundiger Kollege sofort erkannt.

Im Moment allerdings lief auch hier nur ein Band.

Er konnte sich nicht helfen: Trotz aller Fakten, die für ihn sprachen, war da die untergründig lauernde, sich allen Vernunftsgründen widersetzende Unruhe. Seit er Julia kannte, machte sie ihn nervös. Am Anfang fand er das aufregend und inspirierend, zum Schluß hatte ihn ihre Rätselhaftigkeit einfach nur noch geärgert. Sie hatte diese widersprüchlichen Bedürfnisse einer von Aufmerksamkeit verwöhnten Frau, die kein Mann jemals zufriedenstellen kann. Was Julia betraf, konnte man nur versagen. Er stand auf und schlang die Arme um seinen Oberkörper. Die Bäume warfen lange Schatten auf die Terrasse, es wurde kühler. Die Luft duftete nach Piniennadeln.

Er hätte nicht wegfahren sollen. Das dachte er jedesmal am ersten Urlaubstag und vergaß es immer wieder aufs neue, wenn ihn in seinem Büro, manchmal auch mitten im Gerichtssaal, plötzlich eine nagende Sehnsucht nach Ruhe und Sonne erfaßte. Dann buchte er irgendwo auf der Welt in ausgesuchten kleinen exklusiven Luxushotels, und die Vorfreude darauf war dann fast das Beste an der ganzen Unternehmung. Jedesmal stellte er es sich paradiesisch vor, nur mit sich und der Natur allein zu sein. Und jedesmal entpuppte sich die Erfahrung, aus seinem vertrauten Leben herausgerissen zu werden, als Enttäuschung. Auch der spontane Kurztrip nach Ibiza.

Bodo nahm seinen Liegestuhl und trug ihn zu einem der verbliebenen Sonnenflecken. Er holte ein Longdrinkglas aus der Minibar und ließ zwei Eiswürfel hineinplumpsen. Danach füllte er das Glas mit Gin und Tonic auf. Als dieses Ritual erledigt war und er einen tiefen Schluck genommen hatte, rief er Karen an. Vor einer Woche hatten sie zum zweiten Mal geheiratet. Ohne viel Aufsehen und ohne Flitterwochen. Die hatten, sehr zu Bodos Verärgerung, nicht mehr in Karens engen Terminkalender gepaßt. Aber Bodo hatte sich schnell zu helfen gewußt. Schließlich ließ er sich von niemandem etwas vorschreiben.

»Ich vermisse dich, mein Schatz«, sagte er statt einer Begrüßung.

»Hey, Bodo!« Sie lachte heiser. »Kann es sein, daß du gerade deine Sekretärin um den Verstand bringst? Seit Stunden ist besetzt.«

»Ich habe interessante Neuigkeiten. Julia ist mit den Kindern in Amerika, stell dir das mal vor.«

»Du meinst – sie macht Ferien?«

»Nein, verdammt, das wüßte ich, das hätte sie auch dem Gericht mitteilen müssen. In vierzehn Tagen ist Verhandlung. Nein, ich schätze, sie hat sich abgesetzt.«

»Was?«

»Sie ist weg. Reinhard hat sie im Flugzeug nach New York gesehen.«

»Mein Gott! Das ist unglaublich! Was verspricht sie sich davon?«

»Ich weiß nicht. Sie ist eben nicht zurechnungsfähig.«

»Diese Frau ist ja geradezu sträflich dumm. Du mußt es positiv sehen. Damit hast du den Fall so gut wie gewonnen.«

Bodo lächelte. Es war genial, wie sie es schaffte, ihm mit wenigen Worten Mut zu machen. Er hatte natürlich den Fall keineswegs gewonnen. Aber er war auf einem ganz guten Weg dahin. »Diese Schlampe«, sagte er, und in diesem Moment wurde ihm klar, wie sehr er Julia haßte. Vorher war sie ihm nur gleichgültig gewesen, jetzt konnte er es kaum noch erwarten, sie fertigzumachen.

»Vergiß nicht, die öffentliche Meinung ist viel mehr auf deiner Seite als noch vor zwei Jahren. Die Situation hat sich geändert. Mütter können sich heutzutage nicht mehr alles erlauben.«

»Ja.« Das hatte sie ihm schon oft gesagt.

»Du hast keine Ahnung, wie es Manuel geht, und machst dir Sorgen, stimmt's?«

Er konnte nicht antworten.

»Bodo, du liebst deinen Sohn, und das ist okay«, sagte Karen ganz sanft, und er begriff erstaunt, daß sie recht hatte.

Liebe – das Wort tauchte in beinahe jedem seiner Schriftsätze an das Gericht auf, die dazu dienten, Julia als Mutter zu diskreditieren und seine eigenen erzieherischen Fähigkeiten hervorzuheben. Daß jenes von ihm meist äußerst blumig geschilderte Gefühl aber tatsächlich einen authentischen Kern hatte, der echt und rein und ohne Kalkül war, wurde Bodo erst jetzt klar. Diese Erkenntnis machte ihn gleichzeitig glücklich und unruhig.

Der Anrufbeantworter blinkte ihr entgegen: sechs Anrufe in vier Stunden, und mindestens einer kam bestimmt von Julia. Sie hatte schon zweimal angerufen, um sich nach Maritas »Fortschritten« zu erkundigen. Aber da gab es in der kurzen Zeit noch nichts zu berichten. Außer daß selbst das umfangreiche

Archiv ihres Arbeitgebers auf die Eingabe »Bodo Stein« nicht die kleinste Meldung ausspuckte. »BODO STEIN – DER MIETHAI BEISST ZU« – laut Julia war diese Schlagzeile mal Aufmacher der *Morgenpost* gewesen. Doch als Marita im Archiv der Zeitung angerufen hatte, erklärte man ihr, diese Zeile habe es nie gegeben.

Warum hatte sich Julia nicht selber darum gekümmert? Sie hatte schließlich monatelang Zeit gehabt, sich eine Strategie gegen Bodo zu überlegen. Statt dessen hatte sie gejammert und ellenlange Briefe an den Richter geschrieben, die gefühlvoll und bewegend sein sollten, aber eher das Bild einer labilen Hysterikerin vermittelten. Sie hatte Julia damals gewarnt, aber es hatte nichts geholfen. Julia war überzeugt davon gewesen, daß der Richter auf sie ansprang, aber das Gegenteil war der Fall gewesen.

Marita stellte ihre Tasche neben den kleinen Biedermeiersekretär. Dann nahm sie den Hörer und rief Heiner Jenicke an. Vielleicht hatte er etwas in Erfahrung gebracht.

Interstate 95, kurz vor Savannah. Keine besonders interessante Strecke, aber das war Reinhard egal. Savannah war angeblich sehr hübsch, und dort würde er seine Recherchen fortsetzen. Bis jetzt handelte es sich um den leichtesten, vergnüglichsten Job, den er je hatte. Reinhard drückte auf den Knopf neben dem Lenkrad, und das Plastikverdeck öffnete sich surrend über seinem Kopf. Er hielt es immer nur kurze Zeit aus, weil die Sonne erbarmungslos niederbrannte, aber er hatte dieses phantastische Cabrio nicht gemietet, um die ganze Zeit geschlossen zu fahren. Fast das Beste an der Sache war, daß Bodo den Spaß bezahlte. Das war alles vertraglich geregelt, plus ein ordentlicher Spesensatz.

Reinhard ließ erneut seine Metallica-CD laufen, die einzige, die er dabeihatte. Aber Metallica konnte er immer hören. Der satte, kraftvolle Sound und vor allem die dramatisch rauhe Stimme des Leadsängers hatten etwas ekstatisch Düsteres, Großartiges. Gute Musik mußte imposant sein. Reinhard liebte Orchestrales von Beethoven oder Rachmaninov, er langweilte sich bei Streichquartetten. Seine spezielle Schwäche für Heavy-Metal-Gruppen hielt er allerdings geheim, denn wer wollte schon mit den primitiven Fans in Verbindung gebracht werden?

Diese Gedanken gingen Reinhard auf der Fahrt immer wieder durch den Kopf. Wenn er gut gelaunt war, beschäftigte er sich häufig mit Nebensächlichkeiten wie etwa seinem Musikgeschmack. Er begann dann, im Geiste Erklärungen zu formulieren, warum er so und nicht anders dachte, fühlte, handelte. Reinhard fand sich und seine Persönlichkeit interessant. Es kam auch gut bei Frauen an, wenn man in der Lage war, über sein Innenleben zu reflektieren. Frauen deuteten dies meist als ein Indiz für besondere Intimität und Vertraulichkeit, als eine Art Auszeichnung ihrer Person, wie ein verschlüsseltes Kompliment. Dabei würde Reinhard nie mit einer Frau über das sprechen, was ihn wirklich bewegte. Aber das stellten seine Partnerinnen meist zu spät fest, und oft verließen sie ihn bald darauf.

Zur Zeit war er wieder allein und sehr zufrieden über diesen Zustand. Niemand wartete auf ihn, niemand machte sich Sorgen um ihn, niemand versuchte ihn zu beschränken, er war völlig frei in seinen Entscheidungen. Bodos Auftrag zum Beispiel hatte er spontan annehmen können, was schon deshalb zu begrüßen war, weil das tolle Geschäft mit den Alarmanlagen geplatzt war. Ärgerlich, aber nicht zu ändern. Reinhard warf einen Blick auf die Computerausdrucke eines Fotos von Julia (mit Name und Altersangabe und dem Zusatz, daß sie mit zwei Kindern unterwegs war), die Bodo ihm per E-mail hatte zukommen lassen. Ein ganzer Stapel davon lag auf dem Nebensitz; die Ähnlichkeit mit Fahndungsplakaten war durchaus nicht zufällig.

Reinhard verstand nicht wirklich, was die ganze Sache sollte. Warum wollte Bodo sich unbedingt mit einem Gör belasten, auch wenn es sein eigenes war? Warum suchte er Julia überhaupt? Ging es ihm um das Kind, oder wollte er Julia bloß den Rest geben? Reinhardt tändelte ein wenig mit diesen Überlegungen herum und ließ sie dann fallen. Im Grunde war es ihm egal, was Bodo in seinem kranken Hirn ausbaldowerte. Reinhard tat, was man ihm befahl, und das für eine fette Provision, die ihn aus seinem Schuldenloch herausreißen würde.

Im übrigen war Julia selbst schuld. Wer sich so stümperhaft anstellte, verdiente es einfach nicht besser. Eine einzige Fahrt zum J.-F.-K.-Airport, drei Autovermietungen dort abklappern, und schon hatte eine der Angestellten Julia auf dem Foto wiedererkannt. Reinhard hatte die rührselige Geschichte seiner angeblichen Schwester erzählt, deren Familie schon seit Wochen nichts mehr von ihr gehört habe. Die Angestellte hatte ihre Unterlagen hervorgekramt und bei dieser Gelegenheit auch noch festgestellt, daß Julia unter falschem Namen reiste – schlimmer noch: mit einer falschen Kreditkarte und einem gefälschten Führerschein. Großartig! Reinhard grinste bei der Erinnerung daran. Die Angestellte hatte zwar so ausgesehen, als würde sie alles tun, um ihren Fehler zu vertuschen, aber wer weiß, vielleicht war jetzt sogar die amerikanische Polizei hinter Julia her. Bodo hatte die Entwicklung der Dinge erwartungsgemäß sehr gut gefallen, auch wenn er Reinhard lautstark verfluchte, weil er nicht Krach in dem Laden geschlagen und auf diese Weise dafür gesorgt hatte, daß die Sache offiziell wurde.

Reinhard verließ die Interstate und nahm den Highway 16, der direkt in den Historic District Savannahs führte. Julia hatte eine Tante in Savannah, und sie wußte nicht, daß Bodo das wußte, der mittlerweile mit Julias äußerst besorgten Eltern telefoniert hatte. Julia hatte keinen Kontakt mehr zur Tante, aber sie hatte sie als Jugendliche ein paarmal besucht. Bodo war sich folglich sicher gewesen, daß Julia die Route nach Savannah nehmen und nicht etwa Richtung Boston fahren würde. Schon weil Savannah von New York aus so schön einfach zu erreichen war. Immer geradeaus nach Süden auf der 95. Das brachte selbst Julia mit ihrem miserablen Ortssinn zustande.

Es war vier Uhr nachmittags, als Reinhard sein Auto auf

dem riesigen Parkplatz des Visitors Center abstellte, um sich dort einen Stadtplan zu besorgen. Als erstes stand ein Abstecher zu Julias Tante auf dem Programm.

3

Lieber Papa, schrieb Julia und hielt inne. Sie klickte die beiden Worte an und drückte auf die Löschtaste. Dann machte sie den Befehl rückgängig. *Lieber Papa,* stand nun erneut da, in Helvetica, 12 Punkt. Der LCD-Bildschirm ihres Notebooks schimmerte grünlich.

Papa klingt falsch, dachte sie. Sie vergrößerte das Wort Papa auf 36 Punkt. So war es richtig, dachte sie. Riesig. *Wie ein überdimensionaler Schatten.* Und plötzlich brach der Bann.

Wir haben Dich zwar Papa genannt, aber Papa wie den Papst oder einen Mafiapaten. Ich weiß nicht, wie ich Dich heute nennen soll. Nicht mal Deine Gesichtszüge sind mir präsent. Wenn Du uns verprügelt hast, machte Mama immer das Fenster zu, obwohl wir gar nicht besonders laut schrien. Sie hätte das auch lassen können. Es war vielleicht eine Art Reflex, eine Übersprungshandlung, ein Ritual. Sagen wir, die automatische Reaktion auf die letzten Reste ihres schlechten Gewissens. Das nehme ich jedenfalls gern zu ihren Gunsten an. Ich bin sicher, daß sie es nicht wirklich toll fand, wie Du Dich verhalten hast, denn sie verließ immer das Wohnzimmer und ging hinauf in den ersten Stock. Vielleicht versteckte sie sich im Schlafzimmer, was weiß ich. Nachdem sie verschwunden war, hast Du dann mit Deinem Gürtel auf uns eingeschlagen. Damals warst Du schlank und trugst in Deiner Freizeit immer gutsitzende Jeans. Du brauchtest also eigentlich gar keinen Gürtel. Vielleicht hast Du ihn bloß unseretwegen angelegt.

Ha! Nie würde ich mich trauen, Dir das ins Gesicht zu sagen. Es gibt keine klärenden Gespräche mit Dir. Du hast alles verdrängt, und Mama auch. Stella und ich treffen uns übrigens heute noch manchmal, nicht weil wir Schwestern sind, sondern weil wir über das sprechen wollen, was Du uns angetan hast. Wir verbringen Stunden damit, zu spekulieren, wieso Du so ein Schwein warst und heute Deinen Enkelkindern ein recht netter Opa, wenn auch nicht sehr großzügig. Wir sind nicht mehr böse auf Dich. Auf eine Naturgewalt kann man nicht böse sein. Wir fühlen bei unseren Gesprächen über Dich eigentlich gar nichts, außer den angenehmen Schauer, der einen überläuft, wenn man ein gefährliches Abenteuer überlebt hat und anderen Bericht erstattet, wie es war. Wir lieben es, über Dich zu sprechen. Und trotzdem ist die Sache außerhalb unserer Familie und natürlich unserer jeweiligen Therapeuten ein Tabu. Niemals würde ich es einer Freundin erzählen, wenn die Gefahr bestünde, daß sie Euch kennenlernt. Einmal habe ich es doch getan und es ziemlich bereut. Wegen einer Kette von dummen Zufällen war das Mädchen kurze Zeit später bei uns zu Hause eingeladen und starrte Dich die ganze Zeit an, als ob sie erwartete, daß Gott in der nächsten Sekunde einen Blitzschlag auf Dich schleudern würde. Statt dessen herrschte gute Stimmung, Du warst lässig und charmant. Nur meine Freundin war verwirrt, weil sie meine Informationen nicht mit dem, was sie sah, in Einklang bringen konnte. Später hat sie den Kontakt einschlafen lassen. Vielleicht dachte sie, ich hätte gelogen, um mich interessant zu machen.

Auch Bodo hat mich einmal geschlagen. Es war ein paar Tage, nachdem ich erfahren hatte, daß er mich seit mindestens vier Monaten mit seiner Ex-Frau betrog, dieser intriganten, aufgeblasenen Karen, die ihm heuchlerische Briefe schrieb, weil sie ohne sein Geld nicht klarkam. Wir waren in unserer riesigen, kühlen Küche, Bodo an der Spüle gelehnt, ich saß am Tisch, zwischen uns eine kilometerbreite, gähnend leere Kluft. Es war ein kühler, windiger Märzabend, vor dem Fenster schwankte ein Ast unserer Linde im Gegenlicht der Straßenlaterne immer auf und ab.

»Wie stellst du dir jetzt unsere Beziehung vor?« fragte ich. Ich hatte diese Szene gedanklich zigmal durchgespielt und

war überzeugt davon, gegen alle Eventualitäten gewappnet zu sein.

»Ich weiß nicht«, sagte Bodo und fügte hinzu: »Eigentlich wollte ich dich dasselbe fragen.«

Tai chi. Man weicht zwei Schritte zurück und läßt seinen Gegner ins Leere laufen. Sei eine Gummiwand. So ist Bodo. Was sollte ich darauf sagen. Ich hatte Entschuldigungen, wenigstens halbherzige Versprechungen erwartet. Aber Bodo gab einfach jede Verantwortung ab, und schon hatte ich den Schwarzen Peter wieder in der Hand.

»Ich will, daß du mit ihr Schluß machst«, sagte ich lahm.

»Ich brauche Zeit für mich«, sagte Bodo. »Vielleicht sollten wir uns vorübergehend nicht sehen.«

Und da bin ich ausgerastet. Was hieß »vorübergehend nicht sehen«? Daß ich ausziehen sollte, mit allen Konsequenzen, als da zum Beispiel die Notwendigkeit wäre, für Jenny eine neue Schule zu suchen?

»Du kannst ja zu deiner Karen ziehen!« Ein letzter Versuch, mich zu behaupten.

»Das kommt überhaupt nicht in Frage. Du ziehst aus. Es ist mein Haus.« Das kam so prompt, als hätte er sich das schon seit Tagen überlegt.

Ich weiß nicht mehr, was ich alles geschrien habe, jedenfalls schien es Bodo nicht sehr zu beeindrucken. Statt dessen redete er mich wie üblich in Grund und Boden, mit seiner höflichen, ironischen, vernünftigen Stimme. Schließlich stand ich auf, ging auf ihn zu und gab ihm eine Ohrfeige. Das war ganz spontan. Ich war selber verblüfft, Bodo sah völlig entgeistert aus und hielt endlich mal den Mund. Dabei hätte es bleiben können. Ich hätte mich entschuldigen können, vielleicht ein wenig weinen – aber nein! Dieser Akt hatte erstaunliche Energien in mir freigesetzt, und ich probierte es deshalb gleich noch mal. Die andere Seite. Da knallte er mir auch eine, und – zack! – war ich wieder auf ein kleines, dummes, ungezogenes Gör reduziert so wie damals bei Dir. Das war so unerträglich, daß ich losheulte und mit den Fäusten auf seinen Brustkorb trommelte.

Ehrlich gesagt, hätte ich nie damit gerechnet, daß er sich wehrt. Wie naiv. Als ob ich keinen gewalttätigen Vater gehabt hätte, nicht wahr, Papa? Plötzlich befanden wir uns mitten in einem Ringkampf, bis ich Manuel in der Tür stehen sah.

»Bodo«, rief ich, »Bodo, hör auf. Manuel ist hier.« Bodo ließ sofort die Hand sinken, und wir starrten uns gegenseitig an. Mir liefen die Tränen über das Gesicht, aber gleichzeitig fühlte ich mich wahnsinnig sexy. Bodo fuhr sich durch die Haare. Sein Haar stand wie eine verfilzte Gloriole von seinem Kopf ab, sein Brooks-Brothers-Hemd war aus der beigen Baumwollhose gerutscht. An meiner Bluse fehlten ein paar Knöpfe. Wir beruhigten Manuel und brachten ihn danach gemeinsam ins Bett, so traut, wie schon seit langer Zeit nicht mehr. Und dann schliefen wir miteinander. Wir machten es so, wie ich es am liebsten mochte, und doch war es vollkommen anders als sonst. Ich setzte mich auf das halbhohe Biedermeiernähtischchen und schlang die Beine um Bodos Hüften. Er preßte meine Hände gegen die Wand, und wir wanden uns zwischen seinen Stößen wie Schlangen. Bald waren wir in Schweiß gebadet und so vollkommen aufeinander konzentriert, als sei der Rest der Welt tot und leer. Als Bodo kam, legte er seine Stirn an meine. Das war rührend, und einen Moment lang glaubte ich, es sei alles wieder in Ordnung. »Du weißt, daß das nicht heißt, daß irgendeins unserer Probleme gelöst ist«, sagte Bodo danach ganz sanft. Das tat so weh, Papa. Ich wollte das nicht wahrhaben. Frauen fällt es ungeheuer schwer zu akzeptieren, daß man phantastischen Sex mit jedem haben kann, der das Prozedere einigermaßen beherrscht. Wichtig ist nur, daß die Situation dramatisch aufgeladen und erregend ist. Es ist nichts Besonderes, nichts was an einen bestimmten Mann gebunden wäre.

Bodo hat mich nach dieser Nacht nie wieder angerührt. Er wollte mir wahrscheinlich keine falschen Hoffnungen machen. In den kommenden Wochen begriff ich zum ersten Mal, daß es ihm absolut ernst war mit der Trennung und daß ich nichts dagegen unternehmen konnte. Was ich nicht begriff, war, daß er sich nur von mir trennen wollte.

Julia weinte, aber sie schrieb weiter. Niemand würde es je lesen, und dieser Gedanke war trostloser als alles andere, und trotzdem hörte sie nicht auf. Sie war wieder ein kleines Mädchen, das ein liniertes Schulheft Zeile für Zeile vollkritzelte mit lauter Botschaften, die niemand wissen wollte, nur daß es sich diesmal um kein Schulheft, sondern um ein Notebook handelte. Sie schickte wieder Flaschenpost an sich selbst, weil die Welt so tot und leer war, daß all ihre Rufe ungehört verhallten. Julia stellte sich vor zu sterben. Würde sich dann jemand die Mühe machen, alle ihre Dateien zu öffnen, um die eine zu finden. Die mit den Nachrichten an den Mann, der sich ihr ganzes Leben lang weigerte, sie zur Kenntnis zu nehmen.

Ich brauche Deine Hilfe, Papa, aber Du hast mir nicht mal das Geld für die Anwaltskosten geben wollen. Nein! Du hast mir nichts gegeben. Tu jetzt nicht so, als hättest Du es mir angeboten. Nein! Du hast am Telefon mal ganz allgemein von der Möglichkeit gesprochen, mir einen Scheck zu schicken, aber ich kenne Dich: Wehe, ich hätte Dich beim Wort genommen. Wehe, ich hätte gesagt: Ja, Papa, super, kannst du das gleich machen? Und wieviel kannst Du mir schicken? Wann immer Stella oder ich Dich um Geld bitten wollten, endete das Ganze in einem Riesenkrach, und wir haben uns dann immer Vorwürfe gemacht, daß wir es nicht richtig angepackt haben. Daß wir nicht taktvoll genug waren. Heute weiß ich, daß Du einfach nichts geben willst. Du hast kein Interesse an uns. Du sitzt mit Mama in Deinem großen Haus, und ihr führt ein völlig autarkes Leben zu zweit. Ihr braucht uns nicht. Mich nicht und Stella nicht.

Also mußte ich mir selber helfen. Wir sind jetzt seit vier Tagen unterwegs. Marita hat meinen Anrufbeantworter abgehört, und es sind keine Nachrichten von Bodo drauf. Was kann er schon tun? Ich bin wie vom Erdboden verschluckt. Ich bin nicht mehr existent. Für die Kinder ist es aufregend, ein Abenteuer. Wir reisen von Motel zu Motel, immer am Highway. Wir essen in Wendys oder Burger Kings und zum Frühstück gibt es immer Eier in allen Variationen, scrambled, sunny side up, overeasy, poached mit bacon und French, und die Kinder lieben es.

Wir sind Nomaden, die nicht mehr seßhaft werden dürfen. Keine einzige Stadt haben wir uns bisher angeschaut, nicht mal Charleston. Gestern haben wir einen Abstecher zu einem Strand gemacht, weil es so heiß war – Edisto Beach, in der Nähe von Charleston. Ich hatte Angst. Plötzlich waren wir wieder den Blicken anderer ausgesetzt, und das auch noch halbnackt. Gleichzeitig habe ich mich noch nie so frei gefühlt.

Unser Geld auf Maritas Konto geht langsam zur Neige, wenn meine Berechnungen stimmen. Morgen werden wir bei Tante June sein, falls sie noch lebt. Vielleicht können wir ein paar Tage umsonst bei ihr wohnen.

Im Fernsehen läuft gerade die Singled Out-Show auf MTV mit dieser wahnsinnigen, grimassenschneidenden Dunkelhaarigen, die die wahnsinnige, grimassenschneidende Blondine abgelöst hat. Alle Beteiligten sind wie aufgezogen, tanzen, grinsen und schreien herum. Drei Mädchen sind in die Endrunde gekommen. Ganz vorne, mit dem Rücken zu ihnen, steht ein hübscher Junge auf einem Podest. Seine Aufgabe ist es, eins der Mädchen auszusuchen. Er liest Fragen von einem Kärtchen ab wie zum Beispiel »Wie soll ein Kuß sein – naß und lang oder trocken und heiß?« Sobald die Mädchen sich für eine Alternative entschieden haben, hält er ein Schild mit seiner eigenen Antwort hoch. Das Mädchen, dessen Antwort mit seiner übereinstimmt, darf dann einen Schritt näher kommen. Und so fort, bis eine es geschafft hat und sich lachend und kreischend dem Traumprinz in die Arme wirft. (Er mag es übrigens trocken und heiß.)

Warum nicht auf diese Weise? Ob ein Paar als Paar funktioniert, entscheidet sowieso nur der Zufall.

Vor vier Jahren sagte Bodo mir fast täglich, daß er mich liebe. Das war die Wahrheit damals. Letzte Woche erhielt ich den bislang letzten seiner unzähligen Schriftsätze, in dem er mir zu verstehen gab, daß ich in psychiatrische Behandlung gehöre und eine Gefahr für seinen Sohn darstelle. Das ist die Wahrheit heute – Bodos Wahrheit. Er zitierte wieder angebliche Äußerungen von Manuel über meinen Geisteszustand. Laut Bodo hatte Manuel gesagt: »Manchmal spinnt die Mama, und dann habe ich Angst.« Bodo denkt sich so was mühelos aus und kann das dann so überzeugend bringen, daß alle ihm glauben.

Ich weiß das, aber der Richter nicht. Der Richter mag Bodo, weil er korrekt ist und nie die Nerven verliert. Und er sieht die Fakten, die alle gegen mich sprechen: daß ich meinen Job verloren habe, zum Beispiel, und daß ich ein paarmal im Gerichtssaal ausgerastet bin. Vielleicht hast Du all das schon erfahren, Papa. Wenn ja, bist Du sicher nicht überrascht, Du hast nie viel von mir gehalten. Aber versetze dich einmal in meine Lage, Papa. Könntest Du perfekt funktionieren, wenn ständig Verleumdungen über Dich verbreitet werden und Du dauernd schikaniert wirst?

Eines Tages, zum Beispiel, erhältst du vom Vermieter einen zornigen Brief, weil der Inhalt deines Kellerabteils im gesamten Souterrain verteilt sei »wie auf einer Sperrmüllhalde«. Du bist seit ewigen Zeiten nicht mehr im Keller gewesen und hast keine Ahnung, wovon der Mann redet. Du läufst runter, und he, es ist wahr, ein riesiges Durcheinander erwartet dich. Du räumst also alles wieder ein und glaubst noch an ein Mißverständnis. Zwei Tage später liegt in deinem Briefkasten ein Zettel, unterschrieben von fast allen Hausbewohnern: »So eine Schlamperei dulden wir hier nicht!« Du ahnst Böses und eilst erneut in den Keller. Wieder ist dein Abteil halb leer, und deine Kisten und Möbel stehen überall herum – nur nicht da, wo sie hingehören.

Laufend passierten solche Sachen. Sachen, die meinen Ruf allmählich ruiniert haben. Aber wie sollte ich beweisen, wer dahintersteckt? Ich kann nicht mal einen Verdacht äußern, ohne als paranoid dazustehen.

Papa, ich komme erst zurück, wenn ich eine echte Chance habe.

»Ich hab' eine Überraschung für Sie«, sagte Jenicke und lächelte. Marita sah ihn nicht an. Sie wollte nach Hause. Was sich hier anbahnte, würde nicht funktionieren. Sie rauchte die dritte Zigarette seit Ende der Mahlzeit. Vor ihr, auf dem schwarzlackierten Holztisch, standen mehrere Teller mit Resten von Bœuf bourguignon und einem Haufen abgenagter Artischockenblätter. Eine teuer aussehende Deckenleuchte verbreitete zu helles Licht in der Wohnküche, die sehr weiß und leer war. Jenicke kochte gut, aber sie hätte die Einladung nicht annehmen sollen. Es war eine Enttäuschung für sie beide. Obwohl er so ein mitteilsamer Typ war, wußte er nicht, wie man eine Unterhaltung in Gang bringt. Um nicht die ganze Zeit über Julia zu sprechen, hatte sie ihn nach seinem Beruf ausgefragt, und er hatte durchaus witzig referiert, ohne sich allerdings jemals nach ihrem Job, ihren Interessen zu erkundigen. Und so war das Gespräch irgendwann eingeschlafen, weil Marita nicht die ganze Zeit als Stichwortgeberin fungieren wollte. Vielleicht war er schüchtern, sobald ihm eine Frau gefiel.

Jenicke brach schließlich das ungemütliche Schweigen.

»Marita, wenn Sie gehen wollen, ist das in Ordnung. Ich bin nicht beleidigt. Es war bloß ...«

»Ein Versuch?«

»Ja, wenn Sie so wollen. Ich finde Sie nett. Süß, irgendwie«, fügte Jenicke hinzu, doch nach dieser ersten persönlichen Äußerung des Abends schien ihn der Mut gänzlich zu verlassen. Er stand auf und begann mit linkischen Bewegungen abzuräumen. Marita hätte das als Signal zum Aufbruch nehmen können, aber der Wein hatte sie müde gemacht. Ein schwereloser Gleichmut bemächtigte sich ihrer Glieder.

Sie blieb sitzen und sah ihm zu, wie er die Teller ungeschickt in die Spüle stapelte. Breite Schultern, leichter Rundrücken. Sein Nacken unter den kurzgeschorenen Haaren wirkte sehr zart für einen Mann. Sie mochte diese Aura von Verletzlichkeit. *Ach, hör schon auf,* dachte sie. *Es macht dich an. Du willst ihn.* Diese Erkenntnis überfiel sie so plötzlich, daß sie tief Luft holte.

»Ich will dich«, sagte sie. Im selben Moment stellte Jenicke das Spülwasser ab, und ihre Worte fielen mitten in die jähe Stille. Jenicke trocknete sich langsam, wie betäubt die Hände ab, aber er drehte sich nicht um. Marita trat leise wie eine Katze hinter ihn und legte ihre Hände um seinen Brustkorb. Sie mußte nicht mehr nachdenken. Der Zug war mit einemmal auf dem richtigen Gleis, sie brauchte ihn nur noch anzustoßen. Unter ihrer Berührung spürte sie, wie er sich innerlich fallen ließ. Nur wenige Männer konnten sich rückhaltlos hingeben, und Marita hatte sie bislang immer erkannt. Jenicke gehörte dazu. Es hatte alles seine Richtigkeit. Sie hätte nicht zu zweifeln brauchen.

Jenicke drehte sich um, und Marita wich ein wenig zurück, damit er sie anschauen konnte. Er nahm ihren Kopf in die Hände und küßte sie. Während sie sich aneinanderpreßten, dachte Marita, daß sie ihn weiter Jenicke nennen würde, weil ihr sein Vorname nicht gefiel. Heiner! Sie mußte kichern. »Lach gefälligst nicht«, murmelte Jenicke in ihr Haar. »Sex ist nicht komisch.«

»Wie war das mit der Überraschung?«

»Die Überraschung ...«

»Du hast vorhin gesagt, daß du eine Überraschung für mich hast.«

Marita lag auf dem Rücken auf Jenickes Bett, das immer noch nicht aufgeschlagen war. Das Fenster stand offen. In unregelmäßigen Abständen ratterten einzelne Autos über das Kopfsteinpflaster vier Stockwerke unter ihnen. Jenicke stand in der Tür und hielt mit der rechten Hand zwei Zipfel eines winzigen Handtuchs über seiner Hüfte fest. Er wirkte wieder schüchtern. Marita fand das süß, und es erregte sie.

»Komm zu mir, Jenicke.«

»Ja gleich. Du bist so hübsch, Marita. Du hast eine Figur wie ein ganz junges Mädchen.«

»Nicht zu dünn, nicht zu wenig Busen?«

»Nee! Überhaupt nicht.«

Sie lächelte, und Jenicke legte sich zu ihr. Er hatte einen verchromten Aschenbecher mitgebracht und stellte ihn vorsichtig auf Maritas Bauch, genau zwischen ihre zarten Hüftknochen. Sie quietschte, als das kalte Metall sie berührte. Jenicke gab ihr Feuer und zündete sich selber eine Zigarette an.

»Jetzt mach schon. Die Überraschung!«

»Ja. Keine Ahnung, wieso ich dir das nicht schon früher gesagt habe. Also, ich habe die Adresse einer Familie, die mal in Steins Haus gewohnt hat. Das Ganze ist Jahre her. Er hat sie damals rausgeekelt.«

»Ja, und weiter?«

»Es handelt sich um eine Familie, wohlgemerkt. Zwei Kinder, die heute zwischen zehn und fünfzehn sein dürften, genau weiß ich das nicht. Damals waren die Kinder jedenfalls noch klein. Der Vater ist ein Arbeiter oder kleiner Angestellter. Stein wollte die Wohnungen in seinem Haus luxussanieren, und dann hätte der Vater die Miete nicht mehr bezahlen können. Also hat er sich gewehrt, und deshalb wollte Stein ihn raushaben, die alte Geschichte. Der springende Punkt an der Sache ist: Stein hat's geschafft, und mich würde interessieren, wie. Einer Familie mit kleinen Kindern zu kündigen und damit durchzukommen, ist bei unseren Mieterschutzgesetzen ganz schön schwierig.«

»Du meinst, die Sache ist nicht mit rechten Dingen zugegangen?«

»Mal angenommen, das war so, und diese Leute würden als Leumundszeugen gegen Stein aussagen …«

»… dann stünde er ziemlich schlecht da.«

»Ja. Der kinderliebe Vater, der eine Familie aus Geldgier obdachlos macht. Das könnte eine Chance für uns sein. Mit solchen Zeugen könnten wir dem Gericht zeigen, daß Stein eine raffinierte Verleumdungskampagne gegen seine Ex-Partnerin gestartet hat, um an seinen Sohn zu kommen. Vielleicht könnte man sogar die Presse einschalten.«

Marita richtete sich auf.

»Du hast recht. Das ist ja toll! Wie hast du das gemacht, wie hast du all das rausgekriegt? Wie bist du an die Leute rangekommen?«

»Antwort eins: Ich habe meine Informanten. Antwort zwei: Ich bin noch nicht an sie rangekommen, ich habe nur die Adresse, und ich weiß auch nicht, ob sie noch aktuell ist.« Jenicke lächelte. »Ich dachte mir, du könntest vielleicht mal anrufen und den ersten Kontakt machen. Weißt du, wenn da gleich ein Anwalt vor der Tür steht, bekommen sie vielleicht Angst. Du könntest sie schonend auf das vorbereiten, was wir vorhaben.«

Marita überlegte.

»Warum seid ihr da eigentlich nicht früher draufgekommen?«

Jenicke legte sich auf den Rücken und sah an die Decke. »Weißt du, Stein war einfach schneller als wir. Skrupelloser. Der hatte sich wahrscheinlich einen regelrechten Schlachtplan ausgearbeitet. So muß das gewesen sein, weil das Ganze in einem Wahnsinnstempo vor sich ging. Verstehst du – ich dachte nie, daß es notwendig werden würde, mit solchen Geschützen aufzufahren. Julia stand anfangs im Prinzip gut da. Schön, sie hat sich manchmal zickig aufgeführt, na und? Das macht sie ja noch nicht zu einer schlechten Mutter. Und dann verliert die Frau plötzlich ihren Job. Und dann kommt diese Nachbarin als Zeugin und erzählt was von ständig weinenden Kindern....«

»Das wußte ich nicht.«

»Nein, das denke ich mir. Laß uns jetzt auch gar nicht weiter darüber reden. Ich glaube immer noch, daß Julia – na ja, ziemlich kompliziert ist. Aber was Stein da abzieht, macht ihn jedenfalls nicht zu einem besseren Vater.«

»Daran glaubst du wirklich?«

»Ja. Sonst würde ich nicht weiter für Julia arbeiten. Ich glaube, sie hat riesige Probleme. Aber das ist verständlich.«

»Du bist also auf unserer Seite? Das Ganze ist für dich nicht nur ein interessanter Fall?«

»Nicht mehr«, sagte Jenicke und küßte sie.

»Okay«, sagte Marita. »Gib mir die Adresse. Ich muß sowieso mal langsam los.«

»Nee, nee, Süße. Die Adresse gibt's erst morgen früh. Beim gemeinsamen Frühstück. Nicht vorher, nicht nachher.«

»He, Jenicke, das ist Erpressung!«

»Du hast eben keine Ahnung von meinem Job. Bei uns nennt man das professionelle Verhandlungsführung.«

Am nächsten Vormittag rief ihre Chefin Lisa sie in ihr Büro »zu einer kleinen Unterhaltung unter vier Augen«. Das war noch nie passiert, und Marita überlegte automatisch, was sie sich hatte zuschulden kommen lassen. Sie arbeitete jetzt seit einem Jahr bei *SAM,* und noch immer war ihr vieles unklar. Das hing weniger mit der Arbeit als solcher zusammen als mit der Art und Weise, wie auf den unterschiedlichen Hierarchieebenen kommuniziert wurde. Marita kam aus einer kleinen PR-Agentur, einem Familienbetrieb, wo alles sehr unkompliziert gehandhabt wurde. Der Chef trat nicht als Chef auf, sondern als Kollege, mit dem man reden konnte. Die Auftragslage war gleichbleibend gut, weil die Gattin des Chefs als Tochter eines mittelständischen Unternehmers allerbeste Kontakte hatte. Der Schwiegervater war einer der größten Auftraggeber.

Hier war alles völlig anders. Alle duzten sich, es wurde viel gewitzelt und gelacht, und trotzdem herrschte eine angespannte Atmosphäre. Die Auflage war in den letzten Monaten gesunken, Anzeigenkunden abgesprungen, weil ein Konkurrenzblatt auf den Markt gekommen war. Stellen wurden gekappt, freie Mitarbeiter eingespart. Julia wurde gekündigt. Warum? Marita wußte es immer noch nicht, weil sich Julia über diesen Punkt ausweichend geäußert hatte.

Sie schloß sorgfältig die Tür und lehnte sich an den Leuchttisch in Lisas Büro. Lisa trug eine enge langärmelige Bluse in psychodelischen Farben und eine schwarze enge Hose. *Ihr muß wahnsinnig heiß sein,* dachte Marita. Sie war nicht gern in Lisas Büro, nicht nur weil es sehr klein und eng war. Es war Lisa selbst, die die Atmospäre irgendwie kompakter machte, schwerer. In Lisas Anwesenheit atmete man automatisch flacher, als beanspruche Lisa kraft ihrer Persönlichkeit den gesamten vorhandenen Sauerstoffvorrat.

»Marita, meine Liebe... Was wollte ich jetzt eigentlich... richtig, ich wollte dir sagen: Ich bin begeistert von dir.« Lisa setzte sich hinter ihren Schreibtisch und schob einen Layoutbogen ziellos hin und her.

Marita ließ sich nicht täuschen. Lisa wirkte nur auf Leute, die sie nicht näher kannten, zerstreut und chaotisch. In Wirklichkeit war sie eine glänzende Organisatorin und hatte ihre Abteilung fest im Griff. Ihr geistesabwesendes Getue diente nur einem einzigen Zweck: einen dazu zu zwingen, ihr ganz genau zuzuhören. Lisa war sehr begabt darin, andere schlecht aussehen zu lassen, genauso wie übrigens ihr Chefredakteur. Deshalb verstanden sich die beiden auch so gut.

»Marita, ich habe mit Greiner gesprochen.« Greiner war der Chefredakteur. Lisa holte tief Luft, als habe das erwähnte Gespräch sie völlig aus dem Gleichgewicht gebracht.

»Ja?« sagte Marita ermutigend und ungeduldig.

»Ich habe ihm gesagt – du weißt schon –, daß wir, na ja, eine neue Stellvertreterin brauchen. Sabine geht in sechs Wochen in Erziehungsurlaub, und ich wollte dich also fragen: Marita, möchtest du meine Stellvertreterin sein. Greiner ist einverstanden, zumindest bis Sabine wiederkommt.« Sie beugte sich vor und flüsterte vernehmlich: »Am Sankt-Nimmerleins-Tag.«

»Klar«, sagte Marita. Trotz Lisas albernen Verhaltens freute sie sich. Sie war keine Kämpferin, und deshalb überraschte sie das Angebot, aber eigentlich wollte sie Erfolg haben. Und zwar hier, an diesem Platz, bei dieser Zeitschrift, die ständig Preise gewann für ihre coole, innovative Grafik. Was sie allerdings nicht wollte, war Sabines Lückenbüßerin zu sein.

»Sabine kommt nicht wieder, da kannst du sicher sein.« Plötzlich war Lisa sehr klar und deutlich.

»Mir hat sie aber was anderes gesagt.«

»Vergiß, was sie sagt.«

»Woher weißt du das?«

»Ich weiß es eben. Sabine hat einen Ehemann der ganz alten Schule, und der wird sich mit einem Erben nicht zufrieden geben. Sabine ist schon draußen aus dem Job, sie weiß es nur noch nicht. Ich kenne viele wie sie. Alle wurden sie von der Familie verschluckt.«

»Also gut. Ich will's machen.«

»Super. Über Geld reden wir später.«

»Wann?« Marita lächelte.

Lisa lächelte auch. »Bald. Du planst nicht zufällig, demnächst schwanger zu werden?«

»Hat Greiner das gefragt?«

»Nein! Es interessiert mich nur.«

»Schon gut.« Und nach einer kleinen Pause sagte Marita: »Kein Nachwuchs in absehbarer Zeit in Sicht.« Sie stand auf. An der Tür drehte sie sich kurz entschlossen noch mal um und fragte, ob sie sich am Nachmittag freinehmen könne.

»Wieso, bist du krank?«

»Nein, ich hab' was zu erledigen. Was wirklich Wichtiges. Und meine Sachen sind alle fertig.«

»Okay. Wenn das die Ausnahme bleibt.«

Ein grauer Häuserblock am Schanzenpark. Hochparterre. Vor dem Küchenfenster dröhnte der Verkehr. »Tut mir leid wegen dem Lärm«, sagte das Mädchen, »aber wenn ich das Fenster zumache, hältst du den Gestank nicht aus.«

»Wonach riecht es hier?«

»Oh – Milch. Ich habe ferngesehen, und dann brannte die Milch an.« Das Mädchen kicherte. Sie hatte Kaffee gemacht (warum boten die Leute einem nie was anderes als Kaffee oder Tee an?), und Marita nippte lustlos an dem heißen, zu schwarzen Gebräu. Sie war hier falsch, aber jetzt hatte sie sich schon hingesetzt, und das Mädchen, das sich als Antje vorgestellt hatte, schien sich über den unverhofften Besuch zu freuen. Vielleicht war sie einsam.

Sie wohnte erst seit einer Woche hier. Ein Glück für Marita, denn der Name an der Tür war noch der alte. Nächsten Monat wollte noch eine weitere Person hier einziehen, hatte der Vermieter gesagt. Bis dahin mußte Antje die ganze Miete bezahlen, aber es war ja nur für einen Monat. Die Familie Müller, die Marita suche, sei ausgezogen und habe ein nettes Häuschen gar nicht weit weg von hier gefunden – Antje besaß offensichtlich die neue Adresse, schien sie aber nicht rausrücken zu wollen, bevor ein wenig geplaudert worden war.

Marita warf einen Blick auf die Straße. Eine müde Gruppe von filzbärtigen Männern in abgeschabten Mänteln und alten Armeeparkas kam vorbei, schweigend und düster, wie eine Vorhut des Elends, das hier so vielen Bewohnern drohte. Zwei Junkies, ein Mädchen und ein Junge, schleppten sich in den Park gegenüber. Ein schrecklicher Gedanke ging Marita durch den Kopf: Was, wenn Julia so ähnlich enden würde? Was, wenn Bodo es schaffen würde, ihr nicht nur das Kind wegzunehmen, sondern auch ihre bürgerliche Existenz? Und was, wenn sich beides gar nicht voneinander unterscheiden ließ?

Zum ersten Mal wurde Marita klar, daß Julia tatsächlich Gefahr lief, das zu verlieren, was ihr die Kraft zum Arbeiten, zum Lieben, zum Hoffen, zum Kämpfen gab. *Kinder sind ein verdammtes Risiko,* dachte sie. *Wenn du sie hast, kannst du sie nicht mehr entbehren. Warum ist das so? Warum kann* (was für ein ketzerischer Gedanke!) *Manuel nicht bei seinem Vater bleiben und es gut haben, und Julia sich ein neues Leben aufbauen mit einem anderen Mann und anderen Kindern?*

Weil Julia dann zugrunde gehen würde. Sie würde zerbrechen an dem Verlust, an dem Bewußtsein ihres eigenen Versagens. Marita sah Antje an, die mit ihren fettig blonden Haaren und ihren großen, verletzlichen braunen Augen schon jetzt chancenlos war in einer Welt, die immer gnadenloser mit Menschen umsprang, die waren wie sie. Antje war geflohen, aus einer erstickenden, langweiligen, vielleicht gewalttätigen Umgebung, sie hatte jene Hoffnungen gehabt, die so viele Provinzler mit Großstädten verbinden, und sie war jetzt schon im Begriff zu scheitern. Was hatte sie verloren, das vorher dagewesen war?

Marita sprang auf und stellte sich ans Fenster. Sie machte es weit auf und lehnte sich hinaus. Der Teergestank, der vom Asphalt aufstieg, vermischte sich mit den Ausdünstungen einer Kebab-Bude neben Antjes Wohnung und den allgegenwärtigen mikrofeinen Benzinpartikeln, die Augen und Schleimhäute reizten.

»Antje, könntest du mir jetzt die Adresse von den Müllers geben? Ich muß los.«

»Ja, klar, warte einen Moment.« Antje suchte geschäftig in einer Schublade herum, aber Marita entging nicht, wie gekränkt sie war, und es tat ihr leid, daß sie nicht helfen konnte. Ein quälendes Gefühl, das schnell einer ganz normalen Ungeduld wich, als Antje minutenlang nicht fündig wurde und schließlich in ihrem Zimmer verschwand, wo Marita sie mit weiteren Papieren rascheln hörte. Endlich kam sie zurück, mit einem Zettel in der Hand. Marita lächelte erleichtert, aber Antje war noch nicht fertig mit ihr.

»Was willst du eigentlich von den Müllers?«

»Antje, das ist eine ziemlich lange Geschichte, und ich hab' eigentlich keine Zeit mehr.«

»Na und? Erzähl mir's trotzdem. Ich kenn' dich überhaupt nicht, ich kann dir nicht einfach so die Adresse geben.«

Es war schon später Nachmittag, als Marita sich endlich auf dem Weg zu den Müllers befand. Soviel verlorene Zeit, die sie gar nicht hätte opfern müssen. Es war Maritas Problem, daß Mitleid ihr fast körperliche Schmerzen bereitete. Andere Leute sahen ihr diese Schwäche an, und das war Maritas zweites Problem. Sie hatte ihre Heimatstadt München unter anderem deshalb verlassen, weil sie dort fast nur noch Kontakt mit Frauen hatte, denen es dauernd schlechtging. Und immer, immer drehten sich diese Dauerkrisen um Männer, die nicht wollten oder nicht konnten oder aus anderen Gründen das Befinden von Maritas Freundinnen aus dem Gleichgewicht brachten.

Jahrelang hatte sich Marita vollpumpen und aussaugen lassen von diesen öden, traurigen Geschichten aus dem Jammertal des Geschlechterkampfs. Schließlich war sie einfach davongelaufen, aus dem uneingestandenen Wunsch heraus, frische, neue, unkomplizierte, unschwierige Menschen kennenzulernen, von deren guter Laune zur Abwechslung sie mal zehren konnte. Und wer war ihr hier als erstes über den Weg gelaufen? Julia, die zu jener Zeit gerade feststellte, daß Bodo sie mit seiner Ex-Frau betrog.

Nein, das war nicht die ganze Wahrheit. Julia hatte ihr geholfen, als sie ausgerechnet hier, wo sie ein neues, starkes, positives Leben anfangen wollte, ihren ersten Liebeskummer seit vielen Jahren durchlebte. Er war Arzt in Othmarschen, ein intelligenter, schöner, sensibler Mann, der aber in Wirklichkeit nicht sie wollte, sondern eines dieser blonden, glatthaarigen Mädchen in Flanellrock und blauweißer Streifenbluse aus der Hamburger Oberschicht, der er selber angehörte. Elbletten nannte sie Julia. Er hatte das immer bestritten, er hatte im Gegenteil über die Arroganz dieser Mädchen und ihren uniformen Pseudoadelchic geschimpft: die einreihige Perlenkette um den Hals, die kleinen, feinen Brillanten in den Ohrläppchen, die samtbezogenen Haarreifen, die Kaschmirpullover, die flachen Collegeschuhe...

Marita hätte von Anfang an wissen müssen, daß hinter dieser Generalabrechnung eine alte Verletzung stand, die sie nicht heilen konnte. Und natürlich war er heute mit genauso einer zusammen, einer dieser leidenschaftslosen Pragmatikerinnen mit viel Geld im Kreuz, die geheiratet werden wollte, sonst nichts, und ihn andernfalls nachts kühl abfahren ließ...

Marita schluckte. Es tat immer noch weh.

Damals jedenfalls war Julia für sie dagewesen. Hatte sie zum Lachen gebracht und nicht zugelassen, daß sie sich in selbstzerstörerische Aktionen stürzte. Und trotzdem waren Dinge passiert, über die sie sich heute noch schämte. Überflüssige Anrufe, letzte und allerletzte Treffen, um erneut zu bereden, was ohnehin schon geklärt war. Die Liebe war vorbei, es gab nichts mehr zu sagen, aber es war eben gerade das endgültige Schweigen gewesen, vor dem sich Marita so gefürchtet hatte, das Schweigen, das keinen Raum mehr für hoffnungsvolle Interpretationen ließ.

Julia hatte ihr damals keinen dieser Ratschläge gegeben, die Nichtbetroffenen so leicht über die Lippen gehen und die Marita ohnhin nicht befolgt hätte. Anstatt sich selbst zur Therapeutin zu ernennen, war Julia ihre Komplizin geworden. Schließlich saß sie ja schon selbst im Glashaus.

Gemeinsam hatten sie sich lächerliche, verzwickte Rachepläne für ihre Ungetreuen ausgedacht. Zum Beispiel den, ein Kilo Krabben vom Fischmarkt in die Gardinenstangen im Schlafzimmer von Maritas Ex-Geliebtem zu füllen, wo sie nach entsprechender Zeit einen derart bestialischen Gestank entwickeln würden, daß seine wunderschöne Wohnung im zweiten Stock einer Villa nicht mehr zu benutzen war. Albern und undurchführbar, aber solche Phantasien hatten ihr über manchen Tiefpunkt hinweggeholfen. Julia war in dieser Zeit ihre einzige Freundin gewesen, sie hatte es bewiesen und sie hatte es verdient, daß Marita ihr jetzt zur Seite stand. Auch wenn diese ganze Sache vielleicht zu gar nichts führen würde, sie würde sie zu Ende bringen, schwor sich Marita, während sie sich durch den Feierabendstau quälte.

Bodos Chancen standen gut, weil der Wind sich gedreht hatte. Im Licht der öffentlichen Meinung waren alleinerziehende Mütter plötzlich keine opferbereiten Heldinnen mehr. Vielmehr galten sie heute als falsche Märtyrerinnen, die den Vater zwar als abgeliebten Restbeziehungsmüll zu entsorgen strebten, aber sofort vor Gericht zogen, wenn sich der ausgemusterte Lebensgefährte beim Alimentezahlen Säumigkeit zuschulden kommen ließ. Bodo hatte seine Chance wahrscheinlich mehr als wahrgenommen. Er hatte seinen Sohn indoktriniert und mit Geschenken bestochen, bis Manuel gar nicht mehr nach Hause wollte. Dann war Bodo zum Angriff übergegangen. Und Julia hatte nur noch alles falsch machen können.

Sie war da. Ein nagelneues Reihenhaus aus Backstein mit einem ordentlich gejäteten Vorgärtchen. Im Vergleich zu Antjes Wohnung war es ein Aufstieg, und das machte Marita Mut. Eine Familie, der es besserging, hatte den Mut zu kämpfen, redete sie sich ein.

Marita klingelte. Einmal, zweimal.

Es war niemand zu Hause.

4

Reinhard trank sein fünftes Bier, und er wußte, es würden noch einige folgen. Es war halb acht Uhr abends, und ihm lief der Schweiß in Strömen über Stirn, Wangen und Hals. Das würde sich auch zu späterer Stunde nicht ändern, in dieser Jahreszeit gab es nachts keine Abkühlung. Aber nicht die Hitze war das schlimmste hier, sondern die Feuchtigkeit und die Mücken, die sich vom träge dahinfließenden Savannah erhoben und bösartig summend auf Reinhard hinabstießen.

Außer ihm saß niemand auf der Caféterrasse. Aus dem angenehm klimatisierten Innenraum sahen Leute hinaus zu Reinhard und fragten sich vermutlich, warum er sich hier abquälte. Die Antwort war, daß Reinhard nicht in der Stimmung war, es sich gutgehen zu lassen. Seit drei Tagen lief er hier herum, und allmählich hatte er das Gefühl, diese seltsame, museal romantische Stadt sauge sich an seinen Fußsohlen fest. Würde er hier jemals wieder wegkommen? Er grinste beschwipst vor sich hin. Im Moment sah es nicht so aus.

Jeden verdammten Nachmittag hatte es Sturzbäche geregnet. Das sah wunderschön aus, sofern man sich gerade unter einem Dach befand. Dann konnte man den Dampf beobachten, wie er vom heißen Asphalt hochstieg und sich zwischen den üppig grünen Blättern der von schwerem Spanischem Moos behangenen Eichen verfing. Erwischte einen der Regen allerdings unvorbereitet, wurde man in Sekundenschnelle bis auf die Haut naß und mußte auf quietschnassen Sohlen ins Hotel zurückeilen, um sich komplett umzuziehen. Dann mußte man eine der beiden alten Damen am Empfang mit viel Charme dazu bewegen, daß sie die nassen Kleider in den hoteleigenen Wäschetrockner warf, denn in dem Zimmer ohne Klimaanlage trocknete das Zeug nicht, sondern fing höchstens an zu schimmeln.

Zumindest den Historic District kannte Reinhard mittlerweile fast auswendig. Gaston Street, East Gordon Street, Monterey Square, Cheppewa Square, Oglethorpe Avenue, Bull Street, Johnson Square... Er war in jedem Bed-and-Breakfast im Umkreis von mehreren Meilen gewesen und hatte sein Sprüchlein von der vermißten Schwester aufgesagt, wobei er aufpassen mußte, nicht irgendwo ein zweites Mal hereinzuschneien. Er wollte nicht mehr Aufmerksamkeit erregen als notwendig. Das hätte er sich sparen können. Alle waren sehr freundlich und hilfsbereit und nicht im mindesten mißtrauisch gewesen, und niemand hatte eine Frau mit zwei Kindern gesehen, die aussah wie Julia.

Die Spur von Tante June war ebenfalls kalt. Die alte Dame wohnte nicht mehr an der Adresse, die Bodo ihm gegeben hatte. Kein Mensch wußte, wo sie steckte, und im Telefonbuch war sie ebenfalls nicht angegeben. Es war also relativ sinnlos, hier länger herumzuhängen, und trotzdem konnte Reinhard sich nicht dazu aufraffen, einfach weiterzufahren. Er hatte die Lust verloren, sich länger mit dem Problemfall Julia zu beschäftigen, aber ihm graute davor, Bodo von seinem Mißerfolg Bericht zu erstatten, und er wußte, daß ihm dies nicht erspart bleiben würde. Eine winzige Sekunde lang tauchte in seinem Kopf die reizvolle Idee auf, sich einfach ans Meer abzusetzen.

Reinhard zahlte und merkte beim Aufstehen, daß er betrunkener war, als er gedacht hatte. Als er die Holztreppe hinunter auf die Straße wankte, wäre er fast gestürzt, wenn ihn nicht ein kräftiger Arm von hinten gestützt hätte. Er gehörte einer jungen hübschen Frau, die aussah wie eine Italienerin. Tatsächlich war sie Italienerin aus Catania, und ihr Name war Paula. Sie lebte seit zehn Jahren in Fort Lauderdale, wo sie Mann und vier Kinder hatte. All das erfuhr Reinhard in den ersten zehn Minuten ihrer Bekanntschaft, als sie auf einem der Betonklötze an dem übelriechenden Savannahfluß Platz genommen hatten. Paulas gleichmäßig dahingleitender Redestrom gab ihm Gelegenheit, sich zu fassen. Der emsig in seinem Blut zirkulierende Alkohol lähmte sein Aufnahmevermögen und seine Reflexe, aber immerhin war er bald wieder in der Lage, eine höfliche und gut verständliche Essenseinladung auszusprechen. Zu seiner Überraschung nahm sie sofort an. Offensichtlich reiste Paula völlig allein, ohne Mann und Kinder.

Sie gingen in ein Steakhaus an der North Lincoln Street, danach noch in eine Bar, wo er mit Rücksicht auf seine Kondition nur noch wenig trank, sie aber in kurzen Abständen drei Margaritas bestellte. So daß ziemlich schnell klar war, wo diese Unternehmung hinsteuerte. Oder auch nicht. Reinhard war in Stimmung, aber trotzdem nicht gerade erpicht darauf, sich von seinen alten Empfangsladies dabei erwischen zu lassen, wie er eine fremde Frau in ein Einzelzimmer schmuggelte. Aber auch wenn nichts dabei herauskäme, dachte Reinhard, war es trotzdem eine nette Abwechslung. Paula war dermaßen gesprächig, daß er selbst nicht viel erzählen mußte. Als sie ihn schließlich fragte, wo er eigentlich herkäme, sagte er kurz entschlossen: aus Amsterdam, weil das eine Stadt war, in der er sich einigermaßen auskannte.

Während er beim Lügen war, merkte er, wieviel Spaß es machte, in eine völlig andere Identität zu schlüpfen. Er stellte sich als Henry de Bor vor und erzählte Paula von seinem Job als Investmentbanker, von der Korruption an der Amsterdamer Börse, worüber er gut Bescheid wußte, weil er kürzlich einen Artikel darüber gelesen hatte (oder war es in Wirlichkeit Den Haag gewesen? Egal, sie hatte ja sowieso keine Ahnung!). Er gab an mit seinen Firmenbeteiligungen und ließ durchblicken, daß seine finanziellen Verhältnisse großartig seien, auch wenn Geld ihm immer weniger bedeute und er sich vorgenommen habe, sich in Zukunft viel mehr auf die wahren Werte des Lebens zu konzentrieren. Er sehe sich selbst in einem kleinen Steinhaus in Irland, möglichst an einer Klippe gelegen, wo er dem Tosen und Rauschen des wilden Atlantiks zu lauschen gedachte, fabulierte Reinhard und glaubte sich beinahe selbst.

Sie nickte mitfühlend.

Gegen Mitternacht gab ihnen der Barkeeper zu verstehen, daß er nun zu schließen gedenke. Paula und Reinhard taten so, als fiele ihnen jetzt erst auf, daß sie die letzten Gäste waren. Unter viel Gelächter verließen sie das Lokal, und Paula steuerte den durchaus Willigen in die Richtung ihres Hotels, und, nachdem sie mit dem Portier an der Rezeption ein paar leise Worte gewechselt und ihm etwas in die Hand gedrückt hatte, hinauf in ihr Zimmer. Es handelte sich übrigens um ein wesentlich besseres Hotel als das, in dem Reinhard abgestiegen war. Gut, daß sie die Initiative übernommen hatte. Nach seinen großspurigen Geschichten hätte der Abend leicht als Enttäuschung enden können.

Während Reinhard Paula auszog – für eine Mutter von vier Kindern hatte sie wirklich einen phantastischen Körper –, rechnete er zurück, wann er eigentlich das letzte Mal mit einer Frau geschlafen hatte. Schockiert stellte er fest, daß er sich nicht erinnern konnte. Paula war jetzt ganz nackt und rieb sich betrunken kichernd an seiner Hose, und er fühlte sich mit einemmal unglaublich gut, so als hätte er etwas genommen, etwas viel Stärkeres als Alkohol. Genaugenommen hatte er sich noch nie so gut gefühlt. Er riß sich das Hemd auf, daß die Knöpfe absprangen, und Paula schrie auf über diese herrliche, alberne Geste und lachte ihr wunderbares sexy Lachen. Sie setzte sich mit gespreizten Beinen auf das breite Fensterbrett und wartete auf ihn, der gar nicht schnell genug aus seiner Hose kam.

Als er am nächsten Morgen aufwachte, war er allein. Die Sonne schien direkt auf das King-size-Bett, aber das Zimmer war völlig ausgekühlt. Mit halbgeschlossenen Augen tastete er sich zur Klimaanlage und schaltete sie aus. Dann fiel er wieder in tiefen Schlaf.

Das zweite Mal erwachte er von der feuchten Hitze, die sich

mittlerweile im Raum ausgebreitet hatte, und vom Klopfen des Zimmermädchens.

»Nicht jetzt!« brüllte er gereizt und hörte, wie sie murmelnd verschwand.

Er war allein. Im Zimmer lagen nur seine Kleider auf dem hellgrauen Teppichboden verstreut. Er stolperte ins Bad, immer noch so müde und kaputt, als hätte er Unmengen durcheinandergetrunken. Auch das Bad war leer, allerdings waren Dusche und Waschbecken eindeutig benutzt worden. Reinhard atmete auf. Einen Moment lang hatte er befürchtet, sich alles nur eingebildet zu haben. Paula existierte genauso wie das angetrocknete Sperma zwischen seinen Beinen, das bewies, was vorgefallen war.

Die Erleichterung verschwand so schnell wie sie gekommen war, als ihm seine Lage bewußt wurde. Er hastete zu seinen Jeans. Sein Geld war weg, wie er es fast erwartet hatte. Klar. Paula, das kleine Miststück. Sie hatte besser gelogen als er. Reinhard stöhnte laut auf. Die Kreditkarte war ebenfalls verschwunden.

Er zog sich an und schaute durch den Türspalt auf den Gang. Kein Mensch zu sehen. Vielleicht kam er wenigstens unbemerkt aus dem Hotel heraus. Er bildete sich nicht ein, daß Paula die Rechnung bezahlt hatte.

Als er im Erdgeschoß aus dem Lift stieg, sah er mit einem Blick, daß die Fluchtmöglichkeiten gleich Null waren. Die Halle war klein, hell, modern und übersichtlich bis in den letzten Winkel. Keine Säulen, kein Plüsch, kein schweres Mobiliar, nichts, was den Blick ablenkte. Reinhard konnte höchstens versuchen, unauffällig an der Rezeption vorbeizuschlendern. Wenigstens hatte er kein Gepäck dabei. Aus ganzem Herzen verfluchte er Bodo und Julia und die ganze beknackte Aktion, als er sich langsam in Bewegung setzte.

Er hatte kaum drei Schritte Richtung Ausgang getan, als schon eine freundliche Stimme »Sir!« rief. Reinhard zögerte kurz und ergab sich schließlich in sein Schicksal. Er trat an die Rezeption.

»Mr. Stein?«

»Ja«, sagte Reinhard, verblüfft, daß der andere seinen Namen wußte.

»You left your credit card. Just a moment, please.«

Vor Reinhard lag seine Kreditkarte. Er konnte es nicht glauben. Taktvoll erklärte ihm der Portier, daß die Lady sie seinem Kollegen in der Nacht gegeben habe, weil Reinhard, nun ja, verhindert gewesen sei.

»Wann ist die Lady eingecheckt?«

Der Portier machte ein befremdetes Gesicht. Er sah in seine Unterlagen. »Oh, schon am Nachmittag. Sie sagte, ihr Freund würde nachkommen. Das sind doch Sie, Sir?«

»Ja«, sagte Reinhard. Er holte tief Luft. Verdammt, wenn er jetzt zur Polizei ginge, würde alles noch komplizierter werden. Besser, er biß in den sauren Apfel und bezahlte die Rechnung. Besser, er fragte nicht nach ihrer Adresse und ihrem richtigen Namen. Besser, er erkundigte sich nicht mal, wann Paula, das Miststück, das Hotel verlassen hatte. Besser, er tat so, als sei alles in Ordnung: Alles war besser, als zugeben müssen, daß er auf den ältesten Trick der Welt hereingefallen war. Sie hatte ihm einfach die Kreditkarte aus der Hosentasche geklaut und an der Rezeption abgegeben, und er war zu blau gewesen, um es zu merken. Eigentlich ziemlich schlau. Der Portier betrachtete ihn neugierig. Wahrscheinlich ahnte er längst, was vorgefallen war.

»Sind Sie sicher, daß alles in Ordnung ist?«

»O ja«, sagte Reinhard und unterschrieb die Rechnung. 310 Dollar. Ein Telefongespräch hatte sie noch zusätzlich auf seine Kosten geführt. Aber dafür hatte er etwas erlebt, das einzigartig war.

Als er zwei Stunden später in einem Coffeeshop frühstückte, sah er auf der anderen Straßenseite eine Frau mit zwei Kindern. Ein Mädchen und ein kleiner Junge, den sie auf dem Arm trug. Eine kleine, unvollständige Familie, die sehr glücklich aussah. Selbst durch die geschlossenen Scheiben hörte Reinhard das glückliche Kreischen des Jungen. Es war Julia mit ihren Kindern. Reinhard warf zwei Dollar auf den Tisch und stürzte aus dem Lokal. Im Laufen rekapitulierte er noch mal kurz Bodos Instruktionen für diesen Fall.

Bodo und Julia hatten sich über eine Anzeige kennengelernt, die Julia aufgegeben hatte. Bodo war damals bereits von Karen geschieden. Seine Geliebte, der aktuelle Scheidungsanlaß, verließ ihn, als sie merkte, daß Bodo keineswegs daran dachte, ihr Verhältnis nun, da das Hindernis Karen keins mehr war, zu legalisieren. Bodo war darüber nicht traurig, sondern erleichtert. Diese Freiheit von allen emotionalen Verpflichtungen hatte er sich immer gewünscht.

Doch zu seinem Mißvergnügen mußte er feststellen, daß er mit sich allein nicht viel anzufangen wußte. Er las viel, er ging ins Kino und in Ausstellungen. Seinen sexuellen Appetit stillten Escort-Mädchen einer Klientin, die er mal aus einer sehr unangenehmen Steuersache herausgepaukt hatte. Seither gab es Spezialpreise für Bodo, den Retter. Ein halbes Jahr lang ging das so, dann begann er wieder mit Frauen auszugehen – normalen Frauen, die ihre Rechnungen selbst bezahlten. Er war Ende Dreißig. Er wollte immer noch keine neue Beziehung, sondern nur etwas Ablenkung.

Aber etwas in ihm, ein Gen oder eine frühkindliche Prägung, war auf Gemeinsamkeit gepolt. Es war wie ein innerer Zwang, über den er sich nicht hinwegsetzen konnte. Das war seltsam, denn er hatte sich selbst immer für einen egozentrischen Einzelgänger gehalten. Die Frauen, die er nun traf, waren entweder verheiratet, liiert oder frustriert. Keine von denen wollte er wirklich. Immer wieder bekam er romantische Anwandlungen. Bodo begann, jeden Samstag am Frühstückstisch Bekanntschaftsanzeigen zu studieren. Anfangs redete er sich ein, daß er sich nur amüsieren wollte über die lächerlich geschraubten Selbstanpreisungen (»Unternehmer, humorvoll, spontan, ehrgeizig, belesen, elegant, mit Faible für gute Gespräche…«). Schließlich ertappte er sich aber dabei, daß er die

Herrenannoncen sofort überschlug, um ewig beim Damenteil zu verweilen. Selbst kurze oder banale Anzeigen las er sorgfältig durch und versuchte, sich anhand der kargen Informationen ein Bild von der Frau hinter dem Inserat zu machen. Er wurde beinahe abhängig von dieser Wochenendbeschäftigung.

Irgendwann gab er vor sich selber zu, daß seine Neugier nicht nur akademischer Natur war. Seine Phantasie ging seltsame Wege. Er träumte von den unbekannten Frauen, die er niemals treffen würde. Seine Arbeit litt unter seinen Exkursen, die nur im Geiste stattfanden und deshalb seine mentalen Energien zu stark in Anspruch nahmen. Er fand, daß etwas geschehen mußte.

Bodo ging methodisch vor. Er machte sich die Mühe, alle halbwegs interessanten Anzeigen auszuschneiden und sie dann auf unterschiedliche Häufchen zu stapeln. Großartig, nicht schlecht, indiskutabel. Nicht schlecht und indiskutabel wanderten in den Papierkorb. Großartig waren pro Ausgabe höchstens ein bis zwei Anzeigen, und die wurden im Geheimfach seines Biedermeiersekretärs aufbewahrt. Wochen später, so plante er, würde er sie dann ein zweites Mal lesen, und auf das Inserat, das ihn immer noch begeisterte, würde er dann antworten.

Risikominimierung nannte Bodo dieses Verfahren. Er war ein strenger Selektierer. Viele anonyme Bewerberinnen um seine Gunst fielen allein deshalb durch den Raster, weil sie Bodos Interpretation nach einen finanzkräftigen Ernährer suchten – einen Kerl, den sie ausnehmen konnte, übersetzte Bodo für sich, wenn er Inserate las wie »Fröhliche Wassermann-Frau sucht erfolgreichen Geschäftsmann, mit dem sie durch dick und dünn gehen kann«. Andererseits waren ihm Inserentinnen, die extra auf ihre Selbständigkeit und ihre erfolgreich ausgeübte Berufstätigkeit verwiesen, auch nicht sympathischer. Sie wirkten so – autark. Nicht so, als würden sie wirklich einen Mann brauchen, obwohl Bodo andererseits ja auch nicht gebraucht werden wollte. Er wollte begehrt werden. Um seiner selbst willen, nicht aufgrund seiner Besitzverhältnisse.

Eigentlich absurd. Sein ganzes bisheriges Leben lang hatte er sich abgerackert, um so reich zu werden, wie er jetzt war, und seit einigen Jahren hatte er es tatsächlich geschafft. Mit viel Fleiß, viel Glück und selbstverständlich ein paar Gefälligkeiten, die an die richtige Adresse gingen. Aber Reichtum konnte eine Falle sein. Das hatte ihm sein Vater einmal gesagt, der Geschäftsmann (Im- und Export) gewesen war und es nie zu was gebracht hatte, aber dafür seine beiden Söhne knechtete, damit sie es mal besser machten als er. Reichtum, glaubte Bodos Vater, lockte Schmarotzerinnen an wie die Motten das Licht. Vielleicht sollte er die Sache besser lassen. »Zuviel Zeit, zuviel Geld und kein Nachwuchs? Das wird sich alles ändern, sobald du mir geschrieben hast. Bin groß, schön, dunkel und suche den Mann für immer. No risk no fun.«

Später würde Julia ihn fragen, was ihm ausgerechnet an ihrer Anzeige gefallen hatte, und er würde feststellen, daß er nicht einmal mehr wußte, was dringestanden war. Es war nicht der Inhalt, der ihn gereizt hatte, sondern der coole Tonfall, die schwungvolle Satzmelodie, daß sie es bei Andeutungen belassen hatte. Selbst die Tatsache, daß sie mit dreister Offensichtlichkeit einen Mann mit Geld suchte, schreckte Bodo in diesem Fall seltsamerweise nicht. Vielleicht nahm er automatisch an, es sei ironisch gemeint. Ein Irrtum.

Bodo setzte sich ein ganzes Wochenende lang hin und grübelte über seinem Antwortschreiben. Entsprechend schwerfällig fiel sein Brief aus. Er legte ein fünf Jahre altes Urlaubsfoto bei, das ihn vor einem renovierten Bauernhaus in der Toskana zeigte, das Freunden gehörte. Bodo saß hier auf einem klapprig aussehenden Stuhl an einem schweren Holztisch und lächelte entspannt in die Kamera.

Zwei Wochen später rief ihn eine Frau in der Kanzlei an, die sich als Julia vorstellte. Er war überrascht, denn seiner Erinnerung nach hatte er ihr seine Privatnummer aufgeschrieben. Bodo mochte ihre Stimme, die heiser und ein wenig atemlos klang, als sei sie aufgeregt und verlegen. Anfangs fielen sie einander dauernd ins Wort und entschuldigten sich hektisch. Es war komisch, aber auch irritierend. Julia bot ihm schließlich an, ein Foto von sich zu schicken, damit er »nicht die Katze im Sack kaufen« müsse, wie sie sich ausdrückte. Bodo war sehr irritiert.

»Ich will Sie nicht kaufen«, sagte er. »Ich will Sie kennenlernen.«

»O ja, klar. Es tut mir leid. Das war nicht sehr witzig. Ich hab' nur gedacht, daß Männer sehr optisch orientiert sind, normalerweise. Wußten Sie, daß Männer sich meistens auf den ersten Blick verlieben? Wenn sie sich nicht sofort verlieben, wird ihnen die Frau auch später nicht gefallen, das ist erwiesen.«

Bodo wußte nicht, was er mit diesem Gerede anfangen sollte, aber ihm wurde das Ganze lästig, er hatte auch noch einiges zu erledigen. Also verabredete er sich mit ihr in einem mittelteueren thailändischen Lokal. Als sie hereinkam, erkannte er sie sofort. Groß, dunkelhaarig, hübsch, kapriziös. Er vergaß ihre seltsame Art am Telefon und lächelte. Sie lächelte ebenfalls – augenscheinlich erleichtert.

Später würde Bodo sie fragen, weshalb sie gerade ihn angerufen hatte. Und Julia würde ehrlich antworten, daß es weniger der Brief als das Foto gewesen war. Dem Brief hatte sie anhand winziger Details entnommen, daß Bodo nicht arm war, obwohl er gerade diese Tatsache zu verschleiern versucht hatte. Das Haus in der Toskana, von dem sie automatisch annahm, daß es Bodo gehörte, hatte aber den Ausschlag gegeben. Einen Mann mit Geld und Haus in Italien hatte sie sich immer gewünscht, gestand sie Bodo bei einem ihrer ersten Treffen. Und das war ein Fehler. Bodo fühlte sich sofort nicht mehr begehrt, sondern funktionalisiert. Doch er blieb dran, weil Julia die attraktivste Frau war, die je etwas von ihm wollte. Er dachte, er sei verliebt.

Heute konnte er Julia anschauen, ohne Reminiszenzen an seine Gefühle von damals. All seine Liebe war auf seinen Sohn übergegangen. Julia war eine fremde, gleichgültige Frau, ein zähes, lästiges Hindernis. Wenn man ihn gefragt hätte, wann und warum seine Zuneigung zu Julia nachgelassen habe, hätte er keine Antwort gewußt. Nur manchmal erkannte er, daß er ihr nie vertraut hatte. Manchmal dachte er darüber nach, was eigentlich ihr Plan gewesen war. In der Regel endeten solche Überlegungen damit, daß er sich an seinen Computer setzte und einen neuen bösen Brief an das Gericht verfaßte.

Die Stimme der Frau war nicht ermutigend. Sie klang müde und gleichzeitig aggressiv, so als habe sie gerade jemanden heftig und vergeblich zurechtgewiesen und sei jetzt erschöpft und gereizt von einer Umgebung, die sie immer nur unnötige Kraft kostete.

»Ich hoffe, ich störe Sie gerade nicht. Ich würde mich gerne mit Ihnen treffen«, sagte Marita, nachdem sie sich vorgestellt hatte. »Es geht um etwas sehr Wichtiges.«

»Hören Sie, junge Frau, Sie müssen sich schon deutlicher ausdrücken. Ist was mit Willi?«

»Nein, nein. Wer ist Willi?«

»Gott sei Dank… Willi macht mir dauernd Ärger, und ich hab' jetzt langsam den Kanal voll, verstehen Sie?«

»Ja, natürlich.«

»Blödsinn, nichts verstehen Sie. Ich schätze mal, Sie haben keine Kinder?«

»Nein.«

»Sehen Sie, Sie haben keine Ahnung. Willi ist gerade fünfzehn geworden, und er führt sich auf wie ein Zwanzigjähriger mit dem Hirn eines Dreijährigen. Drücke ich mich klar genug aus?«

»Ja. Absolut. Sie haben bestimmt viele Sorgen.« Marita wußte nicht, wie sie zur Sache kommen sollte. Sie hätte nicht von der Redaktion aus anrufen sollen. Das Großraumbüro war der ungeeignetste Ort, um konspirative Gespräche zu führen.

»Aber ich denke, daß Sie mich nicht angerufen haben, um mein Gejammer zu hören. Was wollen Sie von mir?«

»Das würde ich sehr gern mit Ihnen persönlich besprechen. Hätten Sie vielleicht morgen mal Zeit?«

»Zeit wofür? Sind Sie etwa vom Jugendamt?«

»Nein! Nichts in der Richtung, wirklich nicht.«

»Polizei?«

»Nein. Bitte glauben Sie mir. Ich brauche Ihre Hilfe.«

»Okay. Hätte mich auch gewundert, ehrlich gesagt. Mittlerweile kenn' ich die Typen, die im Jugendamt und bei den Bullen arbeiten. Sie klingen ganz anders.«

Marita lächelte. »Wäre es möglich, daß ich mal kurz bei Ihnen vorbeikomme? Natürlich nur, wenn es Ihnen zeitlich paßt.«

»Auf keinen Fall. Mein Mann würde einen Vogel kriegen. Der mag keinen Besuch. Wir können uns heut abend im ›Engel‹ treffen. Um acht. Dann haben die Kinder gegessen, und mein Mann ist auf Schicht.«

»Ist das ›Engel‹ ein Lokal?«

»Ja sicher, 'ne Pilskneipe. Ich hoffe, das ist Ihnen fein genug.«

»Natürlich ist es das.« Wie anstrengend das werden würde! Marita hörte nur mit halbem Ohr zu, als Frau Müller ihr umständlich den Weg beschrieb. Die Adresse war leicht zu merken, und sie hatte einen Stadtplan.

Heute abend. Das bedeutete einen Feierabend weniger. Schon der Gedanke daran machte sie erschöpft. Sie wandte sich wieder der Modestrecke zu, die layoutet werden mußte. Die Bilder waren eingescannt, der Titel stand bereits fest: *Duo konträr.* Auf den Fotos waren ein nackter Mann und eine Frau in Dessous mit schwarzgeschminkten Lippen in verschiedenen Positionen abgebildet. Der Hintergrund war weiß, der Boden schwarz. Marita mochte die Bilder, aber sie fand, die Fotografin hätte kein schwules männliches Modell nehmen sollen, oder jedenfalls keins, das so aussah.

Warum war Julia wirklich gekündigt worden? Die Frage zuckte wie ein Blitz durch ihr Gehirn. Marita speicherte ihre Arbeit ab und starrte auf den Bildschirmschoner.

Warum hatte sie Julia nie richtig danach gefragt? Warum hatte sie einfach solidarisch geglaubt, was Julia ihr gesagt hatte, und die anderslautenden Gerüchte in der Redaktion überhört? Bis man ihr sowieso nichts mehr erzählte, weil jeder wußte, daß sie mit Julia befreundet war. Marita stand auf und ging zu Jos Tisch.

»Wie wär's mit Mittagessen?« fragte sie und lächelte. Jo sah hoch, aber seine Miene blieb unbewegt. Er taxierte sie.

»Tut mir leid, keine Zeit«, erklärte er trocken.

»Fünf Minuten in der Kantine«, sagte sie schnell. »Komm schon, die paar Minuten wirst du doch Zeit haben.«

»Was ist denn mit dir los?« Jo grinste nun doch. Er speicherte ab, schnappte seine Jacke von der Stuhllehne, steckte Zigaretten ein, und gemeinsam gingen sie zum Lift.

Die Kantine befand sich im fünften Stock, ganz oben. Im Gang hingen große, bunte Kunstdrucke. Es war ein hoher verglaster Raum, der im Winter leicht auskühlte und im Sommer unerträglich heiß wurde. Also blieb der Verlagsleitung nichts anderes übrig, als eine Klimaanlage einzubauen, die aber ständig ausfiel und repariert werden mußte. Auch heute standen wieder zwei Männer im Blaumann an der Theke und orderten Steak mit Kräuterbutter. Aber es war, wie üblich in diesem Sommer, ein bedeckter Tag, deshalb herrschten zivile Temperaturen.

Marita holte sich einen Geflügelsalat, Jo das Steak. Sie sprachen nicht miteinander, während sie sich an der Kasse anstellten. Seit dem Tag nach Julias Flucht stimmte etwas nicht mehr zwischen ihnen. Die Flirtereien hatten aufgehört. Jo wirkte enttäuscht und abweisend. Aber er war der einzige, der ihr helfen konnte. Es hatte keinen Sinn, einen von Julias ehemaligen Kollegen zu fragen, was vorgefallen war. Jeder hätte das irritierend gefunden, vor allem, weil die Sache schon über zwei Monate zurück lag.

Aber Jo kannte die Textredaktion besser als Marita. Oft setzte er sich zum Mittagessen an den Tisch der Redakteure.

»Jo, schau mich nicht so an!«

»Wieso, wie schau ich dich denn an?«

»Anklagend.«

»Blödsinn.« Jo sah beleidigt aus und widmete sich seiner Mahlzeit. Es war seltsam, wie schnell und scharfsinnig selbst unsensible Menschen reagierten, wenn man sich aus nicht ganz uneigennützigen Motiven mit ihnen abgab.

»Jo, hast du eine Ahnung, warum Julia gefeuert wurde?«

Jo gab nicht zu erkennen, daß ihn diese Frage besonders erstaunte. Er sah kauend an ihr vorbei und antwortete nicht.

»Jo, verdammt noch mal!«

»Soviel ich weiß, hat Julia selber gekündigt.«

»Ach, komm schon. Hat sie nicht.«

»So ist aber die offizielle Sprachregelung.«

»Kannst du mir nicht helfen, oder willst du mir nicht helfen?«

»Bist du so naiv, oder tust du nur so?«

Marita schluckte. Ihre Wangen fühlten sich heiß und trocken an. »Was soll das?« fragte sie heiser.

Jo senkte den Kopf. Er schob das halbgegessene Steak beiseite und zündete sich eine Zigarette an.

»Tut mir leid, das ist mir so rausgerutscht. Tut mir leid. Aber weißt du, jeder weiß hier Bescheid über deine Freundin Julia. Deine Freundin Julia ist mit ihren Kindern abgehauen, und du bist die einzige, die offenbar noch Kontakt zu ihr hat, und du sagst kein Wort zu niemandem. Du grenzt dich völlig aus.«

»Jo, was hat das alles mit Julia zu tun?«

»Ich meine, hat die Frau dich angesteckt mit ihrem Irrsinn? Was tust du da eigentlich? Julias Eltern haben bei Greiner angerufen und ihm die Hölle heißgemacht, als ob er Schuld dran hätte, daß ihre Tochter durchgedreht ist.«

»Greiner ...«

»Greiner ist ein Arschloch. Aber nach allem, was ich gehört habe, hatte er ziemlich gute Gründe, Julia vor die Tür zu setzen.«

»Und zwar welche?«

Jo drückte seine Zigarette in der zerlaufenen Kräuterbutter aus und sah sie zufrieden an, weil sie jetzt ganz bei ihm war und keine Spur abgelenkt.

»Hör mal, das alles sind Gerüchte, okay?«

»Mir egal, Jo. Ich krieg' die Wahrheit schon raus. Los, sag schon, was wird über Julia geredet?«

»Zuerst will ich was über dich wissen.«

»O nein. Was denn jetzt schon wieder?« Marita konnte es sich schon denken, und sie wollte darauf nicht antworten.

»Warum machst du das alles?« fragte Jo, genauso wie sie es erwartet hatte. Mit der verständnisvollen Großer-Bruder-Miene, mit dem Du-kannst-mir-alles-sagen-Mädel-Gesicht. Warum mußten Männer Frauen gegenüber dauernd pädagogisch tätig werden? Vielleicht hatten die meisten Männer deshalb so wenig wirklich gute Freunde. Weil sie einander dauernd was beibringen, aber ihrerseits nichts lernen wollten.

»Warum verplemperst du deine Zeit mit einem hoffnungslosen Fall wie dieser Julia?« fuhr Jo mit gerunzelter Stirn fort, sichtlich in seinem Element. »Warum genießt du nicht dein Leben, machst 'ne tolle Karriere, hast zehn Liebhaber – was weiß ich? Bevor du mir das nicht erklärst, sag' ich kein Wort.«

»Also gut, Jo, Gegenfrage: Warst du schon mal verliebt? Oder besser: Hast du schon mal jemanden nicht ausstehen können, obwohl es objektiv keinen Grund dafür gegeben hat?«

»Marita, jetzt lenk nicht vom Thema ab …«

»Der Zwang. Ich glaube, daß wir alle unter einem Zwang stehen.«

»So ein Blödsinn!«

»Du willst also behaupten, du hast in deinem Leben noch nie etwas getan, was unvernünftig war, obwohl du genau wußtest, daß es unvernünftig war? Du warst noch nie in einer Situation, in der du dich gefragt hast, warum du etwas ganz Bestimmtes tust, wo es doch überhaupt nichts bringt oder dir sogar schadet?«

»Was soll denn das jetzt …«

»Warst du eben schon. Du machst manchmal absurde, blödsinnige Sachen, weil du unter irgendeinem Zwang stehst …«

»Schrei doch nicht so!«

»...weil du unter einem Zwang stehst. Wie wir alle. Jeder unter einem anderen. Verstehst du, man glaubt, man müßte etwas tun, obwohl es definitiv nicht so ist. Der eine schlägt seine Frau, obwohl die ihm nichts getan hat, und findet irgendeine Begründung dafür, der andere säuft sich ständig einen an, obwohl er drauf und dran ist, seinen Job zu verlieren, der dritte vögelt eine nach der anderen, obwohl's ihm schon längst keinen Spaß mehr macht...«

»Und du?«

»Wie?«

»Welcher Zwang ist es bei dir?«

Marita seufzte. »Ich weiß auch nicht«, sagte sie wieder in normaler Lautstärke.

»Aber ich. Du denkst, du müßtest dich dauernd entschuldigen. Wetten, daß du immer Freundinnen hattest, die Probleme hatten? Entweder sahen sie weniger gut aus, oder sie hatten weniger Erfolg im Job, oder sie hatten schreckliche Eltern. Nur dir ist es meistens gutgegangen. Du findest das nicht normal und glaubst, du müßtest dafür bezahlen.«

»Nein! Wie kommst du auf so was?«

»Ich kenne Frauen wie dich. Ich war mal mit einer wie dir zusammen. Sie hatten immer einen Rattenschwanz von Freundinnen. Tolle Freundinnen, das kann ich dir sagen. Die eine Alkoholikerin, die zweite ein Sozialfall, die dritte schizophren.«

»Julia ist weder das eine noch das andere...«

»Ich rede nicht von Julia. Ich rede von dir. Ich will dir begreiflich machen, daß du dich irrst. Sieh mich an, mir geht's auch gut. Ich hab' keine Probleme, und deshalb bin ich nicht weniger interessant und nicht weniger wertvoll. Du brauchst dich nicht selber zu bestrafen, nur weil du zufälligerweise auf der Sonnenseite stehst. Du mußt nicht jedem Versager aufhelfen, bloß um dir dein Glück zu verdienen. Du kommst auch so in den Himmel, glaub mir.«

»Julia ist kein Versager.«

»Vergiß es. Ich wollte sagen, du verdienst es, gut drauf zu sein, einfach so. Du bist nett genug. Du mußt keine aufwendigen Zusatzleistungen erbringen, das meine ich.«

»In diesem Fall ist das was anderes. Julia hat mir mal sehr geholfen, und ich mag sie, und wenn du so willst, fühle ich mich ihr gegenüber auch verpflichtet. Alle haben sie fallenlassen. Ihr Ex-Freund, ihre Kollegen, ihr Chef, ihre Bekannten, alle. Sie hat nur noch mich.«

»Und du hast dich natürlich nie gefragt, woran das liegen könnte. Es kann doch zum Beispiel sein, daß es allein Julias Schuld ist, daß alles soweit gekommen ist.«

»Hör zu, Jo, du kennst sie nicht. Aber ich. Als ich Julia kennengelernt habe, war sie eine Frau mit Problemen, okay. Aber sie war positiv, sie war stark, sie war optimistisch. Sie hatte Humor. Sie war voll da und keine Irre. Und das alles soll innerhalb von ein paar Monaten einfach so verschwinden? Ich meine, glaubst du wirklich, daß so was möglich ist? Ich glaube es nicht. Ich glaube, jemand hatte ein Interesse daran, sie kleinzumachen.«

»Ihr Ex-Freund.« Jo gähnte demonstrativ.

»Ja, zum Beispiel, genau der.«

»He, Jo«, sagte einer der Redakteure im Vorübergehen. Er war jung und ziemlich dick und balancierte ein volles Tablett mit Tagessuppe, Steak und dem ekelhaften Pudding, den außer ihm wahrscheinlich keiner hier aß. Jo winkte ihn kurzentschlossen an ihren Tisch. Peter setzte sich dazu.

»Hör mal, Peter, Marita möchte was über die Affäre Julia Hoffmann wissen. Vielleicht kannst du ihr was erzählen.«

»Wieso?« fragte Peter lustlos, vor sich sein Steak, das kalt zu werden drohte.

Marita legte ihm die Hand auf den Arm und lächelte ihn an. »Peter, ich weiß, daß du jetzt keine Zeit hast. Aber vielleicht könnten wir uns heute abend treffen. Einen Kaffee trinken gehen. Wäre das okay für dich?«

»Meinetwegen«, sagte Peter unbeeindruckt und schaufelte die Suppe in sich hinein. »Hol mich um sieben im Büro ab.«

Marita verabschiedete sich. Jo blieb bei Peter sitzen.

Während sie auf den Lift wartete, war sie ganz in Gedanken versunken. Es stimmte, ihr Leben war eine Provokation. Es war unfair, hübsch, beliebt, unkompliziert und auch noch erfolgreich zu sein. Es gab so viele Leute, die nichts davon waren. Marita erinnerte sich an eine Geschichte, die Julia ihr mal erzählt hatte. Julia hatte als Volontärin bei einer Berliner Tageszeitung angefangen und dabei festgestellt, daß sie ein phänomenales Gedächtnis für das gesprochene Wort hatte und sehr schnell formulieren konnte. Schon nach einigen Wochen war sie in der Lage gewesen, dringende Texte druckreif durchs Telefon zu diktieren. Sie war immer als erste mit allem fertig gewesen, und meistens gab es trotzdem nichts an ihren Artikeln auszusetzen. Und irgendwann hatte ihr mal einer gesagt: Du verdirbst hier die Preise, kapiert? Da hatte Julia angefangen, langsamer zu arbeiten und hier und da absichtlich Fehler einzubauen, um vor den Kollegen nicht als eiskalte Perfektionistin dazustehen.

Plötzlich packte Mama sie an der Hand und zerrte sie im Laufschritt hinter sich her. Jenny war so erschrocken, daß sie alles mit sich machen ließ, obwohl Mama ihr beinahe den Arm ausgekugelt hätte.

»Laß mich los!« schrie sie. Mama ließ sie los und hielt dafür Manuel mit beiden Armen fest an ihre rechte Schulter gedrückt. Jenny rannte hinter ihr her. Sie dachte nicht darüber nach, warum Mama sich mal wieder aufführte wie eine Verrückte. Jennys kleine Welt war schon seit Monaten aus den Fugen geraten, und sie wunderte sich über gar nichts mehr. Im Gegenteil, sie versuchte in letzter Zeit, alles an sich abperlen zu lassen, was ihr irgendwie komisch oder beängstigend vorkam. Das war ihr neuer Trick, und er hatte sich bewährt gegen die allgegenwärtige Angst.

Vor ein paar Monaten hatten sie noch in einem schönen Haus gewohnt, und dieses Haus hatte ihr einen Halt auf der Erde gegeben. Jetzt fühlte sie sich manchmal so schwach und federleicht, als sei sie im Begriff davonzufliegen. Besser nicht daran denken.

Stoisch folgte Jenny ihrer Mutter, die sich immer wieder panisch nach ihr umdrehte. Ihr Kopf war ganz leer, wie sie es oft und oft geübt hatte. Nach ein paar Minuten war sie in Schweiß gebadet, ihre Schritte wurden unregelmäßig. Da packte Mama sie wieder an der Hand und zog sie in einen Toreingang. Keuchend lehnten sie an der Wand. Jenny wollte etwas sagen, aber Mama sagte »Schscht!« und sah sie so angstvoll an, daß Jenny verstummte.

Eine halbe Ewigkeit standen sie in der dunklen, drückenden Hitze. Niemand kam. Mama weinte. Das war Jenny ebenfalls gewöhnt, und sie beachtete es deshalb nicht besonders.

»Wieso sind wir vor Onkel Reini davongelaufen?«

»Ach, Mäuschen.« Mama ließ Manuel vorsichtig auf den Boden und umarmte dann Manuel und Jenny. Jenny machte sich steif. Sie wollte ausnahmsweise mal eine normale, überzeugende Antwort. Sie mochte Onkel Reini ganz gern, und es gab keinen Grund, vor ihm davonzulaufen. Obwohl er zugegebenermaßen seltsam ausgesehen hatte, als er mit seiner Kamera auf sie zustürzte.

»Mama! Warum laufen wir dauernd weg?«

»Weil ich euch sonst verliere. Bitte laßt uns jetzt gehen. Wir müssen irgendwie zum Auto kommen.«

»Was wäre passiert, wenn uns Onkel Reini erwischt hätte?«

»Komm, mein Schatz. Wir müssen uns beeilen.«

5

Lieber Papa, schrieb Julia. Weil sie die Krücke dieser Anrede brauchte, um die Blockade in ihrem Kopf zu lösen. Diese Briefe waren Selbstgespräche einer einsamen Frau, die sich ein Gegenüber herbeiphantasierte, mehr nicht, und Julia wußte das.

Es war nicht die große Aussprache, die Generalabrechnung. Ihr Geschreibe änderte gar nichts. Vielleicht war auch ihre Flucht nur eine Kreisbewegung, die sie zurückführte an den Anfang der Angst und der Wehrlosigkeit. *Nichts verbindet uns,* tippte sie Buchstabe für Buchstabe, und ihre Finger fühlten sich trotz der feuchten Hitze klamm und steif an. *Dich verbindet nichts mit mir, um genau zu sein.* Sie stockte wieder.

Du hingegen… Du wucherst wie ein Geschwür in mir, und ich kann Dich nicht herausreißen aus den Gedärmen meiner Gedanken, ohne selber den Verstand zu verlieren. Ich sehe Dich überall. Du bist in Bodo, Du bist in Manuel, Du bist der Alpha-Mann an sich. Der Prototyp. Achtlos, vital, voller ungesunder Faszination für dumme, schwache Frauen wie mich. Vielleicht bist Du überhaupt an allem schuld. Der Gedanke gefällt mir. Ich denke oft darüber nach. Meine Therapeutin gab mir einmal die Aufgabe, ich solle mir einen freundlichen, zugewandten, verläßlichen Vater vorstellen und mit ihm »gedanklich interagieren«. Ich konnte es nicht. Ich konnte nicht einmal etwas mit den Begriffen freundlich, verläßlich und so weiter anfangen. Sie sagte, dann solle ich mir eben eine Freundin vorstellen, die so einen Vater gehabt habe.

Das hat alle Schleusen geöffnet. Ich hatte als Achtjährige eine Freundin, auf die das zutraf. Sie hieß Petra. Ich habe sie einmal an einem Sonntag besucht, und da saß sie mit ihrem Vater am Küchentisch, der ihr bei einer Rechenaufgabe half. So geduldig, so liebevoll. Er machte kleine Scherze, um ihr das Verständnis zu erleichtern. Er ermutigte sie. Ich habe eine halbe Stunde lang zugeschaut, und es fiel kein einziges böses Wort und kein einziger ungeduldiger Blick, und das, obwohl Petra in Rechnen eine Niete war. Sie hat nichts kapiert, und ihr Vater mochte sie trotzdem. Als ich mich an diese seit langem verdrängte Szene erinnerte, mußte ich weinen. Aber ich konnte mir selbst in diesem Moment nicht vorstellen, wie es wäre, einen solchen Vater zu haben.

Ich habe Dir das von Petra schon mal erzählt, vor ungefähr zwei Jahren (die Sache mit der Therapeutin habe ich natürlich unterschlagen). Du hast gelächelt und nichts gesagt. Du wolltest nichts verstehen.

Du hast Bodo nie gemocht und hattest dafür immer jede Menge Gründe parat. In Wirklichkeit war es, weil er Dir so ähnlich war. Zumindest was mich betraf, wart ihr beide von einer umfassenden Gleichgültigkeit. Bodo hätte mich längst aus seinem Leben gestrichen, wenn ich nicht etwas hätte, von dem er glaubt, daß es ihm gehört.

Wir sind jetzt wieder auf der Flucht. Reinhard ist hinter uns her. Ich habe es die ganze Zeit geahnt. Es gibt keinen anderen Grund, weshalb er sonst in Savannah aufgetaucht sein sollte. Eine weitere Enttäuschung: Ihr habt Bodo von Tante June erzählt. Du oder Mama. Zu deiner Ehrenrettung nehme ich an, daß es Mama gewesen ist. Sie denkt vielleicht sogar, daß sie mir damit einen Gefallen getan hat. Sie ist so naiv, daß man ihr alles weismachen kann.

Es muß so gewesen sein. Einer von Euch beiden ist mir in den Rücken gefallen. Typisch eben. Glücklicherweise habt Ihr nicht gewußt, wo Tante June heute wohnt, nämlich nicht mehr an ihrer alten Adresse. Wir fuhren zu ihrem ehemaligen Haus, und ich sah schon von außen, daß sich etwas verändert hatte. Das Haus war weiß gestrichen und sah auch sonst ganz frisch und neu aus. Ich klingelte, und eine junge Frau in Shorts und T-Shirt machte mir die Tür auf. Ich erkundigte mich nach Tante June, und sie sagte, daß ich heute schon die zweite Person sei, die nach ihr fragen würde. Ich hakte ein bißchen nach und wußte dann Bescheid. Ich habe anschließend alle Autos in der Straße inspiziert, um sicherzugehen, daß Reinhard uns nicht im Visier hatte. Wir sind nur eine Nacht geblieben, danach sind wir ans Meer gefahren. Es war eine Erholung nach all der Fahrerei.

Reinhard kam aus einem Coffeeshop, an dem wir gerade vorbeigingen. Er stürzte wie ein Verrückter auf uns zu mit einer Kamera in der Hand. Es war so lächerlich. Bodo hat ihn wahrscheinlich als eine Art Privatdetektiv angeheuert, um Munition gegen mich zu sammeln. Das ist die harmloseste

Möglichkeit, doch wir wollen nicht zu optimistisch sein. Vielleicht soll Reinhard auch Manuel entführen, mit ihm zusammen zurückfliegen und zu Hause vor Gericht alle möglichen Lügen erzählen. Alles, alles traue ich Bodo zu. Es ist schrecklich, daß Bodos Macht überallhin reicht. Vielleicht ist Reinhard auch nur einer von mehreren Schergen, die Bodo angeheuert hat. Ich wüßte gerne, wie Reinhard heute zu mir steht. Ob da noch irgend etwas ist, das ihn... Aber ich dachte, es sei zu riskant, das herauszufinden. Wir sind sofort abgefahren. Vielleicht war das ein Fehler.

Als wir in Vero Beach ankamen, war es schon dunkel. Vero Beach ist ein Strandort. Es ist bezaubernd hier. Buntbemalte Holzhäuser, wenig Verkehr, ideal für Kinder. Eigentlich hatte ich vor, wieder in einem Motel am Highway zu übernachten, aber dann verließ ich ganz spontan die 95. Richtung Meer. Mir hat's gereicht. Ich wollte endlich ans Wasser. Ich wollte einfach etwas durchatmen. Hier, an dieser Küste gibt es Häuser direkt am Strand, die man mieten kann. Niemand würde uns hier finden. Ich kann mir vorstellen, hier zu bleiben. Ich werde einen Job als Kellnerin annehmen, schwarz natürlich, und ich werde irgendeinen Amerikaner finden, der mich heiratet. Du, Papa, wirst die Gebühr für dieses Arrangement bezahlen. Und dann schwöre ich Dir, Papa, daß Du nie wieder etwas von mir hören wirst. Ich werde nie wieder zurückkommen. Ich fange ganz neu an.

Seit ich das beschlossen habe, fühle ich mich besser und kann vieles klarer sehen. Natürlich weiß ich, daß vieles meine Schuld war. Das Ganze ist eine psychologische Frage. Nein, eher eine soziologische. Vor Gericht müssen Frauen sich so verhalten, wie männliche Richter es erwarten, sonst können sie keinen Erfolg haben. Jenicke hatte mir also eingeschärft, eine Rolle zu spielen. Er sagte, es gebe zwei mögliche, erfolgversprechende Rollen für mich. Ich könnte mich entscheiden zwischen der traurigen verlassenen Frau oder der tapferen Löwenmutter. Er schrieb beide Begriffe nieder und listete anschließend ungefähr zwanzig Eigenschaften auf, die ich dem jeweiligen Typus zu-

ordnen sollte. Es war wie in der Schule, und ich kam mir idiotisch vor. Ich meine, es war klar, daß »ängstlich« zur verlassenen paßte und »dominant« zur Löwenmutter. Ich sagte also, daß er diesen Quatsch lassen solle und daß ich es nicht nötig hätte, mich zu verstellen. Ich würde als Julia Hoffmann ins Rennen gehen, und damit basta.

Jetzt sehe ich ein, daß das ein Fehler war. Denn wer ist Julia Hoffmann, wenn sie im Streß ist? Typ Nummer drei, die unberechenbare Hysterikerin, die zwischen trauriger verlassener Frau und tapferer Löwenmutter schwankt und dem Richter den letzten Nerv raubt, weil er nie weiß, wen er heute vor sich hat. Der Richter kam sich betrogen vor. Für seinen Geschmack war ich von allem zu viel. Nicht angenehm moderat wie Bodo, bei dem der Richter immer zu wissen glaubte, woran er war. Bodo schrieb diese schrecklichen Briefe, doch wenn man ihn sah und ihn vernünftig und klar argumentieren hörte, schienen selbst die absurdesten Verleumdungen plötzlich Hand und Fuß zu haben. Nur ich machte immer alles falsch.

Anfangs zum Beispiel war ich zu sachlich und selbstsicher. Da hatte Bodo für sich schon ein ziemlich ausgedehntes Umgangsrecht herausgeschlagen, und ich hatte mehr oder weniger notgedrungen nachgegeben. Dann kam die Sache mit dem gemeinsamen Sorgerecht. Er hatte meine Unterschrift, und alles begann von vorne.

In diesem Moment wußte ich, daß Bodo nicht ruhen würde, bis er alles hatte, und erst jetzt begann ich zu kämpfen, und es war zu spät. Ich habe dem Richter mit Statistiken vor der Nase herumgewedelt, daß ihm Hören und Sehen verging, obwohl Jenicke mir davon abgeraten hatte, weil all diese Statistiken so väterfeindlich sind und der Richter selber Kinder hat. Na und? Die Wahrheit mußte ihn doch überzeugen. Eine Million Trennungsväter gibt es in Deutschland, und nur ein Drittel zahlt Unterhalt. Vierzig Prozent aller Väter, die keinen Unterhalt zahlen, könnten ihn sich ohne weiteres leisten. Selbständige und Freiberufler wie Bodo haben jede Möglichkeit, ihr wahres Einkommen zu verschleiern. Aber mitreden wollen sie, wenn es um die Erziehung geht! Bodo, der Multimillionär, überweist mir als Unterhalt den gesetzlich vorgeschriebenen Mindestbetrag. Bodo, der wunderbare Vater, war immer nur dann wunderbar, wenn Manuel frisch gebadet auf seinen Schoß kletterte. Dann brachte er seinen Sohn mit großem Brimborium ins Bett. Natürlich nur, wenn Manuel nicht krank war. War dies der Fall, durfte er Bodo nicht mal anfassen. Bodo konnte sich in seinem Job schließlich kein Kranksein leisten. Ich natürlich schon.

Kommen wir nun, Hohes Gericht, zu meiner Tochter Jenny. Jennys Vater ist tot. Er stürzte vier Tage nach Jennys Geburt von einem Baugerüst. Er war Architekt, vier Jahre jünger als ich, und wir waren nicht wirklich ein Traumpaar. Aber er hätte Jenny besser behandelt als Bodo. Jeder hätte sie besser behandelt, oder besser gesagt: Jeder hätte sie wenigstens irgendwie beachtet. Für Bodo war Jenny Luft. Sie war nicht sein Kind, sie war ein lästiger kleiner Floh. Ihre Geburtstagsgeschenke mußte ich kaufen, Bodo schenkte ihr nicht mal was zu Weihnachten.

Nun, der Richter wollte das nicht hören, wie Jenicke es vorausgesagt hatte. Er hält mich für eine Männerfeindin. Wäre ich doch so! Dann wäre mir einiges erspart geblieben! Er mochte mich nicht. Ich trat viel zu bestimmt auf. Typisch knallharte Karrierefrau, die alles im Griff haben will. Als Sozialhilfeempfängerin hätte ich vielleicht einen Mitleidsbonus bekommen. Später dann, als alles aus dem Ruder lief, schien es, als hätte ich ihm nachträglich recht gegeben. Ich wollte zwar alles im Griff haben, aber – typisch Frau – ich schaffte es nicht.

Ja, ja, Papa, jetzt ist mir alles klar. Zu spät. Dir tut immer alles leid, hast Du früher mal gesagt. Immer wenn es zu spät ist.

Ich weine. Du hast mich wieder zum Weinen gebracht. Das kannst du wirklich.

Es tat so gut, sich nicht zusammennehmen zu müssen. Julia hatte sich einen unglaublichen Luxus erlaubt und war diesmal in einem Holiday Inn abgestiegen. Die Kinder hatten ein eigenes Zimmer bekommen, mit einer Verbindungstür zu ihrem Schlafzimmer. Sie schliefen längst.

Es ist spät, schrieb Julia. *Ich bin ganz allein. Ich werde heute nacht nicht schlafen können. Ich werde alle fünf Minuten zu ihnen rüberschauen. Ich habe schreckliche Angst, daß Reinhard Manuel entführt. Aber trotzdem muß ich allein sein. Ich genieße es, aber wie immer habe ich Angst, als ob ich es nicht verdiente, mich wohl zu fühlen.*

Hier ist es wunderschön. Wir haben keinen Meerblick, aber wenn man das Fenster aufmacht, kann man das Meer hören.

Ich war mit Bodo am Meer, in Thailand. Es war unser erster Urlaub.

Ich wünschte, ich hätte nicht alles kaputtgemacht.

Wußtest Du, Papa, daß achtzig Prozent aller Ehen scheitern, wenn eins der Kinder stirbt? Daraus folgere ich, daß in mehr als vier Fünftel aller Ehen Kinder der sinnstiftende Faktor sind (nicht bei Euch, das ist mir klar!). Das ist besonders absurd, wenn man bedenkt, daß noch vor hundert Jahren Kinder nichts Besonderes waren. Es gab so viele davon, und wenn eins starb, war das nächste schon unterwegs. Ich wünschte manchmal, ich könnte so denken, dann wäre vieles leichter. Aber heute ist alles anders, heute ist kein Kind mehr ersetzbar. Wenn ich Manuel hergeben müßte, würde ich zerbrechen. Manuel ist ein Teil von mir, für immer.

Manuel, Jenny, Bodo und ich hätten eine richtige Familie sein können, aber Bodo wollte mich nicht heiraten. Wieso nicht? Was ist an mir falsch? Je mehr ich versucht habe, ihm alles rechtzumachen, desto kühler und abweisender wurde er. Ein Grund war natürlich Jenny… Ich wollte… ich will…

Ich muß weiterschreiben. Ich muß weiterschreiben, denn wenn ich aufhöre, bricht das Chaos über mich herein. Die Tränen tropfen auf die Tastatur, aber ich schreibe weiter, denn wenn ich nur eine Minute untätig dasitze… Vorhin war ich im Bad. Ich stützte mich auf das Waschbecken, beugte mich weit vor und betrachtete mich in dem riesigen Spiegel. Und plötzlich löste sich mein Gesicht in nichtssagende, uncharakteristische Einzelheiten auf. Nase, Augen, Wangen, Mund, Kinn, Haaransatz. Beliebige Kennzeichen irgendeiner Frau. Ich erkannte mich nicht mehr. Julia Hoffmann, wer ist das?

Marita lehnte an der Wand und wartete, bis Peter zu Ende telefoniert hatte. Satzfetzen drangen auf den Korridor. »Find' ich super, daß Sie das möglich machen...« »Nein, nächste Woche ist zu spät, das schaffen wir mit unseren Terminen nicht mehr... haha, ja wir Journalisten kommen immer auf den letzten Drücker...« »... ich denke, da kommen wir zusammen... klar... in maximal einer halben Stunde haben wir das im Kasten...« »Ja, die Fotografin kommt nach dem Interview... nein, keine Sorge, das dauert höchstens zehn Minuten...« Lügner, dachte Marita. Gute Porträtfotos nahmen mindestens zwei Stunden in Anspruch, und *SAM* druckte keine Schnappschüsse.

»...also dann Dienstag, 16 Uhr... Super, Herr Kroll...« Marita hörte, wie Peter auflegte, stieß sich von der Wand ab und klopfte an seine offene Tür, bevor das Telefon wieder klingeln konnte. Peters Schreibtisch war übersät mit Faxen, Pressemitteilungen, Zeitschriften, Tageszeitungen. Auf dem Boden stand ein halbmeterhoher Stapel ungeöffneter Post. Peter tauchte mit einem Stift in der Hand unter seinem Tisch auf und war offensichtlich nicht begeistert, daß nun auch noch Marita ihren Teil zum Durcheinander beitragen wollte.

»Hör zu, eigentlich wollte ich gerade mal aufräumen. Können wir das Ganze nicht auf morgen verschieben?«

Marita setzte sich. »Das würde ich glatt machen, wenn du morgen wirklich mehr Zeit hättest.«

Peter seufzte, setzte seine Brille ab und massierte die geröteten Druckstellen zwischen seinen Augen. »Da ist was dran. Schieß los. Was willst du wissen?«

»Wie wär's mit einem Kaffee irgendwo?«

»Nett von dir, aber machen wir's lieber kurz.«

»Kein Problem.«

»Also?«

»Du weißt, worum es geht.«

»Julia?«

»Ja.«

Peter setzte seine Brille wieder auf, wie einen Schutzschild.

»Sie wurde nicht gefeuert. Es war eine Kündigung in beiderseitigem Einvernehmen. Als ihre Freundin müßtest du das eigentlich wissen.«

»Peter. Wir wissen doch beide, was Kündigung in beiderseitigem Einvernehmen heißt. Greiner wollte sie loswerden. Warum? Was hat sie getan?«

Peter zögerte immer noch. In seinem schwammigen Gesicht kämpften das Bedürfnis, cool, fair und verschwiegen zu wirken mit dem genauso mächtigen Impuls, seine exklusiven Kenntnisse endlich unter die Leute zu bringen. Marita stieß nach.

»Ich brauche jemanden, der objektiv ist. Jemanden wie dich. Du weißt, wie alles wirklich war, ich kenne nur Julias Version.«

Solcherart legitimiert gab Peter endlich nach. »Na schön, was willst du hören? Die Kurzversion oder die Langfassung?«

»Alles. Von Anfang an.«

»Also gut. Die Sache ist die, daß Julia früher eine der besten hier war. Das weißt du nicht mehr, das war noch vor deiner Zeit. Julia war wahnsinnig schnell, und du konntest sie überall einsetzen. Tantra-Seminare oder St.-Pauli-Report, Sexthemen oder Interviews mit Geisteskranken, egal, du konntest ihr alles geben. Sie hatte dieses Gespür, weißt du. Dieses …« Er stockte. Marita rutschte ungeduldig auf ihrem Stuhl hin und her.

»Dieses Gespür für was?«

»Diesen Instinkt. Als ob sie alles schon mal erlebt hätte und verstehen würde. Die abartigsten Sachen … Verstehst du?«

»Nein. Aber macht nichts.«

»Sie war Greiners absoluter Liebling. Die Frau konnte gar nichts falsch machen, er stand immer hinter ihr.«

»Du hast sie bewundert.« Eine Feststellung, keine Frage. Peter lächelte verklärt. Dann wurde er wieder ernst.

»Vor ungefähr einem Jahr ist dann auf einmal alles anders geworden.«

»Inwiefern?« Marita beugte sich vor.

»Na ja, es fing damit an, daß sie wahnsinnig viel Streß mit ihrem Freund hatte. Das war natürlich schlimm, und allen tat das unheimlich leid, aber das Problem war, daß sie über nichts anderes mehr geredet hat. Und wenn ich nichts anderes sage, dann meine ich genau das: nichts anderes. Morgens, mittags, abends wurde das Thema aufs Tapet gebracht. Jeder arme Irre, der es wagte, einen Blick in ihr Büro zu werfen, wurde reingezerrt und bis ins Detail in die neuen Entwicklungen zum Fall Bodo, das Schwein, eingeweiht. Bis zu einem gewissen Grad hat das natürlich jeder verstanden. Julia sind die Felle davongeschwommen. Sie hatte zwei Kinder, sie wollte eine Familie und mußte statt dessen befürchten, bald auf der Straße zu stehen, und so weiter. Alles sehr schlimm, wie gesagt, aber irgendwann reicht's einfach, klar?«

»Klar.«

»Dazu kam, daß sie immer weniger gemacht hat. Jobmäßig, meine ich. Statt dessen stundenlange Telefonate mit ihrer Mutter, mit ihrer Schwester, mit ihrem Anwalt, und mit was weiß ich wem. Ihre Anwaltstermine und ihre Gerichtstermine fielen immer in die Arbeitszeit, und glaub bloß nicht, sie hätte sich an diesen Tagen Urlaub genommen. Julia doch nicht. Julia war doch unser Superstar, der sich alles erlauben konnte. Julia erscheint als einzige unvorbereitet zu Themenkonferenzen, und keiner wagt es, sich zu beschweren …«

»Und das hat euch geärgert?«

»Ja, aber nicht, daß du jetzt was Falsches denkst. Wir haben Julia gemocht. Es gab keine Intrigen von unserer Seite. Niemand wollte ihr schaden, im Gegenteil. Wir haben sie gedeckt. Wir haben sie ständig entschuldigt. Wir haben mit ihr geredet. Wir haben ihre Geschichten umgeschrieben, bevor sie zum Textchef gingen, weil sie keinen geraden Satz mehr aufs Papier gebracht hat. Im Grunde war das ein Unding. Die Frau hat monatelang keine Leistung mehr gebracht, und wir haben das alles aufgefangen. Ich meine, wenn das nicht Solidarität ist, dann frage ich mich, was man noch verlangen kann.«

»Hey, Peter, so war das nicht gemeint. Ich weiß, daß ihr euch super verhalten habt, das hat Julia auch immer erzählt.« Julia hatte nichts dergleichen getan. Vielmehr schien sie es damals völlig selbstverständlich zu finden, daß ihr jeder das Leben so leicht wie möglich machte. Aber Peter schluckte es offensichtlich, denn er lächelte wieder. Marita überlegte, ob er in Julia verliebt gewesen war. Vielleicht war es hauptsächlich er gewesen, der Julias Artikel überarbeitet hatte, damit sie keinen Ärger bekam.

»Na ja, Tatsache ist, daß wir es irgendwann mal satt hatten. Julias Situation hat sich nicht gebessert, und das war schrecklich für sie, aber andererseits waren ihre Probleme ihre Privatsache. Also setzten wir uns mit ihr zusammen und redeten mit ihr.«

»Wer war wir?«

Peter senkte den Kopf. »Ich war das im wesentlichen. Ich wollte sie warnen. Sie lebte im Wolkenkuckucksheim, sie hatte überhaupt keinen Bezug mehr zur Realität.«

»Und du sagtest ihr dann …«

»Wir sind zusammen ein Bier trinken gegangen, und ich sagte ihr, daß sie sich endlich zusammenreißen müsse, weil wir nicht ewig ihre Fehler ausbügeln könnten. Sie hat schlecht recherchiert, sie war immer zu spät dran mit ihren Texten, und sie war überhaupt nicht mehr in der Lage, Kritik anzunehmen. Der Job war ihr total egal, und das in einer Situation, wo sie ja bloß noch ihren Job hatte.«

Nie hatte ihr Julia von diesem Gespräch erzählt.

»Wie hat sie reagiert?« fragte Marita.

»Ganz toll. Sie hat alles akzeptiert und hat sich entschuldigt und so weiter. Ich hatte von da an auch den Eindruck, daß sie sich mehr Mühe gibt.«

»Aber?«

»Na ja, dann passierte das mit der Ecstasy-Geschichte.«

»Die Ecstasy-Geschichte? War das die, die in letzter Minute ausgetauscht wurde?«

»Die in Heft drei erscheinen sollte, genau.«

»Aber sie wurde nie gebracht.«

»Allerdings nicht.«

»Julia hat gesagt …«

»Vergiß, was Julia dir gesagt hat.«

Marita sah ihn an. »Was war los mit der Geschichte?«

»Du hast wirklich keine Ahnung, was?«

»Nein!«

»Also gut. Von vorne. Eines Tages platzt Greiner in unsere Konferenz und sagt, er habe das Superthema, und er wisse auch die perfekte Autorin dafür. Na prima, denken wir. Wieder ein paar Überstunden mehr.«

»Wieso?«

»Weil Greiners Superideen in der Regel – nun sagen wir mal – schwierig und zeitaufwendig durchzuführen sind. Ich meine, Greiner war früher Grafiker. Der hat keine Ahnung von Journalismus.«

»Vielen Dank!«

»Jetzt nimm das bitte nicht persönlich. Ich hab' auch keine Ahnung von optischer Gestaltung. Greiner weiß nicht, was geht und welche Geschichten einfach nicht funktionieren. Er hat keine Erfahrung. Er denkt ...«

»Schon gut. Erzähl weiter.«

»Also, Greiner kommt mit seiner Superthemenidee, die da lautet: Interview mit einem Pärchen, das die Nächte in Technodiskos verbringt und schwer auf Ecstasy ist, möglichst auch noch damit dealt. Ein Typ und ein Mädchen. Beide müssen toll aussehen, aber wegen der Dramatik unter der schönen Fassade total kaputt sein. Und sie sollen natürlich auch noch bereit sein, ihr Schicksal auf Droge mit einem Reporter von *SAM* zu bequatschen. Wohlgemerkt, Greiner will keine abgefuckten Junkies, die dir an jeder Straßenecke ihre Lebensgeschichte ins Knie schrauben. Sondern eben ein trendy Paar. Total authentisch soll die Sache sein, nicht einfach eine Zusammenfassung mehrerer Geschichten. Und die Autorin soll natürlich unsere Julia sein.«

»Was Julia nicht ablehnen konnte.«

»Genau. Auch Greiner wußte mittlerweile Bescheid darüber, daß sie seit mindestens einem halben Jahr nicht mal mehr Dienst nach Vorschrift leistete. Es war sozusagen ihre Chance, die vielen Scharten wieder auszuwetzen. Sie mußte das machen, ihr blieb gar nichts anderes übrig. Was im Klartext hieß: sich nächtelang in Technoschuppen rumzudrücken, bedröhnte Teenies anzuquatschen, sich mit denen tagsüber zu treffen und dann festzustellen, daß die meisten nichts zu sagen haben, weil sie einfach zu dämlich sind. Sich dann wieder auf die Suche zu machen nach dem idealen Paar: kaputt, aber wahnsinnig hip und einigermaßen intelligent. Und bereit, total offen zu reden und sich fotografieren zu lassen. Mit dem Risiko, daß die Drogenfahndung nach Erscheinen des Hefts bei ihnen aufkreuzt. Sprich: Unsere Julia mußte endlich mal wieder richtig recherchieren. Und damit nicht genug, alles mußte auch noch wahnsinnig schnell gehen. Heft drei war nämlich schon in der Mache und Greiner so begeistert von seiner Idee, daß er nicht bis zur Aprilausgabe warten wollte. Er wollte das Ecstasy-Paar im laufenden Heft auf den Titel setzen. Greiner weiß eben nicht, wie aufwendig solche Recherchen sind. Er glaubt, man steckt seine Nase in eine Szenebar und wird sofort fündig. Doch siehe da, das Wunder geschah. Julia brachte nur eine Woche später das perfekte Paar ins Studio. Jung, gut aussehend, trendy und zu allem bereit.«

»Wo war dann das Problem?«

»Moment, Marita, eins nach dem anderen. Also, das Paar wurde fotografiert, kriegte ein ziemlich hohes Honorar und verschwand. Julia lieferte einen Text ab, der richtig toll war. Sensibel, dramatisch, cool, hip. Greiner war begeistert. Alle waren begeistert. Bis Greiner einen bitterbösen Anruf von einer aufgebrachten Mutter erhielt.«

»Die Mutter von dem Mädchen, das auf den Titel sollte?«

»Genau. Im Verlauf dieses Gesprächs kam raus, daß Julia sich die Geschichte – na ja, mehr oder weniger aus den Fingern gesogen hat. Sie hatte sich Archivmaterial kommen lassen und sich anhand der Informationen eine Rahmenhandlung ausgedacht. Das Mädchen hatte bei dem Deal mitgemacht, weil sie unbedingt Model werden wollte, und der Typ, weil er in das Mädchen verliebt war. Beide nahmen überhaupt keine Drogen, außer ab und zu einen Joint. Denen war gar nicht klar, was für massiven Ärger sie bekommen konnten. Das Mädchen ging immerhin noch in die Schule.«

»Scheiße. Ich hatte keine Ahnung.«

»Das ist mir klar.«

»Und das ist wirklich wahr?«

»Du kannst gern Greiner fragen.«

»Und woher kannte Julia die beiden?«

»Halt dich fest: Sie hat sie an einer Bushaltestelle gesehen und angesprochen.«

»Sie hat überhaupt nicht vor Ort recherchiert?«

»Sie behauptete später, sie hätte. Sie sagte, daß sie in mindestens zehn Kneipen war und niemanden gefunden hätte, auf den die Greinerschen Kriterien gepaßt hätten. Ich meine, möglich ist das schon. Es war von Anfang an eine schwachsinnige Idee.«

»Glaubst du Julia? Daß sie's wenigstens versucht hat?«

»Was weiß ich«, sagte Peter. Er sah plötzlich erschöpft aus. »Ist ja eigentlich auch unwichtig, oder? Das Problem an der Geschichte war, daß die Mutter Greiner mit einer saftigen Verleumdungsklage drohte, falls der Titel mit ihrer Tochter erscheinen würde. Da das Heft schon im Druck war, mußte also alles angehalten werden. Es kostete eine Menge Geld, auf die Schnelle ein anderes Titelbild und eine andere Story einzuwechseln. Greiner hätte Julia daraufhin fristlos entlassen können. Er hat's nicht getan. Er hat sogar dafür gesorgt, daß die Sache nicht mal in der Redaktion allgemein bekannt wurde. Das war ziemlich fair von ihm, findest du nicht?«

»Ich kann's einfach nicht glauben.«

»Tja, Illusionen sind schön, solange sie dauern. Aber du wolltest ja die nackte, häßliche Wahrheit wissen. Ich meine, Julia ist nicht die erste Journalistin, die Fakten frisiert, um es mal sehr vorsichtig auszudrücken. Es darf eben nicht rauskommen. Sie hatte Pech.«

»Nett, daß du es so ausdrückst.«

»Nur mal aus Interesse – was für eine Version der Story hat Julia dir eigentlich verkauft?«

Marita stand auf. »Peter, entschuldige, ich glaube, ich brauch' frische Luft.«

»Das scheint mir auch so. Du bist weiß wie 'ne Wand.«

»Tut mir leid. Danke für deine Hilfe.«

»Ehrlich gesagt, du siehst nicht so aus, als hätte ich dir geholfen.«

Als Marita sieben Jahre alt war, sagte sie zu ihrer Mutter, daß sie am liebsten nie erwachsen werden würde. Da lachte ihre Mutter und sagte: »Kind, da bist du wirklich nicht die einzige!« Diese kleine Anekdote wurde zum festen Bestandteil der Langeschen Familienchronik, genauso wie der Reitunfall ihres älteren Bruders, von dem er beinahe eine Querschnittslähmung davongetragen hätte, und die Blinddarmentzündung, an der ihr jüngerer Bruder beinahe gestorben wäre. An den Reitunfall konnte sich Marita nicht mehr erinnern, weil sie damals noch zu klein gewesen war, an die Blinddarmsache aber schon, da war sie bereits fünfzehn. Eines Abends hatte der Bruder an Übelkeit und Bauchschmerzen gelitten und nichts essen wollen – er, der normalerweise mit einem gigantischen Appetit gesegnet war, obwohl er dünn wie ein Spargel war.

Ihre Eltern hatten sich sofort Sorgen gemacht und ihren Bruder ins Krankenhaus gebracht, wo man ihn in der Notaufnahme der völlig überfüllten Polyklinik mehr oder weniger unbeachtet liegenließ, obwohl die Symptome immer dramatischer wurden. In regelmäßigen Abständen kam ein überlasteter junger Assistenzarzt vorbei, tastete den schmerzenden Bauch des Zehnjährigen ab und stellte immer dieselben sinnlosen Fragen, bis Maritas Mutter Krach schlug und nach einem Oberarzt verlangte. Maritas Mutter hatte diese Autorität, gepaart mit einem überwältigenden Charme, dem sich niemand lange widersetzen konnte. Sie erreichte alles: Business-Class-Plätze, obwohl sie nur Tickets für die Touristenklasse gebucht hatte. Verbilligte Hotelzimmer, die trotzdem Meerblick hatten. Und eben die beste Behandlung für ihre Familie, obwohl sie nicht mal eine private Zusatzkrankenversicherung abgeschlossen hatten.

Der Oberarzt kam tatsächlich und sah mit einem Blick, daß der Zustand des Jungen bitterernst war. Es war wahrlich Rettung in letzter Sekunde. Von der Operation blieb eine lange, senkrechte Narbe zurück, die ihr Bruder stolz jeden Sommer seinen Freunden präsentierte: sein erstes großes Abenteuer.

Marita hatte ihn damals beneidet. Sie wäre auch gerne einmal das Sorgenkind der Familie gewesen, aber sie war nun mal fast nie krank, dazu auch noch hübsch und beliebt, künstlerisch begabt und auch sonst gut in der Schule, und deshalb wurde ihr – zwar nicht ausdrücklich, aber mittels wohlgezielter Hinweise, wie gut sie es im Vergleich zu anderen Kindern habe – praktisch das Recht abgesprochen, wenigstens ab und zu zu leiden und sich zu beschweren.

In letzter Zeit hatte sich das etwas geändert. Marita war jetzt 33. Ihr älterer Bruder ernährte längst eine vierköpfige Familie, ihr jüngerer wechselte zwar die Freundinnen wie die Oberhemden, aber er war ja auch erst 28. Fast alle ihre Schulfreundinnen aus dem Münchner Villenvorort Gauting waren mittlerweile verheiratet (eine sogar schon zum zweiten Mal), viele hatten Kinder oder planten zumindest welche. Maritas Eltern, die gut ihr halbes Leben in Gauting verbracht hatten, kannten die dazugehörigen Eltern, und zeigten nun, ihre Tochter betreffend, leichte Anzeichen von Torschlußpanik – stellvertretend, sozusagen. Eine schleichende Entwicklung. Marita war immer noch das Sonnenkind, dem alles mühelos gelang, nur eben nicht die Sache mit dem Ehemann. Sie macht erst mal Karriere, trösteten sie sich und andere, aber es klang mühsam.

Marita wollte nicht heiraten. Noch nicht, vielleicht nie. Wenn sie ehrlich war, hatte sie eine geradezu abergläubische Angst davor. Wenn man heiratete, war man endgültig erwachsen. Dann trug man noch mehr Verantwortung, und sie fühlte sich jetzt schon überfordert, weil sie nichts ablehnen konnte. Vielleicht hatte sie sich deshalb immer Männer gesucht, die zur Ehe ungeeignet waren, weil sie sich gegen die Forderungen eines potentiellen Ehemanns nicht hätte abgrenzen können. All das sagte sie ihren Eltern nicht, weil sie wußte, daß die ihr nicht glauben würden. Jede Frau wollte heiraten, wenn der Richtige kam, glaubten ihre Eltern, und Marita beließ es dabei.

Jenicke paßte gut in ihr Schema. Er war gerade dabei, seine Kanzlei aufzubauen. Er hatte den Kopf voll damit und keinerlei Kapazitäten frei, sich eine dauerhafte Beziehung auch nur vorzustellen. Das hatte er ihr letzte Nacht gestanden. Es war ihr recht. Sie mußte nichts überstürzen.

Frau Müller sah genauso aus, wie Marita sie sich vorgestellt hatte. Sie saß an einem winzigen Ecktischchen in der fast leeren Pilskneipe, vor sich einen Kaffee, in dem sie nervös und mit gesenktem Kopf herumrührte. Eine schmächtige Person mit schmutzigblonder Dauerwelle, die aussah wie Ende Vierzig, aber wahrscheinlich zehn Jahre jünger war. Marita trug Jeans, Turnschuhe und ein ausgewaschenes Sweatshirt, um nicht aufzufallen. Ein Fehler, denn Frau Müller ihrerseits hatte sich feingemacht: ein schlechtsitzendes blaues Kostüm, blaue Pumps und hellrosa Lippenstift.

Marita bestellte ein Mineralwasser und holte es sich vom bierfleckigen Tresen ab. Sie war nervös. Julias Rückkehr hing davon ab, wie sie sich bei dem Versuch anstellte, Frau Müller als Zeugin zu gewinnen.

»Wie geht's Ihrem Sohn Willi?« fragte sie.

Doch Willi war offensichtlich kein willkommenes Thema. Frau Müller sah sie mißtrauisch an, ohne zu antworten. Vielleicht war sie auch nur schüchtern. Marita nahm sich vor, ihr die Gesprächseröffnung zu überlassen. Ein Entschluß, der zunächst nur dazu führte, daß das ungemütliche Schweigen sich vertiefte. Beide nippten lustlos an ihren Getränken. Frau Müller starrte immer noch dumpf vor sich hin, als hätte sie vergessen, daß sie nicht mehr allein war. Nachdem minutenlang kein Wort gefallen war, raffte sie sich schließlich doch zu einer Frage auf. »Also, junge Frau, was kann ich für Sie tun?«

Sie hob den Kopf und sah Marita zum ersten Mal direkt an. Ihre Augen waren groß und wunderschön, stellte Marita überrascht fest. Selbst in der schäbig gelblichen Beleuchtung konnte man sehen, daß sie tiefblau waren, umrahmt von langen schwarzen Wimpern.

»Nennen Sie mich Marita.«

»Nee, lassen Sie das mal. Ich bleibe lieber bei Frau Lange und Sie.«

Ihre Stimme war leise und wirkte trotzdem selbstbewußter als am Telefon. »Was wollen Sie von mir? Sie sind doch nicht hergekommen, um sich nach meinem Willi zu erkundigen.« Sie lächelte. Wieder eine Überraschung. Das Lächeln erhellte ihr Gesicht, daß es beinahe hübsch wurde.

»Ich brauche Ihre Hilfe«, sagte Marita, und im selben Moment merkte sie, wie wahr das war. In jeder Beziehung. Zur Zeit war Frau Müller ihre letzte Hoffnung.

»Vielleicht rücken Sie einfach mal raus mit der Sprache«, sagte Frau Müller trocken. »Wer sind Sie überhaupt?«

»Ich heiße Marita Lange und bin ... im Moment einfach nur eine gute Freundin. Von einer Frau, die Bodo Stein kennt.«

Marita hatte gehofft, daß der Name eine Reaktion auslösen würde, hatte aber nicht im entferntesten mit dieser gerechnet. Frau Müller sprang auf und starrte sie zornig an. Sie wurde so bleich, daß die Augen wie blaue Murmeln aus ihrem Gesicht zu springen schienen.

»Scheiße, was wollen Sie von mir! Hat der Scheißkerl Sie auf mich angesetzt? Hat er nicht schon genug getan, um uns zu ruinieren? Hören Sie mal, Frau Lange, wenn Sie von Bodo Stein kommen, dann können Sie ihm folgendes ausrichten ...«

»Nein!«

»Nein, was?«

»Nein heißt nein! Ich komme nicht von Bodo Stein, ich kenne ihn gar nicht persönlich. Ich komme von seiner Ex-Freundin, die er genauso mies behandelt hat wie Sie und Ihre Familie. Verstehen Sie? Sie haben nichts zu befürchten, von niemandem!«

Frau Müller hatte sich wieder hingesetzt. Sie öffnete ihre ohnehin viel zu warme Kostümjacke und nahm ein Päckchen Marlboro aus ihrer Handtasche. Sie war immer noch blaß, und ihre Hände zitterten, als sie sich eine Zigarette anzündete. Es war inzwischen neun Uhr. »Darf ich Sie zum Essen einladen?« fragte Marita. »Bitte. Das bin ich Ihnen schuldig.«

»Nein danke, ich hab' doch schon mit meiner Familie gegessen. Sie können mir ein Bier und einen Korn spendieren auf den Schreck.«

»Alles klar.« Marita ging zum Tresen und bestellte das Gewünschte.

»Fangen wir also noch mal von vorne an«, sagte Frau Müller, als sich Marita wieder hingesetzt hatte. »Was, zum Teufel, wollen Sie von mir?«

»Meine Freundin Julia war fünf Jahre lang mit Bodo Stein liiert. Vor ein paar Monaten hat er sie verlassen. Aber damit nicht genug. Er will ihr den gemeinsamen Sohn wegnehmen. Per Gerichtsbeschluß. Meine Freundin ist in einer furchtbaren Lage. Sie hat wegen Herrn Steins Verleumdungen ihren Job verloren, und es sieht ganz so aus, als ob Herr Stein ihr auch noch den Sohn nehmen kann. Herr Stein stellt Julia als Rabenmutter hin und sich selber als vorbildliches Familienoberhaupt. Verstehen Sie, er will ihr alles nehmen, was sie hat.« Hoffentlich war die Schilderung bewegend genug. Frau Müller wirkte eher ungerührt.

»Klar verstehe ich, was Ihre Julia durchmacht, ich bin ja nicht blöd. Was ich absolut nicht kapier, ist, was ich bei der Sache soll.«

Marita wartete, bis Frau Müller einen weiteren tiefen Schluck Bier intus hatte. Dann sagte sie: »Ich weiß, daß Herr Stein Sie seinerzeit mit ziemlich brutalen Methoden aus der Wohnung geekelt hat. Sie, Ihre beiden Kinder, Ihren Mann. Eine komplette Familie, die danach beinahe obdachlos wurde. Tut das ein Mann, der sich selber als liebevollen Vater und geborenen Familienmenschen bezeichnet?«

In Frau Müllers Gesicht zeichnete sich der langsame Prozeß des Begreifens ab. Bevor sie lange über die Konsequenzen nachdenken konnte, sagte Marita: »Würden Sie mir erzählen, was damals passiert ist?«

»Es fing damit an... Also eines Morgens trete ich in eine Spritze, direkt vor unserer Haustür. Zwei Meter daneben lagen noch zwei. Ich meine, wir haben ja damals in Eppendorf und nicht im Schanzenviertel gewohnt. Dorthin sind wir erst gezogen, als Stein uns quasi auf die Straße gesetzt hatte. Eppendorf ist ein gutes Viertel, Dealer und Drücker gab's bei uns nicht. Es war ein Schock. Ich geh' also wieder hoch in die Wohnung und sage Ingo Bescheid, meinem Mann. Völlig panisch, unsere Kinder waren ja noch klein.«

»Haben Sie irgendwas unternommen?«

»Wegen drei Spritzen? Natürlich nicht. Was denn auch? Glauben Sie, die Bullen kommen wegen so was vorbei und halten Händchen? Wir haben immer noch gedacht, das ist ein blöder Zufall.«

»Abends komme ich von der Arbeit nach Hause, und was sehe ich? Zwei Typen, die sich in unserem Hauseingang rumdrücken. Türken oder Kurden oder so. Nichts gegen Türken, aber die beiden, die standen da nicht einfach nur so rum, das kann ich Ihnen versichern.«

»Wie haben Sie reagiert?«

»Ich hab' die beiden zur Rede gestellt. Aber die haben nicht geantwortet. Die standen nur da und grinsten mich an. Was kann man da schon machen? Ich hab' gesagt, sie sollen abhauen. Aber die haben mich nicht mal angeschaut. Als wär' ich Luft für sie.«

»Wir haben dann mit den paar Nachbarn gesprochen, die noch nicht ausgezogen waren. Aber das Komische war: Die haben nie was bemerkt davon. Da kommt man schon ins Grübeln.«

»Damals hatte Ihnen Herr Stein doch schon gekündigt.«

»Ja, klar, aber wären Sie auf die Idee gekommen, daß da ein Zusammenhang besteht?«

»Wir waren ständig mit dem Mieterbund in Kontakt, und weil wir diese Rechtschutzversicherung hatten, konnten wir uns auch einen Anwalt leisten, und der sagte uns, daß wir nicht kündbar waren. Wegen unserem unbefristeten Mietvertrag und wegen der beiden Kinder und all das. Stein hätte uns eine gleichwertige Wohnung zum selben Preis besorgen müssen. Aber wir wohnten da schon zehn Jahre, und die Mieten in gleichwertigen Wohnungen waren viel höher. Der Anwalt sagte, Stein hätte keine Chance.«

»Das war der Status quo?«

»Was?«

»Die Situation, in der Sie sich befanden, als die beiden Türken auftauchten.«

»Ach so. Richtig. Stein wollte das Haus luxussanieren. Viele Mieter waren schon ausgezogen. Die meisten waren Studenten und haben selber gekündigt, und Stein ließ die Wohnungen dann einfach leerstehen. Zum Schluß waren wir die letzten Mohikaner. Das war unheimlich, kann ich Ihnen sagen.«

»Und da fingen die Schikanen an?«

»Ja, eben, mit den beiden Türken.«

Anne Müller erzählte, wie ihr Sohn Willi, damals sieben Jahre alt, mit einem Tütchen Heroin nach Hause kam. Einer der beiden Türken habe ihm das geschenkt und ihm gesagt, er solle das bräunliche Pulver mit dem rechten Nasenloch ganz fest einatmen und dabei das linke Nasenloch zuhalten, und das gäbe dann ein tolles Gefühl. Frau Müller hatte damals natürlich die Polizei verständigt und war mit ihrem verstörten Sohn, der das hysterische Theater um sein Geschenk nicht begriff, zum Revier gefahren. Der Inhalt des Tütchens wurde im Labor untersucht. Es handelte sich um zu Pulver gestampften Rohrzucker, vermischt mit Sand.

Der Beamte war freundlich geblieben. Kleine Jungs spielen manchmal solche Streiche, sagte er zu Willi und gab ihm eine scherzhafte Kopfnuß. Wollen ihren Eltern Angst einjagen, was? Zeigen, was für tolle Kerle sie sind. Aber Willi begann zu heulen und schwor, es sei alles genauso gewesen, wie er es erzählt habe. Schließlich wurden Anne Müller und Willi im Streifenwagen nach Hause gefahren, damit sich ein Beamter vor Ort ein Bild machen konnte. Der Hauseingang war leer, kein Türke oder Kurde oder sonst jemand zu sehen.

Aber am nächsten Tag waren sie wieder da. Und am übernächsten auch. Am nächsten Tag grinsten sie Willi nur an und ließen ihn in Ruhe. Am übernächsten verfolgten sie ihn bis in die Schule, schubsten ihn, zogen ihm seine Mütze vom Kopf und warfen sie in ein umzäuntes Grundstück und lachten Willi lauthals aus, als er mühsam über den Zaun kletterte, um die Mütze wiederzuholen. Sie ließen erst von ihm ab, als er zwei Klassenkameraden traf. Denen erzählten sie, daß Willi ein Feigling und eine Flasche sei, und warum sie sich überhaupt mit einem Blödmann wie Willi abgeben würden. Das ging so lange weiter, bis Ingo Müller seinen Sohn wieder in die Schule fuhr. Für Ingo Müller war es ein ziemlicher Umweg, und Willi mußte jedesmal eine halbe Stunde warten, bis die Schule endlich anfing. Es ging nicht anders. Ingo Müller mußte um halb acht im Betrieb sein, und die Schule fing erst um acht an.

Mittlerweile war das Haus voller Handwerker, die das Treppenhaus und die leeren Wohnungen renovierten. Sie bohrten, sägten und hämmerten den ganzen Tag, ein unerträglicher Lärm, der Willi bei den Hausaufgaben störte, Willis kleine Schwester so nervös machte, daß sie ständig weinte und quengelte und Anne Müller fast durchdrehte. Eines Morgens war Ingo Müllers Auto von oben bis unten mit Fäkalien beschmiert. Es hatte eine volle Stunde gedauert, bis die Müllers Türen und Scheiben gesäubert hatten. Selbst die Reifen waren voll von dem Zeug. Zwei Tage später war es wieder beschmiert. Eine Woche darauf kam Müller einmal spätnachts nach Hause, weil er Überstunden machen mußte. Als er vor der Haustür nach seinem Schlüssel kramte, überfiel ihn ein blonder Hüne und verprügelte ihn. Ohne jeden Anlaß. Er ließ noch nicht mal Müllers Brieftasche mitgehen.

»Und dann kamen diese Briefe.«

»Welche Briefe?«

»Erst anonymes Geschmier und gemeine Drohungen. Den ersten wirft man weg und denkt nicht mehr dran. Den zweiten und den dritten auch noch. Aber irgendwann dreht man langsam durch.«

»Das kann ich gut verstehen.« Marita wäre es nicht anders ergangen.

»Er habe sich sagen lassen, daß selbst unser hübsches kleines Viertel nicht mehr sicher ist vor Drogendealern, und wie traurig das sei. Nichts, woraus man dem heuchlerischen Schwein einen Strick drehen konnte, wenn Sie das meinen. Keine Beweise oder so.«

»Darum geht's in diesem Fall auch nicht. Stein soll ja dafür nicht verurteilt werden. Es geht hier nur um den Eindruck, den die Geschichte auf den Richter macht. Was denkt ein Richter, wenn ein Mann, der so tut, als würde er Kinder lieben, selbst vor übelsten Machenschaften nicht zurückschreckt, um eine vierköpfige Familie auf die Straße zu setzen? Handfeste Indizien reichen da schon aus. Vor allem, weil seine Ex-Freundin ganz ähnliches erlebt hat in ihrer neuen Wohnung.«

»Und was haben wir davon?«

»Nun ja, die Befriedigung, daß endlich mal jemand erfährt, was dieser Mann Ihnen angetan hat.«

»Ich weiß nicht so recht, Frau Lange. Wir wollen unsere Ruhe haben, verstehen Sie das doch! Schon wegen unserm Willi. Der macht uns schon genug Probleme...«

»Heißt das, Sie würden nicht aussagen?« Falsche Frage. Das brachte sie auf falsche Gedanken. Es sollte nicht so aussehen, als hätte Frau Müller eine Wahl.

»Kann ich jetzt noch nicht sagen. Ich denk' drüber nach und sag' Ihnen dann Bescheid.«

Erwartete Frau Müller ein finanzielles Angebot? Das war illegal, aber vielleicht... Ihre Aussage war so verdammt wichtig. Sie war bis jetzt genaugenommen die einzige Chance, den Prozeß in eine andere Richtung zu lenken, sprich Julia zur Rückkehr zu bewegen.

Jenicke streichelte sie, als sie schweißgebadet aufwachte, auf dem Rücken liegend, steif wie ein Zinnsoldat. Der Morgen graute, die Amseln lärmten vor ihrem Schlafzimmerfenster. Jenicke strich ihr die feuchten Haare aus der Stirn. »Was ist los?«

flüsterte er. »Du hast um dich geschlagen und komisches Zeug gemurmelt.«

Marita schloß wieder die Augen. »Nichts. Ehrlich. Ich bin gestreßt.«

Glücklicherweise fragte Jenicke nicht weiter. Im Traum hatte Marita vor ihrem Computer gesessen. Auf dem Bildschirm baute sich, Pixel für Pixel, das Gesicht Julias auf. Marita drückte auf eine Taste, und Julias Gesicht verwandelte sich ganz langsam, als hätte Marita ein Morphingprogramm gestartet. Der Haaransatz verschob sich nach oben, die Wangen verbreiterten sich, die Augen wurden kleiner, der Mund schmallippiger, und plötzlich sah Marita in das Gesicht der jungen Antje. Sie tippte einen Befehl ein, der die Metamorphose rückgängig machen sollte, aber das Programm schien sich selbständig gemacht zu haben. Auf dem Bildschirm erschien nun das Gesicht einer Katze. Die grünen Augen leuchteten aus dem tiefschwarzen Fell, und schließlich erkannte Marita, daß es keine Katze war, sondern ein Panther. Der Monitor war sein Käfig. Marita wachte auf, bevor er fauchend das Glas sprengen konnte, um sich mit gefletschten Reißzähnen auf sie zu stürzen.

Jenicke umarmte sie, doch das Gefühl der Unwirklichkeit blieb. Er streichelte sie geduldig, bis sich die vertraute kleine, heiße Flamme in ihrem Unterleib entzündete. »Sei im Hier und Jetzt«, flüsterte Jenicke, als hätte er ihre Gedanken gelesen, und sie lächelte ihm dankbar zu, bevor der Hunger auf seinen Mund, seine Hände, seinen flachen Bauch, seine kräftigen Schultern, seine Haut, die so weich war wie bei einem sehr jungen Mann, alle quälenden Überlegungen in wilde, herrliche Empfindungen auflöste.

Das Telefon klingelte, als sie sich schon wieder im Halbschlaf befanden. Marita schreckte hoch. »Das ist Julia«, sagte sie. Jenicke setzte sich seufzend auf, als Marita aufstand, um den drahtlosen Hörer ins Bett zu holen.

Ein R-Gespräch. Es war Julia. Ein paar Sekunden vergingen, bevor Marita klarwurde, daß ihre Freundin betrunken war.

»Wo bist du?« fragte sie. Ihr Daumen schwebte wie eine fleischgewordene Versuchung über dem Knopf, der die Macht hatte, Julias geliebte, verhaßte Stimme einfach abzuschneiden und in die Tiefen des Äthers zurückzuschicken. Sie war kaum zu verstehen. Im Hintergrund lärmten dumpfe Countryrhythmen.

»Ich... Es ist verdammt laut hier...« Marita hörte ihren Atem.

»Julia! Wo bist du? Wo sind die Kinder?«

Julia kicherte. »Die Kinder schlafen. Ich bin ein Stück gefahren... Nichts los in dem Nest, wo wir wohnen. Aber hier ist es Spitze... Stell dir vor, ich hab' getanzt. Ich war ganz gut.«

»Getanzt? Mit wem? Ist er bei dir?«

Keine Antwort. Julia sprach ein paar undeutliche englische Worte mit jemandem, der offensichtlich neben ihr stand.

»Marita? He, Marita, bis' du noch da?«

»Ja, sicher. Julia, wie geht's dir? Bist du okay? Geht's den Kindern gut?«

Sie spürte, wie ihr die Tränen kamen. Julia war ihre Freundin, und so würde es immer, immer bleiben. Sie würde Julia niemals im Stich lassen können. Sie hörte Julia schluchzen.

»Julia! Antworte mir!«

Eine lange Pause, unterbrochen von Schluchzen und Schniefen.

»Julia! Rede mit mir!«

»Ich brauch' Geld. Dein Kreditkartenkonto ist bestimmt schon fast leer. Es ist alles so teuer hier.«

»Ich überweise wieder Geld drauf. Aber Julia, du mußt zurückkommen, bitte! Es hat keinen Sinn, was du da machst.«

»Bodo hat sein' Bruder auf mich angesetzt.«

»Was?«

»Reinhard. Er ist hinter uns her. Er will Manuel entführen. Bodo will mich fertigmachen.«

»Julia, bitte komm zurück. Versprich mir, daß zu zurückkommst. Gleich morgen. Das Ganze wächst dir über den Kopf.

Du kannst so nicht weitermachen.« Marita weinte. Sie saß nackt auf der Bettdecke, und Jenicke hielt sie im Arm.

»Es ist alles so Scheiße. Mein Leben is' so Scheiße. Du bist meine einzige Freundin, Marita. Das wollte ich dir sagen. Du hast immer zu mir gehalten. Das finde ich so toll von dir ...«

»Ich kann das aber nicht ewig machen, Julia. Du mußt auch was dafür tun. Du mußt zurückkommen und dich deinen Problemen stellen. Da, wo du jetzt bist, kann ich dir nicht helfen.«

»Überweis mir einfach die Kohle, Marita. Bitte. Ich zahl' dir alles zurück, ich schwör's dir.« Die Verbindung brach ab.

Julia legte den Hörer auf die Gabel. Sie wischte sich die Tränen ab und sah sich um. Das Lokal war ziemlich schlecht beleuchtet, aber das war ihr gerade recht. Julia ging auf die Toilette und erneuerte ihr Make-up. Heute abend mußte noch was passieren, sonst würde sie verrückt. Marita hatte ihr die Stimmung verdorben, und ihr Tänzer hatte sie verlassen. Eine betrunkene weinende Frau zu trösten, war wahrscheinlich nicht gerade das, was er sich unter einem tollen Abend vorstellte. Egal, er hatte ihr sowieso nicht gefallen.

Als Julia den Waschraum verließ, geriet sie in einen Pulk von Paaren, die zu den runden, dunkel gebeizten Holztischen strebten, weil die Band eine Pause machte. Julia ging an die Bar und bestellte ihre dritte Margarita. Wie alles hier waren auch die Drinks großzügig bemessen. Sie schmeckten nicht gerade raffiniert, aber sie hatten es in sich. Julia betrachtete sich in dem Spiegel hinter dem Tresen. In dem dämmrigen rötlichen Licht sah sie gut aus. Gut genug für eine schnelle, heiße Nummer mit einem Mann, der's wert war.

Mein Doppelleben. Deutlicher wurde sie nie, auch nicht zu sich selber. Wenn sie einen harten, öden Tag in der Redaktion hatte, rief sie manchmal – selten, vielleicht einmal in acht Wochen – gegen sieben Uhr erst Bodo in der Kanzlei, dann ihr Aupair-Mädchen zu Hause an und erfand einen beruflichen Abendtermin. Dann fuhr sie zum Jungfernstieg und erstand Pumps und ein figurbetontes Kleid. Gegen acht ging sie etwas essen, gegen halb zehn zog sie sich im Auto um und begab sich anschließend zu einer Hotelbar, wo sie nicht befürchten mußte, auf Bekannte zu stoßen. Der Barkeeper kannte sie unter einem falschen Vornamen. Manchmal traf sie einen der Männer wieder, die sie in einer ihrer früheren Ausbruchsphasen auf ihr Hotelzimmer mitgenommen hatten. Das war ideal, denn es beschleunigte die Sache. Es war außerdem wichtig, daß die Männer älter waren als sie. Sie mochte die illusionslose Melancholie in ihren Augen, die Bereitschaft, sich völlig zu verlieren – für ein paar Stunden.

Das Kleid und die Pumps warf sie danach weg. Sie haßte sich nicht. Meistens fühlte sie gar nichts, außer einer angenehmen Müdigkeit. Es war harmlos. Julia dachte trotzdem nie daran, bis es wieder soweit war. Es war eben nicht harmlos, in zwei Welten zu leben.

6

Als Reinhard in Bodos Büro anrief, hatte Bodo gerade ein Gespräch mit einem neuen Klienten. Es war ein dünner, ältlicher Mann mit leichenblassem Gesicht und viel zu jugendlicher Popperfrisur. Gegen ihn wurde wegen betrügerischem Konkurs ermittelt, und das, wenn man die entsprechenden Paragraphen wörtlich nahm, zu Recht. Bodo war auf solche Fälle spezialisiert, und hätte ihn der Mann früher kontaktiert, hätte er viel für ihn tun können. In diesem Fall aber hatten Ermittlungsbeamte bereits mit einem Durchsuchungsbeschluß Büro, Villa und Stadtwohnung gefilzt und so ziemlich alle strafrechtlich relevanten Akten gefunden, die der Pechvogel natürlich nicht rechtzeitig hatte verschwinden lassen.

Bodo war überrascht, wie naiv sich manchmal selbst scheinbar gewiefte Geschäftsleute verhielten, sobald ihre weniger legalen Aktivitäten aufzufliegen drohten. Anstatt zum Beispiel sämtliches Belastungsmaterial sofort auszulagern, dachten sie sich laienhafte Verstecke aus. Anstatt sich mit ihren Angestellten gutzustellen, behandelten sie sie eher noch schlechter als sonst und wunderten sich dann, wenn die verprellten Geheimnisträger bereitwillig vor dem Staatsanwalt zu reden begannen. Und auch sonst benahmen sie sich oft so, als würden sie es geradezu darauf anlegen, die Aufmerksamkeit der Behörden auf sich zu lenken.

Vielleicht war das eine psychologische Geschichte. Vielleicht wollten einige, der ewigen Trickserei überdrüssig, im Grunde ihres Herzens endlich ihre Karten offenlegen, weil sie sowieso schon den Überblick über Strohmannkonten hier und Briefkastenfirmen dort verloren hatten. Andere waren wiederum mit einem unerschütterlichen, völlig realitätsfremden Optimismus geschlagen, weil sie jahrzehntelang Glück gehabt hatten und automatisch glaubten, das müsse in alle Ewigkeit so weitergehen.

Sein derzeitiger Klient gehörte zur zweiten Kategorie. Er war sich weder über den Ernst der Lage im klaren, noch verfügte er über das geringste Quentchen Unrechtsbewußtsein, und so hatte Bodo bereits anderthalb Stunden erfolglos damit verbracht, ihm zu erklären, daß ein Gericht tatsächlich die Kompetenz hatte, ihn zu ruinieren, und daß es in seinem Fall leider nur noch um Schadensbegrenzung ging. Reinhards Anruf war eine gute Gelegenheit, den Mann loszuwerden. Es war Bodo egal, ob er wiederkam. Er hatte es längst nicht mehr nötig, sich mit Stümpern herumzuschlagen. Bodo versenkte sich mit Leidenschaft gerade in aussichtslose Fälle, und mittlerweile kannte er sämtliche Finten, die das juristische System lahmlegen konnten. Er liebte seinen Job. Aber man mußte ihm schon die Chance geben, ihn gut zu erledigen.

Als der Mann endlich frustriert das Feld räumte, ohne einen neuen Termin zu vereinbaren, nahm Bodo das Gespräch an. Er war geladen bis obenhin von der unsäglichen Dummheit seiner Mitmenschen, und Reinhard kam ihm gerade recht. »Und? Wie weit bist du? Schön, daß man mal wieder was von dir hört!« schnauzte er ihn an.

Reinhard hatte sich seit Tagen nicht gemeldet, obwohl sie vereinbart hatten, täglich zu telefonieren (vielmehr hatte Bodo das angeordnet und Reinhard sich dem gefügt). Bodo war entsprechend nervös geworden, weil Reinhard nicht mal über sein Mobiltelefon zu erreichen gewesen war. Er hielt seinen Bruder für einen Egoisten und undisziplinierten Versager und hatte schon bereut, nicht einen zuverlässigen Mann für diese heikle Mission eingesetzt zu haben. Andererseits, wer hätte das sein sollen? Bis nach Übersee reichten selbst Bodos Verbindungen nicht.

Die Verbindung war schlecht, in der Leitung rauschte es. Bodo trommelte mit seinen Fingerspitzen einen ungeduldigen Marsch auf die blankpolierte Mahagonischreibtischplatte. »Verdammt noch mal, was ist los mit dir? Hat es dir die Sprache verschlagen?«

»Ich hab' sie gesehen.«

Der Marsch verebbte abrupt.

»Was?«

»Ich hab' Julia in Savannah gesehen. Aber nur von weitem. In einer Menschenmenge. Ich hab' mich durchgekämpft wie ein Irrer, aber da war sie schon weg.«

Bodo stöhnte laut auf vor Enttäuschung. »Das gibt's doch nicht! Jemand verschwindet doch nicht so einfach.«

»Hör mal, Savannah ist kein Dorf. Ich hab' noch mal jede Ecke abgesucht, aber ohne Erfolg. Zumindest wissen wir jetzt, daß du nicht falsch gelegen hast.«

Bodo war wütend, aber etwas mahnte ihn zur Vorsicht. Reinhards Stimme klang eine Spur hysterisch. Die Stimme eines Mannes, der kurz davor war, alles hinzuschmeißen, auch wenn er verbrannte Erde hinterließ. Bodo riß sich zusammen. Wenn er Reinhard jetzt vergrätzte, stand er dumm da. Irgendwas an seiner Geschichte stimmte nicht. Menschenmenge? Blödsinn. Wahrscheinlich waren ihm Julia und Manuel direkt vor die Füße gefallen, und dieser Trottel hatte einfach nicht rechtzeitig reagiert.

»Woran hast du Julia eigentlich erkannt – unter all den Leuten und bei der Entfernung?« fragte er tückisch.

»Ist doch egal, Bodo. Sie war es. Mit Jenny und Manuel.«

»Wirklich toll, Reinhard, Und was jetzt? Wir haben nicht den blassesten Schimmer, wo sie hinfährt.«

»Beruhig dich, Bodo. Sie fährt Richtung Florida, wetten?«

»Woher willst du das wissen? Sie könnte – sonstwohin fahren. An die Westküste, zurück nach New York, nach Oklahoma City. Vielleicht bleibt sie auch in Savannah, warum denn nicht? Tja, Reinhard, tut mir leid. Du wirst mir die Spesen zurückerstatten müssen.«

Eine Pause. Rauschen in der Leitung. Sollte Reinhard tatsächlich ans Aufgeben gedacht haben, überlegte er es sich jetzt vielleicht wieder anders. Reinhard wog jetzt hoffentlich ab, was schlimmer war. Weiter nach Bodos Pfeife zu tanzen oder unverrichteter Dinge nach Deutschland zurückzukommen – mit noch höheren Schulden und einem weiteren gnadenlosen Gäubiger.

»Sie fährt weiter die 95 runter. Nach Florida, an die Küste.«

»Bist du unter die Hellseher gegangen?«

»Es ist das einfachste. Es liegt auf der Hand. Klar, sie könnte von Savannah nach Atlanta fahren und von dort den Highway 20 in Richtung Kalifornien nehmen, aber das wäre absurd. Es ist eine brütende Hitze hier, bis nach Kalifornien braucht sie mit den Kindern mindestens eine Woche, und Julia zieht's garantiert nicht in den Mittleren Westen. Ich sage dir, Julia will ans Meer. So schnell wie möglich. Jeder will hier ans Meer.«

Bodo dachte nach. Und plötzlich fiel ihm die Modeproduktion vor etwa vier Jahren ein. Miami Beach! Julia war für zwei Tage mitgeflogen nach Miami Beach für diese Produktion! Wie hatte er das vergessen können! Julia kannte somit drei Städte in den USA: New York, Savannah, Miami Beach.

»Hör zu, Reinhard. Du fährst jetzt Richtung Miami Beach. Alles klar?«

»Ja, aber …«

»Du nimmst die Küstenstraße. Vielleicht entdeckst du sie rein zufällig unterwegs. Wenn nicht, fährst du zügig weiter. In Miami Beach quartierst du dich am Ocean Drive ein. Das ist unsere letzte Chance. Ich werde hier mal einiges in Bewegung setzen. «

»Okay.«

»Und laß mich nicht wieder so lange warten. Ich will einen täglichen Anruf, ist das klar?«

»Bodo, ich bin nicht einer von deinen…«

»Wir haben einen Vertrag. Du weißt ja, wie ich mit Leuten umgehe, die vertragsbrüchig werden.« Bodo hatte wieder Oberwasser und fühlte sich gut.

»Du bist und bleibst ein Scheißkerl.«

Bodo legte auf, ohne diese Beleidigung auch nur eines Gedanken zu würdigen. Ein Blinken an seiner Telefonanlage signalisierte ihm schon seit geraumer Zeit, daß seine Sekretärin ihn zu sprechen wünschte. Wahrscheinlich handelte es sich um den nächsten Mandanten. Dieser Mandant war im Unterschied zu seinem Vorgänger wirklich wichtig. Keiner, den man warten lassen konnte.

Fort Pierce, Port St. Lucie, Stuart. Waren sie schon in Stuart oder noch kurz davor oder bereits durchgefahren? Julia hatte keine Ahnung. Sie wußte nur, daß sie sich seit Stunden durch ein endloses gesichtsloses Häusermeer arbeiteten. Ein Ort ging hier nahtlos in den anderen über, und die im Vergleich zu den Leuchtplakaten der Tankstellen bescheidenen Ortsschilder sah Julia meistens erst dann, wenn sie schon vorüber waren.

Sie kamen nicht sehr schnell voran, soviel war sicher. Das lag nicht nur am starken Verkehr, sondern auch an den schmalen Fahrspuren. Im Kino sah man immer nur die unendlichen Weiten des Mittleren Westens, wo sich eine einzige Straße schnurgerade durch die Hügel und Hochebenen schnitt, und jedes einzelne Auto eine spezielle, für die Handlung relevante Rolle spielte. Kein Wunder, daß Filme nie in diesem häßlichen Teil Floridas spielten.

Es war egal. Sie waren fast am Ziel. Ob sie es nun heute oder morgen erreichten – *who cares*? Julia lächelte. Langsam kam ihr bei Tante June gelerntes Südstaatenenglisch wieder zurück, und die fremde, vertraute Sprache entfernte sie noch weiter von allem, was sie glaubte zurückgelassen zu haben. Trotzdem tat das Lächeln weh.

Hinter ihrer schwarzen Ray-Ban waren ihre Augen rot und geschwollen, ihre Lippen waren an den Mundwinkeln eingerissen. Nach dem Aufstehen hatte sie so schlimm ausgesehen, daß sie kurz entschlossen das Frühstück für sich und die Kinder aufs Zimmer bestellte. Sie seufzte leise und dehnte sich vorsichtig im Fahrersitz.

Die Kinder tobten auf den Rücksitzen. Sie spielten miteinander und amüsierten sich.

»Ich sehe was, was du nicht siehst, und das ist blau«, sagte Jenny fröhlich.

Manuel schrie: »Mamas Hemd!«

»Ja, toll!«, sagte Jenny übertrieben. Wie lieb sie heute war. Julia stellte den Rückspiegel so ein, daß sie ihre Kinder sehen konnte. Jenny hatte Manuel auf den Schoß genommen, und Manuel schmiegte sein Gesicht an ihre Wange. Solche Zärtlichkeiten kamen zwischen den beiden so selten vor, daß Julia fast weinen mußte. Das Auto sah aus wie eine Müllkippe. Der Boden war voller Sand, die Kinder saßen zwischen zerknüllten McDonald's-Tüten, leeren Colabüchsen, schmuddeligem Badezeug und Kinderschuhen. Aber sie waren glücklich, und Julia in diesem Moment auch.

»Wo willst du hin?« fragte Karen erstaunt. Der Tisch war gedeckt, wie nur sie es konnte. A la Japonaise. Auf Lacktabletts standen Brettchen mit Sushi, die Karen selbst gemacht und arrangiert hatte. Lachs und Thunfisch in Moriröllchen und ein paar Lachsnigiri, wie er es mochte. In die Mitte des Tisches hatte Karen eine schmale blaue Vase mit weißen Lilien gestellt. Es sah wunderschön aus, und es tat ihm leid, sie jetzt alleinzulassen. Sie hatte sich soviel Mühe für diesen ersten gemeinsamen Abend seit seiner Rückkehr aus Ibiza gegeben, und er hatte vergessen, ihr vorher Bescheid zu sagen.

»Ich muß noch mal weg. Ein Mandant.«

»Jetzt? Ein Mandant?« Sie kniff ihre braunen Augen leicht zusammen, wie immer, wenn sie irritiert oder mißtrauisch war. Er hatte häufiger Abendtermine mit Mandanten und also gar nicht damit gerechnet, daß sie nachfragen würde, aber Karen hatte manchmal ein geradezu unheimliches Gehör für Zwischentöne.

»Ja, die Verhandlung ist nächste Woche. Wir müssen seine Aussage noch mal durchgehen.«

»Um wen handelt es sich denn?«

»Ich hab' gelogen. In Wirklichkeit bin ich mit einem Model verabredet. Sie ist zwanzig, hat lange blonde Haare und erwartet mich nackt auf meiner Bürocouch. Zufrieden?«

Sie ließ sich nicht ablenken. Sie stützte ihre Hände auf die Lehne von einem der Eßzimmerstühle und sah ihn unverwandt über den Tisch hinweg an. Ihr gerader Blick machte ihn nervös und gereizt. Aber er schaffte es nicht, einfach zu gehen. Er wollte, daß sie ihm glaubte.

»Karen, es ist Faber, der Elektrogroßhändler. Er hat Steuern hinterzogen. Ich habe dir von ihm erzählt, und jetzt hör auf damit.« Er fühlte sich wie ein ungezogenes Kind und haßte es.

»Hat es etwas mit Julia zu tun?«

Verdammt noch mal. »Nein!« Er hätte ihr nicht soviel von Julia und all den damit verbundenen Problemen erzählen sollen. Damit war jetzt Schluß. Je weniger Karen wußte, desto besser für ihren Seelenfrieden und für ihre gemeinsame Beziehung. Karen hatte es verstanden und sogar gut gefunden, daß er Reinhard als Detektiv engagierte. Das, was er jetzt vorhatte, würde sie nicht mehr billigen. Er trat unruhig von einem Bein auf das andere. Karen entließ ihn nicht, sondern dachte immer noch nach. Geistesabwesend nahm sie sich ein Lachsröllchen, tauchte es in die Sojasauce und biß ab. Bodo ging zu ihr und küßte sie auf die Wange.

»Mach dir keine Sorgen, ich bin in zwei oder drei Stunden wieder da.«

Sie sah zu ihm hoch, ohne zu lächeln, ratlos. »Bodo, du

mußt tun, was du für richtig hältst. Ich weiß, daß ich dich von nichts abhalten kann.«

Vor Julias Haus sah er einen jungen Mann in einem Sweatshirt mit Kapuze hin und herlaufen. Bodo fand einen Parkplatz direkt gegenüber, woraus er einfach mal schloß, daß seine Unternehmung unter einem guten Stern stand. Er überquerte die Straße, die um diese Zeit wie leergefegt war. Der Junge stand jetzt kaum sichtbar im Hauseingang. Sein Gesicht war überschattet von der Kapuze, so daß Bodo erst im letzten Moment merkte, daß es sich nicht um Selim handelte, der immer gerne den einen oder anderen Auftrag für ihn erledigte. Dieser Kerl hier hatte ein helles, pickliges, nervöses Gesicht. Ein Junkie. Bodo wandte sich irritiert ab. Da sagte der Junge: »Sind Sie Herr Stein?«

Bodo zögerte. »Wer sind Sie denn?«

»Ich komme von Selim. Er hat keine Zeit. Ich bin für ihn eingesprungen.«

Nie wieder würde er Selim einen Auftrag geben! Wie kam er dazu, einfach nicht zu erscheinen und diesen Kerl herzuschicken!

»Vergessen Sie's«, sagte er und wollte sich umdrehen, um zu gehen. Doch der Junge packte ihn am Ärmel und ließ sich auch durch Bodos unwillkürliche heftige Bewegung nicht abschütteln.

»Hören Sie, ich weiß, worum es geht. Das ist kein Problem für mich. Bitte lassen Sie's mich probieren. Ich bin echt gut, besser als Selim, ehrlich. Ich kann das. Ist nicht mein erster Bruch.«

»Es geht hier nicht um einen Bruch, Sie Idiot«, sagte Bodo verärgert. »Ich bin kein Krimineller. Ich muß ein paar Unterlagen einsehen, das ist alles.«

»Ja. Wie auch immer, Sie müssen in die Wohnung rein, oder? Und ohne mich schaffen Sie das nicht.«

Ohne Bodos Antwort abzuwarten, drehte sich der Junge um und machte sich mit einem primitiven Dietrich am Türschloß zu schaffen. Nach einer Minute ertönte ein metallisches Knacken. Der Junge schob die Tür nach innen auf und grinste

Bodo triumphierend an. Seine völlig schiefgewachsenen, brüchig aussehenden Zähne zierten dunkle Flecken. Bodo fand ihn schrecklich unsympathisch, aber er ging hinter dem Jungen her ins Haus. Gemeinsam stiegen sie die Treppe hoch bis in den zweiten Stock. Mit einer winzigen Kopfbewegung wies Bodo auf Julias Wohnungstür. Der Junge näherte seinen Mund Bodos Ohr und flüsterte: »Wir müssen warten, bis das Licht wieder ausgeht. Lassen Sie uns einen Stock höher steigen, damit hier keiner was merkt. Ich hab' eine Taschenlampe.« Bodo folgte ihm widerwillig.

Als die Zeitschaltung das Licht gelöscht hatte, gingen sie vorsichtig zu Julias Eingangstür zurück. Die Stiegen knarrten wie verrückt, bildete sich Bodo ein. Es war stockdunkel, das Treppenhaus hatte keine Fenster. Doch der Junge schien sich weitaus sicherer zu bewegen als Bodo. Als sie wieder im richtigen Stock standen, blitzte der scharfumrissene Strahl einer kleinen Stablampe auf, tastete sich über den Holzboden und richtete sich danach zielsicher auf Julias Türschloß. Bodo konnte nicht sehen, was der Junge da anstellte, und schon das machte ihn viel nervöser, als er es sich bei der Planung dieser Aktion vorgestellt hatte.

»Scheiße!« flüsterte der Junge. Ein leises Klirren ertönte, und der dünne Lichtstrahl fuhr hektisch auf dem Boden hin und her. »Scheiße, ich find' das Teil nicht mehr.«

Bodo fluchte innerlich. Normalerweise mied er Risiken wie dieses, aber was hätte er sonst tun sollen? »Halten Sie das mal!« Der Junge drückte Bodo die Lampe in die Hand und kniete sich auf den Boden. Schließlich griff er in eine Stelle, die außerhalb des Lichtkreises lag. »Ich hab' sie!«

Fünf quälende Minuten später sprang die Tür mit einem häßlichen schrillen Geräusch auf. Bodo atmete tief vor Erleichterung und schob den Jungen eilig in die Wohnung. Die Tür ließ sich nicht mehr schließen, aber mit diesem Problem würde er sich später beschäftigen. Statt dessen schob er den Riegel oberhalb des regulären Schlosses vor, damit sie wenigstens hier drinnen niemand überraschen konnte.

Er wollte sich gerade umdrehen, als er einen scheußlichen Schmerz im Nacken spürte, der sich explosionsartig im ganzen Kopf verbreitete. Seine Beine gaben nach, er stürzte nach vorne, knallte mit der Stirn gegen die Tür, und ihm wurde schwarz vor Augen.

Bodo wachte auf, ohne sich zu erinnern, wo er war. Minutenlang starrte er panisch und orientierungslos in die Dunkelheit. Plötzlich ertönte ein Knacken. Die Treppenhausbeleuchtung ging an, das Licht fiel durch die Ritze der Tür, die Bodo mit seinem Körper zuhielt. Schritte näherten sich, tappten an ihm vorbei auf knarzenden Stufen in den nächsten Stock. Stille.

Langsam begriff er, was geschehen war. Er hatte starke Kopfschmerzen, die bis in Schulter und Nacken ausstrahlten, und ihm war ziemlich übel. Sein Körper fühlte sich an, als sei er mit Blei beschwert und zusätzlich mit Millionen unsichtbarer Fäden am Boden fixiert. An Aufrichten war nicht zu denken. Bodo tat es schließlich doch, weil er sich übergeben mußte. Glücklicherweise hatte er fast nichts im Magen. Um die Sushi wäre es schade gewesen.

Möglicherweise hatte er eine Gehirnerschütterung, aber darum konnte er sich später kümmern. In Zeitlupengeschwindigkeit stand er auf, indem er sich am Türgriff festklammerte und seinen tonnenschweren Körper langsam hochzog. Minutenlang stand er breitbeinig mit zitternden Knien auf dem rutschigen Linoleum. *Wie ein ausgeknockter Boxer*, dachte er.

Aus der offenen Küchentür fiel bleiches Mondlicht in den Flur. Bodo tastete sich an der Wand entlang. Es dauerte eine halbe Ewigkeit, bis er in der Küche angelangt war, sich dort einen Stuhl geholt hatte, und diesen bis zur Haustür geschleppt hatte, wo er die Lehne bis unter die Klinke an den Türstock schob. So konnte die Tür wenigstens nicht aufklappen, während er erledigte, weswegen er hergekommen war. Er griff in die Innentasche seines Jacketts und stellte wenig überrascht fest, daß seine Brieftasche mit zweihundert Mark in bar und mehreren Kreditkarten fehlte.

Er schaltete das Licht ein. Die Wohnung sah weniger schlimm aus, als er vermutet hatte. Der Junge hatte offenbar nur nach Geld gesucht. Schubladen standen offen und waren durchwühlt worden, aber Stereoanlage und Computer waren unberührt. Falsch. Nur der Monitor stand noch auf Julias Schreibtisch, ihr Notebook war verschwunden. Bodo konnte nicht behaupten, daß er den Diebstahl sonderlich bedauerte. Vielleicht hatte Julia das Gerät auch nach Amerika mitgenommen.

Er stand ganz still und dachte nach. Etwas war seltsam. Der Geruch. Die Wohnung roch weniger staubig und muffig als Wohnungen normalerweise riechen, wenn längere Zeit keiner zu Hause ist. Er ging ins Wohnzimmer zu der Yucca-Palme am Fenster. Er kniete nieder und betastete die Erde. Sie war feucht. Jemand kam hier regelmäßig her, goß die Blumen und lüftete.

Bodo machte sich daran, Julias Schreibtisch zu durchsuchen. In einer Schublade fand er einen Terminkalender. Er blätterte ihn durch. Ihm fiel auf, daß keine beruflichen Termine dabeiwaren. Wahrscheinlich hatte sie noch einen weiteren Kalender an ihrem Arbeitsplatz gehabt, der jetzt in irgendeiner Kiste vor sich hin moderte. Statt dessen Verabredungen mit ihrem Anwalt, Gerichtstermine, ab und zu Rendezvous mit Männern, die er nicht kannte. Ein flüchtiges Gefühl, eine Ahnung von Eifersucht durchfuhr ihn. Schließlich kam er zu den Wochen vor ihrem Verschwinden. Er blätterte wieder zurück. Der Name tauchte nirgendwo sonst auf. Wer war sie? Hatte Julia sie kurz vor ihrem Verschwinden kennengelernt? Unwahrscheinlich. Eine Kollegin, dachte Bodo. Wenn sie eine Kollegin war, hätten sie ihre Verabredungen direkt in der Redaktion getroffen. Deshalb stand sie erst in Julias privatem Kalender, als sie nicht mehr bei *SAM* arbeitete. Aber so oder so, ein Vorname half ihm nicht weiter.

Bodo nahm sich das Schlafzimmer vor. Wie das Wohnzimmer war es penibel aufgeräumt. Eine der wenigen Eigenschaften, die er an Julia immer geschätzt hatte: ihr Sinn für Ordnung, der seinem entsprach. Ansonsten irritierten ihn gerade die offensichtlichen Ähnlichkeiten, zum Beispiel ihr gestörtes Verhältnis zu ihrem Vater. Auch sein Vater hatte ihn nicht geliebt, okay, aber Bodo haßte es, darüber nachzudenken. Er hatte einmal den Fehler gemacht, Julia von seiner Kindheit zu erzählen und auch von dem Therapeuten, den er in einer schwachen Phase ein paarmal konsultiert hatte. Julia hatte diese scheinbare Gemeinsamkeit zum Anlaß genommen, ihre Neurose andauernd zu thematisieren. Sie wollte, daß er sich seinerseits über seinen Vater aussprach, und begriff gar nicht, wie ihn das langweilte. Karen tat so etwas nie, obwohl sie doch in diesem Bereich tätig war. Sie sprach überhaupt nur wenig über ihre Arbeit. Karen sagte immer, was zählt, ist das Jetzt und nicht die Vergangenheit, egal wie schlimm sie war. So sah er das auch.

Auf Julias Nachttisch lag ein ziemlich dickes Buch, das zerlesen aussah. Er nahm es mehr oder weniger absichtslos in die Hand und schlug es auf. Auf der Innenseite des Einbands stand der Name Marita Lange.

Bevor Bodo ging, gelang es ihm, trotz seiner Kopfschmerzen und seiner Übelkeit die Tür wieder soweit funktionstüchtig zu machen, daß das Schloß einrastete. Es gefiel ihm, daß er immerhin soviel handwerkliches Geschick aufbrachte, und sein körperlicher Zustand besserte sich umgehend.

Es ist nicht so, daß ich es nicht probiert hätte, Papa. Ich wollte einen neuen Job. Ich hatte alle möglichen Gespräche, ich wäre auch in eine andere Stadt gegangen, schon um Bodo eins auszuwischen, aber das war gar nicht mehr möglich. Was sie wohl getan hätten, wenn ich einfach ganz offiziell umgezogen wäre?

Ich hätte bei der Tageszeitung anfangen können – für die Hälfte meines bisherigen Gehalts. Der Textchef von einem Männermagazin rief bei mir an und wollte Sexthemen von mir. Nur Sexthemen, die alles bis ins letzte Detail beschreiben. Schwanz, Möse, lecken, nein danke. Aber ich hatte kaum eine Wahl, weil das Arbeitslosengeld nicht gereicht hätte und weil von Dir ja sowieso keine Hilfe zu erwarten gewesen wäre. Ich hatte mittlerweile Fixkosten von über sechstausend Mark, da-

von waren mindestens ein Drittel Anwaltskosten. Amerika ist die bessere Alternative.

Aber um einige tut es mir leid. Jenicke hat mir seine Honorare monatelang gestundet, und jetzt sieht es so aus, als würde er sein Geld nie bekommen, es sei denn, Du bezahlst ihn. Und das wirst Du tun, Papa. Es wird dir gar keine andere Wahl bleiben. Du wirst mir hier eine Heirat und einen neuen Start finanzieren, oder jeder wird erfahren, was Du für ein Vater warst, und das wird sehr peinlich für Dich sein, das schwöre ich Dir. Kindesmißhandlung ist heute ein heißes Thema, und wer weiß, vielleicht hänge ich Dir auch noch etwas Schlimmeres an. Ich habe keine Angst mehr vor Dir, und ich bin eine gute Geschichtenerzählerin. Ich erfinde Szenerien mit all den erforderlichen Details. Mir wird man glauben, nicht Dir.

Jetzt bin ich nämlich an der Reihe. Ich habe jetzt die Grenzen überschritten, innerhalb derer man sich fürchtet und sich anpaßt. Seitdem ich in diesem kleinen weißen Zimmer lag und die Decke anstarrte und Stunden um Stunden damit verbrachte, die schwarzen Fliegenschißpunkte im Geist zu immer neuen Netzwerken zu verbinden, seitdem stehe ich außerhalb aller Regelwerke.

Oder vielleicht fing es auch mit dem Unfall an.

Ich hatte Manuel in den Kindergarten gebracht und fuhr durch die Gegend, nur so. Ich hatte nach der Kündigung nichts mehr zu tun, außer dem Haushalt. Ich fühlte mich frei, obwohl ich alles andere als das war. Ich weiß noch, ich dachte darüber nach, wie ich an Geld kommen kann, ohne eine Bank zu überfallen und ohne die Wertpapiere zu verkaufen, die ich für Jenny angelegt hatte. Ich überlegte, welche Versicherungen ich auflösen sollte und wen ich anpumpen könnte. Ich erstellte im Geist eine Liste von all den Männern, die in Frage kamen. Du warst natürlich nicht darunter.

Rechts vor links. Wer denkt schon dran, wenn er eine schnurgerade, breite Straße entlangfährt, wo nur zufälligerweise die Vorfahrtschilder fehlen. Wenn sie fehlen, gilt rechts vor links. Ja, ich werde es nicht mehr vergessen. Ein blauer Transporter schoß aus der rechten Nebenstraße, und ich habe ihn gerammt. Seine Tür war eingedrückt und hatte das Bein des Fahrers eingequetscht. Ich riß die Tür auf, und er fiel mir in die Arme, kreideweiß, stöhnend und mit blutendem Bein. Jemand rief die Polizei, und ich konnte nicht mehr aufhören zu weinen. Anfangs weinte ich vor allem, um Mitleid bei den Polizisten zu erregen und um meine Schuld nicht so spürbar werden zu lassen, aber Weinen ist eine gefährliche Taktik. Wenn man nicht rechtzeitig damit aufhört, bekommen die Tränen eine Sogwirkung wie ein Strudel.

Ich gebar immer neue Tränen. Sie flossen mir in den Mund und schmeckten angenehm salzig, aber nur solange, wie ich Luft bekam. Bald konnte ich nicht mehr atmen und hatte Schluckauf. Tod durch Ertrinken. Sie, die weißen Engel, brachten mich irgendwohin, wo es sehr ruhig war, und gaben mir etwas, das mich ruhig, gelassen und glücklich machte. Der Rest war mir egal.

Jenny öffnete leise die Zimmertür und schlüpfte auf den Gang. Sie schlich barfuß im Pyjama die Treppe hinunter, bis in die leere Empfangshalle. Hinter der Rezeption brannte ein kleines Nachtlicht, aber es war kein Mensch zu sehen. Jenny lief auf Zehenspitzen über den kalten Steinboden zu den Glastüren, die zum Strand führten, wo ein Telefonhäuschen stand. Sie waren alle abgesperrt. Jenny war atemlos vor Enttäuschung. In ihrer Faust zerknüllte sie Bodos Telefonnummer. Wenn Bodo erfahren würde, wie es ihnen ging, und daß Mama immer merkwürdiger wurde – vor allem immer schlampiger und zerstreuter, dann würde er sie holen, glaubte Jenny. Und ganz im Hinterkopf, sehr geheim, hegte sie die Hoffnung, daß dann alles wieder so werden würde wie früher.

Jenny hatte alle unangenehmen Erinnerungen an die letzten fünf Jahre gelöscht. Bodo hatte sie demzufolge nie mit Nichtachtung gestraft, wenn sie in sein Arbeitszimmer gekommen war, was sie nicht durfte, Manuel aber schon. Er hatte auch nie ihre ungeschickten Tischmanieren kritisiert, und das so lange, bis ihr Messer und Gabel praktisch von selbst aus der Hand sprangen und klirrend auf dem Boden aufschlugen, was das Parkett ruinierte, und weshalb sie nicht selten in ihrem Zimmer weiteressen mußte. All das war nie geschehen.

Jenny war vielmehr ehrlich überzeugt davon, daß sie damals glücklich gewesen war. Damals, aber heute nicht. Mama versuchte ihr immer noch einzureden, daß sie Urlaub machten, aber sie machten keinen Urlaub. Sie fuhren planlos herum, waren nie länger als eine Stunde am Strand, um zu baden, und schliefen fast jede Nacht woanders. Das war anfangs aufregend und manchmal sogar lustig gewesen, aber jetzt nur noch nervig. Mama hatte ihnen versprochen, daß sie nun bald an einen Ort kommen würden, wo sie die Ferien richtig genießen würden. Aber da Mama so viel versprach, wie der Tag lang war, glaubte Jenny ihr mittlerweile kein Wort mehr. Sie wollte nach Haus, wo sie ihr eigenes großes Zimmer hatte, dessen Tapete sie damals selber aussuchen durfte – kleine blaue Vögel auf gelbem Grund.

Jenny wußte natürlich, daß dieses Zimmer für sie nicht mehr existierte. Sie war ja dabei gewesen, wie Mama die Kisten mit all ihren Kleidern, ihren Schulsachen, ihren Barbies und Kens gepackt hatte. Sie hatte Mama damals gefragt, ob sie Bodo an den Wochenenden besuchen werde, und Mama hatte nein in einem Ton gesagt, der jede Nachfrage verbot. Aber Jenny ließ nicht locker.

»Wieso nicht?«

»Schatz, weil es eben so ist. Wir werden am Wochenende sehr schöne Sachen zu dritt unternehmen, und das wird auch ohne Bodo Spaß machen, wirst schon sehen.«

Jenny blieb die Luft weg bei diesen Aussichten. Kläglich sagte sie: »Vielleicht kann ich Bodo ja mal fragen. Das ist doch nicht verboten.« Sie vergaß nie den Blick, den ihr ihre Mutter daraufhin zuwarf. Es war Mitleid darin und die übliche Gereiztheit, vor allem aber eine tiefe, unergründliche Trauer.

»Ich wußte nicht, daß du ihn so liebhast, Mäuschen«, sagte Mama schließlich leise.

»Hab' ich auch nicht. Aber besuchen ist doch nichts Besonderes.«

Mama sagte nichts mehr darauf.

Jenny fragte Bodo nie. Sie fand sich tapfer mit dem Verzicht ab und war stolz, daß ein kleines Mädchen wie sie ihre Wünsche so gut im Griff hatte. Jenny dachte, daß sie nun das Geheimnis des Erwachsenwerdens gelüftet hatte. Nur wer nichts mehr aus tiefster Seele wollte, gehörte dazu.

Auf die Idee, daß Bodo sie seinerseits einladen könnte, kam sie nicht. Es passierte auch kein einziges Mal.

Jenny schlich zur Rezeption. Vielleicht konnte sie ja das Telefon auf dem Tresen benutzen. Doch als sie den Hörer abnahm, war da ein ganz anderes Geräusch, als sie es von zu Hause her kannte, und eingeschüchtert legte sie wieder auf.

»Spreche ich mit Marita Lange?«

»Ja. Wer ist dran?«

»Entschuldigen Sie bitte, daß ich mich nicht gleich vorgestellt habe. Mein Name ist Herbert Rosenberg von der Kanzlei Richter, Kahn und Rosenberg. Ich vertrete Herrn Stein im Verfahren Hoffmann gegen Stein. Sie wissen Bescheid? Frau Lange, sind Sie noch dran? Ich glaube, wir sollten uns mal unterhalten.«

»Ehrlich gesagt, mir ist nicht ganz klar, was Sie von mir wollen.«

»Ehrlich gesagt, liebe Frau Lange, ich denke, daß Sie ganz genau wissen, was ich von Ihnen will. Ich wiederhole noch mal: Wir sollten uns unterhalten. Ich würde vorschlagen, wir treffen uns einmal außerhalb Ihrer Arbeitszeit, um alles zu besprechen.«

»Herr … Rosenberg? Ich glaube nicht, daß wir uns etwas zu erzählen haben.«

»Da bin ich ganz anderer Meinung. Würde es Ihnen morgen mittag passen?«

»Nein! Vielmehr möchte ich dieses Gespräch jetzt beenden.

Es hält mich von der Arbeit ab, wenn Sie verstehen, was ich meine.«

»Das täte mir leid.«

»Da bin ich sicher. Und deshalb ...«

»Ich sehe schon, ich muß deutlicher werden. Wir wissen, daß Sie regelmäßig mit Julia Hoffmann Kontakt haben. Sie sind die einzige, die weiß, wo sie sich aufhält. Ich muß Ihnen nicht sagen, daß Sie sich der Beihilfe schuldig machen.«

»Der Beihilfe wozu? Sie haben kein Recht ...«

»Sie haben kein Recht, bei einer Kindesentführung zu assistieren, liebe Frau Lange. Und genau das haben Sie getan, und das können wir Ihnen beweisen. Ich rate Ihnen also ...«

»Lassen Sie mich in Ruhe!«

»Frau Lange ...«

Marita legte auf.

»Ist was, Marita? Du bist ja ganz blaß«, sagte eine Kollegin im Vorübergehen. Marita hörte sie nicht. Sie packte ihre Sachen zusammen und meldete sich für den Rest des Tages krank.

7

»Der Gerichtstermin ist übernächsten Montag«, sagte Jenicke.

Marita antwortete nicht. Seit gestern ging sie Jenicke damit auf die Nerven, mit ihrem Trotz und ihrer Geistesabwesenheit. So kannte er sie gar nicht. Sie sah aufs Meer, als sei er gar nicht da. Gestern abend, als sie auf der Fähre nach Wangerooge unterwegs waren, hatte sie ihm von dem Anruf von Steins Anwalt erzählt und anschließend verkündet, daß sie wenigstens an diesem Wochenende nicht über das Thema Julia und auch nicht darüber reden wolle. Jenicke hatte das bisher widerwillig akzeptiert, andererseits war es für solche Extratouren jetzt einfach zu spät, dachte er. Wenn sie nichts unternahm, mußte er aktiv werden.

»Marita, rede bitte mit mir!«

»Nein. Ich geh' jetzt schwimmen. Du kannst mitkommen, wenn du willst.«

Jenicke hielt sie fest und zog sie auf seinen Schoß. Der Wind pfiff an ihrem gemieteten Strandkorb vorbei und schleuderte kleine Sandfontänen in den bedeckten Himmel. Es war zu kalt, um ins Wasser zu gehen. Jenicke vergrub sein Gesicht in Maritas Haar und wartete, bis sie sich beruhigt hatte. Sie waren kein normales Liebespaar, und es war albern gewesen, sich das einzubilden. Sie hatten eine Aufgabe zu lösen.

Einfach, das wußte er, würde es nicht werden. Anne Müller hatte sich wieder bei Marita gemeldet und verkündet, sie wolle lieber nicht bei der ganzen Sache mitmachen. Sie hatte Angst, daß Bodo Stein sich an ihrer Familie rächt, wenn sie gegen ihn vor Gericht aussagt.

Marita war darüber furchtbar enttäuscht gewesen, und Jenicke machte sich Sorgen um sie. »Wir haben noch andere Eisen im Feuer«, sagte er behutsam.

»Blödsinn. Du weißt, daß Julia unter diesen Umständen nicht zurückkommt«, fuhr ihn Marita an.

»Genau darüber müssen wir reden.«

»Worüber müssen wir reden? Wie meinst du das?«

»Schau mal, Marita, es geht nicht länger darum, was Julia sich für Schwachheiten einbildet. Dieses pubertäre Spiel ist jetzt vorbei. Du mußt sie wieder zur Vernunft bringen, und wenn du selbst nach Florida fliegst und sie mit Gewalt ins Flugzeug schleifst. Ihre Lage wird von Tag zu Tag schlechter. Du sagst selber, daß sie sich am Telefon immer verrückter anhört. Sie lebt mittlerweile von deinem Geld, und wenn man's genau nimmt, auch von meinem. Sie macht uns zu ihren nützlichen Idioten, merkst du das nicht?«

Marita stützte das Gesicht in ihre Hände. »Ich kann nicht mehr«, sagte sie leise.

»Marita, entschuldige, aber fang jetzt bitte nicht damit an. Du warst diejenige, die zu mir gekommen ist und den Stein wieder ins Rollen gebracht hat.«

»Ich weiß. Ich war blöd.«

»Wie auch immer, wir müssen das jetzt zu Ende führen«, sagte Jenicke sanft.

»Ich weiß.«

»Du kannst nicht einfach abspringen.«

»Ja.«

»Also. Laß uns darüber nachdenken, was wir unternehmen können.«

»Ich hatte keine Ahnung, daß es so wird«, sagte Marita langsam, als hätte sie ihn nicht gehört. »Ich bin überhaupt nicht mehr ich selbst. Julia ist überall. Ich träume von ihr. Ich stehe morgens auf und denke als erstes an sie. Ich sitze am Computer und zucke jedesmal zusammen, wenn das Telefon klingelt, weil sie es sein könnte und weil ich keine Lust mehr habe, mir ihr sinnloses Gerede anzuhören. Ich kann mich auf nichts mehr konzentrieren, weder auf meine Arbeit noch auf mein Leben. Und jetzt terrorisiert mich auch noch Steins Anwalt. Wie soll das weitergehen?«

»Er hat doch nur geblufft. Er kann dir nichts tun.«

»Ich weiß, aber das hilft mir jetzt nicht. Was ist, wenn er sich täglich so was einfallen läßt? Was ist, wenn er meine Chefin an die Strippe kriegt? Kein Mensch in der Redaktion hat noch das geringste für Julia übrig. Lisa hält mich für verrückt, wenn sie erfährt …«

»Wer ist Lisa?«

»Die Art-Directorin. Meine Chefin. Sie hat bestimmt nicht das geringste Verständnis für meine Aktivitäten.«

»Marita, fang jetzt nicht an, Gespenster zu sehen. Laß uns was essen gehen, und dann reden wir weiter.«

»Vergiß es. Mir ist schlecht.«

Das Wetter hatte wieder umgeschlagen. Die ersten Regentropfen schlugen an die Glasfront des Büros, von wo aus man einen reizvollen Blick auf die Backsteingebäude der Speicherstadt hatte. Aber Bodo hatte wie üblich Wichtigeres zu tun, als sich an seiner Aussicht zu erfreuen. Im Moment allerdings tat er gar nichts. Weder arbeitete er, noch besprach er sich mit einem Mandanten oder scheuchte seine Sekretärin herum. Bodo grübelte vielmehr in einer für ihn sehr untypischen Haltung; den Kopf in die Hände gestützt, als sei er deprimiert. Nun, er war deprimiert.

Bodo stand auf, ging zu seiner Bar und schenkte sich ein Glas Rioja ein. Es war neun Uhr abends, und wieder würde Karen auf ihn warten müssen. Gleich darauf fiel ihm aber ein, daß Karen übers Wochenende zu ihrer Schwester nach Hannover gefahren war und erst morgen abend zurückkommen würde. Er hatte alle Zeit der Welt, und ausgerechnet heute war ihm die Vorstellung gar nicht willkommen.

Das Telefon klingelte, und er schrak zusammen. Vielleicht war es Karen. Er hob nach dem dritten Läuten ab. Es war nicht Karen.

»Stein, ich hoffe, du hast es dir überlegt.«

»Laß mir noch etwas Zeit«, sagte Bodo.

»Sieh mal, Stein, du bist der Beste. Wir brauchen dich.«

Bodo sagte nichts. Er schwitzte leicht.

»Unsere Partner finden das auch. Es ist ihnen sehr wichtig, daß die Sache schmerzlos über die Bühne geht.«

»Deine Partner ...«

»Ich habe ihnen viel von dir erzählt. Sie vertrauen dir.«

»Wie konnte es soweit kommen?« fragte Bodo. »Du hast mir erzählt, daß alles mit BKA und LKA abgesprochen war.«

»Ja, inoffiziell. Aber jetzt machen die Amerikaner Ärger, und das Ganze wird zum Politikum.«

»Wieso die Amerikaner?«

»DEA. Die haben uns schon lange auf dem Kieker.«

»Ihr habt doch Anwälte. Was sagen die?«

»Unser Anwalt sagt, daß die Akten bei der Staatsanwaltschaft liegen. Wir haben sie vorher gesäubert, eigentlich kann nichts passieren.«

»Also, wozu braucht ihr mich dann überhaupt?«

»Du bist der Beste, Bodo. Es geht nur um den Fall der Fälle. Wenn die Ermittlungen im Sand verlaufen, und das werden sie, hast du ein paar Tausender Beratungshonorar kassiert. Das ist doch was!«

»Egal, wie gut ich bin, es schadet eurer Sache, wenn ihr in diesem Stadium den Anwalt wechselt.«

»Wieso denn das?«

»Es sieht einfach nicht gut aus. Es wirkt verdächtig.«

»Laß das meine Sorge sein. Wir arrangieren den Wechsel ganz unauffällig.«

»Wie denn? Wollt ihr euren Mann umlegen?«

Dröhnendes Lachen. »Für wen hältst du uns, Stein? Unser Mann wird seine Tätigkeit für uns aus gesundheitlichen Gründen niederlegen. Völlig unverdächtig, er hatte vor zwei Jahren seinen ersten Herzinfarkt. Wenn wir das gewußt hätten, hätten wir ihn damals gar nicht engagiert.«

»Ich kann keine Wunder bewirken.«

»Irgendwas wird dir schon einfallen. Wie gesagt, im Moment besteht kein Handlungsbedarf. Ich melde mich wieder.«

Bodo legte auf. Es gab noch keinen Grund zur Sorge. Noch nicht. Er war Anwalt und verteidigte einen Mandanten. Seltsam, dachte er, daß die Presse bei dem Thema noch nicht Lunte gerochen hatte. Er konnte sich die Titelzeilen schon vorstellen. Mafia-Anwalt Bodo Stein. Zu seiner eigenen Überraschung spürte er, wie sich ein Lächeln über sein Gesicht breitete. Mafia-Anwalt Stein. Es klang zumindest gut. Sexy irgendwie.

Er griff noch einmal nach dem Telefon.

»Hier Stein. Sollte ich einsteigen, müßt ihr etwas vorher für mich erledigen.«

Sein Gesprächspartner lachte. »Kommt drauf an. Worum geht's?«

Bodo erklärte ihm, worum es ging.

Urig. Eine urige Hütte mit urigem Kerzenlicht und einer urigen Speisekarte auf Pseudopergamentpapier. Ein uriger Holztisch neben dem anderen urigen Holztisch, alle besetzt von Touristen, die sich auf ein sonniges, warmes Wochenende am Meer gefreut hatten und nun mit viel Alkohol ihre Enttäuschung über das schlechte Wetter bekämpften. Marita nahm sich zusammen. Eigentlich war es ganz nett. Draußen Regen und ein eisiger Westwind, drinnen Wärme und – *urige* Gemütlichkeit! Sie kicherte und leerte ihren zweiten Gin Tonic. Jenicke, der ihr gegenübersaß, sah sie irritiert an.

»Geht es dir besser?« fragte er trocken.

»Nein.«

»Weißt du schon, was du bestellen willst?«

»Labskaus.« Sie kichterte wieder. Jenicke seufzte verärgert.

»Hier gibt's kein Labskaus, wie unschwer der Karte zu entnehmen ist.«

»Ach, kein Labskaus. Da will man mal eine norddeutsche Spezialität, und dann ... Also gut. Kasnockerln.«

»Hör auf mit dem Quatsch.« Aber er mußte grinsen. »Was sind überhaupt Kasnockerln?«

»Eine Art Nudeln.«

»Mit Käse?«

»Genau.«

»Überbacken?«

»Ja, so ungefähr.«

»Mann, du hast ja selber keine Ahnung.«

»Du vielleicht?«

»Ich stamme schließlich nicht aus einem bayerischen Bauernkaff. Dafür kann ich dir genau sagen, woraus Labskaus besteht.«

»Laß mal, mir ist schon schlecht.« Beide grinsten jetzt. Als die Kellnerin kam, bestellte Marita Spaghetti Bolognese und Jenicke Spinat mit Spiegelei.

»Ich mag dich, Jenicke.«

»Ich dich auch. Ich weiß, du hast jetzt keine Lust, aber laß uns noch mal über Julia reden.«

»Du willst allen Ernstes, daß ich nach Florida fliege, was? Ich weiß nicht mal, wo sie sich da aufhält. Sie ist ständig unterwegs.«

»Du hast gesagt, sie will in die Gegend von Miami.«

»Ja, und das ist alles. Weißt du, wie riesig dieses Gebiet ist? Wenn sie mir nicht sagt, wo sie ist, habe ich keine Chance, sie zu finden.«

»Dann bring sie dazu, daß sie das tut. Dir vertraut sie doch. Oder meinetwegen, erzähl ihr irgendwas. Daß ihre Mutter im Sterben liegt, oder sonstwas. Vielleicht kommt sie dann von selber zurück.«

»Das glaubt sie mir nie. Ich kenne ihre Eltern überhaupt nicht, ich weiß nicht mal, wo die wohnen. Versuch mal, ein Ehepaar Hoffmann im Großraum Hamburg–Kiel–Hannover ausfindig zu machen.«

»Weißt du, wie ihr Vater mit Vornamen heißt?«

»Nein«

»Ihre Mutter?«

»Nein!«

»Hat sie Geschwister?«

»Eine Schwester, die heißt Stella. Aber bevor du fragst: Sie wohnt in Hannover, ist verheiratet, und ich kenne weder den Vornamen noch den Nachnamen ihres Ehemanns.«

»Vielleicht hat sie ihren Mädchennamen ja behalten.«

»Du wirst dich wundern, aber auf die Idee bin ich auch schon gekommen, und zwar lange vor dir. Hier nun zusammenfassend das Ergebnis meiner Recherchen: Es gibt keine Stella Hoffmann in Hannover, auch keine mit einem Doppelnamen.«

»Hat Julia dir denn nie erzählt, wo sie aufgewachsen ist?«

»Nein. Oder vielleicht doch. Ich kann mich nicht erinnern, ehrlich gesagt. Ich glaube, sie sind mehrmals umgezogen. Sie hat heute kaum noch Kontakt zu ihren Eltern. Der Vater muß ziemlich reich und wahnsinnig geizig sein. Er hat ihr nicht mal die Anwaltskosten finanziert.«

»Das ist mir klar.«

Marita schwieg und dachte nach. Langsam verflüchtigte sich die Wirkung des Alkohols, und wieder senkte sich das mittlerweile vertraute bleischwere Gewicht auf ihr Gemüt. Vor zwei Tagen hatte sie mit ihrer Mutter telefoniert und ihr die ganze Geschichte anvertraut, in der absurden, uneingestandenen Kinderhoffnung, daß Moma nach Hamburg käme und alles in Ordnung bringen würde. Aber Moma hatte ihr wie üblich nur den Rat gegeben, sich künftig aus der Sache herauszuhalten, und sie hatte dabei resigniert geklungen. Es war nicht das erste Mal, daß sie Marita darauf hinwies, daß jeder Mensch letztlich einsam sei und mit seinen Problemen selber fertigwerden müsse.

»Du hast immer so seltsame Freundinnen, Marita. Wie kommt das nur?«

»Ach Moma, Julia hat mir auch schon geholfen.«

»Ja, davon bin ich überzeugt. Der springende Punkt ist aber, daß du sowieso nie in derartige Schwierigkeiten kommen würdest. Erinnerst du dich an diese schreckliche Marion? Die, die aus dem Fenster gesprungen ist und sich beide Beine gebrochen hat? Und das, nachdem du Wochen und Wochen täglich stundenlang mit ihr telefoniert hast und praktisch jeden Abend mit ihr verbracht hast.«

»Fang doch nicht wieder mit Marion an.«

»Jeder Mensch ...«

»Ja, ich weiß, was du sagen willst.«

»Aber du lernst nichts daraus. Vielleicht läuft dein Leben zu glatt, und du stiehlst dir die Abenteuer von anderen. Sie widerfahren dir sozusagen gefiltert ...«

»Moma, wär's dir andersherum lieber?«

»Manchmal ... Manchmal denke ich, es wäre fast besser, du würdest mal deine eigenen Dramen erleben.«

»Ich werde nicht nach Florida fliegen. Unter keinen Umständen«, sagte Marita zu Jenicke. Ihre Stimme klang wie in Trance. War das wirklich sie, die das gesagt hatte? Wie fühlte es sich an? Eigentlich gut. Jenicke war plötzlich weit weg. Sie mußte sich anstrengen, ihn zu verstehen.

»... ist denn los mit dir?«

»Nichts«, sagte Marita. Fest und sicher.

»Also, laß uns noch mal von vorne anfangen ...«

»Nein. Ich will nicht mehr.«

»Aber ...«

»Ich fliege auch dann nicht, wenn Julia mir sagt, wo sie ist.

Ich tue es nicht. Ich kann jetzt nicht weg. Ich habe einen Job, ich soll befördert werden, und das ist mir wichtig. Ich gebe das nicht für Julia auf. Für sie nicht und für niemanden anders. Ich gebe Julia auch kein Geld mehr. Sie muß in Zukunft selber sehen, wie sie klarkommt.«

»Du mußt ja gar nicht unbedingt fliegen, das war nur so eine Idee von mir, vielleicht...«

»Du verstehst mich nicht. Ich steige aus. Komplett.«

»Das klingt ja wie eine Generalabrechnung.« Jenicke war blaß geworden. Sie aßen schweigend weiter, aber Jenicke schien keinen Hunger mehr zu haben. Schließlich schob er seinen Teller beiseite.

»Dieser Sinneswandel kommt verdammt plötzlich.«

»Was heißt plötzlich? Ich habe einfach keine Lust mehr, Mutter Teresa zu spielen.«

»Du willst Julia einfach fallenlassen, sehe ich das richtig? Ausgerechnet jetzt, wo sie am Ende ist? Ich kann's einfach nicht glauben.«

»Ich hab's satt, eine Marionette von Julias Launen zu sein. Ich habe es satt, ihr Ratschläge zu geben, die sie nicht befolgt und die sie sich nicht mal wirklich anhört. Ich hab' diese ganze kranke Geschichte so satt, das kannst du dir gar nicht vorstellen. Mir reicht's, okay? Ich denke zur Abwechslung mal an mich, und wenn du das nicht akzeptieren kannst, dann tut's mir leid. Für dich und für uns.«

»Du brauchst mir keinen Vortrag zu halten, Marita, ich hab's schon kapiert. Ist das dein letztes Wort?«

»Zu der Sache ja.« Es war ein herrliches Gefühl, es auszusprechen, euphorisch, befreiend. Ein schwarzes Loch hatte all ihre Energien absorbiert und schleuderte sie nun wieder zurück. Ein magischer Akt: Plötzlich schien sich alles wieder in die richtigen Proportionen verschoben zu haben. Julia war bedauernswert, aber niemand trug dafür die Verantwortung außer sie selbst. Nicht Marita, nicht Bodo Stein, nicht irgendein Richter, niemand. Was Marita betraf, war die Geschichte zu Ende, und sie hatte eine Menge daraus gelernt. Sie spürte wieder mit aller Intensität, wer sie war, wo sie war, wo sie hinwollte. Sie lächelte. Ein Gast fing ihren Blick auf und lächelte zurück. Jenicke wirkte fassungslos, und auch das tat ihr leid, aber auch für seine Situation war sie nicht verantwortlich. Sie hatte ihn zu nichts gezwungen, es war seine Entscheidung gewesen.

»Ich will mich ja nicht wiederholen, aber hättest du dir das nicht früher überlegen können?«

»Ich entschuldige mich ein zweites Mal dafür.«

»Also gut«, sagte Jenicke nach einer weiteren Schweigeminute. »Vielleicht hast du recht. Letztlich ist es ihr Leben, ihre Kinder. Soll sie es doch versauen. Und was mich betrifft, scheiß auf das Geld. Scheiß auf den Fall.«

»Der Fall war dir wichtig, oder?«

»Ja. Aber es wird mehr interessante Fälle geben. Irgendwie werde ich schon von meinen Schulden runterkommen.«

»Wir haben doch alles versucht, oder?«

»Na ja. Nicht wirklich, finde ich.«

»Würdest du denn an meiner Stelle fliegen? Oder dich auf andere Weise weiter engagieren? Ganz ehrlich?«

»Ich weiß nicht. Frag mich nicht so was, ich bin nicht du.«

»Wenn sie mich das nächste Mal anruft und mir erzählt, wo sie ist, sage ich dir Bescheid, das verspreche ich dir. Dann kannst du dir immer noch überlegen …«

»Ja. Alles klar.«

»Schau mal, ich wollte Julia helfen, deswegen bin ich zu dir gekommen. Ich habe wirklich gedacht, das hätte einen Sinn. Ich habe mich wahnsinnig edel gefühlt. Aber die Wahrheit ist, daß sie meine tolle Hilfe noch viel tiefer reingeritten hat. Vielleicht wäre sie gar nicht abgehauen, wenn ich ihr nicht meine Kreditkarte und meinen gefälschten Führerschein gegeben hätte.«

»Mach dir keine Vorwürfe. Jeder macht Fehler.«

»Du bist sauer, weil ich aussteige.«

»Nein, bin ich nicht. Ich verstehe dich. Irgendwie. Ich wollte dich auch nicht unter Druck setzen. Aber vielleicht überlegst du dir das Ganze noch mal. Ich meine, wir müssen das ja jetzt nicht übers Knie brechen.«

»Mach mir kein schlechtes Gewissen, bitte.«

»Ach, Marita. Dafür bist du mir zu wichtig.«

Berge von Papier mit Zahlenkolonnen und unverständlichen chemischen Formeln waren auf dem Boden seines WG-Zimmers ausgebreitet. Darunter befanden sich Briefe in holprigem Englisch, die er kniend aus dem Wust aussortierte, um sie später zu lesen. Ben war erst seit einem Jahr im Job, und er hoffte, daß ihn diese Geschichte berühmt machen würde. Als Enthüllungsjournalist, der die verbrecherischen Praktiken der Firma Chemotrans aufdeckte. Er stand auf, dehnte seine steifen Glieder und legte sich kurz aufs Bett, wo er von Fernsehinterviews und Talk-Shows träumte.

»Herr Becker, haben Sie nie Angst bei Ihren riskanten Recherchen gehabt?« Vor seinem geistigen Auge sah er eine hübsche, blonde Moderatorin, die er nach der Sendung zum Essen einzuladen gedachte.

»Ach, wissen Sie, Angst ist relativ.« Er sah sich selbst in seinem schwarzen Kaschmirrolli und der neuen schwarzen Bundfaltenhose aus changierendem Seide-Viskose-Gemisch, den Arm lässig über die Sessellehne gelegt. »Der Wahrheit auf der Spur zu sein, das ist wie eine Droge. Man vergißt alles, außer der Beute. Im archaischen Sinn sind Journalisten Jäger und Sammler zugleich.« Dabei würde er natürlich selbstironisch grinsen, denn derartige Statements bargen die nicht zu unterschätzende Gefahr, albern und blasiert zu klingen.

Ben wachte wieder auf aus seinem schönen Traum. Er würde wahrscheinlich nicht berühmt werden, denn bis jetzt war es nur eine lokale Affäre, die vielleicht nicht einmal vor Gericht käme. Aber vielleicht gab es da in seinem Material tatsächlich Unterlagen, die den Ermittlern noch nicht bekannt waren. Eine harte Enthüllungsstory, die sich vielleicht zu einer Politaffäre auswachsen würde – das wäre ein Hammer. Sämtliche Blätter der Republik würden bei ihm Schlange stehen, wenn der Skandal wirklich Kreise zog. Seine Jobs würde er sich danach aussuchen können. Ben lächelte. Sein Informant hatte jedenfalls geschworen, daß ein Teil – ein wichtiger Teil – des Materials bislang noch kein Staatsanwalt zu Gesicht bekommen hatte. Dafür hatte Ben ihm eine Menge Geld gegeben. Sein eigenes Geld, denn das Blatt, für das er arbeitete, konnte keine üppigen Informantenhonorare bezahlen. Ein Risiko, aber Ben verbuchte die Summe unter berufliche Investitionen und verdrängte anschließend jeden Gedanken daran. Im Notfall gab es noch seine Eltern, die extrem großzügig waren.

Morgen würde Ben zu seinem Chefredakteur gehen und darum bitten, ihn für diese Geschichte freizustellen. Im Moment waren sie ohnehin überbesetzt, das traf sich gut. Aber er mußte es richtig machen. Nicht zu arrogant auftreten. Sein Chef war ein graubärtiger APO-Veteran (was er jedem erzählte, der es nicht hören wollte), und es war Ben schwer genug gefallen, sich sein Wohlwollen zu erarbeiten. APO-Opas mochten keine jungen, attraktiven Mitarbeiter in teuren Klamotten, schon gar nicht, wenn sie männlich waren.

Ben beschloß, sich morgen in Jeans, T-Shirt und einem soliden alten Blazer in der Chefredaktion zu präsentieren.

Die Polizisten waren zu zweit und standen unschlüssig in dem Chaos herum, wie zwei schlechte Schauspieler, die man in Uniformen gesteckt hatte. Marita haßte sie. Sie waren wortkarg und dumm und halfen ihr kein bißchen, mit dem Schock fertigzuwerden, in eine wüst aussehende Wohnung zurückzukommen, in der praktisch nichts mehr am selben Platz wie vorher stand. Ihr Bettzeug lag auf dem Boden, ihre Schlafcouch im Wohnzimmer war umgekippt, alle Kommodenschubladen waren offen, der Inhalt auf dem Boden verstreut. Es war so entsetzlich deprimierend, daß sie hemmungslos geweint hätte, wenn sie nicht so maßlos wütend gewesen wäre. Das hatte ihr Julia eingebrockt. Stein hatte seine kriminellen Gehilfen geschickt, um ihr angst zu machen und sie weichzukochen, und das alles war Julias Verdienst. Warum hatte sie sich jemals mit einem derart wahnsinnigen Mann zusammengetan, der wirklich vor nichts zurückschreckte? Jenicke hatte lange auf sie einreden müssen, damit sie von der Idee abließ, Stein direkt anzuzeigen.

»Es kann ein ganz normaler Einbruch gewesen sein, und falls nicht, wird es keine Beweise gegen Stein geben. Wenn er es war, dann wartet der doch nur darauf, daß du dich zur Idiotin machst. Der Mann ist doch nicht dumm! Der war doch nicht selber hier!«

»Verdammt noch mal, das ist Sache der Polizei, das rauszufinden! Wofür bezahlen wir diese Typen mit unseren Steuergeldern!«

»Marita, ich sage dir doch, es ist wahrscheinlich ein ganz normaler Einbruch. Hier in der Gegend wird laufend eingebrochen, das weißt du doch.«

»Ja, klar! Ausgerechnet jetzt findet bei mir ein ganz normaler Einbruch statt! Das kannst du sonstwem erzählen!«

»Beruhige dich. Das führt zu nichts. Bitte, Marita, bitte…«

»Ach, du bist auch so ein Versager. Du bringst doch auch nichts, außer Sprüche.«

Und so weiter. Schließlich brachte Jenicke sie dazu, sich genauer umzusehen. Die Stereoanlage (neu) fehlte, der Laptop (letztes Jahr gekauft) fehlte, der kleine Monitor ebenfalls, fünfhundert Mark, die sie in ihrer Schreibtischschublade hatte, waren ebenfalls weg. Ihr Schmuck war wenigstens da, darunter zwei Erbstücke von ihrer Urgroßmutter, dafür fehlte eine Jugendstillampe, die sie ebenfalls sehr geliebt hatte.

»Sie sind ja bestimmt versichert«, ergriff nun Polizist Nummer eins das Wort. Er hatte einen üppigen Schnauzbart, der aussah, als sei er schwarz gefärbt.

»Was interessiert Sie, ob ich versichert bin!« brauste Marita auf. »Sie sollen den Schaden aufnehmen! Sie sollen die Kerle finden!« Ihre Hände zitterten, ihre Beine fühlten sich steif und schwach wie Streichhölzer an.

»Hören Sie mal«, schaltete sich Polizist Nummer zwei ein, »kommen Sie uns mal nicht so. Wir haben das hier nicht angerichtet.«

»Sie ist gestreßt«, sagte Jenicke, »sie meint das nicht so.«

»Ja, ja. Ich bin gestreßt. Meine Wohnung ist ein Trümmerhaufen …«

»Sie müssen eine Liste der entwendeten Gegenstände erstellen«, sagte Polizist eins. »Für uns und für die Versicherung.«

»Wollen Sie mich denn nicht vernehmen?«

»Natürlich, auf dem Revier. Sie wollen doch Anzeige erstatten.«

»Ja«, sagte Jenicke hastig. »Gegen Unbekannt.«

»Haben Sie einen konkreten Verdacht, wer der Täter gewesen sein könnte?«

»Nein«, sagte Marita brav. Jenicke hielt ihre Hand, und das fand sie unendlich rührend, angesichts der Art und Weise, wie sie ihn behandelt hatte. Der Vernehmungsbeamte trug ihre Antwort mit Schreibmaschine auf das Formular mit den zwei Durchschlägen ein. Marita sah mit ungläubigem Staunen, daß man hier nicht mal Computer benutzte. Die Atmosphäre war so vorsintflutlich wie in alten Derricks. Vielleicht weil es ein kleines Revier war. Sie saßen seit über einer Stunde hier, dabei waren sie die einzigen Zivilpersonen. Der Beamte wollte alles wissen. Fabrikate der gestohlenen Gegenstände, optische Beschreibung. Je genauer sie die Gegenstände beschreiben könne, erklärte er ihr freundlich und geduldig, desto größer sei die Chance, daß man sie mal bei einer Hehlerrazzia finden werde.

»Wie gut sind meine Chancen, rein statistisch gesehen?«

»Nicht so schlecht, wie Sie vielleicht denken«, sagte der Beamte vorsichtig. Marita schien ihm zu gefallen, trotz ihres desolaten Zustands. Vielleicht dauerte die Befragung deshalb so lange, überlegte Jenicke. Es war halb elf, als sie sich endlich verabschiedeten. Marita war ruhiger geworden, aber Jenicke merkte, daß es ihr nicht besserging.

»Hast du Hunger?«

»Nein. Bitte fahr mich nach Hause.«

»Was?«

»Ich mein's ernst, Jenicke. Ich muß meine Wohnung aufräumen. Ich muß nachdenken, was ich jetzt mache.«

»Nichts. Du kannst jetzt gar nichts machen. Du mußt dich ausruhen. Aufräumen kannst du auch morgen.«

»Morgen muß ich arbeiten. Bitte fahr mich heim.« Jenicke startete folgsam den Wagen und fädelte in den nächtlichen Verkehr ein. Sie saß neben ihm und sah so rührend jung und zerbrechlich aus, daß ihm das Herz aufging. In diesem Moment liebte er sie, und er wollte sie. Er würde sie nicht allein lassen.

Dieses wunderbare weiche Licht. Diese heiße, feuchte Luft. Der leichte, aber beständige Geruch nach Salzwasser. Das Meer war nur ein paar hundert Meter weit entfernt, verdeckt von Dünen, nicht sichtbar, aber spürbar. Der breite Bürgersteig am Ocean Drive quoll über von schwitzenden Europäern, schwatzenden Latinos und hoffnungsvollen Jungen und Mädchen aus aller Welt, die hofften, hier ihre Topkarriere zu starten, und dann doch nur deutsche Katalogmode präsentierten. Wenn überhaupt. Es gab hier längst ein Überangebot an schönen, jungen Menschen.

Julia ließ sich von der trägen Menge mitziehen. Als zehn Jahre jüngere Frau hätte sie vielleicht ihr Glück auf einem der überfüllten Castings versucht, wo die Mädchen von verwöhnten Bookern wie nicht sonderlich begehrte Waren gemustert und ausgemustert wurden. Diese Träume waren tot und ihrer nicht mehr würdig. Warum war Julia Journalistin geworden? Weil es für eine Modelkarriere nicht gereicht hatte (sie war zu klein), und weil sie als Schauspielerin keine wirklich gute Figur machte (sie war immer sie selbst, nie eine andere Person). Schreiben war die einzige Möglichkeit, ihren Exhibitionismus zu leben. Aber sie konnte nicht mehr schreiben. Wenn man es recht bedachte, konnte sie gar nichts mehr.

Vor dem News Café blieb sie stehen und überlegte, ob sie hineingehen sollte, um ein paar deutsche Zeitungen zu kaufen. Miami Beach war wahrscheinlich der einzige Ort in Amerika, wo man aktuelle europäische Zeitungen und Zeitschriften bekam. Aber sie war nicht wirklich interessiert. Deutschland war sehr weit weg. Alles war sehr weit weg. Sie bestellte einen Milchkaffee bei einem Kellner, der aussah wie ein Model. Sie lächelte ihn an, und er lächelte zurück. Ein Mann Anfang Zwanzig, der noch viel vorhatte in seinem Leben. Vor ihrem inneren Auge sah sie ihn in seiner Freizeit, wie er mit seinen Freunden zusammensaß und hochfliegende Pläne schmiedete. Für eine Karriere als Schauspieler oder vielleicht als Blattmacher. Vielleicht wollte er auch zum Film oder eine trendige Bar aufmachen, oder er entwarf seine erste Kollektion… Im Gegensatz zu ihr hatte er alles noch vor sich. Plötzlich bildete sie sich ein, daß er sein Urteil über sie bereits gefällt hatte. *Sieht toll aus für ihr Alter.* Sie haßte die Vorstellung.

Seltsam, wieder waren ihre Gedanken abgeschweift. Wo war sie in den letzten Minuten gewesen? Sie wußte es nicht, aber in einem Anflug von Panik wurde ihr klar, daß vor ihr der Milchkaffee stand und sie nicht registriert hatte, wie er dorthin gekommen war. Nun, der Kellner hatte ihn natürlich hingestellt, aber sie konnte sich nicht daran erinnern. Hatte er sie dabei wieder angelächelt? Hatte sie zurückgelächelt? Keine Ahnung. Sie nahm einen vorsichtigen Schluck, und sofort brach ihr der Schweiß aus. Es war viel zu heiß für Kaffee, sie hätte besser eine Cola geordert. Oder ein Zitronenwasser mit Eis.

Weiß der Himmel, wie sie plötzlich auf Zitronenwasser kam, aber im selben Moment schmeckte sie schon die eiskalte Säure, die ihr alle Geschmacksnerven zusammenzog: ein herrliches Gefühl. Julia nahm die Getränkekarte und studierte sie. Natürlich gab es kein Zitronenwasser, nur Limonade mit Kohlensäure. Aber sie hatte eine Idee. Sie konnte Volvic, ein stilles Wasser, das auf der Karte stand, bestellen, und dazu eine Zitrone und viel Zucker. Ja, das war eine gute Idee. Sie winkte dem Kellner. Er wirkte überrascht, brachte ihr aber das Gewünschte. Die Zitrone war bereits geviertelt. Ins Glas hatte er Eiswürfel hineingetan, die sie sofort auf den Boden schüttete. Das Leitungswasser in Florida schmeckte scheußlich nach Chlor.

Als sie das nächste Mal aufsah, war es dunkel geworden, so jedenfalls erschien es ihr. Sie sah erschrocken auf die Uhr: Sie hatte mindestens zwei Stunden hier verbracht! Kein Wunder, daß sie der Kellner mindestens dreimal gefragt hatte, ob sie noch etwas wünschte. In der letzten halben Stunde hatte er sie allerdings offenbar aufgegeben. Sie legte das Geld auf den Tisch. Zwanzig Dollar, obwohl es nur zwölf gekostet hatte, aber sie hatte jetzt nicht den Nerv, auf das Restgeld zu warten. Die amerikanischen Kellner waren so wahnsinnig umständlich. Man konnte den Betrag nicht einfach mündlich aufrunden, das verstanden sie nicht. Man mußte warten, bis sie das Wechselgeld zurückbrachten, dann ließ man sein *Tip* liegen. Umständlich. Der attraktive Kerl würde sich über acht Dollar Trinkgeld von der verrückten Alten freuen.

Sie machte sich zurück auf den Weg ins Hotel, wo die Kinder hoffentlich tief und fest schliefen. Nein, sie fühlte sich nicht gut. Ihre Augen brannten, und ihr war so wirr, dumpf und auch ein bißchen schlecht. Es war keine gute Idee gewesen, drei Valiumtabletten auf einmal zu nehmen. Das war eine zu hohe Dosis, klar, aber sie war so erleichtert gewesen, daß es endlich Nachschub gab. Gepriesen sei der Quacksalber in Fort Lauderdale, dem es völlig egal war, ob sie süchtig war oder an »vorübergehender Nervosität« litt, und der ihr ohne zu zögern eine Magnumpackung verschrieben hatte. Sie hatte auch den Kindern etwas davon gegeben, weil Jenny und Manuel die letzten beiden Tage derart quengelig gewesen waren und Julia einfach etwas Zeit für sich brauchte. Zum Nachdenken, zum Planen. Ihre Zukunft hatte schließlich schon begonnen.

Hier war, das spürte sie, Endstation. Natürlich, sie konnte theoretisch noch weiterreisen, zum Beispiel nach Key West an den südlichsten Punkt der USA, wo es die schönsten Sonnenuntergänge der Welt geben sollte. Aber sie hatte keine Lust mehr. Es war ermüdend, von Hotel zu Hotel zu fahren, immer mit der Angst vor irgendwelchen Eventualitäten im Nacken. Hier fühlte sie sich wohl und sicher. Sie würde sich einen Job suchen und sich ein nettes Häuschen am Strand mieten, und der Rest würde sich finden. Natürlich würde Marita ihr für den Anfang noch mal mit einer kleinen Finanzspritze aushelfen müssen – Julia rechnete täglich damit, daß ihr irgendein Verkäufer oder Rezeptionist mitteilen würde, daß sie ihr Kreditlimit überzogen habe –, aber das würde Marita sicherlich tun. Marita war ihre beste Freundin, und Julia war unendlich dankbar, daß sie sie hatte. Im Hotelzimmer würde sie als erstes mit ihr telefonieren.

Verdammt, aber erst mal mußte sie das Hotel finden! Es war nicht zu verfehlen, es lag direkt am Ocean Drive, der sich kilometerweit am Strand entlangzog, doch plötzlich kannte sie sich überhaupt nicht mehr aus. Es war mitterweile Nacht geworden, aus den Lokalen dröhnte Musik. Latinorhythmen, Rock, Techno – ein Soundteppich überlagerte den nächsten. Es war noch voller geworden, teilweise rempelten sich die Menschen an, gereizt von der schwülen Hitze. Eine lange, glitzernde Autoschlange kroch den Drive entlang, obwohl es chancenlos war, jetzt Parkplätze zu finden. Aber vielleicht ging es nur um das Cruising. Die unzähligen Scheinwerfer blendeten sie. Alles war so schrecklich verwirrend. Julia wollte gerade die Straßenseite wechseln, als sie merkte, daß sie direkt vor ihrem Hotel stand. Erleichtert ging sie durch die Vorhalle an der Rezeption vorbei, wo ein Kubaner eine lärmende spanische Fernsehserie verfolgte und sie nicht weiter beachtete.

»Marita? Marita, ich bin's!«

»Julia, hier ist es vier Uhr morgens. Wird das jetzt deine Standardzeit?«

»Oh. Okay, ja richtig, es tut mir leid. Kommt nicht wieder vor.«

»Ja, das hast du letztes Mal auch gesagt. Kannst du dir nicht einfach merken, daß es so etwas wie eine Zeitverschiebung zwischen Europa und Amerika gibt?«

»Ja. Ich vergesse bloß immer, in welche Richtung…« Julia kicherte, bis ihre Stimme verhallte. Sie hörte sich so nah an, als telefonierte sie aus der Wohnung nebenan.

»Julia, bist du schon wieder betrunken?«

»Nein, überhaupt nicht. Nur müde. Wahnsinnig müde. Es war ein verdammt langer Tag. Erst waren wir in Lauderdale, und dort haben die Kinder dieses Schiff gesehen, das durch all die Kanäle von Lauderdale fährt, und dann wollten sie unbedingt mit, und das dauerte Stunden, und es war so unheimlich heiß, und ich wollte auf alle Fälle noch Miami Beach erreichen ...«

»Du bist in Miami Beach?«

»Ja, in einem süßen Hotel. Oder sagen wir mal, in einem ziemlich runtergekommenen Schuppen. Alles Kubaner, die kaum englisch sprechen. Aber es ist nett.«

»Wie heißt das Hotel? Wo ist es?«

»Das Hotel?«

»Ja genau. Wie heißt es?«

»Ich hab's vergessen!« Kichern.

»Reiß dich zusammen!«

»Wieso interessiert dich das Hotel? Ist doch egal.«

»Ich glaub's einfach nicht. Du rufst mich mitten in der Nacht an, ich höre dir zu, ich versuche dir zu helfen, und dann vertraust du mir nicht genug, um mir zu sagen, wo genau du bist!«

»Italia«, sagte Julia nach einer kurzen Pause. Sie wirkte eingeschüchtert und beschämt. Sofort tat sie Marita leid.

»Italia?«

»Ja. Es ist direkt am Ocean Drive. Es ist leider ziemlich laut. Wir haben die billigen Zimmer raus auf die Straße genommen. Du kannst dir gar nicht vorstellen, was hier los ist.«

»Julia, warum rufst du überhaupt an? Was ist so dringend, daß du mich mitten in der Nacht weckst?«

»Ich ... ich versteh' dich nicht. Wir wollten doch in Kontakt bleiben. Ich meine, gerade du hast doch gesagt, du wolltest mir helfen.«

»Darüber muß ich mit dir reden. Ich will dir helfen, aber ich kann es nicht länger. Wie soll das funktionieren? Wie soll ich jemandem helfen, der Tausende Kilometer weit weg ist? Du mußt zurückkommen, Julia. Hier spielt die Musik.«

»Nein.«

»Nein was?«

»Ich komme nicht zurück. Nie mehr. Egal, was passiert.«

»Na schön, Julia, das liegt ganz bei dir. Ich mache dich aber darauf aufmerksam, daß du nicht während eines schwebenden Gerichtsverfahrens einfach verschwinden kannst.«

»Was meinst du damit?«

»Sie werden dich suchen, und sie werden dich finden. Und mit sie meine ich die Polizei und dein Ex-Partner, der meine Wohnung ausgeräumt hat.«

»Keiner wird mich finden.«

»Julia, hörst du überhaupt zu? Bei mir ist eingebrochen worden. Ich schlafe hier inmitten einer Müllhalde. Ich kann mich nicht länger um dich kümmern.«

»Ich brauche Geld.«

»Du kriegst keins. Nicht von mir. Ich bin bereit, dir ein Rückflugticket zu schicken. Sonst nichts.«

»Marita ...«

»Wach auf, Julia. Du bist ganz allein. Es ist deine Entscheidung.«

Langes Schweigen. Dann sagte Julia: »Ich ruf dich wieder an.«

»Sie wird nicht wieder zurückkommen«, sagte Marita am Frühstückstisch. Sie und Jenicke tranken Kaffee und sahen sich über die dampfenden Tassen hinweg an. Marita trug einen schwarzseidenen mondänen Morgenmantel, der Jenicke nicht gefiel. Er senkte den Blick.

»Wir müssen irgend etwas finden, das sie dazu bringt.«

»Wir nicht. Du. Wenn du nicht endlich aufgeben willst.«

»Du warst knallhart am Telefon. So kenne ich dich überhaupt nicht.«

»Fang nicht wieder an. Schau dich doch mal um hier! Alles ihr Verdienst.«

»Schon gut. Du wirst ja langsam genauso paranoid wie sie. Wie lange, meinst du, wird sie in dem Hotel bleiben?«

»Keine Ahnung. Vielleicht ist sie schon wieder weg.«

»Du bist ganz blaß. Willst du nicht lieber im Bett bleiben?«

»Nein. Ich kann nicht schon wieder blaumachen. Die Zeiten sind vorbei.«

Sie standen auf und zogen sich an. Jenicke brachte sie in die Redaktion. Bevor sie ausstieg, nahm er ihre Hand. »Sehen wir uns heute abend?«

»Mal sehen. Ich muß erst mal aufräumen.«

Reinhard war auf dem Weg zu seinem Auto. Es war drei Uhr nachts, und der hölzerne Boardwalk war wie leergefegt und sehr dunkel. Reinhard hatte noch ein gutes Stück zu laufen, und das gefiel ihm gar nicht, denn er war ziemlich betrunken und bekifft. Er hatte ein paar Kubaner am Strand kennengelernt, die sehr gutes Gras dabeihatten. Eine der Frauen hatte ihn gerufen, als er allein und ziellos durch den Sand stapfte. Sie lagerten auf einer Decke unterhalb einer Düne und hatten Wein, Brot, Käse und eben Gras dabei. Reinhard gefiel das, und er gesellte sich dazu. Er hatte fast vergessen, daß es nichts Schöneres gab, als am Meer zu sitzen, eine Pfeife zu rauchen und dann nichts mehr zu denken, bis das Rauschen der Wellen den Kopf bis zum Bersten anfüllte. Irgendwann fühlte man ganz tief aus dem Bauch heraus, daß man nichts brauchte und nichts war, außer ein stummer, passiver Teil der Natur.

Doch nach ein paar Stunden verflüchtigte sich diese euphorische Bedürfnislosigkeit, und er war nur noch stoned und müde, genauso wie seine Gefährten, die immer stiller geworden waren und sich schließlich mit steifen Gliedern erhoben. Es war immer noch sehr warm. Reinhard wischte sich über die Stirn, die sich anfühlte wie in Vaseline gebadet. Eine der Frauen gab ihm ihre Telefonnummer. Vielleicht um ihn zu trösten, daß sie ihn jetzt mutterseelenallein zurückließen. Und ja, um ehrlich zu sein: Er wäre gerne mitgekommen, wohin auch immer, wußte aber nicht, wie er das vermitteln sollte, ohne aufdringlich zu erscheinen. Sie sprachen spanisch untereinander, und Reinhard verstand kein Spanisch.

Notgedrungen tat er so, als fühle er sich nicht wie der letzte Mensch in einer feindlichen Welt, verabschiedete sich und marschierte extra in der entgegengesetzten Richtung wie die anderen davon. Das war ein Fehler gewesen, denn als er wieder auf den Boardwalk stieß, hatte er keine Ahnung, auf welcher Höhe er sich befand.

In seiner Hosentasche klingelte das Handy. Das konnte nur sein Bruder sein, und zum ersten Mal freute er sich über seinen Anruf. Es war hier ziemlich trist und unheimlich.

»Ich habe Neuigkeiten«, sagte Bodo, wie üblich ohne überflüssige Begrüßungspräliminarien. Reinhard riß sich zusammen, damit seine Reaktion nicht verzögert ausfiel. Er kam sich lächerlich vor: ein Mann allein auf einem Steg, mitten in der Nacht mit seinem Mobiltelefon. Bestimmt würde man seine Stimme noch hundert Meter weiter hören.

»He, was ist los? Wieso antwortest du nicht? Hast du mich verstanden?«

»Ja, beruhig dich. Immer mit der Ruhe.«

»Wie gesagt, es gibt Neuigkeiten. Julia wohnt im Hotel Italia. Direkt am Ocean Drive. Natürlich wissen wir nicht, wie lange. Ich erwarte also von dir, daß du deinen Arsch auf der Stelle dahinbewegst ...«

»Bodo, es ist drei Uhr nachts. Ich bewege meinen Arsch ins Bett, wenn du nichts dagegen hast.« Dies schien seinen Bruder für ein paar Sekunden matt zu setzen. »Schön«, quäkte es schließlich aus dem Handy, »dann postierst du dich ab sieben Uhr davor. Oder sagen wir lieber halb sieben. Früher ist Julia in ihrem ganzen Leben noch nicht aufgestanden. Dann geht alles so wie besprochen. Du verfolgst sie so lange, bis du eine Chance siehst, Manuel zu packen.«

»Was ist mit den Fotos?«

»Vergiß die Fotos. Wären schöne Beweisstücke gewesen, aber du vermasselst sonst wieder alles. Nimm Manuel, halt ihm den Mund zu, und renne so schnell du kannst zum Auto, das du natürlich in der Nähe geparkt hast. Du fährst sofort los, bis du dir sicher bist, daß Julia dich verloren hat. Dann parkst du irgendwo an einer stillen Stelle und gibst ihm das Rohypnol...«

»Und was, wenn er es nicht nimmt? Was, wenn er statt dessen rumtobt und nach seiner Mama schreit?«

»Du wirst doch wohl einen Vierjährigen dazu bringen, eine halbe Tablette zu schlucken! Am besten, du zerkrümelst sie und arbeitest sie in die Cremefüllung von einem Schokoladenkeks ein. Manuel mag Schokoladenkekse.«

»Was ist, wenn er nicht einschläft?«

»Auf Rohypnol schläft jeder ein, verlaß dich drauf. Apropos, gib ihm lieber nur ein Viertel. Ich will nicht, daß ihm schlecht wird. Danach fahrt ihr auf direktem Weg zum Flughafen. Hast du dir die Route angesehen?«

»Ja.«

»Du weißt, wenn du dich verfährst, riskierst du...«

»Ermordet und ausgeraubt zu werden, ich weiß.«

»Ich will nicht, daß Manuel was passiert, nur weil du zu unvorsichtig bist.«

»Du bist ja sehr besorgt um deinen Sohn. Dir ist hoffentlich klar, daß man kleinen Kindern keine Schlaftabletten gibt.«

Wieder zögerte Bodo. Atmosphärisches Rauschen.

»Eine Vierteltablette wird ihm nichts schaden. Hast du den Flugplan im Kopf?«

»Ja. Morgen mittag geht eine Maschine nach München. Es sind noch Plätze frei.«

»Wenn nicht, fliegst du woanders hin. Am besten nach New York. Julia wird sofort zum Flughafen kommen, dann mußt du so gut wie weg sein. Du willst doch keine Schwierigkeiten. Hast du Manuels Paß?«

»Ja. Der lag an der Rezeption bereit. Wie hast du das eigentlich gemacht?«

»Ich habe seinen als verloren gemeldet und einen neuen beantragt. Beziehungen.«

»Und was ist mit dem Visum und dem Einreisestempel?«

»Ist drin.«

»Du hast ja wirklich an alles gedacht.«

»Ruf mich an, sobald du am Flughafen bist.«

Die Verbindung brach ab. Reinhard war wieder allein. Zögernd setzte er sich in Bewegung. Das Holz unter seinen Füßen knarzte leise, und das Geräusch vermischte sich mit dem steten Rauschen der Wellen. Wolkenfetzen schoben sich über den Mond. Es war verdammt dunkel.

8

Ben saß schweigend mit seinen beiden Mitbewohnern am Frühstückstisch. Er hatte sich die ganze Nacht durch das Material gearbeitet, und sein Kopf war voll mit chemischen Formeln, die er nicht verstand, mit kryptisch formulierten Briefen in miserablem Englisch, die ihm nichts sagten. Bislang hatte er nichts gefunden, das wirklich ein neues Licht auf die Sache geworfen hätte. Toluol und Kaliumpermanganat – er träumte schon davon. Toluol und Kaliumpermanganat. Er mußte sich gelegentlich bei einem Chemiker erkundigen. Ben seufzte unwillkürlich. In seinem Zimmer lag immer noch ein Haufen ungelesener Kopien herum, in denen vielleicht irgendein schriftlicher Hinweis schlummerte. Wenn das so zäh weiterging, konnte er noch zwei weitere Nächte drangeben, bis er alles durch hatte.

»Na, was macht unser Pulitzerpreisträger? Heute nacht zuviel recherchiert?« spottete Astrid, die Atemtherapeutin. Ben lächelte schwach. Er haßte Astrid nicht direkt, sie war für ihn nur die Inkarnation des Begriffs spießig. Schon, daß sie ihn immer Pulitzerpreisträger nannte, fand er zum Kotzen. So als würde er ständig mit seinem Beruf angeben, was überhaupt nicht der Fall war. Astrid tat das vielmehr mit ihrer lächerlichen Tätigkeit, mit der sie sich noch nicht mal ihren Lebensunterhalt verdienen konnte. Einmal hatte sie ihn auf die Couch gezwungen und mit ihm Atemübungen exerziert. Angeblich sollte er sich danach ganz leicht fühlen – oder auch schwer und entspannt, jedenfalls irgendwie anders als vorher. In Wirklichkeit konnte er sich auf nichts konzentrieren, schon gar nicht auf seine Bauchatmung, weil Astrid ein derart ekelhaft süßliches Parfum benutzte, daß ihm fast schlecht wurde. Doch um des lieben Friedens willen hatte er so getan, als hätte ihm die Therapiestunde wahnsinnig viel gebracht. Gut, daß die Wohnung so groß war, daß man sich aus dem Weg gehen konnte. In letzter Zeit fiel ihm auf, daß er hier ziemlich häufig damit beschäftigt war, jemandem aus dem Weg zu gehen.

»Hört mal«, ließ sich Fred, sein anderer Mitbewohner, vernehmen. »Die Putze kommt heute. Ihr seid dran mit zahlen.« Fred war ein finster aussehender Sportstudent, der nachts als Rausschmeißer in einer Disko jobbte, was zur Folge hatte, daß er unter chronischem Schlafmangel litt. Wahrscheinlich war das der Grund für seine ständige schlechte Laune.

»Ich bezahl' sie heute«, sagte Ben. »Ich hab' heute frei. Mein Chef hat mich freigestellt für die Drogengeschichte.« Das sagte er nicht ohne Stolz, bis ihm wieder einfiel, daß er ja gar keine Geschichte hatte. Bis jetzt jedenfalls nicht.

»Wie weit bist du denn gediehen?« fragte Astrid und riß ihre Kuhaugen auf, obwohl es sie garantiert nicht wirklich interessierte.

»Es fehlen die Beweise«, sagte Ben mürrisch. »Aber ich bleib' dran.« Da sich Fred mit einem unfreundlichen »See you« verabschiedete, stand Ben auf und begann abzuräumen. Bloß nicht allein mit Astrid sitzen bleiben. Sie wurde zur Klette, wenn man ein bißchen nett zu ihr war. Er stellte das schmutzige Geschirr in die Spülmaschine und ging zurück in sein Zimmer. *Der Zauberberg wartet*, dachte er. Er schmunzelte innerlich über die gelungene Formulierung. Er würde dranbleiben.

»Du hast es mir versprochen«, sagte Marita zu Lisa. Sie hatte einiges hinter sich – das Aufwachen in der chaotischen Wohnung, der besorgte Jenicke, der ihr im Moment ziemlich auf die Nerven ging –, und das schlimmste war, daß der Tag genauso schrecklich weiterging, wie er angefangen hatte. Als sie die Redaktion betreten hatte, hatten ihre Kollegen mehr oder weniger demonstrativ an ihr vorbeigesehen, und ihr war sofort klargeworden, daß etwas nicht stimmte. Aber was? Sie war zu spät, okay, aber das störte doch normalerweise niemanden hier. Marita setzte sich an ihren Computer und spürte die Blicke der anderen in ihrem Rücken. Schließlich erbarmte sich Jo ihrer. Er schlenderte zu ihrem Tisch und lehnte sich an die Ecke. Sofort wurden Unterhaltungen wieder aufgenommen, und geschäftiges Rascheln setzte ein.

»Ich habe übrigens deine Modestrecke neu layoutet«, sagte Jo, ohne sie anzusehen. Er verschränkte die Arme und starrte in gekünsteltem Gleichmut in die Luft. Marita erschrak.

»Warum denn? Lisa hat gesagt, sie sei okay.«

»Ach tatsächlich. Das ist mir neu.«

»Was soll das heißen?«

»Das soll heißen, daß Lisa stocksauer auf dich war. Ihre Version ist nämlich, daß du ihr Freitagmittag die Strecke auf den Tisch geknallt hast und danach wortlos deine Sachen gepackt und dich ins Wochenende abgesetzt hast.«

»Das ist nicht wahr!« Aber Marita spürte, wie ihre Stimme zitterte. Vielleicht war es doch wahr. Ein kleiner, heißer Klumpen bildete sich in ihrem Magen und drückte nach oben. Drückte ihr die Luft ab.

»Marita, mir ist egal, was da wie gelaufen ist, und wer wem was gesagt hat. Aber du sollst wissen, daß ich bis elf Uhr abends hier gesessen bin und alles neu gemacht habe, und ich muß dir auch sagen: zu Recht. Was du da fabriziert hast, war mittelmäßig, um es vorsichtig auszudrücken.«

»Wieso? Was war denn nicht gut?«

»Hör zu, das kann dir Lisa sicher besser erklären. Meiner Meinung nach hast du die falschen Fotos ausgewählt, die Reihenfolge war völlig willkürlich, du hast für die Bildunterschriften einen Schrifttyp benutzt, den wir bei *SAM* nicht verwenden, die Seitentitel hast du einfach mal ganz weggelassen – he, soll ich weitermachen?«

»Nein«, sagte Marita mutlos.

»Ich mußte praktisch von vorne anfangen. Neue Bilder einscannen und so weiter. Zwanzig Seiten Männermode plus zwei Seiten Lauftext! Da sitzt man richtig lange dran. Die Verabredung mit meinen Eltern mußte ich absagen. Macht ja nichts. Das nächste Mal sind sie vielleicht Weihnachten in Hamburg.«

»Jo, was soll ich tun? Kann ich dich zum Essen einladen? Bitte!«

Jo sah sie nachsichtig an. »Das ist nett, Marita, und ich komme auch gerne darauf zurück, aber du hast jetzt ganz andere Probleme, als meine schlechte Laune. Am besten, du gehst sofort zu Lisa und klärst das.«

Und das hatte sie getan. Mit einem ekelhaft flauen Versagergefühl war sie in Lisas Büro gegangen, und Lisa hatte ihr eröffnet, wie verantwortungslos und unkollegial sie Maritas Verhalten fand, und daß sie bereits die ganzen letzten Tage schlecht gearbeitet habe, und daß sie sich jetzt ernsthaft unterhalten müßten.

»Ich entschuldige mich. Es tut mir leid. Ich habe mich auch bei Jo entschuldigt, und ich versichere dir, daß es nicht mehr vorkommen wird.« Marita schluckte die Tränen herunter. Sie stand vor Lisas Schreibtisch, und Lisa forderte sie nicht auf, sich zu setzen. Sie kam vielmehr sofort zur Sache. Ihr Angebot, Marita zu ihrer Stellvertreterin zu befördern, sei hiermit gegenstandslos. Ja, sie habe es ihr seinerzeit versprochen, und sie wisse, daß auch eine mündliche Zusage bindend sei, und Marita könne sich natürlich gern an den Betriebsrat wenden, aber davon würde Lisa ihr dringend abraten – »in deinem eigenen Interesse«.

»Ich finde das ungerecht. Ich habe ein einziges Mal versagt …«

»Ich habe dir eine Chance geboten, nach der sich der Rest der Kollegen die Finger lecken würde. Ich dachte, das motiviert dich. Du warst mal wirklich gut. Aber im Augenblick … ich verstehe das nicht, Marita. Was ist los?«

»Lisa, ich hatte private Probleme, und die sind jetzt ad acta gelegt ...«

»Julia Hoffmann?«

»Woher weißt du das?«

»Ich habe mit Jo über dich gesprochen«, sagte Lisa, als sei es die normalste Sache auf der Welt, das Privatleben einer Mitarbeiterin mit einem ihrer Kollegen zu erörtern. Sie lehnte sich in ihrem ledernen Chefsessel zurück, und Marita bemerkte irritiert, daß sie dieses Gespräch genoß. Nicht nur das, sie war offensichtlich in ihrem Element. Die meisten Leute empfanden es als unangenehm, der Überbringer schlechter Nachrichten zu sein, aber bei Lisa war das Gegenteil der Fall. Sie liebte es zu kritisieren. Sie aalte sich in dem Bewußtsein, im Recht zu sein.

»Die Sache mit Julia ist vorbei. Ich habe aufgehört, mich mit ihr zu beschäftigen. Das verspreche ich dir.«

»Julia Spesenritter«, sagte Lisa versonnen.

»Wie bitte?«

»So hieß sie früher in der Buchhaltung. Sie hatte angeblich immer die höchsten Spesenrechnungen.«

Marita atmete tief ein. »Ich wäre gern deine Stellvertreterin. Nach wie vor. Gib mir noch eine Chance. Bitte.«

Zum ersten Mal zeigte Lisa so etwas wie ein schlechtes Gewissen. Eine Pause trat ein, in der sie beide auf den Boden starrten.

»Tut mir leid«, sagte Lisa schließlich mit spröder Stimme. »Den Job bekommt jemand anders. Das hat Greiner so entschieden. Er war sehr sauer wegen der Männermode. Er hat getobt.«

Marita blieb die Luft weg. Das Ganze war also ein abgekartetes Spiel.

»Wer?« fragte sie heiser.

»Jo«, sagte Lisa. »Er hat's verdient. Mehr als du. Tut mir leid.«

»Weil ich ein paar Tage lang nicht auf der Höhe war, nimmst du eine Zusage zurück. Mach mir doch nichts vor, Lisa. Da stimmt doch was nicht.«

»Du bist ja paranoid ...«

»Sei doch ehrlich, Lisa. Was ist der wahre Grund?« Ihr stockte der Atem, als plötzlich ein seltsamer Verdacht in ihr hochstieg.

»Kennst du einen Rosenbaum?«

»Was?«

»Herbert Rosenbaum, Bodo Steins Anwalt. Hat er dich mal angerufen? Dich oder Greiner?«

»Ich weiß nicht, wovon du redest, Marita. Es ist besser, du gehst jetzt, bevor du seltsame Verschwörungstheorien ...«

»Verdammt noch mal! Ich will wissen, wieso du mir erst um den Bart streichst und mich dann abfahren läßt.«

»Da gibt's eine ganz einfache Antwort. Weil du versagt hast. Akzeptier das, Marita, oder laß es bleiben.« Lisa sah sie an mit einem Lächeln, das keine weitere Diskussion zuließ. Marita stand auf, verließ den Raum und schlug die Tür hinter sich zu. So etwas tat sie ganz selten, und sie war mindestens eine halbe Stunde lang stolz auf sich. Bis sie das heulende Elend überkam, weil sie natürlich alles andere als Stärke demonstriert hatte. Vielmehr hatte sie wie ein gelehriges Kaninchen Lisa in die Hände gespielt.

Morgen ... morgen würde sie sich um ihre Zukunft kümmern. Sie würde zu einem Real-Estate-Büro gehen und sich von einem Makler beraten lassen. Sie wollte nichts mehr mieten, sondern etwas kaufen. Häuser waren hier so billig. Sie müßte allerdings einen Kredit aufnehmen. Eine Überlegung, die sie vorübergehend auf den Boden der Tatsachen zurückbrachte. Marita war offensichtlich nicht länger gewillt, ihr Geld zu leihen. Sie mußte anderswo etwas auftreiben. Darin war Julia schon als junges Mädchen gut gewesen. Sie hatte einen Blick für Männer mit Geld, die sich auch gern mit ihr abgaben. Allerdings meistens nur für kurze Zeit. Wie Bodo.

Es war verhext. Wo immer ihre Gedanken hinwanderten, welche Umwege sie auch nahmen, irgendwann landeten sie stets in einer Sackgasse namens Bodo Stein.

Die Kinder... Die Kinder schliefen einen valiumbetäubten Schlaf, anders konnte man es leider nicht ausdrücken. Sie hätte das nicht tun dürfen, ach ja, sie wußte ganz genau, sie hätte das nicht tun dürfen. Aber Jenny und Manuel waren wieder den ganzen Tag so quengelig gewesen, daß ihr einfach nichts anderes eingefallen war, um sie endlich ruhigzustellen. Das Wetter war schuld an der Misere. Es hatte den ganzen Tag wie aus Kübeln geregnet, das Meer war aufgewühlt und grau gewesen, und der Wetterbericht hatte von einem Hurrikan gesprochen, der aber glücklicherweise an der Küste vorbeigezogen war. Sie hatten also den ganzen Tag in Julias Hotelzimmer verbracht, bis auf die Mahlzeiten – hauptsächlich Sandwiches –, die sie im fast leeren Eßraum eingenommen hatten. Glücklicherweise hatte der kubanische Hotelmanager irgendwo in seinem Büro ein deutsches Mensch-ärgere-dich-nicht gefunden, das sie anschließend im Schneidersitz auf Julias Bett gespielt hatten.

Das Problem war, daß Manuel, ganz der Sohn seines Vaters, lautstarke Wutanfälle bekam, sobald er zu verlieren drohte. Wenn man nicht aufpaßte, packte er das Spielbrett mit seinen kleinen, kompakten Händchen und pfefferte es mit ungeheurer Energie in irgendeine Ecke. Und genau das war wieder geschehen, als Jenny es wagte, völlig im Einklang mit den Regeln eine von Manuels Spielfiguren ins Aus zu stellen. Eine halbe Stunde lang mußten Jenny und Julia nach dem Würfel und den zwölf winzigen Kegeln suchen, die nach Manuels Zornausbruch überall im Zimmer verstreut lagen. Jenny war beleidigt gewesen, weil Manuel sich natürlich nicht an der Suche beteiligt hatte, sondern sich statt dessen einen Bugs-Bunny-Cartoon im Fernsehen angesehen hatte. Es gab eine Menge Tränen und reichlich Geschrei, auch von Julias Seite, und schließlich sagte Jenny auf ihre gemessene unkindliche Art, daß sie morgen wieder heim wolle. »Mama, ich finde, wir haben jetzt lang genug Ferien gemacht.«

»Ja!« fiel Manuel begeistert ein. »Will auch heim. Zu Papa!«

Und dann begann Jenny zu weinen, was sehr selten vorkam und insofern als Alarmsignal zu verstehen war. Und so hatte

Julia um des lieben Friedens willen alles versprochen. Morgen, wenn das Wetter besser war, würden die beiden sich hoffentlich nicht mehr daran erinnern.

Julia verließ ihr zerwühltes Bett und ging ans Fenster. Noch immer schlug der Regen gegen die Scheiben. Im fahlen Licht der Straßenlaternen schien der Ocean Drive wie leergefegt. Die Palmen bogen sich im Sturm, mit ihren langen, peitschenden Blättern sahen sie aus wie zornige Medusen.

Julia wußte nicht mehr, wie lange sie blicklos aus dem Fenster gestarrt hatte, als ihr auf der anderen Straßenseite ein Mann auffiel, der zu ihrem Fenster hinaufsah. Sein Gesicht war von einer Kapuze überschattet. Julia konnte nur sehen, daß er vollkommen durchnäßt war. Seine Kleider schienen förmlich an seinem Körper zu kleben.

Vielleicht stand er schon stundenlang so da, vielleicht auch erst ein paar Minuten.

Bodo drehte sich vorsichtig auf die andere Seite, um Karen nicht zu wecken. Die Schlafzimmerfenster standen offen, und ein frischer Geruch nach nassem Gras drang ins Zimmer. Bodo schloß die Augen und versuchte, sich auf das leise Geräusch des Windes zu konzentrieren, der durch die Kastanienbäume in seinem Garten strich. Umsonst. Er war nicht im geringsten schläfrig. Er holte sein drahtloses Telefon und wählte Reinhards Handynummer.

»Diese Nummer ist zur Zeit nicht erreichbar«, tönte es prompt aus dem Hörer. Das für sich genommen war nicht alarmierend, im Gegenteil. Vielleicht saß Reinhard jetzt bereits mit Manuel im Flugzeug. Aber Bodo war nicht optimistisch gesinnt. Irgendwas war schiefgegangen, er hätte es beschwören können.

Er war nicht wütend, seltsamerweise. Er war – besorgt. Um seinen Sohn. Er hatte einen Sohn mit einer Frau, die er nicht liebte. Das war sein Grundproblem, aus dem sich alle anderen logisch ergaben. Ein mittlerweile so alltägliches Problem übrigens, daß es sich kaum lohnte, länger darüber nachzudenken.

Es mußte vielmehr gehandelt werden. Mütter und ihre leiblichen Kinder waren heutzutage keine zwangsläufige Einheit mehr, aber im Bewußtsein ewig gestriger Traditionalisten würden sie das immer bleiben, wie Bodo mehrfach hatte erkennen müssen.

Das zeigte sich schon an den väterfeindlichen Gesetzen. Warum konnte ein unverheirateter Vater nicht einfach so das Sorgerecht beantragen? Warum mußte der betroffene Vater zu Tricks greifen? Das war doch absurd. Für alle Beteiligten von Nachteil, sozusagen. Woraus sich ergab, daß zwar für Bodo, den Pragmatiker, die Sache sehr einfach aussah, in Wirklichkeit erwies sie sich aber als höllisch kompliziert, weil die Rechtsprechung immer noch auf jenen uralten, scheinbar unausrottbaren Mutter-Kind-Mythen (denen sogar er manchmal auf den Leim ging) basierte: Julia war jedoch eine unfähige Erziehungsberechtigte, also mußte sie von ihren Pflichten und Kompetenzen entbunden werden.

Julia war chaotisch, egoistisch und sprunghaft. Eigenschaften, die sich auf die Entwicklung von Kindern negativ auswirkten, wie jeder Laie wußte. Nun hatte er eine Partnerin zu bieten, die ihre pädagogische Kompetenz mehrfach unter Beweis gestellt hatte. Karen war erfahren, weil sie bisher in mehreren kinderpsychiatrischen Einrichtungen gearbeitet hatte, und sie war gut in ihrem Job. Man brauchte sich bloß ihre Zeugnisse anzuschauen oder einen Blick in ihre Praxis zu werfen, die immer ausgebucht war. Ergo war es überhaupt keine Frage, daß Manuel bei Bodo und Karen Stein besser aufgehoben war als bei der nunmehr arbeitslosen Julia Hoffmann. Niemand konnte diese einfachen Wahrheiten ernsthaft bestreiten. Und trotzdem wurde nicht entsprechend gehandelt.

Bodo war also nichts anderes übriggeblieben, als die Sache mangels Einsicht der Gegenpartei zu forcieren. Er hatte Julia nicht wirklich schaden wollen, und wenn ihm in seiner Situation etwas anderes übriggeblieben wäre, hätte er es auch nicht getan, das war seine ehrliche Überzeugung. Julia war ihm egal, und es machte ihm demzufolge keinen Spaß, sie zu quälen.

Aber er mußte so handeln, wie er handelte. Er war kein Sadist, wie Julia behauptete, sondern eine willensstarke Persönlichkeit, ein Mann, der von der Rechtmäßigkeit seiner Ziele vollkommen überzeugt war.

Er konnte auch jetzt gar nichts anderes tun, als die Rückführung seines Sohnes aus einem fernen Land mit unkonventionellen Methoden zu betreiben, argumentierte Bodo im stillen, wie er es schon so oft getan hatte. Dies mußte das Gericht genauso sehen. Das Risiko, daß Julia mit einem kleinen wehrlosen Kind langfristig untertauchte und ihm dabei psychischen und physischen Schaden fürs Leben zufügte, war einfach zu groß für einen besorgten Vater. Wäre er den offiziellen Weg gegangen, hätte das Prozedere zu lange gedauert.

Nun, es bestand leider durchaus die Möglichkeit, daß das Gericht über diesen Punkt anderer Meinung sein würde. Aber Bodo dachte nicht wirklich über die juristischen Konsequenzen seiner Handlungsweise nach. Er hatte vielmehr im Moment die Nase gestrichen voll von dem ganzen Hin und Her. Er wollte Manuel jetzt einfach bei sich haben. Sofort. Der Rest würde sich finden. Mal abgesehen davon, daß es ja auch immer darauf ankam, wie man eine Sachlage darstellte. Vor Gericht oder anderswo.

Er versuchte noch einmal, Reinhard zu erreichen, aber ohne Erfolg.

Es regnete schon seit Stunden nicht mehr, aber die Luft war so feucht, daß sich Julias dunkle Haare zu wilden Locken ringelten. John Doe. Der Name hatte sich in ihr festgesetzt, seitdem sie am frühen Abend im Fernsehen einen Krimi gesehen hatte mit der unbekannten Leiche ... Nein, der Krimi war nicht heute, sondern schon gestern gelaufen. Jedenfalls fand Julia die Vorstellung interessant, daß männliche Leichen, deren Identität nicht herauszufinden war, in Amerika immer den Namen John Doe erhielten.

Langsam füllte sich das Lokal, in dem Julia eigentlich nur einen Drink hatte nehmen wollen, nachdem sie wieder mal stundenlang … ach irgendwas gemacht hatte. Sie war durch die Straßen gelaufen, am Strand gewesen, dessen Sand naß und schwer vom Dauerregen war. Sie wollte gar nicht weiter darüber nachdenken, es war so müßig. Sie verdrängte alles. Sicher wußte sie nur, daß sie sich heute amüsieren wollte. Klar zu denken fiel ihr ohnehin zunehmend schwerer. Verständlicherweise lag es daran, daß sie sich – von ein, zwei Ausnahmen abgesehen – seit vielen Tagen mit keinem erwachsenen Menschen mehr unterhalten hatte. So jedenfalls erklärte sich Julia, daß sie derzeit aus zwei Ichs zu bestehen schien, die ständig miteinander im Clinch lagen, sich widersprachen oder sich übereinander lustig machten. Diese internen Selbstgespräche empfand sie inzwischen als ziemlich anstrengend. Ihr Gehirn jedenfalls hatte offensichtlich die Nase voll davon. Es arbeitete im Moment auf Sparflamme. Alles, was von außen kam, war ihm willkommen, solange es nicht selbst aktiv werden mußte.

Doch sie kam mit niemandem ins Gespräch, weil sie den Fehler gemacht hatte, sich allein an einen Tisch zu setzen. Der Tisch war groß genug für mehrere Leute, aber in Amerika setzte man sich nicht an denselben Tisch mit einer wildfremden Person. Sie zahlte also und begab sich an die Bar. Mittlerweile schien es schwierig geworden, dort noch einen Platz zu ergattern. Kaum hatte Julia sich mit ihrem zweiten Drink an eine Säule gelehnt, verstummte die leise Hintergrundmusik, und tosender Applaus brandete auf. Eine Band hatte sich auf der Bühne versammelt, die Julia von ihrem Platz aus kaum sehen konnte. Der Leadsänger hielt eine kurze Ansprache auf spanisch, die ebenfalls heftig beklatscht wurde, und dann legte die Gruppe los. Salsa. In Sekundenschnelle war die kleine Tanzfläche überfüllt. Die Tänzer waren fast alle Latinos, die Mädchen in engen Kleidern und Stilettos, die Männer in schwarzen Hosen und blendendweißen Hemden, die sich im bläulichen UV-Licht prachtvoll von ihrer dunklen Haut abhoben.

In dieser herrlichen, ausgelassenen Stimmung vergaß Julia augenblicklich alles, was sie belastete und beschäftigte. Sie warf einen verächtlichen Blick auf die verlegen lächelnden und unbeholfen mitwippenden Touristen, die sich am Rand der Tanzfläche postiert hatten, ohne den Mut zu haben, sich in das Gewühl zu stürzen. Julia ihrerseits würde tanzen, wenn sie jemand aufforderte, und sie wußte, daß das passieren würde. Sie fühlte sich so aufgeregt wie bei ihren ersten Schulfesten, jenen ultimativen Beliebtheitstests, bei denen sie immer bestens abgeschnitten hatte.

Julia gehörte zu den schönsten und begabtesten Mädchen in ihrer Klasse, und jeder hatte damals gedacht, daß sie eine große Zukunft haben würde. Nur Julia selbst hatte immer geahnt, daß etwas in ihr war, das alle ihre schönen, ehrgeizigen Pläne durchkreuzen könnte.

»Ich kann nicht. Tut mir leid.« Jenicke legte seinen Kopf auf Maritas nackte Schulter. Seine Stirn fühlte sich klebrig an, ein einzelner Schweißtropfen rann ihren Rücken herunter. Unter ihrem Po auf der harten Tischplatte hatte sich ebenfalls Feuchtigkeit angesammelt. Marita schob Jenicke weg und stand auf. Es gab nichts Traurigeres, Frustrierenderes als eine abgebrochene Nummer, die mit so viel Lust und Enthusiasmus begonnen hatte. All die Leidenschaft schien in sich zusammenzufallen, wie eine absurde, banale Lüge. Was blieb, waren zwei Körper, die sich sinnlos, ergebnislos aneinander abrackerten.

»Es tut mir leid«, sage Jenicke noch einmal. Mit beschämtem Gesicht zog er sich seine Hosen hoch und wandte sich ab. Marita glitt vom Küchentisch. Der Rock ihres wadenlangen Baumwollkleids fiel über ihre Knie, und mit einer achtlosen Bewegung schob sie die Spaghettiträger an ihren Platz.

»Macht nichts«, sagte sie trocken. »Wie wär's mit einem Mineralwasser?«

»Ja. Danke.« Jenicke hatte sich mittlerweile auf einen Küchenstuhl gesetzt, aber sah sie noch immer nicht an. Nach den Regentagen war es wieder sehr warm geworden. Die Abendsonne schien beinahe waagerecht durch die Fenster und spiegelte sich in Maritas Gewürzgläsern auf der Anrichte. Anis,

Thymian, Chili, Thai-Curry. Jenicke las gedankenlos die – wahrscheinlich von Marita – handgeschriebenen Bezeichnungen auf den Papieretiketten. Männer und Frauen waren wirklich sehr unterschiedlich. Kein Mann würde je auf die Idee kommen, Etiketten auf Gewürzbehältern zu beschriften. Jenicke stellte sich Marita vor, wie sie die Schilder kaufte, wie sie am Küchentisch saß und wie ein kleines Mädchen sorgfältig die Buchstaben darauf malte. Er lächelte.

»Kannst du eigentlich kochen?«

Marita lächelte auch. »Klar. Worauf hättest du denn Appetit?«

»Das war rein hypothetisch. Nur so eine Frage, die mir gerade in den Sinn gekommen ist.«

»Na schön, aber im Ernst. Die Läden haben noch eine halbe Stunde lang offen. Wir könnten was einkaufen, und diesmal koche ich für uns beide.«

»Laß nur …«

»Doch, ehrlich. Bitte. Es würde mir Spaß machen. Du hast mir so sehr geholfen.«

»Wobei denn?«

»Du weißt schon. Daß du mich zur Polizei begleitet hast, daß du mir beim Aufräumen geholfen hast, das war sehr lieb von dir.«

Jenicke schwieg. Beiden wurde plötzlich klar, worauf das Ganze hinsteuerte. Eine normale, unspektakuläre Beziehung, in der man zusammen kochte, den Haushalt erledigte und nachts im selben Bett schlief, ohne notwendigerweise Sex zu haben. Beide stellten fest, daß ihnen diese Vorstellung angst machte, aber keiner wollte es offen aussprechen. Dazu kam, daß Julia als gemeinsames Problem und Bindeglied urplötzlich weggefallen war und sie nun nicht mehr wußten, worüber sie sich eigentlich unterhalten sollten.

Mitten in diesem Vakuum stand Jenicke auf. »Ich muß noch mal ins Büro.«

»Wie – jetzt? Es ist sieben Uhr. Was willst du denn jetzt noch erledigen?«

»Tut mir leid.«

»Du brauchst dich wirklich nicht ständig zu entschuldigen.«

»Okay, Mädchen, also, tut mir leid, daß ich mich entschuldigt habe.«

Marita nahm einen Schluck von ihrem Mineralwasser, während Jenicke ins Bad ging und die Tür ziemlich laut ins Schloß fallen ließ. Die Sonne war untergegangen, und die Küche füllte sich mit rosafarbener Dämmerung. Marita versuchte sich einzureden, daß sie froh sei, wenn Jenicke ging, aber sie wußte, daß das nicht stimmte. Es war merkwürdig. Nur durch ihre Abwesenheit hatte Julia diese Beziehung ermöglicht, und gleichzeitig hatte sie gerade auf diese Weise den Keim der Zerstörung schon hineingelegt. Selbst auf die Entfernung wirkte Julia destruktiv. Einen Moment lang war Marita versucht, ihr die Schuld an allem zu geben, was in den letzten Tagen ihr Leben durcheinandergebracht hatte. Sie wußte, daß das nicht gerecht war. Julia hatte sie nicht gezwungen, ihr zu helfen, es war Maritas eigene Entscheidung gewesen, sich zu engagieren. Und so weiter, blabla. Sie sah auf. Jenicke stand neben ihrem Stuhl, seine Jacke über dem Arm, augenscheinlich um sich zu verabschieden.

»Jenicke, warte noch einen Moment. Bitte.«

»Marita …«

»Ich muß dich etwas fragen. Bitte setz dich hin.«

Jenicke setzte sich. »Fünf Minuten, dann muß ich wirklich los.«

»Glaubst du, daß Menschen sich ändern können? Ich meine, wenn sie sich ihrer Schwierigkeiten bewußt sind und es wirklich wollen?«

»Auch eine hypothetische Frage?«

»Ja. Nein. Ich weiß nicht. Ich hätte schon gerne eine ganz konkrete Antwort.«

»Marita, ich bin kein Psychologe und kein Philosoph. Manche Menschen können sich ändern, andere nicht, schätze ich. Ich meine, es beginnt doch schon mit der Fähigkeit zur Selbsterkenntnis. Ohne Selbsterkenntnis keine Veränderung. Die

Frage ist aber: Kann man Selbsterkenntnis lernen, oder ist es eine genetisch bedingte Eigenschaft? Darüber sollten sich Psychologen mal Gedanken machen.«

»Glaubst du, daß Julia weiß, was sie tut?«

»Oho. Wir sind wieder beim Tabuthema. Ich dachte, wir haben Julia zur Persona non grata degradiert.«

»Julia ist kein Tabuthema für mich. Ich habe lediglich gesagt, daß ich ihr nicht mehr helfen werde.«

»Na schön. Also zu deiner Frage: Ich glaube nicht, daß Julia wirklich weiß, was sie tut. Ich glaube, daß sie sich in eine Sackgasse manövriert hat und einfach nicht zugeben will, daß sie das Spiel verloren hat. Und wenn du meine ehrliche Meinung hören willst, glaube ich, daß du daran nicht ganz unschuldig bist.«

Marita fuhr auf. »Wie meinst du das?«

»Sei nicht gleich beleidigt. Tatsache ist, daß du sie durch dein Verhalten ermutigt hast. Für dich war das Ganze wie ein Abenteuer, das du selber nicht durchzustehen hast, sondern gemütlich aus der Ferne beobachten kannst. Wie einen Film. Aber für Julia ist das Ganze jetzt Realität, und sie kommt damit nicht klar.«

»Du hältst ja eine Menge von meinen charakterlichen Qualitäten.«

Jenicke nahm ihre Hand. Plötzlich war alles wieder da. Das Gefühl, die Wärme, die Lust. War das wiederum eigentlich Julias Verdienst? Führten sie eine Beziehung von Julias Gnaden? Zog sie aus der Ferne die Fäden? Marita schüttelte diesen durch und durch verrückten Gedanken ab. Am liebsten hätte sie das ganze Thema beendet und mit Jenicke da weitergemacht, wo sie vorhin aufgehört hatten. Aber Jenicke redete weiter. Sie bemühte sich, sich auf den Inhalt seiner Sätze zu konzentrieren, statt auf seine Augen, seinen Mund, seine zarte sommersprossige Haut.

»Du hast in letzter Zeit viel Streß erlebt, und deine Reaktion ist vollkommen verständlich. Vielleicht brauchst du jetzt einfach Zeit zum Nachenken, und wir unterhalten uns morgen in aller Ruhe …«

Nein, sie wollte jetzt nicht zuhören. Schluß mit dem Argumentieren. These, Gegenthese, Streit. Marita stand auf und setzte sich auf seinen Schoß, in dem vollen Bewußtsein, daß das ein Risiko war. Wenn er jetzt gereizt und verärgert oder auch nur steif und nervös reagieren würde, dann wäre ihre Beziehung unwiderruflich zu Ende. Marita wußte nicht, warum das so war, nur daß es so war. Sie legte ihre Arme um seinen Hals und schmiegte ihre Wange an seine. Einige lange Sekunden spürte sie gar nichts, weder Zustimmung noch Ablehnung. Statt dessen schien Jenicke auf etwas zu warten. Marita näherte ihren Mund seinem Ohr: »Ich weiß ein ganz tolles Spiel«, flüsterte sie. Dabei begann sie sein Hemd aufzuknöpfen. Er zuckte zusammen. Eindeutig ablehnend.

»Marita, ich…«

Marita gab nicht auf. Noch nicht. »Es ist das Ausziehspiel und geht so: Erst ziehst du dein Hemd aus, dann ich mein Kleid. Dann ziehst du die Hose aus, und ich – verdammt, ich hab' ja weiter nichts zum Ausziehen. Hmmm, was machen wir denn da…«

»Du kleines Biest. Jetzt wird nicht gespielt, jetzt wird gearbeitet…« Aber an seinen Händen, an seiner schwankenden Stimme merkte sie triumphierend, daß er einstieg. Unter seinem Hemd spürte sie seinen Körper, der nicht mehr ablehnend war, sondern sich voller Vertrauen ihren Händen, ihren Lippen hingab. Sie machte weiter, ein Spiel, das sie noch nie gespielt hatte, aber das von Sekunde zu Sekunde reizvoller wurde. Sie war nicht mehr Marita, sondern eine Wunschvorstellung, aber das machte nichts, denn gleichzeitig hatte sie sich nie so wohl wie jetzt gefühlt, so beschützt, so sicher in allem, was sie tat und sagte.

»Immer willst du nur arbeiten«, flüsterte sie mit koketter Kleinmädchenstimme, »Erwachsene sind so langweilig…« Sie glitt auf den Boden und öffnete seine Hose. Sie nahm seinen Schwanz in den Mund und leckte ihn sanft. Er roch und schmeckte ein wenig nach ihrem Duschgel, und das war ein seltsames, fast inzestuöses Gefühl. Jenicke stöhnte und vergrub seine Hände in ihren Haaren. »Du bist ein kleines, verdorbenes…«

Sie sah zu ihm auf und lächelte ihn mit feuchten, weichen Lippen an. »Sag, was ich bin. Sag es…«

»Total verdorben. Kleine Mädchen sollten so was nicht tun…« Er zog sie hoch und küßte sie. Sie saß rittlings auf seinem Schoß, ihr Kleid breitete sich über ihre und seine nackten Schenkel, und sie taten es auf dem Küchenstuhl vor dem offenen Fenster, während Jenicke, als hätte er auf einen Schlag alle Hemmungen verloren, ihr leidenschaftliche, zärtliche, schmutzige Worte ins Ohr flüsterte, die von einem Mädchen namens Marita handelten, das sehr ungezogene Dinge tat – ein herrlicher, erregender, nicht abreißender Strom von Worten, der sie beide unaufhaltsam ihrem Ziel entgegentrieb. Und endlich, endlich war Julia so weit weg wie der Mond.

»Du bist so heiß und eng. Noch eine Bewegung, und ich explodiere…«

»Warte. Warte. Ich will, daß wir gemeinsam…«

»Ich kann nicht mehr. Mach's mir, Marita, bitte mach's mir…«

Natürlich merkten sie nicht, daß sie beobachtet wurden.

Am nächsten Morgen wachte Marita mit einem Lächeln im Gesicht auf. Es war noch früh, erst sieben Uhr, und diese Tageszeit liebte sie, besonders im Sommer. Sie holte die Zeitung, die wie jeden Morgen vor der Tür lag, und machte sich einen Milchkaffee. Ihr letzter Freund Gunter, der Arzt aus Othmarschen, der sie wegen einer anderen verlassen hatte, hatte es immer gehaßt, wenn er sie ungeduscht und im Bademantel am Küchentisch erwischte, wo sie in tiefen Zügen Milchkaffee trank, Zeitung las und manchmal eine Zigarette rauchte (eine der drei, die sie sich täglich gönnte). Gunter gehörte zu den Männern, die auf den ersten Blick humorvoll und tolerant erschienen, aber in Wirklichkeit felsenfeste, unverrückbare Überzeugungen pflegten, wie sich »echte Frauen« zu verhalten hätten. Er benützte tatsächlich diesen abgeschmackten, reaktionären Begriff: Als echte Frauen, stellte Marita bald fest, bezeichnete Gunter Frauen, die für ihn als Partnerin in Frage kamen. Marita gehörte, wie sie bald erkennen mußte, nicht zu diesem exklusiven Kreis.

Es lag nicht – oder nicht nur – daran, daß sie nicht heiraten wollte und auch nicht sonderlich erpicht auf Kinder schien, was Gunter beides absurd und beinahe unnatürlich fand. Es war vielmehr ihre Art gewesen, die ihm anfangs gefallen, ihn im Lauf der Zeit aber offensichtlich mehr und mehr irritiert hatte. War das ihre Schuld oder seine? Ging es ihm mit jeder Frau so oder nur mit Marita? Sie würde es nie erfahren. Sicher war nur: In den wenigen Monaten, die sie zusammen waren, verwandelten sich Maritas lobenswerte, angenehme Eigenschaften (positiv, hilfsbereit, lustig, friedfertig) ganz allmählich in veritable Charakterfehler (naiv, gutgläubig, oberflächlich, im Grunde desinteressiert): Was gut war, wurde in Gunters Augen schlecht. Alles eine Frage der Interpretation.

Warum dachte sie ausgerechnet jetzt daran, wo sie endlich wieder mal glücklich und entspannt war? Jenicke war nicht Gunter, er war Gunter nicht einmal ähnlich. Jenicke war – offen. In jeder Beziehung. Sie fühlte sich sicher bei ihm. Gunter hingegen hatte sie eigentlich von Anfang an betrogen. Und das, obwohl er ständig »mehr Ehrlichkeit« angemahnt, und dabei auf Maritas mangelndes »kritisches Bewußtsein« (noch eine seiner Standardfloskeln) Bezug genommen hatte. Gunters Versuche, sie zu erziehen, waren aber kein Ausdruck der Liebe gewesen, wie sie zunächst naiv angenommen hatte, sondern lediglich ein Symptom seiner Unzufriedenheit. Eine bloße Folgeerscheinung diverser Kränkungen von jenen Frauen, die Gunter eigentlich wollte und die er nicht bekommen hatte. Jetzt war er mit der Richtigen zusammen, und Marita abgemeldet. Sie war so verdammt dumm gewesen.

Wenn sie Jenicke wollte, mußte sie sich von Gunter lösen, und die Kette der Kränkungen, die Gunter an sie weitergereicht hatte, durchbrechen. Sie mußte die Vergangenheit ruhen lassen und akzeptieren, daß es einen Mann gab, der ausgerechnet sie als Übergangslösung mißbraucht hatte. Menschen waren dazu imstande, solche schmachvollen, verletzenden Erfahrungen waren normal. Sie gehörten zum Leben dazu, und Marita hatte lediglich Glück gehabt, daß Gunter der einzige Liebhaber war, der sie definitiv und nach allen Regeln der Kunst ausgenützt hatte.

Diese Einsichten verschafften Marita einen willkommenen Energieschub. Es ging ihr so gut wie schon lange nicht mehr. Es gab keinen Grund, über alte Schmerzen zu grübeln. Sie stand auf und ging barfuß ins Bad. Auch das gehörte zu ihrem morgendlichen Ritual: Sie zog ihren Bademantel aus und betrachtete sich eine halbe Minute lang intensiv und von allen Seiten in dem mannshohen Spiegel rechts neben dem Waschbecken. Das hatte weniger mit Eitelkeit zu tun als mit dem Bedürfnis, sich ihrer Existenz zu versichern. Marita Lange, 33 Jahre alt, blond, 1,70 groß, 50 Kilo leicht. Unveränderliche Kennzeichen: keine, nicht mal eine Blinddarmnarbe. Eine Frau, die nicht weiß, wer sie ist und was sie will (wie Gunter ihr immer wieder vorgeworfen hatte). Keinen Ehrgeiz, keine Ziele.

Aber er hatte unrecht gehabt! Damals vielleicht nicht, aber heute, und das war eine ermutigende Erkenntnis. Ja, es gab im Moment tatsächlich zumindest zwei Dinge, die sie wirklich wollte: Sie wollte Erfolg haben (und würde sich von dem beruflichen Tiefschlag, den ihr Lisa mit soviel Vergnügen verabreicht hatte, nicht entmutigen lassen). Und sie wollte Jenicke. Für beides würde sie kämpfen, sich einsetzen. Das war ein Fortschritt, auf jeden Fall. Sie mußte es nur endlich als solchen betrachten.

»Kommen wir zu den Lokalnachrichten. Wie wir heute schon mehrfach berichteten, fand die Polizei die Leiche eines etwa 35jährigen Mannes am Strand von Miami Beach. Der Mann, ein Weißer, war nackt, er wurde heute morgen gegen sieben Uhr dreißig von einer Joggerin gefunden. Die ganzen Umstände sind ausgesprochen rätselhaft. Helen Stone hat die Geschichte. Helen, wie sieht's aus? Gibt es neue Erkenntnisse?«

»Ja, Don, ich denke, die gibt es, allerdings nicht allzu viele. Das Morddezernat ermittelt bereits auf Hochtouren. Die Tatsache, daß die Leiche unbekleidet und ohne Papiere aufgefunden wurde, erschwert die Identifizierung des Mannes allerdings beträchtlich.«

»Weiß man denn inzwischen, woran der Mann gestorben ist?«

»Nun, die Gerichtsmediziner arbeiten noch daran. Gesichert sind nur folgende Erkenntnisse: Der Mann hat einen Schlag mit einem stumpfen Instrument auf Stirn und Nase bekommen, der sein Gesicht stark entstellt hat, was die Identifizierung natürlich erschwert. Bei der Mordwaffe könnte es sich um einen Baseballschläger oder etwas Ähnliches gehandelt haben. Wir wissen noch nicht, ob er an diesem Schlag gestorben ist. Weitere äußere Verletzungen sind nicht festzustellen, aber das Opfer könnte, hilflos wie es war, nach der Tat ertrunken sein. Seine Leiche wurde direkt am Wasser gefunden, und gestern nacht herrschte starker Seegang. Man kann aber auf jeden Fall davon ausgehen, daß zumindest kein längerer Kampf stattgefunden hat.«

»Könnte die Leiche angeschwemmt worden sein?«

»Das wird nach dem bisherigen Ermittlungsstand ausgeschlossen.«

»Weiß man, wann der Mord begangen wurde?«

»Das Opfer war zum Zeitpunkt seines Auffindens etwa zehn Stunden tot, das Verbrechen ist also gestern abend etwa zwischen neun und elf Uhr begangen worden. Der Strand war vermutlich wegen des schlechten Wetters menschenleer gewesen.«

»Vielen Dank, Helen. Hier noch einmal die Beschreibung des Toten. Der etwa 35jährige Mann ist 1,78 groß, eher untersetzt und kräftig. Das Opfer hat kurzes, braunes, gelocktes Haar und braune Augen. Sollten Sie Informationen haben, die zur Klärung des Verbrechens beitragen können, so wenden Sie sich bitte an die Polizei. Die Mordkommission hat hierfür eine Hotline eingerichtet, die wir jetzt einblenden. Ihre Fragen und

Informationen werden selbstverständlich vertraulich behandelt. Und nun machen wir weiter mit den neuesten Sportmeldungen.«

9

Marita fragte sich, was Jo den anderen erzählt hatte. Vielleicht gar nichts, vielleicht alles. Es war egal, sie wußten Bescheid. Marita war Persona non grata, kein Zweifel. Sie stand in einer Ecke der Grafik und nippte seit seiner halben Stunde am selben Glas Weißwein. Keiner der Anwesenden schien sie wahrzunehmen, jeder sah geflissentlich an ihr vorbei, und Marita redete sich ein, daß es ihr egal sei. Sie hätte gar nicht kommen sollen. Es war albern und demütigend, allein herumzustehen, während die anderen sich amüsierten, miteinander redeten, tranken und rauchten. Sabine feierte ihren Abschied in den Erziehungsurlaub, und Jo würde ihre Stelle einnehmen. Jo, nicht Marita. Wahrscheinlich war das eine verkappte Beförderung, denn Sabine, hatte Lisa gesagt, würde bestimmt nicht mehr zurückkommen. Warum? Was steckte dahinter?

Jemand hatte eine CD aufgelegt. *Your're alright / there's nothing wrong / self-sufficience please! / and get to work / and if you complain once more / you'll meet an army of me… army of me…* »Post« von Björk war mal ihre Lieblings-CD gewesen. Damals lebte sie noch in München. Marita schloß einen Moment lang die Augen. Jetzt, im Rückblick, kam ihr diese Phase ihres Lebens wie ein langer Urlaub vor. München, das waren Biergartennachmittage unter schattigen Kastanien, Parties am Starnberger See, wo Freunde von ihr ein Haus geerbt hatten, ein Job, der sie nicht forderte, Flirts, die Spaß machten, statt Streß zu verursachen.

Andererseits waren da ihre problematischen Freundinnen gewesen. Wie es wohl heute Selda ging? Die schöne Selda, die erfolglose Schauspielerin, die jeden Entzug vorzeitig abbrach, da sie lieber Spaß am Leben haben wollte, statt trocken und depressiv zu sein. Aber der Spaß hielt sich in Grenzen, wenn Selda morgens die ersten Schlucke Gin wieder erbrach, weil ihr Magen niederträchtigerweise gegen den Stoff rebellierte, nach dem ihr Organismus gierte. Marita war vor Selda davongelaufen, die zum Schluß dreimal täglich anrief, ohne daß ein normales Gespräch mit ihr möglich war. Marita war vor Marion davongelaufen, die aus dem Fenster sprang, weil kein Mann ihre herbe, geradlinige Art lieben konnte. Mit Schaudern erinnerte sich Marita an den blanken Haß in Marions Augen, als Marita sie nach deren Selbstmordversuch im Krankenhaus besuchte und sich – hübsch, gepflegt, freundlich, mitleidig – auf das Bett setzte, worin Marion lag, mit verquollenem blassen Gesicht und strähnigen Haaren. Nach einer Minute drehte sich Marion zur Wand, ohne ein Wort gesagt zu haben, und wartete trotzig schweigend, bis Marita das Zimmer verlassen hatte.

Und Marita verließ das Zimmer nach einer Viertelstunde, die sie sich pflichtmäßig auferlegt hatte, und es war eine Erleichterung gewesen. Marions Verdacht war richtig. Marita suchte bei ihr tatsächlich die Bestätigung, daß es ihr gutging – besser jedenfalls als ihr, der unattraktiven, depressiven Marion, besser auch als der Alkoholikerin Selda. Aber wahr war auch, daß sie Marion und Selda ernsthaft hatte helfen wollen. Sie hatte auch gute, ehrenwerte Motive. Sie wollte wirklich etwas abgeben von ihrem guten, positiven Lebensgefühl. Sie war gescheitert (wie sie bei Julia gescheitert war). Die Leichtigkeit des Seins ließ sich nicht übertragen, und vielleicht hatte Marita sie auch nie wirklich besessen. Vielleicht war sie einfach nur verwöhnt gewesen: von ihren Eltern, ihren Freunden, ihrem Aussehen, ihrer Jugend – all jenen äußeren, unbeeinflußbaren Umständen, die mindestens genauso wichtig waren wie der sogenannte Charakter.

Wann hatte das bei ihr aufgehört? Dieses Vertrauen in die Zukunft, diese naive Zuversicht, diese Illusion, alle Möglichkeiten aufgefächert wie ein Kartenspiel vor sich liegen zu haben und nur auf die eine richtige tippen zu müssen – wann wurde diese kindliche Überzeugung unmerklich in das komplette Gegenteil verkehrt? Wann wurde die Zeit zu einem irreversiblen Faktor, hatte plötzlich jede Entscheidung Konsequenzen, die unumkehrbar waren? Wie kam es, daß ihr Optimismus, von dem sie früher dachte, daß er ein untrennbarer Teil ihrer Persönlichkeit sei, sich unmerklich in eine Art freundliche Resignation verwandelte? Es hatte etwas mit Hamburg zu tun, mit seinen seltsamen, anfangs liebenswürdigen, aber im Grunde kühlen Bewohnern. Es war schwierig, hier jemanden kennenzulernen. Man kam zwar schnell ins Gespräch mit Fremden, aber es entwickelte sich selten etwas Stabileres als eine freundschaftlich-lässige Hallo-setz-dich-doch-zu-uns-Beziehung. Feste Verabredungen oder Einladungen ohne definitive Flirtabsichten schienen irgendwie verpönt zu sein. Nicht einmal den Kollegen, die sie doch täglich sah, war sie nähergekommen. Außer mit Julia war sie mit keinem von ihnen jemals auch nur ein zweites Bier trinken gegangen. Lag das an ihr? Hatte sich ihr Charme auf geheimnisvolle Weise im Laufe der letzten beiden Jahre verflüchtigt?

Nutzlose Fragen. Die Platte war zu Ende. Jo ging an Marita vorbei, ebenfalls ohne sie anzusehen, und schaltete den CD-Player aus. Währenddessen hatte sich die Belegschaft der Grafik um die hochschwangere Sabine geschart, um ihr ein Ständchen zu bringen. Alle hatten Blätter mit kopiertem Text in der Hand, und nach viel Gekicher gab Lisa den Ton an, und dann sangen sie herrlich falsch »Happy Mother, be cool« zur Melodie zu »Happy Birthday to you« von Stevie Wonder.

Alle sangen, außer Marita. Das lag daran, daß sie nichts von der Aktion gewußt hatte, weil ihr keiner Bescheid gegeben hatte. Ein so eindeutiges Signal, daß ihr unwillkürlich die Tränen in die Augen stiegen. Sie stellte ihr Glas auf einem der Monitore ab und beschloß, sich zu verdrücken, sobald das ohne aufzufallen möglich war. Es war so ungerecht. Nur ein paar Wochen lang hatte sie sich weniger stark als sonst in der Redaktion engagiert, und schon bekam sie eine derart gnadenlose Quittung serviert.

Schließlich gab sie sich einen Ruck. Es führte in eine Sackgasse, jetzt die Beleidigte zu spielen. Sie hatte keinen Fehler gemacht, der sich langfristig nicht wieder ausbügeln ließ, das mußte sie sich immer wieder klarmachen. Sie wollte wieder dazugehören, sofern man in dieser Stadt überhaupt irgendwo dazugehören konnte, wenn man hier nicht mindestens zwanzig Jahre seines Lebens verbracht hatte. Marita machte ein paar Schritte auf den vergnügten Kreis zu und blieb dann doch wieder stehen.

Es war etwas in Sabines Gesicht, das sie stocken ließ. Sabine stand ganz ruhig in der Mitte ihrer Kollegen und lächelte strahlend über die komisch verhunzte Darbietung. Sie sah glücklich aus, schien sich aber von Sekunde zu Sekunde weiter von den anderen zu entfernen. Sie hatte sich unglaublich verändert während der Schwangerschaft, fiel Marita plötzlich auf. Obwohl sie die ersten drei Monate laut eigener Aussage nur auf dem Klo verbracht hatte, obwohl sie wegen diverser Malaisen im Zusammenhang mit der Schwangerschaft immer wieder krankgeschrieben werden mußte, wirkte sie entspannter als je zuvor. Wenn du ein Kind hast, wird dir der Sinn des Lebens gratis mitgeliefert, hatte Sabine einmal gesagt, und jetzt verstand Marita erst so richtig, was sie damit gemeint hatte. Vielleicht war es ein Akt der Selbsttäuschung, die nur so lange aufrechterhalten werden konnte, bis der Alltag mit einem Neugeborenen seinen Tribut forderte: die ständige Erschöpfung wegen des permanenten Schlafmangels, das Gefühl, von einem winzigen, liebenswerten Tyrannen zur Haushälterin und Futterbeschafferin reduziert zu werden, die Erkenntnis, daß sich der hart arbeitende Mann mehr und mehr aus der Erziehung ausklinkt.

Na und? Plötzlich schoß der Neid wie eine kalte Stichflamme in Marita hoch. Sabine hatte ihre ultimative Daseinsberechtigung gefunden, jedenfalls für den Moment. Sie war ihr im wahrsten Sinne des Wortes in den Schoß gefallen. Sie bekam das Kind des Mannes, der sie liebte und sie versorgte, weil sie ein Kind bekam. Für Sabine war der Kampf – um Geld, um Positionen, um Anerkennung – vorbei. Sie mußte nicht mehr agieren, sie mußte nur noch reagieren. Auf die Bedürfnisse ihres Kindes, ihres Mannes. Wie wunderbar einfach!

Nein, es war nicht einfach, Marita wußte, daß es alles andere als einfach war. Im Gegenteil. Es kostete Nerven, sein Leben nicht mehr in der eigenen Hand zu haben. Sie wollte nicht wirklich mit Sabine tauschen. Sie war lediglich in schlechter Stimmung, machte sich zu viele Gedanken und sollte jetzt gehen. Jenicke anrufen. Oder allein irgendwohin fahren. Vielleicht aufs Land.

Der Raum füllte sich mit immer mehr Leuten. Greiner, der Chefredakteur, war ebenfalls erschienen, obwohl jeder wußte, wie sehr er solche Termine haßte. Er konnte keine emotionale Beziehung zu seinen Mitarbeitern herstellen (außer zu einigen wenigen wie Julia), und so wirkte auch jetzt seine Miene unangemessen unbewegt und streng. Mit steifer Geste überreichte er einen riesigen Strauß Blumen, während seine Stellvertreterin, im Gegensatz zu ihm eine herzliche und spontane Person, Sabine umarmte.

»He, so allein?«

Marita schreckte hoch. Jo stand plötzlich neben ihr, in der linken Hand eine Bierflasche, in der rechten eine halbgerauchte Zigarette. Er hatte recht: Ohne es richtig zu merken, hatte sie sich wieder von den anderen zurückgezogen und stand nun allein an das breite Fenstersims gelehnt.

»Glückwunsch«, sagte sie spröde.

»Was?«

»Du hast mich ganz gut verstanden.«

»Du weißt also Bescheid.«

»Mann, Jo. Tu doch nicht so, als hätte dir Lisa nicht von unserer Debatte erzählt. Wahrscheinlich wissen alle hier Bescheid.«

»Wie kommst du denn darauf?«

»Gegenfrage: Wieso hat mir keiner gesagt, daß ihr zu Sabines Ausstand diese Aktion geplant habt?«

»Ach das. Das war total… Das hat sich spontan so entwickelt. Du warst nicht da, als wir darüber geredet haben, das war alles. Nimm das bitte nicht persönlich.« Jo fuhr sich über die millimeterkurzgeschnittenen Haare. Sie mochte diese Geste, weil er danach jedesmal so verblüfft dreinschaute. Als erwartete er Fülle, wo keine mehr war.

»Hattest du früher eigentlich mal lange Haare?«

Jo lächelte überrascht. »Was? Ja, bis vor zwei Jahren. He, wie kommst du auf so was? Ich dachte, wir führen jetzt das fällige Problemgespräch. Böser Jo klaut braver Marita ihren schönen Posten, auf den sie so lange hingearbeitet hat.«

»Ach, geschenkt. Gib mir lieber eine Zigarette.«

»Du rauchst? Das ist ja ganz was Neues!«

»Wieso? Traust du mir das nicht zu?«

Jo lehnte sich seitlich an das Sims und sah sie unverwandt an. Sie merkte, daß er beschwipst war. Nur ein bißchen. So, daß es sympathisch wirkte. Er gab ihr eine Zigarette und Feuer und nahm einen weiteren Schluck aus der Bierflasche.

»Nein, irgendwie bist du nicht der Typ Frau, die raucht. Du bist so hübsch, so clean irgendwie…«

»Um nicht zu sagen, fad.« Sie legte den Kopf zurück und blies den Rauch in Richtung Zimmerdecke.

»Nein! Nein. Ich mag es, wie du bist. Wirklich. Du bist… unkompliziert. Ich hab' die Nase voll von all den Wichtigtuern hier, von denen die Hälfte an irgendeiner Droge hängt…«

»Und du? Was ist mit dir?«

»Ich bin nur nikotinsüchtig. Das zählt nicht.«

Geplänkel. Etwas ermüdend, um ehrlich zu sein. Es war nett, daß Jo sich um sie kümmerte, und sie fühlte sich jetzt auch schon wesentlich besser, aber vermutlich hatte er nur ein schlechtes Gewissen. Marita war das ganz recht. Er bekam den Job, der ihr zugedacht gewesen war, und dafür sollte er ruhig etwas leiden. Andererseits hatte sie es sich in letzter Zeit mit zu vielen Leuten verdorben. Sie brauchte einen Freund. Jenicke war ihr Liebhaber, das zählte nicht.

»Laß uns was trinken gehen«, sagte sie zu ihrer eigenen Überraschung.

Die Frau mit den beiden Kindern lief nun schon zum dritten Mal an seinem Büro vorbei, kam wieder zurück und studierte einzelne Angebote im Schaufenster. Meyerson wandte sich wieder seinem Computer zu. Irgendwann würde sie hereinkommen oder auch nicht. Wahrscheinlich hatte sie wenig Geld, aber viele unbescheidene Wünsche, und drehte deshalb ihre Kreise wie ein sehnsüchtiger Hund vor einer Metzgerei. Die Häuser, die Meyerson im Angebot hatte, waren allesamt obere Preisklasse, sonst hätte er sich kaum ein Real Estate-Büro im oberen Viertel der Oglethorpe Avenue mit all den feinen Geschäften und Restaurants leisten können.

Die Frau war eine Touristin und vertrieb sich die Zeit, oder sie wollte einfach nur ein bißchen vom Luxus träumen, vermutete Meyerson, als er wieder einen Blick aus dem Fenster warf. Viele Passanten taten das. Die Häuser, die Meyerson anbot, waren alle abgebildet, und die Fotos waren von guter Qualität. Man sah zuerst das Haus, dann fiel der Blick auf die Daten daneben: Man verliebte sich, und anschließend kam die kalte Dusche. Der Preis. Manche seiner Kollegen schrieben den Preis nicht dazu, aber Meyerson fand diese Strategie idiotisch. Jeder potentielle Kunde wußte, daß Handeln in gewissem Umfang möglich war, aber eben nur in gewissem Umfang. Ließ man den Preis weg, kamen die Leute mit leuchtenden Augen und völlig abwegigen Vorstellungen herein und gingen einem auf die Nerven. Die enttäuschten Gesichter konnte er sich sparen.

Im hinteren Zimmer fiel etwas auf den Boden, nach dem dumpfen Geräusch zu urteilen, ein Aktenordner. Das war todsicher Sheila gewesen. Sheila war ein nettes, aber sehr dickes und ungeschicktes Mädchen, die Tochter von Freunden. Er hatte sie ihnen zu Gefallen eingestellt, mit einem minimalen Gehalt. So konnte sie sich einbilden, berufstätig zu sein.

Im nächsten Moment kamen Sheila und ihre – glücklicherweise wesentlich tüchtigere – Kollegin Paula herein.

»Bob, wir würden gern was essen gehen«, sagte Paula auf ihre selbstbewußte Art.

»Eine Stunde, nicht mehr«, brummte Meyerson, in dem Wissen, daß sie natürlich länger wegbleiben würden. Aber im Moment war ohnehin nichts zu tun. Meyerson sah aus dem Fenster, wo die Frau immer noch stand, und hatte plötzlich eine Idee.

»Wenn ihr schon geht, dann fragt die Lady da draußen, ob ihr ihr helfen könnt. Ob sie mehr Angebote sehen möchte. Irgendwas in der Art.«

»Okay«, sagte Paula, die sofort begriff.

Meyerson beobachtete die Mädchen. Paula machte ihre Sache gut. Es wirkte ganz natürlich, wie sie zu der Fremden ging und sie ansprach. Was sie sagte, konnte Meyerson nicht verstehen, aber es schien das Richtige zu sein. Die Frau sah einen Moment lang irritiert aus, lächelte aber dann und ließ sich, die beiden Kinder im Schlepptau, von Paula in den Laden bugsieren. Meyerson erschrak ein wenig, denn er hatte selten so ernste Kinder gesehen. Hübsch, aber ernst und eine Spur verwahrlost. Nicht, daß sie schmutzig oder ungekämmt gewesen wären, aber in ihren Augen war dieser traurige, verlorene Ausdruck vieler Scheidungskinder, die sich die Schuld daran gaben, daß ihr Dad nicht mehr nach Hause kommt.

»Nun, was kann ich für Sie tun?« fragte er an die Frau gerichtet und spürte, wie sie Vertrauen faßte. Bob Meyerson war Ende Dreißig, hatte ein rundes, freundliches Gesicht, breite, kräftige Schultern und einen Bauchansatz. Er wirkte so, als sei ihm jedes Problem seiner Klienten vertraut, bevor sie es nur ausgesprochen hatten. Das war sein Erfolgsgeheimnis. Auch diese Frau machte schon nach einer Minute in seinem Büro ein Gesicht, als sei ihr eine Zentnerlast von der Seele genommen. Ihr Lächeln war bezaubernd, fand Meyerson.

»Ich bin mir nicht sicher, ob ich bei Ihnen richtig bin«, sagte sie. Eine Ausländerin, wahrscheinlich Deutsche. Deutsche in Florida hatten sehr oft viel Geld. Meyerson wartete.

»Ich möchte kein Haus kaufen, sondern eines mieten«, fuhr die Frau fort. »Ich weiß nicht, ob das möglich ist. Ob Sie solche Objekte überhaupt anbieten.«

Meyerson dachte nach. »Was haben Sie sich denn vorgestellt?«

»Ich dachte an ein Haus am Meer. Ich würde es gerne für einen Monat mieten. Als ... als Ferienhaus für mich und meine Kinder.« Richtig geraten. Da gab es keinen Dad mehr.

Meyerson hatte eigentlich keine Häuser zu vermieten, schon gar nicht am Meer. Aber da gab es ein möbliertes Objekt an einem der Kanäle in Fort Lauderdale, dessen Besitzerin seines Wissens ziemlich pleite war und für das zur Zeit kein Interessent in Sicht war. Vielleicht würde sie sich auf so eine Übergangslösung einlassen. Bis ein Kauf mit allen Formalitäten in die Wege geleitet war, dauerte es ohnehin mindestens einen Monat. Er würde sie anrufen.

»Wo kann ich Sie erreichen?« fragte er.

Das war die falsche Frage. Mit einemmal sah die Frau genauso nervös und mitgenommen aus wie ganz zu Anfang, als sie Meyersons Büro betreten hatte. »Ich dachte, wir könnten vielleicht sofort ... aber wenn das nicht geht ... Wir haben es ein wenig eilig.« Sie stammelte unbeholfen vor sich hin, fuhr sich durch die Haare. Ihre Kinder, ein kleiner Junge und ein älteres Mädchen, rutschten plötzlich unruhig auf ihren Stühlen herum.

Meyersons Interesse war geweckt. Normalerweise waren ihm die Probleme seiner Klienten vollkommen egal, auch wenn er es sehr gut verstand, den gegenteiligen Eindruck zu erzeugen. Aber diese Frau faszinierte ihn. Um sie lag ein Hauch von ... er wußte es nicht. Es war unerklärlich, aber reizvoll.

»Sie haben es aber verdammt eilig«, sagte er.

»Ja, da haben Sie recht. Wissen Sie, wir wohnen zur Zeit in einem Hotel in Miami Beach, das uns nicht zufriedenstellt, und wir möchten wirklich schöne Ferien verbringen. Verstehen Sie?«

»Natürlich.« Meyerson verstand gar nichts und glaubte ihr auch nicht, aber er entschuldigte sich und ging ins Hinterzimmer, um seine Klientin anzurufen. Nach ein paar Minuten kam er zurück. »Wir können sofort hinfahren, wenn Sie möchten.«

Die Frau sah aus, als würde sie vor Erleichterung gleich zu weinen anfangen. Sie sprang hektisch auf und nahm die Kinder an die Hand. Meyerson seufzte über diesen seltsamen Elan. Zum ersten Mal kam er auf den unerfreulichen Gedanken, daß sie vielleicht einfach nicht mehr alle Tassen im Schrank hatte.

»Wollen Sie nicht erst mal wissen, wie das Haus aussieht, wo es ist, wieviel es kostet? Unwichtige Einzelheiten, ich weiß, aber ich könnte mir vorstellen, daß sie einen gewissen Einfluß auf Ihre Entscheidung haben werden.«

»O ja, natürlich«, sagte sie, verlegen über ihre Hast und völlig unempfänglich für seine Ironie, und setzte sich wieder hin.

Meyerson erklärte ihr alles, aber das hätte er sich sparen können. Sie sagte zu allem ja, war mit allem einverstanden, auch mit dem – natürlich überhöhten – Preis. Sein Eindruck war, daß er ihr genausogut eine Hundehütte für ein Vermögen hätte anbieten können, Hauptsache, das Ding lag am Wasser und war sofort beziehbar. Fünf Minuten später machten sie sich auf den Weg.

Marita und Jo schlenderten Arm in Arm entlang zu Maritas Wohnung. Es nieselte schon den ganzen Abend, aber die Luft war immer noch mild. Das Licht der Straßenlaternen spiegelte sich auf dem nassen Kopfsteinpflaster. Beide gingen langsam, um das Ende des Abends noch etwas hinauszuzögern. Sie hatten mehrere Stunden miteinander verbracht, und trotzdem war ihnen der Gesprächsstoff keine Sekunde lang ausgegangen. Sie hatten über ihre und seine Kindheit, über Beziehungen und Freundschaften gesprochen, über das Leben als solches, und Marita hatte sich so entspannt und gelöst gefühlt wie lange nicht mehr. Schuld daran war wahrscheinlich, daß jede sexuelle Spannung fehlte. Keiner von beiden hatte das Bedürfnis, sich selber besser oder witziger oder cooler darzustellen, als er war. Es ging darum, sich auszutauschen, miteinander Spaß zu haben. Nicht mehr und nicht weniger.

»Was ist eigentlich mit deiner Freundin Julia?« fragte Jo

plötzlich. Sie hatten den ganzen Abend nicht über Julia geredet, aber es war okay, daß er das Thema jetzt ansprach.

»Ich weiß es nicht, ehrlich gesagt. Ich habe das letzte Mal vor ein paar Tagen von ihr gehört. Sie hat mal wieder mitten in der Nacht angerufen und wollte sich Geld leihen. Daraufhin habe ich ihr gesagt, daß ich ihr kein Geld mehr geben werde, außer fürs Rückflugticket.«

»Wo ist sie jetzt?«

»Immer noch in Miami Beach, schätze ich. Ich weiß nicht. Das alles interessiert mich nicht mehr so sehr.«

»Das glaube ich dir nicht«, sagte Jo.

Marita blieb stehen und sah ihn überrascht an. »Wie kommst du darauf?«

»Ich weiß nicht. Du bist kein Mensch, der Dinge unerledigt läßt. Versteh mich nicht falsch, ich finde es gut, daß du dich distanziert hast, nach allem, was ich über Julia weiß. Aber …«

»Du hast recht. Sie beschäftigt mich immer noch. Aber ich bin letztendlich nicht für ihr Schicksal verantwortlich.« Sie waren vor Maritas Haustür angekommen. Jo sah auf die Uhr. Es war drei Uhr, und morgen war ein ganz normaler Arbeitstag. Trotzdem wollten sie sich noch nicht trennen.

»Weißt du was? Hundert Meter weiter ist ein kleiner Park mit einem Spielplatz. Wir könnten eine Runde schaukeln.«

»Superidee.«

Aber sie schaukelten dann doch nicht, sondern setzten sich auf eine einigermaßen trockengebliebene Bank unter einer riesigen Kastanie. Jo bot ihr eine Zigarette an und nahm sich selber eine. Einige Minuten lang verfielen sie in Schweigen. Es war seltsam und ein wenig unheimlich in dem totenstillen Park. Schließlich sagte Jo: »Bist du noch sauer auf mich? Weil ich dir den Job …?«

Marita schüttelte unwillig den Kopf. »Seh' ich so aus, als sei ich sauer?«

»Nein, aber ich komme mir selber wie ein Schwein vor. Lisa hat mich zum richtigen Zeitpunkt an der richtigen Stelle gepackt. Ich war extrem schlecht gelaunt wegen dieser Modestrecke und hab wohl auch die eine oder andere Bemerkung über dich fallen lassen, und plötzlich, aus heiterem Himmel, macht sie mir dieses Angebot.«

»Du wußtest aber, daß eigentlich ich diejenige welche war.«

»Ja, wußte ich. Ich wollte den Job haben und hab die Gelegenheit beim Schopf gepackt. Das war unfair dir gegenüber. Von mir und von Lisa. Ich hab' die Situation ausgenützt.«

»Welche Situation eigentlich?«

Jo senkte den Kopf. »Greiner wollte einen Mann an der Stelle. Den Eindruck hatte ich.«

»Warum glaubst du das? Lisa ist schließlich auch eine Frau.«

»Ja, ein Zugeständnis an die politisch korrekten Leser. Eine Frau als Art-Director ist hip. Aber in Wirklichkeit...«

»Sei mal ganz ehrlich, Jo. Kann es sein, daß Greiner irgendwie von außen beeinflußt wurde?«

Jo sah sie überrascht an. »Wieso, von wem?«

»Ich weiß nicht. Es passierte alles so plötzlich. Einmal versagt, schon aus dem Rennen. Das ist doch nicht normal.«

»Hör auf, Marita. Du siehst Gespenster.«

Sie lächelte ihn an. »Okay, Themenwechsel. Asche auf dein Haupt, Jo. Hiermit verzeihe ich dir. Und zu deiner Beruhigung: Wahrscheinlich hätte ich in der entsprechenden Situation selber auch nicht anders gehandelt.«

»Hättest du schon.«

»Vielleicht noch vor ein paar Monaten. Heute nicht mehr.«

»Oh, da spricht die Karrierefrau. Fang bloß nicht an, an meinem Stuhl zu sägen.« Der Tonfall war leicht, humorvoll, aber die Botschaft war deutlich. Oder hatte sie sich das nur eingebildet? Marita hoffte es.

»Ich werde nicht mit dir konkurrieren, wenn du das meinst«, sagte sie ein wenig steif.

Jo spürte sofort die veränderten Schwingungen. »Marita, das war ein Spaß, okay? Aber sag bitte ehrlich, was du sagen willst. Ich will nicht, daß das länger zwischen uns steht.«

Marita überlegte. Ein leichter Windstoß fuhr durch die Bäume, ein paar Regentropfen nieselten auf sie herab.

»Ich kann nicht ewig so weitermachen und erwarten, daß sich alles schon irgendwie in meinem Sinne fügen wird«, sagte sie schließlich. »Ich kann nicht länger auf die falschen Pferde setzen. Ich bin jetzt 33, ich muß an mich denken. Mir Ziele setzen.«

»Was denn für Ziele?«

»Weiß ich noch nicht. Erst mal, glaube ich, genügt es, die richtigen Fragen zu stellen. Wo will ich sein, wenn ich vierzig bin? Was will ich bis dahin erreicht haben? Solche Sachen.«

»Entschuldige, aber das hört sich wirklich trostlos an.«

»Inwiefern?« fragte Marita überrascht. Sie fand, sie hörte sich enorm vernünftig an.

»Ziele setzen. Was erwartest du von so einem Blödsinn? Nichts ist sicher genug, um irgendwelche Erwartungen darauf aufzubauen. In einem Jahr kann alles wieder ganz anders sein. Vielleicht triffst du den Mann deines Lebens und gehst mit ihm auf eine nordafrikanische Missionsstation, vielleicht wird *SAM* eingestellt, und du und ich müssen woanders von vorne anfangen …«

»Oder Greiner geht, und du wirst Chefredakteur.«

»Oder Lisa wird schwanger und wandert aus, und ich befördere dich dann zu meiner Art-Direktorin …«

»Stellvertreterin bitteschön.«

Sie kicherten. Marita fröstelte, als wieder ein paar Tropfen auf sie herunterfielen. Jo legte den Arm um sie. Freundschaftlich.

»Man muß das Beste aus der Gegenwart machen«, sagte er.

»Im Hier und Jetzt.«

»Genau.«

»Du hörst dich an wie ein Althippie auf Gomera.«

Jo lachte und nahm seinen Arm wieder weg. Marita stand auf. »Laß uns gehen«, sagte sie. »Ich bin wahnsinnig müde.«

Bob Meyersons Villa war ein Traum. Es war ein zweistöckiges Backsteingebäude mit strahlend weißen Säulen vor der Tür und einem kleinen, äußerst gepflegten Vorgarten mit zentimeterkurzgemähtem Rasen und sorgfältig gestutzten Büschen. Doch das echte Aha-Erlebnis überkam Julia, als Bob am Ende der geräumigen Diele die Tür zum Wohnzimmer öffnete. Das war es! So wollte sie leben und nicht anders! Eine Wand des Wohnzimmers war fast komplett verglast, und man genoß einen unvergleichlichen Blick auf den Garten, an den der Kanal grenzte. Ein kleines Motorboot schaukelte an einem Steg. Etwa hundert Meter gegenüber, auf der anderen Seite des Kanals, sah man weitere, nicht weniger aufwendig gebaute Villen hinter bezaubernd gestalteten Gärten, die ebenfalls direkt ans Wasser grenzten. Auch Jenny und Manuel wirkten überwältigt und ein wenig eingeschüchtert.

»Sind Sie verheiratet?« fragte Julia und hätte sich danach am liebsten auf die Zunge gebissen. Durchsichtiger konnte man es wirklich kaum formulieren. »Ich meine«, fügte sie hastig hinzu: »Ist es Ihrer Frau überhaupt recht, daß wir hier sind?«

»Nein«, sagte Bob kurz angebunden, aber er lächelte dabei und wirkte völlig entspannt.

»Nein was?«

»Nein, ich bin nicht verheiratet. Und wenn ich es wäre, wäre es meiner Frau bestimmt nicht recht, daß ich eine andere hübsche Frau zum Abendessen in mein Haus einlade. Bitte setzen Sie sich. Fragen Sie Ihre Kinder, worauf sie Appetit haben.«

Julia setzte sich auf eines der zwei schwarzen Ledersofas und nahm Manuel auf den Schoß. Jenny wehrte sich wie üblich, als Julia auch sie an sich zog. Sie machte sich los und kuschelte sich auf einen Sessel gegenüber. Ein paar Minuten später waren beide Kinder eingeschlafen, obwohl es erst sechs Uhr war. Bob betrachtete sie erstaunt, und Julia zerbrach sich den Kopf nach einer Erklärung. »Sie sind erschöpft«, sagte sie schließlich lahm. »Es war eine anstrengende Reise.«

Bob antwortete nichts darauf. Ein kubanisches Dienstmädchen erschien und fragte nach seinen Wünschen. Er sagte etwas auf spanisch, und sie verschwand wieder. Julia spürte plötzlich, wie müde sie selber war. Am liebsten hätte sie sich ihrerseits auf der Couch ausgestreckt und einfach nur geschlafen. Eine herrliche Vorstellung: tagelang, wochenlang schlafen in einer Umgebung, die so schön und so entspannend wie diese war. Aber natürlich ging das nicht. Sie mußte sich vielmehr zusammennehmen, damit Bob seine Einladung, die er völlig überraschend ausgesprochen hatte, nicht bereute.

Sie hatten sich das Haus nicht ansehen können, weil der Zweitschlüssel, den ihm seine Klientin vor einigen Wochen gegeben hatte, seltsamerweise nicht paßte. Bob versuchte daraufhin, die Frau über sein Autotelefon zu erreichen, aber es lief offenbar nur der Anrufbeantworter. Julia sah wohl dermaßen enttäuscht aus, daß Bob sich verpflichtet fühlte, sie irgendwie für dieses Fiasko zu entschädigen. Nun ja, das war sicher nicht der einzige Grund gewesen. Wenn Julias Instinkte noch in Ordnung waren, dann konnte sie davon ausgehen, daß Meyerson sie attraktiv fand. Sie merkte es an seinen Blicken, an der freundlichen, behutsamen Art, wie er mit ihr umging. Es war mehr als rein geschäftliches Interesse.

Sie hatte das früher oft erlebt. An ihr war etwas, das eine bestimmte Sorte Mann unwiderstehlich fand. Etwas Egozentrisches, Dramatisches, Abgründiges. Männer, die ein eher ruhiges Leben ohne extreme Gefühlsschwankungen führten, suchten bei ihr etwas, das ihnen selbst abging. Julia nannte sie die Retter. Leider waren die Retter meistens langweilig, wenig ehrgeizig und demzufolge wenig erfolgreich. Sie konnten Julias Drang zu Höherem weder stillen, noch ihm Gleichwertiges – Temperament, Leidenschaft – entgegensetzen. Sie waren nett, aber unbedeutend. Auch Jennys Vater war ein Retter gewesen, ein Architekt, der sich von seinem cholerischen Chef ausbeuten ließ und sehr wenig verdiente. Julia hatte es anderthalb Jahre lang mit ihm probiert, bis er den tödlichen Unfall hatte. Sie trauerte einige Monate lang ehrlich um ihn, weil er ein wirklich lieber Mensch gewesen war. Andererseits wußte sie, daß sie ihn früher oder später sowieso verlassen hätte.

Bei Bob Meyerson sah die Sache anders aus. Er selbst gefiel ihr nicht wirklich – so ruhig und gelassen, so *nett* –, das kannte sie schon bis zum Überdruß –, aber sein Umfeld war überwältigend. Vielleicht lohnte sich hier tatsächlich mal die Mühe. Natürlich durfte er nicht wissen, weshalb sie hier unterwegs war, und das war der Grund, weshalb sie unbedingt wach und fit bleiben mußte. Sie mußte sich eine gute, bewegende Geschichte überlegen, die präsentabel und nicht allzuweit von der Wahrheit entfernt war. Denn die Wahrheit würde er irgendwann erfahren müssen. Wenn auch nicht die ganze.

Natürlich durfte Ben nicht nach St. Pauli, obwohl er sich sofort für den Beitrag gemeldet hatte. In St. Pauli hatte es letzte Nacht die sechste Schießerei zwischen kurdischen und albanischen Dealern in den letzten Monaten gegeben (ein Toter, drei Festnahmen meldete die Pressestelle der Polizei), und APO-Opa Hartmann wünschte sich zum aktuellen Anlaß eine knallharte Reportage über das Drogenelend am Kiez ohne falsche Rücksichten gegenüber ausländischen Minderheiten. Aber er schickte nicht etwa Ben, der darauf brannte, sondern den altgedienten Polizeireporter Schmidt mit der zahnlosen Schreibe, der wahrscheinlich noch nicht mal besondere Lust hatte, sich in die spannende Materie zu stürzen. Ben seufzte genervt. Chefs wie Hartmann waren schrecklich. Sie klebten an ihren Stühlen und ließen ambitionierte Newcomer wie Ben nicht ran.

»Wollten Sie etwas sagen?« fragte Hartmann in scharfem Ton. Die sechs Kollegen, die im Halbkreis vor Hartmanns Schreibtisch saßen, verstummten und sahen sich neugierig zu Ben um. Sie wußten, daß da irgendwas war zwischen Ben und ihrem Lokalchef. Eigentlich war Hartmann ein freundlicher und fairer Vorgesetzter, aber mit Ben konnte er nicht. Zu jung, zu ehrgeizig, zu gutaussehend. Aber das war es nicht allein. Ben, Absolvent der Hamburger Journalistenschule, war jetzt gerade mal ein Jahr dabei und spielte sich als Superjournalist auf, der er noch nicht war. Schmiß großspurig mit Begriffen wie »investigative Recherche« um sich, und bekam wahrscheinlich gerade deshalb immer nur Kindergarteneröffnungen und einspaltige Interviews mit Stadtteilpolitikern zugeschanzt.

»Nichts«, sagte Ben unbeeindruckt. »Ich hätte die Reportage gern gemacht, und Sie haben jemand anderen beauftragt, der sich nicht mal dafür gemeldet hat. Das war alles.« Hartmann schwieg einen Moment lang verärgert. Auf seine subtil unverschämte Art war es diesem Grünschnabel wieder gelungen, ihn ins Unrecht zu setzen. Glücklicherweise fiel ihm eine geeignete Replik ein, die Ben Becker hoffentlich fürs erste den Mund stopfen würde.

»Wie sieht's eigentlich aus mit Ihren grandiosen Recherchen zum Thema Chemotrans?« fragte er heimtückisch.

Ziel erreicht. Ben wurde sogar rot. Hartmann lehnte sich triumphierend zurück und wartete gemächlich auf seine Antwort.

»Also ... ich habe das ganze Material durchgeforstet und ...«

»Na was und? Sie hatten drei Tage Zeit, und das ist alles, was Sie uns mitzuteilen haben?«

Dieses Schwein. Dieser aufgeblasene ... Für diesen alten Sack hatte er sich drei Tage und Nächte um die Ohren geschlagen, und das war der Dank. Er wurde vor versammelter Mannschaft lächerlich gemacht. Ben nahm sich zusammen, aber in ihm loderte der Zorn. Kein Mensch mußte sich das bieten lassen.

»Da gibt es schon was, aber ich muß das nachrecherchieren. Da gibt es zum Beispiel handschriftliche Zahlungsvermerke an bestimmte Personen ...«

»Welche Personen?«

»Zum Beispiel ein Mann namens Meier. Er ...«

»Meier. Und hat Meier auch einen Vornamen?«

»Der steht nicht dabei. Ich nehme aber an, daß es sich dabei um jemanden von der Grundstoff-Überwachungsstelle handelt. Er heißt Alfons Meier.«

»So. Ich verstehe. Sie haben also bereits mit ›Meier‹ gesprochen.«

»Nein ... Nein, aber es gibt jemanden in der Grundstoff-

Überwachungsstelle, der so heißt und an maßgeblicher Stelle sitzt.«

Jetzt hatte er ihn. Hartmann beugte sich vor. »Darf ich zusammenfassen? Sie haben irgendeinen vollgekritzelten Wisch, auf dem der außerordentlich seltene, geradezu ausgefallene Name Meier steht, und Sie schließen einfach mal daraus, daß es sich um dieselbe Person handelt, die in der Dingsbums-Überwachungsstelle sitzt und von Chemotrans bestochen wird. Ist das das Ergebnis Ihrer mehrtägigen Recherche?«

»Nein, aber...«

»Aber?!«

»Es könnte immerhin sein«, schloß Ben trotzig. Sein Kopf war so heiß, daß man auf seiner Stirn Spiegeleier hätte braten können. Die Kollegen hielten mucksmäuschenstill trotz dieser unfairen Attacke. Hier hatte keiner Mumm. Unversehens schlug Hartmann einen versöhnlichen, geradezu väterlichen Ton an. »Sehen Sie, Herr Becker, das sind die Geschichten, die meistens vor Gericht enden. Wegen einer Verleumdungsklage der diffamierten Beteiligten. Wir können uns so etwas nicht leisten.«

Ben schwieg, gedemütigt und zutiefst verärgert. Vor APO-Opa und den anderen stand er da wie der größte Stümper, und das völlig schuldlos. Er hatte doch nie behauptet, daß er die Geschichte jetzt schon veröffentlichen wollte! Er wollte lediglich weiterrecherchieren, weil die Sache interessant zu werden versprach. Handschriftliche Zahlungsanweisungen an mehrere Personen (die er allerdings noch nicht zuordnen konnte) –, das war doch schon ein vielversprechender Anfang! Aber er sagte nichts. Es hatte keinen Sinn. Vielleicht war ja auch wirklich nichts dahinter. Wenn Hartmann wüßte, daß Ben sein eigenes Geld – und zwar nicht wenig! – für diese Geschichte geopfert hatte! Dann würde er ihn vermutlich für komplett verrückt erklären, sagte eine Stimme in Ben, die ihn dazu veranlaßte, die Sache jetzt erst mal ruhen zu lassen.

Hartmann schien sich nun lange genug über seinen Sieg gefreut zu haben und in gnädigerer Stimmung zu sein.

»Hören Sie, Becker, wir wollen uns deshalb doch nicht streiten. Ich biete Ihnen einen Kompromiß an: Sie machen die St.-Pauli-Reportage zusammen mit Schmidt, sofern der Kollege einverstanden ist. Ist das ein Wort?«

»Klar bin ich einverstanden«, sagte Schmidt, der neben Ben saß, und klopfte ihm unbeholfen kollegial auf die Schulter. Ben zuckte zusammen, aber er nickte ergeben. Gleich darauf beendete Hartmann die allmorgendliche Konferenz.

Marita wachte auf, weil die Nachmittagssonne auf ihr Bett schien. Es war unerträglich heiß in ihrem Schlafzimmer, dazu kam die Fieberhitze in ihrem Körper, der Schweiß auf ihrer Haut und die pochenden Kopfschmerzen. Sie hatte sich selten so krank gefühlt wie in diesem Moment. Langsam richtete sie sich auf, um ein Glas Wasser und Aspirin aus der Küche zu holen und die Jalousien herunterzulassen. Aber schon diese harmlosen Verrichtungen drohten sie zu überfordern. Langsam, mit halbgeschlossenen Augen wegen der Kopfschmerzen, tastete sie sich in die Küche nebenan. Wenn es heute abend nicht besser war, würde sie einen Arzt anrufen müssen. Dafür brauchte sie das Telefon, das in ihrem Wohnzimmer gegenüber lag.

Eine Expedition. Erst das Wasser und die Tabletten neben dem Bett ablegen. Dann die Jalousien herunterlassen – Schwerstarbeit. Dann sich noch mal auf den Weg ins Wohnzimmer machen. Ihr Anrufbeantworter auf dem Schreibtisch blinkte – wahrscheinlich hatte jemand versucht, sie zu erreichen, während sie in wirren Fieberträumen vor sich hindöste –, aber sie war jetzt nicht imstande, ihre Nachrichten abzuhören. Sie nahm das drahtlose Telefon an sich und ging zurück ins Schlafzimmer.

Als sie das nächste Mal aufwachte, war es halb sechs. Es war schrecklich, sie hatte wieder von Julia geträumt. Oder vielmehr von einer Krake, deren Augen so braun waren wie die von Julia und deren Fangarme Marita den Hals abschnürten. Langsam und unerbittlich. »Ich muß mich damit abfinden, daß Julia weiter in meinem Leben herumspukt«, sagte Marita vor sich hin, und dieser Satz hallte in ihrem Kopf, als sei er Bestandteil ihres Alptraums. Erst nach ein paar Sekunden registrierte sie, was sie geweckt hatte. Ihr Telefon klingelte. Aus weiter Ferne hörte sie, wie der Anrufbeantworter ansprang, aber niemand sprach darauf. Statt dessen läutete das Telefon erneut. Zeitlupenhaft langsam streckte Marita den Arm nach dem Hörer auf dem Nachtkästchen aus.

»Spreche ich mit Marita Lange?« sagte eine Männerstimme, die ihr bekannt vorkam.

»Wer ist da?« krächzte Marita und legte sich vorsichtig wieder zurück.

»Wir haben uns schon einmal unterhalten, liebe Frau Lange. Mein Name ist Herbert Rosenberg. Sie erinnern sich: Kanzlei Richter, Kahn und Rosenberg. Wir vertreten Herrn Bodo Stein in der Sache Stein gegen Hoffmann. Man sagte mir an Ihrem Arbeitsplatz, daß Sie krank sind. Es tut mir wirklich leid, daß ich Sie trotzdem belästigen muß, aber die Sache duldet keinen Aufschub mehr.«

Marita brach der Schweiß aus. Einen Moment lang tanzten Sterne vor ihren Augen, und ihr war so schwindlig, daß sie glaubte, ohnmächtig zu werden.

»Was wollen Sie denn noch?« flüsterte sie.

»Was meinen Sie mit noch, Frau Lange?« sprach die Stimme unerbittlich weiter. »Sie haben bis zur Stunde absolut nichts für uns getan. Wir wissen mittlerweile zweifelsfrei, daß Sie Kontakt zur flüchtigen Julia Hoffmann haben, und wir bitten Sie nun dringend ...«

Marita raffte sich auf. Diese unglaubliche Unverschämtheit brachte ihre Lebensgeister zurück. »Sie haben mich um gar nichts zu bitten, Herr Rosenberg! Wenn Sie der Ansicht sind, daß Frau Hoffmann eine ungesetzliche Handlung begeht, dann benachrichtigen Sie von mir aus die Polizei, und die kann sich dann umgehend an mich wenden. Bis dahin lassen Sie und Ihr Klient mich gefälligst in Ruhe!«

»Oh, das werden wir, Frau Lange, keine Sorge, wir werden uns an die Polizei wenden. Ich wollte Sie nur der Fairneß halber vorher informieren. Bitte richten Sie Ihrer Freundin aus, daß, sollte sie zu dem Gerichtstermin am Montag nicht erscheinen, wir dafür sorgen werden, daß sie strafrechtlich verfolgt wird. Das gleiche gilt übrigens auch für Sie.«

»Lassen Sie mich in Ruhe«, wiederholte Marita und legte auf. Sie war in Schweiß gebadet. Was, wenn er nicht bluffte? Was, wenn sie tatsächlich im Fall des Falles der Beihilfe schuldig wäre, wie Rosenberg es ihr schon bei seinem ersten Anruf in kaltem Juristendeutsch angedroht hatte?

»Verdammt«, murmelte sie. Ein Anfall von Schüttelfrost ließ sie erzittern, aber es war nicht nur das Fieber. Sie hatte Angst. Ach, es war viel mehr als Angst. Eine ausgewachsene Panikattacke packte sie am Kragen und beutelte sie hin und her. Ihr war heiß und kalt zugleich. Marita schleuderte die Bettdecke beiseite und sprang auf. Sie brauchte frische Luft. Trotz ihres miserablen Zustands rannte sie zum Fenster, riß die Jalousien hoch und atmete gierig die warme, abgasgesättigte Großstadtluft ein. In diesem Moment klingelte es an der Tür.

Es war das schrille Läuten, das anzeigte, daß jemand nicht unten vor der Haustür, sondern direkt vor ihrer Wohnung stand. Wer, zum Teufel, konnte das sein? Marita wollte es nicht wissen, o nein, ganz bestimmt nicht. Sie wollte überhaupt nichts mehr wissen. Sie nahm ihre Bettdecke und setzte sich wie ein furchtsames Kind in die Zimmerecke, die am weitesten vom Eingang entfernt war.

Aber der Besucher ließ sich nicht abweisen. Er läutete weiter Sturm, und als das nichts fruchtete, begann er zu klopfen und laut ihren Vornamen zu rufen. Es dauerte eine halbe Ewigkeit, bis Marita Jenickes Stimme erkannte. Erleichtert stürzte sie zur Tür und öffnete sie. Jenicke sah besorgt, aber gleichzeitig auch animiert und aufgeregt aus. »Marita!« rief er, kam herein und schloß sie in die Arme. »Warum hast du so lange gebraucht? Was war los? Ich hab' mir Sorgen gemacht.«

Es war so gut, daß er da war. Sie war so glücklich, daß es ihn gab, daß er sich Sorgen um sie machte. Jenicke legte den Arm um sie und führte sie zum Bett. Dabei redete er unaufhörlich. »Ich hab' in der Redaktion angerufen, und da sagten sie mir, du seist krank, und dann hab' ich es mindestens dreimal bei dir hier versucht und dir auch eine Nachricht hinterlassen. Wo warst du denn? Hast du geschlafen oder was?«

Marita legte sich wieder hin. »Würdest du mir einen Tee machen?«

»Klar. Klar, Süße, ich mach' dir einen Tee, und dann zeig' ich dir was, das dich umhauen wird.«

»Was denn?« flüsterte Marita.

»Gleich. Ruh dich erst mal aus, ich mache dir den Tee, und dann reden wir.«

Marita ließ sich in ihr Kissen zurücksinken. Warum wirkte er bloß so aufgedreht? Aber eigentlich war es ihr egal. Jenicke war hier und kümmerte sich um sie. Es war schrecklich, krank und allein zu sein, und nun war sie wenigstens nicht mehr allein. Sie hörte Jenicke in der Küche herumfuhrwerken und döste beruhigt ein.

»He«, sagte Jenicke sanft. »He, aufwachen! Dein Tee ist fertig.«

Widerwillig setzte sich Marita auf und trank ein paar Schlucke von dem heißen Gebräu. Es tat gut. Schließlich hob sie ihren Kopf und sah Jenicke an. Er rutschte nervös auf dem Bettrand hin und her und war eindeutig wahnsinnig erpicht darauf, ihr etwas mitzuteilen.«

»Also gut, spuck's aus«, seufzte sie heiser.

Jenicke sprang auf, als hätte er nur auf dieses Signal gewartet, und lief in den Flur. Nach einigen Augenblicken kam er mit seiner Aktentasche zurück. Er setzte sich wieder hin und holte einen Umschlag aus der Tasche. Dem entnahm er ein Foto.

»Ich sage dir, es wird dich umhauen«, sagte er und hielt das Foto wie eine Trophäe in der Luft.

»Zeig schon her!« sagte Marita ungeduldig und nahm es ihm aus der Hand. Das Foto war schwarzweiß, so unscharf wie ein

Paparazzoschuß von weiter Ferne mit einem Supertele, und zeigte einen stehenden Mann in mittleren Jahren, der eine sehr junge nackte Frau umarmte. Nein, es war eher noch ein Mädchen. Ein älterer Mann und ein nacktes Mädchen. Das Paar stand im Freien auf einer Art Wiese, beide hatten die Wangen aneinandergeschmiegt und sahen in Richtung Kamera.

»Wer ist das?« fragte Marita.

»Was?«

»Jenicke, wer ist das?«

Jenicke schlug sich an die Stirn. »Mann, ich hab' ja völlig vergessen, daß du Stein nicht kennst!«

»Stein? Das ist Stein?!«

»Bodo Stein, ganz genau. Beim Picknick mit einer Minderjährigen. Wenn wir den Begriff Picknick ein wenig weiter fassen.«

Marita starrte ihn an. Sie starrte das Foto an. Wieder brach ihr der Schweiß aus. »Das Foto ist total unscharf. Bist du dir wirklich sicher?«

»Allerdings. Ich hab' den Mann oft genug bei Gericht gesehen. Das ist er, absolut und ohne jeden Zweifel.«

»Ich kann's einfach nicht glauben.«

»Es ist wahr, Marita. Bodo Stein vögelt minderjährige Mädchen.«

»Woher weißt du, daß sie minderjährig ist? Woher weißt du, daß er sie vögelt?«

»Der Fotograf hat's mir gesagt. Es gibt noch mehr Fotos aus der Serie. Schärfere, wenn du verstehst, was ich meine. Julia kann zurückkommen. Mit dem Material hat Stein keine Chance mehr gegen uns.«

10

»Er ist Privatdetektiv«, erklärte Jenicke, während er viel zu schnell über den Wiesendamm Richtung Barmbek fuhr.

»Hast du schon gesagt. Aber diese Tatsache garantiert noch lange nicht, daß er vertrauenswürdig ist.« Marita hielt sich an dem Griff über der Beifahrertür fest. Sie fühlte sich immer noch fiebrig und müde, aber Jenicke hatte sie nicht lange überreden müssen, mitzukommen. Sie hatte kein gutes Gefühl bei der Sache. Bevor sie Julia davon überzeugte, nach Hamburg zurückzukommen, mußte sie zumindest sicher sein, daß dieses Foto wirklich Bodo Stein darstellte. Und daß die verfängliche Pose tatsächlich eine war, daß es sich nicht etwa um irgendeine Nichte handelte, die Bodo in spontaner, onkelhafter Zuneigung an sich drückte. Das Mädchen war nackt, okay. Aber es waren Situationen denkbar, in denen das keine Rolle spielte. Und wer sagte, daß sie wirklich minderjährig war, und nicht etwa eine besonders jung aussehende Zwanzigjährige?

Aber das Wichtigste war die Frage, was dieses Foto vor Gericht für einen Nutzen hatte. Hatte es überhaupt einen?

»Hast du dir schon mal überlegt, wie wir vor Gericht dastehen, wenn wir zu derartigen Mitteln greifen? Ich meine, das ist so ...«

»Schmuddelig? He, Marita, mir wär's auch lieber, wir könnten den Kampf fairer führen. Ich finde es auch schade, daß dieses Foto unser Trumpfas ist. Ich meine, sein kann. Wenn der Mann, der es gemacht hat, vor Gericht nicht auspackt, können wir die Sache sowieso vergessen. Das Foto allein beweist gar nichts.«

»Hast du ihn schon gefragt?«

»Nein, wir haben nur so allgemein geredet.« Jenicke grinste kurz zu ihr herüber. »Was glaubst du, warum ich dich mitgenommen habe? Du wirst deinen weiblichen Charme spielen lassen, und wir werden den Mann überzeugen.«

»Aber mal angenommen, er macht mit – was bringt uns das?

Es würde Stein diskreditieren, aber das macht Julia in den Augen des Richters noch lange nicht zu einer besseren Mutter.«

»Das Gericht…« begann Jenicke, aber Marita unterbrach ihn gereizt. »Was ist, wenn der Richter es furchtbar findet, daß wir schmutzige Wäsche waschen, Julia daraufhin das Sorgerecht entzieht, und Manuel landet statt bei seinem Vater in einem Heim, das das Jugendamt für ihn aussucht? Hast du daran schon mal gedacht? Was nützt Julia ein Sohn, der…«

»Jetzt halt doch endlich den Mund!« herrschte Jenicke sie an.

Marita zuckte zusammen. »Mach das nicht noch mal!« sagte sie laut. Jenicke reagierte nicht darauf. Er sah verbissen geradeaus und fuhr weiterhin zu schnell. In diesem Moment haßte sie ihn beinahe. Was sollte das alles? Wieso war sie schon wieder in Julias Diensten unterwegs? Warum ließ sie sich immer wieder breitschlagen, ihr eigenes Leben zugunsten von Julia zu vernachlässigen? Sie hatte das nicht nötig!

Schließlich hielten sie vor einer Ampel, und Jenicke legte seine Hand auf ihr Knie.

»Tut mir leid.«

»Toll!«

»Ich mein's ernst. Ich wollte dich nicht so anfahren. Schau mal, was du sagst, ist höchstens theoretisch richtig. Rein theoretisch könnte Julia natürlich das Sorgerecht entzogen werden, aber nicht in diesem Verfahren. Man müßte ein neues Verfahren eröffnen, und das Jugendamt müßte neu ermitteln. In der Praxis passiert das ganz selten. Kein Richter entzieht einer Mutter einfach so das Sorgerecht, wenn die Konsequenz lauten würde: Das Kind muß ins Heim. Also kann uns nichts passieren, wenn wir diese Karte spielen.«

»Aber…«

»Das ist Argument Nummer eins. Argument Nummer zwei: Bis auf einige Zeugen, die vor Gericht gehört wurden und die Steins Sichtweise bestätigt haben, beruht das Wissen des Gerichts nur auf seinen Aussagen. Deren Glaubwürdigkeit kann durch unser Beweismaterial jetzt erschüttert werden. Einem Mann, der mit einer Minderjährigen Sex hat, nimmt man nicht ab, daß er ehrlich an das Wohl seines eigenen Kindes denkt und deshalb die Wahrheit sagt. Er muß andere Motive für sein aggressives Vorgehen haben. Argument Nummer drei ist: Ich habe dieses Foto bekommen. Ich kann es nicht einfach ignorieren beziehungsweise so tun, als gebe es diesen wichtigen Hinweis nicht. So oder so: Wenn dieses Mädchen minderjährig ist, würde ich damit eine Straftat vertuschen.«

Marita dachte nach. Es erschien ihr logisch. Es war vielleicht wirklich einen Versuch wert.

»Okay«, sagte sie. »Ich bin dabei.«

Jenicke lächelte sie an. »Bitte sei nicht mehr sauer.«

»Schon vergessen.«

»Schau doch mal auf die Hausnummern. Bei 44 sind wir da.«

»36, 38, 40, 42, Jenicke, fahr langsamer! Wir sind schon vorbei!«

Jenicke bremste, wendete auf der Straße und parkte auf der anderen Seite, wo er eine Lücke zwischen einem uralten VW-Bus und einem ähnlich betagten Ford entdeckt hatte.

»Keine tolle Gegend«, stellte Marita fest, nachdem sie ausgestiegen war.

»Bist du sicher, daß die Adresse stimmt? Denn wenn sie stimmt, dann …«

Jenicke legte den Arm um sie und drückte sie an sich, als sie die Straße überquerten. »Sei jetzt einfach mal optimistisch. Dieser Typ ist Julias letzte Chance. Es muß einfach klappen.« Aber auch Jenicke war deprimiert von dem Anblick dunkelgrün gestrichener Sozialbauten, die wie riesige Dominosteine in fünf Dreierreihen hintereinander standen. Auf dem geteerten Verbindungsweg zwischen den einzelnen Häusern kurvten ein paar halbwüchsige Jungen auf Inline-Skates herum. Sie wirkten nicht direkt aggressiv, aber auch nicht so, als würden sie zwei gutgekleidete Erwachsene problemlos ihr Revier passieren lassen.

»Hier ist Nummer 44«, sagte Marita. Jenicke atmete auf. Es

war das erste Haus zur Straße hinaus, sie mußten nicht an den Jungs vorbei. Über den schmuddeligen Klingelschildern prangte ein glänzendes Metallschild mit den gestanzten Buchstaben »W. Kislowski. Privatdetektiv. Erdgeschoß«. Das wirkte wenigstens einigermaßen professionell.

»Sollte sich Kislowski als Idiot entpuppen«, sagte Jenicke, »hätten wir uns den Weg sparen können. Aber am Telefon hat er einen intelligenten Eindruck gemacht.«

Marita sagte nichts darauf. Sie wirkte genauso aufgeregt wie er. Er hob die Hand und läutete.

Beim zweiten Mal ertönte ein summendes Geräusch, und sie stießen die Tür auf. Der Hausflur war düster, aber sauberer als erwartet. In der Mitte eines scheinbar endlos langen Ganges, den funzlige Deckenleuchten kaum erhellten, öffnete sich quietschend eine Tür. Marita brach in leises, hysterisches Kichern aus. »Hier ist es wie in einem modernen Spukschloß, Jenicke. Laß uns abhauen, bevor der böse Geist des Architekten uns für immer dabehält.«

»Sei doch mal ruhig, du kleine Nervensäge.«

»Hallo«, rief eine dünne Männerstimme, und ein Schatten tauchte in der Tür auf. »Haben Sie's gleich gefunden?«

Marita unterdrückte die nächste Kicherwelle, und Jenicke stieß sie an. Sie benahm sich unmöglich, aber das lag vielleicht am Fieber. Jenicke bereute kurz, daß er sie mitgenommen hatte, obwohl sie alles andere als gesund war.

Die Wände waren frisch gestrichen. Das war das Beste, was man über W. Kislowskis Büro sagen konnte. Es bestand aus einem kleinen, quadratischen Raum, der vollgestellt war mit braunem Preßspanmobiliar aus den siebziger Jahren. Wenn Marita allein gewesen wäre, hätte sie vermutlich kehrtgemacht. So aber setzte sie sich widerwillig auf einen der beiden Stühle vor den furnierten Schreibtisch. Jenicke nahm neben ihr Platz. Nach ein paar Verlegenheitsminuten, in denen Marita und Jenicke sämtliche angebotenen Getränke (»Kaffee? Tee? Habe aber noch irgendwo ein Wasser stehen – wie wär's damit bei der Hitze?«) höflich ablehnten, begann Kislowski, ein kleiner, dünner, noch recht junger Mann, in einer Akte zu blättern, die er offenbar schon vorbereitet hatte. Er wirkte nervös, und Marita begann von neuem an der Aktion zu zweifeln. Es war alles so... halbseiden. Irgendwie unseriös.

»Was genau wollen Sie eigentlich von mir?« Kislowskis Stimme war erstaunlich scharf. Er sah Marita an, als hätte er ihre Gedanken gelesen, und plötzlich machte er überhaupt keinen schüchternen Eindruck mehr. Marita sah hilfesuchend zu Jenicke herüber. Jenicke beachtete sie nicht. Er gab sich professionell, kramte in seiner Aktentasche und zog schließlich das Foto heraus. Er reichte es Kislowski über den Schreibtisch.

»Auf der Rückseite dieses Fotos ist Ihr Name und Ihre Adresse abgestempelt. Deshalb habe ich mich an Sie gewandt, das haben wir ja gestern schon am Telefon besprochen. Ich dachte, Sie können uns vielleicht mehr über die Hintergründe mitteilen.«

Kislowski nahm den Abzug in die Hand und betrachtete ihn sorgfältig, als sähe er ihn zum ersten Mal.

»Wie sind Sie an dieses Bild gekommen?« fragte er und sah wiederum Marita an. Jenicke wirkte leicht verärgert.

»Es wurde mir per Post in meine Kanzlei geschickt. Ohne Absender, ohne weitere Bemerkung. Haben Sie es mir geschickt?«

Kislowski lehnte sich mit verschränkten Armen zurück. »Natürlich nicht. Wie komme ich denn dazu? Ich kenne Sie überhaupt nicht.«

»Haben Sie das Foto geschossen? Wenn ja, wann und bei welcher Gelegenheit?«

»Soll das ein Verhör sein? Hören Sie, Herr Jenke...«

»Jenicke.«

»... oder wie Sie sonst heißen, ich habe Ihnen schon am Telefon gesagt, daß ich das Foto gemacht habe. Klar, habe ich das Foto gemacht, hinten steht's ja drauf. Das heißt aber nicht, daß ich über meinen Klienten Auskünfte gebe. Sie als Anwalt müßten das eigentlich wissen.«

»Das ist ein Mißverständnis. Um Ihren Klienten geht es mir nicht. Ihr Klient ist mir egal. Ich will gar nicht wissen, wer das ist. Es geht um die abgebildete Person. Wir wissen, um wen es sich handelt, Sie müssen den Namen nicht einmal aussprechen.«

Kislowski sah irritiert aus. »Na schön. Und was jetzt?«

Jenicke holte tief Luft. »Auf dem Foto umarmt der abgebildete Mann eine sehr junge Frau. Ich habe dazu nur zwei Fragen: War diese Frau zum Zeitpunkt der Aufnahme minderjährig? Und wenn ja: Gibt es noch mehr Fotos, die, sagen wir, eindeutiger auf Geschlechtsverkehr zwischen den beiden Beteiligten hinweisen?«

»Wir würden Sie das nicht fragen, wenn es nicht wirklich wichtig wäre«, sagte Marita plötzlich mit sanfter Stimme, über sich selbst erstaunt, daß sie sich einmischte. »Bitte helfen Sie uns!« fügte sie noch dringlicher hinzu. Der Effekt war ermutigend. Kislowski wirkte mit einemmal zugänglicher und weicher.

»Hat Ihnen dieser Mann etwas getan?« fragte er.

»Nicht mir. Meiner besten Freundin. Er will ihr mit unfairen Methoden ihren kleinen Sohn wegnehmen, um ihn selbst aufzuziehen. Er hat mehr Geld und mehr Macht als sie. Er wird gewinnen, wenn wir nichts unternehmen. Ein Mann, der mit jungen Mädchen schläft, die seine Töchter sein könnten, besinnt sich plötzlich auf seine Vaterpflichten. Ich finde, daß wir das verhindern müssen, und deshalb sind wir hier. Nur Sie können uns noch helfen. Wenn Sie bestätigen, was wir vermuten, haben wir etwas in der Hand gegen den Mann.«

Kislowski dachte nach.

»Was ist mit Ihrer Freundin?« fragte er schließlich. »Kann die nicht für sich selber sprechen?«

»Sie wird erst dann nach Hamburg zurückkehren, wenn sie eine Chance sieht, ihren Sohn zu behalten.«

»Heißt das, sie ist abgehauen? Mit dem Kind?«

»Ja. Wenn Sie es so nennen wollen. Sie hatte keine andere Wahl.

Kislowski pfiff durch die Zähne. »Gibt's ja nicht«, murmelte er vor sich hin. Eine Pause entstand, währenddessen Kislowski mit gespitzten Lippen vor sich hinstarrte. Dann fragte er: »Sind Sie sicher, daß es Ihrer Freundin um das Kind geht und nicht darum, ihrem Ex eins auszuwischen?«

»Dafür lege ich meine Hand ins Feuer. Wenn Sie vor dem Vormundschaftsgericht aussagen, werden Sie sie kennenlernen. Und dann werden Sie mich verstehen.«

Wieder sah Kislowski vor sich hin. Schließlich stand er auf und ging in einen Nebenraum, wahrscheinlich die Küche. »Wollen Sie wirklich nichts?« rief er. Ohne die Antwort abzuwarten, kam er mit einer Henkeltasse voll schwarzem Kaffee zurück und setzte sich wieder hin.

»Na schön«, sagte er langsam. »Ja, zu den beiden Fragen.«

Jenny saß unter einem kleinen Baum mit großen weißen Blüten und war glücklich. Sie selber hätte dieses Wort allerdings nicht in den Mund genommen. Wenn sie jemand gefragt hätte, wie sie sich fühlte, hätte sie wahrscheinlich gesagt: Ich bin nicht traurig, mir ist nicht schlecht, mir tut nichts weh, und außerdem ist das Heimweh weg. Glück war für ein Mädchen wie Jenny schon dieser Zustand: die Abwesenheit unangenehmer Empfindungen. Sie hob eins der weißen Blütenblätter auf und riß es langsam in Streifen. Es hatte eine weiche, samtige Beschaffenheit. Wenn Jenny es recht bedachte, war hier alles weich. Die Luft, das Gras, das Wasser, das träge an den Bootssteg plätscherte, die Möbel in Bob Meyersons großem lichten Haus, Bob Meyersons Stimme... Nein, die war nicht direkt weich, das wäre auch komisch gewesen, Bob war ja keine Frau. Bobs Stimme war fest, aber nie gereizt oder autoritär. Er schien alles irgendwie in Ordnung zu finden. Mamas komische Launen, Manuels Wutausbrüche, wenn er mal nicht bekam, was er wollte, und sogar Jennys Zurückhaltung. Jenny wußte ganz genau, daß die meisten Menschen sie seltsam fanden, weil sie so wenig redete und sich für nichts richtig begeistern konnte. Aber Bob schien das nicht zu stören. Er bemerkte es sehr wohl, aber es irritierte ihn nicht. Bei ihm fühlte sich Jenny ganz normal. Es war okay, daß sie so war wie sie war.

Sie sah herüber, zu ihrem Bruder, der auf dem Steg seltsame Ausfallschritte vor und zurück machte. Wahrscheinlich versuchte er, nicht auf die Spalten zwischen den Holzbalken zu treten. Eine Welle der Zuneigung überkam Jenny. Er war so eifrig und vertieft in sein einsames Spiel und sah dabei so rührend lieb und verletzlich aus, daß Jenny ihren ganzen Neid auf seine herausgehobene Position in ihrer kleinen Rumpffamilie vergaß. Vielleicht waren sie bald wieder eine richtige, vollständige Familie. Vielleicht konnten sie immer hierbleiben. Bei Bob.

Natürlich war das nicht sehr wahrscheinlich. Jenny wußte, daß sie dazu neigte, Dinge hoffnungsvoll als gegeben hinzunehmen, die in Wirklichkeit nur erholsame Phasen waren. Hämische Streiche eines gnadenlosen Schicksals, die nur dazu dienten, die kommenden unruhigen Entwicklungen noch trauriger und unerträglicher wirken zu lassen. Aber daran wollte sie nicht denken, nicht ausgerechnet jetzt. Sie wandte sich um, weil sie Stimmen hörte. Mama und Bob waren auf die Terrasse gekommen. Bob hatte seinen Arm um ihre Schultern gelegt, und Mama wirkte sehr entspannt. Sie war so schön, und Jenny wünschte sich so sehr, von ihr geliebt zu werden. Manchmal war es so. Heute, zum Beispiel, an diesem traumhaften Tag.

Julia betrachtete ihre Tocher unter dem Oleanderbaum, ohne sie wirklich zu sehen. Sie registrierte aber, daß beide Kinder zufrieden aussahen, und das machte sie froh. Das, was hier passierte, war eigentlich unglaublich. Ein Mann hatte sie aufgenommen, ohne Fragen zu stellen, ohne etwas zu verlangen, einfach so. Ein Mann mit Geld und Geschmack, der in einer phantastischen Umgebung lebte. Julia fühlte sich wie im Auge eines Hurrikans. Die Turbulenzen hatten aufgehört und einer trügerischen Windstille Platz gemacht. Der Sturm war nicht vorbei, sondern gönnte ihr nur eine Pause. Aber vielleicht hatte sie das hier für alles Kommende gerüstet.

»Willst du was trinken?« fragte Bob. Julia lächelte ihn an. Wie unendlich beruhigend Bob auf sie wirkte. Vielleicht war sie verliebt, obwohl er nicht ihr Typ war. Sie hatten noch nicht miteinander geschlafen, aber Bob hatte sie eben geküßt, in der kühlen, dämmerigen Stille seines Wohnzimmers, und sich gleich darauf entschuldigt. Das fand sie süß.

»Ja, ich hätte Lust auf ein Glas Weißwein«, sagte sie. Er verschwand im Haus und kam nach einigen Minuten mit zwei Gläsern und einer Flasche kalifornischem Cabernet Sauvignon zurück.

»Ich würde dich gern etwas fragen«, sagte er, nachdem er sich an den kleinen Terrassentisch gesetzt und Julia eingeschenkt hatte.

»Was du willst«, sagte Julia ergeben und schloß für einen Moment die Augen. Der Frieden war vorbei, die Wirklichkeit hatte sie wieder.

»Ich dachte mir, vielleicht könntest du mit deinen Kindern eure Ferien hier verbringen.«

»Du … du lädst uns ein?« Julia starrte ihn an.

»Nun … ja. Ich weiß, es klingt verrückt, aber ich bin überhaupt nicht böse, wenn du nicht annimmst. Ich meine, es muß dir komisch vorkommen, wenn ein wildfremder Typ … aber so ist es nicht gemeint.«

Julia sah ihn an. Sah in seine dunklen, schwerlidrigen Augen. Plötzlich warf sie den Kopf zurück und lachte. Bob grinste überrascht.

»He, was ist so komisch?« fragte er.

»Ich kann's einfach nicht glauben. Du denkst allen Ernstes, daß du mir komisch vorkommst? Ich bin die Verrückte, nicht du!«

»Du warst toll«, sagte Jenicke. Sie waren wieder in Maritas Wohnung und beugten sich gemeinsam über den Küchentisch, auf dem weitere unscharfe Fotos aus derselben Serie lagen, die einen Mann beim Sex mit einer sehr jungen Frau zeigten. Kislowski hatte sie ihnen gegeben. Doch auf keinem der Bilder war Stein so gut zu erkennen wie auf dem Foto, das Jenicke von dem unbekannten Absender erhalten hatte.

»Hast du eine Idee, wer dir dieses Foto geschickt hat?«

»Keine«, sagte Jenicke. »Solches Material wird normalerweise von mißtrauischen Ehefrauen geordert, aber diese Möglichkeit fällt ja wohl flach. Steins Frau hat keinen Grund, ihrem Mann in den Rücken zu fallen. Jetzt nicht mehr.«

»Das kann man nie wissen. Vielleicht hat er sie betrogen, und sie will sich rächen.«

»Kann ich mir nicht vorstellen. Die beiden haben soeben wieder geheiratet. Stand in Steins letztem Schreiben ans Gericht.«

»Kislowski war zum Schluß so kooperativ – vielleicht hätte er uns das auch noch erzählt. Wer sein Auftraggeber war.«

»Ich wollte es nicht darauf ankommen lassen. Stell dir vor, er wäre plötzlich wieder abgesprungen. Komischer Typ, am Telefon gestern wirkte er total schwierig. Aber du warst wirklich unglaublich gut. Er wurde ja weich wie Butter unter deinem schmelzenden Blick. Ohne dich hätten wir das nicht geschafft.«

»Frauen sind eben geborene Schauspieler.«

»Nein«, sagte Jenicke zärtlich. »Du warst so überzeugend, weil du daran geglaubt hast. Das ist schon komisch. Eigentlich wolltest du dich doch aus der Sache ausklinken.«

Marita stellte sich hinter ihn und umfaßte seinen flachen Bauch. »Ich habe eben gemerkt, wie wichtig dir das war. Julia, der Fall und all das.«

Jenicke drehte sich um und nahm sie in die Arme. »Ist das wahr? Hast du's meinetwegen getan? Du bist so eine Süße«, murmelte er in ihre Haare. Marita lachte leise auf und befreite sich.

»Wir haben noch nicht gewonnen, vergiß das nicht. Zu allererst müssen wir Julia dazu bewegen, daß sie zurückkommt.«

Bodo glaubte an Zufälle, nicht an Fügungen oder Bestimmungen. Nichts fand er lächerlicher als Menschen, die in jedem noch so banalen Ereignis ihres unwichtigen Lebens ein Muster zu erkennen glaubten. Es gab kein Muster. Äußere Umstände konnte man bis zu einem gewissen Grad beherrschen, der Rest war Willkür ohne Sinn oder gar göttlichen Plan. Da Bodo das wußte, überließ er normalerweise so wenig wie möglich dem Zufall und war damit immer sehr gut gefahren.

Der Therapeut, bei dem Bodo seinerzeit ein paar Stunden seiner kostbaren Zeit verschwendet hatte, hatte mehrfach von einem sogenannten Lebensskript gesprochen. Das Skript basierte auf prägenden Erfahrungen und Erlebnissen: Wer zum Beispiel einmal in einer bestimmten Situation versagt hatte, würde bei einer ähnlichen Gelegenheit wieder versagen, weil das Skript es ihm vorschrieb. Das Skript war also eine Art Programm, installiert nach unbewußten Kriterien auf der Festplatte des Gehirns. Menschen funktionierten nach ihrem individuellen Programm und beraubten sich auf diese Weise alternativer Möglichkeiten, ihr Leben zu gestalten. Die bestehende Logik dieser Theorie leuchtete Bodo zwar ein (auch wenn er weit davon entfernt war, sie auf seine eigene Person zu beziehen), aber die schicksalhafte Komponente daran lehnte er wiederum ab. Der Therapeut wollte ihm einreden, so jedenfalls verstand ihn Bodo, daß jeder – auch Bodo – in gewisser Weise determiniert war. Aber Bodo ließ sich von niemandem in seiner Handlungsfreiheit beschränken. Es war das, was er aus sich gemacht hatte, basta. Er hatte sein Schicksal in der Hand.

Warum dachte er jetzt darüber nach?

Weil er eine schlechte Phase hatte, gab Bodo endlich vor sich selber zu. Seit Tagen wurde er das lästige Gefühl nicht los, daß er dabei war, die Siegerstraße zu verlassen, auf der er sich jahrelang scheinbar mühelos bewegt hatte.

Wie kam er nur auf diese absurde Idee?

Er hatte nichts mehr von Reinhard gehört, das war das ganze Geheimnis. Montag war der nächste Gerichtstermin, und er hatte keine Ahnung, wo sich Julia, Reinhard und Manuel befanden. Sie waren alle drei wie vom Erdboden verschluckt. Reinhard war nicht zu erreichen. Julia und Manuel hielten sich nicht mehr in dem Hotel auf, zu dem er Reinhard geschickt hatte. Sie hatten nicht ausgecheckt, wie ihm die Rezeptionistin in miserablem Englisch versucht hatte zu erklären, aber sie waren nicht da. Wo sie waren? Die Frau hatte keine Ahnung.

Was war schiefgegangen? Denn daß etwas nicht in Ordnung war, stand außer Zweifel. Vermutlich war Reinhard auf seine dilettantische Weise gescheitert und hatte Julia endgültig gewarnt. Vielleicht hatte sie sogar die örtliche Polizei eingeschaltet. Das Bitterste an der Geschichte war, daß Bodo von Hamburg aus absolut nichts unternehmen konnte. Bis er einen Flug nach Florida gebucht hätte, wäre Julia vermutlich schon in Jamaika. Oder Australien. Oder wie wär's mit den Fidschiinseln? Julia war bereits auf den Fidschiinseln gewesen. Es hatte ihr sehr gut gefallen.

Es war elf Uhr, ein kalter, grauer Augustabend. Bodo saß in seinem Büro und starrte minutenlang tatenlos ins Leere. Seine Sekretärin, die glücklicherweise längst nach Hause gegangen war, hätte bei diesem ungewohnten Anblick wahrscheinlich den Notarzt alarmiert.

Das Telefon klingelte und riß ihn aus seinen unfruchtbaren Grübeleien. Er hob ab.

»Hallo Stein«, sagte die knarrende Stimme, die er mittlerweile hassen gelernt hatte.

»Was willst du um diese Zeit?« fuhr ihn Bodo an.

»Immer mit der Ruhe, Stein. Wir haben etwas zu besprechen. Ich bin ziemlich schockiert von deiner Art der Zusammenarbeit.«

»Was soll das?« sagte Bodo. »Ich denke, es ist alles in Ordnung. Das Verfahren...«

»Von wegen alles in Ordnung. Heute ruft mich ein Grünschnabel vom *Hamburger Kurier* an und stellt komische Fragen über Chemotrans. Hast du das initiiert?«

»Wie kommst du auf so einen Schwachsinn? Warum sollte ich das tun? Ich bin doch nicht blöd!«

»Hör mal, Stein, ich habe meine Informanten. Du hast mit dem Mann gesprochen und hast ihm meinen Namen gegeben.«

»Nein!«

Kurzes Schweigen in der Leitung.

»Du weißt, daß du mit drinhängst.«

»Herrgott ja. Du läßt ja keine Gelegenheit aus, mich darauf hinzuweisen. Gerade deshalb wäre es völlig absurd...«

»Der Junge wußte Sachen, die er gar nicht wissen konnte. Es war unglaublich.« Schweres Atmen. »Irgend jemand hat nicht dichtgehalten, und ich schwöre dir, Stein, wenn ich den zwischen die Finger kriege...«

»Machst du Hackfleisch aus ihm, ich weiß.« Das war der Standardspruch dieses Mannes. Kam aus bestem Haus, der Vater Ministerialdirigent, und trotzdem fühlte sich der Sohn ständig bemüßigt, sich wie ein aggressiver Prolet aufzuführen.

»Das ist nicht witzig!«

Bodo hatte jetzt genug von dieser Unterhaltung. »Um es noch mal ganz klar zu sagen, ich habe keine Ahnung, wer dieser Journalist ist, was er weiß, und was er will. Ich kenne den Mann nicht. Und ich weiß auch viel zuwenig über eure Interna, um ihm von Nutzen sein zu können. Ist jetzt alles klar?«

»Wir werden sehen, Stein.« Die Verbindung brach ab.

Bodo machte sich keine größeren Sorgen. Er war eigentlich schon dabei, dieses absurde Gespräch zu vergessen, redete er sich ein, um dann doch aufzustehen und sein Büro mit langen, nervösen Schritten zu durchmessen. Wahrscheinlich hatte der Kerl nur eine Gelegenheit gesucht, Dampf abzulassen. Andererseits: Wenn der besagte Journalist tatsächlich einen Informanten angezapft hatte, sah es nicht gut um die Firma aus. Wäre nicht das erste Mal, daß die Presse der Staatsanwaltschaft Feuer unterm Hintern machte, so daß sie gezwungen war, trotz schlechter Indizienlage doch noch mit Hochdruck zu ermitteln.

Warum passierte so ein absurder Vorfall ausgerechnet jetzt? Alles lief schief in letzter Zeit, als ob es jemand auf ihn abgesehen hätte. Bodo verscheuchte diesen unangenehmen Gedanken, ordnete seinen Schreibtisch und verließ das Büro.

»Du solltest fliegen«, sagte Bob Meyerson.

Als sie in ihrem Hotel angekommen waren, wo Julia auschecken und ihre Sachen holen wollte, hatte ein Fax an der Rezeption bereitgelegen. Meyerson hatte Julia angesehen, daß es wichtig war. Sie war kreidebleich geworden, überlegte ewig hin und her und verschwand dann in einer der Telefonzellen neben der Rezeption. Anschließend waren sie in einem Café am Ocean Drive etwas trinken gegangen, und sie hatte ihm zum ersten Mal uber ihre Schwierigkeiten erzählt. Alles? Das konnte er schwer beurteilen. Nein. Alles sicher nicht. Sie verschwieg ihm immer noch einiges. Bob Meyerson war nicht naiv. Diese Frau hatte eine handfeste Neurose, und mit Neurosen kannte er sich aus. Seine vorletzte Geliebte war ein Crackhead gewesen – allerdings im Designerkostüm. Als er sie verließ, laborierte sie gerade in einer einschlägigen teuren Klinik in der Nähe von New York an ihrem x-ten Entzug herum. Da er wußte, daß sie seinen Entschluß keinesfalls billigen würde, verließ er nicht nur sie, sondern auch seine Heimatstadt New York und zog nach Florida – eine radikale, aber angesichts der Dinge sehr vernünftige Entscheidung. Seine Ex-Geliebte neigte zur Rachsucht. Bobs nächste Freundin war allerdings auch nicht gerade der Prototyp der unkomplizierten Miss Jedermann gewesen. Nach einem Streit um ein eher läppisches Thema hatte sie sich vor seinen Augen die Pulsader der linken Hand aufgeschnitten, und zwar mit solcher Verve, daß das Blut bis an die Decke seiner Küche spritzte. Den triumphierenden, auf irre Weise gelassenen Blick, mit dem sie ihn dabei ansah, würde er bis an sein Lebensende nicht vergessen. Dabei mußte sie furchtbare Schmerzen gehabt haben, denn es stellte sich heraus, daß sie sich bei dem Schnitt mehrere Sehnen durchtrennt hatte.

Er leistete notdürftig Erste Hilfe, rief einen Krankenwagen und hörte anschließend nie wieder etwas von ihr.

Bob litt unter einem Helfersyndrom. Es war vielmehr ein verdammter Zwang, wie er oft dachte. Er fand schöne Frauen mit Problemen sexy. Sie waren interessanter als andere. Nicht so berechenbar wie diese tüchtigen, durchanalysierten Präzisionsmaschinen der ausklingenden neunziger Jahre, die nicht nur ihr Dasein mit links managten, sondern auch immer genau wußten, wo sie gerade standen. Woran sie glaubten, was sie wollten, was sie von ihren Jobs, ihrem Leben und natürlich ihren Lebensgefährten erwarteten. Sie waren so selbstsicher, so klar, so berechenbar. Es gab bei diesen Frauen keinen Raum für Überraschungen, Undiszipliniertheiten, Verrücktheiten.

Vielleicht funktionierte sein Liebesleben nach dem Ergänzungsprinzip. Frauen, die ihn erregten, verfügten über die eine emotionale Dimension, die seinem freundlichen, geradlinigen Charakter nicht zugänglich war, und die er trotzdem ergründen wollte.

Soweit der eine Bob Meyerson. Der andere Bob Meyerson kam dabei unglücklicherweise zu kurz. Bob Meyerson, der zweite, liebte Kinder über alles und hatte auch sonst sehr normale, bürgerliche Sehnsüchte nach einem intakten Familienleben. Es gab eine Menge Frauen, die gerne Mutter seiner Kinder geworden wären. Sie waren nett, bemüht, gesund, intelligent, alles, was man wollte. Aber es klappte einfach nicht. Bob suchte weiter nach Geheimnissen, die ihn verwirrten und sein Leben durcheinanderbrachten.

»Wie kommst du darauf, daß dir der Richter dein Kind wegnehmen will?« fragte Bob. Julia hatte eine halbe Stunde lang geredet, aber vieles an ihrer Geschichte blieb bruchstückhaft und unlogisch.

»Ich habe alles falsch gemacht«, antwortete Julia auf Bobs Frage. Sie sah mitleiderregend aus.

»Was heißt das?« Er geriet wieder in gefährliches Fahrwasser. Er versuchte, sie auf Ungenauigkeiten festzunageln. Das funktionierte bei Frauen wie Julia nie. Wenn sie keinen Ausweg für ihre Winkelzüge mehr sahen, flüchteten sie sich in tränenreiche Ausbrüche oder benahmen sich zickig und unberechenbar. Aber er konnte nicht anders. Er war wieder der brave, rationale Bob, obwohl er sich in dieser Rolle haßte.

»Was genau hast du falsch gemacht?«

Er fand, er klang wie ein Inquisitor, aber merkwürdigerweise schien er diesmal genau den richtigen Ton getroffen zu haben. Julia sah ihn lieb und voller Vertrauen an.

»Du wirst mich nicht mehr mögen, wenn ich dir das erzähle.«

»Doch«, sagte er und nahm ihre Hand. Plötzlich fühlte er sich ihr sehr nahe. Die Sonne schien heiß auf ihren Tisch, die Eiswürfel schmolzen in ihren Drinks, eine leichte Brise wehte vom Meer auf die Terrasse des halbleeren Cafés. Er war hier mit einer Frau, die ihm immer mehr bedeutete. Es war doch egal, ob sie die hundertprozentige Wahrheit sagte. Wichtig war, daß sie jetzt und hier zusammensein konnten. Er dachte an die beiden Kinder, die in seinem Haus auf sie beide warteten und im Moment von dem kubanischen Dienstmädchen beaufsichtigt wurden. Die Vorstellung machte ihn glücklich. Die Vorstellung, daß Kinder auf ihn warteten.

»Ich habe Jenny geschlagen. Mehrmals. Auch Manuel.« Julia kamen die Tränen. Er wartete geduldig und hielt weiter ihre Hand. Sie sprach immer schneller, während ihr die Tränen über die Wangen liefen, die sie sich ungeduldig abwischte.

»Alles kam zusammen, verstehst du. Ich verlor meinen Job, ich hatte diese wahnsinnigen Schulden, ich hatte keine Freunde mehr außer Marita, ich habe mich völlig gehenlassen. Ich war einsam, und alle waren gegen mich. Eine Nachbarin hat mich auf der Treppe gesehen, wie ich ausgerastet bin. Jenny fing wieder an zu maulen, daß sie nach Hause will, und ich konnte ihr einfach nicht begreiflich machen, daß es das zu Hause bei Bodo nicht mehr gibt. Sie hat nicht lockergelassen, immer wieder mit ihrer nöligen Stimme davon angefangen. Und dann habe ich auf sie eingeschlagen, daß sie noch Tage später blaue Flecken hatte. Ich habe sie richtig verprügelt, Bob. Und es war nicht das letzte Mal.« Sie stockte. Bob sagte nichts. Es war gut, daß sie ihm das erzählte, es bewies ihr Vertrauen. Aber trotzdem war er schockiert. Es gab keinen guten Grund, Kinder zu schlagen. Keinen einzigen.

»Du bist schockiert«, sagte Julia und lächelte wehmütig. Eine lange, dunkle Locke fiel ihr ins Gesicht.

»Ja, ich bin schockiert, ehrlich gesagt.«

»Soll ich aufhören? Soll ich die Kinder abholen und für immer aus deinem Leben verschwinden? Du brauchst es nur zu sagen. Ich könnte dich verstehen.«

»Nein«, sagte Bob, aber er war sich nicht sicher, ob er es so meinte. Wie konnte sie so etwas tun? Diese Kinder waren reizend, wenn man sie gut behandelte. Er sollte Julia in die Wüste schicken und die Kinder behalten.

»Erzähl weiter. Was passierte dann?«

»Manuel war an diesem Sonntag bei Bodo. Als er ihn abends zurückbrachte, muß diese verdammte Ziege ihn abgepaßt haben, bevor er in unser Stockwerk kam. Ich hörte die beiden reden, und dann war mir sofort klar, was passieren würde. Bodo würde sie dazu bringen, vor Gericht gegen mich auszusagen. Das wäre typisch für ihn gewesen. Ich rannte also runter und mischte mich ein.«

»Womit du alles noch schlimmer gemacht hast.«

»Allerdings. Ich konnte mich einfach nicht mehr beherrschen. Ich schrie die Ziege an, sie solle ihr Schandmaul zumachen und sich aus unserem Leben heraushalten. Manuel weinte und klammerte sich an Bodo fest, und Bodo sah mich an mit seinem betrübten Heuchlerblick und …«

»Und das gab für die Nachbarin den Ausschlag.«

»So ist es. Klar. Sie hat mich angesehen wie eine … Sie hat sich tatsächlich die Mühe gemacht und ist vor Gericht aufgekreuzt. Wahrscheinlich kam sie sich enorm großartig vor. Tja, und so nahmen die Dinge ihren Lauf. Eine Frau vom Jugendamt attestierte mir schriftlich, daß ich mir eine Menge Mühe bei der Erziehung gebe. Aber zwischen den Zeilen konntest du lesen: Die Frau ist überfordert. Dann wurde die Kindergärtnerin von Manuel befragt. Und was sagt die blöde Kuh? Er sei instabil und aggressiv. Er rede ständig von seinem Vater und weine dabei häufig. Mich habe er wiederholt als Arschloch und böse Mama bezeichnet.«

»Stimmt das denn?«

»Ja«, sagte Julia leise. Sie nahm gedankenverloren ihr Glas in die Hand und trank von dem mittlerweile völlig verwässerten Drink.

»Manuel war oft schrecklich zu mir. Die Situation hat ihn überfordert. Bodo hatte dieses verdammte Umgangsrecht eingeklagt, und ich hatte damals nachgegeben, weil mir nicht klar war, was das für Konsequenzen haben würde. Ich weiß nicht, wie das andere Frauen nach einer Trennung machen, aber ich bin damit nicht zurechtgekommen.«

»Umgangsrecht ist heutzutage etwas ganz Normales. Es ist sinnvoll nach einer Trennung.«

»Klar. In der Theorie. Willst du wissen, wie so etwas in der Praxis aussieht? Alle zwei Wochen von Freitagabend bis Montag früh war Manuel bei Bodo, in diesem wunderschönen Haus, in dieser tollen Umgebung, die ich ihm nicht mehr bieten konnte. Bodo hat ihn natürlich regelrecht indoktriniert. Ihm teure Geschenke gemacht. Ihm zu verstehen gegeben, daß er ihn am liebsten immer bei sich behalten würde. Manuel ist ein kleines Kind. Das alles mußte ihn völlig durcheinanderbringen.«

»Du bist nicht mehr mit ihm fertiggeworden.« Eine Feststellung, keine Frage. Julia senkte den Kopf. »Nein.«

»Und dann bist du einfach weggelaufen. Hast dir drei Flugtickets besorgt und …«

»Nein, da noch nicht. Vorher hatte ich einen Autounfall. Die Folge war eine Art Nervenzusammenbruch. Frag mich nicht, wie Bodos Anwalt rausgekriegt hat, daß ich ein paar Tage in der Psychiatrie verbringen mußte. Tja, das war das Ende. Ich habe den Brief gelesen, den er daraufhin ans Gericht und an meinen Anwalt geschickt hatte. Die nächste Verhandlung hätte mir das Genick gebrochen. Ich meine, ein Außenstehender mußte annehmen, daß ich eine Gefahr für mein eigenes Kind bin.«

»Und? Wie siehst du das?«

»Ich liebe Manuel. Ich kann es schaffen. Ich kann eine gute Mutter sein. Aber nicht unter diesen Umständen.«

Viele Mütter, dachte Meyerson, ziehen ihre Kinder unter weitaus schwierigeren Bedingungen auf und verlieren trotzdem nicht die Nerven. Psychoterror hin oder her – Julias Probleme waren Luxusprobleme. Eine stabile Persönlichkeit wäre damit fertiggeworden. Oder war er zu selbstgerecht? Fehlte ihm einfach die Phantasie, sich Julias Situation vorzustellen? Wie hätte er reagiert – nicht als Bob Meyerson, sondern als Julia Hoffmann?

»Was denkst du gerade?«

Bob seufzte. Er fror etwas trotz der Sonne. Er nahm seinen Blazer, den er lose über seinen Stuhl gehängt hatte, und zog ihn wieder an.

»Soll ich ehrlich sein? Du hast ihm in die Hände gespielt.«

»Ja, ich weiß.« So demütig. So einsichtsvoll. Aber war es nicht so, daß sie jeden einzelnen Fehler wieder machen würde?

»Dieser Bodo muß dich sehr gut kennen. Du hast agiert wie eine Marionette.«

»Ja, du hast vollkommen recht.«

Jeder verleumderische Brief Bodos hatte sie in ihrer Märtyrerrolle bestätigt, und dahinter war die Hoffnung gestanden, daß er irgendwann merken würde, was er an ihr verloren hatte. Schlag mich weiter, bis ich vor dir krieche, hatte sie ihm zu verstehen gegeben, und alles nur, um das Psychodrama zwischen ihnen nicht beenden zu müssen. Sie hatte Manuel als Unterpfand einer Liebe benützt, die längst nicht mehr existierte, dachte Bob. War es so?

Er sagte: »Ich finde, du solltest aufhören, dich so leicht beeinflussen zu lassen. Von deinen Wünschen, von deinem Trotz, von irgendwas, das in dir ist. Ich weiß nicht, was es ist, dazu kenne ich dich nicht gut genug. Es kann dich zerstören, soviel weiß ich. Fang an, die Realität anzunehmen wie sie ist.«

»Aber du magst mich, wie ich bin, nicht wahr?« Julia lächelte. Ein wenig tückisch. Sie hatte ihn durchschaut. Er lächelte ebenfalls, wie einer, der die Waffen streckt. Sie hatte die Probleme, und er war matt gesetzt.

Am nächsten Tag fuhr Bob Meyerson sie zum Flughafen in Fort Lauderdale. Er bezahlte die Tickets nach New York, wo sie umsteigen mußten.

»Ich möchte, daß Ihr drei wiederkommt«, sagte er zum Abschied. Aber er glaubte nicht wirklich, daß es passieren würde.

11

Der Richter blätterte die Akte Hoffmann gegen Stein durch und seufzte. Eingaben über Eingaben, viel mehr als in solchen Fällen üblich, und die weitaus meisten stammten von Steins Anwalt Rosenberg. Von Mal zu Mal wurde der Ton gehässiger. Richter Pauli kannte Rosenberg schon lange, der schrieb solche Briefe nicht. Rosenberg war zwar skrupellos, aber auch sachlich und kühl. Wahrscheinlich hatte sie ihm Stein Wort für Wort in die Maschine diktiert. Das neueste Schreiben äußerte sich über eine angebliche Flucht Julia Hoffmanns mit ihren beiden Kindern in die USA. Dieses verantwortungslose Verhalten zeige Frau Hoffmanns wahnhaft labile psychische Verfassung und demonstriere erneut, daß ihr jede Eignung zur Kindererziehung abginge. Und so weiter.

Pauli befand sich in einem Dilemma. Er mochte keinen der Beteiligten. Die Beurteilungen des Jugendamts und die von Manuels Kindergärtnerin ergaben, daß die Kindsmutter ihr Leben nicht mehr im Griff hatte. Die Aussage von Julias Nachbarin war ebenfalls eindeutig. Und auf Pauli selber machte Julia Hoffmann den Eindruck einer verwöhnten Egoistin, die auf jede Schwierigkeit hysterisch reagierte. Das Problem war, daß Pauli der Kindsvater auch nicht sympathischer war. Schon diese ekelhaften, in der Diktion verleumderischen Briefe über seine ehemalige Lebensgefährtin sprachen Bände über seinen Charakter. Pauli hatte Stein im Verdacht, daß es ihm keineswegs um das Wohl seines Sohnes ging, sondern ausschließlich darum, zu gewinnen und seiner verhaßten Ex-Geliebten eins auszuwischen. Er konnte sich durchaus vorstellen, daß Bodo Stein einen nicht unerheblichen Anteil am derzeit desolaten psychischen Zustand Julia Hoffmanns hatte. Genauso hatte übrigens ihr Anwalt argumentiert, was die Gegenseite selbstverständlich sofort als Beweis dafür anführte, daß Julia Hoffmann nun »eine veritable Paranoia« entwickle. Aber Pauli tendierte eher dazu, Julia zu glauben.

Pauli seufzte wieder. Er hatte im vergangenen Monat seinen fünfzigsten Geburtstag gefeiert und dachte jetzt schon sehnsüchtig an seinen letzten Tag in diesem Gericht, der noch in weiter Ferne lag. Sorgerechtsstreitigkeiten brachten immer die schlechtesten Seiten der Beteiligten zutage. Es ging selten um die Kinder, meistens um Macht und kleinliche Rachegelüste. Die neueste Methode war das Thema Mißbrauch. Ein Vorwurf, der besonders gern von betrogenen Ex-Ehefrauen aufgebracht wurde. Er ließ sich äußerst selten beweisen, ruinierte aber häufig das Leben der Väter nachhaltig, weil ihm in jedem Fall nachgegangen werden mußte. Und leider erwies er sich eben auch manchmal als wahr.

Man konnte Eltern nicht ansehen, ob sie gute Eltern waren. Jeder Dummkopf konnte Vater beziehungsweise Mutter werden. Wäre das in irgendeiner Weise durchführbar – Pauli hätte für ein Examen für künftige Eltern plädiert. Er lächelte bei dem Gedanken an den Medienaufstand, den diese Forderung verursachen würde. Das Talent für Mutter- und Vaterschaft galt als etwas Naturgegebenes und wurde als Selbstverständlichkeit vorausgesetzt. Die Ergebnisse dieser verhängnisvollen Fehleinschätzung sah er hier. Tag für Tag.

Auch das neue, mit so vielen Hoffnungen behaftete Gesetz würde die Situation in keinster Weise verbessern, glaubte Pauli. Das automatische gemeinsame Sorgerecht nach der Scheidung funktionierte nur dann, wenn die Trennung einvernehmlich und fair verlaufen war, sich keiner der Ex-Partner übers Ohr gehauen fühlte, und sich beide glücklich mit der Scheidung arrangiert hatten. Waren diese Voraussetzungen gegeben, war eine gesetzliche Regelung sowieso überflüssig. Andernfalls jedoch bot das gemeinsame Sorgerecht nur neuen Anlaß für ewigen Hader und Streit. Die Trennung konnte unter diesen Umständen nie wirklich vollzogen werden, weil immer der jeweils Beleidigte auf seine Rechte und die Pflichten der Gegenseite pochen konnte.

Pauli favorisierte insgeheim das alte Gesetz. Es war nicht perfekt, aber wenigstens eindeutig: Das Sorgerecht hatte die Mutter, es sei denn, der Vater war nicht damit einverstanden. Dann konnte er das vor Gericht klären lassen. Das war klar und einfach. Paulis Erfahrung war, daß sich die meisten Väter ohnehin nicht sonderlich für den zurückgelassenen Nachwuchs interessierten. Julia Hoffmann, typisch Journalistin, hatte ihm einmal die entsprechenden Zahlen um die Ohren gehauen. Pauli hatte sie damals scharf zurechtgewiesen, aber in Wirklichkeit wußte er, daß ihre Statistiken stimmten.

Möglicherweise lag es an dieser Tatsache, daß er Steins reichlich auffälligem Engagement mißtraute.

Ohnehin war der ihm vorliegende Fall kompliziert genug, weil Hoffmann und Stein nie verheiratet waren.

Es war fünf vor zehn. Pauli überlegte, ob er noch kurz seine Frau anrufen sollte – er wollte, daß sie den gemeinsamen Wagen in die Inspektion brachte –, aber er entschied sich dagegen. Das hatte später noch Zeit. Er trat vor einen kleinen Wandspiegel und richtete sich die Krawatte. Dann nahm er die Mappe mit seinen Unterlagen und eilte in Raum 507, wo die Verhandlung stattfinden würde.

Er nahm am Kopf des Tisches Platz und musterte kurz die kleine Runde. Julia Hoffmann saß neben ihrem Anwalt. Sie war also keineswegs flüchtig, wie Pauli mit Befriedigung feststellte. Zu welch unsinnigen Behauptungen sich die Gegenseite wieder verstiegen hatte! Pauli war mehr denn je entschlossen, Julia das Sorgerecht zu lassen. Pauli hatte es im Gefühl, daß sich Julia Hoffmanns Situation schlagartig bessern würde, sobald sie nicht mehr unter diesem enormen Druck stand.

Pauli begrüßte die Anwesenden. Um den langen Tisch aus

poliertem Holz saßen Julia Hoffmann, ihr Anwalt Heiner Jenicke, Bodo Stein, dessen Anwalt Herbert Rosenberg und eine Protokollantin. Sofort nachdem Pauli die Sitzung formlos für eröffnet erklärte, erhob sich der junge Jenicke. Jenicke agierte häufig etwas ungeschickt, aber Pauli mochte ihn trotzdem, weil er kein schnöseliger Angeber war wie so viele frischgebackene Anwälte, sondern seine Unerfahrenheit durch Engagement wettmachte.

»Ich tue das jetzt nicht gern«, sagte Jenicke an den Richter gewandt. »Aber es bleibt mir nichts anderes übrig.«

»Was ist los?« fragte Pauli und hoffte, daß es jetzt nicht um irgendeinen albernen juristischen Winkelzug ging. Jenicke stand auf und reichte Pauli einen Umschlag.

»Was soll das? Warum geben Sie mir das?« Pauli wog den Umschlag unschlüssig und legte ihn schließlich vor sich hin. Steins Anwalt Rosenberg schaltete sich erwartungsgemäß ein. »Entschuldigen Sie, aber es geht natürlich nicht, daß der Kollege auf diese Weise an uns vorbei agiert. Ich bitte Sie hiermit ...«

»Erklären Sie uns doch einfach, was es mit diesem Umschlag auf sich hat«, unterbrach ihn Pauli und sah Jenicke an. Jenicke erhob sich wiederum. Er wirkte etwas verlegen, weil er nun im Zentrum der Aufmerksamkeit stand, aber er schien sich seiner Sache sehr sicher zu sein.

»Letzten Mittwoch, am späten Nachmittag, erhielt ich diesen Umschlag von einem anonymen Absender. In dem Umschlag befinden sich mehrere Fotos. Sie zeigen Herrn Stein in, sagen wir, intimer Interaktion mit einem Mädchen, das zum Zeitpunkt der Aufnahme fünfzehn Jahre alt war.«

»Wie bitte?« Pauli war entgeistert über diese neue Zumutung. Nun fing auch die Gegenpartei an, mit Schmutz zu werfen. Dieses ganze Verfahren ging ihm plötzlich dermaßen auf die Nerven, daß er am liebsten den Krempel hingeschmissen hätte. Stein sprang auf und war wahrscheinlich im Begriff, »Schiebung« oder »Fälschung« zu schreien, aber sein Anwalt hielt ihn vorerst zurück. Jenicke stand immer noch und sah den Richter ruhig an.

»Was hätte ich tun sollen, Richter Pauli? Ich bekomme dieses Bild auf den Schreibtisch. Ich recherchiere in aller Eile und ermittle den Fotografen dieser Aufnahme. Dieser Fotograf bestätigt mir, daß das Mädchen auf dem Foto zum Zeitpunkt der Aufnahme vor sechs Jahren minderjährig war. Sie hatten eine mehrwöchige Affäre und ...«

»Was ist das für ein Mann? Dieser Fotograf? Wer hat ihn beauftragt?«

»Der Fotograf ist ein Privatdetektiv. Ich weiß nicht, wer ihn beauftragt hat. Er sitzt draußen auf dem Gang. Er hat die Negative dabei. Sie können ihn befragen.«

Pauli dachte nach. Sollte Stein tatsächlich eine Minderjährige verführt haben, war das eine Sache für den Staatsanwalt, während dies hier ein Zivilverfahren war. Er wollte sich eben in dieser Richtung äußern und die Verhandlung so lange vertagen, bis der Vorwurf gegen Stein geklärt war, als Stein sich nicht mehr zurückhalten konnte.

»Ich will dieses angebliche Foto sehen. Sofort«, sagte Stein auf seine übliche blasierte, herrische Art, die Pauli nicht mochte.

»Holen Sie den Mann herein«, sagte er daraufhin zu Jenicke. Jenicke erhob sich, ohne eine Miene zu verziehen, ging zur Tür hinaus und kam ein paar Sekunden später mit einem schmächtigen jungen Mann zurück, den er als Wilmar Kislowski, Privatdetektiv, vorstellte. Kislowski wirkte nervös.

»Es dauert nicht lange«, sagte der Richter freundlich und bat die Protokollführerin, rasch einen Stuhl für Kislowski zu besorgen.

»Nein, ich stehe lieber«, sagte Kislowski, und seine Stimme zitterte leicht. Die meisten Menschen waren vor Gericht nervös, wahrscheinlich weil sie zu viele amerikanische Fernsehkrimis gesehen hatten und völlig falsche Vorstellungen hatten, wie eine Verhandlung in Deutschland in der Regel funktionierte: ohne aggressive Kreuzverhöre und ständigen verbalen Schlagabtausch zwischen Staatsanwalt und Verteidiger, ohne Geschworene, eben ohne den ganzen beängstigenden, aber dramaturgisch ergiebigen Kram.

Kislowski stand wie ein Schuljunge neben Jenicke und schien nicht zu wissen, wohin mit seinen Händen. Pauli beschloß, es kurz zu machen. Er hatte mittlerweile den Abzug aus dem Umschlag genommen und gab ihn Kislowski in die Hand.

»Bitte betrachten Sie dieses Foto in Ruhe. Haben Sie das geschossen?«

Kislowski holte tief Luft. »Nein«, sagte er dann und wirkte plötzlich wesentlich selbstbewußter. »Tut mir leid«, fügte er in Jenickes Richtung hinzu, der wie vom Donner gerührt dastand. Pauli wiederum sah Jenicke an, der entgeistert auf seinen Zeugen blickte. Stein war inzwischen rasch hinter Kislowski getreten und riß ihm das Foto aus der Hand. »Das gibt's nicht!« Stein schüttelte den Kopf. Pauli sah ihn zum ersten Mal ehrlich überrascht.

»Eine Fälschung«, sagte er ganz ruhig. »Ich hab' das Mädchen noch nie gesehen.«

»Wie soll ich das verstehen?« fragte Pauli, nun ernsthaft verärgert.

»Ich begreife das nicht«, ließ sich Jenicke vernehmen. Er war kreideweiß. »Kislowski hat mir gesagt, daß er dieses Foto gemacht hat. Sie haben doch die Negative! Zeigen Sie uns die Negative!«

»Tut mir leid, ich kann das einfach nicht«, murmelte Kislowski.

»Was können Sie nicht?« rief Pauli.

»Weiter lügen.«

»Bis jetzt haben Sie nur gesagt, daß Sie das Foto nicht gemacht haben. War das gelogen?«

»Nein, nein.«

»Also, Sie haben das Foto nicht gemacht.«

»Aber auf der Rückseite steht die Adresse seines Büros!« rief Jenicke. »Deshalb bin ich doch überhaupt auf ihn gekommen.«

»Es ist wirklich bodenlos«, ließ sich Stein triumphierend vernehmen, der mittlerweile wieder Platz genommen hatte.

»Seien Sie doch endlich mal ruhig«, sagte Pauli. »Herr Kislowski, warum haben Sie vor Herrn Jenicke behauptet, daß Sie dieses Foto geschossen haben?«

Kislowski verschränkte die Hände auf dem Rücken, holte wieder tief Luft und starrte an die Decke. Sein spärlicher Schnauzbart zitterte. »Es war ein Auftrag.«

»Sie haben auftragsgemäß gelogen?«

»Ja.«

»Ihr Auftrag bestand darin, auf Anfrage von Herrn Jenicke zu behaupten, Sie hätten dieses Foto geschossen?«

»Ja.«

»Und wer hat es in Wirklichkeit getan?«

»Keiner, glaube ich.«

»Was heißt das? Das Foto liegt doch vor.«

»Ich glaube, es ist eine Fälschung. Computermontage oder wie man das nennt.«

»Wie kommen Sie darauf?«

»Na, weil alles so komisch lief. Negative gibt's auch keine. Jedenfalls habe ich sie nicht. Und wenn Sie mal genau draufschauen...«

»Herr Kislowski. Vielleicht sagen Sie uns jetzt einfach mal, was passiert ist.«

»Also gut. Vor ungefähr 'nem Monat kam eine Frau zu mir...«

»Wie hieß die Frau?«

»Die da ist es, die da sitzt.« Sechs Köpfe wandten sich zu Julia Hoffmann, die ungläubig lächelte. Pauli rieb sich die Nasenwurzel. Menschen konnten so unglaublich dumm und naiv sein. War Julia Hoffmann wirklich so dumm und naiv?

»Was wollte diese Frau?«

»Sie brachte diese Abzüge mit. Ich sollte einen davon, den, auf dem der Mann da« – er zeigte auf Stein – »mit dem Mädchen zu sehen ist, an einem bestimmten Datum an eine Adresse schicken.«

»An die Adresse von Herrn Jenicke?«

»Ja. Sie sagte dann, Jenicke würde sich bei mir melden und nach dem Mann auf dem Foto fragen. Ich sollte sagen, daß er das sei, und daß ich das auch vor Gericht bezeugen würde. Aber ich kann das einfach nicht. Dieser Anwalt kam dann mit dieser netten jungen Frau…«

»Marita Lange, eine Freundin von Frau Hoffmann«, schaltete sich Jenicke kraftlos ein. Er hatte sich wieder auf seinen Platz neben Julia Hoffmann gesetzt, aber er sah seine Mandantin nicht an.

»Und sie redete so nett von Frau Hoffmann, und daß ich ihre letzte Hoffnung sei und so weiter. Und da dachte ich, mal abgesehen von der Bezahlung tue ich auch noch was Gutes. Aber ich bin einfach kein Lügner.«

»Nun, immerhin haben Sie Herrn Jenicke belogen.«

»Ja, aber ich mußte ja gar nicht viel sagen. Ich mußte mir nichts Großartiges ausdenken, verstehen Sie. Es ging nur darum, zu behaupten, daß ich das Foto gemacht hätte und daß das Mädchen minderjährig sei. Ich meine, mein Auftraggeber sollte ja gar kein Thema sein. Das war ziemlich einfach. Aber jetzt…«

»Warum haben Sie sich damals überhaupt auf diesen Auftrag eingelassen?«

»Sie hat gut gezahlt, ehrlich gesagt. Das Geschäft läuft nicht so toll zur Zeit. Und sie hat mir leid getan. Dann hatte ich mir die Sache aber noch mal überlegt. Ich wollte sie anrufen und den Kram abblasen.«

»Ach wirklich!«

»Doch, das ist wahr! Aber sie war nie zu erreichen, da lief immer nur der Anrufbeantworter. Also habe ich das Foto eben doch abgeschickt. Und als dann noch dieser Jenicke mit der jungen Frau kam… Werde ich jetzt gerichtlich verfolgt?«

»Davon können Sie ausgehen, und nicht zu knapp! Verleumdungsklage mit allem.« Das war natürlich Stein.

Pauli unterbrach ihn. »Gehe ich also recht in der Annahme, daß Julia Hoffmann Sie beauftragt hat, eine Falschaussage zugunsten von Bodo Stein zu machen?«

»Ja. Ja, genau. Aber ich hab's ja nicht getan! Ich gebe Ihnen auch das Geld zurück«, sagte Kislowski zu Julia Hoffmann, die ihn anstarrte, als würde sie an etwas ganz anderes denken.

»Was sagen Sie dazu?« fragte Pauli an Julia gewandt.

»Ich hab' den Mann noch nie gesehen.«

»Sie waren nie bei ihm?«

»Nein. Die ganze Geschichte ist von A bis Z erfunden. Ich schätze, Herr Stein wollte mir damit ein Bein stellen.

»Das ist doch... Du bist derartig gestört, man müßte dich einweisen!«

Julia Hoffmann, bislang beinahe unnatürlich ruhig, lief rot an. »Ach, jetzt kommt wieder die Platte! Du bist so ein Schwein, dir würde ich alles zutrauen, sogar, daß du mich in die Klapse bringst. Das paßt zu dir, dir so eine Intrige auszudenken. Das ist so typisch...«

»Frau Hoffmann, mäßigen Sie sich bitte...«

»Was hat dieser Kislowski mit dir zu tun? Inwiefern gehört er zu deiner kleinen Armee von Abhängigen, die du immer wieder zu kleinen miesen, fiesen Aufträgen heranziehst, du Mafiaboss im Miniformat...«

»Frau Hoffmann, jetzt ist Schluß! Ich dulde hier kein Geschrei!«

»Fragen Sie ihn doch mal, woher er Herrn Stein kennt! Untersuchen Sie das mal! Bodo Stein, der großartige Anwalt mit den besten Tricks, der noch den fiesesten Konkursbetrüger raushaut. Bodo Stein, der Immobilienhai, der vor keiner noch so üblen Methode zurückschreckt, um seine Mieter aus seinen Wohnungen zu vertreiben, damit sie luxussaniert werden können. Er hat seine Leute, die die Drecksarbeit für ihn übernehmen, verlassen Sie sich drauf!«

»Ruhe! Halten Sie endlich den Mund. Die Verhandlung wird vertagt! Herr Jenicke, bitte kümmern Sie sich endlich um Ihre Mandantin. Für heute haben wir genug gehört!«

Julia Hoffmann verstummte endlich. Ihr Gesicht war schweißnaß.

»Sie ist wirklich krank«, sagte Stein und hatte damit mal wieder das letzte Wort.

»Er lügt«, sagte Julia.

»Natürlich«, sagte Jenicke erbittert.

»Es ist wahr!«

Aber Jenicke wollte nichts hören. Er zog sich im Gehen seinen Mantel an und ließ sie hinter sich herlaufen. Als sie das Gericht verließen, fuhr ihnen ein kühler Windstoß ins Gesicht. Es hatte höchstens fünfzehn Grad. August in Hamburg. Julia faßte Jenicke am Ärmel, während er seinem Parkplatz zustrebte. Er riß sich los.

»Lassen Sie mich bitte in Ruhe!«

»Warten Sie! Das ist alles eine Intrige, ein Riesenirrtum! Sie können doch nicht im Ernst glauben, daß ich zu so etwas imstande bin.«

Selbst in ihren Ohren klang das unglaubwürdig. Jenicke wandte sich um, als er bei seinem Wagen angelangt war. Der Wind blies ihm die Haare in die Stirn. Sein Gesicht wirkte sehr jung und verletzlich.

»Sie lassen mich hier zwei Wochen lang hängen, ohne Honorar, ohne Nachricht. Ihre Freundin Marita bewegt mich dazu, in Ihrem Sinne weiterzumachen. Wohlgemerkt, ohne Honorar. Sie bleiben unerreichbar, irgendwo in Florida. Ich möchte gar nicht wissen, was Sie da alles angestellt haben. Ich traue Ihnen nämlich alles mögliche zu, falls es Sie interessiert. Sie sind in gewisser Weise genau wie Stein. Sie können nicht verlieren.«

»Das stimmt nicht!«

»Das Problem ist nur, liebe Frau Hoffmann, daß Stein besser ist als Sie. Sehen Sie das endlich ein. Er ist einfach der Bessere. Sie wollten mit seinen Mitteln kämpfen, aber Sie haben eben nicht seine kriminelle Klasse. Begreifen Sie das endlich. Sie haben verloren. Sie sind nur eine armselige, hysterische Frau, die nicht weiß, wo's langgeht. Darf ich Ihnen einen Rat geben?«

»Herr Jenicke…«

»Sie sind nicht cool genug, um das durchzuziehen. Vergessen Sie's. Stein ist Ihnen immer einen Schritt voraus. Am besten, Sie bringen ihm Manuel heute noch vorbei und vergessen das Kind. Dann haben Sie eine klitzekleine Chance, Ihr Leben wieder in den Griff zu kriegen.«

»Herr Jenicke, bitte ...«

»Ist Ihnen eigentlich klar, was Sie mir angetan haben? Sie haben meinen Ruf ruiniert, und zwar auf Jahre hinaus. Ich wünschte bloß, Sie hätten sich einen anderen Idioten gesucht. Wie konnte ich mich bloß jemals auf Sie einlassen? Sie sind wirklich nicht ganz normal.«

»Ich war das nicht!«

»Ach nein? Wer denn dann? O ja, natürlich. Bodo Stein, der Teufel in Menschengestalt. Erklären Sie mir doch mal, warum der Mann etwas so Dummes tun sollte, nachdem Sie doch ohnehin schon am Boden lagen. Alles, was er tun mußte, war doch bloß auf Ihre nächsten Fehler zu warten. Bodo Stein ist skrupellos, aber er ist kein Stümper. Der Stümper sind Sie!«

»Hören Sie mir doch endlich mal zu!«

»Nein. Ich höre Ihnen nie wieder zu, Frau Hoffmann. Ich lege den Fall nieder und schicke Ihnen meine Rechnung. Und verlassen Sie sich drauf, diesmal werde ich Ihre Schulden eintreiben. Und wenn der Gerichtsvollzieher bemüht werden muß. Ich hab's endgültig satt, mich von Ihnen verarschen zu lassen. Sie sind das Letzte!«

»Das können Sie mir nicht antun!«

Jenicke holte seinen Autoschlüssel aus der Manteltasche, sperrte auf und stieg ein. Während er den Motor anließ, betätigte er den automatischen Fensterheber.

»Und ob ich das kann«, sagte er kalt und sah zu ihr hoch. In seinem Blick las Julia Zorn und Frustration und noch etwas Drittes, das sie nicht benennen konnte. Sie trat von dem Auto zurück. Sie hätte niemals zurückkommen dürfen. Schon als sie entdeckt hatte, daß das Türschloß ihrer Wohnung defekt war, wußte sie, daß es ein Fehler gewesen war, wieder nach Hause zu kommen.

Sie hatte niemandem von dem Einbruch erzählt. Jetzt wußte sie, daß sie recht daran getan hatte. Niemand hätte ihr geglaubt.

Es war ein Uhr. Sie mußte Marita ablösen, die auf die Kinder aufpaßte. Sie winkte nach einem Taxi. Wie kalt es hier war. Sie hatte es in zwei Wochen fast vergessen.

»War das ihre Idee, oder habt ihr euch das gemeinsam ausgedacht?«

»Wovon redest du?« fragte Marita erstaunt. Sie hatte Jenicke endlich ans Telefon bekommen, nachdem seine junge Sekretärin ihn mehrmals verleugnet hatte.

»Der Privatdetektiv hat in ihrem Auftrag gehandelt, das Foto war wahrscheinlich eine Computerfälschung. Sag bloß, du hattest davon keine Ahnung.«

»Was?! Wieso hat mir Julia nichts davon gesagt, als sie zurückgekommen ist?« Also das war es gewesen. Deshalb war sie so kreidebleich, als sie die Kinder abholte.

»Hör zu, Marita, ich will dir gern glauben, daß du nichts damit zu tun hast, aber es fällt mir wirklich nicht leicht. Die Hoffmann hat das alles geplant, soviel ist sicher. Dumm nur, daß ihr Komplize kalte Füße bekam und schließlich doch die Wahrheit gesagt hat.«

»Jenicke, laß uns heute abend darüber reden. Bitte! Ich versichere dir, ich hatte keine Ahnung.«

»Ich weiß nicht. Ich bin ziemlich erledigt.«

»Vertraust du mir?«

»Ich weiß nicht.«

»Bitte. Erzähl mir alles, und dann sehen wir weiter.«

Sie hörte seinen Atem auf der anderen Seite der Leitung. Schließlich ein genervtes Stöhnen.

»Okay. Ich hole dich um sieben ab.«

Als Marita auflegte, trat Lisa an ihren Schreibtisch.

»Na, wieder mal privat telefoniert?«

»Ja. Was dagegen?« Langsam reichte es Marita. Ihr Bedarf an verkorksten Tagen war gedeckt. »Nur zu deiner Information: Ich bin hier Mitarbeiterin, keine Sklavin.«

»Schon gut. Ich muß dich sprechen. Komm bitte mit in mein Büro.«

Marita erhob sich, plötzlich wieder ganz kleinlaut, und folgte ihr. Wurde sie jetzt gefeuert? Sie fühlte sich mittlerweile so unsicher und unwohl in der Redaktion, daß sie sich darüber nicht mal gewundert hätte. Obwohl ihr Jo versichert hatte, daß ihre Position sich gebessert hatte.

»Setz dich«, sagte Lisa, und Marita erinnerte sich, wie sie ihr am gleichen Ort angeboten hatte, ihre Stellvertreterin zu werden. Die Szene schien ihr eine Ewigkeit her zu sein, dabei lag sie gerade mal zwei Wochen zurück. Und heute, nur zwei Wochen später, befürchtete sie, gekündigt zu werden. Wie unwirklich das alles war. Wie schnell sich Hoffnungen und freudige Erwartungen in das pure Gegenteil verwandeln konnten. Wie brüchig das Fundament war, auf dem man glaubte, sich fest und sicher zu bewegen. Bis alles einbrach.

Vielleich bekam sie wenigstens eine kleine Abfindung.

»Was ist los mit dir?« fragte Lisa. »Du siehst aus, als wärst du Horror-Greiner gerade auf dem Flur begegnet.«

Marita entspannte sich. »Wie kommst du darauf? Ist er wieder…«

»In einer Laune, wie man's einfach nicht beschreiben kann. Im Moment wird der Textchef niedergemacht.«

Lisa lachte heiser. Feuern wollte sie Marita jedenfalls nicht, soviel war klar.

»Du hast dich super gemacht in letzter Zeit«, sagte sie. »Die Beauty-Strecke war richtig toll.«

Marita lächelte erfreut und überrascht, war aber auf der Hut. Und dann packte Lisa aus.

»Hör zu, ich wollte dich um einen Gefallen bitten. Ich habe einen Freund. Er ist Gerichtsreporter und hat über irgendwen erfahren, daß deine Freundin Julia versucht hat, ihren Ex mit gefälschten Sexfotos reinzureiten.«

Marita starrte sie an. »Wovon redest du?«

»Komm schon. Du weißt doch Bescheid über die Sache, oder?«

»Ich weiß das, was du gerade gesagt hast. Nicht mehr. Die Verhandlung war erst heute vormittag.«

»Marita, bitte. Da steckt doch mehr dahinter, oder?«

»Lisa, was soll das? Julia hat bestimmt nichts damit zu tun, mehr kann ich dir auch nicht sagen. Frag sie selber.«

»Um mich geht's doch gar nicht, mich interessiert Julia überhaupt nicht. Ich hab' diese arrogante Kuh nie ausstehen können.«

»Also, worauf soll das Ganze dann hinaus? Willst du ein Interview vermitteln?«

Lisa lächelte und kniff die Augen ganz langsam zusammen, wie eine Katze. »Das trifft die Sache ziemlich genau. Kannst du mir da helfen?«

»Natürlich nicht. Ich kann Julia doch nicht reinreiten.«

»Das sollst du doch auch gar nicht. Der Mann will nicht mit dir, er will mit Julia reden. Wenn du den Kontakt machen kannst, gibt's natürlich auch ein Infohonorar.«

»Lisa, du weißt genau, daß ich das nie tun würde. Wie kommt der Typ überhaupt an die Information? Die Verhandlung war doch gar nicht öffentlich.«

»Du tust so, als ob du Julia ans Messer liefern sollst. Ich bitte dich einfach nur, sie zu fragen, ob sie Lust hat, mit dem Mann zu reden. Es würde sich finanziell für euch beide lohnen, hat er gesagt. Verstehst du, er hat die Geschichte doch schon in der Tasche. Es kann Julia nur nutzen, wenn sie ihre Version erzählt.«

»Und was hast du davon?«

»Wie meinst du das? Ich helfe einem Freund, sonst nichts.«

»Du meinst, du stehst auf ihn und rechnest dir was aus, wenn die Sache klappt. Quasi als Provision.«

Lisa lächelte wieder, kein bißchen beleidigt. »He, du kannst ja richtig scharf schießen. Erstaunlich. Und wenn's so wäre, du prüde kleine Landpomeranze, was wäre schon dabei?«

»Du kannst mich mal.«

»Mein Gott, jetzt sei nicht so verdammt empfindlich. Du weißt doch, wie die Branche funktioniert. Ist eben was anderes als eine Agentur in der bayerischen Provinz.«

»Woher haben Sie meine Nummer?«

»Aus dem Telefonbuch, Frau Hoffmann. Es tut mir leid, daß ich Sie so überfalle, aber ich hatte keine andere Wahl. Ist ja jetzt auch unwichtig. Hören Sie, lassen Sie uns das Prozedere abkürzen, Sie sind eine Kollegin, Sie wissen, wie das läuft.«

»Nichts weiß ich, und damit ist dieses Gespräch beendet.«

»Versetzen Sie sich in meine Lage. Ich habe diesen Tip gekriegt, und dem muß ich nachgehen, das ist mein Job. Mal abgesehen davon hat Ihr Ex-Freund üble Dinge über Sie gesagt, und ich meine, es ist in Ihrem Interesse, wenn Sie Stellung beziehen.«

»Das Schwein!«

»Na, das ist doch schon was. Ich schätze, diese nicht sehr freundliche Bezeichnung bezieht sich auf einen gewissen, in Fachkreisen renommierten Anwalt?«

»Ach, halten Sie Ihren Mund. Sie schreiben doch sowieso, was Sie wollen. Ich muß mir das nicht länger anhören.«

»Legen Sie noch nicht auf. Sehen Sie, könnte durchaus sein, daß wir mit Ihrer Geschichte morgen den Lokalteil aufmachen. Heiß genug ist sie. Da wäre es in Ihrem Interesse...«

»Machen Sie, was Sie wollen. Aber eins sage ich Ihnen: Wenn Sie mich zitieren, wird Ihnen das leid tun.« Nach dieser leeren Drohung legte Julia auf und schaltete den Anrufbeantworter ein. Das war genauso richtig oder falsch wie alle anderen Alternativen. Bringen würden sie die Geschichte so oder so, wenn Bodo tatsächlich geredet hatte. Die anderen Lokalblätter würden in diesem Fall spätestens morgen nachziehen. Zunächst würden sie ihren Nachnamen abkürzen. Julia H. Nach ein paar Tagen würde trotzdem jeder Bescheid wissen.

Das schlimmste war, daß sie so verdammt allein war. Außer Marita gab es niemanden. Fünf Jahre hatte sie mit Bodo verschwendet, der kaum Freunde hatte und die ihren nie kennenlernen wollte. Das Ergebnis war, daß sich alle ehemaligen Bekannten von Julia zurückgezogen hatten. Weil Julia ja nie mehr Zeit für sie gehabt hatte. Weil Julia fünf Jahre lang damit beschäftigt war, Bodo zu beweisen, daß sie die perfekte Frau für ihn war. Ein Fulltime-Job, sozusagen. Den sie noch nicht mal zur Zufriedenheit erledigt hatte, sonst wäre sie wohl kaum verlassen worden. Seitdem hatten sich die Schicksalsgötter gegen sie verschworen und alle ihre Hoffnungen und Pläne vereitelt.

Vielleicht waren ihre Pläne aber auch einfach nur dumm und undurchdacht gewesen.

Sie war der Stümper, nicht Bodo. Jenicke hatte recht.

Julia sah sich plötzlich von außen. Eine Frau mit zerrauften dunklen Haaren, die im Mantel an ihrem Schreibtisch saß und Löcher in die Luft starrte. Sie hatte nicht mal mehr Valium. Die letzten beiden Tabletten hatte sie heute Manuel und Jenny gegeben. Gegen den Jetlag, wie sie sich eingeredet hatte. Damit sie sich erholten.

Ich brauche Hilfe, dachte Julia. Wie eine Luftblase kam dieser Satz aus den Tiefen ihres Bewußtseins an die Oberfläche geschwebt. Während ihr die Tränen über das Gesicht liefen, wiederholte sie ihn immer wieder, wie ein Mantra.

Ein paar Segelboote schossen in Schräglage über die Binnenalster, sonst waren nur Hundebesitzer unterwegs. Es war kühl und windig. Marita fror und hätte gern den Vorschlag gemacht, ins Café zu gehen, aber Jenicke schritt stur weiter aus, die Hände in seinen Manteltaschen vergraben. Marita paßte sich widerwillig seinem ziemlich hohen Tempo an. Sie war verärgert. Sie konnte nichts dafür, daß sich die Dinge so katastrophal entwickelt hatten.

»Jenicke, du weißt, daß ich von Anfang an gegen dieses Foto war.«

»Ja, aber das könnte auch ein Trick sein.«

»Du spinnst!«

Endlich blieb Jenicke stehen und drehte sich zu ihr um. Sein Gesicht war blaß und gestreßt. Er sah auf Marita herunter mit einem undefinierbaren Ausdruck. Endlich entspannten sich seine Schultern, und er zog den linken Mundwinkel zu einem schiefen Lächeln hoch.

»Ich will dir ja glauben«, sagte er. »Aber du mußt doch zugeben, daß es alles so verdammt gut zusammenpaßte.«

»Klar. Ich bin Grafikerin, kann Fotos am Computer fälschen...«

»Kannst du das wirklich?«

»Ja, sicher kann ich das. Es hätte theoretisch alles so sein können, wie du es dir jetzt vorstellst. Julia beschafft mir ein paar Porträts von Bodo, und ich montiere eins davon am Mac auf die Körper zweier Models. Ich meine, das ist schwieriger und zeitaufwendiger, als du dir das vielleicht vorstellst, weil ja alles zusammenpassen muß: die Körperhaltung, die Lichtverhältnisse und so weiter, aber es ist möglich. Anschließend haut Julia nach Amerika ab, und ich organisiere den Rest. Mache dir eine rührende Szene im Büro, damit du anbeißt und weiter am Fall dranbleibst...«

»Aber es war ja nicht so.«

»Nein! Vergiß den perfekten Plan. Denk doch mal nach: Wenn er wirklich so toll gewesen wäre, hätte sich Julia doch die Reise nach Amerika sparen können. Ich schwöre dir, ich hatte keine Ahnung von allem. Und ich bin mir sicher, daß Julia auch nichts von den Fälschungen wußte. Das ist nicht ihre Art.«

»Sehr witzig!«

»Julia ist alles mögliche, aber sie ist nicht hinterhältig. Sie trickst nicht.«

»Behauptest du einfach mal so. Dann stelle ich dir jetzt mal eine sehr einfache Frage: Wer soll es sonst gewesen sein?«

»Vielleicht war es wirklich Stein.«

»So ein... Auf keinen Fall. Der Mann ist doch kein Hasardeur. Das wäre viel zu riskant gewesen. Er war doch sowieso schon auf der Siegerstraße. Er hätte nur Geduld haben müssen, dann wäre Julia in Abwesenheit das Sorgerecht entzogen worden...«

»Wieviel Geduld denn? Einige Wochen? Ein paar Monate? Dann wäre Julia vielleicht wirklich über alle Berge gewesen. Man kann in den USA untertauchen, das geht, da gibt es jede Menge Beispiele. Vielleicht war er eben nicht so geduldig, nicht so cool. Ich meine, auch Bodo Stein ist kein Übermensch, der immer eiskalt rational entscheidet. Du tust immer so, als könnte er keine Fehler machen, als hätte er keine Gefühle. Jeder hat Gefühle.«

»Ich würde dir so gern glauben, Marita.«

»Du traust mir so was doch nicht im Ernst zu, oder?«

Jenicke legte den Arm um sie. Sie gingen schweigend weiter. Es hatte wieder angefangen zu regnen.

»Ich glaube dir, daß du nichts damit zu tun hast. Ich will es dir einfach glauben. Du bist mir einfach zu wichtig.«

Marita blieb abrupt stehen. Ohne ihn anzusehen, fragte sie: »He, war das eben eine Liebeserklärung?«

Jenicke zögerte. Ein paar Sekunden zu lang, fand sie und bereute schon, daß sie gefragt hatte. »Ja«, sagte er dann und küßte sie. Der Regen wurde stärker, aber keiner von beiden merkte es.

»Ich muß los«, sagte Ben, und ein mehrstimmiges Protestgeheul war die Folge. Sie waren zu fünft, und alle schon ziemlich blau. Wenn man sich nicht viel zu erzählen hatte, alberte man eben rum und trank zuviel. Eigentlich, dachte Ben, verbindet uns bloß noch die Journalistenschule, also was sollen diese blöden Treffen. Aber er war nicht ganz ehrlich zu sich. Er hatte es bloß zum Lokalredakteur des *Hamburger Kurier* geschafft, seine Kommilitionen waren beim *Stern,* beim *Spiegel* und bei der *Zeit.* Das war es, was Ben bitter aufstieß. In seiner Klasse war er als künftiger Überflieger gehandelt worden, und jetzt hatten sich die Verhältnisse umgedreht.

Er zahlte.

»Mann, warte doch. Wir gehen alle.« Aber Ben merkte, daß das halbherzig klang. In Wirklichkeit wollten sie ihn loshaben, um über ihn lästern zu können, bildete er sich ein. Dann sah er in die erhitzten, fröhlichen, offenen Gesichter. Na ja, vielleicht irrte er sich auch. Sein blöder Chefredakteur war schuld daran, daß er schon beinahe unter Minderwertigkeitskomplexen litt. Tatsache war jedenfalls, daß die anderen nicht zahlten. Ben zog seine Windjacke an.

»Bleib doch noch da. Ist doch klasse hier. Bist echt 'n Spielverderber.«

Aber Ben verabschiedete sich und stolperte über die Türschwelle in die kalte Nacht.

Er sah sich um. Kein Taxi weit und breit. Schließlich beschloß er, ein paar Meter zu Fuß zu gehen, um wieder nüchtern zu werden.

Klack, klack, klack. Das Geräusch seiner Ledersohlen klang ihm in den Ohren, als er über den menschenleeren Fischmarkt lief. Es war verdammt spät, sicher schon nach zwei. Klack, klack. Jemand war hinter ihm, aber Ben achtete nicht darauf. Er war todmüde und fror in dem pfeifenden Wind.

»Du hast dich ziemlich weit aus dem Fenster gehängt, Junge.«

Ben machte beinahe einen Satz vor Schreck. Plötzlich, wie aus dem Nichts, war ein Typ neben ihm aufgetaucht.

»Was wollen Sie von mir?«

»Nur 'ne Runde quatschen. Über Chemotrans und so.«

»Lassen Sie mich in Ruhe.« Bens Stimme zitterte leicht, aber das konnte man bei dem Wind eventuell überhören. Ben ging schneller, doch der andere blieb neben ihm.

»Ganz schön mutig für so einen jungen Schnösel wie dich, Junge. Aber an deiner Stelle würde ich den Scheiß lassen. Bringt nichts außer Ärger.«

Ben sah geradeaus. Er hatte zwar Angst, aber andererseits fand er die Situation auch ziemlich aufregend. Journalisten wie er, die ihre Nase in explosives Material steckten, lebten nun mal gefährlich. Ben war bereit, gefährlich zu leben, allerdings hatte er im Moment keine Lust, verprügelt zu werden. Deshalb sagte er diplomatisch, doch nicht unterwürfig: »Okay, ich geb' die Sache auf. Zufrieden?«

Im nächsten Augenblick lag er bäuchlings auf dem nassen Kopfsteinpflaster und schnappte nach Luft. Sein rechtes Bein schmerzte höllisch, aber das war nicht das schlimmste. Der andere hatte seinen Fuß auf Bens Nacken gestellt, und zum ersten Mal in seinem Leben spürte Ben, wie verletzlich so ein Nacken war. Er glaubte schon, die oberen Wirbel krachen zu hören. Was das bedeutet hätte, wußte er als Sohn eines Orthopäden sehr genau. Er konnte nichts machen. Sich nicht wehren, nicht mal reden. Die Schuhspitze bohrte sich in die weiche Haut am Haaransatz, das Pflaster unter ihm schürfte ihm sein Ohr und seine rechte Wange auf.

Es war ein herrliches Gefühl, als der andere endlich seinen Fuß wieder wegnahm und die rasende Angst nachließ.

»Wir machen dich fertig, wenn du bestimmte Leute weiter belästigst. Kapiert, du Arsch?«

»Ja«, stöhnte Ben. Er wollte nur noch nach Hause in seine WG. Aber er wagte es nicht aufzustehen. Vielleicht wartete der andere nur drauf, ihm einen weiteren Tritt zu verpassen.

12

Der Tod kam langsam. So langsam, daß er es nicht wahrhaben wollte, obwohl er immer schwächer wurde. Er dachte zwar, *ich sterbe,* aber es war eher wie eine Frage. Er glaubte nicht wirklich daran. Die furchtbaren, ungeheuerlichen Schmerzen erinnerten ihn jedenfalls daran, daß er lebte. Ich sterbe, hatte er zum letzten Mal vor vielen Jahren beim Skifahren gedacht, als er nach einem schweren Sturz hilflos einen vereisten Steilhang herunterrutschte, bis sich ein Ski löste und ihn am Kopf traf, so daß er für Minuten das Bewußtsein verlor. Als er aufwachte, lag er an eine Schneewehe geschmiegt. Verletzt, unterkühlt, aber lebendig.

Wenn er jetzt die Augen schloß, spürte er wieder die Kälte des Schnees. Sie wirkte lindernd auf den Schmerz in seinem Kopf. Seine Stirn war eingeschlagen, sein Hinterkopf auch. Nein, nein, versuchte er sich zu trösten.

Er roch etwas. Feuer. Eine heiße Stichflamme schoß direkt neben ihm aus dem Boden. Er zitterte. Neue Schmerzen. Er konnte sich nicht bewegen. Er war wieder ein Kind, ein Baby. *Mama, ich hab' Angst.*

Du kleiner Waschlappen, sagte eine Stimme aus dem Himmel. Hör auf zu heulen, sonst setzt es was.

Es war die Stimme seines Vaters.

Das Telefon im Gang klingelte.

Mehmet Cillers Frau wälzte sich grunzend auf die andere Seite und lag nun Mehmet zugewandt. Ihre Augen waren geschlossen, und sie knirschte leicht mit den Zähnen. Sie schlief, und wahrscheinlich träumte sie wieder einen ihrer beunruhigenden Träume. Gleich würde sie ihren schweren Arm auf seinen Brustkorb fallen lassen, was er nicht mochte.

Draußen war es bereits hell. Er mußte raus aus dem Bett, bevor Sonja von dem Klingeln aufwachte und darauf bestand, ihm Kaffee zu machen. Er hatte sich in sie verliebt, als sie jung, schlank und todunglücklich war, weil ein schlechter Mensch sie geschwängert und sitzengelassen hatte. Aus dieser Zeit vor zwanzig Jahren datierte Sonjas Drang, Mehmet rund um die Uhr zu verwöhnen und all ihren Freundinnen zu erzählen, wie fürsorglich und gar nicht machomäßig türkische Männer sich entgegen aller Vorurteile verhielten. Diese ewige, unerschütterliche Dankbarkeit, dachte Mehmet manchmal, hatte was Beschwerliches. Es wäre ihm lieber, sie würde sich allmählich einer intelligenteren, lohnenderen Beschäftigung zuwenden.

Nach dem elften Klingeln stand er endlich auf. Hastig schlich er aus dem Zimmer und schloß die Tür leise hinter sich.

»Guten Tag. Hier ist der automatische Weckdienst. Es ist jetzt sieben Uhr neunundfünfzig Minuten und zehn Sekunden.«

»Witzbold«, brummte Mehmet.

»Du wirst mir noch dankbar sein. Wir haben mal was Interessantes. Kein Penner in St. Georg. Keine Messerstecherei am Kiez. Was richtig Feines.«

»Mann, Rüdiger. Ich kann's kaum erwarten.«

»Halt dich fest: Tatort ist die Elbchaussee. Eines von diesen piekfeinen Anwaltsbüros. Es gab einen Zimmerbrand, der

Tote ist halb verkohlt, aber vorher hat ihm jemand den Schädel eingeschlagen, schätze ich.«

»Brandbeschleuniger?«

»Hundertprozentig. Hier riecht's nach Benzin.«

»Irgendwas gefunden, das wie eine Tatwaffe aussieht?«

»Moment mal. Wir sind selber erst seit einer halben Stunde hier. Hier ist ein ziemliches Chaos. Wahrscheinlich gab's einen Kampf.«

»Raubmord?« Mehmet ging in die Küche. Er klemmte den Hörer zwischen Ohr und Kinn und fischte die Kaffeedose und eine Filtertüte aus dem Hängeschrank über der Spüle. Die Bewegungen hatten sich über die Jahre so eingeschliffen, daß er sie im Schlaf hätte ausführen können.

»He«, sagte sein Mitarbeiter Rüdiger Kristen. »Ich weiß doch, was hier abgeht. Du hältst mich am Telefon fest, damit du in aller Gemütsruhe dein Käffchen trinken kannst.«

»Erraten.« Mehmet grinste. »Könnte es Raubmord gewesen sein?«

»Weiß nicht. Die Frage ist, was soll es sonst gewesen sein? Ist aber alles noch da. Computer, Bildschirm, 'ne Skulptur, die bestimmt wertvoll ist.«

»Wie heißt das Opfer?«

»Können wir noch nicht zweifelsfrei sagen. Wir haben keine Papiere gefunden.«

»Kein Portemonnaie?«

»Nein. Jetzt trink deinen verdammten Kaffee und schwing dann deinen Hintern ins Auto.«

»Wer hat den Mann gefunden?«

»Eine Putzfrau. Sie wird gerade verhört. Heult aber ziemlich. Von der erfahren wir bestimmt nicht viel.«

»Ist er schon in der Pathologie?«

»In zwanzig Minuten schätze ich. Kommst du direkt dahin?«

»Ja. Gib mir eine halbe Stunde.«

»Klar. Was bleibt mir anderes übrig?«

Aus der Nähe besehen verliert der Tod seinen Schrecken. Seine Farben und Gerüche haben nichts Menschenähnliches. Der Tod schimmert in saftigem Grün oder glänzt in Pastellblau, hier und da ragt ein Knochen hervor. Vielen Leuten drehte sich beim Anblick eines verwesenden Menschen auf dem Autopsietisch der Magen um, aber Mehmet Ciller hatte keine Probleme damit. Der Geruch war unangenehm, aber der Anblick einer Leiche machte ihm nichts aus. Eine Leiche war eine Leiche, kein Mensch mehr, das war das ganze Geheimnis. Eine Leiche war unpersönlich. Sie hatte keine Seele. Sie war ein gleichgültiges Ding. Sie war Natur. Man würde sie begraben oder verbrennen – so oder so, sie kehrte zurück in den Kreislauf von Leben und Sterben. Das war doch eine schöne Vorstellung.

Diese Art Vortrag hielt Mehmet in regelmäßigen Abständen in der Polizeischule. Die Schüler und Schülerinnen starrten ihn dann immer bewundernd an, was ihm gefiel. Er oder ein Kollege nahm die Gruppe anschließend mit in die Pathologie, wo sich dann die Spreu (empfindlicher Magen, zarte Seele) vom Weizen trennte. Von der Übelkeit blieb anfangs natürlich kaum einer völlig verschont. Aber man konnte schon sehen, wer es später aushalten würde, hier pro Woche mindestens zweimal anwesend zu sein (und das Jahr für Jahr!), und wer es besser ließ.

Er ging auf die Pathologin zu und begrüßte sie mit einem Kuß auf die Wange. Sie hatten vor Jahren mal eine Affäre miteinander gehabt, die in aller Freundschaft zu Ende gegangen war. Mittlerweile war sie ebenfalls verheiratet.

Kristen kam in den weißgekachelten Raum. Die beiden Männer nickten sich zu.

»Identität?« fragte Mehmet.

»Machst du Witze? Schau doch mal hin.«

Die Leiche lag zusammengekrümmt wie ein Embryo auf dem Tisch der Pathologin. Es war ein Mann. Beide Hände bedeckten fast zur Gänze das Gesicht. Die Kleidung des Toten war teilweise völlig verbrannt, teilweise klebten Fetzen von dem, was vielleicht einmal eine schwarze Stoffhose und ein weißes Oberhemd gewesen war, an der blasig rot und schwarz versengten Haut. Mehmet besah sich den blutverkrusteten Hinterkopf und fand eine ziemlich tiefe Delle.

»Er hat wohl noch gelebt, als das Feuer ausgebrochen ist«, sagte die Pathologin.

»Du meinst wegen der Haltung?« fragte Mehmet.

»Ja. Er wollte wahrscheinlich sein Gesicht vor der Hitze schützen.«

Kristen las von einem Zettel ab. »Inhaber des ausgebrannten Büros war ein Anwalt namens Bodo Stein. Liegt also nahe, daß es sich bei dem Toten um ihn handelt. Wir haben mit seinen beiden Kollegen aus der Sozietät gesprochen, und sie haben beide ausgesagt, daß Bodo Stein häufig bis spät in der Nacht in der Kanzlei gearbeitet hat.«

»Habt ihr das verifiziert?«

»Nein, bis jetzt noch nicht. Unter seiner Privatadresse meldet sich nur ein Anrufbeantworter. Bodo und Karen Stein.«

»Seine Frau?«

»Seine Kollegen sagen ja. Es handelt sich um seine Ex-Frau, die er erst vor kurzem das zweite Mal geheiratet hat.«

»Wo ist sie?«

»Keine Ahnung. He, Mehmet, wir fangen erst an. Todeszeitpunkt dürfte vor mindestens zehn Stunden gewesen sein.« Kristen sah die Pathologin an, die sich bereits an der Leiche zu schaffen machte. Sie nickte kurz.

»Okay«, sagte Mehmet. »Wir treffen uns in meinem Büro und besprechen alles weitere. In einer halben Stunde.«

»Warum kommst du nicht gleich mit?«

»Ich will ihn mir noch mal anschauen«, sagte Mehmet. Kristen zuckte die Schultern und verschwand mit einem knappen Gruß.

»Du mußt hier nicht rumstehen«, sagte die Pathologin freundlich zu Mehmet. »Bevor die Leichenstarre nicht nachläßt, fange ich nicht an. Das ist viel zu mühsam.«

»Komm schon, Marion. Ich will wissen, ob er wirklich erst

durch das Feuer gestorben ist oder nicht. Das geht doch schnell. Du kuckst dir die Lunge an ...«

»Du weißt doch genau, daß das Quatsch ist«, sagte sie, holte aber seufzend die Säge, um ihm die Unmöglichkeit zu demonstrieren. »Ich muß den Brustkorb aufsägen, um an die Lunge zu kommen, das weißt du doch. Wie soll das gehen unter diesen Umständen?«

»Und wenn du's über den Rücken versuchst?«

»Von der Seite, wie? Wir können ihn ja nicht mal auf den Bauch legen. Nein, wir machen das alles schön, wie sich's gehört.« Und damit schob sie ihn sanft in Richtung Tür.

Mehmet und seine vier Mitarbeiter der Mordbereitschaft 1 saßen um den achteckigen Tisch, an dem alle ihre Besprechungen stattfanden. Vor ihnen lagen die Fotos von der Leiche, Weitwinkel- und Detailaufnahmen des Büros.

»Wie kommst du darauf, daß ein Kampf stattgefunden hat?« fragte Mehmet stirnrunzelnd.

»Der Schreibtisch ist wie leergefegt. Daneben liegen lauter Gegenstände. Siehst du – die Vase auf dem Boden ist zerbrochen, das Bild da hinten wurde vom Haken regelrecht runtergerissen.« Mehmet betrachtete eins der Fotos. Der Tote lag zusammengekrümmt direkt neben dem Bild, von dem nur noch der Rahmen einigermaßen erhalten war.

»Noch was, das du wissen mußt«, sagte Kristen. »Die Tür war verschlossen, hat uns die Putzfrau gesagt.«

»Verschlossen?«

»Zugesperrt. Zweimal der Schlüssel umgedreht. Entweder hat sich Bodo Stein, oder um wen immer es sich handelt, selber eingesperrt, um sich zu verbrennen ...«

»Habt ihr einen Schlüssel bei ihm gefunden?«

»Nein, eben nicht. Kein Schlüssel im Büro, außer dem zu seinem Schreibtischschloß. Der steckte.«

»Er hätte ihn aus dem Fenster werfen können. Theoretisch.«

»Unten auf der Straße war kein Schlüssel. Mehmet, kein Mensch verübt auf diese qualvolle Art Selbstmord.«

Mehmet stand auf und ging ans Fenster. Sinnend betrachtete er den grünen Schriftzug auf dem Siemensgebäude gegenüber. Dann drehte er sich wieder um.

»Noch mal zum Schreibtisch. Habt ihr den Inhalt der Schubladen mal angeschaut?«

»Klar«, sagte einer der Kollegen. »Die Schubladen waren alle offen und zum Teil leer. Sah für mich so aus, als sei der Inhalt mitgenommen worden.«

»Wie sieht's mit Akten aus? Der Mann muß doch tonnenweise Akten in seinem Büro gehabt haben.«

Plötzlich sprachen alle durcheinander. »Sind zum Teil verkohlt, zum Teil ...«

»Jemand hat was gesucht, das ist klar.«

»... liegen sie auf dem Boden rum.«

»Hier, auf dem Foto siehst du das sehr gut.«

Mehmet lehnte sich zurück und betrachtete sein Team. Sie wirkten aufgeregt wie kleine Kinder. Ein Mord wie aus einem Derrick, das hatten sie ganz selten hier. Ihr tägliches Brot war Totschlag unter Trinkerkumpanen, die besoffen in Streit gerieten. Blutige Verteilungskämpfe am Kiez unter russischen, tschetschenischen, albanischen Zuhältern, die selten geklärt wurden, weil es selten Zeugen gab. Milieusachen eben. Dies hier war allem Anschein nach ein ganz anderes Kaliber. Die Presse würde sich darauf stürzen.

»Ich schätze, das Feuer war ein Ablenkungsmanöver.«

»Wieso denn? Wovon will der Täter denn ablenken?«

»Was ist mit Fingerabdrücken?«

»Müller und Steiner sind dran. Aber wahrscheinlich ...«

»Ruhe!« sagte Mehmet. Seine Mitarbeiter verstummten und sahen ihn erwartungsvoll an. Er deutete auf zwei von ihnen. »Ihr befragt Kollege Nummer eins von Stein, und ihr beiden den anderen. Mehr können wir im Moment nicht tun. Rüdiger und ich, wir fahren mal auf Verdacht zur Wohnung von Bodo Stein, vielleicht ist seine Frau inzwischen zu Hause. Danach sehe ich mir noch mal den Tatort an. Wir treffen uns hier wieder um zwei. Alles klar?«

»Was ist mit der Sekretärin?« rief einer.

»Klar. Die müssen wir auch befragen. Rüdiger, du hast die Adresse von ihr?« Kristen nickte. »Dann übernehmen wir das.«

Alle erhoben sich.

»Moment noch«, sagte Mehmet. »Habt ihr einen Terminkalender gefunden? Ein Adreßbuch? Irgendwas in der Art?«

»Nee. Hätten wir dir doch längst gesagt.«

Bodo Steins Sekretärin, Frau Seidenfaden, weinte während der gesamten Vernehmung. Sie war Anfang Vierzig, sehr schlank und fast so groß wie Mehmet. Sie empfing sie im Bademantel, mit ungekämmten blonden Haaren, ihr Atem roch nach Alkohol. Mehmet war nicht erstaunt, daß Frau Seidenfaden ihnen, kaum hatten sie sich hingesetzt, einen Schnaps anbot. Sie war seit über zehn Jahren bei Bodo Stein beschäftigt gewesen. Ihre erste Frage war: »Soll ich ihn identifizieren?«

Mehmet und Kristen verzichteten darauf, ihr zu erklären, weshalb das wenig Sinn hätte.

Frau Seidenfaden wußte ihrer Aussage zufolge nichts. Sie war um acht Uhr abends nach Hause gegangen, wie meistens. Stein habe noch in seinem Büro gesessen und gearbeitet. Woran? Das wußte sie nicht. Stein habe nie mit ihr über seine Fälle gesprochen. Ob er einen ängstlichen, verwirrten, gereizten Eindruck gemacht habe, mit anderen Worten: ob er irgendwie verändert gewirkt habe, fragte Kristen.

»Gereizt war er immer. Sehr angespannt. Gestern nicht mehr als sonst.«

Mehmet überlegte, warum ihr Kummer dann so überwältigend schien. Vielleicht war es der Alkohol. Echte Trauer sah anders aus, weniger demonstrativ. Sie schien sich regelrecht in ihren Tränen zu suhlen. Er fragte, ob sie einen Terminkalender für Stein führe. Ja, der liege im Vorzimmer des Büros. Ob sie aus dem Gedächtnis sagen könne, mit welchen Klienten Stein heute Termine habe.

Konnte sie nicht. Sie bot an, den Terminkalender zu holen

und in die Mordkommission zu bringen. Aber Mehmet meinte, es sei besser, wenn sie sich sofort gemeinsam zum Tatort begeben würden. Das ließ sich Frau Seidenfaden nicht zweimal sagen. Ihre Stimmung schien sich von einer Sekunde auf die andere zu verbessern. Sie entschuldigte sich rasch und kam nach einer knappen Viertelstunde wie aus dem Ei gepellt aus ihrem Schlafzimmer. Sie wirkte frisch und munter, nicht einmal ihre Augen waren mehr gerötet. Und obwohl sie sofort wieder eine betrübte Miene aufsetzte, als sie die beiden Männer an ihrem Eßtisch sitzen sah, war ihr deutlich anzumerken, daß sie der Unternehmung aufgeregt und erwartungsvoll entgegensah.

»Verdammt ungesunder Job«, sagte Kristen, als sie Frau Seidenfaden glücklich wieder zu Hause abgesetzt hatten und auf der Elbchaussee Richtung Blankenese fuhren. Mehmet liebte diese Strecke, die Schönheit der Parkanlagen mit den riesigen kolonial anmutenden Nobelvillen inmitten uralter Bäume. Manchmal überlegte er, wie es wohl wäre, selbst einmal in einem dieser Häuser zu leben. Er würde es nie dahin bringen, aber das Wissen, daß es immerhin Leute gab, für die es selbstverständlich war, jeden Tag in einer so herrlichen Umgebung aufzuwachen, hatte für ihn etwas seltsam Tröstliches. Schönheit existierte. Wenn auch nicht in seiner Welt. »Kein Wunder, daß Bullen früher sterben«, unterbrach Kristen seine Träumereien.

»Wieso?« fragte Mehmet zerstreut und warf einen Blick auf den Stadtplan, den Kristen unbeachtet auf dem Schoß liegen hatte. Kristen war ein schrecklicher Beifahrer. Konnte keine Karten lesen und qualmte alles voll. »Sitzen. Wir sitzen im Büro, wir sitzen in der Karre, wir sitzen bei irgendwelchen Idioten und hören uns ätzende Stories von kaputten Typen an. Dabei werden wir immer fetter und holen uns Magengeschwüre.«

»Was redest du denn da? Magengeschwüre bekommst du höchstens von deiner Raucherei. Beschäftige dich lieber mal mit dem Terminkalender.«

»Was soll der schon bringen? Noch mehr Typen, die wir abchecken müssen. So ein Rechtsanwalt, der kennt doch tausend Leute und hat wahrscheinlich tausend Feinde. Wie sollen wir da durchkommen?«

»Vielleicht kann uns seine Frau weiterhelfen. Wir sind übrigens da. Wie üblich ohne deine geschätzte Hilfe.«

»Mann, Mehmet, bist du sicher? Kuck dir diese Hütte an! Überhaupt alle Hütten hier.«

»Erzähl mir nicht, daß du noch nie in Blankenese warst.«

»Doch, aber – ich meine, daß hier wirklich jemand wohnt. Heutzutage. Ich hab' mir das nie so klargemacht. Das ist doch irre. Noch ein Grund, wieder SPD zu wählen.«

»Du alter Neidhammel.«

Die Männer grinsten sich an, stiegen aus und begaben sich zur zweistöckigen Villa. Kein Name an der Gartentür. Das Haus wirkte groß, leer und abweisend. Eine riesige, knorrige, dichtbelaubte Eiche überragte das Gebäude. Sie sah aus, als ob sie nur zu dem Zweck gepflanzt wurde, die Bewohner vor allem Unbill zu beschützen. Nun, das war vergebliche Liebesmüh, dachte Mehmet und klingelte ohne große Hoffnung. Sie hatten schon mehrmals erfolglos versucht, Steins Frau telefonisch zu erreichen. Als sie gerade wieder in ihren Wagen steigen wollten, hörten sie, wie hinter ihnen jemand die Haustür öffnete.

»Wollten Sie zu mir?«

»Ja«, sagte Mehmet und zögerte. Eine Frau stand im Türrahmen. Sie war klein und zart, hatte blonde, zu einem Pferdeschwanz zurückgebundene Haare und trug Jeans und einen schwarzen Rollkragenpullover. Automatisch prägten sich Mehmet diese Details ein, bevor er auf sie zuging und sich vorstellte. Kriminalhauptkommissar Mehmet Ciller, Hamburger Mordkommission und mein Kollege Rüdiger Kristen. Langsam und deutlich, wie er es immer tat, damit die Leute schon etwas ahnten, nicht auf eine so brutale Weise überrumpelt wurden von dem, was er ihnen anschließend mitteilen mußte. Jemand von der Mordkommission kam grundsätzlich mit schlechten Nachrichten, das wußten die Leute aus dem Fernsehen.

Ein paar Sekunden lang blieb ihr Blick ganz leer, dann begann sich ihre Miene zu verändern. Mehmet kannte das. Erst war da das geradezu bockige Nichtbegreifenwollen, dann das Gefühl, daß einem der Boden unter den Füßen weggezogen wurde, dann die wahnsinnige Hoffnung, es handle sich um einen Irrtum. Hunderte von Malen hatte Mehmet in seinem Berufsleben diesen schrecklich panischen und verletzlichen Blick gesehen und versucht, ihm nicht auszuweichen. Kraft zu geben, wo nur Schwäche und Verzweiflung war.

»Wie kann ich Ihnen helfen?«

»Sind Sie Karen Stein?«

»Ja. Sie... ist meinem Mann etwas passiert?« Aber bevor Mehmet antworten konnte, preßte sie ihre Faust auf den Mund, und ihr Gesicht verzerrte sich. Tränen stürzten ihr aus den Augen. »O Gott, entschuldigen Sie«, flüsterte sie. »Ich versuche schon seit zwei Stunden, ihn zu erreichen, und selbst in seinem Büro ist niemand, nicht mal seine Sekretärin oder seine Kollegen sind am Platz, ich wollte gerade losfahren...«

»Wir müssen Ihnen leider eine traurige Mitteilung machen«, unterbrach sie Mehmet. Er wartete ein paar Sekunden, bis er hinzufügte: »Ihr Mann ist möglicherweise nicht mehr am Leben, Frau Stein. Es tut mir sehr leid, Ihnen das sagen zu müssen.«

»Wo ist er? Was ist passiert?«

»Dürfen wir einen Moment hereinkommen?«

Die Frau faßte sich. »Ja... ja, selbstverständlich.« Sie ging ihnen voran, mit leichten, unsicheren Schritten. Die Männer folgten ihr durch eine geräumige marmorgeflieste Diele. Dort schien sie sekundenlang zu zögern (wo, um Himmels willen, unterhält man sich mit Polizisten?). Schließlich öffnete sie eine Flügeltür, und sie betraten das Wohnzimmer, wo ein breites Panoramafenster den unverstellten Blick auf die Elbe eröffnete. In dem Moment, als Mehmet das Wort ergreifen wollte, verschloß ihm ein langer melancholischer Hupton das Wort. Ein Transatlantikliner zog in majestätischer Langsamkeit vorbei und verschwand im Nebel wie ein Totenschiff. Mehmet fröstelte unwillkürlich, und Karen Stein begann wieder leise zu schluchzen. Mehmet wünschte, er hätte das alles schon hinter sich. Sie sah so wehrlos aus, wie sie da mitten in diesem geschmackvoll und kühl eingerichteten Raum stand. Kristen faßte sie sanft um die Schulter und brachte sie zu einem der weißen Ledersessel. Beide Männer warteten respektvoll, bis sie sich beruhigt hatte.

»Wo ist er jetzt? Können wir zu ihm fahren?«

»Nein, im Moment noch nicht. Die Person, die wir für Ihren Mann halten, befindet sich jetzt im gerichtsmedizinischen Institut. Sobald die Untersuchungen dort abgeschlossen sind, dürfen Sie ihn sehen.

Zwei Stunden später erstattete Kristen den anderen Bericht. Er stand, unruhig vom Standbein aufs Spielbein wechselnd, vor seinen Kollegen und referierte schnell und sicher das Ergebnis Mehmets und seiner Recherchen. Er stand kurz vor seiner Beförderung zum Hauptkommissar, und schon aus alter Freundschaft gab Mehmet ihm jede Chance, sich zu profilieren.

»Karen Stein, geboren am 12. 4. 1957 in Hamburg, von Beruf Psychotherapeutin, Spezialgebiet: kindliche Verhaltensstörungen, seit Juli verheiratet mit Bodo Stein. Die beiden haben zum zweiten Mal geheiratet, ihre erste Ehe dauerte von 1986 bis 1991. Karen Stein hat die vergangenen drei Tage bei einer Freundin in Bremen gewohnt und dort einen Kongreß zum Thema Kinderpsychiatrie besucht, wo sie auch eine der Vortragenden war. Rüdiger hat das alles gegengecheckt, und bis jetzt sieht es gut aus für sie. Karen Stein hat die vergangene Nacht bei ihrer Freundin verbracht, heute morgen mit ihrem ehemaligen Professor, der ebenfalls Teilnehmer des Kongresses war, gefrühstückt und kam heute vormittag gegen elf Uhr mit dem Zug aus Bremen zurück. Ihr Mann holte sie nicht vom Bahnhof ab, obwohl sie das gestern telefonisch vereinbart hatten. Deshalb machte sie sich schon zum Zeitpunkt unseres Auftauchens große Sorgen.«

»Warum ist sie nicht ans Telefon gegangen?«

Kristen senkte den Kopf. »War mein Fehler. Ich hatte mir die Nummer falsch notiert.«

Die anderen grinsten. Kristen war bekannt dafür, daß er ein miserables Zahlengedächtnis hatte.

»Wann hat sie das letzte Mal mit ihrem Mann gesprochen?« fragte einer der Kollegen.

»Gestern gegen 18 Uhr, sagt sie. Als Täterin ...«

»... kommt sie ja wohl eher nicht in Frage?«

»Unseren Recherchen zufolge eher nicht«, bestätigte Kristen und sah Mehmet dabei an: »Oder siehst du das anders?«

»Nein«, sagte Mehmet. »Aber natürlich müssen wir noch mit Nachbarn, Freunden et cetera sprechen.«

»Hatte sie irgendeinen Verdacht?«

»Nein. Aber sie war auch ziemlich durcheinander. Wir gehen morgen noch mal zu ihr, wenn sie sich etwas beruhigt hat. Sie hat nur gesagt, daß Stein derzeit in einen Sorgerechtsprozeß verwickelt ist. Er hat, zusammen mit einer Ex-Lebensgefährtin, einen Sohn namens Manuel. Stein hat versucht, das alleinige Sorgerecht zu erstreiten. Seine Ex-Partnerin heißt Julia Hoffmann. Müller und Hartner, ich möchte, daß ihr beide euch gleich darum kümmert. Vielleicht ist das eine Spur.«

»Wie sieht es sonst mit Angehörigen aus?«

»Steins Eltern sind tot«, referierte Kristen. »Sein einziger Bruder lebt in Frankfurt, ist aber derzeit nicht erreichbar. Karen Stein sagt, die Brüder haben sich seit Jahren nicht gesehen.«

»Bis jetzt wissen wir ja immer noch nicht, ob es sich wirklich um Stein handelt«, warf ein anderer ein.

»Kein Mensch hat seither etwas von Bodo Stein gehört. Ich schätze, wir können davon ausgehen, daß es sich bei dem Toten um ihn handelt. Alles andere wäre Kintopp. Wann ist das zahnärztliche Gutachten fertig?«

»Spätestens morgen. Steins Zahnarzt ist verständigt.«

»Gut. Von unserer Seite aus wäre das alles.« Kristen setzte sich.

Mehmet aß schweigend, wie so oft. Das Essen, das Sonja gekocht hatte, schmeckte so, wie ein deutsches Gulasch eben schmeckte. Fettig und neutral. Mehmet dachte an die Gerichte seiner Mutter, die im vergangenen Jahr an einem Schlaganfall gestorben war. Er ließ sich die Namen im Geiste auf der Zunge zergehen. Scharf gewürztes Lammfleisch mit kühlem Joghurt, das die Schärfe milderte. Er seufzte leise. Seine Mutter hatte bis zu ihrem Tod nur türkisch und einen kurdischen Dialekt gesprochen, deshalb hatte sie Sonja in kulinarischer Hinsicht gar nichts beibringen können.

Sonja nahm sich bereits zum dritten Mal, was Mehmets Laune nicht verbesserte. Verstohlen sah er sie an. Ihre Haut war immer noch weich und zart, auch der fein gezeichnete Mund und die kleine, gerade Nase waren noch wie früher. Was nichts am Gesamteindruck änderte. Das runde Gesicht mit dem Doppelkinn war das einer ältlichen Matrone. Diese Frau sah der, die er einst geheiratet hatte, nicht mal mehr von Ferne ähnlich.

»Wie war dein Tag?« fragte Sonja mit der leicht quengelnden Stimme, die sie sich im Lauf der Jahre angewöhnt hatte, weil sie sich permanent mißachtet fühlte. Es war beleidigend, daß man Mehmet jedes Wort aus der Nase ziehen mußte.

»Okay«, sagte Mehmet erwartungsgemäß, aber innerlich begann er zu brodeln. Er war schon längst kein richtiger Mann mehr, er entwickelte sich statt dessen immer mehr zu einem kastrierten Neutrum. Daran war Sonja zwar nicht schuld, aber doch irgendwie beteiligt. Mehmets Vater hatte seine Mutter verprügelt, wenn sie anfing, auf typisch weibische Art herumzulamentieren und sich in die Geschäfte der Männer einzumischen. Mehmet war aber ein friedliebender Charakter und hatte es lange Zeit über das Gespräch versucht. Mann und Frau können nicht alles miteinander teilen, hatte er einmal Sonja erklärt. Sonja hatte das überhaupt nicht einsehen wollen und mit

Beispielen aus ihrem Freundeskreis gekontert. Der Rüdiger und der Martin und der Alfons besprechen alles mit ihren Frauen. Nur du nicht.

Mehmet hatte es schnell aufgegeben. Deutsche Männer taten so als ob, weil es ihnen der Zeitgeist so befahl, aber natürlich vertrauten Rüdiger, Martin und Alfons nicht mal die Hälfte von dem, was in ihnen vorging, ihren Frauen an. Schön blöd wären sie gewesen. Mehmet schielte heimlich auf seine Armbanduhr. Rüdiger hatte versprochen anzurufen, vorgeblich, weil es Neuigkeiten vom aktuellen Fall gab, in Wirklichkeit, um ihn von Sonja loszueisen. Die letzten Abende hatte Mehmet stets zu Hause verbracht. Er hatte sich etwas Vergnügen verdient.

Pünktlich um halb neun klingelte das Telefon. Sonja ging dran, und ihr Gesicht verzog sich verärgert, als sie Rüdigers Stimme hörte. Sie brachte Mehmet den Hörer.

»Du gehst aber jetzt nicht wieder weg!«

»Sei doch mal ruhig!« Er nahm den Hörer. Rüdiger sagte: »Wie immer?« Mehmet sagte, soviel Enttäuschung in seine Stimme hineinlegend, wie ihm nur möglich war: »Muß das sein?«

Rüdiger lachte leise und sagte mit übertriebener Stimme: »Tut mir wahnsinnig leid, Herr Kriminalhauptkommissar, ich fürchte, der Fall hat eine unerwartete Wendung genommen. Wir brauchen Sie hier. Sie und Ihre überragende Spürnase.«

»Idiot«, sagte Mehmet und legte auf. Eigentlich war ihm bei diesem Spiel nie besonders wohl. Sie machten es abwechselnd. Mal schützte Mehmet, mal Rüdiger Überstunden im Büro vor. Keine echte Ausrede, denn irgendwas gab es da tatsächlich immer zu erledigen. Gegen acht, halb neun riefen sie dann beim anderen an. Anschließend trafen sie sich in ihrem Stammlokal in St. Pauli und tranken ein paar Biere zusammen. Beredeten die Fälle, an denen sie gerade arbeiteten. Beichteten sich gegebenenfalls auch ihre Affären. Bemitleideten sich spaßeshalber. Ihre Frauen waren an diesen Abenden, die beide immer sehr genossen, kein Thema.

»Muß noch mal weg«, sagte Mehmet zu Sonja, ohne sie anzusehen. Sie zuckte die Schultern und schwieg. Mehmet holte sich seine Lederjacke vom Kleiderständer im Flur und kam sich heute aus irgendeinem Grund noch schäbiger vor bei diesem Manöver. Man kann ihr einfach nicht die Wahrheit sagen, verteidigte er sich im Geiste.

»Wenn du einen trinken gehen willst, warum sagst du mir nicht einfach Bescheid.«

Hoppla. Er zögerte. Er hatte die Klinke der Haustür schon in der Hand. Er konnte so tun, als hätte er nichts gehört und einfach gehen. Statt dessen ließ er die Hand sinken und ging in die Küche zurück.

»Was redest du denn da?« Wenn er verlegen war, hörte man seinen Akzent stärker. Das stimmhafte »r«, seine Art, die deutschen Worte statt in der Kehle vorne im Gaumen zu bilden.

»Wenn du mit Rüdiger einen trinken gehen willst, dann brauchst du nicht so wichtig zu tun von wegen Fall und so. Sag einfach: Ich gehe mit Rüdiger einen trinken. Lüg mich einfach nicht mehr an.«

Mehmet spürte, wie ihm eine Last von der Seele fiel, und gleichzeitig machte sich eine sachte Enttäuschung in ihm breit.

»Wie kommst du auf so was?«

»Emma hat euch beide gesehen, neulich vor einer Woche im ›Blues‹. Da hast du mir irgendwas von dem Afghanen aus Rahlstedt erzählt, der seine Frau umgebracht haben soll. Die Sache mit der Leiche im Mercedes.«

»Glaubst du, ich hab' mir den Fall ausgedacht, oder was?«

»Nein, der stand ja in der Zeitung«, sagte sie geduldig. »Du hast aber nur so getan, als hättest du abends noch dran gearbeitet. Du hast gesagt, du müßtest noch wen verhören oder so was. Und das stimmte eben nicht. Du warst in Wirklichkeit mit Rüdiger im ›Blues‹, und ihr habt ein Bier nach dem anderen getrunken und euch totgelacht. Oder vielleicht nicht?«

Mehmet senkte den Kopf. »Wir haben… sind… da noch mal alles durchgegangen. Haben alles noch mal besprochen und…«

»Quatsch.« Sie stand auf und lehnte sich mit verschränkten Armen an die Spüle. Sie sah ihn unverwandt an, und ihre Augen wurden feucht. Ihre Augen waren groß und schön. Mehmet ging einen ungeschickten Schritt auf sie zu und wollte sie in den Arm nehmen, aber sie machte sich los.

»Nein, jetzt nicht. Ich will, daß du weißt, daß es mir nichts macht, wenn du mit Rüdiger weggehst. Du kannst es mir sagen. Ich mach' kein Theater. Du brauchst nicht rumzulügen.«

Mehmet kam sich endgültig wie ein Schwein vor.

»Danke«, stotterte er.

Und das öffnete alle Schleusen. Sie warf sich in seine Arme. Schluchzte seinen Hemdkragen naß. Und erst nach ein paar Sekunden hörte er aus ihrem erstickten Gemurmel heraus, daß sie gedacht hatte, er sei an all diesen Abenden bei einer Frau gewesen. Er schloß beschämt die Augen und vergrub seinen Kopf in ihrem dichten, weichen Haar. An diesen Abenden nicht.

»Junge, das hat ja ewig gedauert«, empfing ihn Rüdiger. Er stand an der Bar, vor ihn wurde gerade das zweite Bier gestellt.

Mehmet gesellte sich zu ihm. Er erwog kurz, Rüdiger von dem Grund für seine Verspätung zu erzählen, aber über solche Dinge sprachen sie einfach nicht. Sie hatten gar keine Worte dafür. »War ein Höllenverkehr«, sagte er nur. Er orderte ebenfalls ein Bier und sah sich um. Es war dunkel und laut wie immer. Die leicht verruchte Atmosphäre war nur Show, in Wirklichkeit trafen sich hauptsächlich Studenten, Journalisten, Theaterleute und Musiker in dem Kellerlokal. Die Küche hatte vor einem Jahr auf Tex-Mex-Gerichte umgestellt, seither war es noch voller geworden. Kristen beugte sich zu ihm und versuchte, die Salsarhythmen zu überschreien.

»Laß uns irgendwo einen Sitzplatz suchen. Ich muß dir was zeigen.«

Mehmet nickte, nahm sein Bier und suchte sich einen Weg durch das Gedränge, Kristen dicht hinter ihm. Sie fanden schließlich einen Zweiertisch in einer etwas ruhigeren Nische. Rüdiger zwängte sich auf den Stuhl gegenüber von Mehmet, wühlte hektisch in der Innentasche seines altmodischen Trenchcoats und zog schließlich eine ziemlich mitgenommene *Bild*-Zeitung hervor. »Lies das«, sagte er.

»Was soll das?« fragte Mehmet erstaunt. Kristen haßte die *Bild*-Zeitung.

»Steht was drin über den Fall Bodo Stein«, sagte Kristen.

»Na und? Dafür geben wir Pressekonferenzen.«

»Nein, ganz anders. Lies erst mal, dann reden wir weiter.«

»Die wissen doch hoffentlich nicht mehr als wir?« fragte Mehmet und griff nach der Zeitung, als sein Blick auf das Datum fiel.

»Mensch Rüdiger, die ist ja von gestern!«

»Sieh doch einfach mal rein!«

»He, auch die *Bild*-Zeitung kann keinen Mord veröffentlichen, bevor er stattgefunden hat.«

Kristen lächelte wie eine Sphinx. »Den Mord nicht«, sagte er. »Aber vielleicht die Vorgeschichte. Seite 3, Lokalaufmacher.«

Mehmet schlug die Seite auf. Das Foto eines hübschen kleinen Jungen nahm fast das gesamte obere Drittel ein. Ein grauer Balken über den Augen machte ihn nicht weniger kenntlich. Links daneben die Zeile: *Aus Haß zum Vater des kleinen Manuel (4). Mutter fälscht Sexfotos.«*

Mehmet begriff noch immer nichts.

»Lies den Artikel«, sagte Kristen ungeduldig.

»Wie denn? Es ist stockfinster hier. Sag mir doch einfach, was drinsteht.«

Rüdiger machte ein Gesicht wie ein kleiner Junge, dem ein uneinsichtiger Erwachsener den Spaß verdirbt. Mehmet kapitulierte vor dieser Miene und versuchte trotz widriger Umstände, den Artikel zu entziffern.

Seit Wochen tobt im Hamburger Familiengericht der Streit um den kleinen Manuel (4). Manuels Vater Bodo S. (44, Rechtsanwalt) will das alleinige Sorgerecht für seinen Sohn.

Doch Manuels Mutter, Bodo S.' Ex-Freundin Julia H., will ihren Sohn nicht hergeben. Soweit ein alltäglicher Fall, wie er sich tausendfach zuträgt. Doch dann griff Julia H. (35, Journalistin) offenbar zu einem drastischen Mittel. Der Privatdetektiv Wilmer K. sollte in ihrem Auftrag Sex-Fotos, die Bodo S. in heißer Umarmung mit einer Minderjährigen zeigen, vor Gericht bringen. Fehlanzeige: Wilmer K. brach im Zeugenstand zusammen und gestand die Intrige. Bild *sprach mit dem Privatdetektiv. Wilmer K.: »Frau H. hat mir diese Fotos gebracht und mich beauftragt, so zu tun, als hätte ich sie geschossen.« Wilmer K. fügte hinzu: »Ich glaube, diese Bilder sind eine Computerfälschung, denn es gibt keine Negative!«*

Julia H. wollte sichzu diesem Vorwurf nicht äußern. Vor Gericht beschuldigte sie aber offenbar den Vater Bodo S., alles inszeniert zu haben, um sie in ein schlechtes Licht zu setzen. »Absurd«, sagt Wilmer K. »Frau H. behauptet, mich noch nie gesehen zu haben. Aber das ist gelogen.«

Wenn Mütter zu sehr hassen, werden sie manchmal zu Furien. Ob Julia H. auch nur ein einziges Mal an das Wohl des kleinen Manuel gedacht hat, als sie ihre Intrige plante? Was war ihr Motiv? Freunde von Julia H. sagen, sie sei labil und von Rache gegenüber ihrem Ex-Geliebten besessen, der sie wegen einer anderen Frau verließ. Vor einigen Monaten verlor die an Luxus gewöhnte Frau auch noch ihren gutbezahlten Job bei einem schicken Hochglanzmagazin. Ein Freund: »Das hat sie nicht verwunden. Seitdem ist sie total verändert.« Der Sorgerechtsprozeß wird fortgesetzt.

»Und?« drängte Kristen. »Was sagst du?« Er sah besorgt aus.

»Ich schätze, du hast dich schon erkundigt.«

»Klar. Bodo S. ist Bodo Stein. Julia H. ist Julia Hoffmann.«

»Aber Müller und Hartner…«

»Haben mit Julia Hoffmann geredet, ja. Sie hat ihnen ja auch von der Gerichtsverhandlung erzählt. Daß sie an diesem Tag Bodo Stein zum letzten Mal gesehen habe.«

»Aber von einem gefälschten Foto war nie die Rede.«

»Natürlich nicht«, sagte Kristen. »Würdest du so was freiwillig erzählen?«

»Und sie hat kein Alibi.«

»Ganz genau. Angeblich war sie in ihrer Wohnung, die Kinder schliefen schon.«

»Verdammt. Steht die Story noch in irgendeinem anderen Blatt?«

»Nein. Ist eine Exklusivgeschichte.«

»Wo die nur immer ihre Informanten ausgraben«, sagte Mehmet mit widerwilliger Bewunderung. »Warum haben wir eigentlich bei der Pressekonferenz nichts davon erfahren? Warum kam da keine Frage in die Richtung?«

»Weil der Gerichtsreporter heute krank war und der Polizeireporter keine Ahnung von der Geschichte hatte. Wir haben ja den Namen des Toten nicht genannt.«

»Aber jetzt wissen beide Bescheid, schätze ist.«

»Das ist die schlechte Nachricht«, sagte Kristen.

»Was?«

»... die schlechte Nachricht. Heute abend gegen sechs rief mich einer von denen an. Machte mich auf die Zusammenhänge aufmerksam, von denen ich natürlich keine Ahnung hatte. War ziemlich peinlich.«

»O nein. Heißt das ...?«

»Es ist wieder der Aufmacher vom Lokalteil. Wir stehen nicht gerade toll da. Motto: Bullen kommen zuletzt drauf, was läuft.«

»Hast du die Ausgabe hier?«

»Nee. Im Revier gelassen.«

»So schlimm?«

Kristen winkte müde ab. »Nein, nein. Es ist alles korrekt formuliert. Jedes zweite Wort ist mutmaßlich, der Nachname ist abgekürzt, es wird erwähnt, daß die Identität des Ermordeten noch nicht zweifelsfrei geklärt ist, und natürlich wissen sie nicht, daß die Hoffmann kein Alibi hat.«

»Wir müssen gleich morgen ...«

»Ich bin vorhin noch mal bei ihr vorbeigefahren.«

»Wie? Du warst dort bei ihr? Ganz allein? Ohne das vorher mit mir abzusprechen?«

»Ja.« Kristen nickte bockig und starrte in sein Bier. Mehmet begriff, daß er die Scharte wieder auswetzen wollte und ließ ihm das ausnahmsweise durchgehen.

»Und was kam dabei raus?«

»Sie war nicht da. Die Nachbarin sagte, Julia Hoffmann sei am Wochenende aus dem Urlaub zurückgekommen, aber seither habe sie sie nicht mehr gesehen. Das müsse aber nichts bedeuten, sie hätte ohnehin keinen engen Kontakt mit ihr. Dann hab' ich mit einer alten Hexe gesprochen, die unter Julia Hoffmann wohnt. Die zog dann wiederum ganz schön vom Leder. Die Hoffmann habe ihre Kinder geschlagen und mißhandelt. Sie führe einen chaotischen Haushalt, habe ständig Männerbesuch, sei völlig verschlampt, nehme wahrscheinlich Drogen... Solches Zeug eben.«

»Die Kinder? Sind da mehrere?«

»Zwei. Der besagte Manuel und eine Jenny. Das Mädchen sei ungefähr neun, schätzt die Frau.«

»Hast du später noch mal versucht, sie zu erreichen?«

»Ja, mehrmals. Fehlanzeige.«

»Warum hast du mich bloß nicht angerufen?«

»Hör schon auf. Was hättest du schon tun können? Sie herzaubern?«

Mehmet gab auf und ließ das Thema fallen. »Sprach die Nachbarin von Leuten, mit denen die Hoffmann regelmäßig Kontakt hatte?«

»Nein. Mein Eindruck ist, daß die sich nur wichtig gemacht hat. Ich glaube nicht, daß sie Julia Hoffmann wirklich kannte.«

»Na ja, wie auch immer. Morgen gehen wir das als erstes an.«

Jenny wachte auf und hatte wieder vergessen, wo sie war und wer sie war. Eine kleine namenlose Seele mitten im tobenden Nichts. Die Tränen schossen ihr in die Augen vor Angst. Sie tastete nach Manuel, aber da war niemand neben ihr. Sie war ganz allein. Schließlich lichtete sich die Dunkelheit ein wenig. Sie erkannte ein graues Viereck: das Fenster ihres Zimmers. Sie war wieder da, sie wußte wieder ihren Namen, und sie wußte, wo sie war: zu Hause in Hamburg. Langsam beruhigte sich ihr Atem, aber das bleischwere Gewicht auf ihrer Brust blieb. Nie wieder würde sie sich ganz sicher fühlen, das erkannte sie so schmerzhaft und klar, als hätte es ihr eine höhere Macht ins Ohr geflüstert.

Sie schaute auf ihren Wecker neben ihrem Bett, der geformt war wie eine Mickymaus. Das Zifferblatt mit den schwach phosphoreszierenden Zeigern zeigte halb sechs Uhr morgens. Jenny seufzte laut und übertrieben vor Erleichterung. Das schlimmste war es, mitten in der Nacht aufzuwachen, so zwischen zwei und vier. Dann hatte man immer das Gefühl, daß die Einsamkeit nie enden würde. Als sie noch bei Bodo gelebt hatte, war sie in solchen Nächten manchmal den ganzen langen Weg vom Kinderzimmer die Treppe hinunter bis in die Küche getapst. Dort hatte sie sich ein Glas Milch aus dem Kühlschrank geholt, im Schnellkocher warm gemacht und etwas Honig hineingegeben. Danach konnte sie dann besser einschlafen. Am nächsten Tag gab es allerdings meistens Ärger, weil ein Teil der Milch am Boden angebrannt war und es im ganzen Erdgeschoß danach stank. Jenny erinnerte sich an die große, kalte Küche mit dem Baum vor dem Fenster, dessen Blätter im Wind leise raschelten. Wenn sie die Augen zumachte, spürte sie heute noch den kalten, schwarzweißgefliesten Boden unter den Füßen.

Wieder rollten die Tränen in langen, feuchten Bahnen über ihre Wangen und versickerten im Kissen. Nie würde es wieder so sein, wie es damals war. Jenny ermahnte sich und stand auf. »Ich schau mal nach, ob Mama wieder da ist«, sagte sie vor sich hin. Einen Moment lang fühlte sie sich schwindlig und komisch, wie so oft in letzter Zeit. Sie öffnete die Zimmertür und lauschte in den Gang. Stille. Mama war immer noch nicht zurückgekommen, sie wußte es. Nie war sie da, wenn man sie brauchte. Jenny erinnerte sich schaudernd an den Schreck am frühen Abend, als es klingelte und sie durch den Türspion einen fremden Mann erblickte. Natürlich hatte sie nicht aufgemacht und Manuel angewiesen, seinen Mund zu halten, damit der Mann nicht merkte, daß doch jemand zu Hause war.

Als Jenny schließlich barfuß zu Mamas Schlafzimmer schlich, hämmerte sie sich immer wieder ein: Mama ist nicht da. Ich weiß genau, daß Mama nicht da ist. Diese kleine Beschwörung sollte sie vor der zu erwartenden Enttäuschung schützen, vor dem Schock des leeren Zimmers. Aber es half nicht. Als sie im Schlafzimmer vor dem unberührten Bett stand, auf dem noch die Tagesdecke lag, hätte sie fast aufgeschrien vor Ärger und Angst.

Um zehn Uhr vormittags erreichte Mehmet ein Anruf. Es war sein Mitarbeiter Peter Müller, der sich zusammen mit zwei Kollegen von der Spurensicherung auf Mehmets Geheiß noch mal Bodo Steins Büro vornahm.

»Ich hab' eine gute Nachricht.«

»Freut mich«, sagte Mehmet ruhig und malte Kringel auf seinen Notizblock. Man durfte Peter nicht drängen, sonst begann er zu stottern, und dann bekam man gar nichts mehr aus ihm heraus.

»Ich hab' ein Glas gefunden.« Peters Stimme zitterte leicht. Mehmet nahm sich zusammen.

»Aha«, sagte er freundlich.

»Mit Fingerabdrücken. Ganz klaren, sauberen Fingerabdrücken. Es war unter eines der Regale gerollt, deswegen hat es das Feuer nicht erwischt.«

»Peter, das ist toll. Laß uns hoffen, daß es nicht die von der Leiche sind.«

»Daß das Glas unter dem Regal liegt, könnte doch auf einen Kampf hindeuten, oder? Ich meine, von selber rollt doch kein Glas unter ein Regal.«

»Klar, wäre möglich. Wie sieht es sonst aus mit Abdrücken?«

»N-nichts. Am Schreibtisch s-sind Abdrücke, aber ziemlich viele und verwischt. Und sonst ist a-alles verrußt.«

»Gut, Peter. Ihr könnt aufhören, wenn ihr meint, daß da nichts weiter zu finden ist.«

13

Draußen schlug jemand mit einem harten Gegenstand an die Tür.

»He, Sie da«, nölte eine Frauenstimme. »Machen Sie auf. Gepennt wird hier nicht.«

Julia schreckte hoch. Sie hatte sich nur fünf Minuten ausruhen wollen. Fünf Minuten lang nicht das Gefühl zu haben, wie eine Aussätzige ihr Gesicht verstecken zu müssen.

»Hallo! Aufmachen!« Ein weiterer Stoß an die Tür.

Wie tief man selbst auf dem Toilettendeckel einer öffentlichen Bedürfnisanstalt schlafen konnte, wenn man wirklich erschöpft war. Julia starrte eine weitere Minute blicklos, den Kopf zwischen den Beinen, auf die grauen Fliesen unter ihr. »Ja«, rief sie. »Gleich.«

»Na, will ich aber auch hoffen.« Schlurfende Schritte entfernten sich.

»He du, wie spät isses?«

»Weiß nich', is' mir scheißegal.« Heiseres, von den gefliesten Wänden widerhallendes Kichern kam von draußen. Julia stand auf und öffnete die Tür. Sie war so müde, so verdammt müde.

Zwei blonde, dicke Mädchen in viel zu engen Jeans drängten sich vor einem der Spiegel über den Waschbecken und schminkten sich hingebungsvoll. Beide hielten mitten in der Bewegung inne, als sie Julia sahen. Dann wandten sie ihre Blicke wieder ihren Gesichtern zu, ohne Julia weiter zu beachten.

»Hast du Mathe fertig?« fragte die eine.

»Scheißtextaufgaben. Kapier' ich nicht.«

»Der Dennis hat dich gestern ganz schön angemacht.«

»Der is' so blöd. Mit seinem Fettarsch.«

»Wieso hast du dich dann betatschen lassen von dem?«

»Hab' ich nicht.«

»Hast du wohl. In der Pause, neben dem Lehrerzimmer. Und nach der Schule neben dem Fahrradständer.«

»Das war doch bloß Scheiß.«

Diese entsetzliche, kraftraubende Müdigkeit. Das Resultat einer einzigen durchwachten Nacht. Julia stützte sich mit beiden Händen auf das Waschbecken und starrte in ihre trüben Augen. Ihr Teint sah blaß und teigig im Neonlicht aus. Die Floridabräune war verschwunden. Julia senkte die Augen, kramte einen Kamm aus ihrer Handtasche und fuhr mechanisch durch die welligen, braunen Haare, die am Ansatz bereits fettig waren. Sie mußte irgendwohin, wo es eine Waschgelegenheit und einen Spiegel gab und wo sie niemand beobachten konnte.

»Du mußt wahnsinnig sein.«

»Es ist das letzte Mal, daß ich dich um etwas bitte, das schwöre ich dir. Bitte kümmere dich um die Kinder. Ich mußte einfach verschwinden. Es war... Ich bin ja schon wie vorverurteilt.«

»Wegen dieser *Bild*-Geschichte? Das ist doch lächerlich. Das ist doch nur eine dumme Ausrede, sich vor allem zu drücken.«

»Damit bin ich die einzige Tatverdächtige. Für die Öffentlichkeit bin ich's gewesen.«

»Das heißt, der Tote ist wirklich Bodo?«

»Warum hätten mich die beiden Polizisten denn sonst gestern verhört?«

»Julia, du mußt zur Polizei gehen und alles erklären. Du kannst doch nicht immer davonlaufen.«

»Bitte sieh nach den Kindern, sonst wird das Jugendamt aktiv. Bitte.«

»Du bist ja wirklich nicht mehr von dieser Welt. Wenn du

so weitermachst, ist bald die ganze Stadt hinter dir her. Geh zur Polizei, Julia, und kläre die ganze Geschichte.«

»Und dann?«

»Was, und dann. Du sagst Ihnen, was passiert ist.«

»Passiert? Was soll das heißen? Was glaubst du, was passiert ist?«

»O Julia, beruhige dich. Ich hab' das nicht so gemeint.«

»Du glaubst also auch, daß ich es war?«

Schweigen am anderen Ende der Leitung.

»Du glaubst es auch, stimmt's?«

»Was willst du jetzt hören, Julia?« sagte Marita, und ihre Stimme klang flach und hoffnungslos. »Natürlich glaube ich es nicht.«

»Sag's mir ehrlich, Marita. Wenn du glaubst, daß ich es war, werde ich dich nie wieder belästigen.«

»Warum bist du bloß davongelaufen?«

»Weil... Ich habe kein Alibi.« Wie albern und töricht sich das anhörte. Julia selbst mußte sich plötzlich das Lachen verbeißen.

»Entschuldige, aber das ist doch überhaupt kein Grund. Wir sind doch nicht im Wilden Westen. Wenn du es nicht getan hast, sagst du das der Polizei, und damit ist die Sache erledigt. Kein Mensch verurteilt dich, nur weil du kein Alibi hast. Du bist doch nicht verpflichtet, denen ein Alibi zu liefern.«

»Ja, ja, schon gut. Hast du keine Zeitung gelesen? Sie haben dieses Foto von mir veröffentlicht. Jeder weiß jetzt Bescheid. Sie...«

»Sicher ist, wenn du dich nicht bald stellst, wirst du offiziell zur Fahndung ausgeschrieben, und dann wird alles noch schlimmer.«

»Hat dein Schatz Jenicke dir das verklickert?«

Marita antwortete nicht. Julia bekam plötzlich Angst. Vielleicht war Marita ihre letzte Verbindung zur wirklichen Welt. Sie durfte sie nicht kappen. Sie mußte vernünftig klingen.

»Wenn ich mich stelle, komme ich in Untersuchungshaft und Manuel und Jenny ins Jugendheim. Willst du das?«

»Das stimmt doch nicht. Wenn du es nicht warst, passiert gar nichts.«

»Du hast doch keine Ahnung.«

Schweigen.

»Marita. Bist du noch dran?«

»Wo bist du jetzt?«

»Es ist besser, wenn du das nicht weißt. Ich bitte dich nicht um einen Gefallen für mich. Bitte tue es für Manuel und Jenny. Laß sie bei dir bleiben, bis das alles überstanden ist. Bitte.«

»Julia. Bist du's gewesen?«

»Nein, ich schwör's dir. Aber keiner kann das bezeugen.«

»Aber Julia, das muß auch niemand bezeugen.« Marita sprach so bemüht ruhig und vernünftig mit ihr wie mit einem trotzigen Kind. Und wie ein trotziges Kind verschloß Julia nun ihre Ohren vor all den guten Gründen, die Marita anführte, um sie zur Einsicht zu bewegen. »Du bist nicht verpflichtet, für ein Alibi zu sorgen. Wenn du es nicht warst, wirst du auch nicht verurteilt, ob mit oder ohne Alibi.«

»Ich hätte nie aus Amerika zurückkommen sollen, verstehst du? Das war ein Fehler. Ihr habt mich wieder zurückgeholt.« Ein unfairer Schuß vor den Bug. Aber es wirkte, Maritas Stimme wurde plötzlich leiser und kleinlauter.

»Was hätten wir denn tun sollen? Woher sollten wir wissen, daß das Foto gefälscht war?«

»Ich mache dir keinen Vorwurf.«

»Julia. Bitte, bitte komm zurück. Manuel und Jenny brauchen dich. Ich kann nicht den ganzen Tag für sie dasein. Wie stellst du dir das vor? Ich habe einen Job.«

»Ich weiß nicht. Ich muß nachdenken. Tu mir einen letzten Gefallen, und kümmere dich um die Kinder.«

»Julia, das geht nicht…«

»Ich melde mich wieder.«

Julia legte auf, aus dem einfachen Grund, weil ihr plötzlich alles egal war. Scheißegal, um genau zu sein. Sie wiederholte innerlich den Kraftausdruck: scheißegal. Es gefiel ihr, rücksichtslos und unbeherrscht zu sein und sich nicht dafür zu schämen. Herrgott, jemand würde sich schon um Jenny und Manuel kümmern, wenn nicht Marita, dann jemand anders. Man würde sie schon nicht verhungern lassen. Sicher war, daß sie von einer Mutter, die im Gefängnis saß, gar nichts hatten. Schon in ihrem Interesse mußte sie jetzt ausschließlich an sich selbst denken.

»Der vorläufige Bericht ist fertig. Willst du ihn dir abholen, oder soll ich ihn dir schicken?«

»Schick ihn mir irgendwann. Und sag mir jetzt, was drinsteht.«

Mehmet hörte ihr leises Lachen am anderen Ende der Leitung. Es erregte ihn immer noch, und unwillkürlich lehnte er sich in seinem Schreibtischsessel zurück, wie zu einem privaten Gespräch. Wenn Sonja nicht wäre, wenn ihr Mann nicht wäre, wenn, wenn, wenn...

»Es ist, wie wir es uns gedacht haben. Keine großen Überraschungen.«

»Das heißt was?«

»Das Ergebnis der zahnärztlichen Untersuchung kennst du. Bei dem Toten handelt es sich demzufolge zweifelsfrei um Bodo Stein. Unsere Untersuchungen haben ergeben, daß er zum Zeitpunkt, als das Feuer ausgebrochen ist, mit ziemlicher Sicherheit noch gelebt hat. Es gab Rußpartikel in seiner Lunge, die allerdings nicht tödlich waren.«

»Also ist er an den Kopfverletzungen gestorben und nicht erstickt?«

»So ist es. Er wäre auch ohne den Brand mit Sicherheit gestorben. Schweres Schädeltrauma. Wahrscheinlich hat er das Feuer gar nicht mehr richtig mitbekommen. Daß er die Hände vors Gesicht geschlagen hat, war ein Reflex, schätze ich.«

»Irgendwelche Ideen bezüglich der Mordwaffe?«

»Ja. Wir haben Holzpartikel am Hinterkopf gefunden. Die müssen noch gesondert untersucht werden, aber ich persönlich könnte mir vorstellen, daß es sich bei der Waffe um einen Baseballschläger gehandelt hat. Die Form der Wunde paßt auch dazu. Rechtsradikale Rowdies benützen so was. War Stein vielleicht Jude?«

»Weiß nicht. Ich glaube nicht.« Sollten sie in diese Richtung weiterrecherchieren? Diese Spur führte nirgendwohin, dessen war sich Mehmet sicher. Aber er notierte sich: Steins Religionszugehörigkeit ermitteln.

»Hat es einen Kampf gegeben?«

»Das ist schwer zu sagen ... Halt, jetzt fällt's mir wieder ein. Stein ist vor seinem Tod gefesselt worden. Ziemlich fest. Wir haben Striemen und Seilfasern an seinen Handgelenken gefunden.«

»Ist er ... gefoltert worden?«

»Wir haben nichts gefunden, das darauf hinweist. Er hat allerdings ganz seltsame Druckstellen in beiden Armbeugen.«

»Was kann das sein?«

»Ich weiß nicht. Fasern haben wir da keine gefunden. Die Ermittler seid ihr, wir liefern nur die Basisinformationen.«

»Sonst noch etwas, das ich wissen sollte?«

»Ich weiß nicht, ob das wichtig ist, aber nach unserer Analyse des Mageninhalts müssen wir davon ausgehen, daß er vor seinem Ableben seit mindestens – ich würde sagen: zehn Stunden nichts gegessen hat.«

»Auch nichts getrunken?«

»Doch. Alkohol, höchstwahrscheinlich Whisky.«

»Viel?«

»Nein. Maximal ein Glas. Kurz vor seinem Tod.«

Mehmet horchte auf. »Was heißt das? Wie lange davor?«

»Bis zu zwei Stunden maximal.«

»War er Alkoholiker?«

»Nein, ich denke nicht. Kerngesund, eine Leber wie bei einem Dreißigjährigen. Schade um so einen Körper.«

»Ich mag es, wenn du die kleine Zynikerin markierst.«

»Mehmet. Wie wär's, wenn du den Bericht abholst? Ich könnte ihn dir heute abend bei einen Glas Wein erläutern.«

»Was sagt denn dein Mann über solche Angebote?«

»Der weiß ja nichts davon. Außerdem ist er auf Geschäftsreise in Südostasien. Zusammenbrechende emerging markets, du weißt schon.«

»Irgendwelche Drogen?«

»Ja, gerne. Wenn du sie mitbringst.«

Mehmet lächelte. »Ich meine im Luxuskörper Bodo Steins.«

»Oh, entschuldige bitte. Nein, wir haben nichts gefunden. Keine Drogen, die wir kennen, kein Nikotin. Der Magen ist etwas übersäuert. Wahrscheinlich ein Streßtyp. Ansonsten topfit, wie gesagt. Was ist nun mit heute abend?«

»He. Du meinst es ja wirklich ernst.«

»Tu ich nicht. Vergiß es, du Langweiler. Du kriegst den Bericht so schnell wie möglich.«

Mehmet legte auf und ärgerte sich über sich selbst, über die verpaßten Chancen in seinem Leben, über Sonja, die wie ein Klotz an seinem Bein hing. Dann ärgerte er sich über seine Heuchelei. Niemand hatte ihn gezwungen, Sonja zu heiraten und treu und brav bei ihr zu bleiben. Es klopfte an der Tür. Das konnte nur Peter Müller sein, der schüchternste Mitarbeiter der Welt. Kein Mensch außer Peter Müller klopfte jemals bei ihm an.

»Hallelujah«, sagte Peter Müller.

»Was?«

Peter Müller setzte sich auf die äußerste Stuhlkante. Er strahlte, was selten vorkam. »Wir haben die Ergebnisse von der Auswertung der Fingerabdrücke.« Er machte eine Pause und wartete auf die fällige Nachfrage. Mehmet tat ihm den Gefallen. »Und?«

»Id-Iddentisch mit Fingerabdrücken, die wir an Julia Hoffmanns Wohnungstür gef-ffunden haben. Am Knauf. Den man anfaßt, bevor man den Schlüssel reinsteckt.«

»Ach!«

»Doch. Neben anderen Abdrücken natürlich.«

»Wo ist Julia Hoffmann? Habt ihr was Neues herausgefunden?«

»Nichts.«

»Sie hat doch zwei Kinder. Wo sind die?«

»Immer noch niemand zu Hause. Sie muß das Feld schon gestern abend geräumt haben. Spätestens. Das Haus ist belagert von Reportern und Kamerateams. Von Julia Hoffmann und ihren Kindern fehlt jede Spur.«

»Was ist mit ihren Eltern?«

»Fehlanzeige. Die haben seit Monaten nichts von ihr gehört.«

»Behaupten sie.«

»Kristen hat mit dem Vater telefoniert. Der haßt seine Tochter, hat Kristen gesagt. Der wußte schon über alles Bescheid. Typisch meine Tochter. Macht immer nur Probleme. Hat er zu Kristen gesagt.«

»Woher wußte er Bescheid?«

»Nachrichten, Zeitung, such dir was aus.«

Auf Mehmets Schreibtisch lagen sämtliche Hamburger Blätter, und alle hatten mit der Mordgeschichte aufgemacht. Das verstand sich von selbst, seitdem klar war, daß es sich bei dem Toten tatsächlich um Bodo Stein handelte.

Mehmet dachte nach. »Für einen Durchsuchungsbeschluß reicht das, denke ich«, sagte er schließlich und nickte Rüdiger Kristen zu, der gerade hereingekommen war und sich mit verschränkten Armen an die Tür lehnte.

»Sollen wir sie zur Fahndung ausschreiben?« fragte Kristen.

Mehmet überlegte wieder. »Ich hab' kein gutes Gefühl dabei«, sagte er schließlich. »Wir haben hier ein Glas mit Fingerabdrücken, die vielleicht von Julia Hoffmann stammen, und wir haben einige Journalisten, die angebliche Mordmotive herbeikonstruieren. Wir dürfen uns nicht verrückt machen lassen.«

»Aber hör mal, die Sachlage reicht doch wohl aus, um sie wenigstens vorladen zu lassen«, sagte Kristen und pulte eine zerdrückte Camel-Schachtel aus seiner Hosentasche, wie üblich das Rauchverbot in Mehmets Büro ignorierend.

»Wie sollen wir sie vorladen, wenn keiner weiß, wo sie ist?«

»Mehmet! Das ist doch unlogisch. Wenn keiner weiß, wo sie

ist, besteht Flucht- und Verdunkelungsgefahr. Das rechtfertigt eine Fahndung.«

»Schau mal, wir haben doch noch kaum in andere Richtungen ermittelt. Was ist mit Steins Klienten? Der Mann war dafür bekannt, daß er Wirtschaftskriminelle juristisch rausgehauen hat. Da wird's doch sicher das eine oder andere Opfer geben.«

»Wirtschaftskriminelle ist erstens ein bißchen sehr hart ausgedrückt. Zweitens haben wir sehr wohl seine letzten Prozesse gecheckt. Da gab's nie ein Opfer, außer dem Staat.«

»Vielleicht hat ja ein pflichtfanatischer Finanzbeamter in gerechtem Zorn ...«

»Witzig.«

»Vielleicht ist sie mit den Kindern zu einem Freund gefahren oder einfach ein paar Tage an die See. Vielleicht ahnt sie überhaupt nicht, was passiert ist. Wenn wir sie zur Fahndung ausschreiben, ist sie doch schon wie verurteilt.«

»Und was sollen wir deiner Meinung nach tun? Seit gestern morgen versuchen wir vergeblich, sie zu erreichen. Was ist, wenn sie sich heute auf eine Karibikinsel absetzt? Stell dir nur mal vor, das passiert, und es kommt später raus. Wie stehen wir dann da?«

Mehmet sah die beiden Männer an. Müller hielt sich wie üblich aus der Diskussion heraus und kaute mit gesenktem Kopf an seinem rechten Daumennagel. Kristen dagegen stützte sich mit beiden Händen auf Mehmets Schreibtisch und durchbohrte Mehmet mit seinen blauen Glubschaugen. In seinem Mundwinkel qualmte die Camel vor sich hin, und sein sandfarbener Schnauzbart zitterte.

»Mach erst mal die Zigarette aus«, sagte Mehmet.

»Gleich.«

»Jetzt sofort.«

»Du hast ja nicht mal einen Aschenbecher.«

»Dann hol dir einen, verdammt noch mal!«

Kristen verschwand leise murrend im Nebenraum.

»Darf ich auch mal was s-ssagen?«

Mehmet seufzte. Müller hatte Angst vor seinem eigenen

Schatten. Fünf Minuten ohne Lob für seine Arbeit, und Müllers mühsam aufgebautes Selbstbewußtsein schmolz wieder dahin wie Butter in der Sonne.

»Natürlich. Du brauchst nicht mal um Erlaubnis zu fragen.«

»D-du willst dir deine V-vorgehensweise nicht von der P-presse d-d-d...«

»Diktieren lassen. Ja, da könntest du recht haben.«

»D-d-das Problem ist...«

»Ja?«

»D-ddir bleibt gar nichts anderes übrig.«

Es war endlich warm geworden. Die Sonne schien, der Wind hatte sich gelegt. Ein Hamburger Sommertag, eine kostbare Rarität in diesem Jahr. Julia zog ihren Mantel aus und hängte ihn sich über den Arm. Noch ein weiteres Gewicht, das sie nicht abwerfen konnte. Ihre große, schwere Henkeltasche schnitt schmerzhaft in ihre rechte Schulter. Wer war sie? Um nicht aufzufallen, mußte sie sich eine neue Identität zulegen, und sei es die einer Pennerin. Sie war nicht mehr Julia, die Journalistin, die sich manchmal herabließ, über den sozialen Bodensatz zu berichten. Sie gehörte nun dazu.

Sei nicht so pathetisch, dachte sie, aber das war eine Formulierung, die aus einem anderen Leben stammte. Sie konnte sich nicht mehr distanzieren von der Katastrophe, die sich wie ein Geschwür in ihr Dasein gefressen hatte. Ihre Augen versuchten, die Umgebung wahrzunehmen, sie einzuteilen in normal oder gefährlich, aber alles schien entrückt und unwirklich. Der ständige Geräuschpegel tat einiges dazu. PKWs fuhren brausend an oder bremsten quietschend ab. Busse brummten an ihr vorbei, Menschen sprachen durcheinander, Absätze klapperten auf den Trottoirs. Lärm, Lärm, Lärm und mittendrin Julias Sehnsucht nach Stille.

Andererseits war man nirgendwo so allein und unsichtbar wie in einer Menschenmenge. Julia überließ sich also mangels besserer Alternativen willig dem Strom der Passanten, bis ein Seitenarm sie in eine Drogerie spülte. Sie kaufte eine Haarschneideschere, Blondierungscreme, einen kirschroten Lippenstift und blaue, ungeschliffene Kontaktlinsen.

»Wo ist meine Mama?«

Er hatte ein bezauberndes kleines Gesicht mit großen dunklen Augen, die an Julia erinnerten. Vielleicht waren sein Charme und seine Schönheit an allem schuld. Vielleicht hätte sich Stein für ein unscheinbareres Kind nie in dem Maße engagiert, wie er es getan hatte.

Dann würde er heute noch leben.

Maritas Hand erstarrte mitten in der Bewegung. Das Messer mit dem Klumpen Erdnußbutter schwebte über dem Toast.

Du glaubst, sie hat es getan.

Nein, nein.

Doch, tust du.

Nein, tue ich nicht. Aber wie sie aussah, als sie aus Amerika zurückkam. Die Augen. Nicht einmal die Stimme war wie früher.

Sie war schon immer seltsam, gib's zu. Manchmal hatte sie diesen abwesenden Blick.

Das macht sie noch nicht...

Du hilfst ihr doch bloß, weil du Angst hast, daß es rauskommt.

Was rauskommt?

Daß sie es gewesen ist. Daß sie jemand ist, den man nicht frei herumlaufen lassen kann. Dann hättest du dich nämlich mitschuldig gemacht.

Wieso, ich...

Du hast sie am besten von allen gekannt. Du warst ihre beste Freundin. Du hättest es merken müssen.

»Mama! Wo ist meine Mama!« skandierte Manuel im Rhythmus des Löffels, den er auf den Tisch schlug.

»Sei doch mal still. Wenn du lieb und still bist, kommt Mama bald wieder«, sagte Jenny, und Manuel verstummte tatsächlich. Marita dankte ihrem Schicksal für dieses vernünftige Kind, das wie ein Korrektiv auf Manuels schrankenlose Selbstbezogenheit wirkte. Was war er für ein anstrengender Junge! Wenn er nicht so hübsch wäre… Energisch unterbrach sie diesen Gedankengang. Morgen. Morgen würde sie entscheiden, was zu tun war. Ob sie die Polizei benachrichtigen würde. Jetzt waren da zwei Kinder, die sie brauchten.

Sie legte die beiden Erdnußbrote auf zwei Teller und brachte sie ihnen an den Tisch.

»Wollt ihr noch ein Glas Milch dazu?«

»Ja, bitte«, sagte Jenny sittsam und höflich. Manuel hingegen sah sie nur an und lächelte ein seltsam unkindliches Lächeln. Er flirtet mit mir, dachte Marita überrascht, als sie die Milch aus dem Kühlschrank holte. Eigentlich war es gar nicht so unangenehm, Kinder um sich zu haben. Es war überraschend einfach und recht selbstverständlich.

»Du bist fast so hübsch wie meine Mama«, sagte Manuel, nachdem sie sich zu ihnen gesetzt hatte, und bedachte sie mit einem so geraden Blick, daß sie beinahe verlegen wurde.

»Danke, Manuel, das war ein wirklich nettes Kompliment. Ihr beide seid auch sehr hübsche Kinder.«

»Nein«, sagte Jenny. »Ich nicht«.

»Doch, du auch.«

»Nein«, sagte Jenny. »Ich nicht.«

»Doch, du auch.«

»Nein. Manuel ja. Ich nicht.«

Das klang so endgültig, daß Marita nichts mehr darauf sagte. Es stimmte, daß Jenny im Vergleich zu Manuel reizlos war. Möglicherweise war sie das aber auch nur in seiner Gegenwart. Marita betrachtete sie genauer. Sie hatte ein feines, blasses Gesicht und schöne blonde Haare, aber in Manuels Gegenwart kamen diese Attribute nicht zur Geltung. So gesehen hatte Manuels starke Ausstrahlung beinahe etwas Unheimliches. Andere Menschen wirkten in seiner Gegenwart schnell ausdruckslos und langweilig. Marita selbst fühlte sich…

Nein. Das ging jetzt einfach zu weit. Manuel war ein vierjähriges Kleinkind, kein Hexenmeister.

»Wenn du meine Mama wieder zurückbringst, dann schenke

ich dir was ganz, ganz Schönes«, sagte Manuel, und Marita spürte augenblicklich, wie ihr das Herz schmolz. Andererseits … Andererseits fühlte sie sich auch ein klein wenig manipuliert.

Sie hatte Urlaub genommen, scheinbar spontan und ganz unverdächtig. Lisa hatte sie sogar zu dem Entschluß beglückwünscht.

»Ich denke, etwas Abstand tut dir jetzt ganz gut.«

»Du meinst, Abstand zu dir?«

»Schon gut, Marita. Ich gebe zu, das alles war hart für dich und nicht hundertprozentig gerecht. Greiner … Greiner hat mich da etwas unter Druck gesetzt. Er wollte plötzlich Jo an diesem Platz. Aber glaub mir, du kriegst hier noch deine Chance. Ich meine, solltest du dich wegen dem, was vorgefallen ist, nach einer neuen Stelle umsehen – mea maxima culpa. Aber überleg es dir gut. Jo wird nicht ewig hierbleiben, der benützt *SAM* nur als Sprungbrett, und dann bist du dran, das schwöre ich.«

»Klar.«

Und dann hatte sie sich auf dem Absatz umgedreht und Lisas Büro verlassen, mit einem herrlichen, freien, unbelasteten Gefühl. Lisa glaubte, sie würde sich nach einem neuen Job umsehen. Sollte sie. Als sie sich ins Auto setzte und zurück zu den Kindern fuhr, für die sie jetzt die Verantwortung trug, hätte sie vor Freude beinahe laut gesungen.

Das letzte Problem hieß Jenicke. Sie konnte sich denken, daß er die Situation nicht akzeptieren würde. Deshalb wartete sie, bis er sich von sich aus meldete.

Er meldete sich nicht, er kam vorbei. Betrat die Wohnung und stolperte als erstes über einen weißen Stoffelefanten im Gang.

Sie sah förmlich, wie es in seinem Kopf arbeitete.

»Jenny und Manuel, stimmt's?«

»Ja.«

»Du bist verrückt. Wo ist Julia?«

»Setz dich erst mal.« Sie zog ihn in die Küche und setzte sich ihm gegenüber.

»Wo ist sie?«

»Ich habe keine Ahnung.«

»Mädchen. Du weißt nicht, was du tust. Das kann strafrechtliche Konsequenzen für dich haben. Unter Umständen deckst du eine Mörderin.«

»Ich weiß wirklich nicht, wo Julia ist. Ich sage die Wahrheit. Sie hat mich gebeten, mich um die Kinder zu kümmern – ohne irgendeine weitere Erklärung zu geben.«

Jenicke stützte seine Stirn in beide Hände. »Das wird alles immer seltsamer und verrückter, findest du nicht?«

Marita lächelte, erleichtert, daß er offensichtlich nicht verärgert war.

»Ja, du hast recht. Es fing alles so harmlos an …«

»Harmlos nennst du das? Gefälschter Führerschein, gefälschte Kreditkarte …«

»Das kommt mir jetzt alles so absurd vor.«

Jenicke nahm ihre Hand und sah sie liebevoll und besorgt an. »Egal, ob Julia die Täterin war oder nicht, im Lauf der Ermittlungen wird all das rauskommen, verstehst du? Es ist besser, du gehst zur Polizei und erzählst ihnen alles, was du weißt.«

»Ich kann das nicht. Nicht bevor ich nicht davon überzeugt bin, daß sie's getan hat.«

»Marita, sie kommen so oder so auf dich, es ist nur eine Frage der Zeit. Sie werden Julias ehemaligen Arbeitsplatz abchecken, und jemand aus der Redaktion wird ihnen dann erzählen, daß du als einzige noch Kontakt zu ihr hattest. Wenn sie es nicht schon vorher von Steins Anwalt erfahren. Es ist besser, du kommst ihnen zuvor.«

»Aber dann nehmen sie die Kinder mit.«

»So schnell geht das nicht. Wenn du morgen zur Polizei gehst und ihnen mitteilst, daß die Kinder bei dir sind und gut aufgehoben, dann bin ich sicher, werden sie wegen der Kinder erst mal nichts weiter unternehmen.«

Sie entzog ihm langsam ihre Hand. »Ich werd's mir überlegen. Laß uns jetzt zu Abend essen. Die Kinder haben bestimmt Hunger.«

»Du weißt wirklich nicht, wo Julia ist?«

»Nein. Ganz, ganz ehrlich nicht. Sie sagte, es sei besser, wenn ich es nicht wüßte. Ich glaube, sie hat recht.«

Jenicke verschränkte seine Hände im Nacken und starrte an die Decke. »Sie wird nicht lange durchhalten. Ihr Foto ist überall.«

»Na ja. Eine ziemlich alte Aufnahme. Man erkennt sie kaum.« Marita stand auf und holte die Kinder aus ihrem Wohnzimmer, wo sie sich, auf der Couch eng aneinandergekuschelt, einen ziemlich gewalttätigen Comic ansahen.

»Ich hätte gern ein Zimmer, aber ich habe leider meinen Paß nicht dabei.« Zum hundertsten Mal wiederholte sie diesen Satz im stillen, wie eine Platte, die einen Kratzer hat. Sie saß in der S-21 Richtung Friedrichsruh und sah zum Schein aus dem Fenster, als würde sie die vorbeifliegende Landschaft betrachten. Dabei war gar niemand hier, den sie hätte täuschen müssen. Schon seit ein paar Stationen war das Abteil leer.

Draußen dämmerte es bereits. In Friedrichsruh würde sie aussteigen, ein wenig herumlaufen und dann wieder zurückfahren. Warum? Sie wußte es nicht. Warum kaufte sie sich nicht eine Zugkarte und fuhr ins europäische Ausland? Im Zeitalter des Schengener Abkommens dürfte das doch kein Problem mehr sein.

Statt dessen bewegte sie sich im eng begrenzten Radius der Hamburger S- und U-Bahn-Verbindungen wie ein Hamster im Laufrad. Sie konnte einfach nicht weg.

Das Sitzen in öffentlichen Verkehrsmitteln gehörte zu den entspannendsten Erlebnissen des nun zur Neige gehenden Tages. Niemand beachtete einen. Wenn der Waggon fast leer war, so wie dieser hier, konnte man sogar einschlafen, ohne aufzufallen. Und sie mußte schlafen, oh, so dringend. Vor ihren Augen wallten farbige Nebel, und der geringste Anlaß diente ihr jetzt als Vorwand, ihr Bewußtsein einfach ins Nichts fallen zu lassen, und sei das auch noch so bodenlos. Es war gefährlich, so etwas in der Öffentlichkeit zu tun.

Draußen hatte es wieder angefangen zu regnen. Das bedeutete, daß sich ihr vager Plan, sich nachts in einen dunklen Park zu legen, als völlig undurchführbar erwies. Außerdem war nicht gesagt, daß in den Hamburger Parks nicht nachts patrouilliert wurde. Ob das der Fall war? Sie hatte keine Ahnung, um ehrlich zu sein. Als langjährige Bewohnerin Hamburgs müßte sie das eigentlich wissen.

Aber sie wußte nichts, nichts von dieser Stadt. Auf ihrer rastlosen Suche nach irgendeinem Unterschlupf war sie gestern und heute in Vierteln herumgeirrt, die sie noch nie gesehen hatte. Mal stand sie sehnsuchtsvoll vor villenähnlichen Pensionen, in denen man sie niemals ohne Vorlage ihres Personalausweises einchecken lassen würde, mal schlich sie an Absteigen in den Bahnhofsstraßen Altonas vorbei und konnte sich nicht überwinden, sich diese Häßlichkeit anzutun.

Die Bahn verlangsamte ihre Fahrt, und zum hundertsten Mal hörte Julia das entnervende Quietschen und Pfeifen, das anzeigte, daß die Bremsen erneut in Aktion waren. Vor ihrem geistigen Auge sah sie Schienen und silbern glänzende Räder und stellte sich vor, wie die Reibung in der Dunkelheit Funken sprühen ließ, so hell und strahlend wie ein Feuerwerk... Und mit einemmal befand sich Julia auf einem sanft schaukelnden Segelschiff, das fest an einer Boje vertäut war. Es knallte und blitzte, bis das Wasser im Yachthafen taghell erleuchtet war. An Land drehten sich Feuerräder, in der Luft zerplatzten Raketen in herrlich farbigen Kugeln, die auf das Wasser niederregneten, begleitet vom Raunen, Lachen und Klatschen der Zuschauer an Land und auf dem Wasser. Julia fragte sich, ob sie jemals wieder so glücklich sein werde, aber sie wollte die Antwort gar nicht wissen. Sie wollte nicht nachdenken, nicht jetzt. Sie schloß die Augen und inhalierte den salzigen Meergeruch wie ein lebensspendendes Aroma. Jemand schüttelte sie sanft an der Schulter, aber sie entwand sich widerwillig dem

Griff. Sie war müde. Man sollte sie einfach an Deck liegen lassen, ihr vielleicht eine dünne Wolldecke gegen die morgendliche Feuchtigkeit auf See bringen...

»Fahrscheinkontrolle. Hallo, aufwachen!«

Julia schreckte hoch. Alles tat ihr weh, und sie hätte am liebsten vor Zorn und Schmerz geschrien. Gerade noch rechtzeitig beherrschte sie sich. Ein glatzköpfiger älterer Mann stand vor ihr und sah auf sie herunter, offenbar unschlüssig, was er mit ihr anfangen sollte. Sobald Julia ihre verklebten Augen geöffnet hatte, rang er sich ein schüchternes Lächeln ab.

»Tut mir leid, daß ich Sie geweckt habe«, sagte er mit überraschend kultivierter Stimme. »Fahrscheinkontrolle. Dürfte ich bitte Ihren Fahrschein sehen.«

Julias Herz klopfte mit tiefen, schnellen, dumpfen Schlägen, wie eine Maschine, die kurz vor dem Kollaps stand. Schweigend kramte sie in ihrer Handtasche, fand glücklicherweise ihre Fahrkarte und hielt sie dem Mann hin. Sie konnte es nicht ändern, daß ihre Hände zitterten und kalter Schweiß auf ihre Stirn trat. Zu ihrer Erleichterung stellte sie fest, daß der Mann sich ebenso unbehaglich zu fühlen schien wie sie. Er warf nur einen kurzen Blick auf die Karte und verabschiedete sich eilig.

Andererseits... Was hatte dieses merkwürdige Benehmen wirklich zu bedeuten? Was wäre, wenn er sie erkannt hätte und bereits per Funk einen Streifenwagen orderte? Nein, nein, das war unmöglich, bestimmt hatten Kontrolleure gar keine Funkgeräte... Jedenfalls mußte sie aussteigen, sofort an der nächsten Haltestelle. Aber vielleicht war es da eben schon zu spät.

Sie mußte die Notbremse ziehen. Das war die sicherste Möglichkeit, davonzukommen. Julia verharrte mitten im Schritt. Schritt? Sie hatte gar nicht gemerkt, daß sie aufgesprungen war und durch den Gang tigerte, auf und ab und auf und ab. In diesem Moment wurde der Zug langsamer. Sie hatte zu lange gezögert. Ein großer Fehler. Gleich würde er in die nächste Haltestelle einlaufen, und dort würde dann die Polizei auf sie warten. Julia blieb mitten im Gang stehen und biß sich in die geballte Faust.

Die Haltestelle tauchte auf. Reinbek. Sie war leer, aber das hatte gar nichts zu sagen. Julia öffnete eine Tür und streckte ihre Nase heraus. Nichts. Stille. Es war mittlerweile fast dunkel. Sie zog sich in den Waggon zurück und kauerte sich in einen Zweiersitz, so daß sie von außen nicht sichtbar war. Das Licht im Abteil ging an, und sie erschrak erneut zu Tode.

Doch dann schlossen sich die Türen mit einem zischenden Geräusch, und nichts war passiert.

Julia nahm die Hände von ihren Ohren und richtete sich langsam auf, wie in Trance. Nichts war passiert. Sie war immer noch frei. Sie hatte sich ganz umsonst Sorgen gemacht. Sie setzte sich wieder hin. Draußen war es jetzt so dunkel, daß sie ihr Gesicht in der Scheibe sehen konnte. Kurze, hellblonde Haare, blonde Augenbrauen, dunkle Augen. Die Kontaktlinsen hatte sie weggeworfen, braune Augen konnte man nicht in blaue verwandeln. Julia holte einen Spiegel aus ihrer Handtasche und betrachtete sich. Gar nicht schlecht, die blonden Haare. Machten einen völlig neuen Typ aus ihr. Die blonden Augenbrauen sahen allerdings reichlich merkwürdig aus. Vielleicht sollte sie sie wieder umfärben. Hey, es war doch alles gar nicht so schlimm. Sie lächelte schief in den Spiegel.

»Leider habe ich meinen Personalausweis nicht dabei. Ist das ein Problem?« Gewinnendes Lächeln, leichtes Schulterzukken. Der alte Mann an der Rezeption sah sie scharf an.

»Dann müssen Sie bar bezahlen.« Er hatte einen ganz leichten Akzent, vielleicht böhmisch.

»Selbstverständlich.«

Er verlangte achtzig Mark für diese elende Klitsche in der Hauptbahnhof-Gegend. Aber egal. Wenn sie jetzt nicht bald schlafen konnte, würde sie zusammenbrechen. Sie nahm ihre Tasche von der Theke und wandte sich zur Treppe.

»Woll'n Sie Frühstück?« rief er hinter ihr her.

»Kein Frühstück, danke«, sagte Julia, ohne sich umzudrehen. Langsam stieg sie die Treppe hoch und fühlte sich dabei wie eine alte Frau. Zimmer 202. Also im zweiten Stock. Der muffige Geruch aus alten Tapeten, einem neu verlegten Pfeffer-und-Salz-Teppich und den verschiedensten Ausdünstungen nicht besonders sauberer Gäste verursachte ihr beinahe Übelkeit. Kein Wunder, sie hatte seit mindestens zehn Stunden nichts mehr zu sich genommen.

Die Stiegen knarrten unter ihren Füßen, die Deckenleuchten flackerten. Was für eine schreckliche Absteige! Wie furchtbar tief war sie gesunken! Tränen der Erschöpfung stiegen Julia in die Augen, als sie endlich vor ihrer Zimmertür ankam.

Drinnen war der Gestank fast noch übler als auf dem Gang. Julia riß das Fenster auf. Die Straße unter ihr war menschenleer, bis auf zwei junge Männer, die in einem Hauseingang diskutierten. Wahrscheinlich ein Dealer und sein Kunde. Julia löschte das Licht hinter sich und beobachtete die beiden, immer noch im Mantel. Es war so ungeheuer entspannend, andere Menschen zu beobachten, ohne selbst gesehen werden zu können.

Schließlich schloß sie das Fenster, zog die häßlich gemusterten Vorhänge vor und legte sich angezogen aufs Bett. Bereit, ihre Augen zu schließen und endlich, endlich ins Vergessen abzutauchen. Aber nichts passierte. Überrascht merkte sie, daß sie plötzlich nicht mehr schläfrig war.

Was mache ich jetzt eigentlich?

Julia fuhr hoch, als hätte sie jemand angesprochen. Jemand – also eine realexistierende Person in diesem Zimmer. Hier gab es aber nur sie. War das schon eine Halluzination?

Was soll ich jetzt tun?

Nur ein Gedanke, ein körperloses Konstrukt.

Ich will etwas verändern.

Nein, mehr als das. Ein Plan. Oder vielmehr die rudimentäre Basis jedes Plans: der Wille, aktiv zu werden.

Sie fühlte sich besser. Ein Auto donnerte über das Kopfsteinpflaster unter ihr vorbei, der schwache Abglanz seiner Scheinwerfer huschte über die Zimmerdecke.

Ein Lichtblick, dachte Julia. Und mit diesem tröstlichen Gedanken schlief sie ein.

»Ich bin überrascht. Du kannst ja richtig gut mit Kindern umgehen.«

»Was hast du denn gedacht?« Jenicke rollte sich auf den Bauch und sah Marita an.

»Weiß nicht. Ich kenne jedenfalls eine Menge Männer, die dasitzen wie Ölgötzen, sobald ihnen ein Kind zu nahe kommt.«

»Ich denke, die können gar nichts dafür. Ist eine Sache der Veranlagung. Außerdem habe ich mal mit Kindern gearbeitet.«

»Ach.«

»Zivildienst. Ein Heim für Behinderte.«

»Wie war das für dich?«

»Schön. Es war schön. Es hat Spaß gemacht, sich mit den Kindern zu beschäftigen, zu sehen, welche Fortschritte sie machen, wenn man sich richtig mit ihnen beschäftigt.«

»Warum hast du nicht weitergemacht? Ich meine, in dieser Richtung weitergemacht?«

»Weil mich Jura dann doch noch mehr interessiert hat. Recht, Gesetz, alles, was damit zusammenhängt. Unser Recht bildet das Gerüst unserer Gesellschaft, manchmal ein recht wackliges. Das wollte ich kennenlernen.«

»Hast du eigentlich Geschwister?«

»Eine kleine Schwester. Ich hab' sie leider ewig lang nicht mehr gesehen.«

»Wieso? Wo lebt sie?« Marita stützte sich auf ihren linken Arm und streichelte die Innenseite von Jenickes Schenkeln.

»Sie lebt in Argentinien. Ist da verheiratet mit einem Schauspieler.«

»Wann hast du sie das letzte Mal besucht?«

»Keine Ahnung. Vor ein paar Jahren. Mir fehlt einfach das Geld. Sollte meine Praxis jemals laufen, fahren wir zusammen hin.«

»Wenn das hier alles überstanden ist.«

»Ja. Obwohl ich mir das kaum vorstellen kann.«

»Meinst du, sie hat's getan?«

»Wenn ich das wüßte. Ich hatte jedenfalls keinen guten Eindruck von ihr, als sie aus Florida zurückkam.«

»Ich fühle mich, als sei ich an allem schuld.«

»Was, du?« Jenicke drehte sich auf die Seite, so daß er Marita gegenüber lag. »Du hast nichts damit zu tun, okay? Du bist da reingezogen worden, du hast das Beste gewollt, mehr kann man nicht verlangen.«

»Das Beste gewollt und das Schlimmste erreicht. Mal angenommen, Julia hat Stein wirklich ... wirklich ...«

»Dann wäre das auf keinen Fall deine Schuld. Du konntest nicht wissen, wie es wirklich um sie steht. Du bist kein Psychiater. Für dich war sie deine beste Freundin, und du hast alles für sie getan, was du konntest.«

»Ich will nicht mehr dran denken. Nicht jetzt.«

Ein Knacken auf dem Parkett. Ben Becker fuhr auf. Er saß in seinem Bett, alle Muskeln angespannt. Bereit, aufzuspringen und sich auf den Einbrecher zu stürzen, um ihm ein für allemal klarzumachen, daß Ben ein Gegner war, mit dem man rechnen mußte. Das dachte Ben Wort für Wort, aber sein Unterbewußtsein übermittelte ihm ganz andere Botschaften. Zum Beispiel die Berechnung, wie viele Sekunden Ben im Fall des Falles brauchen würde, um ans Fenster zu gelangen, dieses aufzureißen, auf den Sims zu steigen und in die Dunkelheit zu springen – in der Hoffnung, daß er nur Prellungen davontragen würde, wenn er auf dem knallharten Asphalt zwei Stockwerke tiefer aufschlug.

Ben gab sich geschlagen und vor sich selber zu, daß er eine Scheißangst hatte. Er wurde verfolgt. Ausgerechnet zu einem Zeitpunkt, an dem seine beiden Mitbewohner sich in den Urlaub abgesetzt hatten. Astrid, die Atemtherapeutin, nahm an einem Kurs im Allgäu teil, bei dem es darum ging, ihr inneres Kind zu entdecken. Franz, der Sportstudent, war mit Freunden nach Teneriffa geflogen, wo viel Sport und nächtliche Besäufnisse auf dem Programm standen. Nur Ben war hier, und zwar mutterseelenallein. Schlotternd vor Panik.

Gestern hatte er all seinen Mut zusammengenommen und mit seinem Chefredakteur gesprochen. Es war natürlich der falsche Zeitpunkt gewesen. Die ganze Redaktion spielte verrückt wegen diesem Mord an dem Anwalt. APO-Opa Hartmann tobte rum, weil schon wieder die *Bild* und nicht der *Hamburger Kurier* die heißeste Geschichte hatte, obwohl er doch genau wußte, woran es lag. Die *Bild* bezahlte ihre Leute besser und hatte die besseren Informanten, so einfach war das.

Ben war jedenfalls nicht durchgedrungen mit seinem Verdacht, daß da ein Zusammenhang zwischen dem Mord und seinen Recherchen bestand. Er hatte sich, mußte er selbstkritisch anmerken, auch ziemlich dumm angestellt.

»Ich glaube, da besteht ein Zusammenhang.«

»Ja?«

»Ja. Ich habe hier eine Zahlungsanweisung an einen Stein.«

»Vorname?«

»Abgekürzt mit einem B.«

»Hören Sie, Becker. Ich will Sie nicht frustrieren, aber wissen Sie eigentlich, wie viele Steins allein in Hamburg wohnen, deren Vorname mit einem B. anfängt? Nein? Na, dann schlagen Sie mal das Telefonbuch auf!«

Und dann hatte Ben den großen Fehler gemacht, seinem Chef auf die Nase zu binden, daß man ihn überfallen und zusammengeschlagen hatte, und ihm zum Beweis sogar seine blauen Flecken gezeigt. Der Chef hatte losgebrüllt, daß sie sich hier nicht in einem schlechten Film befänden, sondern in der banalen Wirklichkeit und daß Ben nun endlich seine Hirngespinste begraben und statt dessen der Redaktion wieder für das Alltagsgeschäft zur Verfügung stehen solle, und daß er bislang noch keinen einzigen echten Anhaltspunkt geliefert habe, daß an der Chemikalien-Kolumbien-Schmuggelgeschichte irgendwas dran sei. Zum Schluß, als er sich abgeregt hatte, war er auch noch väterlich geworden, was Ben mehr als alles andere haßte.

»Junge, Sie werden sich dran gewöhnen müssen, daß das Zeitungsgeschäft ein mühsames Brot ist. Sie werden lernen müssen, echte Informanten mit wirklich relevanten News von Spinnern und Schizophrenen zu unterscheiden, die Verschwörungen wittern, wenn eine Fliege an der Wand in eine falsche Richtung krabbelt. Die Typen gehören eigentlich in die Klapsmühle. Ein guter Rat, Becker: Wenn Sie merken, daß an einer Geschichte nichts dran ist, lassen Sie verdammt noch mal die Finger davon. Jede zweite angeblich heiße Story verläuft im Sand oder erweist sich als großer Quatsch. Ist nun mal so. Finden Sie sich damit ab.«

Doch Ben wußte ganz genau, daß er in ein Wespennest gestochen hatte und daß man ihn deshalb zum Schweigen bringen wollte. Er wurde verfolgt, das bildete er sich nicht ein! Da waren zum Beispiel die Anrufe auf seinem Mobiltelefon und seinem Festnetzanschluß. Wenn er abhob, meldete sich niemand, er hörte nur jemanden atmen, bevor die Verbindung nach einigen Sekunden unterbrochen wurde.

»Vielleicht haben Sie ein Mädel schlecht behandelt«, war alles, was seinem Chef hierzu eingefallen war.

Ben legte sich wieder hin, weil das Knarzen auf dem Parkett aufgehört hatte. Ihm fiel ein, daß das Parkett oft Geräusche von sich gab. Das Haus war hellhörig, und Parkett war keine tote Materie wie Beton. Parkett war aus Holz, und Holz lebte. Es zog sich zusammen und dehnte sich, je nach Temperatur.

So wie jetzt wieder.

Ben stöhnte auf. Er warf einen Blick auf seine Uhr. Es war drei. Er hatte noch drei Stunden vor sich, in denen er kein Auge zutun würde. Drei Stunden, bis es hell wurde.

In diesem Moment begann es an seiner Tür Sturm zu klingeln.

14

»Sie hätten früher kommen müssen.«

»Warum? Was meinen Sie damit?« Jenicke hatte sie instruiert. Nur kein Schuldbewußtsein zeigen. Sich nicht einschüchtern lassen. Sie war lediglich eine Zeugin, keine Verdächtige. Jenicke saß neben ihr; er hatte sich als ihr Anwalt ausgegeben. Da er auch Julia Hoffmanns Anwalt in der Sache Stein gegen Hoffmann war, war auch seine Zeugenaussage von Belang. Sie hatten sich darauf geeinigt, ihn später zu verhören.

Mehmet beschloß, seinen Mitarbeitern eine Rüge zukommen zu lassen. Jenicke hätte längst befragt werden müssen.

»Sie wissen, daß Julia Hoffmann flüchtig ist, und informieren nicht die Polizei«, sagte Mehmet.

»Meine Mandantin konnte nicht wissen, daß nach Julia Hoffmann gefahndet wurde«, schaltete sich Jenicke sofort ein.

»Ich wußte gar nichts. Erst heute früh kam die Meldung im Radio, daß nach Julia gesucht wird. Alles andere war Presserummel. Ich bin nicht verpflichtet…«

Mehmet Ciller gab diesen Punkt an sie. Rüdiger Kristen, der neben ihm saß, hielt sich erst mal raus aus dem Verhör. Einer fragte, einer hörte zu, so hielten sie es immer. Diesmal war Kristen dran. Er sagte wenig, registrierte aber Mimik, Gestik und Zwischentöne. Schaltete sich ein, sobald da etwas unklar war.

Marita Lange, 33, Beruf: Grafikerin, geboren in München, seit April 1995 gemeldet in Hamburg, war freiwillig gekommen, um auszusagen, was sie zum Fall Bodo Stein wußte. Soweit die Erklärung ihres Anwalts. Sie gehörte wahrscheinlich nicht zu den Verdächtigen (Mehmets Leute waren dabei, das zu recherchieren), aber sie war jemand, der vielleicht mehr wußte, als er zu Protokoll gab.

»Wie lange kennen Sie Frau Hoffmann schon?« Sie saßen um den achteckigen Tisch im Verhörraum, der eigentlich ein banales Durchgangszimmer war. Kein Spiegel an der Wand, der sich als Einwegfenster entpuppte. Alles sehr nüchtern und alltäglich und wenig beängstigend. Die Zeugin sah sich interessiert und völlig unbefangen um, und die beiden Polizisten versuchten währenddessen in ihrem Gesicht zu lesen. Ein mädchenhafter Typ, sehr zart, beinahe mager. So eine hübsche Zeugin hatten sie selten hier, dachten sie beide und wußten, daß sie denselben Gedanken hatten, und das erschwerte ihnen die objektive Beurteilung. Ein paar Sekunden lang sagte niemand etwas. Bevor das Schweigen peinlich werden konnte, lächelte Marita Lange und sah Mehmet direkt an.

»Was wollen Sie denn nun wissen? Fragen Sie einfach.«

Mit einem kleinen, boshaften Triumph merkte sie, daß sie Ciller in Verlegenheit gebracht hatte. Wieder ein Punkt für sie. Bislang war sie überzeugt davon gewesen, daß echte Kriminalhauptkommissare im Vergleich zu ihren TV-Kollegen nicht viel hermachten. Ein Irrtum. Kriminalhauptkommissar Mehmet Ciller war ein richtig schöner Mann mit intensiven braunen Augen und welligem kurzen Haar.

Mehmet ermahnte sich. »Wie lange kennen Sie Julia Hoffmann?« wiederholte er. Eine unverfängliche Frage, die den Sinn hatte, die Zeugin zu lockern.

»Dreieinhalb Jahre«, antwortete sie willig. »Als ich nach Hamburg kam und bei *SAM* anfing, arbeitete sie dort als Redakteurin. Wir haben uns auf Anhieb gut verstanden.«

»Warum? Was schätzten Sie an Frau Hoffmann?«

»Ihre Art. Ihren Humor. Wir hatten viel Spaß miteinander. Sie hatte auch viel Zeit. Ihr damaliger Freund …«

»Herr Stein?«

»Ja.«

»Wie gut kannten Sie ihn?«

»Nur aus Julias – Frau Hoffmanns – Erzählungen.«

»Sie haben ihn nie persönlich kennengelernt?« schaltete sich Kristen ein und machte ein demonstrativ überraschtes Gesicht. Marita Lange richtete den Blick auf ihn, leicht verunsichert. Jenicke neben ihr richtete sich auf, bereit einzugreifen.

»Nein«, sagte die Zeugin schließlich.

»Das kann ich, ehrlich gesagt, kaum glauben. Sie haben

Frau Hoffmann drei Jahre lang gut gekannt und ihren Lebensgefährten nie gesehen? Nicht mal bei einem gemeinsamen Abendessen? Nie zu dritt ins Kino gegangen?«

Sie gab sich den Anschein, nachzudenken. »Nein, ganz sicher nicht.«

»Er hat sie nie in der Redaktion abgeholt?«

»Nicht, wenn ich anwesend war.«

»Meine Mandantin hat Ihre Frage nun erschöpfend und unmißverständlich beantwortet, denke ich«, sagte Jenicke.

Aber Kristen ließ sich nicht abschütteln. »Seltsam, finden Sie nicht? Sie kennen Ihre Freundin drei Jahre lang ...«

»Hören Sie, wenn's anders wäre, würde ich es Ihnen sagen. Erfahren würden Sie es sowieso. Ich habe nichts zu verbergen. Wenn Sie wollen, liefere ich Ihnen auch ein Alibi. Wollen Sie?«

»Dazu kommen wir später.«

Sie ließen diese Sache schließlich fallen, ritten aber dafür auf ihren anderen Aussagen herum, erörterten ihre Beziehung zu Julia, bis sie auch den letzten Tropfen Informationsgehalt herausgepreßt hatten. Es dauerte anderthalb Stunden, bis sie halbwegs zufrieden waren. Zum Schluß sahen alle drei erschöpft aus.

»Letzte Frage«, sagte Mehmet. Das Zimmer war verqualmt von Kristens Zigaretten, und Mehmet war leicht übel. Er sah auf die Uhr. Halb eins. Er mußte unbedingt was essen.

»Wo waren Sie am fraglichen Abend?«

»Herr Jenicke und ich haben gemeinsam zu Abend gegessen. In meiner Wohnung.«

»Um welche Uhrzeit?«

»Er kam gegen sechs Uhr. Wir haben den Abend und die darauffolgende Nacht zusammen verbracht.«

Sie wirkte leicht verlegen, aber das war erklärlich; Kristen und Mehmet ließen sich nichts anmerken. Ein Anwalt, der mit seiner Mandantin schläft. Das war nicht verboten, und damit fiel auch Jenicke als Täter aus. Mal abgesehen davon, daß keiner von beiden nach dem derzeitigen Stand der Dinge auch nur den Schatten eines Motivs haben konnte, Bodo Stein umzubringen. Zur Sicherheit schickten sie Jenicke ins Nebenzimmer und befragten Marita über den genauen Ablauf des Abends. Danach machten sie eine kurze Pause. Marita Lange wurde entlassen, Heiner Jenicke behielten sie da, um ihn seinerseits über Julia Hoffmann zu befragen. Kristen holte Sandwiches und Kaffee.

»Was denkst du?« fragte Kristen. Mittlerweile war es halb drei, und sie waren wieder allein.

»Gehen wir in mein Büro. O nein, Rüdiger! Die Zigaretten bleiben hier.« Kristen fügte sich seufzend.

»Was denkst du?« fragte er ein zweites Mal, als sie einander gegenübersaßen wie schon so oft, Mehmets Schreibtisch zwischen ihnen. Kristen legte seine Füße auf die Tischplatte und kippelte gefährlich mit seinem Stuhl.

»Wir haben hier einen Mord und lauter astreine Alibis, das denke ich«, sagte Mehmet.

»Was hältst du von der Zeugin?«

»Ich denke, sie war ehrlich. Warum, bist du anderer Meinung?«

»Sie überläßt der Hoffmann ihre Kreditkarte und ihren Führerschein. Das ist doch nicht normal!«

»Diese Hoffmann muß etwas an sich haben...«

»Ja. Mit der sollten wir uns wirklich intensiv befassen.«

»Vorsicht. Es gibt Indizien, die gegen sie sprechen. Kein einziger Beweis.«

»In diesem Stadium der Ermittlungen ist das doch völlig egal, Mehmet. Sicher ist, Julia Hoffmann ist flüchtig, und sie hat laut Marita Lange kein Alibi.«

»Ich weiß nicht recht. Nur vier Prozent aller Mörder sind weiblich. Und die morden nicht mit Baseballschlägern, die arbeiten in der Regel...«

»Mit Tabletten, Gift, et cetera, et cetera. Ja, ja. Aber Ausnahmen von der Regel gibt's immer. Ich meine, alles deutet auf sie hin, alles. Die Fingerabdrücke auf dem Glas in Steins Büro. Die Whiskyspuren. Die gleichen Whiskyreste an dem Glas auf dem Schreibtisch, aus dem mutmaßlich Bodo Stein getrunken hat. Ersichtlich aus der Tatsache, daß in seinem Magen Alkohol, mutmaßlich Whisky gefunden wurde.«

»Ich weiß.«

»Laß uns das Szenario entwickeln.«

Mehmet schloß kurz die Augen. Das würde wieder ewig dauern. Er zog die Akte Bodo Stein zu sich heran und schlug sie auf. »Okay. Hier ist der Grundriß von Steins Büro.«

Kristen nahm ihn vorsichtig heraus und breitete das Papier aus. Er liebte diesen Teil der Arbeit. »Okay. Warte. Also: Julia Hoffmann kommt die Treppe hoch oder nimmt den Lift. Unwichtig, wissen wir nicht.«

»Sie muß einen Schlüssel haben, oder Stein hat ihr aufgemacht. Es war gegen neun, alle anderen waren nach Hause gegangen, die Haustür war abgesperrt.«

»Julia Hoffmann kann einen Schlüssel zurückbehalten haben aus der Zeit, als sie mit Bodo Stein zusammenlebte.«

»Hypothese akzeptiert.«

Kristen grinste. Er war in seinem Element. »Also, die Hoffmann kommt rein, ist vielleicht mit Stein verabredet, vielleicht auch nicht. Die Analyse der Telefonate aus Steins Büro hat nichts dergleichen ergeben. Also gehen wir doch einfach davon aus, sie will ihn überraschen.«

»Und dann?«

»Trinken sie ein Glas zusammen. Auf die alten Zeiten. Sie tut so, als wollte sie diesmal vernünftig mit ihm reden. Über den gemeinsamen Sohn, über das Sorgerecht, wie es kommen konnte, daß die Situation so verfahren ist und so weiter. Wie man eben so redet mit dem Mann, den man mal geliebt hat und der sich plötzlich in den schlimmsten Feind verwandelt hat.«

»Na, na!«

»Ist doch wahr. So ist die Situation in Julia Hoffmanns Augen. In ihrer subjektiven Verfassung.«

»Schön. Bodo Stein sitzt also ganz entspannt mit der Frau zusammen, die ihn so sehr haßt, daß sie versucht, ihn mit gefälschten Fotos der Verführung Minderjähriger zu bezichtigen.«

»Was soll er denn sonst tun? Die Polizei rufen? Wegen seiner Ex-Freundin? Das wäre ziemlich lächerlich, oder? Er läßt sich also auf das Gespräch ein, warum auch nicht. Männer haben keine körperliche Angst vor Frauen. Statistisch gesehen völlig zu Recht.«

»Also gut, sie leeren ein Glas miteinander. Dann holt Julia Hoffmann ihren Baseballschläger heraus, den sie bislang geschickt in ihrem Handtäschchen verborgen hat...«

»Hör auf, rumzublödeln.«

»Ist doch wahr. Wo soll plötzlich die Mordwaffe herkommen?«

»Da habe ich schon eine Idee. Sie richtet eine Pistole auf ihn...«

»Was? Woher soll sie plötzlich eine Pistole haben? Das ist doch pure Spekulation!«

»Aus Miami. Da kriegst du doch garantiert Waffen ohne Waffenschein.«

»Ja, wenn du zur kubanischen Mafia gehörst. Eine deutsche Hausfrau...«

»Laß mich doch erst mal weitermachen, okay? Manöverkritik kommt zum Schluß.«

Mehmet entschuldigte sich. Er wußte selber nicht, warum er so unleidlich war. Glücklicherweise war Kristen nicht übersensibel.

»Also Julia zielt auf Bodo. Nehmen wir an, er kriegt Angst. Ihm fällt ein, daß sie – siehe Gericht – zu allem fähig ist. Nehmen wir also an, er glaubt nicht, daß sie nur blufft. Sie geht um den Schreibtisch herum« – Kristens nikotingefärbter Zeigefinger fuhr um das eingezeichnete Rechteck auf dem Plan herum – »dann steht sie direkt neben ihm. Drückt ihm die Waffe an den Schädel.«

»Die Waffe hast du erfunden, damit Stein ruhig sitzen bleibt und sie nicht etwa hochkant aus dem Büro rausbefördert, stimmt's? Und woher kommen dann die Kampfspuren?«

Kristen war völlig unempfindlich gegen jede Ironie: »Ja, genau. Damit er schön still sitzen bleibt, muß sie eine Waffe haben. Geht gar nicht anders, klar? Die Kampfspuren fabriziert sie später natürlich selber, um von sich als Täterin abzulenken. Also, wo war ich stehengeblieben? Ah ja. Sie drückt ihm die Waffe an den Schädel, befiehlt ihm, aufzustehen und die Hände auf den Rücken zu legen.«

»Und das macht er einfach so? Quatsch!«

»Sie wirkt zu allem entschlossen...« Kristen hielt inne. »Halt, jetzt fällt mir was Besseres ein.« Kristen blätterte ein paar Seiten in der Akte zurück, bis er zu den Tatortfotos kam. »Hier, siehst du den Schreibtischstuhl? Die Lehne ist so schmal, sie konnte ihn vielleicht sogar im Sitzen fesseln.«

»Die Hände hinter der Lehne?«

»Genau. Das ist überzeugender, denn so muß sie ihn nicht dazu bringen, aufzustehen. Stein ist zwar kein sehr großer Mann, nämlich exakt 1,77 Meter. Aber wenn er gestanden hätte, hätte ich dir recht gegeben: Er hätte auf jeden Fall versucht, ihr die Waffe zu entwinden. Aber im Sitzen...«

»Hm.«

»Das erklärt auch die Druckstellen in der Armbeuge.« Kristen stand auf und ging zu Mehmet. Er nahm Mehmets Hände und führte sie hinter seinem Stuhl zusammen. »Siehst du? Wenn ich dich jetzt fesseln würde, gäbe das Druckstellen in deiner Armbeuge.«

Mehmet schwieg, er war wider Willen beeindruckt.

»Wenn er sitzen bleibt, ist sie größer als er. Das erhöht seine Hemmschwelle, ihr die Waffe mit Gewalt zu entwinden«, fuhr Kristen fort.

»Akzeptiert. Sie fesselt ihm also die Hände auf dem Rücken.«

»Und damit ist er bewegungstechnisch ziemlich matt gesetzt. Auf dem Foto siehst du, die Lehne hat eine konische Form. Sie ist oben ein gutes Stück breiter als unten.«

»Er wäre ziemlich gehandicapt.« Langsam wurde alles etwas überzeugender. »Warum fesselt sie ihm nicht auch die Füße?«

»Das geht nicht. Dann müßte sie vor ihm knien. Er könnte ihr einen kräftigen Fußtritt verpassen, und das war's dann. Muß sie aber auch nicht. So wie die Dinge liegen, kann er nicht aufstehen.«

»Okay. Was passiert dann?«

»Ich schätze, sie redet jetzt auf ihn ein, um ihn in Sicherheit zu wiegen. Vielleicht tut sie so, als wolle sie ihn bloß erpressen. Geld, Sohn, irgendwas.«

»Warum erschießt sie ihn nicht einfach? Warum macht sie so lange rum, wenn sie eine Waffe hat?«

»Habe ich mir auch überlegt. Vielleicht ist es bloß eine Schreckschußpistole, vielleicht hat sie Angst, daß das Fabrikat als amerikanisches identifiziert werden kann und sie dann sowieso dran ist – irgendwas in der Richtung.«

»Klingt mir zu kompliziert. Zu sehr um die Ecke gedacht. Aber kommen wir zum wichtigsten Punkt. Wo zaubert Julia den Baseballschläger her?« Kristen lächelte triumphierend. »Den holt sie von draußen. Ganz einfach. Sie hat ihn im Sekretariat an die Tür gelehnt. Nun, nachdem sie Stein gefesselt hat, geht sie rückwärts zur Tür – siehst du – und hat dabei Stein immer im Blick. Dann – simsalabim...«

»Ausgeschlossen. Sobald Stein sieht, daß sie den Baseballschläger – falls es einer war – holt, flippt er doch aus. Dann weiß er doch Bescheid. Dann hält ihn auch eine Pistole nicht mehr in Schach. Eine Pistole, die vielleicht nicht mal echt ist.«

»Na und, Mehmet? Selbst wenn er sich aufführt, das nützt ihm in diesem Stadium nichts mehr, verstehst du. Sieh dir noch mal diesen Stuhl an. Sieh dir die Lehne an. Mit gefesselten Händen hinter der Lehne kommt er nicht hoch. Keinen Zentimeter. Er kommt einfach nicht hoch«, wiederholte Kristen begeistert. »Egal, was er anstellt.«

»Was sie vorher wußte.«

»Natürlich, sie kennt doch sein Büro. Hätte natürlich sein können, daß er sich in der Zwischenzeit einen neuen Stuhl zugelegt hat. Das wäre dann Pech gewesen.«

Mehmet schüttelte den Kopf. »Danach wühlt sie seinen Schreibtisch durch, fegt alles auf den Boden. Reißt ein Bild ab. Wieso?«

»Weiß ich nicht. Ich bin kein Hellseher.«

»Das Feuer. Warum legt sie Feuer?«

»Um ihre Spuren zu verwischen. Faserspuren et cetera, et cetera. Die Frau ist Journalistin. Die weiß doch, wie Spurensuche heutzutage funktioniert.«

»Ich frage mich aber immer noch, wieso sie's getan haben sollte. Was war ihr Motiv?«

»Rache, natürlich. Der Mann hat sie systematisch fertiggemacht. Er wollte ihr den geliebten Sohn wegnehmen. Wenn das kein Grund ist. Außerdem: Wenn er tot ist, kann er ihr den Sohn nicht wegnehmen.«

»Ja, aber warum hat sie sich dann nicht geschickter angestellt? Warum taucht sie nach der Tat ab, setzt ihren angeblich heißgeliebten Sohn einfach bei einer Freundin ab und macht sich auf diese Weise erst recht verdächtig?«

»Sie hat die Nerven verloren. Du hast es selber oft genug erlebt. Die Leute planen einen perfekten Mord, alles superlässig und cool, und dann verlieren sie eben doch die Nerven. Haben Alpträume, Schuldgefühle und wissen, daß doch alles rauskommen wird. Und so passiert's ja dann auch. Denk an diesen Pfarrer, der seine Frau umbrachte und dachte, er macht's ganz perfekt. Meldet sie am nächsten Morgen als vermißt und storniert am selben Tag die Tickets für den gemeinsamen Urlaub, obwohl sie gerade mal 24 Stunden verschwunden war. Einfach idiotisch, oder?«

»Schon gut. Ich kenn' den Fall. Er sagt bis heute, er war's nicht.«

»Egal, du weißt, was ich meine. Planen ist eine Sache, es dann wirklich tun eine ganz andere. Darf ich ausnahmsweise eine rauchen?«

»Nein!«

Als Marita am Spätnachmittag nach Hause kam, schwer bepackt mit Einkaufstüten, waren sie schon in ihrem Wohnzimmer. Ein Kameramann, ein Tonmann, eine Redakteurin und reichlich Equipment. Sie stellten gerade die Scheinwerfer auf. Die Redakteurin unterhielt sich mit Jenny und Manuel, die beide lieb und etwas verängstigt auf der Couch saßen.

»Was machen Sie denn hier!«

Die Redakteurin sprang sofort auf, als sie Marita zornbebend im Türrahmen stehen sah. Sie war jung und hübsch und sehr gewandt. »Entschuldigen Sie bitte, daß wir hier so eingedrungen sind. Wir konnten nicht wissen, daß die Kinder alleine zu Hause waren.«

»Wer hat Ihnen das gesagt? Wer hat Ihnen gesagt, daß die Kinder hier sind?«

»Unsere Recherchen haben das ergeben. Alles, was wir wollen, ist ein kurzes Gespräch. Nur mit Ihnen, vielleicht auch mit den Kindern ...«

»Auf keinen Fall!«

»Wenn sie das nicht möchten, respektieren wir das selbstverständlich. Aber könnten nicht Julia Hoffmanns Kinder selbst entscheiden ...«

»Nein! Wenn ich Sie nun bitten darf zu gehen.«

»Ein kurzes Statement zur Situation von Ihnen. Mehr verlangen wir nicht. Die Kinder bleiben außen vor, versprochen. Sehen Sie, wir haben bereits Filmmaterial von den Kindern. Wir werden das nicht verwenden, wenn Sie uns ein paar Informationen geben ...«

»Das ist eine ganz miese Erpressung.«

Die Blonde schluckte das, ohne mit der Wimper zu zucken. Sie lächelte sogar. »Schauen Sie, es kann Ihrer Freundin nur nützen, wenn Sie sich in Ihrem Sinn äußern. Julia Hoffmann steht in der Öffentlichkeit im Moment als Mörderin da. Es steht in Ihrer Macht, diesen Eindruck zu revidieren.«

Marita zögerte. Sie stellte die Einkaufstaschen ab und setzte sich zu den Kindern.

»Warum habt ihr diese Leute reingelassen?«

»Sie haben gesagt, sie haben wichtige Neuigkeiten von Mama«, sagte Jenny mit einem Gesicht, als ob sie gleich losweinen würde.

»Sie sind wirklich ekelhaft«, sagte Marita zu der Redakteurin. Es gab eine kurze Pause. Zum ersten Mal wirkte die Frau so, als hätte sie ein schlechtes Gewissen. Kameramann und Tonmann hielten sich im Hintergrund und bosselten angelegentlich an ihren Geräten herum.

»Es tut mir leid, ehrlich. Ich weiß, daß das nicht ganz fair war. Aber wenn wir so eine Chance haben, müssen wir sie nützen, das ist unser Job. Bitte sprechen Sie mit uns. Nur für eine Minute. Sagen Sie wenigstens, daß Frau Hoffmann ihre Kinder nicht einfach im Stich gelassen hat.«

Wenigstens das.

»Ich äußere mich nicht zu dem Fall. Sie stellen keine Frage zum Thema Schuld oder nicht.«

»Versprochen.«

»Es geht nur um die Kinder. Daß es ihnen gutgeht.«

»Okay.«

»Meine Adresse taucht nicht auf, mein Name auch nicht.«

»Können wir ihn abkürzen in Frau L.?«

»Meinetwegen.«

»Also dann.« Sie winkte dem Kameramann, der sofort sein Gerät schulterte.

»Stellen Sie sich hier ins Licht. Gut so. Sie sehen gut aus.«

»Kein Schwenk über meine Wohnung, dieses Zimmer. Nur mein Gesicht.«

»Was interessiert uns Ihre Wohnung? Ist das Licht okay? Gut. Fangen wir an. Seien Sie ganz relaxed. Schauen Sie mich an, schauen Sie nicht in die Kamera. Okay?«

»Guten Tag, hier spricht Ben Becker vom *Amtsblatt der Jurisprudenz*, Rayon Hamburg. Könnten Sie mich mit dem Sekretariat von Herrn Stein verbinden?« Ben gab sich Mühe, so tief und seriös zu sprechen wie möglich. Er hatte das eine halbe Stunde lang im leeren Waschraum geübt.

»Äh – Nun, das bin ich. Zu meinem Bedauern muß ich Ihnen jedoch mitteilen…«

»Frau – äh…«

»Seidenfaden. Leider muß ich Ihnen mitteilen…«

»Frau Seidenfaden, wir sind über Herrn Steins bestürzend plötzliches Ableben informiert. Dies ist der Grund meines Anrufs.«

»Ich bedaure sehr, aber wir geben hierzu keine weiteren Informationen. Wenden Sie sich bitte an die Polizei. Ich kann Ihnen die Nummer der Pressestelle geben.«

»Sie mißverstehen mich, Frau Seidenfaden. Über den… das schreckliche Ereignis berichtet die Tagespresse zur Genüge. Wir sind an diesen schmutzigen Details nicht im geringsten interessiert.«

»Dürfte ich dann bitte erfahren, weshalb Sie anrufen? Wir sind hier sehr im Druck und…«

»Es geht um einen Nachruf, Frau Seidenfaden, selbstverständlich verbunden mit einer ausführlichen und ausschließlich beruflichen Würdigung Herrn Steins. Sie wissen ja sicher selbst, daß Herr Stein einer der deutschen Topjuristen seines Jahrgangs war. Darüber hinaus hat er auch unser Organ stets finanziell großzügig unterstützt…«

»Seltsam, davon weiß ich gar nichts.«

»Nun, das ist in der Tat seltsam. Um auf mein Anliegen zurückzukommen – wir wären sehr interessiert an einem ausführlichen Lebenslauf Herrn Steins als Vorlage für unseren Nachruf.«

»Ich weiß wirklich nicht…«

»Gibt es da ein Problem?«

»Na ja. Viele Unterlagen sind bei der Polizei, aber einiges ist auch noch da…«

»Das wäre ja wunderbar, Frau Seidenfaden.«

»Na ja, eigentlich ist das ja kein Geheimnis. Könnten Sie mir bitte vorab ein Exemplar Ihres Organs schicken?«

»Oh – selbstverständlich.« Ben begann zu schwitzen. Er mußte sich beeilen. Bald würden die Kollegen von ihren Terminen zurückkommen, und dann war Schluß mit dem Theater.

»Darf ich Ihnen einen Mitarbeiter vorbeischicken, der Ihnen das Gewünschte bringt? In ein, zwei Stunden? Wir möchten den Nachruf in der kommenden Ausgabe bringen und stehen demzufolge etwas unter Zeitdruck.«

Frau Seidenfaden schien wiederum zu zögern, und Ben fluchte innerlich. »Also gut«, sagte sie schließlich und seufzte. »Ich bereite einige Unterlagen für Sie vor.«

Ben legte auf und machte sich fieberhaft ans Werk. Am Computer erstellte er einen Pseudobriefkopf. In wohlgesetzten Worten erläuterte er sodann Frau Seidenfaden, weshalb gerade kein Exemplar des *Amtsblatts für Jurisprudenz*, Rayon Hamburg vorrätig sei, sie aber selbstverständlich die Ausgabe mit Bodo Steins Würdigung erhielte. Ben machte hiervon einen Ausdruck und klaute sich dann von APO-Opas Schreibtisch dessen Mont-Blanc-Füller, um eine gravitätisch aussehende Unterschrift unter seinen Schrieb zu zaubern. Dann fuhr er nach Hause, um sich umzuziehen. Ein Mitarbeiter des *Amtsblatts für Jurisprudenz* sollte in Anzug und Krawatte auftreten. Der Rest war Ungewißheit. Frau Seidenfaden hatte am Telefon ziemlich streng geklungen. Er hoffte, daß sie wider Erwarten jungenhaftem Charme zugänglich war. Wenn Ben über etwas verfügte, dann über jungenhaften Charme. Schade, daß APO-Opa keine Frau war.

Julia saß in einem Café am Jungfernstieg und aß ein Eis. Es schmeckte – köstlich. Einfach köstlich. So gut wie eben alles schmeckt, wenn man wirklich Hunger hat. Sie hatte Hunger, sie stillte ihn, denn sie wollte leben. Ihr ganzer Körper vibrierte vor Energie, die etwas Nervöses, Labiles hatte, sichtbar an den leicht zitternden Händen. Sie sah sich immer wieder um. Das vorsichtige Abtasten ihrer Umgebung war ihr bereits in Florida zur zweiten Natur geworden, und die leistete ihr hier ebenfalls gute Dienste. Es gab alle möglichen Gründe, Menschen und ihren Motiven zu mißtrauen. Niemand auf der Welt, hatte Julia in letzter Zeit immer wieder festgestellt, handelte aus anderen als aus egoistischen Beweggründen. Jeder war getrieben von seinem inneren Drama, hatte irgendeine mehr oder weniger perverse Bestimmung zu erfüllen. Sie selbst eingeschlossen.

Julia atmete tief durch, um den schrecklichen Druck in ihrer Brust loszuwerden und sah aus einer nunmehr beinahe abgeklärten Distanz dem Treiben um sich zu. Sie fühlte sich eigentlich ganz wohl hier, in dieser vornehmen Passage mit den spiegelnden Schaufenstern, hinter denen Designermode ausgestellt war. Hier gehörte sie her, letztlich, auch wenn ihre Garderobe dies nicht vermuten ließ. Das war der nächste Punkt. Ihr Bargeld ging zur Neige, aber sie mußte sich unbedingt etwas zum Anziehen kaufen. Sie war nun den dritten Tag auf der Flucht, und obwohl sie heute früh in der Absteige am Hauptbahnhof geduscht und sich frische Unterwäsche angezogen hatte, fühlte sie sich nicht mehr wohl in den Sachen, die sie nun seit drei Tagen trug.

Julia! sagte sie streng zu sich selbst. Sie mußte nun endlich damit anfangen. Anfangen, das zu tun, weshalb sie untergetaucht war. Aber es war so schwierig ohne Hilfe, und es gab definitiv niemanden mehr, der ihr half. Keine Freunde, keine Eltern, niemand. Sie war allein auf der Welt. Ein plötzlicher Anfall von Selbstmitleid ließ sie schlucken. Sie sollte jetzt nicht weinen, das wäre zu auffällig. Wie schwach sie sich plötzlich wieder fühlte, wie angreifbar. Als sei ihre Haut dünn wie eine empfindsame Membran. Trotzdem mußte sie endlich handeln. Früher oder später würde sie aufgegriffen werden oder sich selber stellen müssen. Dann mußte sie Antworten parat haben auf böse, hartnäckige Fragen.

Julia schreckte hoch. Sie war schon wieder so – abwesend. In ihrer Situation konnte sie sich das nicht länger erlauben. Sie mußte präsent sein, alle ihre Instinkte auf Alarm stellen, wie das verfolgte Tiere tun. Sie konnte zum Beispiel hier nicht länger sitzen bleiben und sich einbilden, daß keinem der Gäste ihre Anwesenheit auffallen würde. Einsame Frauen in Cafés zogen die Blicke automatisch auf sich. Jeder phantasierte sich eine Geschichte über sie zurecht, die meistens von Versagen handelte. Sie selbst hatte das früher auch getan, *erinnere dich, Julia!* Einsame Frauen über dreißig in Cafés wirkten immer irgendwie bedürfig. Man könnte auch sagen: verdächtig.

Panik kroch erneut in ihr hoch, ein eiskalter Adrenalinstoß. Ruhig atmen, ganz ruhig, befahl sie sich.

Ganz ruhig.

Es half nichts. Wieder dieses rasende Herzklopfen, als würde gleich eine Feder herausspringen und den ganzen komplizierten Mechanismus ihres Körpers lahmlegen. Julia sah den Kellner und versuchte, unauffällig die Rechnung zu verlangen.

Unauffällig, haha! Wie sollte man unauffällig eine Rechnung verlangen, das war ja ein kompletter Widerspruch in sich!

Julia atmete so ruhig sie konnte, aber das Blut begann ihr in den Ohren zu rauschen, der Schweiß brach ihr auf Stirn und Handflächen aus. Gleich würde sie ohnmächtig werden oder sich in Krämpfen winden, was auf das gleiche herauskam. Alles wäre vorbei, sie hätte verloren.

Indizienbeweise nannte man das wohl. In vielen Fällen reichten sie für eine Verurteilung aus. Vielleicht bekam sie mildernde Umstände. Aufgrund von Unzurechnungsfähigkeit. Dann durfte sie viele, lange Jahre in einer Klapsmühle mit anderen Irren verbringen.

Julia lachte bitter auf. Es war alles ein Komplott. Genial eingefädelt. Sie hatte keine Chance.

Blicke wandten sich ihr zu. Prüfend.

Spät in der Nacht klingelte das Telefon. Fünfmal, sechsmal, siebenmal. Marita wurde aus dem Schlaf gerissen, aber sie ging hin, in der Hoffnung, daß es Julia war.

Es war nicht Julia, sondern die Stimme eines jungen Mannes. Statt einer Begrüßung sagte er: »Sie kennen mich nicht, aber ich muß dringend mit Ihnen reden.«

»Wer sind Sie?«

»Mein Name ist Ben Becker. Tut mir leid, daß ich Sie so spät noch störe.«

»Es ist halb eins. Was wollen Sie?«

»Ich rufe an wegen Julia Hoffmann.«

»Woher haben Sie meine Telefonnummer?«

»Ich habe Sie im Fernsehen gesehen, das Interview mit Ihnen. Die verantwortliche Redakteurin war in meiner Klasse. Hamburger Journalistenschule.«

»Sie hatte mir fest versprochen...«

»Ja! Sie hat mir Ihre Nummer auch nur gegeben, weil es mir nicht darum geht, irgendwas zu veröffentlichen. Ich habe wichtige Informationen für Julia Hoffmann.«

»Und Sie glauben, ich weiß, wo sie ist.«

»Keine Ahnung. Deshalb rufe ich ja an.«

»Soll das ein Trick sein? Sind Sie von der Polizei?«

»Nein. Ehrlich nicht. Glauben Sie mir bitte.«

»Wenn Sie etwas wissen, das mit dem Fall in Verbindung gebracht werden kann, dann wenden Sie sich an die Polizei. Das ist mein letztes Wort.«

»Bitte legen Sie noch nicht auf, hören Sie mich erst an. Mir fehlen die Beweise. Ich muß mit Frau Hoffmann selber reden. Vielleicht weiß sie was. Sollten Sie wissen, wo sie ist...«

»Tue ich nicht.«

»Was?«

»Ich weiß selbstverständlich nicht, wo sie ist. Und jetzt entschuldigen Sie mich bitte. Ich bin todmüde.«

»Bitte warten Sie nur eine Sekunde. Sollte sich Julia Hoffmann bei Ihnen melden – könnten Sie ihr wenigstens meine Telefonnummer geben? Bitte! Das ist doch ganz unverbindlich. Wenn sie sich nicht melden will, habe ich Pech gehabt.«

Ben hörte ein Seufzen.

»Na schön«, sagte die schöne, sanfte Stimme, von der Ben nur wußte, daß sie einer Frau L. gehörte. »Geben Sie mir Ihre Nummer.«

Es war dunkel und sehr, sehr spät. Wie spät, wußte Julia nicht und wollte es auch nicht mehr wissen. Es war nämlich egal. Völlig egal. Julia nahm einen Schluck aus dem Flachmann und schwankte am erleuchteten Tor der Davidswache vorbei. Zwei Polizisten standen neben einer grünen Minna, die verschränkten Arme auf die offene Beifahrertür aufgestützt, und unterhielten sich leise. Julia winkte ihnen übermütig zu. Die beiden grüßten lässig zurück und ließen sich nicht stören. Mit Leuten wie Julia, heruntergekommenen Säuferinnen, die früher vielleicht mal ganz gut ausgesehen hatten, befaßten sie sich jeden Tag. Meistens in verprügeltem Zustand. St. Pauli war fast menschenleer. Hier und da kleine Männergrüppchen aus der deutschen Provinz, die extra hergekommen waren, um das »sündige Flair« der Reeperbahn zu schnuppern und nun tief enttäuscht nur auf ihresgleichen trafen. Ein paar Nutten in Nylons und knallfarbenen Stretchbodys standen vereinzelt an den Straßenecken, als hätte sie das Fremdenverkehrsamt dahin plaziert. Julia stemmte sich gegen den kalten Wind, der durch die Gassen pfiff. Sie fror und hatte Hunger, fühlte sich aber ansonsten ganz wohl. Ihr war natürlich klar, daß das am Alkohol lag und an den letzten zwei Valium, die sie zur Feier des Tages geschluckt hatte, aber warum auch nicht? Warum sollte sie nicht ihr Leben genießen, solange es noch ging. Morgen, hatte sie beschlossen, morgen würde sie… Nun, was sie morgen genau tun wollte, war noch nicht ganz klar. Vielleicht das Land verlassen und irgendwo anders ein ganz neues Leben beginnen.

Julia steuerte auf ein McDonald's zu. Sie hatte wahnsinnigen Appetit auf einen Big Mac. Genaugenommen lief ihr das Wasser im Mund zusammen bei dem Gedanken an den ketchupsüßen, senfscharfen ersten Biß. Das körnige Hackfleisch zwischen den Zähnen… Sie verging fast vor Lust.

Plötzlich mußte Julia losheulen. Zum ersten Mal seit Tagen hatte sie, sie wußte gar nicht warum, wieder an Bob Meyerson gedacht, an sein wunderbares Haus in Fort Lauderdale direkt am Kanal. Wenn Bob Meyerson sie jetzt sähe, in diesem desolaten Zustand, würde er ganz schnell von dem Gedanken absehen, sie unbedingt retten zu wollen. Ganz, ganz schnell. Kein Mann auf der Welt fand es reizvoll, einer stinkenden, alternden Süchtigen zu helfen, die auch noch in allen möglichen Schwierigkeiten steckte. Gerettet wurden junge, hübsche Mädchen. Kleine, gestrauchelte Prinzessinnen. Alles, worauf jemand wie Julia noch hoffen konnte, war schneller Sex mit einem Widerling, der noch weiter unten auf der sozialen Stufenleiter stand als sie. Erneut begann Julia zu schluchzen. Weinen war wirklich eine nette Einrichtung der Natur, extra für Frauen. Es gab nichts Angenehmeres, als sich in Tränen zu suhlen, sich ganz fallenzulassen in einen Kummer, der unverschuldet war.

Mach dir doch nichts vor.

Wieder diese Stimme. Sie kam aus ihrem Inneren, aber sie hallte gleichzeitig wider von den Hauswänden um sie herum. Der Wind transportierte ihren Klang, vom Himmel fiel sie herunter. Julias Augen trockneten schlagartig.

Sie war dabei, verrückt zu werden. Kein Zweifel.

Schlaues Mädchen, blöde Kuh, sang die Stimme hämisch.

Julia sprang auf die Füße und wischte sich das Gesicht ab. Alles, aber das nicht. Nicht dieses alptraumhafte Gefühl. Alles war besser als das. Ich muß kämpfen, dachte sie. Wenn ich kämpfe, schaffe ich es vielleicht, nicht durchzudrehen.

Aber wie? Wie?

Sie überlegte sich den ersten Schritt. Sie mußte das Schritt für Schritt angehen, sie durfte nichts überstürzen. Als erstes beschloß sie, etwas zu essen. Langsam bewegte sie sich auf das McDonald's zu.

Licht. Hier waren Menschen, denen es kein bißchen besserging als ihr. Das war ein schwacher Trost, aber immerhin einer.

Julia stellte sich in die Schlange hinter zwei todmüde und ungepflegt aussehende Jungen, die ihre Söhne hätten sein können.

Ihre Söhne? Ihr Sohn. Manuel.

Sie sah ihn hier stehen, in zehn oder zwölf Jahren, nach ungewaschenen Haaren und schmutzigen Klamotten riechend.

Weil seine Mutter ihm nicht das gegeben hatte, was er brauchte. Liebe, ja. Sie liebte Manuel mehr als ihr Leben, das wurde ihr plötzlich so schmerzhaft klar, daß sie beinahe wieder in Tränen ausgebrochen wäre. Ohne Manuel und Jenny war sie nichts mehr. Sie liebte ihre Kinder, wirklich und wahrhaftig, aber im Moment verhielt sie sich so, als seien sie ihr völlig gleichgültig. Sicher, es gab Gründe dafür, schwerwiegende Gründe. Aber Kindern waren die Gründe der Erwachsenen egal. Für sie zählte nur das, was Erwachsene taten. Und was Julia ihren Kindern in den letzten Wochen und Monaten angetan hatte, war unverzeihlich. Kinder brauchten nicht nur Liebe, sondern auch ein Minimum an Stabilität. *Bitte*, dachte sie, *bitte laß mich all das überstehen, um Manuels und Jennys willen. Bitte gib ihnen und mir eine zweite Chance.*

Sie wußte nicht, an wen sie sich wendete – an das Schicksal oder an Gott oder an wen auch immer –, aber sie wurde wieder ruhiger. Zumindest hatten ihre Gedanken, ihre Wünsche, ihre Gefühle wieder ein Ziel. Sie konnte es schaffen. Noch konnte sie es schaffen. Julia lächelte zaghaft. Plötzlich überkam sie Mitleid und der Wunsch, den Jungs vor ihr über die Haare zu streichen und ihnen ein Essen zu spendieren. Gerade noch rechtzeitig hielt sie die Vernunft davon ab, sich zum Narren zu machen. Schlimmstenfalls glaubten die Jungen, sie danach mit Sex bezahlen zu müssen.

Als sie dran war, bestellte sie zwei Hamburger, Pommes und Schoko-Milkshakes. Einen Hamburger behielt sie für sich, den Rest stellte sie auf dem Stehtisch ab, an dem die beiden Jungen ihre Cola reinstürzten.

»He, was soll'n das?« sagte der eine mit schläfriger, undeutlicher Stimme.

»Ist für euch«, sagte Julia.

»Nett, aber wir ham kein Hunger.«

»Dann hebt es auf. Die Nacht ist lang.«

Der eine Junge begann sie nun deutlicher zu fixieren. Er war recht hübsch, mit blonden Locken und kindlichem Lächeln. »'ne kleine Spende wäre uns lieber, um ehrlich zu sein...«

»Vergiß es«, sagte Julia freundlich und ging weiter. Als sie sich hinsetzte, wurde ihr bewußt, daß das die ersten vollständigen Sätze waren, die sie seit gestern gesprochen hatte. Vielleicht war sie endlich auf dem Weg zurück in die wirkliche Welt.

15

»Toluol«, sagte Ben und sah Julia eindringlich an. »Toluol und Kaliumpermanganat.«

»Sagt mir gar nichts.« Sie senkte die Augen und rührte in ihrem Kaffee herum. O Mann, dachte Ben. Die ist ja so am Ende, die kriegt überhaupt nichts mehr auf die Reihe. Er überlegte fieberhaft, wie er sie aus ihrem Tran rütteln konnte.

Zunächst mußte er mit seiner eigenen Enttäuschung fertigwerden. Aus der Tatsache, daß sie ihn tatsächlich an diesem Morgen angerufen hatte und erstaunlicherweise sofort bereit gewesen war, sich ohne weitere Vorsichtsmaßnahmen mit ihm zu treffen, hatte er fälschlicherweise geschlossen, daß sie seine Informationslücken schließen konnte. Aber sie wußte offenbar gar nichts. Wahrscheinlich hatte sie es einfach nur satt gehabt, sich zu verstecken, oder brauchte jemanden zum Reden. Im Moment jedenfalls schien ihr alles egal zu sein. Wäre Ben von der Mordkommission gewesen, hätte er leichtes Spiel mit ihr gehabt. Die hatte keine Kraft mehr zur Flucht. Die war reif für den Knast.

Ben sah sich in dem wirklich ekelhaften Lokal um. Astreiner Kiez, aber ohne die zu erwartende interessante Atmosphäre der Verderbtheit, sondern einfach nur öde und abgefuckt. Die ersten Trinker standen jetzt, am späten Vormittag, an der Bar und zogen sich mit tiefen Zügen ihren Stoff rein. Häßliche Kerle mit roten verquollenen Gesichtern und schwabbligem Bierbauch unter der mageren, eingefallenen Brust, die unverständliches Zeug herumlallten, ab und zu in krächzendes Kichern ausbrachen und immer mal wieder einen Blick aus geröteten Augen zu ihnen herüberwarfen.

Ben, gesund, kraftvoll und teuer angezogen, war hier ein geduldeter, aber doch provozierender Fremdkörper. Die Hoffmann ihm gegenüber gehörte schon eher hierher. Kurze, schlechtgeschnittene blonde Haare, denen man die chemische Bleiche schon auf zehn Meter Entfernung ansah. Braune Augen mit dicken Tränensäcken. Fahler Teint. Ein schlaffer, voller Mund. Und, na ja, man roch selbst über den Tisch hinweg, daß sie die letzten Tage offenbar selten zum Duschen gekommen war.

Ben war so entmutigt wie selten. Er war vielleicht doch auf der falschen Spur.

»Waren Sie's?« fragte er schließlich.

»Was?« Das klang immerhin ein bißchen wacher.

»Na, was wohl? Sind Sie's gewesen? Sind Sie die Täterin?«

»Nein.« Das klang wieder wie vorher, genervt und müde.

Er probierte es weiter, diesmal etwas aggressiver. »Warum drücken Sie sich dann auf der Reeperbahn rum?«

»Ich hab' kein Alibi.«

»Na und?«

»Na und, na und. Lesen Sie keine Zeitungen?«

»Machen Sie mir doch nichts vor!« sagte Ben verärgert. »Das ist doch nicht der einzige Grund, das können Sie mir nicht erzählen. Da ist doch noch irgendwas anderes mit Ihnen los.« So. Wenn sie jetzt aufstand und ging, dann war's das eben gewesen. Dann blieb er eben die nächsten Jahre ein kleiner Furz beim *Hamburger Kurier.* Oder er versuchte, auf andere Weise an seine Informationen zu kommen.

Aber sie ging noch nicht. Sie sah ihn mit neu erwecktem Interesse an, als hätte er rein zufällig ins Schwarze getroffen.

»Erst sagen Sie mir, wieso wir hier eigentlich sitzen.«

Ben atmete auf. Möglicherweise war doch noch nicht alles verloren. Er beugte sich vor und sah ihr tief in die Augen, um sie nicht wieder zu verlieren.

»Sagt Ihnen der Name Martin Weyer was?«

Sie dachte tatsächlich nach oder tat wenigstens so. Anscheinend ohne Erfolg.

»Nein. Nichts.« Wieder dieser müde, erloschene Blick.

»Also gut«, sagte Ben entschlossen. »Dann werde ich Ihnen jetzt mal eine Geschichte erzählen. Sind Sie klar genug im Kopf, um zu kapieren?«

Das saß. »Hören Sie, ich bin kein Dummkopf, nur weil es mir derzeit schlechtgeht. Kapiert, Sie Schnösel?«

»Dann benehmen Sie sich auch so«, sagte Ben, erfreut über die Reaktion. »Sie waren eine tolle Journalistin. Ich habe viele Ihrer Geschichten gelesen. Ich habe Sie bewundert.« Trug er zu dick auf? Nein, sie schien das zu schlucken. Das hieß entweder, daß sie früher wirklich gut gewesen war (wovon Ben keine Ahnung hatte; er las *SAM* nicht, und die Information, daß sie »Topjournalistin« war, hatte er aus der Zeitung), oder daß sie eine kleine, alberne, eingebildete Idiotin war. Er hoffte, daß ersteres zutraf.

»Was wollen Sie mir erzählen? Fangen Sie schon an.« Ihre Stimme klang jetzt fester, artikulierter, ihr Blick war klarer.

»Also gut. Toluol und Kaliumpermanganat, wie gesagt.«

»Was ist das?«

»Zwei Chemikalien, die zur Kokaingewinnung notwendig sind.«

Sie sah ihn verständnislos an.

»Was hat das mit Bodo Stein zu tun?«

»Dazu kommen wir gleich. Von Anfang an.« Ben holte tief Luft und ordnete seine Gedanken.

»Martin Weyer, der Mann, von dem Sie noch nie gehört haben, ist Gründer und Chef eines kleinen, aber feinen Unternehmens.«

»Hat Bodo ihn vertreten?«

»Ob er Weyers Anwalt war? Nein, war er nicht. Ich denke, genau das Gegenteil war der Fall. Er wollte mit Weyer unter keinen Umständen in Verbindung gebracht werden.«

»Warum nicht? Um was für ein Unternehmen handelt es sich überhaupt?«

»Die Firma heißt Chemotrans. Chemotrans existiert seit fünf Jahren, hat ungefähr dreißig Mitarbeiter und ist in den letzten Jahren kräftig expandiert. Möglicherweise liegt das an ihrem Produkt.«

»Das würde ich auch fast annehmen, woran denn sonst? Hören Sie, kommt da noch irgendwas Interessantes, oder wollen Sie sich nur wichtig tun?«

Ben schluckte, aber er entschloß sich, die Bemerkung zu überhören. »Chemotrans produziert Toluol und Kaliumpermanganat. Daran allein ist noch nichts Besonderes. Auffällig ist, daß Chemotrans den größten Teil seiner Produktion exportiert. Angeblich nach Spanien.«

»Aha.«

»In Spanien besteht aber gar kein derartig hoher Bedarf an Toluol und Kaliumpermanganat. Der Verdacht liegt also nahe, daß Spanien nur eine Zwischenstation ist.«

»Und die Endstation?«

»Ist höchstwahrscheinlich Kolumbien. Die Drogenkartelle rund um Cali. Das jedenfalls vermutet die amerikanische Drogenbehörde DEA.«

»DEA? Die beschäftigen sich mit einer deutschen Chemiefirma?«

»So ist es. Die DEA versucht, international zu operieren und mit den jeweiligen örtlichen Behörden zusammenzuarbeiten. Die USA haben ein bekanntlich riesiges Kokainproblem. Sie haben alles versucht, ihre Grenzen dichtzumachen, aber es hat nichts genützt. Deshalb ist die DEA daran interessiert, weltweit wenigstens die Verkaufs- und Erzeugerbedingungen für die Drogenkartelle zu erschweren.«

»Ja, aber …«

»Um es kurz zu machen: Die Ermittlungen der DEA haben ergeben, daß es einige Chemiefirmen in Deutschland gibt, die die kolumbianischen Kartelle mit Chemikalien beliefern, die dazu dienen, den Wirkstoff des Kokains aus dem Rohstoff herauszufiltern. Die Ausfuhr dieser Chemikalien nach Kolumbien oder in andere Drogenerzeugerländer ist verboten. Es gibt hier in Hamburg eine spezielle Behörde, die Grundstoff-Überwachungsstelle, die den Export derartiger Waren überprüft. Meine Recherchen haben ergeben, daß da offensichtlich einer sitzt, der immer wieder ein Auge zudrückt.«

Julia Hoffmann machte ein Womit-vertue-ich-hier-bloß-meine-Zeit-Gesicht. Es erinnerte Ben auf fatale Weise an seinen Chefredakteur, und einen Moment lang hatte er gute Lust, aufzustehen, die Frau ihrem Schicksal zu überlassen, nach Hause zu fahren, die ganzen Papiere zu verbrennen und sich danach einen anzusaufen.

Aber noch wußte sie ja nicht alles.

»Wissen Sie, das ist alles hochinteressant. Aber ich sehe nicht, inwieweit das irgendwas mit Bodo Stein zu tun hat«, sagte Julia Hoffmann erwartungsgemäß und lieferte Ben damit das ersehnte Stichwort.

»Martin Weyer, der Chef von Chemotrans, war in derselben Studentenverbindung wie Bodo Stein. Die beiden haben Jura in Heidelberg studiert und waren als Studenten eng befreundet. Außerdem liegen mir zwei Zahlungsanweisungen vor.« Er lehnte sich zurück und sah sie zufrieden an. Wenn sie darauf nicht ansprang, dann war alles umsonst gewesen.

»An Bodo Stein? Sind Sie sicher?«

»Nicht direkt. B. Stein steht jeweils mit Bleistift auf der unteren rechten Seite der Anweisung. Vielleicht, damit man das im Fall des Falles einfach ausradieren kann. Die gedruckte Anweisung geht an ein namenloses Nummernkonto auf den Antillen, an die dort ansässige »Bank of Spain«. Und jetzt kommt's. Das Kennwort heißt »Manuel«.

Jutta Hoffmann richtete sich auf. Sie war jetzt ganz da, ganz Ohr, stellte Ben fest, und ihm fiel ein Stein vom Herzen.

»Wie hoch sind die Beträge?« fragte sie.

»Einmal zwanzigtausend, einmal sechzigtausend Dollar. Im Abstand von drei Monaten. Datiert von letztem Jahr. Waren Sie jemals auf den Antillen, gemeinsam mit Stein?«

»Ja. Vor drei Jahren. Wir haben da zwei Wochen Urlaub gemacht.«

»Habe ich mir gedacht. Natürlich kann Stein Überweisungen und Abbuchungen problemlos von jedem Ort der Welt aus veranlassen. Aber ich könnte mir vorstellen, daß er einfach vor Ort mal sehen wollte, ob mit seinem Konto alles in Ordnung ist. Eine psychologische Sache.«

Das machte sichtlich Eindruck bei ihr. »Woher wissen Sie das alles?«

»Ein Informant hat mich angerufen. Er hat mich heiß gemacht auf die Geschichte. Mittlerweile wird nämlich gegen Chemotrans ermittelt, aber die Behörden treten offenbar noch auf der Stelle. Jedenfalls will mir da keiner Auskunft geben. Mein Informant hat mir Kopien von Beweismaterial angeboten, das die Firma offenbar gerade noch rechtzeitig hat verschwinden lassen. Mein Informant war Weyers rechte Hand. Er wollte trotzdem aussteigen, bevor es zu spät ist, und brauchte Geld, um sich abzusetzen. Er hatte es beim *Stern*, *Spiegel* und bei *Bild* probiert, aber denen war die Sache zu klein und zu lokalpolitisch.«

»Eine Tageszeitung wie der *Hamburger Kurier* zahlt doch gar keine Informantenhonorare.«

Ben senkte den Kopf. »Ich habe ihn bezahlt.«

»Wie? Sie selbst? Aus eigener Tasche?«

»Ja.«

»Wieviel?«

»Viel. Der Mann ist jedenfalls abgehauen.«

»Er kann Ihnen gar nicht mehr helfen.«

»Nein.«

»Sie haben gehofft, mit der Geschichte Ihren ganz großen Durchbruch zu feiern, was?«

»So ähnlich.«

»Das nenne ich Einsatz. Der neue Held des investigativen Journalismus.« Sie lächelte dabei, aber nicht spöttisch, sondern eher melancholisch. »Wie hieß der Film zur Watergate-Affäre noch mal?«

»Die Unbestechlichen.« Das kam wie aus der Pistole geschossen.

Julia Hoffmann lächelte wieder. »Den kennen Sie wahrscheinlich auswendig.«

»Ein toller Film!«

Sie sah ihn nachdenklich an, und Ben fühlte sich unter ihrem Blick plötzlich ganz klein werden. Wie mußte er auf sie wirken, in ihrer verzweifelten Situation? Ein jugendlicher Wichtigtuer, der versuchte, auf ihre Kosten berühmt zu werden. Während sie alle Hände voll zu tun hatte, ihre Haut zu retten.

»Wie haben Sie die Verbindung Bodo Stein – Martin Weyer herausgefunden?«

»Das war sozusagen das Herzstück meiner Recherche. Die intensive Arbeit eines einzigen Nachmittags.«

»Bevor Sie vor Stolz platzen…«

»Schon gut, ich mach's kurz. Ich bin von diesen beiden Zahlungsanweisungen ausgegangen. Verstehen Sie, das war schon ein ziemlicher Zufall. Gegen die Firma wird ermittelt, ich habe diese Zahlungsanweisung in der Hand, und plötzlich stirbt Bodo Stein, und ich werde verfolgt. Alles mehr oder weniger zur gleichen Zeit. Es war also einen Versuch wert. Ich habe mir Steins Lebenslauf bei seiner Sekretärin besorgt. Dann war ich im Archiv. Tote Hose. Einige Prozesse von Bodo Stein in der Lokal- und Wirtschaftspresse, aber nichts von Martin Weyer. Dann fiel mir ein, daß die Brüder mich seit Tagen sowieso am Wickel haben…«

»Sie werden bedroht?«

»Ich bin sogar verprügelt worden.« Ben zeigte seine blauen Flecke am Nacken. »Seitdem kriege ich ständig anonyme Anrufe. Irgend jemand klingelt Sturm an meiner Haustür, und wenn ich den Summer drücke, ist keiner da. Solche Sachen eben. Also, da das Archiv nichts hergab, hab' ich noch mal Steins Lebenslauf studiert, und da stand drin, daß Stein in einer Studentenverbindung in Heidelberg war, nämlich bei den Saxo-Preußen. Ich finde ja nicht, daß so eine peinliche Info in einen Lebenslauf gehört, aber die Juristen lieben so was. Also habe ich als letzte Möglichkeit bei den Saxo-Preußen in Heidelberg angerufen und mich als Bodo Stein ausgegeben, der nach einem alten Corpsbruder sucht. Es war der klassische

Schuß ins Blaue. War natürlich ein Risiko, hätte ja sein können, daß die von dem Mord schon wußten.«

»Wer soll denn das sein?«

»Wer, die Saxo-Preußen? Sagen Sie mal, Sie waren doch Steins Lebensgefährtin, nicht ich. Hat er Ihnen nie erzählt, daß er Corpsstudent war?«

»Nein. Aber das sieht ihm ähnlich.«

»Die Saxo-Preußen sind eine nichtschlagende Verbindung. Also kein Fechten, keine Schmisse. Ansonsten das übliche. Viele gemeinsame Besäufnisse und andere seltsame Rituale, und nach der Uni bleibt man in Kontakt, um sich gegenseitig in entsprechende Posten zu hieven. Also jedenfalls haben die Jungs Mitgliederlisten von ihren Alten Herren. So nennt man ehemalige Mitglieder, die dem Corps ehrenamtlich verbunden bleiben. Stein war kein Alter Herr im üblichen Sinne, das heißt, er hat sich nach seiner Studienzeit für das Corps nicht länger engagiert. Aber sie hatten in ihrem Archiv noch die Liste vom Jahrgang '74 bis '76.«

»Heißt das, daß Bodo zwei Jahre lang in diesem Corps war?«

»Ganz genau. Von 1974 bis 1976. Steht alles in seinem Lebenslauf. Sie haben mir also die entsprechende Mitgliederliste gefaxt und bingo. Martin Weyer war ebenfalls dabei. Ich habe dann einen der anderen Alten Herren auf der Liste ausfindig gemacht und mich als Ermittlungsbeamter im Fall Bodo Stein ausgegeben. Der Mann hat mir erzählt, daß Weyer und Stein prima Kumpel waren.«

»Ach!«

»Ja. Zuviel Zufall für meinen Geschmack.«

»Nicht schlecht«, sagte sie.

»Tja«, sagte Ben. »Nun zu ihnen.«

Ihr Lächeln verschwand, und sie zuckte die Schultern. »Tut mir wirklich leid. Ich kann Ihnen da nicht helfen. Ich weiß nichts über diese Sache. Am besten gehen Sie mit Ihren Informationen zur Polizei. Das würde mir jedenfalls am meisten helfen.«

»He, nicht so schnell. Erst will ich was von Ihnen hören.«

»Ich weiß nichts. Wirklich nicht.«

»Das glaube ich Ihnen einfach nicht. Sie haben sich verzogen, bloß weil sie von zwei Bullen verhört wurden, die Sie vermutlich auch noch mit Samthandschuhen angefaßt haben. Das ist doch nicht normal. Und erzählen Sie mir nicht wieder diese Story von Ihrem fehlenden Alibi. Keiner benimmt sich so wie Sie, wenn er nicht was zu verbergen hat.«

Julia Hoffmann schwieg. Von einer Sekunde auf die andere wirkte sie wieder verschlossen wie eine Auster.

»Weiß eigentlich Ihr Chefredakteur, wo Sie sind?« fragte sie schließlich.

»Nein. Ich hab mir heute freigenommen. Ehrlich. Er hat keine Ahnung.«

»Sonst jemanden informiert?«

»Sie sind wirklich komisch. Wenn die Polizei Bescheid wüßte, säßen wir nicht mehr hier.«

»Vielleicht sind Sie ja verkabelt. Vielleicht hat man Sie vorgeschickt, um mich weichzukochen.«

Ben grinste und hob seinen Pullover an. Ein flacher, leicht gebräunter Waschbrettbauch wurde sichtbar. Keine Kabel, kein Mikro. »Sie gucken zuviel Fernsehen.«

»Blöder Spruch.« Sie sah zur Bar hin. Inzwischen waren sie die einzigen Gäste. Nur der Wirt stand mit dem Rücken zu ihnen hinter der Theke und sortierte Gläser in ein Regal.

»Lassen Sie uns zahlen und verschwinden. Wir sitzen schon viel zu lange hier.«

»Okay. Warten Sie hier.« Ben stand auf und ging zur Bar. Als er dem Wirt das Geld gab, sah Julia den Blick des anderen. Blitzschnell zuckten die Augen von Julia zu Ben und wieder zurück. Sie waren kein alltägliches Paar, und ihr unüblicher Treffpunkt machte alles noch verdächtiger. Sollte irgendein Bulle auf die Idee kommen, hier mal nachzufragen, und diesem Wirt ihr Foto hinzulegen, war zu hundert Prozent damit zu rechnen, daß er sich an sie erinnerte. Blonde Haare hin oder her, sie mußten schnellstens aus diesem Viertel verschwinden.

Sie stand auf und nahm ihre Tasche, ganz langsam, ganz beiläufig, um die aufschießende Angst in den Griff zu bekommen. Ben kam zurück und nahm ihren Arm.

»Alles in Ordnung mit Ihnen? Sie sind ganz blaß.«

»Bloß raus hier« sagte sie mit zusammengebissenen Zähnen.

»Ja. Immer mit der Ruhe. Da ist die Tür. Ganz ruhig. Wir sind gleich draußen.« Ben stieß die Tür auf, und im nächsten Moment standen sie auf der leeren, hellen Straße. Ben holte tief Luft. Ihre Unruhe hatte ihn angesteckt, und er sah sich hektisch um. Niemand zu sehen, außer einem schwarzen Köter, der an einen Hydranten pinkelte.

»Sind Sie mit dem Auto hier?«

»Ja. Der weiße Renault da drüben. Bleiben Sie ruhig. Wir sind gleich da.«

»Wir hätten leiser reden sollen. Bestimmt ...«

»Wenn er die Polizei alarmiert hätte, wären die längst da. Jetzt machen Sie doch nicht so eine Panik.« Ben schob wieder seine Hand unter ihren Arm und lotste sie über die Straße. Wie sie zitterte. Wie dünn ihr Arm war, nur Haut und Knochen. Vielleicht war sie Alkoholikerin und brauchte ihren Stoff. Hoffentlich brach sie ihm jetzt nicht zusammen. Er öffnete hastig die Beifahrertür und ließ sie einsteigen.

Und jetzt? Er war mit seinem Latein ziemlich am Ende und wäre sie am liebsten losgeworden. Aber er brauchte sie noch.

»Wo wohnen Sie?« fragte sie, als er den Wagen aus der Parklücke hinausmanövrierte.

»Eppendorfer Straße. Warum?«

»Fahren Sie dahin. Wohnen Sie allein?«

»Nein. Aber meine Mitbewohner sind nicht da.«

»Sicher nicht?«

»Nein. Beide in Urlaub.«

Sie atmete aus und wirkte etwas entspannter. »Kann ich bei Ihnen duschen? Mich umziehen?«

Das fand er zwar keine tolle Idee, aber er hatte im Moment auch keine bessere. »Okay«, sagte er. Während dem Fahren öffnete er sein Seitenfenster. Sie roch wirklich nicht gerade angenehm. Eine Mischung aus... Nein, er wollte die einzelnen Geruchspartikel jetzt wirklich nicht näher analysieren, ihm war ohnehin schon leicht übel. Wichtig war, daß sie ihm irgendwann sagte, warum sie wirklich untergetaucht war.

Im Moment war daran nicht zu denken. Sie klammerte sich an dem Haltegriff über der Beifahrertür fest, als befände sie sich in einem Ralleywagen, dabei fuhr er ohnehin schon so sanft, wie er konnte. Irgendwie irr. Vielleicht war sie tatsächlich so verrückt, wie sie von den Medien dargestellt wurde. Vielleicht war sie doch die Täterin, und die ganzen Stories, die er sich da ganz allein ausbaldowert hatte, waren nichts als Hirngespinste eines Profilneurotikers, der unter unbefriedigtem Ehrgeiz litt.

»Können Sie nicht ein bißchen Gas geben?« fragte sie. Diese angespannte Stimme! Zwei Stunden lang saß sie mit ihm in einem öffentlichen Lokal und quatschte mit ihm in aller Ruhe, und jetzt tat sie so, als würden sie gleich verhaftet werden.

»Wir können nicht schneller fahren bei dem Verkehr, das sehen Sie doch. Jetzt bilden Sie sich nichts ein. Kein Mensch verfolgt uns.« In diesem Moment ertönte eine Polizeisirene wie ein hämischer Kommentar, und da rutschte auch Ben mit einemmal das Herz in die Hose. Ein Polizeiauto überholte sie auf der rechten Spur mit Blaulicht, und Ben erwartete, daß es in der nächsten Sekunde vor ihnen einscheren würde. Er sah schon die Schlagzeile vor sich: MÖRDERIN IM AUTO EINES REPORTERS GEFASST.

Bens Herz begann zu klopfen, sein Mund wurde plötzlich ganz trocken. Es war nicht die Zeit für Galgenhumor. Er konnte sich das Gesicht seines Chefredakteurs vorstellen. Wenn sie jetzt erwischt wurden, waren seine Recherchen alle für die Katz. Dann konnte er sich statt dessen einen neuen Job suchen. Verdammte Scheiße, warum hatte er sich da reingeritten! Am liebsten hätte er sofort angehalten und Julia Hoffmann auf die Straße gesetzt. Sollte sie selber sehen, wie sie klarkam.

Aber für derartige Manöver war es jetzt sowieso zu spät.

Der Polizeiwagen scherte mit heulener Sirene vor ihm ein. Ben schloß die Augen und bremste ergeben.

Sie hielten nicht an. Sie fuhren weiter. Immer weiter geradeaus. Die Rücklichter entfernten sich, die Sirene verklang. Hinter Ben hupte einer. Ben sah auf den Tacho und merkte, daß er mit dreißig km/h voranschlich. Vorsichtig gab er Gas. Die Erleichterung war beinahe schmerzhaft. Unter seinen Achseln spürte er peinlichen Angstschweiß. Die Frau neben ihm wirkte wie erstarrt.

Den Rest der Strecke legten sie schweigend zurück.

Mehmet saß in seinem Büro, drehte Däumchen und versuchte, ein fettiges Kebab-Brötchen zu verdauen. Die Zwiebeln im Magen hielten Kontakt mit seiner Kehle. Mehmet fühlte sich voll und träge und sehr unwohl. Der Polizeichef hatte verfügt, daß die gesamte Mordbereitschaft 1 sich nur noch mit dem Fall Bodo Stein befassen solle. Das war sicher die angemessene Reaktion auf die aggressive Medienresonanz, aber die Folge war, daß Mehmet derzeit zum Nichtstun verurteilt war. Sie hatten alles ermittelt, was es zu ermitteln gab. Sie hatten Bodo Steins Mandanten gecheckt, die Prozesse, die er gerade führte beziehungsweise beendet hatte, überprüft. Seinen Unterlagen hatten sie entnommen, daß Stein mehrere Häuser in unterschiedlichen Lagen besaß, also recherchierten sie auch in dieser Richtung. Ergebnis: In der Vergangenheit gehörte er durchaus zu jenen Spekulanten, die nicht zahlungskräftige Mieter auf die rücksichtsloseste Weise aus ihren Wohnungen heraussanierten, aber alle Vorfälle dieser Art lagen mehr als zehn Jahre zurück. Ein Racheakt nach dieser langen Zeit war mehr als unwahrscheinlich. Wie man es auch drehte und wendete: Es gab bislang nur eine einzige Person, die wirklich ein echtes Interesse an Steins Ableben haben konnte, und die hieß Julia Hoffmann. Auch wenn die Durchsuchung ihrer Wohnung keine Hinweise in dieser Richtung erbracht hatte.

Immerhin war sie nach wie vor flüchtig, und das machte sie verdächtig, daran gab es nichts zu rütteln. Mehmet hatte sich mehrfach bei Hartner und Müller erkundigt: Beide schworen, ihr deutlich erklärt zu haben, daß sie sich für weitere Nachfragen zur Verfügung zu halten habe. Nein, das konnte sie nicht mißverstanden haben. Da gab's nichts mißzuverstehen.

Sie war also mit voller Absicht untergetaucht: Warum? Hatte sie die Nerven verloren? Wo hatte sie die Mordwaffe gelassen, wenn sie denn tatsächlich die Täterin war?

Mehmet glaubte nicht, daß sie sich ins Ausland abgesetzt hatte. Er war im Gegenteil der Überzeugung, daß sie sich irgendwo in Hamburg aufhielt, schon weil ihre Kinder ebenfalls hier waren. Sie würde ihre Kinder nicht im Stich lassen. Oder doch? Mehmet und Sonja hatten keine Kinder, weil Sonja keine bekommen konnte. Also fehlte ihm jede Erfahrung mit Müttern und deren Gefühlen. Trotzdem. Er glaubte es einfach nicht.

Mehmet ließ Julias Wohnung überwachen, die Wohnung von Marita Lange, Wohnung und Büro von Heiner Jenicke, das Haus von Julias Eltern in Bremen. Julias Bekannte wurden der Reihe nach verhört, doch die meisten hatten sie seit Monaten nicht gesehen. Alle Polizeidienststellen waren informiert über ihre Größe, ihre Statur, die Farbe ihrer Augen und ihrer Haare. Sie hatten mehrere Aufnahmen von Julia verteilt: von vorne, von der Seite, im Halbprofil. Jeder deutsche Streifenpolizist wußte jetzt, wie sie aussah. Warum regte er sich eigentlich auf? Es war nur eine Frage der Zeit, bis sie aufgegriffen wurde. Die Maschinerie seiner Behörde lief auf Hochtouren, und Mehmet brauchte sich eigentlich nur zurückzulehnen und abzuwarten.

Genau das konnte er kaum ertragen. Es war wie die Ruhe vor dem Sturm.

Ben schreckte hoch aus seinem Fünfminutennickerchen, als ihn jemand ansprach. Julia Hoffmann stand vor ihm, barfuß auf dem spiegelblanken Parkett, und sie trug seinen bordeauxroten Seidenbademantel. Ihre Haare waren naß und nach hinten gekämmt, und im harten Tageslicht sah sie noch hagerer und blasser aus als im Schummerlicht des Lokals.

»Haben Sie was zum Anziehen? Irgendwas? Ich kann meine Klamotten nicht mehr riechen.«

Ben seufzte. Aber nun war sie eben hier. Er mußte diese Situation irgendwie in den Griff bekommen. Er war verdammt müde, aber es half nichts. Gähnend erhob er sich aus seinem Ledersessel. In seinem eigenen Zimmer fühlte er sich wie ein Fremder.

»Sie können was von Astrid anziehen.«

»Astrid?«

»Meine Mitbewohnerin.« Er ging auf den Gang und bog dann in Astrids Zimmer ein. Julia folgte ihm und rümpfte die Nase, als sie in Astrids stoffbehangener Höhle standen.

»Puh! Räucherkerzen, was?«

Ben mußte grinsten. »Sie steht auf das Zeug. Pendeln, in Glasprismen lesen, diesen ganzen esoterischen Mist. Da ist der Kleiderschrank. Suchen Sie sich was Nettes aus.«

»Kann ich ... Einfach so?«

»Astrid kommt erst in zwei Wochen wieder. Bis dahin ...«

»Hat sie's wieder. Gewaschen und gebügelt.«

»Okay.« Ben verließ das Zimmer und schloß die Tür hinter sich. Es war ein merkwürdiges Gefühl, diese Frau, mit der ihn nichts verband, hierzuhaben. Es war so, als sei er zu Besuch in seiner eigenen Wohnung: Er wußte nicht, wohin mit sich. Weil ihm nichts Besseres einfiel, ging er in die Küche und setzte Kaffee auf. Er setzte sich an den Küchentisch und trommelte mit den Fingern auf die Holzplatte. Draußen zogen dunkle Wolken auf, die vermutlich wieder einmal Regen bringen würden. Ben fröstelte und überlegte sich kurz, ob er die Heizung anschalten sollte. Sommer 1998 in Hamburg!

Noch während das Wasser aus der Kaffeemaschine blubbernd und zischend in die Kanne lief, kam Julia in die Küche. Sie trug Astrids Jeans, die ihr etwas zu weit waren, und ein kurzes weißes T-Shirt. Ihre Haare waren fast trocken, sie hatte etwas Lippenstift und Wimperntusche aufgetragen. Sonst nichts. Trotzdem sah sie plötzlich aus wie ein neuer Mensch.

»He«, sagte er überrascht. »Sie sehen richtig gut aus. Cool.«

»Finden Sie?« Sie freute sich sichtlich.

Ben schenkte ihr Kaffee ein. »Stört es Sie, wenn ich eine rauche?«

»Nein. Geben Sie mir auch eine.«

Ein paar Minuten lang rauchten sie schweigend, einander gegenübersitzend, dann sagte Julia: »Entschuldigung, aber wie heißen Sie eigentlich genau? Ich meine, Sie haben sich vorgestellt, aber ich hab's vergessen.«

»Ben Becker.«

»Darf ich Sie Ben nennen?«

»Klar. Und Sie sind Julia, okay?«

»Sicher.« Sie lächelte ihn an, und Ben sah zum ersten Mal, daß sie sehr schöne Zähne hatte. Strahlend weiß.

»Dann los«, sagte sie.

»Was?«

»Fragen Sie mich, was Sie wollen. Deshalb bin ich doch hier.«

»Darf ich … unser Gespräch aufnehmen?«

»Ja. Und um Ihrer nächsten Frage zuvorzukommen: Sie können es auch veröffentlichen. Aber erst müssen Sie mir helfen, das alles zu klären. Ist das ein Angebot?«

Ben lächelte, aber sein Herz klopfte. Selbst wenn sich diese Chemotrans-Geschichte in nichts auflöste – er hatte Julia Hoffmann vor dem Mikro, eine Frau, nach der ganz Hamburg suchte. Ganz Deutschland sogar. Er hatte sie, und zwar exklusiv. Er war nicht nur der erste Journalist, dem sie ihre Version der Ereignisse erzählte, er war der einzige Mensch überhaupt, dem sie sich anvertraute. Ihm wurde erst jetzt so richtig klar, was das bedeutete. Es war – einfach sensationell. Er raste in sein Zimmer und holte den Kassettenrekorder.

Doch als er das Gerät vor sie hinstellte und die Record-Taste drücken wollte, hielt sie seine Hand fest. »Erst müssen Sie mir versprechen, daß Sie mir helfen.«

»Das will ich ja, aber wie soll ich das anstellen?«

»Sie recherchieren das mit mir zusammen. Die Wahrheit. Wenn wir alles haben, dann können Sie es veröffentlichen. Ich verlange, daß Sie mir das versprechen.«

»Tue ich.« Ben war sich bewußt, daß er ihr in diesem Moment auch das Leben seiner Großmutter versprochen hätte. Sie sah ihn skeptisch an.

»Ich verlasse mich auf Sie. Sie helfen mir und stürzen nicht heute oder morgen früh mit der Kassette in die Redaktion wegen einer schnellen Story. Okay?«

Ben dachte nach. Das war eine harte Bedingung. Er mußte sich die nächsten Tage freinehmen, und er wußte nicht, wie er das seinem Chef beibringen sollte.

»Okay?« fragte sie wieder, und diesmal klang ihre Stimme dringlicher.

»Okay. Können wir anfangen?«

»Ja.«

Ben holte tief Luft. Es war ein großer Moment, und plötzlich fühlte er sich fast befangen. Er schaltete das Gerät an. Hoffentlich nahm es auf, hoffentlich war sie gut zu verstehen, hoffentlich...

»Julia Hoffmann, Sie stehen im Moment unter Mordverdacht. Sie haben sich bereit erklärt, mir Ihre Version der Ereignisse am vergangenen Dienstag zu erzählen.« Das klang gut. Eine Sekunde lang stellte Ben sich vor, wie er die Kassette seinen baß erstaunten Kollegen vorspielen würde. Er schob das Mikro zu ihr hin.

»Ja. Fragen Sie einfach. Wenn Sie mir Fragen stellen, fällt es mir leichter.«

»Was haben Sie am Dienstag, dem Tag, an dem Bodo Stein ermordet wurde, gemacht?«

»Ich war sehr nervös. Es ging mir ziemlich schlecht.«

»Warum?«

»Sie wissen von dieser Geschichte mit dem gefälschten Foto?«

»Ja. Haben Sie's gefälscht, in der Absicht, Stein in ein schlechtes Licht zu setzen?«

»Nein. Ich weiß nicht, wer es war, aber ich war es nicht. Ich habe auch diesen Detektiv, diesen Kislowski, noch nie gesehen.«

»Haben Sie eine Idee, wer es sonst gewesen sein könnte?«

»Ich dachte, es sei Bodo gewesen. Mit dem Ziel, mich nach Hamburg zurückzulocken, unter der Prämisse, daß ich mit diesem Foto als Beweismittel den Sorgerechtsprozeß gewinnen könnte. Er hatte Angst, daß ich mit Manuel untertauchen könnte. Es war sein letztes Mittel. Eine Falle.«

»Glauben Sie immer noch, daß er es war?«

»Ich weiß nicht. Wer sonst?«

»Haben Sie keine Idee?«

»Nein. Ich hab' mir den Kopf zermartert, aber...«

»Na schön. Was passierte also an dem besagten Dienstag?«

Sie holte tief Luft und stützte sich mit dem Ellbogen auf den Tisch.

»Also gut. Steins Sekretärin rief mich an. Etwa gegen vier Uhr nachmittags.«

»Frau Seidenfaden?«

»Richtig, Sie kennen sie ja. Ja. Frau Seidenfaden. Sie sagte, sie solle mir von Herrn Stein ausrichten, daß er ein Gespräch über Manuel mit mir wünsche. Außergerichtlich, in ruhiger Atmosphäre.«

»Wie haben Sie reagiert?«

»Na ja, ich war total überrascht und ziemlich mißtrauisch. Er hatte mich schon so oft über den Tisch gezogen, daß ich natürlich gleich den nächsten Trick gewittert habe. Ich frage also die Seidenfaden, warum er mir das nicht selber sagen könne. Sie sagt darauf, er sei den ganzen Vormittag über im Gericht beschäftigt, habe anschließend Termine und käme erst gegen sechs in die Kanzlei zurück. Deshalb habe er sie beauftragt, mich zu fragen, ob ich zu einem Gespräch heute um halb neun in seinem Büro bereit sei.«

»Sie haben das geglaubt?«

»Ich war mir nicht sicher. Ich meine, mir war natürlich klar, daß Bodo wieder irgendwas ausgeheckt haben könnte, aber andererseits habe ich so auf diese Chance gehofft.«

»Was haben Sie sich denn von diesem Gespräch erwartet?«

»Ich weiß nicht. Vielleicht doch eine Einigung. Eine Chance, wie gesagt, unter anderem zu klären, daß ich dieses Foto nicht in Umlauf gebracht hatte.«

»Aber Sie haben doch gerade gesagt...«

»Ich weiß. Aber ich war nicht sicher. Vielleicht war das alles ein furchtbares Mißverständnis und...«

Ihre Stimme verklang. Ein paar Sekunden war nur das leise Surren des Rekorders zu hören.

»Sie waren immer noch in ihn verliebt«, sagte Ben. Es war keine Frage, sondern eine Feststellung.

Julia lächelte leicht, mit herabgezogenen Mundwinkeln. »Tja, vielleicht. Es ist absurd, nach allem was passiert war, aber ich hatte diese irrsinnige Hoffnung, daß es da eine Möglichkeit gab, gemeinsam den Alptraum zu beenden.«

»Sie sind also hingefahren.«

»Ja. Ich war sogar zu pünktlich...« Sie schüttelte leicht den Kopf. »Im Rückblick ist das so lächerlich. Ich war ganz aufgeregt, als hätte ich eine Verabredung. Verstehen Sie, ich hatte mich vorher noch zurechtgemacht... für alle Fälle...«

»Und dann?«

»Na ja, ich bin eine Runde um den Block gefahren, um nicht zu früh bei ihm aufzutauchen. Dann mußte ich noch einen Parkplatz suchen, dann fand ich nur einen, der hundert Meter weit weg von der Kanzlei lag, und es fing wieder an zu regnen, also um es kurz zu machen, ich kam schon ziemlich derangiert bei ihm an.«

»War Bodo Stein da?«

»Ja. Die Haustür war schon abgesperrt, ich mußte also klingeln. Er hat mich dann durch die Lautsprecheranlage gefragt, wer da sei, und da klang er schon so gereizt, daß ich...« Sie stockte und preßte die Lippen aufeinander. Ben sah verlegen, daß sie den Tränen nahe war. Er sah woanders hin und hoffte, daß sie sich beruhigen würde. Weinende Frauen machten ihn immer hilflos.

»Ich hätte fast auf dem Absatz kehrtgemacht.« Ihre Stimme schwankte, aber sie bekam sich wieder unter Kontrolle. Ben atmete erleichtert auf.

»Warum? Weil er so unfreundlich war?«

»Ja. Genau. Ich sagte dann aber doch, daß ich es sei. Julia. Da drückte er auf den Türöffner und ließ mich rein.«

»Hatten Sie den Eindruck, daß er Sie gar nicht erwartete?«

»Ja, und der hat sich als völlig korrekt erwiesen. Bodo war total konsterniert. Das erste, was er sagte, war: Was willst du denn hier? In einem Ton, daß ich mich schon fragte, warum er mich überhaupt reingelassen hatte. Ich erzählte ihm natürlich von dem Anruf und dem Termin, aber er hat das weit von sich gewiesen, und es ließ sich auch nicht nachprüfen, weil die Seidenfaden längst nach Hause gegangen war. Er wurde furchtbar sauer, tobte rum, ob das wieder eine meiner fixen Ideen sei, und daß er es jetzt satt habe, und daß er gedenke, mich anzuzeigen wegen Verleumdung, und daß er es bisher nur aus Rücksicht auf Manuel nicht getan habe, und schon waren wir wieder in einem unserer Endlosstreits. Schöne Verabredung.«

»Wurde er handgreiflich?«

»Nein!« Julia sah ihn erstaunt an. »Bodo ist nie handgreiflich geworden, außer ein einziges Mal. Nein, er wurde giftig und ziemlich laut, und wir schrien uns an.«

»Und dann?«

Julia lehnte sich zurück und verschränkte die Arme. »Und dann? Was glauben Sie?«

»Weiß nicht. Ich frage Sie.«

»Ich bin gegangen. Das war alles. Ich lief heulend die Treppen runter und kam mir wie der letzte Idiot vor. Bodo war quicklebendig, als ich die Kanzlei verlassen habe. Aber wer glaubt mir das jetzt noch?«

»Was haben Sie denn der Polizei erzählt?«

Julia stand auf und stellte sich ans Fenster, die Stirn an die Scheibe gedrückt. Hoffentlich blieb sie nicht so stehen, mit dem Rücken zum Küchentisch. Bens Rekorder war nicht das allerneueste Fabrikat. Am besten funktionierte er, wenn man direkt hineinsprach.

»Ich habe gesagt, daß ich den ganzen Abend zu Hause war.«

»Sie haben gelogen.«

»Klar.« Glücklicherweise setzte sie sich wieder hin. »Was hätten Sie getan? Es war der totale Schock. Ich meine, mir war sofort klar, daß das irgendeine Intrige war. Daß da was auf mich abgewälzt werden sollte. Wenn ich zugegeben hätte, daß ich an diesem Abend bei ihm war, hätten die mich doch sofort mitgenommen.«

»Hätten Sie nicht. Warum sollten sie das tun?«

»Das sagen Sie jetzt. Sie stehen ja nicht unter Mordverdacht. Sie sind ja nicht die einzige Verdächtige, die einzige, der man ein Motiv unterstellen kann. Was glauben Sie, wie einem zumute ist, wenn plötzlich zwei komische Bullen vor einem sitzen, von denen der eine auch noch wie ein Verrückter stottert, und man weiß, die haben die Macht, alles zu zerstören. Alles.«

»Warum haben Sie nicht die Seidenfaden angerufen?«

»Ich hab' nicht nachgedacht, ehrlich gesagt. Ich war so voller Panik. Ich dachte nur: weg, weg, weg! Später war ich mir auch gar nicht mehr sicher, ob es wirklich die Seidenfaden war, die mich angerufen hatte. Sie hatte sich mit Seidenfaden vorgestellt, aber ich hatte selten mit ihr telefoniert. Vielleicht war es jemand anders. Keine Ahnung.«

»Ich kann das klären.«

»Na und? Angenommen, sie war's gar nicht, was dann? Dann stehe ich doch wieder als Lügnerin da!«

»Aber Sie müssen doch einen Verdacht haben. Eine Vermutung. Irgendwas.«

Julia schüttelte den Kopf: »Nichts.«

Sie streckte die Hand zu dem Rekorder aus und drückte die Stopptaste. Mit einem Knacken schaltete sich das Gerät aus. Stille.

Ben fuhr sich durch die Haare. Das war noch nicht die Jahrhundertstory. Er dachte nach.

»Alle relevanten Unterlagen in Steins Kanzlei dürften bei der Polizei sein.«

»Ja und?«

»Wenn Stein Belege hat, die ihn mit Chemotrans in Verbindung bringen könnten, könnte er sie woanders aufbewahrt haben. Vielleicht in einem Bankschließfach, vielleicht bei ihm zu Hause.«

»Jetzt fangen Sie schon wieder mit dieser Chemotrans-Geschichte an.«

»Haben Sie eine bessere Idee?«

»Nein. Aber warum sollte ihn sein Studienkumpel – wie hieß er noch mal?«

»Martin Weyer.«

»Warum sollte ihn dieser Weyer töten?«

»Vielleicht wollte Stein aussteigen. Schließlich ermitteln die Behörden gegen Weyer.«

»Wenn Bodo aussteigen wollte, müssen wir erst mal wissen, wo er jemals drin war. Sprich, inwieweit er Chemotrans von Nutzen war. Wofür hat er Geld gekriegt, wenn nicht als Anwalt?«

»Vielleicht hat er die Firma beraten. Über illegale Tricks. Oder er war eine Art stiller Teilhaber. So still, daß er in den Büchern gar nicht als solcher auftaucht. Er ist mit einem Grundkapital in die Firma eingestiegen, und Weyer beteiligte ihn im Gegenzug am Gewinn. Am schwarzen Gewinn, natürlich.«

»An den Kokaingeschäften.«

»Ja. Am Schwarzgeld, das ebenfalls nicht in den Büchern auftauchte.«

»Und dann wollte Bodo aussteigen und seine Einlage zurückbekommen. Er hat Weyer gedroht, alles auffliegen zu lassen. Klingt gut. Aber dann wäre er ja selber dran gewesen. Das wußte Weyer doch.«

»Nicht unbedingt. Es gibt bislang nur Zahlungsanweisungen an ein Konto auf den Antillen. Nachträgliche Bleistiftnotizen sind nicht beweiskräftig. Stein wird schon dafür gesorgt haben, daß die finanziellen Transfers nicht bis zu ihm zurückverfolgt werden können. Es stünde dann Aussage gegen Aussage. Also hat Weyer sich über Steins Privatleben informiert. Er wußte Bescheid über den Sorgerechtsprozeß. In der *Bild* liest er über Ihren Auftritt vor Gericht. Das war die Gelegenheit. Er weiß jetzt, es gibt zumindest eine Person, die ein Motiv haben könnte, Stein umzubringen. Er arrangiert das Telefongespräch mit Ihnen, um Sie zum Tatort zu locken.«

»Vielleicht hat er sogar falsches Beweismaterial hinterlassen.«

»Das könnte ich mir vorstellen. Gäbe es keine Indizien, die auf Sie als Täterin hinweisen, würde wahrscheinlich gar nicht nach Ihnen gefahndet werden.«

»Ich weiß nicht. Das klingt so weithergeholt.«

»Allerdings. Aber das heißt nicht, daß es unmöglich ist. Man müßte einfach weiterrecherchieren.«

»Man? Wir!«

»Wie bitte?«

Julia richtete sich auf. »Ich habe immer noch einen Schlüssel zu Steins Haus.«

»O nein«, sagte Ben, als ihm dämmerte, worauf Julia hinauswollte. Nein, nein, nein! Er war schließlich nicht verrückt. »Auf so was laß ich mich nicht ein. Auf keinen Fall.«

Aber Julia war offensichtlich nicht mehr zu bremsen. Sie lächelte ihn strahlend an, ihre Wangen hatten sich gerötet, ihre Augen leuchteten. In ihren schmalen, nervösen Händen drehte sie die halbleere Kaffeetasse hin und her. »Es ist unsere einzige Chance, verstehen Sie das doch.«

»Sie meinen, Ihre einzige Chance, nicht lebenslänglich eingebuchtet zu werden. Ich hab' davon gar nichts, außer eine Klage am Hals wegen unbefugten Betretens fremden Eigentums.«

»Bitte. Wir sind jetzt schon so weit gegangen. Ohne Ihre Hilfe …«

»Nein.«

»Es ist überhaupt kein Risiko.«

»Kein Risiko? Sie spinnen wohl. Schließlich wohnt noch jemand in dem Haus, vergessen?«

»Im Moment ist das Haus leer, und das wissen Sie ganz genau. In Ihrem eigenen Blatt stand drin, daß Karen Stein zu Verwandten nach Süddeutschland gefahren ist. Einer Ihrer Kollegen hatte ein Kurzinterview am Telefon mit ihr geführt.«

Das stimmte. Bens Kollege hatte bei Karen Stein angerufen und die polnische Haushälterin an die Strippe bekommen. Sie hatte ihm die Nummer in Süddeutschland gegeben, weil der Kollege sich als »Freund und Seelsorger von Karen Stein« ausgegeben hatte. Ein übler Trick, aber wirkungsvoll.

»Das Haus steht leer«, wiederholte Julia.

»Vielleicht wird es überwacht. Oder diese Frau Stein kommt heute zurück. Das ist doch Wahnsinn.«

»Das Risiko werde ich eingehen. Ob mit oder ohne Begleitung.«

»Sie sind wirklich nicht ganz dicht.«

»Helfen Sie mir oder nicht?«

Ben dachte an seine Story, die noch immer kein echter Knaller war, aber sich möglicherweise doch noch als solcher erweisen konnte. Allerdings nicht, wenn man ihn gemeinsam mit einer Mordverdächtigen bei einem Einbruch erwischte. Andererseits: Nur mal angenommen, sie würden tatsächlich etwas finden. Und sei es ein Schließfachschlüssel.

Er war jetzt schon so weit gegangen. Kam es wirklich noch darauf an? Es war ja auch kein echter Einbruch.

Marita wußte nicht, warum sie tat, was sie tat. Es war nicht Julia zuliebe, sicher nicht. Aber letztlich mußte sie die Kinder irgendwie beschäftigen, und eine kleine Tour mit dem Auto machte ihnen sicher Spaß, und bei dem schlechten Wetter konnte man ohnehin nichts anderes unternehmen.

Sie war nervös, und die Kinder merkten das. Sie waren unausstehlich. Vielmehr war Manuel unausstehlich, und Jennys stille Anwesenheit schien ihn noch zu provozieren.

»Jenny ist das blödeste Mädchen der Welt«, piepste es von der Rückbank.

»Sei doch mal ruhig, Manuel«, sagte Jenny vernünftig. »Marita muß sich konzentrieren.«

»Wenn ich jetzt kein Eis kriege, kotze ich das Auto voll.« Manuel fiel in einen monotonen Singsang. »Kotze ich das Auto voll, kotze ich das Auto voll.«

»Sei still, du Blödmann!«

»Und dein doofes Kleid auch.«

Im Rückspiegel sah Marita, wie sich Manuel aus dem Kindersitz herausbeugte und Speichel auf Jennys Kleid tropfen ließ. Sie schloß die Augen, in Erwartung der Reaktion.

»Iiih, du blöder Scheißjunge!« kreischte Jenny. Ein Klatschen ertönte, und Manuel fing an, wie ein Tobsüchtiger zu brüllen. Marita versuchte, das zu überhören und sich auf die Strecke zu konzentrieren, aber es gelang ihr nicht. Sie war völlig erledigt. Nicht nur von den Kindern, die ihre gesamte Aufmerksamkeit forderten, besonders seitdem sie wußten, daß Bodo Stein nicht mehr lebte. War es falsch gewesen, ihnen das behutsam beizubringen? Irgendwann mußten sie es doch erfahren. Manuel hatte ständig versucht, von ihrem Apparat aus mit seinem Vater zu telefonieren. Da er noch keine Zahlen lesen konnte, hatte er einfach auf irgendwelche Tasten getippt, und Marita mußte sich anschließend bei wildfremden Leuten entschuldigen. Es hatte auch nichts geholfen, Manuel zu erzählen, daß sein Vater verreist war.

»Papa hat ein Handy. Das geht überall. Auf der ganzen Welt.«

»Nein. Nicht da, wo dein Papa ist.«

»Doch! DOCH! DOCH! DOCH!«

Also hatte sie es den Kindern gesagt, natürlich ohne die entsetzlichen Begleitumstände zu verraten, und seltsamerweise schien Manuel die Nachricht besser zu verkraften als seine Schwester. Vielleicht wußte er noch gar nicht so genau, was das war, Tod und Vergänglichkeit. Jenny allerdings hatte minutenlang so versteinert und blaß ausgesehen, daß Marita sich ernsthafte Sorgen um sie machte. Seitdem war sie noch stiller und in sich gekehrter als vorher, während sich Manuel immer mehr zu einem unerträglichen, kleinen Berserker entwickelte. So lange, bis Jenny auf seine ständigen Provokationen reagierte und entweder ihrerseits anfing herumzuschreien oder aber still vor sich hin weinte, was beinahe noch schrecklicher war. In vier Tagen fing die Schule wieder an. Jenny würde die dritte Klasse wiederholen müssen. Was, wenn ihre Klassenkameraden erfuhren, daß Bodo Stein ihr Stiefvater gewesen war, und ihr erzählten, was sie aus der Zeitung und dem Fernsehen wußten? Marita wagte gar nicht, es sich auszumalen. Es war ohnehin schon schwierig genug, die Kinder von den entsprechenden Programmen fernzuhalten.

Aber das war nicht Maritas größtes Problem. Ihr größtes Problem war, daß sie sich neuerdings einbildete, verfolgt zu werden. Sobald sie das Haus verließ, fühlte sich sich beobachtet. Und da gab es einen Mann, den sie immer wieder zu sehen glaubte. Obwohl das natürlich Unsinn war. Sie hatte bei der Mordkommission angerufen, und Kriminalhauptkommissar Mehmet Ciller hatte ihr versichert, daß sie nicht überwacht werde.

Deshalb unternahm sie diese Fahrt. Um sich selbst zu vergewissern, daß das tatsächlich alles Unsinn war, was sie sich in letzter Zeit einredete.

Sie parkte am Bürgersteig vor dem Häuserblock ein und drehte sich zu den Kindern um.

»Ihr bleibt hier sitzen. Ich bin in zehn Minuten wieder da.«

»Wo gehst du hin?« quengelte Manuel erwartungsgemäß.

»Das ist jetzt egal. Hör gut zu, Manuel. Wenn ihr beide jetzt zehn Minuten lang ganz brav seid, gibt's danach ein Eis. Wenn ich zurückkomme und der Bär ist wieder los, gibt's gar nichts. Ist das klar?«

Sie stieg aus, schlug die Autotür zu, ohne die Antwort abzuwarten, und sperrte sie ab. Wenn man es nicht schaffte, als Erwachsener wenigstens ab und zu das letzte Wort zu haben, fühlte man sich bald als Sklave.

Sie ging langsam auf das Haus zu. Es war wie ein Déjà-vu-Erlebnis. Die Jungs auf den Inline-Skates in ihrem Gangsta-Rap-Outfit, die in ihrem Tun innehielten, um sie anzustarren, das leicht bedrohliche Gefühl von Fremdheit, als Marita den Weg zum ersten der dunkelgrün gestrichenen Hochhäuser einschlug. Alles schon mal dagewesen. Keine Überraschung möglich.

Hausnummer 44. Das war sie. Eine Erleichterung. Sie hatte sich schon manchmal gefragt, ob all das, was in den letzten Wochen passiert war, sich wirklich zugetragen hatte. Nichts in ihrem Leben schien mehr sicher. Aber das hier war eindeutig real.

Sie suchte nach dem Schild W. Kislowski, Privatdetektiv. Sie konnte sich genau erinnern, wo sich das Schild befinden mußte. Rechts neben der Klingelleiste aus verkratztem Aluminium.

Aber da war nichts. Kein Schild, gar nichts. Sie fuhr mit der Hand über die Fläche aus Marmorimitat. Sie war glatt. Ohne Löcher, die es doch gegeben haben mußte, als jemand – vermutlich Kislowski selber – das Schild angedübelt hatte.

Das war sehr seltsam. Wenn es etwas gab, worauf Marita sich verlassen konnte, dann war es ihr Gedächtnis. Die Adresse stimmte. Die Hausnummer ebenfalls. Sie erkannte alles zweifelsfrei wieder. Dieses Schild hatte sich hier befunden, mit absoluter Sicherheit. Sie fuhr mit dem Zeigefinger die Klingelleiste entlang. Den Namen W. Kislowski gab es nicht. Marita trat einen Schritt zurück, um sich zu sammeln. Mindestens fünfzig Namen standen auf der Klingelleiste, manche mit Kugelschreiber auf angeklebte Papierfetzen gekritzelt und schon halb verblaßt, andere in Plastikstreifen gestanzt, andere auf ordentlich genormten Metallschildchen. Aber Kislowski war nicht dabei. Sie schloß die Augen und versuchte sich zu erinnern, wo der Name gestanden hatte. Erdgeschoß. Dritter von links?

Der dritte Name von links lautete Bevac. Sie klingelte bei Bevac. Niemand öffnete. Sie versuchte es bei den Klingelknöpfen rechts und links neben Bevac, dann im gesamten Erdgeschoß. Endlich summte der Türöffner.

Marita stieß die Tür auf. Ja, sie waren hier gewesen. Sie erkannte den langen, düsteren Gang, der zu Kislowskis Büro führte. Geführt hatte. Die zweite Tür rechts stand offen, eine Frau schaute heraus.

»Entschuldigen Sie, daß ich Sie belästige, aber ich suche

einen Herrn Kislowski. Er ist Privatdetektiv und hat sein Büro in diesem Stockwerk. Kennen Sie ihn zufällig?«

Die Frau sah sie mißtrauisch an. Sie sah aus wie Mitte Vierzig, ihr üppiger Körper war in ein enges, wildgemustertes Schlauchkleid gezwängt, ihr Gesicht war faltig und verlebt.

»Sind Sie von der Polizei?«

»Nein, ich bin... eine Klientin von Herrn Kislowski. Wir hatten... einen Termin. Wissen Sie, wo ich ihn finden kann?«

Die Frau schüttelte ihre dünnen, tiefschwarz gefärbten Haare. Ihr rotgeschminkter Mund kniff sich zu einer schmalen Linie zusammen. »Kenn' ich nicht. Wer soll denn das sein?«

»Er ist Privatdetektiv, verstehen Sie, er...«

»Ich kenne keinen Typen, der so heißt. War das alles?« Sie trat einen Schritt zurück, bereit, die Tür zuzuschlagen.

»Bitte, warten Sie noch einen Moment, ich...«

Aber die Frau hatte die Tür bereits mit einem nachdrücklichen Geräusch geschlossen.

16

»Ja«, sagte der Wirt. »Die isses.«

»Sind Sie sicher?«

»Mhm. Die hat die Haare zwar jetzt anders. Blond und kurz. Und sie sieht auch nicht mehr so klasse aus, wenn Sie verstehen, was ich meine. Aber sie isses.«

Mehmet und Kristen wechselten einen Blick, und Kristen holte seinen Notizblock heraus. Kaum hatten die Gäste bemerkt, daß sie von der Polizei kamen, hatte sich einer nach dem anderen verdrückt. Sie standen nun allein an der Theke mit dem Wirt. In dem Lokal roch es nach Bier, diversen anderen Alkoholika, kaltem Rauch und noch etwas Undefinierbarem. Frust und Vergeblichkeit, dachte Mehmet. Er legte eine Hand auf die Theke und nahm sie hastig wieder herunter, weil die Fläche völlig verklebt war.

Deutsche Männer, fand er, konnten solche Waschlappen sein. Es mußte nur eine Winzigkeit passieren, schon flippten sie aus, begannen zu trinken, ihre Umgebung zu terrorisieren, taten sich selber leid und landeten schließlich an Orten wie diesem hier, wo sie all die anderen Versager trafen. Um sich fortan im Chor darüber zu beschweren, daß ihnen die Welt so viel schuldig blieb. Den Deutschen fehlte es einfach an Gelassenheit. Sie wollten immer alles erzwingen. Deshalb brachen sie auch so schnell in die Knie, wenn sie erkennen mußten, daß das Schicksal sich nicht in die Pflicht nehmen ließ.

»Wann ist die Frau hier aufgetaucht?« fragte Kristen.

Der Wirt stützte sich mit den Ellbogen auf seine fettige Theke. »Warten Sie mal. Also ich würde sagen, etwa gegen elf. Saß ungefähr fünf Minuten alleine an dem Tisch da drüben, dann kam der Typ dazu.«

»Welcher Typ?«

»Na so ein junger Schnösel. Dunkle Haare, teure Klamotten, Othmarschen, Flottbek, Sie wissen schon. Jemand aus der Ecke.«

»Wie alt ungefähr?«

»Weiß nicht. Mitte Zwanzig.«

Kristen verdrehte die Augen. »Geht's nicht ein bißchen genauer, Kumpel? Am Telefon haben Sie uns gesagt, die beiden waren mindestens anderthalb Stunden hier. Da hatten Sie doch Zeit, mal hinzugucken.«

»Weiß nicht, was Sie wollen. Junger Typ, eben. Hübsche Fresse. Hätte auch 'n Jugo sein können, war aber anders angezogen.«

»Also sah er südländisch aus?«

»Ja. Na ja. Nee, das nun auch wieder nich'. Weiß nicht.«

Mehmet mischte sich ein. »Warum haben Sie sich eigentlich erst jetzt gemeldet, Stunden nachdem die beiden wieder gegangen sind?«

Der Wirt machte ein beleidigtes Gesicht. »Hab erst vor 'ner halben Stunde die Lokalnachrichten gekuckt. Da war ein Foto von ihr. Da hat's bei mir gleich klick gemacht.«

»Schon gut, war ja kein Vorwurf. Hat sie die Rechnung gezahlt?«

»Nee, sie nich', er. Warn bloß zwei Kaffee.«

»Wissen Sie, wo sie danach hingegangen sind?«

»Hab' ihnen aus dem Fenster nachgeschaut, weil die Kneipe gerade leer war. Die sind in 'nen weißen Renault gestiegen. Älteres Modell.«

»Zusammen?«

»Mhm.«

»Autokennzeichen?«

»HH. Den Rest weiß ich nicht mehr. Zum Schluß kam 'ne 36. Glaub' ich. Dann sind sie die Straße in die Richtung runtergefahren.«

»Kunststück«, sagte Mehmet zu Kristen, als sie wieder draußen waren. »Ist ja auch 'ne Einbahnstraße.«

»Hä?«

»Sie konnten nur in diese Richtung fahren. Heißt, die Information bringt uns nicht weiter.«

»Aber vielleicht das Autokennzeichen. Weiße Renaults gibt's nicht gerade wie Sand am Meer.«

Es war Einbildung. Es war die Situation, die ihre Phantasie überhitzte, so daß sie Schatten zu sehen glaubte, wo keine waren. Marita sah in den Rückspiegel. Seit ein paar Kilometern war dieser schwarze Golf hinter ihr. Mal ließ er sich hinter ein paar Autos zurückfallen, um sie in Sicherheit zu wiegen, mal war er direkt hinter ihr, aber nie nah genug, daß sie das Gesicht des Fahrers erkennen konnte. Ein dunkelhaariger Mann, mehr ließ sich hinter der spiegelnden Frontscheibe nicht ausmachen.

Die Kinder im Fond waren geradezu unnatürlich ruhig. Marita hatte ihnen das versprochene Eis erstanden und dabei in Kauf genommen, daß es Flecken auf den stoffbezogenen Autositzen geben würde. Anschließend waren sie auf der Maria-Louisen-Straße in einen Stau geraten, der so gigantisch war, daß selbst die Nebenstraßen völlig verstopft waren. Es dämmerte bereits, und Marita wollte jetzt nur noch nach Hause, mit Jenicke telefonieren. Ihn um Rat fragen, nachdem klar war, daß Kislowski sich abgesetzt hatte, und das so gründlich, als hätte es diesen Mann nie gegeben.

Marita warf wieder einen Blick nach hinten. Der schwarze Golf war immer noch da, schräg hinter ihr, weil er die Spur gewechselt hatte. Ob es sinnvoll war, sich die Autonummer zu merken?

»Du, Marita«, sagte Jenny so dicht an ihrem Ohr, daß sie zusammenzuckte und beinahe aufschrie. Gerade noch rechtzeitig nahm sie sich zusammen. Man mußte vorsichtig mit Jenny umgehen, sie war so furchtbar sensibel.

»Ja, mein Schatz?«

»Wird Mama bald zurückkommen?«

»Natürlich. Sehr bald. Sie muß sich nur noch über ein paar Dinge klarwerden, verstehst du?«

»Nee. Was denn für Dinge?«

Es gab noch viel, was sie über Kinder lernen mußte, dachte Marita. Zum Beispiel, daß man sie nicht mit vagen Andeutungen und Umschreibungen abspeisen konnte. Kinder taten nie aus Höflichkeit so, als hätten sie verstanden. Statt dessen fragten sie wie kleine Pedanten so lange nach, bis sie entweder alles restlos begriffen oder ihr erwachsenes Opfer in den Wahnsinn getrieben hatten.

»Es hängt mit deinem Stiefvater zusammen. Bodo Stein. Deine Mama muß – äh – seinen Tod erst mal überwinden.«

»Wieso denn? Ist sie traurig?«

»Natürlich, genau wie du. Schließlich haben sie fünf Jahre zusammengelebt.«

»Wenn Mama jetzt traurig ist, warum ist sie dann damals von Bodo weggegangen?«

»Weißt du, das passiert manchmal. Daß Menschen aufhören, sich zu lieben. Dann ist eine Trennung besser.« Aber Marita kamen ihre eigenen Worte plötzlich hohl vor. Wie mußte sich dieses Gerede in den Ohren von Scheidungskindern anhören! War es ein Wunder, daß so viele glaubten, in Wirklichkeit an der Trennung ihrer Eltern selber schuld zu sein, wenn man sie mit Argumenten abspeiste, die auf jedes Kind fadenscheinig wirken mußten? Welches Kind begriff denn schon, weshalb ein so schwer konkretisierbarer Faktor wie *Liebe* für ein weiteres Zusammenleben ausschlaggebend sein kann?

»Bodo hat Mama mit einer anderen betrogen«, sagte Jenny mit gewollt sachlicher Stimme.

»Woher weißt du das?« fragte Marita, aber natürlich verstand es sich von selbst, daß Jenny informiert war. So wie sie Julia kannte, hatte sie das kleine Mädchen wahrscheinlich bis in alle Einzelheiten aufgeklärt und damit auch noch Jennys Erinnerung an den Ersatzvater vergiftet. Marita glaubte plötzlich zu wissen, warum Jenny so war, wie sie war.

»Wie hast du Bodo eigentlich genannt?«

Statt einer Antwort kletterte Jenny über den Beifahrersitz nach vorne. Marita ließ sie gewähren, sie waren ohnehin in ein paar Minuten zu Hause.

»Ich hab' immer Bodo zu ihm gesagt. Er wollte nicht...« Jenny stockte.

»Daß du ihn Papa nennst?« fragte Marita behutsam nach, nahm die Hand vom Schalthebel und drückte kurz Jennys dünne, kalte Finger.

»Er ist auch nicht mein richtiger Papa. Mein richtiger Papa ist schon lange tot.«

»Hast du ihn gerngehabt? Bodo meine ich?«

Längeres Schweigen. Dann, mit gedrücktem Unterton: »Weiß ich nicht mehr so genau.«

»Das glaub' ich dir nicht ganz.«

»Ist aber wahr.« Und wieder zog sich Jenny in sich selbst zurück. Der Schutzwall, den sie um sich herum aufgebaut hatte, war beinahe körperlich zu spüren. Marita griff wieder nach ihrer kalten Hand, aber es half nichts. Jennys Finger fühlten sich mit einemmal steif an, und sie entzog sie Marita bei der ersten Gelegenheit.

Ein erneuter Blick in den Rückspiegel. Der schwarze Golf war weg, und Marita atmete auf. Aber die Erleichterung hielt nicht vor. Vielleicht wußte der Fahrer sowieso schon, wo sie wohnte. Wartete nur auf den richtigen Moment, um… Marita parkte den Wagen ein und drängte das Gefühl zurück, das sie veranlassen wollte, aus dem Auto zu springen und mit den Kindern im Dauerlauf zu ihrer Wohnung zu rasen, die mittlerweile der einzige Ort war, wo sie sich sicher fühlte. Draußen hasteten die Leute vorbei, um noch rasch ihre Einkäufe zu erledigen, bevor die Läden schlossen, und Marita fiel ein, daß sie selber auch kaum noch etwas zu essen im Haus hatten. Aber die Vorstellung, sich jetzt in das Getümmel zu stürzen, machte ihr auf völlig irrationale, keineswegs nachvollziehbare Weise angst.

»Kommen Sie schon! Ich kenne den Weg!« Julia zog den widerstrebenden Ben hinter sich her, mitten in die Dunkelheit. Sie schlichen geduckt über den Rasen. Der Boden war so naß, daß sie bei jedem Schritt zentimetertief versanken und Bens Turnschuhe in Sekundenschnelle durchweicht waren. Er fröstelte in der kalten Nachtluft und verfluchte sein Schicksal, das ihn mit dieser Frau zusammengebracht hatte.

»Wo sind wir eigentlich hier?« flüsterte er und warf einen Blick auf die Leuchtziffern seiner Armbanduhr. Es war halb zwölf.

»Pst! Das ist der Garten von unseren Nachbarn. Wir sind gleich am Zaun. Seien Sie bloß still, die haben nämlich einen Hund.«

Zum ungefähr zwanzigsten Mal an diesem Tag bereute Ben zutiefst, sich auf diese Sache eingelassen zu haben. Er hob den Blick zum ausnahmsweise sternenklaren Himmel. Mehr zu ahnen, als zu sehen, waren die Umrisse einer imposanten Villa, an der sie sich gerade in gebückter Haltung vorbeibewegten.

Ein Hund schlug an mit einem dumpfen Bellen, das die Stille um sie herum zerriß. Julia erstarrte. »Scheiße, das ist Brutus! Nehmen Sie meine Hand! Schnell!«

Ben gehorchte, und sie liefen im Sturmschritt ins Nichts. So jedenfalls erschien es Ben, vor dessen innerem Auge ein monströser Köter erschien, der ihm an die Kehle sprang und…

»Wir sind da. Rüberklettern! Machen Sie schon! Hinter mir her.«

Ben langte halb blind nach vorne und spürte zwischen seinen Fingern das Drahtgeflecht des Zauns. Hinter sich hörte er den Hund knurren und bellen. Kam das Vieh schon näher? Ben ergriff beinahe das heulende Elend, als er feststellte, daß seine Schuhspitzen nicht in die Zwischenräume des Zauns paßten. Zu allem Überfluß war die Villa plötzlich hell erleuchtet.

»Wo bleiben Sie denn, verdammt noch mal?« flüsterte Julia von der anderen Seite des Zauns. Wie hatte sie das nur so schnell geschafft?

»Meine Schuhe! Ich krieg sie nicht ...«

»Ziehen Sie sie aus! Schnell!«

Ben streifte die Schuhe ab und stieg drauflos. Er biß sich auf die Lippen, als der Draht in seine ungeschützten Füße schnitt. Der Zaun schwankte, so daß Ben fast das Gleichgewicht verlor. Als er endlich oben angekommen war, ließ er sich einfach auf die andere Seite fallen. In diesem Moment entdeckte sie der Hund. Eine riesige Dogge, die sich nun so aggressiv wie vergeblich gegen den Zaun warf.

Julia kniete sich neben ihn. »Haben Sie sich verletzt?«

»Geht schon«, stöhnte Ben, dem alles weh tat.

»Bloß weg von hier, bevor jemand aus dem Haus kommt und uns hier findet. Sie sind ja nicht gerade eine Sportskanone.«

Ben erhob sich stöhnend. »Haben Sie noch mehr Überraschungen auf Lager?« Der Hund bellte und heulte zum Wahnsinnigwerden. Ben verstand kaum sein eigenes Wort.

»Seien Sie nicht so empfindlich. Wir sind jetzt in Steins Garten, da kann uns überhaupt nichts mehr passieren.«

»Woher wissen Sie das? Vielleicht liegen hier schon die Bullen auf der Lauer.«

»Die haben was Besseres zu tun, verlassen Sie sich darauf.«

»Hören Sie, warum machen Sie nicht einfach allein weiter. Ich bin doch hier ganz überflüssig. Ich warte im Auto auf Sie und ...«

»Nein. Ich brauche Sie als Zeugen, wenn ich tatsächlich was Belastendes finde. Sonst heißt es doch, ich hätte irgendwelche Dokumente gefälscht.«

»Das ist doch paranoid.« Aber er hielt sich brav hinter ihr, als sie sich in weitem Bogen um das Haus bewegten.

»Warum schlagen wir nicht einfach ein Fenster ein? Ist doch jetzt sowieso schon egal. Warum sich die Mühe machen und die Hütte aufzuschließen?«

Julia drehte sich um. »Wenn wir dem Haus näher als zehn Meter kommen, lösen wir die Alarmanlage aus. Und dann ist hier innerhalb von fünf Minuten alles voller Polizisten.«

Ben verschlug es fast die Sprache. »Und das sagen Sie mir jetzt, Sie blöde Kuh?«

»Jetzt beruhigen Sie sich schon. Ich weiß, wie man das umgeht.« Julia blieb so abrupt stehen, daß Ben gegen sie stieß. Sie befanden sich vor einem weiteren, mannshohen Zaun. Ben wollte gerade Protest anmelden, als er sah, wie Julia sich über etwas beugte.

»Was machen Sie da?«

»Ich versuche, das Schlüsselloch zu finden. Was dagegen?« Im nächsten Moment öffnete sich der Zaun wie von Geisterhand. Sie liefen über einen schmalen, mit Steinplatten belegten Weg, wieder an einem Zaun entlang. Links neben ihnen – und zwar viel näher als zehn Meter! – tauchte das Haus auf.

»Keine Angst«, sagte Julia, als hätte sie Bens Gedanken gelesen. »Auf dieser Seite können wir an das Haus ran. Jetzt müssen wir nach links.« In der nächsten Sekunde standen sie vor der Haustür.

»Karen ist nicht da«, sagte Julia, und ihre Stimme klang zufrieden.

»Woher wissen Sie das?«

»Weil die Alarmanlage an ist.«

»Na und? Vielleicht schläft sie. Man schaltet eine Alarmanlage doch nicht nur an, wenn man wegfährt.«

»Die schon, weil sie ständig von selber losgeht. Jetzt seien Sie doch einfach mal still.«

Julia machte sich an der Tür zu schaffen, und kurze Zeit später leuchtete ein grünes Lämpchen auf. Julia schloß die Tür auf.

»Kommen Sie. Wir haben's geschafft.« Dieser Meinung war Ben zwar ganz und gar nicht, aber er fügte sich, wie so oft an diesem Tag. Er trat hinter Julia ein und wartete, bis sie die Tür geschlossen hatte, bevor er die Taschenlampe einschaltete. Julia nahm sie ihm aus der Hand und ging voran. Ben schlotterte inzwischen vor Kälte. Seine Füße fühlten sich an wie Eisklumpen, und der kalte Marmorboden, auf dem sie sich voranbewegten, machte die Sache nicht besser. Ben schwor sich, in Zukunft nur noch Dienst nach Vorschrift zu leisten und sich von Abenteuern fernzuhalten.

Das Arbeitszimmer war im ersten Stock. Nachdem Julia alle Rolläden heruntergelassen hatte, konnten sie Licht machen.

»Wahnsinn!« entfuhr es Ben, als er sich umsah. Zwei riesige Räume, die durch eine komplett verglaste Schiebetür voneinander getrennt waren. Reichlich Stuck an der Decke, altes Parkett mit kunstvoll eingelegten Ornamenten. An der Wand des einen Raumes ein Bild, das aussah wie ein Magritte. Ein Original-Magritte natürlich. Eine Bücherwand mit sichtbar wertvollen alten Folianten. Ein Designersofa aus edlem matten Leder, das völlig unbenutzt aussah.

»Ganz schön beeindruckend, was?« Julia war seinem Blick gefolgt.

»Ich weiß nicht. Es ist wie ...« Ben suchte nach den richtigen Worten. »Auf mich wirkt es so, wie sich Frau Mustermann einen reichen Haushalt vorstellt. Unecht. Wie eine Kulisse.«

»Bodos Vater hatte nicht viel Geld. Bodo hat sich alles selbst erarbeitet. Das ist hier in Hamburg, wo die Reichen im Geld schwimmen, nicht gerade einfach. Akzeptiert zu werden als einer der ihrigen, meine ich.«

»Hat das Stein erreicht? Akzeptiert zu werden, meine ich?«

Julia sah ihn nachdenklich an. »Nein, eigentlich nicht. Er hatte kaum Freunde, nicht mal gesellschaftliche Kontakte. Er war den Leuten aus Blankenese nicht fein genug, schätze ich. Und von meinen Freunden wollte er nichts wissen.«

»Ziemlich einsame Geschichte.«

»Ja, schon. Aber ich war mir nicht sicher, ob Bodo das genauso gesehen hat. Menschen waren ihm eigentlich egal. Es ging ihm in erster Linie darum, sich zu bereichern. Das zu erreichen, was sein Vater nie geschafft hat.«

»Seltsamer Typ. Aber vielleicht sollten wir mal anfangen. Ich meine, wir sind ja nicht zum Quatschen hier.«

»Hier.« Julia deutete auf das riesige Teakholzmöbel, neben dem sie stand. »Das ist Bodos Schreibtisch.«

»Also los. Fangen Sie an«, sagte Ben energisch, vor allem weil er merkte, daß sie plötzlich unsicher wurde.

»Wonach soll ich überhaupt suchen?« fragte Julia, und ihre Stimme war plötzlich ganz kleinlaut.

»Hören Sie mal, es war nicht meine Idee, in dieses Haus zu kommen, sondern Ihre«, sagte Ben. »Jetzt machen Sie verdammt noch mal was draus, damit die ganze Scheiße wenigstens einen Sinn hat.« Es war wirklich nicht zu fassen. Erst schleppte sie ihn gegen seinen Widerstand hierher, dann verlor sie ausgerechnet jetzt die Nerven. Aufgebracht lief er um den Schreibtisch herum und zog eine Schublade halb heraus. Bleistifte, Kugelschreiber, Spitzer und anderer für sie nutzloser Kram lag darin. Am liebsten hätte er den Krempel auf den Boden geleert, aber er beherrschte sich. Selbstfabriziertes Chaos konnten sie bei ihren Recherchen am allerwenigsten gebrauchen. »Wir nehmen uns jetzt jeder eine dieser Schubladen vor, so lange bis wir sie alle durch haben. Wir achten ganz besonders auf Kontoauszüge, Quittungen et cetera. Na eben alles, was wichtig ist«, ordnete er an. Die strenge Tour machte offensichtlich Eindruck auf Julia, und Ben fühlte sich gleich etwas besser. Mit Schwung zog er eine weitere Schublade heraus.

Sie war leer.

Die anderen acht ebenfalls. Julia, alarmiert durch Bens Gesichtsausdruck, kam langsam um den Tisch herum.

»Alle leer«, sagte sie verblüfft.

»Sie sagen es.« Ben war wie vor den Kopf geschlagen. Er zog

eine Hängeregistratur zu sich heran. Die Mappen waren ebenfalls leer.

»Wahrscheinlich von der Polizei beschlagnahmt«, sagte Julia.

»Wir sind wirklich zwei Vollidioten.«

»Das konnten wir schließlich nicht wissen.«

»Wieso sind wir da nicht draufgekommen? Ich meine, das versteht sich doch von selbst, daß die Kripo nicht nur Material aus Steins Büro, sondern auch aus seinem Haus beschlagnahmt. Das war doch so klar wie sonst was.«

»Es tut mir leid.«

»Leid, leid! Sie haben wirklich Nerven!«

»Vielleicht ist ja noch irgendwas da. Irgendwas.«

Ben war so wütend wie selten. Am liebsten hätte er Julia verprügelt und danach sich selbst. Wie naiv er sich verhalten hatte. Wie dumm. »Quatsch. Wir hauen jetzt hier ab, und dann verschwinden Sie aus meinem Leben. Und zwar dalli.«

Julia sah jetzt wirklich betroffen aus. Betroffen und wieder den Tränen nahe. Das konnte sie wirklich gut. Die Mitleidsnummer beherrschte sie aus dem Effeff. Kein Wunder, daß dieser Stein nichts mehr von ihr wissen wollte. »Ich verstehe Sie«, sagte sie jetzt auch noch mit dieser leisen Demut in der Stimme, die einen wehrlos machte. »Wissen Sie, das beste ist, Sie gehen jetzt einfach. Wenn Sie aus dem Haus kommen, müssen Sie sich links halten, dann kommen Sie zu der Straße, in der Ihr Wagen steht. Vergessen Sie mich und die ganze Geschichte. Schlafen Sie sich aus.«

Ausschlafen. Julia und die ganze Geschichte vergessen. Eine verführerische Vorstellung. Ben ignorierte tapfer sein schlechtes Gewissen, an das sie bislang so erfolgreich appelliert hatte. »Was werden Sie tun?«

»Blöde Frage. Vor die Hunde gehen, was sonst?«

»Tun Sie nicht so, als sei ich an allem schuld. Ich kenne Sie überhaupt nicht und bin trotzdem mitgekommen. Wider besseres Wissen.«

»Sie sind mitgekommen, weil Sie eine gute Geschichte für

Ihr Blatt haben wollten, damit Sie endlich mal Ihren Chefredakteur beeindrucken können. Ich war Ihnen von Anfang an völlig egal.«

»Das stimmt nicht.«

»Das stimmt schon, und ich nehme es Ihnen auch gar nicht weiter übel. Ich bin selber aus der Branche. Man liebt seine Interviewpartner so lange, bis der Artikel im Druck ist. Danach vergißt man sie. Das ist normal. Und ich biete noch nicht mal das Material für eine Superstory. Ich bin sozusagen eine Fehlinvestition.«

»Hören Sie auf. Das ist ja nicht auszuhalten.«

»Gehen Sie schon endlich. Die Tür werden Sie ja wohl selber finden.«

»Und was ist, wenn das Haus überwacht wird?«

»Wenn Sie sich davor fürchten, dann nehmen Sie doch einfach wieder den Weg über den Zaun. Nur verschwinden Sie bitte endlich. Ich muß nachdenken.«

Aber Ben konnte nicht einfach so verschwinden. Er wollte ihre Absolution. Am liebsten eine schriftliche Bestätigung, daß er kein Schwein war, wenn er sie jetzt im Stich ließ. Und die würde sie ihm nicht erteilen. Wenn er jetzt ging, würde er sich das vielleicht nie verzeihen. Er setzte sich auf den lederbezogenen Schreibtischstuhl und kippte ihn in eine Position, die ihm bequem war. Julia stand immer noch mit verschränkten Armen vor dem Schreibtisch und sah ihn stumm an. Ben fühlte sich dermaßen in der Zwickmühle, daß er am liebsten losgebrüllt hätte. Er wollte weg, aber er konnte nicht. Sie schwiegen. Die Sekunden dehnten sich ins Unendliche.

»Hinter Ihnen«, sagte Julia schließlich.

»Was?«

»Hinter Ihnen auf dem Boden unter der Heizung. Da liegt was Schwarzes. Sieht aus wie ein Terminkalender.«

Ben verdrehte die Augen, aber er vollführte ein Wendemanöver auf den Rollen des Stuhls und bückte sich unter die Heizung. Das schwarze Ding war kein Terminkalender, sondern sah auf den ersten Blick aus wie ein größerer Taschenrechner. Ben tippte ein paar Funktionen ein und begann zu lächeln.

»Was ist das?« fragte Julia und stellte sich neben ihn.

»Man nennt das Organizer. Eine Art Minicomputer. Sie können alles darin unterbringen, was Sie brauchen. Adressen, Telefonnummern, Termine. Wußten Sie, daß Stein so was hatte?«

»Keine Ahnung. Hat mich nie interessiert.«

»Die Erkennungsdienstleute haben das übersehen, oder sie haben nicht erkannt, um was es sich hier handelt.«

»Wenn das Bodos Terminkalender ist...«

»Dann können wir zumindest mal nachschauen, was er in den Wochen vor seinem Tod alles gemacht hat. Das Ding ist wie ein Tagebuch.«

»Wissen Sie, wie man es bedient?«

»Das würden selbst Sie schaffen. Es ist kinderleicht. Werfen wir mal einen Blick rein.«

Ben öffnete das Telefonverzeichnis und gab es Julia. Sie setzte sich auf den Rand des Schreibtischs und las es durch. Nach einer Weile schüttelte sie schließlich enttäuscht den Kopf.

»Ich kenne niemanden. Niemanden. Manche Namen sind auch abgekürzt.«

»Was ist mit Martin Weyer? Chemotrans?«

Sie schüttelte den Kopf. »Nichts davon, weder unter M, noch unter W. Da habe ich natürlich zuerst geschaut.«

Ben nahm das Gerät wieder an sich und öffnete den Terminplaner. Auf dem Display erschienen Daten und Wochentage mit Freistellen für Notizen. Es waren relativ viele Termine eingetragen, auch noch für die Zeit nach seinem Tod. Für den Nichteingeweihten las sich alles sehr kryptisch. Viele Abkürzungen. Julia sah ihm über die Schulter, als er die Tage vor Steins Tod begutachtete.

»He.«, sagte Ben. »Sagt Ihnen die Abkürzung *He.* was?«

»Nein. Wieso?«

Ben fuhr mit dem Zeigefinger über den Bildschirm. »Vergangene Woche Mittwoch und Donnerstag, einmal um drei, einmal um fünf. Da war er mit diesem *He.* entweder verabredet oder sollte ihn anrufen.« Er drückte auf einen Pfeil, und es tauchten die Daten der vorvergangenen Woche auf. »Hier wieder. *He.* Wer ist denn dieser *He.*?«

»Keine Ahnung. Schauen Sie doch im Telefonverzeichnis nach.«

Ben tat das, aber es gab keine Eintragung, die mit *He.* anfing. »Komisch«, sagte er. »Stein trifft innerhalb von einer Woche mehrmals einen Mann oder eine Frau und hat sich nicht mal seine oder ihre Nummer notiert.«

»Geben Sie mal her«, sagte Julia. Eine Pause verging, schließlich sagte sie: »Bingo.«

»Was?«

»Am ersten August ist *He.* wieder eingetragen. Diesmal mit Telefonnummer dahinter.«

»Sind Sie sicher?«

»Hier, sehen Sie. Könnte natürlich auch was anderes sein als eine Telefonnummer.«

»Probieren wir's doch einfach aus.«

»Sie meinen – jetzt?«

»Ja, warum nicht? Ist doch egal, wann. *He.* wird's überleben, mal um halb eins geweckt zu werden.« Ben griff zum Telefon und wählte die Nummer. Es läutete dreimal, dann sprang ein Anrufbeantworter an. Ben gab Julia den Hörer und sah dann überrascht, daß sie kreidebleich wurde. Mit zitternden Händen legte sie auf.

»Was ist los?« fragte Ben.

»Heiner Jenicke. Das war Heiner Jenickes Privatnummer.«

»Wer ist das?«

»Heiner Jenicke. Mein Antwalt in der Sorgerechtssache.«

»Wieso hat Stein die Privatnummer Ihres Anwalts?«

»Das möchte ich auch mal wissen. Nicht mal ich hab' die.«

In diesem Moment hörten sie ein Knacken. Es kam von unten. Genauer gesagt: von der Haustür.

Marita schreckte mitten in der Nacht hoch, schweißgebadet, obwohl es keineswegs besonders warm war. Im Gegenteil. Vor ihrem offenen Fenster rauschte der Regen, neben ihr atmete Jenicke gleichmäßig ein und aus. Langsam beruhigte sie sich wieder. Sie schaltete die Nachttischlampe an und stand leise auf, um sich ein Glas Wasser zu holen. Als sie sich wieder hinlegte, drehte sich Jenicke auf den Rücken, so daß sie sein Gesicht im diffusen gelben Schein der Lampe sehen konnte. Sie lächelte. Er sah so unschuldig aus.

»Karen«, flüsterte Julia. Sie hatte einen Satz zum Lichtschalter gemacht und Ben danach hinter das Sofa gezogen.

»Seien Sie doch ruhig!« zischte er zurück.

Durch den halboffenen Türspalt sahen sie, wie im Erdgeschoß das Licht anging. Das Klappern von Absätzen war zu hören, die sich zu entfernen schienen, kurz verharrten und sich dann die Treppe hinauf bewegten. Näher und näher, während Ben und Julia wie die Kaninchen in der Falle saßen. Was würden sie tun, wenn der Fall des Falles eintrat? Wie hoch wohl die Strafe für Hausfriedensbruch ausfiel? Die Schritte führten an der Tür vorbei, und Ben spürte, wie sich Julia neben ihm entspannte.

»Sie geht ins Schlafzimmer. Wir sind gerettet.«

»Sschscht!«

Aber sie hatte recht. Ben hörte, wie eine Tür leise zugemacht wurde, und das scharfe Klackklack der Absätze ging in ein dumpferes Schrittgeräusch über.

»Warten wir noch, bis sie ins Bett gegangen ist. Dann kommen wir hier problemlos wieder raus.«

»Was ist, wenn sie die Alarmanlage einschaltet?«

»Das tut sie nicht.«

»Wenn aber doch?«

»Dann hätten wir Pech gehabt«, sagte Julia trocken. »Ich weiß nämlich nicht, ob der alte Code noch gilt.«

»Welcher Code?«

»Wenn die Alarmanlage losgeht, meldet sich innerhalb einer

Minute die Polizei per Telefon und fragt, ob alles in Ordnung sei. Dann müssen Sie ein Codewort in den Hörer sprechen, zum Zeichen, daß alles in Ordnung ist.«

»Aha. Wird hier viel eingebrochen?«

»Natürlich nicht. Diese Häuser hier sind alle mehrfach gesichert. Sonst noch Fragen?«

»Nein.«

»Dann lassen Sie uns abhauen. Bevor Karen doch noch auf die Idee kommt, den Alarm scharfzustellen.«

Auf Zehenspitzen schlichen sie die Treppe hinunter. Nichts passierte, als sie im Erdgeschoß ankamen. Unbehelligt verließen sie das Haus.

»Warten Sie«, sagte Julia, als sie aufatmend vor der Haustür im Nieselregen standen. Ben blieb stehen, während sie zum schmiedeeisernen Gartentor lief und auf die Straße sah.

»Kommen Sie. Die Luft ist rein.« Ben hörte sie kichern, als er sich auf sie zubewegte.

»Was ist denn bitte so komisch?«

Sie prustete vor unterdrücktem Gelächter. »›Die Luft ist rein.‹ Wie sich das anhört. Es ist alles so albern. Wir benehmen uns wie zwei kleine Kinder, die ausreißen.«

Auch Ben mußte plötzlich grinsen. Er fror, seine strumpfbesockten Füße waren wieder feucht, in seiner Nase kitzelten schon die ersten Vorboten einer kräftigen Erkältung, aber langsam fand er Gefallen an dieser absurden Situation. Kein Mensch würde ihm diese Story glauben, und das allein war es schon wert gewesen. Eruptives Gelächter sprudelte in ihm hoch, und in der nächsten Sekunde fand er sich neben Julia wieder, an einen Zaun gelehnt und sich vor Vergnügen krümmend.

Liebe. Liebe war es, was er empfand. Oder sogar mehr, viel mehr als das: ein allumfassendes Gefühl von überwältigender Kraft, das das ganze All mit einschloß. Er hatte nicht das Recht, sich dagegen zu wehren. Es kam von tief innen, dort, wo die Götter sitzen. Doch die Welt hatte keine Verwendung für das, was er ihr geben wollte. Die Welt hielt sein innerstes Ich für falsch und für verdorben, und so geschah es, daß er sich ein Paralleluniversum schaffen mußte, in dem seine Leidenschaften, die er als stark und wahr und rein empfand, möglich wurden. Manchmal jedoch kollidierten die beiden Realitäten, und dann wurde er in ein alptraumhaftes Zwischenreich geschleudert, wo andere, brutale Gesetzmäßigkeiten herrschten. Dann mußte er handeln. Seiner Liebe Ausdruck verleihen, egal ob das den anderen paßte oder nicht. Das war sein existentielles Drama.

Er wachte nun ganz auf, und es war der Moment, vor dem er sich immer gefürchtet hatte. Nein, nein, warum ließ man ihn nicht in den gnädigen Schlaf des Bewußtlosen zurücktaumeln. Aber er wachte auf und sah vier, fünf, sechs riesige, kleine Mädchen, die aussahen wie aufgepumpte Luftballons. Sie trugen kurze Kleidchen, die nichts verhüllten. Sie schwebten auf und nieder und um ihn herum, und sie verhöhnten ihn und seinen lächerlichen Pimmel. Sie räkelten sich verführerisch und riefen: Laß uns gefälligst in Ruhe.

Er schloß schnell wieder die Augen, aber es war zu spät. Sie bevölkerten seine innere Leinwand. Er rief seine Exekutoren und wußte doch im gleichen Moment, daß es sinnlos war. Seine Exekutoren existierten nicht mehr. Sie hatten es nicht geschafft, seine feindlichen Triebe zu eliminieren.

Das nächste Mal wachte Marita auf, weil Jenicke sie ansah. Er lag auf der Seite, direkt vis à vis, und betrachtete sie mit einem so traurigen Ausdruck, daß sie alarmiert aufgesprungen wäre, wenn sie nicht so todmüde gewesen wäre.

»Was ist los?« fragte sie schlaftrunken. »Stimmt was mit den Kindern nicht?«

»Nein. Alles in Ordnung. Ich sehe dich nur an.«

»Warum?«

»Kein besonderer Grund.«

»Aber ...«

»Ich liebe dich so sehr. Ich wünschte ...«

»Was?«

»Ich wünschte…«

»Was ist los mit dir? Sag's mir doch. Bitte.«

Aber Jenicke konnte nicht sprechen, weil er weinte.

Sie nahm ihn in die Arme. Sie war zu müde, um ihn zu bedrängen, aber sein Verhalten war wie eine Bestätigung ihrer seltsamen Ahnungen.

Morgen. Morgen würde sie ihn fragen.

Den perfekten Mord gab es durchaus. Meistens bestand er darin, bei alten und schwerkranken Verwandten ein wenig nachzuhelfen. Jemandem, der ohnehin in absehbarer Zeit sterben mußte, ein Kissen aufs Gesicht zu drücken – war das Mord, moralisch betrachtet? Totschlag? Eine relativ obsolete Frage, denn die meisten Täter kamen nie vor Gericht. Der Hausarzt bescheinigte Herzversagen, eine Obduktion gab es nicht – wozu auch? –, und alle waren zufrieden.

Jedenfalls gab es den perfekten Mord.

Mehmet Ciller trank einen Schluck Kaffee. Er saß in seinem Wohnzimmer, die nackten Füße auf der Rauchglasplatte seines Couchtisches. Von hier aus hatte er den Himmel im Blick. Sonja und er wohnten im fünften Stock, und das einzig Gute an dieser Wohnung in einem häßlichen Sechziger-Jahre-Bau war die unverstellbare Aussicht aus großen Fenstern, die ein Gefühl von Freiheit vermittelte.

Im Moment war es allerdings noch dunkel. Mehmet sah auf die Uhr. Gleich halb fünf. Er nahm einen weiteren Schluck Kaffee und zog seinen Bademantel enger zusammen.

Er hatte in den letzten Tagen Probleme mit dem Einschlafen. Es lag an dem Fall Stein, der ein Medienecho verursacht hatte, wie Mehmet es noch nie erlebt hatte. Die ganze Mordkommission war ein Tollhaus, ständig riefen irgendwelche Journalisten an, und Mehmets Kollegen beschwerten sich, daß sie nicht mehr anständig arbeiten konnten. Mehmet selbst fühlte sich unter Druck und wurde die Angst nicht los, etwas Wesentliches übersehen zu haben. Was würde geschehen, wenn sie Julia tatsächlich faßten und sie den Mord abstritt? Die Indizien sprachen gegen sie, aber Beweise gab es keine. Keinen einzigen. Auch die Autopsie hatte keine Hinweise ergeben. Das war doch eigentlich merkwürdig. Mittlerweile war die Leiche Steins freigegeben worden, und in ein paar Stunden würde die Beerdigung sein. Mehmet würde hingehen, obwohl er sich davon keine wesentlichen neuen Erkenntnisse erwartete.

Warum töteten Menschen ihresgleichen? Das Hauptmotiv, sofern es sich nicht um Bandenkriege handelte, war Eifersucht. Die Täter waren fast immer männlich. Das statistische Durchschnittsszenario sah so aus: Frau will Mann verlassen, Mann ermordet Frau oder Nebenbuhler. Frauen töteten selten, und wenn, dann aus ganz anderen Gründen. Mord war für sie in der Regel die letzte Möglichkeit, eine unerträgliche private Situation zu beenden. Frauen töteten meistens, um einem brutalen Ehemann oder Lebensgefährten zu entkommen, den sie auf andere Weise nicht loswurden.

Julia Hoffmann war es nicht geglückt, Bodo Stein mit legalen Mitteln aus ihrem Leben zu vertreiben, also hatte sie ihn umgebracht. Das klang zu einfach. Aber Mehmet wußte aus Erfahrung, daß die meisten Mordmotive ganz, ganz einfach waren. Oft ließen sie sich in einem kurzen Subjekt-Prädikat-Objekt-Satz zusammenfassen. Er soll (endlich) verschwinden. Oder: Sie soll bleiben (oder sterben). Mord war der gewaltsam gezogene Schlußstrich unter jahrelang erlittene Demütigungen. Oder die Konsequenz aus Herrschsucht und falschem Stolz.

Überlegungen, die ihn nicht weiterbrachten. Julia Hoffmann mußte die Täterin sein, ganz einfach deshalb, weil nach dem derzeitigen Stand der Dinge sonst niemand in Frage kam. Verurteilung nach dem Ausschlußverfahren. Nicht sehr befriedigend, aber oft ging diese Kalkulation auf. Du warst es, weil es außer dir keiner sein konnte.

Man sah Menschen ihre Tat nicht an. Selbst erfahrene Polizeipsychologen ließen sich täuschen von zur Schau getragener

Verzweiflung und wilden, grundehrlich wirkenden Trauerbezeugungen. Erstaunlich viele Täter, Männer wie Frauen, waren in der Lage, das Verbrechen nach Vollzug vollständig von ihrer Restpersönlichkeit abzuspalten. Sie »vergaßen« einfach, was geschehen war, legten sich eine glaubwürdige Geschichte zurecht und waren dann äußerst geschickt darin, ihre Version der Ereignisse dem jeweiligen Stand der Ermittlungen anzupassen. Mehmet kannte verurteilte Mörder, an deren Tat nicht der geringste Zweifel bestand und die nach langen Jahren im Gefängnis immer noch felsenfest behaupteten, sie seien das Opfer gemeiner Intrigen.

Langsam hellte sich der Himmel auf. Vögel zwitscherten. Mehmet überlegte, ob er sich noch mal für zwei Stunden ins Bett legen sollte, und entschied sich dann dagegen. Er genoß die Stille und die Einsamkeit. Vor seinem inneren Auge tauchte das Bild einer Frau auf, die von hinten mit einem Baseballschläger auf den Kopf eines wehrlosen Mannes einschlug.

Nein. Das paßte einfach nicht zu seinen Ermittlungen in diesem Job. Er schloß die Augen und versuchte, sich – wie schon so oft – in den Kopf dieser Frau zu versetzen.

Sie hat ihren Lebensgefährten verloren.

Sie hat ihren Job verloren.

Sie hat keine Freunde mehr.

Sie ist (fast) pleite.

Sie hat Angst, ihren Sohn endgültig zu verlieren.

Sie ist voller Wut und Haß.

Ihr ist alles egal.

Ihr emotionales Gleichgewicht ist aus den Fugen.

Ja. Sie könnte es gewesen sein. Und nein – jemand in ihrer Situation war gar nicht in der Lage, einen Mord so sorgfältig zu planen. Wenn aber doch, vergaß er oder sie bestimmt nicht, sich um ein wenigstens halbwegs glaubwürdiges Alibi zu bemühen. Die Hoffmann hatte nichts dergleichen getan.

Außerdem wies das ganze Prozedere der Tat auf einen Mann hin. Damit hatte Mehmet es zumindest gedanklich formuliert. Eine Frau tötete ganz selten auf diese Weise, es sei denn, im Affekt. Eine Tat im Affekt schied aus, denn der Mörder hatte sowohl die Mordwaffe bei sich gehabt als auch mindestens einen halben Kanister Benzin, um das Feuer zu entfachen. Das Ganze war geplant, und der Täter war ein Mann.

Sie mußten bei ihren Ermittlungen etwas übersehen haben. Sie mußten von vorne anfangen. Und sie mußten sich beeilen, denn die Spur wurde von Stunde zu Stunde kälter.

»Ich hab' immer gewußt, daß es eine abgekartete Sache war.«

»Was war abgekartet?« Ben gähnte. »Wie wär's, wenn wir in meine Wohnung hochgehen?« Aber eigentlich fühlte er sich selbst dazu zu müde. Sie saßen immer noch im Auto, völlig übernächtigt, aber von einem seltsamen Optimismus beseelt.

»Die Sache mit dem gefälschten Foto«, sagte Julia. »Jenicke und Bodo haben das gemeinsam ausgeheckt, um mich nach Deutschland zurückzuholen. Das ist die einzige Erklärung.«

»Aber Jenicke ist doch Ihr Anwalt.«

Julia lachte kurz und verächtlich über seinen Einwurf. »Bodo hat ihm eben Geld geboten. Für Bodo war jeder käuflich. Und Jenicke hatte große finanzielle Probleme.«

»Was ist eigentlich mit diesem Detektiv, der das Foto in den Gerichtssaal brachte?«

»Er stand nicht mal im Telefonbuch. Ich weiß nicht, wer das war.«

»Okay«, sagte Ben, »aber das bringt uns nicht wirklich weiter. Mag ja sein, daß Stein Ihren Anwalt und diesen Detektiv bestochen hat, aber daraus läßt sich beim besten Willen kein Mordmotiv konstruieren.«

Julia sank ein wenig in sich zusammen. »Ja. Sie haben recht.«

»Wie wär's, wenn wir jetzt mal...«

In diesem Moment setzte sie sich plötzlich aufrecht hin und starrte durch die Scheibe. »Was ist los?« fragte Ben alarmiert. Herrgott, sie konnte einem wirklich einen Schrecken einjagen. Hektisch drehte er sich um. Aber die Straße vor und hinter ihnen war leer. Um sechs Uhr morgens war das nicht wirklich erstaunlich.

»Was ist los mit Ihnen?« wiederholte Bodo. »Sie sehen aus, als hätten Sie Bodo Steins Geist gesehen.«

Julia drehte sich zu ihm um. Ihre Augen leuchteten. »Ben, ich hab' eine Idee.«

Ben seufzte. »Nein, danke. Ihre Ideen führen bloß dazu, daß man sich seltsam benimmt und sich dabei erkältet. No way.«

»Hören Sie doch erst mal zu.«

»Nein. Ich geh jetzt schlafen, wenn's Ihnen recht ist. Sie können hier gerne sitzen bleiben und weiter rumspinnen. Wenn Sie gehen, machen Sie bitte die Autotür hinter sich zu.«

»Ben, bitte. Nur einen Moment.«

»Zehn Sekunden. Dann bin ich weg.«

»Bodo hat ein Haus am Plöner See.«

»Schön für ihn. Beziehungsweise …«

»Nein, Sie verstehen mich nicht. Ich war erst ein einziges Mal dort, und das auch nur ein Wochenende lang, ganz am Anfang unserer Beziehung. Bodo hat dieses Haus nur für sich. Kaum jemand weiß von der Existenz. Es ist winzig, im Grunde ist da nur Platz für eine Person. Bodo …«

»Sie meinen, er hat da was versteckt?«

»Vielleicht. Wäre doch möglich. Unterlagen, irgendwas. In den letzten Jahren war er da immer allein.«

Ben kämpfte mit sich. Plöner See, das waren mindestens anderthalb Stunden Autofahrt, und er wollte eigentlich nur noch schlafen. »Finden Sie das Haus wieder?«

»Ja.«

»Können Sie jetzt noch fahren?«

»Ja. Ich bin hellwach.«

Die wirkliche Welt begegnete ihm in Gestalt einer Frau. Sie war groß, schön und gnadenlos, und sie sagte schreckliche Dinge, die er nicht hören wollte. Mißbrauch. Das Wort quoll aus ihrem Mund wie eine Blase, die sich von Sekunde zu Sekunde zu einem riesigen Ballon weitete. Er wich zurück, doch es war zu spät. Die Blase platzte und heraus kamen ekelhaft schleimige schwarze Würmer, die sich an seinem Körper fest-

setzten wie Blutegel. Mißbrauch. Die Würmer ernährten sich von seiner Lebenskraft, seiner Freude und seiner Sinnlichkeit, die unschuldig war, jawohl: unschuldig wie bei einem Kind. Deshalb liebte er Kinder, weil sie waren wie er: unschuldig!

Jenicke schrecke hoch, das Entsetzen hatte ihn fest im Griff. Er keuchte wie nach einem Dauerlauf. Es war Jennys Schuld, daß er wieder diese Träume hatte. Sie hatten nach langen Jahren der Ruhe erneut angefangen, und zwar an dem Tag, als sie zum ersten Mal an der Hand von Julia Hoffmann in seiner Kanzlei aufgetaucht war. Er saß aufrecht im Bett und sah auf Marita herunter, die neben ihm schlief. Marita hätte ihn retten können. Hätte. Es war zu spät.

17

»Reden Sie mit mir. Halten Sie mich wach.« Die Landschaft raste an ihnen vorbei. Ein herrlicher Sonnenaufgang tauchte alles in unwirkliches gelbrotes Licht.

»Ich denke, Sie sind hellwach.«

»Ist ja schon gut. Dafür bekommen Sie eine Spitzenstory. Werden berühmt. Exklusivinterview mit einer Mordverdächtigen. Das ist doch was.«

»Ja. Schon gut. Sie sind das arme Opfer und ich der sensationsgeile Journalist.«

»So war das nicht gemeint. Erzählen Sie zur Abwechslung mal was aus Ihrem Leben, Ben. Wie läuft's bei Ihnen so?«

»Oh, wirklich toll. Spitze.«

»Sind Sie verliebt? Verlobt? Verheiratet?«

»Nichts davon.«

»Wieso nicht? Sind Sie schwul?«

»Nein! Abgesehen davon können auch Schwule verliebt sein.«

»Also gut, lassen wir das. Dann fragen Sie eben mich irgendwas.«

Ben seufzte. Ihm fielen schon im Sitzen die Augen zu, aber es war definitiv zu gefährlich, sich jetzt dem Schlaf zu ergeben. Julia war mindestens so müde wie er. Mit dem Unterschied, daß sie am Steuer saß und mit nicht ganz ungefährlichen 170 Sachen gen Norden brauste. Er mußte Julia irgendwie wach halten.

»Warum hat es mit Ihnen und Stein nicht geklappt?«

»Wie meinen Sie das?«

»Na ja, wer war schuld? Wer wollte nicht mehr, wer war der Gelackmeierte? Sie oder er?«

»Ich«, sagte Julia nach kurzem Schweigen.

»Sie waren schuld?«

»Nein. Ich war die Dumme. Bodo hat mich mit seiner Ex-Frau betrogen. Dieselbe, die er kurz vor seinem Tod zum zweiten Mal geheiratet hat.«

»Das ist stark. Eine Affäre mit der Ex.«

»Eines Abends habe ich ihre Briefe in seiner Hängeregistratur gefunden. ›Liebling, ich bin so glücklich, daß wir uns auch physisch wieder näher gekommen sind.‹ Können Sie sich vorstellen, wie man sich dabei fühlt?«

»Wie ging es dann weiter?«

»Das übliche eigentlich. Bodo sagte, es sei gar nichts passiert, außer einem Kuß. Eine Woche später fuhr er in die Provence. Angeblich allein, um seine Gedanken und Gefühle zu ordnen. Mir kam das trotzdem komisch vor. Ich rief in seinem Hotel in Arles an und fragte nach ›Frau Stein‹. ›Attendez, s'il vous plaît‹, sagte die Rezeptionistin und stellte mich durch. In der nächsten Sekunde habe ich Karen Stein am Apparat. Da war natürlich alles klar. Als Bodo zurückkam, habe ich ihn zur Rede gestellt. Ich schätze, da war ich ihm schon ziemlich egal. Er hat sich nicht mal entschuldigt.«

»Bis dahin eine ziemlich alltägliche Geschichte.«

»Tja.«

»War damals schon abzusehen, daß er Ihren Sohn für sich haben wollte?«

»Heute würde ich sagen, ja. Damals hab' ich das nicht ernst

genommen. Als klar war, daß ich ausziehen würde, fing er an, immer wieder über ein Umgangsrecht bezüglich Manuel zu reden. Und ich naive Idiotin lachte ihn auch noch aus. Ich dachte, wenigstens in dieser Beziehung hätte ich alle Trümpfe in der Hand. Wir waren ja nicht verheiratet, offiziell war ich alleinerziehende Mutter. Aber dann ging Bodo tatsächlich vor Gericht. Ich konnte es nicht glauben, daß er es wirklich ernst meinte.«

»Aber Sie kannten ihn doch lange genug. Sie wußten doch, wie er war.«

»Ich wollte es einfach nicht wahrhaben. Daß alles vorbei war, und daß er mich darüber hinaus auch noch ruinieren wollte. Erst bekam er vom Richter ein ziemlich großzügiges Umgangsrecht zugesprochen. Jedes zweite Wochenende gehörte Manuel praktisch ihm. Plus die Hälfte aller Ferien.«

»Warum war er damit nicht zufrieden?«

»Bodo will immer alles oder nichts, und wenn er alles will, geht er über Leichen.«

»Wollte. Ging.«

»Tja.«

»Also Stein bekam ein Umgangsrecht. Aber nicht das Sorgerecht.«

»Zu diesem Zeitpunkt noch nicht, nein. Sein Problem war damals, daß uneheliche Väter das Sorgerecht gar nicht beantragen können, auch nicht nach der neuen Gesetzeslage.«

»Versteh' ich nicht.«

»Sie können es nicht beantragen, es sei denn, sie haben vorher, zusammen mit ihrer Partnerin, das gemeinsame Sorgerecht beantragt. Bodo mußte mich also, nach allem, was gewesen war, dazu bringen, das gemeinsame Sorgerecht für Manuel beim Jugendamt zu beantragen.«

Ben blieb der Mund offenstehen. »Und das hat er geschafft?«

Ein schiefes Lächeln, ein leichtes Schulterzucken. Sie betätigte den Blinker und fuhr auf die rechte Spur. »Ja. Ich war immer noch verliebt in ihn, und er hat so getan, als wollte er sich mit mir versöhnen. Als würde er an eine gemeinsame Zukunft wieder glauben. Und ich Dummerchen habe prompt diesen Wisch zur Feier unserer Versöhnung unterschrieben. In Anwesenheit eines Notars, der ganz gerührt tat. Ich meine, schon dieser offizielle Charakter hätte mich mißtrauisch machen müssen. Aber ich war einfach… Ich wollte die Wahrheit nicht sehen. Bodo kostete das den Notar, ein langes Wochenende im Hotel Atlantik und ein paar Versprechungen. Danach hatte er freie Bahn.«

»Was hat er getan?«

»Alles. Alles, was nötig war, um meinen Ruf zu ruinieren. Er hat bitterböse Leserbriefe zu Artikeln von mir verfaßt, die angeblich schlecht recherchiert waren. Er hat dafür gesorgt, daß mein Kellerabteil verwüstet wurde, so daß ich wahnsinnigen Ärger mit der Hausverwaltung bekam. Sein Anwalt verfaßte ständig neue Verleumdungen über mich, die direkt an den Richter gingen. Bodo ließ Gutachten auffahren, die Manuel ein gestörtes Mutter-Kind-Verhältnis attestierten, obwohl sie mich noch nie gesehen hatten. Er hat eine Nachbarin von mir dazu gebracht, gegen mich auszusagen. Schließlich war ich wie gelähmt. Konnte keinen geraden Satz mehr aufs Papier bringen. Und auf diese Weise habe ich dann auch meinen Job verloren.«

»Sie sind ja ein richtiger kleiner Pechvogel.«

»Arschloch. Ich breite hier meine tragische Lebensgeschichte vor Ihnen aus, und Sie…«

»'tschuldigung.«

Aber Julia lachte plötzlich. »Ach, verdammt, Sie haben recht. Ich war einfach blöd. Ich hätte kämpfen müssen, und statt dessen habe ich mir selber leid getan.«

»Wenn Sie noch mal die Chance hätten…«

»Ich würde alles anders machen, das schwöre ich Ihnen. Kein Selbstmitleid mehr. Statt dessen kämpfen. Und zwar intelligent.«

»Kann es sein, daß Sie in jede Falle getappt sind, die Ihnen Stein gestellt hat?«

»Das trifft's wohl hundertprozentig. Hier ist der Abzweig. Wir sind gleich da.«

Es war zehn Uhr morgens. Der erste schöne, warme Tag seit Wochen kündigte sich an. Mehmet sah hinauf in die dichtbelaubten Kastanien des Ohlsdorfer Friedhofs. Er schwitzte in seinem dunkelblauen Regenmantel, aber da er darunter nur Jeans und ein verwaschenes Sweatshirt trug, ließ er ihn an. Die übrigen Trauergäste waren alle in seriöses, teuer aussehendes dunkles Tuch gekleidet. Mehmet ließ den Blick über das frisch ausgehobene Grab schweifen. Außer Karen Stein, Steins Kompagnons aus der Kanzlei und Steins Sekretärin Frau Seidenfaden kannte er niemanden. Etwa vierzig Leute hatten sich das Spektakel der Beerdigung Bodo Steins nicht entgehen lassen wollen. Die meisten waren männlich. Wahrscheinlich ehemalige Mandanten Steins. Verwandte waren offenbar nicht darunter. Schon deshalb war die Zeremonie denkbar schlicht und karg ausgefallen. Ein protestantischer Geistlicher hatte in der Aussegnungshalle eine wenig inspirierte Predigt über Steins Wirken zu Lebzeiten gehalten, Karen Stein weinte, von einer Freundin gestützt. Ein paar Pressefotografen waren da, aber erstaunlicherweise keine Fernsehreporter.

Der dunkelbraune Sarg wurde langsam in die Tiefe gelassen, danach bildeten die Trauergäste eine Schlange, um Karen Stein zu kondolieren. Mehmet hatte mehrere Beamte mitgebracht, die auffällig unauffällig zwischen den Gräbern in der Nähe herumschlenderten und die Gegend beobachteten. Aber natürlich war Julia Hoffmann nicht aufgetaucht. Mehmet reihte sich mechanisch in die Schlange ein. Was für ein herrlicher Morgen, dachte er und erkannte, wie sehr er in den letzten Wochen die Sonne vermißt hatte. Ein friedvolles Gefühl breitete sich in seinem Herzen aus. Die Nervosität der letzten Tage löste sich auf in der sanften Brise, die die Blätter leise erzittern ließ.

Das Glas.

Verwirrt von dem plötzlichen, unangenehmen Adrenalinstoß hob er den Kopf. Sein Blick fiel auf den breiten Rücken seines Vordermannes, der sich langsam und schwerfällig auf dem knirschenden Kiesweg voranbewegte. Mehmet machte seinerseits einen Schritt vorwärts und versank wieder ins Grübeln.

Das Glas.

Mehmet schloß kurz die Augen und rekapitulierte den Grundriß von Steins Büro. Der Aktenschrank, unter dem das Glas gefunden worden war, befand sich, vom Fenster aus gesehen, rechts neben Steins Schreibtisch. Der Besucherstuhl stand hingegen schräg links vor Steins Schreibtisch. Ihren Ermittlungen zufolge hatte der Mörder es zumindest so *aussehen* lassen wollen, als habe es einen Kampf gegeben. Aber mal angenommen, es hätte einen gegeben: Dann hätte einer der Beteiligten, der Mörder oder das Opfer, das Glas über die gesamte Diagonale des Schreibtischs rollen oder werfen müssen, damit es genau dort landete, wo der Erkennungsdienst es entdeckt hatte. Eine sehr unwahrscheinliche Flugbahn, aber immerhin möglich. Allerdings – warum war das keineswegs dickwandige Glas auf dem harten Parkettboden nicht zerbrochen? Hatte nicht mal Risse?

Weil es jemand dorthin plaziert hatte, um Julia Hoffmann zu belasten.

Mehmet scherte aus der Reihe aus und blieb stehen, unschlüssig. In diesem Moment schrillte sein Handy in der Manteltasche. Ein paar Köpfe drehten sich mißbilligend nach ihm um. Er entfernte sich hastig ein paar Meter und fummelte das Handy aus der Tasche.

»Ja?«

»Rüdiger hier. Wie sieht's aus bei euch?«

»Alles normal.«

»Keine herumschleichende geheimnisvolle Frau in Schwarz, dicht verschleiert?« Mehmet hörte Kristen kichern.

»Hör zu«, sagte er, »kannst du dich an das Glas erinnern, was wir unter dem Aktenschrank gefunden haben?«

»Das mit den Fingerabdrücken von der Hoffmann? Klar, was ist damit?«

»Frag jetzt nicht lang. Ich möchte, daß ihr es mit den Gläsern vergleicht, die in der Bar in Steins Büro stehen. Jetzt gleich.«

»Was für 'ne Bar? Wovon redest du? Da war keine Bar.«

Mehmet schloß kurz die Augen. »Irgendwo in dieser Kanzlei müssen Gläser stehen. So eine Art Hausbar, um Klienten zu bewirten. Vielleicht in Steins Vorzimmer, vielleicht in einem der anderen Räume. Irgendwo müssen jedenfalls Gläser stehen. Und Whisky. Stein und Julia Hoffmann haben Whisky getrunken. Den müssen sie irgendwoher haben.«

»Ja. Klar. Was ist los mit dir?«

»Wir treffen uns in Steins Büro. Fahr gleich los. Ich bin in zwanzig Minuten dort.«

»Na schön. Ich komme hin.«

Das Haus war tatsächlich winzig. Es lag verwunschen in einem riesigen, verwilderten Garten direkt am Plöner See. Ein kleiner, morsch aussehender Badesteg führte ins Wasser, das in der Sonne glitzerte. Zu Bens grenzenlosem Unbehagen hatte Julia, die natürlich keinen Schlüssel besaß, einfach eine Fensterscheibe eingeschlagen, um ins Haus zu gelangen.

Aber die Aktion hatte sich als Volltreffer erwiesen. Rechts neben der kleinen, mit scheußlichen alten Ikeamöbeln eingerichteten Wohnküche befand sich ein kleiner fensterloser Raum, der wahrscheinlich früher als Speisekammer gedient hatte. Und dort standen sie in Reih und Glied. Keine Konservendosen und Einmachgläser. Sondern fünf schwere, unbeschriftete Aktenordner. Um elf Uhr hatte jeder von ihnen einen durchforstet. Über den verkratzten Holztisch sahen sie einander an.

»Brandheißes Material«, sagte Ben schließlich.

»Kann man so sagen.« Julia war sehr blaß. Vor ihr lagen Unterlagen über finanzielle Transaktionen der Firma Chemotrans. Überweisungen auf Konten in der Schweiz, in Liechtenstein, auf den Antillen. Kopien von mehreren, auf englisch abgefaßten Briefen, adressiert an Kontaktleute in Spanien, voller mysteriöser Kürzel und Geheimcodes. Mehrere Fotos, die offenbar aus weiter Entfernung mit einem Teleobjektiv geschossen wurden. Sie zeigten zwei Männer im Gespräch auf einem südländisch aussehenden Platz. Auf den Rückseiten stand immer das gleiche, notiert mit einem schwarzen Filzstift: Martin Weyer, Bogotà, 10.10.1993.

»Erstklassige Erpresserware«, urteilte Ben.

»Sie meinen...«

»Natürlich. Stein hat Weyer mit dem Material erpreßt.«

»Aber wozu?«

»Was weiß ich? Vielleicht wollte er mehr Geld.«

»Vielleicht hat er es ja nur aufbewahrt. Zur Sicherheit, damit Weyer ihn nicht irgendwann drankriegt.«

»Auch möglich. Jedenfalls hatte Weyer ein ziemlich starkes Mordmotiv.« Ben stand auf und holte die nächsten zwei Ordner aus der Kammer. Einer kam ihm sehr leicht vor. Als er ihn auf den Tisch stellen wollte, fiel ein schwarzes Plastikteil auf den Boden.

Es war eine Videokassette. Eine simple Videokassette, doch Bens Herz fing plötzlich an, in einem wilden, dumpfen Rhythmus zu klopfen. Er kniete sich auf den Boden und hob die Kassette so vorsichtig auf, als handle es sich um Dynamit. Das war es, was sie gesucht hatten – natürlich ohne es zu ahnen. Dieses Video barg die Lösung, dessen war sich Ben hundertprozentig sicher.

»Was haben Sie da?« fragte Julia, und ihre Stimme dröhnte in Bens Ohren, als sei er stoned. Er richtete sich auf. Ihm war tatsächlich ein wenig schwindelig, so kurz vor dem Ziel, aber er lächelte. Die Sonne schien durch das Fenster herein und umhüllte ihn wie eine Gloriole. Julia kniff geblendet die Augen zusammen.

»Ein Video«, sagte er.

»Was?«

»Gibt's hier einen Fernseher mit Videogerät?«

»Keine Ahnung. Vielleicht oben, im Schlafzimmer.«

»Lassen Sie uns nachsehen.«

Die Holzbohlen knackten unter ihren Füßen, als sie die enge Wendeltreppe in den ersten Stock stiegen. Oben angekommen, standen sie direkt im Schlafzimmer. Es war ein ausgebautes Dachgeschoß; offenbar gab es hier oben gar keine weiteren Räume. Es roch intensiv nach warmem Holz. Die Luft war sehr trocken. Unter dem Giebel, dessen Fenster zum See zeigte, stand ein schmales Bett. Es war mit blauer Bettwäsche bezogen und ungemacht. Ein graues Hemd lag zusammengeknüllt auf einem Stuhl neben dem Bett, an einem Kleiderständer hing ein Mantel, eine Lederjacke, und eine schwarze und eine blaue Männerjeans. Neben dem Bett stand eine halbvolle Kaffeetasse. Ben hob sie auf und roch daran.

»Kalt, aber ziemlich frisch. Von heute morgen, würde ich mal schätzen.«

»Wer kann das sein?«

»Steins Geist?«

»Wir müssen uns beeilen. Wer auch immer es ist, er darf uns hier nicht finden.«

»Da ist ein Fernseher.« Ben lief in die gegenüberliegende Zimmerecke und bückte sich wegen der Dachschräge. »Mit integriertem Videogerät. Geben Sie mir die Kassette.« Ben war erneut so aufgeregt, daß seine Hände zitterten, und das lag nicht nur an der Erschöpfung. Sie waren endlich auf der richtigen Spur, er fühlte es einfach.

»Lassen Sie uns fahren«, drägte Julia währenddessen. Sie wirkte plötzlich seltsam nervös. »Wir können das Video auch in Ihrer Wohnung ansehen.«

»Seien Sie nicht so hektisch. Was kann uns schon passieren?« Ben schaltete den Fernseher ein, zappte durch die Sender und suchte den AV-Kanal. Ihm war warm – nein, heiß. Die Hitze staute sich hier im Dachgeschoß. Der erste schöne Tag seit… Er wußte gar nicht mehr wann. Und sie saßen hier in dieser Bude. Aber es war ihm egal. Alles war ihm jetzt egal. Mit der linken Hand wischte er sich den Schweiß von der Stirn.

»Ich hab' gewußt, daß wir was übersehen hatten«, sagte Mehmet. Er hielt das Glas in der Plastiktüte neben die Gläser, die ordentlich aufgereiht in der Bar im Vorraum der Kanzlei standen. Es paßte nicht dazu. Auch nicht zum Glas, aus dem Bodo Stein getrunken hatte. Es war ein fremdes Glas. Jemand hatte Julia Hoffmann irgendwo, irgendwann ein Glas Wasser (oder Wein oder Schnaps, vielleicht sogar tatsächlich Whisky) verabreicht und das Glas mit ihren Fingerabdrücken aufgehoben. Für den Tag X in Bodo Steins Büro.

»Herrgott. Wer konnte das denn ahnen?«

»Wir. Wir hätten sorgfältiger ermitteln müssen. Klar? Ich meine, heutzutage werden aufwendigste Fasergutachten und DNS-Analysen von jahrelang ausgebildeten Topexperten erstellt, aber das ersetzt nicht die stinknormale Ermittlerarbeit. Wir vergessen das zu leicht. Letztlich sind wir diejenigen, die die Verbindungen herstellen müssen.«

»Schon gut. Ich hab's kapiert.«

»Jemand wollte, daß wir denken, Julia Hoffmann sei die Täterin. Das ist offensichtlich.«

»Wenn sie's nicht war, warum ist die blöde Kuh dann untergetaucht?«

»Das weiß ich nicht. Erst mal müssen wir sie finden. Vielleicht weiß sie was und hat Angst.«

»Vor wem denn?«

»Wenn wir das wüßten, müßten wir hier nicht rumstehen.« Mehmet bedachte Kristen mit einem vernichtenden Blick und verließ Steins Büro. Kristen stolperte mit gesenktem Kopf hinterher. Nicht mal Zigaretten hatte er dabei.

Man sah einen Mann und ein etwa achtjähriges Mädchen mit langen hellen Haaren. Schwarzweiß. Eine alte Aufnahme, vielleicht auch kopiert. Jedenfalls war die Qualität relativ schlecht. Von oben gefilmt, wahrscheinlich mit einer normalen Überwachungskamera, wie sie in Banken und Tankstellen verwendet wurde. Rechts unten waren Datum und Uhrzeit eingeblendet.

05.09.1985.16.48

Der Mann kniete vor dem Kind und hielt seine Arme fest. Er redete auf das Mädchen ein, mit beruhigender Stimme, aber ohne daß man ein Wort verstehen konnte. Die Haltung des Mädchens wirkte trotzig, beinahe störrisch: gesenkter Kopf, steifer Körper.

Schnitt. 07.09.1985.17.10

Der Mann hatte das Mädchen auf dem Schoß und bog ihm langsam die widerstrebenden Beine auseinander. Beruhigendes, undeutliches Murmeln, doch von dem Kind hörte man keinen Laut. Die Hand des Mannes verschwand unter ihrem Kleidchen und machte sich dort zu schaffen.

Schnitt. 10.09.1985.14.03

Das Kind saß jetzt auf einem Stuhl, die Beine gespreizt. Der Mann kniete zwischen ihren Beinen, sein Kopf war in ihrem Schoß vergraben. Das Kind starrte in die Luft.

Schnitt. 10.09.1985.14.31

Das Mädchen saß jetzt nackt auf dem gleichen Stuhl. Der Mann stand vor ihr mit heruntergelassenen Hosen. Der Mann nahm die Hand des Mädchens und legte sie auf seinen halberigierten Penis. Er zeigte ihr, wie sie die Hand bewegen sollte. Das Mädchen tat, was er wollte, aber offenbar nicht zu seiner Zufriedenheit. Er packte ihre Hand erneut, aber viel gröber als das erste Mal, und hielt sie mitten in der Bewegung fest. Dann nahm er ihre andere Hand und legte sie ebenfalls auf seinen Penis. Mit seinen eigenen Händen führte er in der Luft pantomimisch vor, wie sie ihn streicheln sollte: schnell und druckvoll. Das Mädchen begann von neuem. Der Mann starrte auf sie herunter, und während sich sein Körper immer mehr anspannte, griff er in ihr Haar.

Schnitt. 10.09.1985.14.52

Der Mann ging in Richtung Kamera. Sein Gesicht war jetzt zum ersten Mal deutlich zu sehen. Ein sensibles, junges, trauriges Gesicht.

»Wo ist hier ein Telefon? Ich brauche sofort ein Telefon.«

»Hören Sie auf, wie eine Verrückte herumzurennen. Mein Handy ist im Auto. Aber erst müssen wir die Ordner hier rausschaffen.«

»Ich scheiße auf die Ordner. Ich muß sofort Marita anrufen.«

»Nein! Wir schaffen jetzt erst die Ordner ins Auto, dann hauen wir ab, und dann können Sie meinetwegen telefonieren. Die zwei Minuten werden Sie schon noch abwarten können.« Aber Julia war bereits auf dem Weg nach unten. Leise fluchend nahm Ben die Kassette aus dem Videogerät, schaltete den Fernseher aus und folgte ihr. Plötzlich krachte es, er vernahm ein splitterndes Geräusch, und ohne zu wissen, wie ihm geschah, lag er am Fuß der Treppe, mit schmerzenden Gliedern und einer rasant wachsenden Beule an der Stirn.

Töten war phantastisch. Wenn auch der körperliche Kraftaufwand beträchtlich war. Ein menschliches Leben auszulöschen, die Festplatte im Gehirn zu zerstören, war Schwerstarbeit, wenn man nicht gerade eine Pumpgun zur Hand hatte – und woher bekam man in Deutschland ohne entsprechende Beziehungen eine Pumpgun, deren Herkunft nicht zurückverfolgt werden konnte? Heutzutage und hierzulande mußte ein Mord wirklich sorgfältig geplant werden. Es durfte zum Beispiel keinen Kampf Mann gegen Mann geben, sonst identifizierten die Bullen mit ihren DNS-Geräten (oder wie immer man das nannte) die Hautreste des Täters unter den Fingernägeln des Opfers. Also hatte er mit Hilfe einer sehr echt aussehenden Spielzeugpistole sein Opfer fesseln müssen, um ungehindert zuschlagen zu können.

Der Rest war reden. Redend war er langsam, ganz langsam rückwärts zur Tür geschlichen, damit dem Opfer nicht auffiel, daß die Stimme sich entfernte. Der Baseballschläger stand hinter der Tür. Redend, unablässig redend, hatte er ihn genommen und sich langsam auf sein Opfer zubewegt, das immer wieder verzweifelt versuchte, seinen Kopf zu wenden, aber feststellen mußte, daß der Radius nicht ausreichte. Dann hatte er zum Schein in Papieren am Schreibtisch gewühlt. Und schließlich in lautlosem Schwung den Schläger über den Kopf gehoben. Der Moment, als der Schläger wie ein Geschoß auf den Hinterkopf des Opfers prallte, war so erregend und beängstigend, so riskant und euphorisch wie ein Megaorgasmus. Das Geräusch der splitternden Schädeldecke: wie der Auftakt zu einer herrlichen, grausamen Symphonie.

Er hatte schon lange geahnt, daß es in ihm steckte. Er, sonst niemand. Er war ein schüchterner, in der Kindheit zart gebauter Junge, der wegen seiner ungeheuer raschen Auffassungsgabe eine Klasse überspringen durfte. Was zu nichts anderem führte, als daß er fortan nicht mehr nur von seinem Vater, sondern auch von seinen größeren, älteren Klassenkameraden ständig verprügelt wurde. Verprügelt und erpreßt. Er ließ sie willig abschreiben und mußte trotzdem seine Markenlederjacke abgeben, ein Weihnachtsgeschenk von seiner Mutter. Schläge gab es obendrein. Niemand half ihm. Es gab einen Vertrauenslehrer, auf dessen Hilfe er gehofft hatte. Der hatte aber bloß verständnisvoll geguckt und ihm schließlich die Adresse einer Judoschule gegeben. *Du mußt lernen, dich zu wehren, Junge.* Hahaha. Mit Judo konnte er dem dicken, starken Niko nicht kommen.

Seine Wut und sein Haß waren jedesmal grenzenlos. Er wußte nicht mehr genau, wann seine Rachephantasien den, nun ja, normalen Rahmen sprengten. Wann er also begann, seine Peiniger in Gedanken nicht nur zu besiegen, sondern zu töten. Jedenfalls hatten diese Bilder – der fette, grobe Niko verrenkt in seinem Blut liegend, das pausbackige Gesicht in den Asphalt gedrückt – eine aufpeitschende, ekstatische Wirkung, auch wenn sie sich nicht umsetzen ließen. Er brauchte sie abends im Bett nur abzurufen, schon legte sich der Frust und die Angst, die seine Schultage bestimmten. Heimlich begann er zu malen, was ihn erregte und beschäftigte. Niemand bekam diese Bilder je zu Gesicht, doch seltsamerweise ließen die Quälereien in dieser Zeit nach und hörten schließlich ganz auf. Als ob die anderen spürten, daß sie ihm im Grunde nichts anhaben konnten. Weil sie ja in Wirklichkeit tot waren.

Töten war so, wie er es sich erträumt hatte. Genauso. Leben zu geben war göttlich, Leben zu nehmen ebenfalls. Er rechnete damit, daß es nach jedem Mal leichter werden würde. Sobald er reich wäre, würde er durch die Welt reisen, unangreifbar. Und für jeden, der sich ihm in den Weg stellte, würde er eine andere Todesart wählen. Töten war eine Kunst, und er würde es darin zur Meisterschaft bringen. Allerdings durfte es nie zum Selbstzweck werden, das war ihm klar. Er hatte in einschlägigen Büchern über die Psychologie von Serienmördern nachgeschlagen und wußte, daß die Gefahr der Sucht gegeben war. Sobald Töten zur zwanghaften Handlung wurde, machte man Fehler. Töten ohne Motiv (außer der Befriedigung immer machtvollerer Gelüste) folgte vorhersehbaren Mustern, die schließlich zu Fallstricken wurden, in denen sich der Täter verfing. Sein Motiv war also nicht Lustbefriedigung (durfte es nie sein), sondern Geld. Alle wollten Geld, viel Geld und immer mehr Geld. Diese Gier verband ihn also mit der Welt, so wie sie war. Er war nicht verrückt und auch kein Sonderling. Er war wie alle, nur inzwischen mutiger und radikaler.

Nicht immer sah er die Dinge so optimistisch. Manchmal betrachtete er wie ein Außenstehender seine immer rigider werdende Gedankenwelt und war dann doch schockiert über das, was sich scheinbar ohne sein bewußtes Zutun in ihm abspielte. In solchen Momenten bekam er Angst vor dem Dämon, den er so lange Jahre unbemerkt in sich gezüchtet hatte, bis er beinahe größer und stärker geworden war als er selbst. In den letzten Wochen hatte der Dämon einen enormen Wachstumsschub hinter sich gebracht, der einen schwächeren, ängstlicheren Menschen als ihn sicherlich beunruhigen würde. Der Dämon war ein Tier, ein aggressiver, zähnefletschender Kettenhund, aber jeder Kettenhund braucht einen Herrn. So gesehen war er sogar stolz darauf, Besitzer eines derart schönen, gefährlichen Tieres zu sein.

Er mußte es einerseits hegen und pflegen und andererseits

sehr streng mit ihm sein, damit es ihm nicht über den Kopf wuchs. Nicht das Tier diktierte seine Handlungen, sondern er befahl dem Tier, was zu tun war.

Reinhards Sinne verwirrten sich für ein paar Sekunden. Schleier wallten vor seinen Augen, und er schüttelte den Kopf, um wieder klar zu sehen. Derartige Aussetzer hatte er manchmal. Diesmal lag es daran, daß die logische Folge seiner Gedanken durcheinandergeraten war. Sein Dämon war nämlich nicht immer ein schönes gefährliches Tier, sondern auch manchmal ein feiges Schoßhündchen. Dieses hatte Reinhard zum Beispiel nach dem Mord an seinem Bruder daran gehindert, Plan B anzugehen. Plan B war ebenfalls sorgfältig durchdacht und beinhaltete einen Besuch bei Julia kurz nach der Tat mit dem Ziel, sie aus dem Fenster zu stoßen. Damit hätte sich der Kreis geschlossen. Julia war die einzig mögliche Tatverdächtige, galt als seelisch extrem labil und hatte sich nach dem Mord das Leben genommen. Bodo tot, Julia tot, Akte geschlossen. So einfach wäre das gewesen. Statt dessen war Reinhard anschließend nicht zu Julia gefahren, sondern wie ein Bekloppter durch die Stadt gestreift, hatte sich in einer Bar betrunken und war am nächsten Morgen im Bett einer Nutte aufgewacht, die ihm unverschämterweise hierfür 150 Mark abgeknöpft hatte. Reinhard horchte in sich hinein, doch sein Dämon winselte nur leise, und deshalb zahlte Reinhard ohne einen Mucks. »Bist ein hübscher Typ«, sagte die Nutte. »Toller Mund.«

Der Gedanke daran ärgerte Reinhard nicht nur, er schwächte und beschämte ihn auch. Seit der seltsamen Italienerin in Savannah war er nicht mehr mit einer Frau im Bett gewesen, und diese hier war also nun die zweite innerhalb weniger Wochen, die ihn nach allen Regeln der Kunst abgezockt hatte. Aber ein weiterer Mord wäre unvernünftig, besänftigte ihn sein Dämon, das Schoßhündchen. Und als er sich dann auf den Weg zu Julia machte, mußte er feststellen, daß sie wieder mal nicht zu Hause war.

Er mußte Julia finden, bevor die Polizei es tat. Das war derzeit sein größtes, sein allergrößtes Problem. Seit Tagen beschattete er erfolglos diese Freundin, bei der Julia die Kinder gelassen hatte, und er war schon beinahe überzeugt davon, daß sie tatsächlich nicht wußte, wo sich Julia aufhielt. Er bremste, um das Auto vor dem Gartentürchen zu parken, aber im selben Moment sagte ihm sein Instinkt, daß hier etwas nicht in Ordnung war. Ein weißer Renault stand nah, sehr nah am Gartentürchen. Reinhard ließ seinen Wagen langsam ausrollen und versuchte im Vorbeifahren einen Blick in das Haus zu erhaschen. Die Äste der jungen Birke vor dem Fenster rechts neben der Tür waren teilweise abgeknickt. Gleich danach entdeckte Reinhard das gezackte Loch in der Fensterscheibe. Er fuhr weiter die Straße herunter, stellte das Auto etwa fünfzig Meter vom Haus entfernt ab und schlich zurück.

Leise öffnete er die Tür. Von oben, seinem momentanen Schlafzimmer, hörte er ein leises Brummen, das er rasch als Fernsehgeräusche identifizierte. Wegen der knarrenden Holzbohlen bewegte er sich im Zeitlupentempo auf die Wendeltreppe zu. Es gab keine Chance, unbemerkt nach oben zu kommen, deshalb versteckte er sich hinter der halbseitigen Verschalung der Treppe und wartete. Aus seiner hinteren Hosentasche fummelte er währenddessen eine schwarze blickdichte Baumwollzipfelmütze, präpariert mit Mund- und Augenlöchern, und zog sie sich über das Gesicht. Im nächsten Moment erzitterte die Treppe samt Verschalung. Jemand kam heruntergepoltert. Julia. Er triumphierte innerlich. Er wartete ab, bis sie draußen war, dann setzte er sich in Bewegung. Einen Moment lang überlegte er, ob sie allein war, dann beschloß er, letzteres einfach mal anzunehmen. Es war ohnehin keine Zeit mehr, zu zögern. Julia lief vor ihm wie ein Kaninchen vor der Flinte des Jägers, ohne sich umzudrehen, mit hastigen stolpernden Schritten. Am weißen Renault hatte er sie eingeholt. Schlang ein schwarzes, langes Seidentuch um ihren Hals und zog zu. Sie röchelte und schlug wild um sich. Sie war ziemlich kräftig. Ein heftiger Tritt nach hinten traf sein Schienbein, und er schnappte nach Luft. Jede Sekunde konnte hier ein Auto vorbeifahren oder ein Spaziergänger seinen Hund ausführen. Hier gab es sicher viele Hunde. Reinhard glaubte, einen bellen zu hören, und zog noch fester zu. Herrgott! Töten war wirklich Schwerstarbeit, und dabei sollte sie ja noch gar nicht sterben.

Endlich schlaffte sie etwas ab. Er lockerte das straffgezogene Tuch etwas und flüsterte ihr zu: »Ein Laut, und du bist tot.«

Sie nickte hustend und nach Luft schnappend. Er zog das Tuch wieder etwas enger, damit sie merkte, wie ernst er es meinte, und schob sie in die Richtung seines Wagens. Hastig drehte er sich um, aber niemand kam. Er schloß auf, stieß Julia über den Beifahrersitz auf den Fahrersitz. In der nächsten Sekunde hatte sie seine Spielzeugpistole an der Schläfe.

»Fahr los!«

Sie gehorchte.

»Warum haben wir uns nie mit dem Bruder Steins beschäftigt?« Mehmet blitzte jeden einzelnen an, und seine Mitarbeiter von der Mordbereitschaft 1 starrten Löcher in den Boden.

»Warum?« wiederholte Mehmet und wußte, daß sich dieser Vorwurf auch an ihn richtete. Vor allem an ihn, er war schließlich der Chef.

Kristen meldete sich, in der Hand ein paar Blätter Papier. »Wir *haben* uns mit ihm beschäftigt, Mehmet. Aus den Befragungsprotokollen unserer Frankfurter Kollegen geht hervor, daß er nicht auffindbar ist. Keiner weiß, wo er ist, nicht seine Vermieterin, nicht seine Ex-Freundin, niemand. Seine Ex sagte, er sei ständig unterwegs, oft in den Vereinigten Staaten. Sagt, er habe ständig irgendwelche supertollen Projekte am Laufen, aus denen nie was werde. Deshalb habe sie sich von ihm getrennt.«

»Deshalb? Was heißt deshalb?« fragte Mehmet.

»Zu chaotisch, der Typ. Keine gemeinsame Zukunft denkbar. Unzuverlässig, distanziert, ließ sie nicht an sich rankommen.«

»Wieso haben wir diese Spur nicht weiter verfolgt?«

»Weil es da nichts zu verfolgen gab. Der Mann ist unterwegs, na und? Von Steins Frau wissen wir, daß die Brüder seit Jahren keinen Kontakt mehr miteinander haben.«

»Was ist mit einem Testament?«

»Weißt du doch. Kein Testament bisher, auch keins, das bei seinem Anwalt hinterlegt wurde. In Steins Unterlagen wurde nichts gefunden.«

»Was heißt das, erbrechtlich gesehen?«

»Bruder kriegt Pflichtteil, Frau Hauptteil??? Warum sollte er Stein deswegen umbringen, und warum gerade jetzt? Er hat kein Motiv, jedenfalls kein ausreichendes. Vergiß den Bruder, Mehmet. Du hast dich da in was verrannt, du hast...«

»Gibt es Geschäftspartner? Eine Firma, in der er arbeitet? Kunden?«

»Von wem? Von Steins Bruder?«

»Von wem reden wir gerade? Selbstverständlich von Steins Bruder!«

»Nein.«

»Nein, was? Irgendwie muß sich der Kerl doch seinen Lebensunterhalt verdient haben.«

»Er war selbständig. Allein, ohne Angestellten. Im- und Export, irgend so was in der Art. Keiner wußte das genau. Seine Ex sagt, Reinhard Stein war dauernd auf der Suche nach Investoren für irgendwelche obskuren Projekte, aus denen nie was wurde. Wenn du mich fragst: der klassische Versager.«

»Vorstrafen?«

Kristen verlor die Geduld. »Du weißt ganz genau, daß er keine Vorstrafen hat. Keine Vorstrafen, nie auffällig geworden. Drei Punkte in Flensburg und zeitweiser Führerscheinentzug wegen überhöhter Geschwindigkeit vor drei Jahren. Das ist verdammt noch mal alles. Ein unbeschriebenes Blatt. Und falls du dich erinnerst: Wir haben dieses Gespräch Wort für Wort vor ungefähr drei Tagen geführt.«

Mehmet hob die Hände in einer Geste der Resignation. Er wußte, daß Kristen recht hatte. »Jemand führt uns hier an der Nase herum. Und ich weiß nicht, wer es ist. Und es macht mich wahnsinnig.« Er schwieg. Seine Männer ebenfalls.

Ein Telefon klingelte mitten in die Stille hinein. Es war Mehmets Apparat im Nebenzimmer. Mehmet entschuldigte sich und ging herüber. Sorgfältig schloß er die Tür hinter sich, für den Fall, daß es Sonja war. Man konnte Sonja nicht einfach mit einem *Tut mir leid, bin gerade in einer Besprechung* abhängen. Ihr fiel immer irgendeine Nichtigkeit ein, die sie ihm genau in dieser unpassenden Sekunde mitzuteilen hatte. Sonja war nie richtig berufstätig gewesen. Sie wußte es einfach nicht besser. Sie wußte nicht, wie es war, wenn acht oder mehr Augenpaare auf einen gerichtet waren und acht Ohrenpaare gespannt verfolgten, wie man es schaffte, eine Frau abzuhängen, die einfach nicht aufhören wollte zu reden.

»Ciller, Mordkommission.«

»Ich, also, mein Name ist…« Es war nicht Sonja. Ein junger Mann, der Stimme nach zu urteilen. Sie klang nervös, beinahe panisch.

»Ja?« sagte Mehmet ungeduldig.

»Ben Becker, Redakteur beim *Kurier.* Ich habe die letzten Stunden mit Julia Hoffmann verbracht. Der Frau, die Sie…«

»Was?!« Mehmet sprang auf.

»Ja. Sie hat mir ihre Version der Geschichte erzählt, und…«

Mehmet bemühte sich, ruhig zu bleiben. Ganz ruhig. »Wo sind Sie jetzt?«

»In Plön. Am See. Frau Hoffmann ist hier plötzlich verschwunden.«

Mehmet setzte sich wieder. »Was heißt das? Hat sie sich abgesetzt?«

»Ich weiß nicht. Ich glaube nicht. Es ist sehr merkwürdig. Ich kann jetzt auch nicht mehr klar denken.«

»Aber Sie war mit Ihnen zusammen?«

»Ja. Gestern und heute. Die ganze Zeit. Ich weiß nicht, warum sie…«

»Wir schicken einen Streifenwagen zu Ihnen. Wo genau sind Sie jetzt?«

»In Plön. In einer Pizzeria. Ich mußte mal einen Happen essen, verstehen Sie. Ich bin völlig am Ende. Todmüde.«

»Natürlich. Bleiben Sie einfach, wo Sie sind.« Mehmet hatte die Tür zum Nebenzimmer geöffnet und die Lauthörtaste gedrückt. Acht Männer drängten sich jetzt mucksmäuschenstill in seinem winzigen Büro, und Kristen verpestete wieder mal die Luft mit seinen Zigaretten. Mehmet gab einem seiner Mitarbeiter ein Zeichen, und der zog sich zurück, um alles in die Wege zu leiten.

»Wo kann ich Sie erreichen?«

Ben Becker gab Mehmet seine Handynummer, seine Adresse in Hamburg, seine Telefonnummer in Hamburg, die Nummer seines Arbeitgebers.

»Bleiben Sie sitzen. Wir kommen zu Ihnen. Essen Sie in aller Ruhe. Wir schicken Ihnen zwei Kollegen aus Plön vorbei. Mit denen zusammen warten Sie bitte auf mich. Wie sehen Sie aus?«

»Ich bin 26, ein Meter sechsundachtzig, braune Haare, braune Augen.«

»Okay.«

»Werde ich festgenommen?«

»Das werden wir sehen. Im Moment sind Sie nur ein Zeuge. Ein wichtiger Zeuge.«

»Sie müssen sich beeilen. Ich glaube, Julia ist in Gefahr. Kommen Sie schnell.«

»Machen Sie sich keine Sorgen. Wir beeilen uns.«

Als sie auf der Autobahn waren, senkte Reinhard die Spielzeugpistole, weil ihm sein Arm weh tat. Er kletterte auf den Rücksitz, plazierte sich hinter Julia und legte den Seidenschal erneut um ihren Hals.

»Eine Bewegung in die falsche Richtung, und ich ziehe zu. Und es ist mir scheißegal, ob wir beide draufgehen.«

»Hören Sie, Sie verwechseln mich mit jemandem. Ich bin nicht die, die Sie suchen. Ich hab' weder Geld noch sonst was.«

Reinhard lachte heiser, zog mit Schwung seine Maske ab und setzte sich so hin, daß sie ihn im Rückspiegel sehen konnte. Vielleicht würde sie ihn gar nicht erkennen. Die Vorstellung belustigte ihn. Er war zweifellos ein anderer Mensch geworden. Vielleicht sah er sogar anders aus.

»Das ist doch der Anwalt der Hoffmann«, sagte Kristen überrascht. Er kniete vor dem Fernseher, in dem das Video lief. »Das ist dieser Jenicke.« Kristens Kollegen waren damit beschäftigt, das Haus am See auseinanderzunehmen. Mehmet hatte das Wunder fertiggebracht, auf die Schnelle einen Durchsuchungsbeschluß zu organisieren. Mehmet und drei andere waren damit beschäftigt, die fünf Ordner zu filzen.

»Mehmet! Da haben wir doch das Motiv!«

Mehmet tauchte über der Wendeltreppe auf. Er stellte sich neben Kristen und gemeinsam betrachteten sie den Mann und das kleine Mädchen.

»Vergiß nicht, daß dieser Jenicke ein Alibi hat. Entweder er war's nicht, oder seine Freundin hat ihm ein falsches Alibi verschafft. Traust du ihr das zu?«

Kristen überlegte. »Warum nicht?«

»Ich weiß nicht. Ich glaube, da fehlt noch was im Puzzle.«

»He, Mehmet«, rief jemand von unten. »Ich glaube, ich hab' was. Ich weiß nicht, ob es wichtig ist.« Mehmet und Kristen sahen einander an. In der nächsten Sekunde polterten sie, einer nach dem anderen, die kaputte Treppe herunter. Auf dem Küchentisch lag aufgeschlagen einer der Ordner.

Auf der ersten Seite stand dick und fett das Wort *»Testament«*, darunter handschriftliche Anmerkungen.

Mein letzter Wille.

Mein Sohn Manuel ist mein Alleinerbe. Dies gilt auch für den Fall, daß aus meiner Verbindung mit einer künftigen Partnerin ein von mir stammendes Kind hervorgeht.

Ich ordne Testamentsvollstreckung an. Diese dauert bis zum 21. Lebensjahr von Manuel. Erster Testamentsvollstrecker ist (An dieser Stelle hatte Stein eine Lücke gelassen).

Hamburg, 31. Juli 1998, 22 Uhr

Bodo Stein

Es folgten mehrere maschinengeschriebene Seiten mit genauen Anweisungen, wie Steins Vermögen anzulegen sei, welche Schulen Manuel vorzugsweise zu besuchen habe. Und eine Vollmacht für ein Nummernkonto mit dem Namen »Manuel« der Bank of Spain auf den Antillen.

»Ist das gültig?« fragte Kristen.

»Das ist eine Kopie. Gültig ist nur das Original. Das Original wäre wohl gültig, sofern es kein aktuelleres Testament gibt. Stein wird es vor seiner Heirat verfaßt haben. Karen Stein als seine Ehefrau erbt natürlich einen Pflichtteil.«

... erbt natürlich einen Pflichtteil. Nur einen Pflichtteil ...

Mehmet ließ sich schwer auf einen der Küchenstühle fallen. »Herr Becker?«

»Ja?«

»Zeigen Sie mir doch bitte noch mal dieses Ding, diesen Organizer, den Sie aus Steins Haus haben mitgehen lassen.« Ben brachte ihm das Gewünschte.

»Ich weiß nicht, wie man damit umgeht. Ich will, daß Sie den Adressenteil aufrufen.« Ben sah ihn erstaunt an, aber tat, was verlangt wurde.

»Steht da irgendwo der Name des Besitzers?«

»Nein. Aber ...«

»Sehen Sie doch mal unter S nach«, unterbrach ihn Mehmet. »S wie Stein.«

»Hier. Seine Durchwahl in seiner Kanzlei. Und die des Sekretariats.«

Mehmet lächelte. »Sehen Sie, ist das nicht merkwürdig? Sollte man nicht denken, daß Stein seine eigene Durchwahlnummer in seiner eigenen Kanzlei, in der er seit fünfzehn Jahren tätig ist, auswendig kann?«

Schweigen senkte sich auf den Raum. Die Beamten starrten Mehmet an.

Mehmet fuhr fort. »Wie kommen Sie eigentlich darauf, daß dieses Ding Bodo Stein gehört?«

»Was meinen Sie damit?« fragte Ben, aber man sah, daß ihm etwas dämmerte.

»Es könnte«, sagte Mehmet langsam, »doch auch seiner Frau gehören.«

18

»Laß mich raus!« Julia trat gegen die Tür, trommelte schreiend und fluchend mit den Fäusten gegen das schwere, massive Holz, bis ihr die Knöchel so weh taten, daß sie aufhören mußte. Es war ohnehin vergeblich, sie wußte es. Sie tat es eigentlich nur, um sich nicht völlig passiv ihrem Unglück zu ergeben. In diesem fensterlosen Kellerraum würde niemand ihr Toben hören, kein Nachbar, kein Passant, niemand. Wie lange war sie schon hier? Zwei Stunden? Drei Stunden? Länger? Kürzer? Reinhard hatte ihr die Uhr abgenommen, und jedes Zeitgefühl war ihr abhanden gekommen. Julia starrte auf die einzige Lichtquelle, eine nackte Glühbirne an der Decke, die manchmal minutenlang ihren Geist aufgab. Dann saß Julia in absoluter Finsternis und konnte nur noch zittern. War das Schikane von Reinhard oder nur ein Wackelkontakt?

Der quadratische Raum mit den weißgekalkten Wänden war leer. Früher hatte Bodo hier ausrangierte Möbel aufbewahrt, aber jetzt war hier nichts mehr. Kein Tisch, kein Stuhl. Der Betonboden war so kalt, daß Julia sich nicht mal hinsetzen konnte. Sie lief herum wie ein Tier in seinem Käfig. Manche Menschen mußten solche Haftbedingungen wochenlang ertragen. Wochenlang... Sie holte tief Luft und erlitt sofort einen Hustenanfall. Die Luft, bildete sie sich ein, war hier so trocken, daß sie beinahe den Staub fühlte, der sich bei jedem Atemzug auf ihre Lunge legte. Sie würde hier ersticken und dann... Sie sah sich mit verrenkten Gliedern auf dem Boden liegen, den Mund an die Türritze gepreßt, um den letzten Atemhauch zu inhalieren, doch es war nur das tödliche Kohlenmonoxyd der verbrauchten Luft, was sie keuchend einatmete.

Nein. Sie durfte jetzt nicht hysterisch werden, sie mußte scharf nachdenken. Es mußte einen Weg geben, wie sie hier wieder herauskam.

Das war die Strafe. Sie gehörte bestraft, das war ihr klar. Sie hatte Fehler begangen, die jeden normalen Menschen den Kopf kosteten. Alles war ihre Schuld, ihre Schuld allein. Erst hatte sie Bodo in die Hände gespielt, dann seinem Mörder. Sie war in jede Falle getappt, wie Ben es ausgedrückt hatte. Und nun war sie mittellos und allein, und sie hatte es nicht besser verdient. Niemand würde ihr jetzt noch helfen, Julia, der Hysterikerin, Julia, der Egoistin, Julia, der Versagerin. Sie dachte an ihre einzigen verbliebenen Freunde, an Marita und Bob Meyerson, und die Tränen traten ihr in die Augen. Erst jetzt erkannte sie, was diese beiden für sie getan hatten. Ohne jemals Dank zu erwarten. Und sie hatte es ihnen auch nicht gedankt. Statt dessen hatte sie weiterhin selbstzerstörerisch alles aufs Spiel gesetzt und schließlich erwartungsgemäß verloren. O ja, jetzt bereute sie alles, jetzt wo es zu spät war. Wenn sie zurückblickte, wirklich ehrlich die Ereignisse rekapitulierte, die sie hierhergebracht hatten, dann sah sie, daß keine der einzelnen Entwicklungen zwangsläufigen Charakter hatte. Es hatte immer einen Abzweig in die richtige Richtung gegeben, aber Julia hatte ihn entweder übersehen oder stur ignoriert. Und war weiter in ihr Verderben gestolpert. Sie schlang die Arme um ihren Körper, als wollte sie sich selbst umarmen, und lehnte sich an die kühle Wand neben der Tür. Die Minuten vergingen. In ihrem Kopf war ein nervendes imaginäres Ticktack-Geräusch. Ticktack. Das war die Zeit, die ablief, unwiderruflich, nie wiedergutzumachen...

Julia stockte. Da kam jemand die Treppe herunter. Eine wahnsinnige Hoffnung stieg in ihr hoch. Sie war ganz sicher, daß da jemand war. Oh, es war so schön, etwas zu hören – was immer es war. Menschliche Schritte.

Julia lehnte ihr Ohr an die Tür und lauschte.

»Julia?« Eine leise Frauenstimme. Hatte sie sich das eingebildet? Sie traute sich nichts zu sagen.

»Julia, geht es dir gut?«

»Karen? Karen, bist du das?«

Pause.

»Karen! Karen, wenn du das bist, laß mich bitte, bitte hier raus. Bitte!«

Ein leises Seufzen. Die Besitzerin der Stimme mußte sich direkt an der Tür befinden.

»Karen!«

»Ja. Ich bin hier. Julia, es tut mir so leid. Das war so nicht geplant, glaub mir das bitte.«

»Was war nicht geplant?« Julia preßte sich an die Tür. Sie mußte unter allen Umständen verhindern, daß Karen wieder wegging und sie hier allein zurückließ. Sie hatte Karen gehaßt, weil sie ihr Bodo weggenommen hatte, und jetzt war Karen die wichtigste Person in ihrem Leben geworden. Sterben war nicht das schlimmste. Allein sterben, das war das, wovor sich alle Welt wirklich fürchtete. »Hallo! Geh nicht weg, bitte! Sprich mit mir!«

»Es tut mir so leid.«

»Warum? Sag mir, warum?«

»Schsch! Sei leise. Reinhard kommt gleich wieder zurück. Er darf nicht wissen, daß wir reden.«

»Warum hat er das getan? Warum hat er mich entführt?«

»Er hat Bodo umgebracht. Und du warst dabei, die Wahrheit herauszufinden.«

»Warum? Bodo ist sein Bruder. Warum hat er das getan?«

Wieder eine Pause. Dann sagte Karen mit gepreßter Stimme: »Ich wollte, daß er es tut. Ich wußte, daß Bodo Reinhard dazu veranlaßt hat, euch zu verfolgen. Ich habe ihn angerufen, in Amerika.«

»Du?«

»Scheiße, ich muß mit jemandem darüber sprechen. Ich werde alles wieder in Ordnung bringen, das schwöre ich dir.«

»Warum? Sag mir, warum?«

Wieder eine Pause. Julia bildete sich ein, Karens Atem zu hören. Sie wartete mit steigender Ungeduld und Angst, aber sie traute sich nicht, Karen zu drängen.

»Das Testament«, sagte Karen schließlich.

»Welches Testament?«

Julia hörte ein leises Rutschgeräusch, so als hätte sich Karen auf der anderen Seite der Tür hingesetzt. Unwillkürlich kauerte sie sich selbst auf den Boden, um sie nur nicht zu verlieren. Die Stimme, die sie mit der Außenwelt verband. Ihre letzte Chance.

Karen sprach wieder, aber leiser als vorhin, so daß Julia sich anstrengen mußte, jedes Wort zu hören. »Es war vor einem halben Jahr. Bodo ordnete seine Papiere, und ich war drüben, an meinem Schreibtisch beschäftigt. Rechnungen schreiben. Irgendwann stand er auf und ging raus, ich glaube, er wollte sich einen Kaffee machen. Es war schon ziemlich spät, neun Uhr oder so. Ich ging zu seinem Schreibtisch, weil ich Heftklammern brauchte und meine ausgegangen waren. Ich wühle also in einer seiner Schubladen auf der Suche nach diesen Dingern herum und sehe plötzlich dieses Testament. Handschriftlich abgefaßt.«

»Und? Was stand drin?«

»Manuel. Er hat alles Manuel hinterlassen.«

»Was?!«

»Es ist wahr, Julia. Manuel sollte alles erben, da stand es schwarz auf weiß. Und in dem Moment wurde mir klar, welche Rolle ich in seinem Leben spiele. Warum wir überhaupt wieder ein Paar geworden waren.«

Julia stöhnte auf. Sie begriff.

Karen redete weiter, immer schneller, doch ihre Stimme blieb weich, weiblich, verführerisch, schien überhaupt nicht mit dem zu korrespondieren, was sie sagte. »Er brauchte eine scheinbar intakte Familie, um sie dem Richter präsentieren zu können. Stabile Verhältnisse, die du Manuel nicht bieten konntest. Was eignet sich da besser als eine Beziehung zu einer Kindertherapeutin?«

»Du glaubst, er wollte dich benutzen?«

»Das glaube ich nicht nur, das weiß ich, Julia. Und weißt du, was die Ironie an der Sache war?«

»Was?«

»Hast du dich nie gefragt, warum Bodo und ich nie Kinder hatten? Ich meine, wir waren schließlich vor eurer Beziehung jahrelang verheiratet, hast du dich nie gewundert?«

»Nein, überhaupt nicht. Er wollte nie Kinder.«

»Ganz genau. Aber das ist noch nicht alles. Hat er dir nie erzählt, wie er reagiert hat, als ich dann doch schwanger wurde?«

»Nein. Aber ich kann's mir denken.«

»Er hat mich zu einer Abtreibung gezwungen. ›Ich will mich nicht vermehren, ich bin kein Karnickel‹«, sagte er, und daß er sich von mir trennen werde, wenn ich dieses Kind austrage. Kannst du dir das vorstellen?«

Julia lachte bitter. »Allerdings. Er wollte auch Manuel nicht haben. Aber ich habe mich durchgesetzt.«

»Ja, weil ihr nicht verheiratet wart. Es war ein kalkulierbares finanzielles Risiko für ihn. Sonst hätte er dir die Hölle heißgemacht.«

»Das hat er getan. Aber ich habe mich einfach geweigert, Manuel abzutreiben. Und nach der Trennung wollte er mir das Kind wegnehmen, das gar nicht auf die Welt gekommen wäre, wenn er damals seinen Willen durchgesetzt hätte. Absurd, was?«

»Kannst du dir meine Gefühle vorstellen, als ich merkte, daß er Manuel wirklich liebt? Und daß Manuel der einzige Mensch auf der Welt ist, für den er tatsächlich etwas empfindet? Kannst du ermessen, wie das ist? Seinetwegen, um ihn nicht zu verlieren, treibe ich mein eigenes Kind ab, und dann ...«

»Ja, Karen. Ich kann dich verstehen.«

»Aber diesmal war ich nicht so dumm. Immerhin erbe ich den Pflichtteil. Und bei Bodos Vermögen ist das immer noch eine Menge.«

»Deshalb hast du ...«

»Er hätte mich auf die Straße gesetzt, sowie das Sorgerecht auf ihn übergegangen wäre. Verstehst du? Ihm lag nicht das geringste an mir. Er wollte nur Manuel, und ich war das Mittel zum Zweck. Dem bin ich zuvorgekommen.«

»Aber woher hast du gewußt, daß Reinhard mitmachen würde? Er hätte doch genausogut zur Polizei gehen können.«

»Reinhard ist voller Aggressionen gegen seinen Bruder. Das war er schon immer, schon als Kind. Und er ist scharf auf Geld. Ich habe ihm die Hälfte von dem Erbe angeboten, wenn er es macht. Es hat nicht lange gedauert, ihn zu überzeugen, verlaß dich drauf.«

»Was willst du jetzt machen?«

»Ich werde mich stellen. Aber vorher muß ich Reinhard loswerden. Er ist wie entfesselt. Ich habe ihn nicht mehr unter Kontrolle.«

»Aber er ist doch jetzt nicht da.«

»Du mußt mir Zeit geben, Julia. Reinhard ist krank, er ist gefährlich. Wir müssen bis heute nacht warten, bis er schläft. Dann können wir die Polizei benachrichtigen, und dann kriegen sie ihn auch, und ich habe dann noch Zeit, mich abzusetzen.«

»Dich absetzen? Wie willst du das machen?«

Karen lachte leise. »Es gibt da ein Land, in dem Bodo ein Konto hat, von dem niemand etwas weiß.«

»Manuel. Das Nummernkonto auf den Antillen.«

»Oh, du weißt Bescheid. Aber sie werden mich trotzdem nicht kriegen, ich habe alles vorbereitet.«

»Ich werde niemandem was sagen, ich verspreche es dir.«

Wieder lachte Karen leise. »Ich weiß das, Julia. Ich vertraue dir. Ich habe dich immer gemocht. Ehrlich. Aber du mußt noch so lange Geduld haben, bis der Zeitpunkt günstig ist. Julia, ich höre was, ich glaube, er kommt. Ich muß gehen.«

Panik brandete in Julia hoch, bitter wie Galle. Sie schluckte. »Bitte nicht! Es ist schrecklich hier, so allein.«

»Kann ich dir irgendwas bringen? Was zu lesen, was zu trinken, was zu essen? Das wird er mir schon erlauben.«

Trinken. Julia merkte jetzt, wie ihr der Durst die Kehle abschnürte. »Ja, bitte, was zu trinken. Bitte.«

»Okay, ich bin gleich wieder da.« Leise Schritte entfernten sich die Treppe hinauf. Eine laute Männerstimme ertönte. Julia lauschte, aber sie konnte nichts verstehen. Ein Streit. Schritte direkt über ihr. Rede, Gegenrede, Männerstimme, Frauenstimme. Verdammt. Sie verging wirklich fast vor Durst, und jetzt würde sie sicher nichts bekommen. Julia registrierte, daß ihre Todesangst nicht mehr so stark wie vorher war. Der Durst stellte alles in den Schatten. Sie konzentrierte sich auf den Durst. Durst war immer noch erträglicher als Angst.

Ein paar Minuten später hörte sie wieder Schritte auf der Treppe. Karen sprach zu ihr: »Bitte geh in die andere Zimmerecke. Okay?«

»Ja.« Julia tat es. Sie vertraute Karen. Sie wußte nicht, warum, nach allem, was passiert war, aber sie tat es. Die Tür öffnete sich einen Spalt, und Karens Hand stellte ein Tablett auf den Boden und schob eine Wolldecke nach. Danach schloß sie wieder ab. Belegte Schnittchen mit Käse und Tomaten, wie Julia es mochte. Und ein Glas Cola. Sie merkte, daß sie ungeheuren Appetit hatte. Es war komisch: Nie hatte ihr etwas so geschmeckt wie diese nicht gerade üppige Mahlzeit auf dem eiskalten Boden eines Kellerverlieses. Sie war plötzlich voller Zuversicht.

Das Telefon im Vernehmungszimmer klingelte und erlöste Jenicke für einen Moment von den bohrenden Blicken der beiden Beamten. Mehmet drückte auf die »Pause«-Taste des Rekorders, und Kristen stand auf, um den Hörer abzuheben.

»Nicht zu Hause?« sprach er in den Hörer. »Seid ihr sicher?«

»Okay, bezieht Posten vor dem Haus. Noch haben wir keinen Durchsuchungsbeschluß.«

Kristen legte auf und wechselte einen Blick mit Mehmet. »Weiter im Text«, sagte er nervös.

»Schön«, sagte Mehmet und ließ das Band weiterlaufen. »Also: Wo haben sie Karen Stein zum ersten Mal gesehen?«

Jenickes Gesicht wurde so weiß, daß Mehmet fürchtete, er würde ihnen zusammenklappen, bevor sie das Wichtigste in

Erfahrung gebracht hatten. Schweißtröpfchen bildeten sich auf seiner Oberlippe. Herrgott! Sie hatten keine Zeit für so was!

»Wollen Sie einen Kaffee? Einen Cognac, ein Glas Wasser?«

Jenicke sah so aus, als würde ihm schon bei der Erwähnung dieser drei Dinge übel. Er schüttelte den Kopf.

»Können Sie unsere Fragen beantworten?« fragte Mehmet weiter. »Wollen Sie doch einen Anwalt?«

»Nein. Es geht schon.«

»Also«, sagte Kristen ungeduldig. »Was ist damals passiert?«

Stockend begann Jenicke. »Karen hieß damals noch Karen Berger. Sie war Therapeutin in dem Behindertenheim, in dem ich als Zivildienstleistender arbeitete.«

»Warum ausgerechnet in diesem Heim? Weil da kleine, verfügbare Mädchen waren, die garantiert ihren Mamis nichts weitererzählen würden von dem bösen, bösen Onkel?«

»Rüdiger!« rief Mehmet. »Reiß dich zusammen!«

»Entschuldige, aber dieser Kerl kotzt mich an. Ich habe eine achtjährige Tochter, vergiß das nicht!«

»Rüdiger! Entweder du nimmst dich zusammen, oder ich holen jemand anderen zur Vernehmung!«

Kristen setzte sich wieder und starrte finster vor sich hin. Mehmet seufzte. Sie waren alle gestreßt. Die letzten Tage waren ein Alptraum gewesen.

»Hören Sie, Herr Jenicke, das eben war ein Mißverständnis. Uns geht es im Moment nicht um Ihre Tat als solche. Dazu werden Sie getrennt vernommen werden. Wir wollen jetzt nur von Ihnen wissen, in welcher Beziehung Sie zu Karen Stein standen.«

»Ich wußte nicht, daß es in dem Zimmer, in dem ... in dem ...«

»Der Mißbrauch stattfand«, komplettierte Kristen hämisch den Satz und erntete wieder einen zornigen Blick von Mehmet.

»Ich wußte nicht, daß es dort Überwachungskameras gab. Karen Stein hat mich auf diese Weise ... gesehen. Sie führte danach ein langes Gespräch mit mir.«

»Wurden Sie entlassen? Gab es irgendwelche rechtlichen Konsequenzen?«

»Ich habe …« Pause. Jenicke rang sichtlich um Fassung. Seine Augen röteten sich und wurden feucht. Mehmet kannte das. Viele Delinquenten ergriff das heulende Selbstmitleid, wenn man sie mit ihren Taten konfrontierte. Er wartete, ohne eine Miene zu verziehen. Ein Wort zuviel, und Jenicke würde in Tränen ausbrechen, und dann saßen sie in zwei Stunden noch hier.

»Ich habe einen Selbstmordversuch unternommen«, sagte Jenicke schließlich.

»Nach dem Gespräch mit Frau Stein?«

»Ja.«

»Was geschah dann?«

»Ich lag eine Woche im Koma. Ich hatte schreckliche Träume, schreckliche …«

»Und? Dann?«

Zum ersten Mal sah Jenicke Mehmet direkt in die Augen. Er wirkte beinahe erleichtert, nachdem er alles gesagt hatte. Auch das kannte Mehmet. Das Beichtsyndrom.

»Als es mir wieder besserging, besuchte mich Karen in der Klinik. Sie sagte, ich tue ihr leid, und sie wolle mir meine Zukunft nicht verbauen. Sie wußte, daß ich Jura studieren wollte. Ihre Bedingung war, daß ich unverzüglich eine Therapie anfange. Und das habe ich getan. Bei dem Therapeuten, den sie mir empfahl. Zwei Jahre lang. Wie sie es wollte.«

»Haben Sie ihr das geglaubt? Daß Sie ihr leid tun?«

»Ich weiß nicht. Ja. Sie mochte mich, glaube ich. Sie hat mir auch geglaubt, daß es das erste Mal war. Ich habe geweint und ihr von meiner Kindheit erzählt. Es war ein sehr langes, vertrauensvolles Gespräch … Ich war einfach erleichtert. Ihre Motive waren mir ziemlich egal.«

»Wußten Sie, daß sie die Videokassette aufbewahrte?«

»Ja. Sie sagte, beim nächsten Vorfall dieser Art, der ihr zu Ohren komme, werde sie die Polizei benachrichtigen, und diese Kassette werde dann als zusätzliches Beweismittel dienen. Sie sagte, mir sei hoffentlich klar, was das bedeute.«

»Wann hat Karen Stein das erste Mal einen Gefallen von Ihnen verlangt?«

»Nie. Ich hatte sie völlig aus den Augen verloren. Bis Julia Hoffmann auf den Plan trat.«

»Ihre Klientin?«

»Ja.«

»Erzählen Sie bitte, wie es zum Kontakt mit Julia Hoffmann kam.«

»Karen Stein rief mich etwa vor sechs Monaten zu Hause an. Sie lud mich zum Essen ein. Ich war völlig überrascht und ziemlich nervös. Aber sie war sehr freundlich. Sie erzählte mir ganz allgemein von dem Fall und sagte, daß sie wünsche, daß ich Julia Hoffmann vor Gericht vertrete, sollte es jemals dazu kommen.«

»Warum wollte sie ausgerechnet Sie? Was hat sie sich davon versprochen? Wie hat sie ihr Ansinnen begründet?«

»Gar nicht. Ich habe auch nicht gefragt. Anfangs habe ich geglaubt, daß Frau Hoffmann eine Freundin von ihr sei. Erst später, als ich Steins Namen erfuhr, wurde mir klar, daß Karen mit dem Antragsgegner liiert war. Dann wurde mir klar, daß sie wollte, daß Stein den Fall verliert.«

»Warum?«

»Sie wollte Stein nicht mit Manuel teilen, schätze ich.«

»Hat sie ähnliches Ihnen gegenüber geäußert?«

»Nein. Aber das liegt doch auf der Hand.«

»Wie sind Sie mit Frau Hoffmann in Kontakt getreten?«

»Ich habe ihr eine Liste mit Themen rund ums Recht in die Redaktion gefaxt. Ich habe mich als Anwalt für Familienrecht ausgegeben, der ich ja auch war, und habe so getan, als suchte ich die Zusammenarbeit mit einer Redaktion. Das Timing war natürlich perfekt. Bodo Steins Anwalt hatte gerade seinen ersten Brief geschrieben, und Frau Hoffmann wußte praktisch in dem Moment, in dem ich auf den Plan trat, daß sie wahrscheinlich einen Anwalt brauchen würde. Also rief sie mich zurück. Sagte, die Themen kämen für ihre Redaktion nicht in Frage, aber sie selbst benötige eine Rechtsberatung. So fing alles an. Karen Stein sagte mir, sie werde mich mit Informationen versorgen, die es mir ermöglichen würden, diesen Fall zu gewinnen.«

»Deshalb wollte sie Sie. Weil sie einen anderen Anwalt vielleicht nicht auf diese Weise hätte manipulieren können.«

»Kann sein.« Jenicke starrte vor sich auf den Tisch.

»Wie ging es weiter?«

»Ich hatte damals nicht viel zu tun, meine Kanzlei lief nicht besonders. Deshalb habe ich mich mit einem ziemlichen Engagement in den Fall gestürzt.«

»Hat Karen Stein Sie denn tatsächlich mit nützlichen Informationen versorgt?«

»Nicht wirklich. Sie gab mir die Adresse einer Familie, die Stein in den achtziger Jahren aus einer seiner Wohnungen vertrieben hatte. Aber die Leute wollten nicht aussagen. Hatten zuviel Angst. Ansonsten war Stein uns immer einen Schritt voraus. Ich konnte nie was mit den Informationen anfangen, die Karen Stein mir zutrug. Daß Stein beispielsweise eigentlich keine Kinder mochte... Mein Gott, jeder Mensch ändert mal seine Meinung, und beweisen ließ sich ohnehin nichts davon, denn Karen Stein konnte schlecht als Zeugin aussagen. Sie wollte ja Steins Wohlwollen nicht aufs Spiel setzen. Er sollte zwar den Fall verlieren, durfte aber auf keinen Fall ahnen, daß seine eigene Ex-Frau die Munition lieferte. Insofern war das Material, das sie mir gab, mehr oder weniger wertlos.«

Mehmet nickte. Erleichert stellte er fest, daß Kristen sich mittlerweile beruhigt hatte. Kristen ergriff das Wort.

»Herr Jenicke, war es so, daß Sie den Fall schon beinahe verloren hatten, kurz bevor Julia Hoffmann mit ihren Kindern nach Amerika flog?«

»Genau kann man das natürlich nie sagen, weil das letzte Wort der Richter hat, aber es sah verdammt schlecht aus für sie, das stimmt.«

»Was passierte, als Frau Hoffmann in Amerika war?«

Jenicke zögerte. Bat nun doch um ein Glas Wasser. Mehmet beobachtete ihn, während er das Wasser in einem Zug herunterstürzte. Ein seltsamer Kerl. Der Typ sanftmütiger großer Junge aus mittelgutem Hause. Mit Humor, ohne Tiefe. Wie man sich täuschen konnte.

»Hat sich Karen Stein wiederum an Sie gewandt, als sie erfuhr, daß Julia Hoffmann verschwunden war?«

Pause. »Ja«, sagte Jenicke schließlich mit der Miene eines Menschen, der sich dazu entschieden hat, die Wahrheit zu sagen, weil es die einfachste Lösung war. Jedenfalls im Moment. Je schwächer und mutloser Menschen sich fühlten, desto eher entschieden sie sich für die Wahrheit. Lügen war anstrengend. Kämpfer logen weiter, wenn man ihnen auf die Schliche kam, aber Jenicke war offensichtlich keiner.

»Was wollte Karen Stein?«

»Daß ich Julia aus Amerika zurückhole, egal wie. Als es mir nicht gelang, drohte sie mir mit der Kassette. Sie würde sie an die Anwaltskammer schicken. Und dann wäre ich meinen Beruf los. Abgesehen von allem anderen. Sie sagte: Wenn Frau Hoffmann nicht schnellstens hier auftaucht, sind Sie dran. Ich wußte, daß Julia nur zurückkommen würde, wenn wir etwas gegen Bodo Stein in der Hand hätten. Also organisierte ich diesen Detektiv. Eigentlich ist er arbeitsloser Grafiker. Ich kenne ihn schon lange.«

»Er heißt nicht Kislowski.« Eine Feststellung Kristens, keine Frage.

»Nein, und Sie werden von mir auch nie erfahren, wie er heißt und wo er wirklich wohnt. Er wußte nie, worum es wirklich ging. Karen brachte ihm Fotos von Bodo, und er scannte sie in den Computer ein und montierte sie auf die Körper zweier Models.«

»Die er woher hatte?«

»Aus dem Internet. Sie kriegen alles aus dem Internet. Kinderpornos, Sex mit Tieren… Der Rest war ebenfalls ganz leicht. Karen wußte, daß in einem von Bodo Steins Häusern eine Wohnung leerstand. Dort wurde ›Kislowski‹ einquartiert für die Zeit, die wir ihn brauchten. Danach verschwand er.«

Kristen und Mehmet wechselten einen Blick. Dann sagte Mehmet, wider Willen beeindruckt von diesem üblen Plan: »Julia Hoffmann kam zurück aus Amerika, und vor Gericht ließ Kislowski vereinbarungsgemäß die Bombe platzen. Behauptete, daß Frau Hoffmann ihn beauftragt hätte, die Fotos zu fälschen. Danach wandte er sich an die *Bild*-Zeitung, zwecks endgültiger Rufruinierung Ihrer Mandantin.«

Jenicke senkte den Kopf, ohne zu antworten.

»Der Redakteur rief anschließend bei Ihnen an und ließ sich die Geschichte bestätigen. Sie waren seine anonyme Quelle. Er zitierte Sie nicht, dafür lieferten Sie ihm die saftigen Hintergrundinfos, die aus der Story einen Aufmacher machten. Stimmt's?«

Jenicke sank weiter in sich zusammen. »Woher wissen Sie das?«

»Ich habe es mir gedacht, ganz einfach. Es ist so logisch. So perfide, wie logisch. Als Karen Stein erkannte, daß Sie den Fall für Julia nicht gewinnen konnten, drehte sie den Spieß um und entschied sich für die brutale Variante. Nun sollte Julia so am Boden zerstört werden, daß man ihr ohne weiteres zutrauen würde, aus Verzweiflung einen Mord zu begehen. Woher hatten Sie das Glas mit Frau Hoffmanns Fingerabdrükken?«

Keine Antwort.

Jenicke sah wieder so aus, als würde er im nächsten Moment entweder in Ohnmacht fallen oder sich übergeben. Mehmet hatte kein Mitleid. Und der Linoleumboden war schnell zu reinigen. Er beugte sich vor, faßte Jenicke fest ins Auge: »Los geht's, Mann. Wir haben nicht ewig Zeit.« Dieser plötzliche Wechsel der Tonart von sachlich-freundlich zu knallhart gab Jenicke sichtlich den Rest.

Mehmet fuhr erbarmungslos fort: »Sie gaben Julia was zu trinken, als sie Sie nach der Verhandlung nochmals in Ihrer Kanzlei aufsuchte, und bewahrten das Glas mit den Fingerabdrücken auf. Der Mörder plazierte das Glas in Steins Büro. So war es doch? War es so?! Sie waren der einzige, der problemlos an ihre Fingerabdrücke herankommen konnte. Reden Sie endlich!«

»Ja, aber …«

»Haben Sie Bodo Stein umgebracht?«

»Nein!« Jenicke sprang auf.

»Setzen Sie sich hin! Sofort!« donnerte Kristen.

Jenicke sank zurück auf seinen Stuhl. Der Schweiß lief ihm in Bächen über Stirn und Wangen. »Ich war's nicht«, sagte er. »Ich schwöre, daß ich nicht wußte, was Karen mit diesem Glas vorhatte. Sie kam noch am selben Tag zu mir und nahm es mit. Ich hatte keine Ahnung, wozu es dienen sollte.«

»So oder so«, sagte Kristen kalt. »Sie sind ein Komplize.«

»Julia!« Die Tür öffnete sich langsam. Schritte bewegten sich zu ihr, eine Hand legte sich auf ihre Schultern. Julia sah hoch. Es war Karen. Sie sah so besorgt und unschuldig aus. Julia machte den Mund auf, um etwas zu sagen, aber die Worte wollten nicht heraus. Sie wickelte sich enger in die Decke. Ihr war kalt, und sie war furchtbar müde.

»Julia!« Wie sanft sie war. »Was ist los mit dir? Wir müssen gehen, bevor Reinhard aufwacht. Schnell!« Karen zog sie mit aller Kraft hoch, und Julia stand schwankend wie eine Betrunkene da. »Mir ist ganz komisch«, sagte sie und versuchte zu lachen. Ihre eigene Stimme hörte sich seltsam an, langsamer und tiefer als sonst, und sie schien von den Wänden widerzuhallen. Karen sah sie besorgt an.

»Was ist nur mit dir? Komm, ich stütze dich. Wir müssen durch den Garten raus, Reinhard hat sich vor die Haustür gelegt. Er ist vollkommen verrückt, sage ich dir.« Karen legte Julias rechten Arm über ihre Schulter, und gemeinsam verließen sie den Raum, erstiegen langsam die Kellertreppe.

»Ich hab' Kopfschmerzen.«

»Julia, wir haben keine Zeit. Ich habe Aspirin im Auto. Laß uns bitte schnell gehen. Nimm dich zusammen.«

Sie schwankten über den vom Dauerregen der letzten Wochen immer noch feuchten Rasen. Es war ein wunderschöner lauer Abend, die Sonne war gerade untergegangen, vereinzelt zwitscherten ein paar Vögel. Karen redete unentwegt, leise, ermutigend, drängend. »Mein Auto steht in einer Seitenstraße. Gott sei Dank. Geht's dir besser? Wir haben es gleich geschafft. Wir müssen nur noch über den Gartenzaun, aber ich habe eine Trittleiter an den Zaun gestellt, damit wir leicht rüberkommen. Julia, geht's dir gut?«

»Ja. Nur müde.«

Sie erstiegen die Trittleiter. Julia sprang mit letzter Kraft auf die Straße. Karen stand schon neben ihr, als sie sich noch mühsam aufrappelte.

In dem Moment fuhr ein dunkelblauer Mercedes auf sie zu und bremste neben ihnen. Das war Bodos Auto. Reinhard sprang heraus und lief um den Mercedes herum auf sie zu. Julia konnte es nicht glauben. Sie sah Karen hilfesuchend an, doch das war nicht mehr Karen – die freundliche, reuevolle Karen, die Julia in den letzten Stunden kennengelernt hatte –, das war eine Fremde mit kalten, harten Zügen. Und im nächsten Moment saß Julia im Fond des Mercedes, und die Autotür schlug mit einem satten Geräusch zu, und sie war gefangen. Aber es war ihr schon fast egal, denn immerhin konnte sie jetzt liegen. Liegen und schlafen …

»Sind die Bullen noch vor der Tür?« Karen. Mit einer ganz anderen Stimme als vorhin.

Ein Kichern. Reinhard. »Klar.«

»Was machen die da, verdammt noch mal?«

»Weiß nicht. Jedenfalls haben wir sie abgehängt.«

»Beeil dich. Ich habe ein schlechtes Gefühl. Je schneller wir Julia in ihrer Wohnung haben, desto besser.«

»Was hast du ihr gegeben? Sie liegt ja jetzt schon da wie eine Tote.«

»Schlaftabletten. Eine Sorte, die man fast nicht schmeckt. Jedenfalls nicht in Coca-Cola. Und was gegen die Übelkeit, damit sie nicht alles wieder auskotzt.«

»Du bist ganz schön gerissen.«

»Hast du den Teller und das Glas dabei?«

»Ja. In der Plastiktüte.«

»Selbstmord in der eigenen Wohnung. Mit Tabletten, aufgelöst in Cola. Und das war's dann. Bis man sie da findet, ist sie tot. Ich möchte nur wissen, was die Bullen vor unserer Tür machen. Ich versteh' das nicht.«

»Bullen, Bullen. Du redest wie ein Kerl. Mir gefällt das nicht. Ich mag dich, wenn du weiblich bist.«

»Hör auf, Reinhard. Dafür ist jetzt wirklich keine Zeit.«

Julia hörte jedes Wort, aber sie konnte sich nicht mehr bewegen. Das war so etwas wie die Vorhölle. Sie hatte von Menschen gelesen, die am Locked-in-Syndrom litten. Sie hörten alles, aber sie konnten kein Glied mehr bewegen, um sich verständlich zu machen. Sie waren gefangen in ihrem eigenen Körper, bis sie starben. Auch Julia würde sterben, soviel war sicher. In ihrem Magen befand sich wahrscheinlich genug Gift, um zwei Menschen zu töten. Karen machte keine halben Sachen... Selbstmord. Damit war sie aus dem Verkehr. Sie hatte Karen tatsächlich geglaubt. Wie eine Fliege war sie an dem süßen Seim klebengeblieben, den Karen abgesondert hatte. Sie hatte so ehrlich gewirkt, so betroffen. Und Julia war ihr auch noch freiwillig gefolgt. Wie klug von Karen, Julia zum Auto zu bringen, solange sie noch laufen konnte. Damit hatte sie sich und Reinhard eine elende Schlepperei erspart.

Durst, dachte sie noch, ist ein schlechter Ratgeber. Dann war ihr, als würde sie in einen Brunnen steigen. Tiefer und tiefer, bis zum Grund.

»Peter hat gerade angerufen. Karen Steins Haus ist leer. Sie haben alles durchsucht. Da ist niemand.«

Kristen setzte sich. Mehmet sah ihn forschend an. Er war erschöpft und verärgert, und trotzdem entging ihm nicht, daß da noch etwas im Raum stand. Kristen war anders als sonst. Er wirkte bedrückt. Er hielt etwas in der Hand. Ein zerknittertes Fax.

»Was ist los, Rüdiger? Welche Hiobsbotschaft erwartet mich jetzt noch?«

Kristen schwieg. Sein Schnurrbart zitterte leicht. Plötzlich stützte er seinen Kopf in beide Hände. Das Fax segelte auf den Boden.

»Rüdiger. Was ist los?«

»Scheiße, Mehmet. Das Fax... das habe ich gerade unter meinem Wust auf dem Schreibtisch gefunden. Es ist... ein paar Tage alt. Äh... es könnte wichtig sein.«

»Gib mir das Ding!«

Kristen hob es auf und reichte es Mehmet. Das Fax war von einer Fluggesellschaft. Mehmet las es einmal. Las es zweimal. Dann sah er auf.

»Wo ist die Akte?«

»Du brauchst nicht nachzusehen. Es stimmt. Reinhard Stein ist seinerzeit mit derselben Maschine wie Julia Hoffmann nach New York geflogen.«

»Das kann doch nicht wahr sein. Wieso...«

»Ich hab's versaut. Ich hab' das Fax übersehen. Irgendwie. Ich hab's versaut, Mann.«

Mehmet verdrehte die Augen. »Hör schon auf. Vielleicht war es Zufall, vielleicht ist es ganz unwichtig. Wann ist er zurückgekommen?«

Kristens Miene hellte sich etwas auf. »Das ist ja das Verrückte. Ich hab' das eben nachgecheckt. Steins Ticket war ein Rückflugticket. Sein Rückflug war für acht Tage später gebucht. Er ist aber bis heute auf keiner Passagierliste bei keiner Fluggesellschaft aufgetaucht. Weder in Frankfurt noch in einer anderen deutschen Stadt.

»Hat er umgebucht?«

»Die Fluggesellschaft sagt nein. Offenbar hat er das Ticket verfallen lassen.«

»Wieder eine Sackgasse. Ich fange an, mich dran zu gewöhnen.« Wieder schwiegen beide. Mehmet starrte auf das Telefon vor ihm, das beharrlich stumm blieb. Stumm wie seit Tagen nicht mehr.

»Hör zu, Rüdiger. Wir müssen nachdenken. Nein, nicht nachdenken. Spekulieren. Laß uns spekulieren.«

»Was soll das? Spinnst du? Du redest wie in einem schlechten Film.«

Mehmet schloß die Augen. Fast hätte er, der Nichtraucher, Kristen um eine Zigarette angehauen. Nur, um etwas zu tun. Irgendwas.

Julia träumte. Sie saß in einem Flugzeug, das zwischen hohen, schwarzen Gebäuden über eine immer schmaler werdende Straße entlangraste. Sie saß im Cockpit dieses Flugzeugs, und die Straße wuchs vor ihr und verwandelte sich unmerklich in einen Berghang. Lichter blitzten auf, und plötzlich befand sie sich in einem Tunnel. Ihr war schwindlig. Sehr, sehr schwindlig. Aber sie umklammerte den Steuerknüppel. Irgendwann mußte dieser Tunnel ein Ende haben, und dann – ja, was würde sie dann erwarten?

Reinhard hörte ein Würgegeräusch und drehte sich um. Verdammte Scheiße! Er fluchte leise vor sich hin, fuhr aber weiter. Die Leiche hinter ihm hatte gekotzt. Leichen kotzten nicht, also lebte Julia noch. Ein süßlicher Gestank verbreitete sich im Auto, und er betätigte rasch die automatischen Fensterheber, bevor ihm selber schlecht wurde. Frische, milde Luft zirkulierte durch den Wagen, und er atmete tief durch. Er durfte jetzt nicht schlappmachen, so kurz vor dem Ziel.

Karen hatte er vor ihrem Fitneßcenter abgesetzt, wo sie durch ein offenstehendes Fenster im Erdgeschoß hineingeschlüpft war und sich jetzt wahrscheinlich am Stairmaster betätigte. Sie war wirklich extrem schlau. Schon vor Stunden war sie durch den Haupteingang geschlendert, hatte ihre Magnetkarte abgegeben und war danach durch dieses Fenster ausgebüxt. Der Sinn der Sache war, daß sie für die letzten drei Stunden ein fast perfektes Alibi hatte. Reinhard mußte jetzt nur noch Julia in ihre Wohnung schleppen, sie auf einen Sessel setzen, den leergegessenen Teller und das Colaglas mit ihren Fingerabdrücken und den Tablettenresten vor ihr plazieren, und schon war ihr Selbstmord perfekt. Julia tot, Akte geschlossen, wie gesagt. Reinhard trug ein durchsichtiges Plastikregencape, damit er keine Faserspuren auf ihren Kleidern hinterließ. Man wußte nie, wozu Kriminaltechniker heute in der Lage waren. Das einzige verbleibende Problem: Er durfte im Treppenhaus niemandem begegnen. Um diese Zeit – es war neun Uhr abends – standen die Chancen gut, daß ihn niemand sehen würde. Regen wäre allerdings noch besser gewesen. Dann wiederum hätte er aber darauf achten müssen, daß Julia nicht naß wurde. Alles hatte seine Vor- und Nachteile.

Reinhard bremste und bog in die Einfahrt von Julias Haus ein. Er stieg aus und sah sich um. Er hörte ein paar Leute in der Nähe lachen, und aus einem Fenster dröhnte Popmusik, aber auf der Straße war niemand zu sehen. Er nahm Julias Schlüssel und sperrte das Tor zum Innenhof auf, wo er das Auto parken konnte. Er war nervös. Sein Herz schlug wie ein Hammer gegen seinen Brustkorb, und er atmete tief durch. Sein dritter Mord innerhalb weniger Tage. Obwohl diesmal, genaugenommen, Karen die Täterin war. Reinhard lächelte vor sich hin. Sie waren schon ein feines Paar. Er hatte Bodo immer um Karen beneidet. Nun würde er sie bekommen. Plus ziemlich viel Geld.

Er schüttelte den Kopf. Noch war es nicht soweit, und er stand hier wie ein Idiot herum, statt sich zu beeilen. Er drehte sich um und bekam fast einen Herzschlag: Julias Kopf hing rückwärts aus dem Fenster, und ihre Augen starrten in den dunklen Himmel. Er ging rasch zu ihr und beugte sich herunter. Ihr Mund war verschmiert von Erbrochenem, ihre Augen standen offen, aber sie schien nichts zu sehen. Er wedelte mit seiner Hand vor ihrem Gesicht herum. Keine Reaktion, nicht mal ein Zwinkern. Vielleicht war das eben ein letztes Aufbäumen vor dem Ende gewesen.

Er stieg in das Auto zurück und lenkte es auf einen der leeren Parkplätze. Schnell, schnell, bevor der rechtmäßige Inhaber kam. Er öffnete die Tür zum Fond und wuchtete die übelriechende Julia heraus und über seine rechte Schulter. Verdammt, war die schwer, so dünn und knochig, wie sie sich anfühlte. Mit Müh und Not drückte er die Autotür mit seiner

Hüfte zu und stolperte zur Haustür. Glücklicherweise stand sie offen. Er blieb am Eingang stehen und lauschte. Das Treppenhaus war dunkel. Stockdunkel. Er mußte Licht machen, es half nichts. Er würde sich sonst nicht zurechtfinden.

Es war eine Sisyphusarbeit, sie hochzuschleppen. Er hörte Stimmen hinter einigen der Türen, an denen er sich schweißgebadet vorbeiarbeitete, und ein paar Sekunden lang beneidete er die Leute dahinter. Um ihr kleines, friedliches Leben ohne Dramen und Versuchungen.

Endlich stand er vor der richtigen Tür. Julia Hoffmann. Ein verkratztes, kaum leserliches Metallschildchen. Typisch. Er schloß auf. Jetzt aber schnell, dachte er. Die Tür hinter sich schließen. Julia ins Wohnzimmer schleifen, sie in den Fernsehsessel wuchten. Geschafft! Reinhard sah schwer atmend auf Julia herunter. Eine Straßenlaterne warf blasses Licht an die Zimmerdecke, und selbst bei dieser schlechten Beleuchtung sah Julia nun endlich so leblos aus wie eine Gliederpuppe. Reinhard fühlte sich gut. Er zog das verschmierte Cape aus und knüllte es vorsichtig zusammen. Gerade wollte er sich auf den Weg zurück ins Auto machen, um die Plastiktüte mit dem Teller und dem Glas zu holen, da hörte er ein Geräusch hinter sich. Ein Knacksen. Er fuhr herum. Hatte er sich das nur eingebildet? Es war niemand zu sehen.

Doch plötzlich ertönte aus dem Nirgendwo eine kleine zarte Kinderstimme. »Hallo, Onkel Reini.«

Reinhard stürzte auf den Flur, wo wie durch Zauberhand das Licht anging. Im nächsten Moment krachte etwas auf seinen Schädel, die Beine knickten unter ihm weg, und er ging zu Boden. Als er die Augen wieder aufschlug, stand über ihm jene Frau, die er tagelang verfolgt hatte auf der Suche nach Julia. Sie hielt die zwei Hälften einer riesigen, entzweigebrochenen Kuchenplatte in der Hand, und ihr Gesicht war verzerrt von Zorn und Entsetzen. Was, zum Teufel, hatte sie in Julias Wohnung verloren? Reinhard wollte aufstehen, aber dann hörte er die Polizeisirenen. Sie waren überlaut, und sie kamen aus allen Richtungen. Es mußte mindestens eine Hundertschaft sein. Und alle kamen nur seinetwegen. Er schloß die Augen, beinahe befriedigt.

Julia war nun am Ende des Tunnels angekommen. Sie hatte alles hinter sich gelassen, was sie bedrückte und beschwerte. Sie flog über eine Wiese, die so bunt war wie in einem MTV-Clip, und es zog sie immer höher und höher in einen strahlend rosafarbenen Himmel. Einer der Götter dort oben sagte: Wir müssen ihr den Magen auspumpen. Und der andere erwiderte: Ich fürchte, dafür ist es schon zu spät.

19

»Es geht ihr viel besser«, sagte die Ärztin. Sie lächelte Mehmet an, und er lächelte zurück, während er sich an ihr ins Krankenzimmer vorbeischob. Sie war sehr hübsch, obwohl sie so müde aussah wie alle Ärzte, die Sechzehnstunden-Schichten hinter sich hatten.

Julia Hoffmann, immer noch sehr blaß und dünn, war diesmal nicht allein. Ihre Freundin und Lebensretterin Marita saß an ihrem Bett. Einen Moment lang war Mehmet verlegen. Er kam sich vor wie ein Eindringling, aber heute war definitiv ein guter Tag. Denn Marita Lange lächelte ihn mindestens so freundlich an wie gerade die Ärztin, und das konnte Mehmet nach diesen schlaflosen Nächten sehr gut gebrauchen. Die Patientin Julia Hoffmann lag in einem Einzelzimmer. Vor der Tür standen zwei Polizisten. Seit zwei Tagen waren sie dort postiert, in erster Linie, um die Journalisten abzuwehren. Denn nach menschlichem Ermessen war Julia Hoffmann nicht mehr in Gefahr.

»Störe ich?« fragte Marita Lange.

»Nein«, sagte Mehmet. »Das ist mehr oder weniger ein privater Besuch.« Er setzte sich, die Hände in den Taschen seiner Lederjacke vergraben, vorsichtig auf den Bettrand.

»Wie geht es Ihnen?« fragte er.

»Oh, besser.« Julia Hoffmann lächelte ebenfalls. Mein Gott. Was für ein Tag. Es hatte schon gut angefangen. Ein Lob des Innensenators am frühen Vormittag. Die Pressekonferenz, auf der er sich souverän geschlagen hatte. Er fühlte sich wie ein Held.

»Gibt's was Neues?« fragte ihn Julia.

»Ja. Reinhard Stein hat den Mord an seinem Bruder gestanden. Aber das ist noch nicht alles. Wir haben bei ihm englische Papiere gefunden, die auf einen gewissen Dennis Kline ausgestellt waren. Stein sah ihm etwas ähnlich, und das ist wohl der Grund, weshalb er alle Kontrollen passiert hat.«

»Dennis Kline…«

»Ist Reinhard Steins erstes Opfer. Er lernte ihn in einer Bar in Miami kennen, freundete sich mit ihm an, machte ihn betrunken. Am Strand von Miami Beach hat er ihn umgebracht. Nach der Tat zog er das Opfer nackt aus, um die Identifizierung zu erschweren.«

»Das kann nicht wahr sein«, sagte Marita Lange, die bis dahin nur mit offenem Mund zugehört hatte.

»Wir haben Dennis Klines Paßfoto gestern vormittag an Interpol gefaxt und erfahren, daß während der Zeit, als Stein sich in Miami aufhielt, dort tatsächlich ein Mord passierte«, fuhr Mehmet fort. »Das Gesicht des Opfers hatte Stein bis zur Unkenntlichkeit entstellt, so konnte die Leiche nicht identifiziert werden. Außerdem schien niemand diesen Mann zu vermissen. Die Behörden in Florida waren deshalb schon vorher überzeugt davon, daß es sich um einen alleinreisenden ausländischen Touristen handeln mußte. Das alles trifft auf Dennis Kline zu. Er konnte in Großbritannien nicht ausfindig gemacht werden, obwohl er vor gut einer Woche auf einen Flug nach London gebucht war – einen Tag, nachdem Sie, Frau Hoffmann, nach Hamburg zurückkehrten. Danach verliert sich jede Spur von diesem ominösen Mr. Kline. Er ist – war – alleinstehend und hatte keine Verwandten mehr. Für Reinhard Stein war er deshalb das ideale Opfer. Er konnte einfach in dessen Identität schlüpfen. Die Tatwaffe war übrigens ebenfalls ein Baseballschläger.«

»Aber warum hat Reinhard das getan?«

»Wie gesagt, Stein sagte aus, daß er sich auf diese Weise eine neue Identität verschaffen wollte. Damit würde er als Mörder Bodo Steins niemals in Verdacht geraten. Und deshalb sollten auch Sie sterben. Dann nämlich hätte sich der Kreis geschlossen. Sie, Frau Hoffmann, bringen sich um, weil Ihnen, der Mörderin, das schlechte Gewissen keine Ruhe läßt.«

»Karen...«

»Karen Stein haben wir noch vorgestern abend am Flughafen verhaftet. Sie hatte einen Flug nach Mailand gebucht, von dort aus wollte sie weiter nach Madrid. Von Madrid aus wäre sie dann auf die Bahamas geflogen.«

»Hat sie gestanden?«

»Im wesentlichen ja. Sie gibt im Moment noch Reinhard Stein die Schuld und behauptet, er habe alles geplant.«

»Aber das ist nicht wahr!«

»Das wissen wir. Auch Reinhard Stein hat ausgesagt, daß sie den Mord an ihrem Mann und das gesamte Prozedere, das dazu führte, geplant hat. Aber Karen Stein ist eine glänzende Schauspielerin. Im Moment gibt sie das bedauernswerte Opfer der Umstände.

Mehmet stand auf, um sich zu verabschieden. Er war froh und gleichzeitig etwas melancholisch. Das Lächeln der beiden Frauen in dem kargen, sonnendurchfluteten Krankenzimmer begleitete ihn, als er zurück ins Präsidium fuhr. Er war erschöpft, aber euphorisch. Dieser Fall war der spannendste in seiner Laufbahn, und er wollte ihn abschließen, so gut er konnte. Heute nachmittag würde er Karen Stein zum dritten Mal verhören, und diesmal, das schwor er sich, würde er, auch anhand der Aussagen von Julia Hoffmann, Heiner Jenicke und Reinhard Stein, die Wahrheit aus ihr herausholen. Aber er machte sich keine Illusionen. Karen Stein hatte es geschickt vermieden, sich die Hände selber schmutzig zu machen. Und sie gehörte zu der Sorte der Verdränger. Das bedeutete, daß sie ihre Version des Tathergangs immer dem Stand der Ermittlungen anpassen würde. Mehr Kooperation war von ihr nicht zu erwarten.

Lieber Papa. Tja. Wie spricht man einen Menschen an, den man gar nicht kennt? Ich bin glücklich, daß Ihr, Du und Mama, mich im Krankenhaus besuchen wollt. So glücklich, daß ich immer noch weinen könnte. Tatsächlich war ich anfangs so erschüttert und dankbar, daß Ihr endlich an mich gedacht habt, daß mir erst später klarwurde, was für eine Selbstverständlichkeit das doch eigentlich ist. Sein müßte. Aber ich will nicht unbescheiden sein. Ich will die Versöhnung, ich brauche Euch. Nicht Euer Geld (keine Sorge!), sondern Eure Zuneigung. Ich brauche eine Familie, die mir Rückhalt gibt, und ich will alles dazu tun, auch nachgeben, wenn es nötig sein sollte. Ich bin schwach, aber ich habe immer noch Hoffnung, daß es klappt.

Als ich von aller Welt verlassen und einsam bis ins Mark die amerikanische Ostküste entlangreiste, habe ich Briefe an Dich, Papa, geschrieben, für die ich mich heute schäme. Ich bin froh, daß ich sie nie abgeschickt habe. Sie ruhen friedlich auf der Festplatte meines Notebooks, und vielleicht bleiben sie auch dort begraben.

Wenn ich in den letzten schrecklichen Wochen etwas gelernt habe, dann das, daß es Menschen gibt, denen ich wirklich und wahrhaftig wichtig bin. So wichtig, daß eine telepathische Verständigung möglich war. Anders ist es nicht zu erklären, daß Manuel, während ich tablettenbenebelt in Reinhards Auto lag, plötzlich anfing zu schreien und zu toben. Marita erzählte mir, daß er nicht mehr zu bändigen war und sie erst nach Minuten verstand, daß er jetzt unbedingt »nach Hause« wollte. Sofort. Marita versuchte ihm klarzumachen, daß Mama dort sicher nicht sei, aber es nützte nichts. Er wollte nach Hause, sofort, und Marita gab schließlich nach. Die Arme, die Liebe, sie muß so entsetzlich erschöpft gewesen sein nach allem, was passiert war. Sie hatte keine Kraft mehr, sich gegen Manuel durchzu-

setzen, und so packte sie die beiden Kinder und fuhr zu meiner Wohnung, ohne zu wissen, was sie dort anfangen sollte.

Und diesmal war es Jenny, die im richtigen Moment aus dem Küchenfenster sah, das auf die Straße hinausgeht. Sie sah mein halbtotes Gesicht in Reinhards Auto und alarmierte Marita, die daraufhin die Polizei verständigte. Sie war so ungeheuer mutig, hieß die Kinder, mucksmäuschenstill zu sein, schaltete die Lichter aus und ließ Reinhard in die Falle laufen. Sie hat mir das Leben gerettet. In letzter Sekunde. Die Schlaftabletten, die Karen mir in ein Getränk mischte, hätten ausgereicht, mich zu töten. Die Atemlähmung hatte bereits eingesetzt.

Ich weiß jetzt, es gibt Menschen, denen ich etwas bedeute, und dazu gehört hoffentlich auch Ihr. Ich sage hoffentlich, weil ich es wirklich nicht weiß. Gespürt habe ich es nie. Vielleicht liegt es daran, weil meine offen zutage tretende Bedürftigkeit Euch abgeschreckt hat, vielleicht habe ich mir auch deshalb Bodo ausgesucht und geradezu fanatisch an ihm festgehalten, weil ich Liebe nur in der Form kannte, wie sie auftritt, wenn sie nicht erwidert wird. Unerwiderte Liebe ist gefährlich wie eine Waffe. Männer richten sie gegen Frauen, die sich von ihnen abwenden, und Frauen richten sie gegen sich selbst. Jedenfalls im Normalfall. Diesmal war es anders. Und doch glaube ich wirklich: Karen hätte Bodo niemals umgebracht, wenn er sie damals ihr Kind hätte austragen lassen. Karen hatte ein Gewissen, aber die Umstände haben es getötet. Ihr werdet Euch wundern, aber ich verstehe sie irgendwie. Ich kann nachvollziehen, was in ihr vorging. Und weil das so ist, deshalb geriet ich auch in Verdacht: zu Recht. Was Karen betrifft: Es kamen so viele Faktoren zusammen, die ihren Mordplan begünstigten, daß die Versuchung riesengroß wurde, Schicksal zu spielen. Jenicke, der sich als Erpressungsopfer geradezu anbot. Reinhard, der seinen Bruder haßte und ohnehin voller versteckter Aggressionen war, die Karen als ausgebildete Psychologin schon erkannte, als sonst noch keiner ahnte, daß die Neigung zur Gewalt in Reinhard steckte und nur darauf wartete, aktiviert zu werden. Und nicht zuletzt Bodo, der die fatale Begabung hatte, in Menschen die schlechtesten Eigenschaften zu mobilisieren.

In ihren Augen standen die Vorzeichen so günstig, daß sie einfach handeln mußte. Bevor Bodo es tat. Ich bin mir sicher, sie denkt heute noch, daß der Mord eine Art Notwehr war. Und natürlich die Rache für die verschwendeten Jahre an der Seite eines Mannes, der ihre Gefühle nicht wert war. Und ich bin, jenseits aller moralischen Erwägungen, nicht sicher, ob das nicht zum Teil sogar stimmt.

Ich habe jetzt viel Zeit nachzudenken. Ich möchte mein Leben neu ordnen. In einem Bankschließfach auf Bodos Namen wurde ein Testament gefunden, das Manuel als Alleinerben einsetzt. Sollte es rechtsgültig sein – und es sieht ganz so aus –, dann werden wir keine finanziellen Sorgen mehr haben. Das sind herrliche Aussichten, aber ich warte ab, bevor ich mich freue. Wir werden sehen.

Julia reckte sich in ihrem bequemen Krankenhausbett und sah aus dem Fenster. Ein weiterer sonniger Tag – der vierte in Folge, man konnte schon fast von einer Serie sprechen – neigte sich dem Ende zu. Gleich würde Ben Becker sie besuchen, der nun endlich seinen Aufmacher und mehrere Folgeartikel im *Kurier* bekommen hatte. Und nicht nur das. Auf seine Artikel hin und aufgrund seines Materials wurden die Ermittlungen gegen die Firma *Chemotrans* wiederaufgenommen. Reizvolle Angebote von überregionalen Zeitungen waren die Folge von Bens Enthüllungsstories gewesen. Bens Karriere stand nun nichts mehr im Wege, und um ihn brauchte man sich keine Gedanken zu machen. Marita war diejenige, um die sie sich nun verstärkt kümmern mußte, nach dieser schrecklichen, schmerzlichen Enttäuschung mit Jenicke. Marita und Manuel und Jenny. Sie würden Julia brauchen, mehr als je, und es war ein schönes Gefühl, zur Abwechslung jemand zu sein, der Hilfe geben konnte.

Julia sah auf die Uhr. Bevor Ben kam, war noch genug Zeit, Bob Meyerson in Fort Lauderdale anzurufen. Bob war eine Hoffnung. Mehr nicht, aber auch nicht weniger. Kein bißchen weniger.

Karen kam in ihre Zelle zurück und lehnte sich an die Wand. Durch das vergitterte Fenster konnte sie ein Stück des Nachthimmels sehen.

Sie hatte ein hochinteressantes Gespräch mit ihrem Anwalt geführt. Mehrere Zeitschriften waren an ihrer Geschichte interessiert, vielleicht ließ sich sogar ein Buch daraus machen.

Sie würde berühmt werden, das stand fest. Und reich – falls sie es geschickt anstellte.

Angesichts dieser Aussichten fand sie alles gar nicht mehr so übel hier.

Danksagung

Ohne Hilfe entsteht nichts, auch kein Roman. Ich danke: Marie-Christine und Eberhard Stephani für Rat & Tat, Joachim Klein, Polizeipressestelle Hamburg, fürs kundige Gegenlesen, Egmond Koch, auf dessen ZDF-Reportage (»Kennzeichen D« vom 21.01.'98) die Geschichte über die (natürlich erfundene) Firma Chemotrans basierte, RA Markus Creutz und RA ... Hopf für die kundige Rechtsberatung. Und natürlich all denjenigen, die mich ermutigt haben.